ज्ञान गरिमा के
72 वर्ष

भारतीय
ज्ञानपीठ

णाणं
पयासयं

वीर नि. सं.
2470

भारतीय ज्ञानपीठ

ई. सन्
1944

और फिर

(संस्कृत उपन्यास अन्यच्च का अनुवाद)

और फिर

राधावल्लभ त्रिपाठी

भारतीय ज्ञानपीठ

लोकोदय ग्रन्थमाला : ग्रन्थांक 1306

ISBN 978-93-263-5558-2

और फिर

(उपन्यास)

राधावल्लभ त्रिपाठी

दूसरा संस्करण : 2018

मूल्य : 480 रुपये

प्रकाशक : **भारतीय ज्ञानपीठ**

18, इन्स्टीट्यूशनल एरिया, लोदी रोड, नयी दिल्ली-110 003

मुद्रक : आर.के. ऑफसेट, दिल्ली

आवरण-चित्र : लीलाधर मंडलोई

आवरण-सज्जा : चन्द्रकान्त शर्मा

AUR PHIR

(Novel Translated from Sanksrit)

Radhavallabh Tripathi

Published by

Bharatiya Jnanpith

18, Institutional Area, Lodi Road, New Delhi-110 003

Ph. : 011-24698417, 24626467; 23241619 (Daryaganj)

Mob. : 9350536020; e-mail : bjnanpith@gmail.com

sales@jnanpith.net; website : www.jnanpith.net

Second Edition : 2018

Price : Rs. 480

मूल संस्कृत उपन्यास की भूमिका से

अन्यच्च—यह उपन्यास मेरी आजीवन साधना का प्रतिफल है। यह साधना भी कितनी थोड़ी-सी है—यह मेरे इस छोटे-से प्रयास से समझा जा सकता है।

जो कुछ पढ़ा, जाना, समझा, पहचाना प्रायः उन सबका समावेश इस कृति में करने का प्रयास किया। प्रयास करके भी प्रायः सब छूटा ही रहा। उपन्यास का अन्यच्च यह नाम इसी अवशेष का संकेत है।

प्रयास तो मैंने खूब किया, फिर भी यह सारा प्रयास कितना छोटा है—यह सुधीजन जान सकेगें। इसे लिखने में मैं बहुत समय से लगा रहा, फिर भी जितना समय इसमें लगाना था, उतना न लगा सका। भाग्य से किसी तरह यह इस साल पूरा हो सका, फिर भी यह अधूरा है।

कालगणना तथा ऐतिहासिक घटनाओं के निरूपण में इस उपन्यास में कहीं-कहीं कल्हण की राजतरंगिणी का सहारा लिया गया है। कहीं आधुनिक इतिहासकारों का भी। अलक्षेन्द्र (सिकन्दर), मोअस, एअस आदि ग्रीक राजा, शुंगवंश का बृहद्रथ, सेनापति पुष्यमित्र, उसके अमात्य पतंजलि, हेलियोडोरस, वसुमित्र, चरक और सुश्रुत आदि की चर्चा प्रसंग वश नाम मात्र के लिए यहाँ आ गयी है, पर ये सब इतिहासप्रसिद्ध हैं। इसी तरह इस कथा के पात्रों में अश्वघोष, ईश्वरकृष्ण और कनिष्क आदि ऐतिहासिक पात्र हैं।

मैं समझता हूँ कि इस उपन्यास से समकालीन संस्कृत साहित्य में सर्जना के नये पथ खुल सकेंगे।

—राधावल्लभ त्रिपाठी

अनुवादक की भूमिका

'और फिर' मेरे मौलिक संस्कृत उपन्यास अन्यच्च का अनुवाद है। यह उपन्यास, 2011 में संस्कृत भारती, दिल्ली से प्रकाशित होकर विद्वत्समाज व सुधी समीक्षकों के बीच चर्चित रहा है। राजस्थान संस्कृत अकादमी के द्वारा इसे संस्कृत के श्रेष्ठ उपन्यास के रूप में **अम्बिकादत्त व्यास पुरस्कार** दिया गया। जयपुर में इस उपन्यास पर एक राष्ट्रीय संगोष्ठी का आयोजन हुआ तथा इस पर दयानन्द भार्गव, कलानाथ शास्त्री, पुष्पा दीक्षित और रमाकान्त पांडेय आदि संस्कृत के मूर्धन्य विद्वानों व समीक्षकों ने समीक्षाएँ व लेख लिखे। इनमें से कुछ समीक्षाएँ या लेख रमाकान्त पांडेय द्वारा सम्पादित पुस्तक 'राधावल्लभ की सारस्वत साधना' तथा कुसुम भूरिता दत्ता द्वारा सम्पादित पुस्तक 'संस्कृत के अभिनव रचनाधर्मी—आचार्य राधावल्लभ त्रिपाठी' में देखे जा सकते हैं। विश्वविद्यालयों में अन्यच्च उपन्यास पर शोध कार्य भी आरम्भ किये गये। इस उपन्यास के हिन्दी अनुवाद की माँग को देखते हुए मैंने इसका अनुवाद करना आरम्भ किया। सोचा था कि शब्दशः अविकल अनुवाद ही करूँगा। उपन्यास के लगभग पहले भाग तक तो अनुवाद इसी दृष्टि से किया भी। पर एक भाषा में लिखी अपनी ही रचना का स्वयं दूसरी भाषा में अनुवाद करने में अनुवादक और मूल रचनाकार के बीच की तटस्थता टूटने लगती है, अपनी ही रचना को दूसरी भाषा के पाठकों के सामने कुछ और सँवार कर प्रस्तुत करने का लोभ उसके मन में आ जाता है। इस प्रक्रिया में मेरे अनुवादक ने मेरे मूल रचनाकार से यहाँ कहीं-कहीं थोड़ी छूट ले ली है, फिर भी उपन्यास का कलेवर आद्यन्त वही का वही है, कहीं-कहीं वाक्यों का उलटफेर हुआ है। विशाख जिन पुस्तकों को तक्षशिला से लेकर चलता है उनमें इसिभासिआइँ को एक अलग अर्थवत्ता देकर जोड़ दिया है, उपन्यास के अन्त में पहुँच कर कल्माषी और महाथेरी सुखदा को मैंने एक कर दिया है। यह अपने बनाये किसी चित्र की अनुकृति करते हुए कहीं-कहीं रंग और रेखाओं को और चटख बनाने जैसा प्रयास है। मूल उपन्यास अपनी विवशता के चलते त्वरा में पूरा करके प्रकाशनार्थ दे दिया था, यदि उसके पुनर्लेखन का समय और अवसर

मिलता, तो इस तरह का यत्किंचित् परिवर्तन मैं उसमें भी करता ही। तथापि मूल संस्कृत उपन्यास और इस अनुवाद में तारतम्य और दृष्टिभेद अपने आप में अनुसंधान का एक विषय हो सकता है। मूल उपन्यास में तीनों भागों में भी हर भाग को 1, 2, 3 की संख्याओं के क्रम से अलग-अलग उपखंडों में बाँटा गया था, अनुवाद में संख्याएँ हटाकर ये उपखंड खाली जगह छोड़कर सूचित कर दिये गये हैं। संस्कृत भारती तथा उसके कर्ताधर्ता चमूकृष्ण शास्त्री के प्रति कृतज्ञ हूँ, जिनके सौजन्य से संस्कृत में मेरी अनेक पुस्तकें 2011 और 2013 में छप सकीं।

भारतीय ज्ञानपीठ ने मेरा मूलतः हिन्दी में लिखा उपन्यास 'विक्रमादित्य-कथा' इसके पहले प्रकाशित किया था। यह अनुवाद भी उनके द्वारा सामने आ रहा है, यह मेरा सौभाग्य है।

भारतीय ज्ञानपीठ के निदेशक श्री लीलाधर मंडलोई ने इसके प्रकाशन में रुचि ली, उनका कृतज्ञ हूँ। डॉ. संजय दुबे इस अनुवाद के मुद्रण व प्रूफ संशोधन में सहायता के लिए साधुवाद के पात्र है।

—राधावल्लभ त्रिपाठी

और फिर

प्रथम भाग

काशी के पास भद्रपुरी नाम का गाँव है। इस उपन्यासकार की मान्यता है कि इसी गाँव को आजकल भदौही कहा जाता है। पर इस समय जो गाँव भदौही के नाम से जाना जाता है, यह उपन्यास उसकी कथा नहीं है। इस उपन्यास की कथा अब से करीब दो हजार साल पहले की है।

पहली बार भद्रपुरी ग्राम के सरस्वती भवन में समाज हो रहा था। कहते हैं कि बहुत पहले राजा अशोक ने समाजों पर प्रतिबन्ध लगा दिया था क्योंकि वे मानते थे कि समाजों या मेलों में अश्लील नृत्य और नाटक होते हैं और उपद्रव भी हो जाता है। बाद में श्रद्धालु जनों ने पुराणों के पारायण या प्रवचन कराने के लिए समाजों का फिर से प्रवर्तन किया। गड़बड़ी न हो, इसके लिए यह व्यवस्था कराई गयी कि इस तरह के समाज सरस्वती भवनों में होंगे। ऐसी स्थिति में भद्रपुरीग्राम में भी ग्राम के ठक्कुर ने सरस्वती भवन बनवाया। समाज का आयोजन भी उन्हीं की तरफ से था।

यह सरस्वती भवन बहुत बड़ा नहीं है। परन्तु सुन्दर है। बाहर सप्तपर्ण (छितवन) के पेड़ के नीचे एक वेदिका है। उसके चारों ओर तुलसी के पौधों की पाँत। चारों दिशाओं में लताएँ हैं। दो तीन इंगुदी के पेड़ भी हैं। उनके बीच में है आम का वृक्ष और उसके बगल में एक आँवले का भी। भीतर सभाभवन है।

इसी भवन के भीतर सभागृह में समाज हो रहा है, लोग आख्यान सुन रहे हैं। यहाँ के लोग आख्यान को पुराणपारायण भी कहते हैं।

आख्यान कहने वाले महानुभाव यों तो सूत हैं, पर इस समय वे ग्रन्थ के आधार पर आख्यान कह रहे हैं, तो उन्हें ग्रन्थिक भी कह सकते हैं। ग्रन्थ उनके सामने रखा है। पर वे ग्रन्थ से पढ़-पढ़ कर कथा नहीं कह रहे। कथा तो उन्हें कंठस्थ है। लगता है जैसे उनके कंठ में साक्षात सरस्वती विराजती रही हों। हालाँकि गला बहुत मीठा नहीं है उनका। सारस के क्रेंकार की तरह उनकी आवाज है। पर वाणी की जो धारा इनके मुख से बह रही है, श्रोता उसमें मगन हैं।

ग्रन्थिक की आकृति भव्य है। कितनी उम्र होगी कुछ कहा नहीं जा सकता

पचास, साठ या सत्तर के भी हो सकते हैं। चेहरा मूँछ और लम्बी डाढ़ी से ढ़का हुआ है। एकदम गोरा चट रंग, लम्बी भुजाएँ, प्रशस्त वक्षस्थल और चौड़े कन्धे। प्रशस्त ललाट पर चन्दन का टीका है। लम्बी डाढ़ी के ऊपर झूलती लम्बी मूँछें। धवल वेष, कन्धे पर लटकता पीला दुकूल।

कथा में विघ्न भी होते ही हैं। विघ्नकर्ता थे पीछे बैठे कुछ लोग। ग्रन्थिक कथा कह रहे हैं, वे एक-दूसरे से बातें कर रहे हैं। पर इतना ध्यान रख रहे हैं कि आवाज ऊँची न उठे। ग्रन्थिक या सूत जी का ध्यान उनकी बातचीत की ओर नहीं है, वे कथा कहने में मगन हैं। आगे की पंक्तियों में बैठे लोग भी कथारस में निमग्न हैं। पर पीछे बैठे लोगों में कुछ इस तरह खुसुर-फुसुर चल रही है...

'क्या ये साक्षात व्यास हैं?'

'और क्या? व्यास तो हैं ही साक्षात्!'

'न, न! व्यास मुनि कैसे हो सकते हैं ये? व्यास मुनि तो हुए थे द्वापर युग में। यह कलियुग है। कलियुग के भी डेढ हजार वर्ष बीत चुके...!'

'तो हमारे ठक्कुर ने यह क्यों कहा कि ये साक्षात व्यास मुनि ही हैं?'

'अरे, ऐसा कहना पड़ता है। व्यास की जूठन भी नहीं है इसके मुख में...व्यास कैसे होगा यह? ये तो कोई सूत है!'

'क्या कह रहे हो? सूत है ये?

'और क्या? सूत ही तो है! भैया, ये कलियुग की महिमा है। वेदज्ञ विप्र तो कहीं दिखते नहीं, सूत लोग कुछ तो भी गाना बजाना करते रहते हैं ..अब इन्हीं के गाने बजाने में शास्त्र रह गया है। शूद्र जाति के लोगों की इसमें प्रवीणता जो ठहरी!'

'यह क्या किया ठक्कुर ने? वासुदेव कृष्ण के धर्म की दीक्षा ले ली और सूत के आख्यान का आयोजन करा रहे हैं!'

'बात यह हुई कि कोई सुव्रत नाम के मुनि मिल गये इनको हरिद्वार में। उन्होंने इनसे कह दिया कि तुम्हारे बेटे श्रीकंठ ने स्थूल शरीर तो त्याग दिया है, पर सूक्ष्म शरीर से वह भद्रपुरी में ही भटक रहा है। उसकी मुक्ति के लिए पुराण का पारायण कराओ। तो उन मुनि के उपदेश से ठक्कुर यह सब करा रहे हैं। अब इन सूत जी को बुला लिया...आख्यान करने के लिए...अब ये ही शास्ता हैं और ये ही धर्मोपदेशक हैं हमारे ग्राम में! और कोई शास्त्रज्ञ तो बचा नहीं! एक स्त्रीयोजक है, दूसरे आ गये ये सूत!'

'पहले तो वेदमित्र थे यहाँ! वे सोमपीथियों के कुल में बड़े भारी श्रोत्रिय थे। वे भी इस स्त्रीयाजक डिंडिम पंडित के कारण इस ग्राम को छोड़ कर काशी चले गये। अब डिंडिम पंडित है, वह जो कराये करो, नहीं तो ये सूत!'

'अरे आप को पता नहीं? यह भी तो व्यास मुनि ही कह गये हैं कि कलियुग

में ये ही लोग राज्य करेगें!'

'इस ग्राम का क्या होगा? पहले यहाँ भैरवमन्दिर में महानन्द नाम के महायोगी रहते थे। उन्होंने समाधि ले ली, या पता नहीं क्या हुआ उनके साथ...अब तो उस भैरव मन्दिर में भी बड़ा दुराचार हो रहा है!'

'चुप चुप! सुनो तो कह क्या रहे हैं ये...स्वर्ग भी नहीं है और नरक भी नहीं है!'

जैसा ऊपर कहा गया, ग्रन्थिक या सूत जी का कंठ बहुत मीठा नहीं है, पर कथा कहने की शैली बड़ी लुभावनी है। बीच-बीच में करताल, दाहिने हाथ को मरोड़ कर भीतर की और घुमाना और ताली, जिनको नाट्यशास्त्र की भाषा में शम्या, आवाप और सन्निपात कहा जाता है, रचते हुए वे गाते, तो श्रोताओं के चित्त में झंकार होने लगती।

प्रसंग था कपिल मुनि का अपनी माता देवहूति के साथ संवाद का। कपिल मुनि माता से कहते हैं—माता, इसी धरती पर स्वर्ग भी है और नरक भी। इसके बाहर स्वर्ग या नरक नहीं है। मनुष्य अपना स्वर्ग और अपना नरक स्वयं रचता है...

'झूठी बात है! झूठी बात है यह! स्वर्ग तो है न उत्तरकुरु के आगे!'—तभी पीछे से किसी ने कहा।

श्रोतागण चकित हैं। यह विघ्न कहाँ से आ गया?

ग्रन्थिक जी, जो आख्यान सुना रहे हैं, उनकी आँखें मुँदी हैं। वे श्रोताओं को नहीं देख रहे, आख्यान के संसार को अपने सामने घटित होता देख रहे हैं। जिस किसी ने जिस संसार में खड़े होकर इस तरह की शंका उपस्थित कर दी, उसके संसार में वे इस समय हैं ही नहीं। परन्तु शंका का वाक्य उनके भी कानों में पड़ा तो था ही। वे एक क्षण मुकुलित लोचन ध्यानमग्न स्थित रहे, फिर उन्होंने दोनों नयन उघाड़े। उनको उन्मीलित नयन सामने ताकता देख कर शंका करने वाले ने अपनी आपत्ति फिर से दोहराई।

शंकालु सामने खड़ा था।

अरे, यह तो बालक ही है! अधिक से अधिक दस-बारह वर्ष का होगा। पर स्वर कितना तीखा, चुनौती फैंकता हुआ! इतनी कम उम्र में इतनी कटुता कैसे आ गयी इसमें!

बालक दूर से आया है, थका माँदा दिखता है। पर चेहरे पर एक तेज बना हुआ है। कन्धे पर एक तुम्बिक है, और हाथ में भिक्षा का पात्र। कपड़े मैले हो गये हैं। एक अस्त-व्यस्त हुआ सूती उत्तरीय है, नीचे झूलता अधोवस्त्र।

'ए बालक! बैठ जा! बैठ जा!'—आस पास बैठे लोगों ने लड़के को डपटा—'आख्यान में बाधा नहीं डालनी चाहिए...ये व्यास जी हैं, इनसे अधिक तो तू नहीं

जानता न!'

'न, न!...उसे कहने दीजिये!'—ग्रन्थिक या सूत जी कहने लगे—'शंका है बच्चे के मन में...उसका समाधान तो करना होगा न! बेटे इधर आओ, आओ!...हाँ, अब कहो...क्या कह रहे थे तुम?'

बालक पास आ गया और बोला—'मैं यह कह रहा था कि आप जो कह रहे हैं न...कि न तो स्वर्ग होता है, न नरक—वह झूठ है। आप बिना पुस्तक देखे कुछ भी कहे जा रहे हैं! पुस्तक देखिये न...उसमें लिखा होगा कि स्वर्ग कहाँ हैं...मैंने महाभारत की कथा सुनी है, उसमें कहा है...'

ग्रन्थिक जी चुपचाप हुए बालक को कौतुक से भरी आँखों से गौर से देख रहे हैं। फिर मुस्कुराते हुए उन्होंने उससे पूछा—'क्या कहा है महाभारत में?'

'महाभारत में कहा है कि स्वर्ग हिमालय से आगे उत्तरकुरु देश में है...'

ग्रन्थिक जी हँसे। फिर मधुर स्वर में उस बालक से कहने लगे—'आयुष्मान् का कहना सही है। कुछ लोग उत्तरकुरु देश में ही स्वर्ग मानते हैं। कुछ कहते हैं कि स्वर्ग और आगे है। और जो कपिल मुनि ने कहा है कि स्वर्ग और नरक कहीं नहीं होता—वह भी सत्य है, जहाँ हम है, वहीं स्वर्ग है, वहीं नरक भी...'

'अरे, यह तो आप गड़बड़झाला कर रहे हैं! स्वर्ग यदि उत्तरकुरु में है, तो यहाँ कैसे हो सकता है? ऐसा हो सकता है क्या?'

ग्रन्थिक जी ने उस किशोर को मर्म बींधती दृष्टि से देखते हुए धीरे-धीरे कहा—'ऐसा हो सकता है विशाख! तुम लक्ष्मणपुर का अपना घर छोड़ यहाँ-वहाँ भटक रहे हो...तुम्हारे पिता तुम्हें निरन्तर याद करते हैं...उनकी स्मृति में तुम हो...इसलिए तुम वहाँ भी हो...यहाँ भी। इसी तरह स्वर्ग उत्तरकुरु में भी है और यहाँ भी। नरक की भी यही बात है!'

बालक का नाम सचमुच विशाख ही था। विशाख विस्मय विस्फारित नेत्रों से ग्रन्थिक जी को देखता हुआ अवाक् सोच रहा था कि इन्हें मेरा नाम कैसे विदित हुआ? सहसा उसकी आँखें भर आयीं।

ग्रन्थिक जी व्यासासन से उतरे, उसके पास पहुँचे, इसके मस्तक पर हाथ फिराते हुए स्नेह के साथ कहने लगे—'बिचारा...माता नहीं रही, माता को बाहर खोज रहे हो! माता और कहाँ होगी? वह तो यहीं है, तुम्हारे हृदय में!'

फिर वे हाथ पकड़ कर विशाख को अपने साथ मंच तक ले आये, फिर से व्यासासन पर बैठे, और कहने लगे—'भगवान व्यास कहते हैं कि अपने देश को जानो, अपने काल को जानो और अपने को जानो। अपने गाँव को पहचानो, अपने जनपद को बूझो और अपने घर को समझो। जैसे हमारा यह ग्राम है भद्रपुरी। यह ग्राम काशी जनपद में है। काशी जनपद भारतवर्ष में है। भारतवर्ष क्या है—यह बताते

हुए भगवान व्यास कहते हैं—

उत्तरं यत्समुद्रस्य हिमाद्रेश्चैव दक्षिणम्।
वर्षं तद् भारतं नाम भारती तत्र सन्ततिः।

'सागर के उत्तर में और हिमालय के दक्षिण में फैला यह महादेश भारतवर्ष है। बन्धुओं, भारतवर्ष में जन्म बड़े पुण्यों से मिलता है। हम सब धन्य है कि भारतवर्ष में जन्मे। देवता भी भारतवर्ष में जन्म लेने को तरसते हैं। वे अपने स्वर्ग से नीचे ताकते रहते हैं कि क्या हमें भी कभी इस देश में हाड़ माँस का शरीर लेकर धरती पर उतरने का अवसर मिलेगा?—इस भारतवर्ष की धरती के अनोखे सौन्दर्य में यहाँ प्रेम प्रीति के संसार में पगने का क्या हमें अवसर मिलेगा? देवता लोग कहते हैं कि इस भारतवर्ष की धरती में जन्मे लोग धन्य हैं, वे कर्म कर सकते हैं, कर्म से महान बन सकते हैं, देवताओं को भी अपने तप और शौर्य से जीत सकते हैं। पर कैसे लोग? सच्चा भारतवासी कौन है? भगवान व्यास ने यह भी बताया है, वे कहते हैं—

एतस्मिन् भारते पुण्ये प्राप्य मानुष्यमध्रुवम्।
यः कुर्यादात्मनः श्रेयस्तेनात्मा रक्षितः स्वयम्॥

'अर्थात इस भारतवर्ष में मनुष्य का जन्म लेकर जिसने श्रेयस का पथ चुना उसने अपने आप को बचा लिया...'

ग्रन्थिक जी का यह सब प्रवचन सुनते-सुनते विशाख का खून खौल रहा था। यह व्यक्ति कुछ जानता बीनता है नहीं और गाँव के गँवार लोगों के आगे प्रवचन छाँट रहा है! देवताओं का ऐसा तिरस्कार! यह तो वेद का अपमान है...वेद में इन्द्र की कितनी महिमा गाई गयी है..., फिर भाषा देखो इसकी पता नहीं कौन सी प्राकृत में बोल रहा है...संस्कृत के श्लोक पढ़ता है, तो पाठ करने की बात भाड़ में गयी, गाना गाने लगता है! ये मूर्ख लोग इसकी बातें सुन-सुन कर माथा हिला रहे हैं!...पर इस व्यक्ति को मैंने पहले देखा है कहीं, देखा न भी हो, तो ऐसा स्वर तो अवश्य पहले कहीं सुना है...

ग्रन्थिक जी श्रोतृ मंडली से कह रहे थे—'आज पुराण पारायण यहीं तक रहे..संध्या भी हो गयी और आज हमारा यह ग्राम बन्धु मिल गया...'

'देखो, देखो यह मुझे ग्रामबन्धु कह रहा है, स्वयं ग्रामवासी होगा, मुझे क्यों अपने साथ लपेट रहा है?'—विशाख ने फिर अपने आप से कहा। पर वह थका हुआ था, ग्रन्थिक की बातों से आहत और चकित था, और इस समय अपने लिए चुप रहना ही श्रेयस्कर समझ रहा था, सो चुप रहा।

तभी विशाख ने देखा कि सफेद वस्त्र पहने एक अत्यन्त रूपवती कन्या व्यासासन के ऊपर स्थापित देवता की आरती उतार रही थी। ग्रन्थिक जी स्तुति गा रहे थे—

कृष्णाय वासुदेवाय हरये परमात्मने।
प्रणतक्लेशनाशाय गोविन्दाय नमो नमः।।

एकदम परिचित सा स्वर। विशाख इस स्वर से चकित था, जो हो रहा था, उससे चकित था। उसने गुरुकुल में अध्ययन किया है। वेद और वेदांग पढ़े हैं। इस तरह की आरती और उसके साथ इस तरह का स्तुतिगान पहली बार सुना है। लोग किस तरह ध्यान में डूब गये हैं !... यह श्वेत वस्त्र धारिणी जो कन्या आरती उतार रही है, वह तो साक्षात सरस्वती लगती है!

'लीजिये वासुदेव का प्रसाद लीजिये!'—यह कहते हुए ठक्कुर श्रोताओं को फल बाँट रहे थे।

इस सारे आयोजन के सूत्रधार ग्रन्थिक जी ही हैं। सब उन्हीं को श्रद्धा से निहार रहे हैं। जैसा वे बताते हैं, वैसा कर रहे हैं। विशाख बहुत गौर से उन्हें देख रहा है...कहीं देखा है इन्हें ऐसा स्मरण आता है...पर कहाँ? पहचाने से लग रहे है, पर पहचान नहीं पा रहा हूँ...ये मुझे कैसे जानते हैं, मेरा नाम इन्होंने लिया...मेरे पिता और माता का स्मरण किया...पहले तो मुझे लगा कि ये सचमुच अन्तर्यामी हैं, सर्वज्ञ हैं.. इसलिए इन्होंने मेरा अतीत और वर्तमान जान लिया...पर नहीं। ये कोई ऋषि नहीं हैं। इस तरह के ढोंगी मैंने बहुत देखे हैं। यह कोई परिचित ही है। पर मेरी स्मृति को क्या हो गया? क्यों नहीं काम कर रही? कब, कहाँ किस प्रसंग में मैंने इन्हें देखा है? आकृति थोड़ी पहचानी लग रही है, उससे अधिक परिचित लग रहा है इनका स्वर!

अपनी स्मृति पर बड़ा गर्व रहा है विशाख को। आज यह गर्व टूट गया।

उसे इस तरह भौंचक्का देख कर ग्रन्थिक जी कहने लगे—'बच्चा, तुमने मुझे पहचाना नहीं। मैं हूँ, सनातन सूत। वाग्भट का पिता!'

विशाख भौंचक्का था, अब उसके ओठों पर हँसी खिल गयी। अरे, ये तो सनातन सूत हैं, अपने लक्ष्मणपुर में ही रहते हैं!—उसने अपने आप से कहा। मन का सारा मैल भी बह गया—'अरे आप वाग्भट के पिता हैं!'—चकित होकर सनातन सूत को देखते हुए वह बोला—'इतनी देर से मैं यही तो सोच रह था कि आपको कहाँ देखा है, आपको मैं पहचान क्यों नहीं पा रहा हूँ...कैसे पहचानता...मूँछें तो आपके पहले भी थीं, पर यह लम्बी डाढ़ी...इसके कारण मैं नहीं पहचान पाया। मैं आपको प्रणाम करता हूँ...'

सूत जी कहने लगे—'अहो, बड़ा आनन्द है, बड़ा आनन्द है!' फिर प्रणाम करने को झुके विशाख के दोनों हाथ अपने हाथों से पकड़ कर उसे रोकते हुए बोले—'नहीं! नहीं! बच्चा प्रणाम मत करना! हमें पाप लगेगा...तुम ठहरे ब्राह्मण और हम सूत!'

'मैं तो जन्म से जाति मानता नहीं, और आप भी जिन वासुदेव कृष्ण का मत

बता रहे थे अभी...वे अहीर हैं, अब तो ब्राह्मण भी उनकी पूजा करते हैं और वे वासुदेव भी गुण और कर्म के विभाजन से चातुर्वर्ण्य मानते हैं.. '

'बड़ा आनन्द है! बड़ा आनन्द है! अरे तू तो बड़ा पंडित हो गया! बहुत बड़ा ज्ञानी बनेगा!'—यह कहते हुए सूत जी ने उसके माथे पर फिर हाथ फेरा।

श्रोताओं में दो चार लोग ही बचे थे, वे कुछ दूर खड़े कौतुक से यह सब देख सुन रहे थे। फिर—'प्रणाम है व्यासमुनि को!'—यह कह कर सूत जी को प्रणाम करके वे सरस्वती भवन से निकल गये।

'तुझे देखा, तो वाग्भट की स्मृति हो आई। वाग्भट के साथ कितनी ही बार तो लक्ष्मणपुर में देखा है...पर तब तू एकदम बच्चा ही था...अब तो बड़ा ज्ञानी बन गया! वाग्भट तो वैसा का वैसा अनपढ़ ही रह गया...' सूत जी प्रशंसा से भरी आँखों से विशाख को निहारते हुए कह रहे थे—'अब मैं व्यास नहीं हूँ इस समय...तो बैठ जा इसी आसन पर बैठ जा...'

उनके आग्रह को मान कर विशाख उनके साथ व्यासासन के पीठ पर बैठ गया।

सूत जी कह रहे थे—'आ, मेरे साथ चल। लगता है बहुत दिनों से भटक-भटक कर थक गया है। कुछ खा पी ले, आज मेरे साथ ही रह लेना। हम लोग ठक्कुर के घर ही चलते हैं। वहीं भोजन करेंगें...'

विशाख सचमुच थका हुआ था, और भूखा भी। अपने गाँव लक्ष्मणपुर से निकले हुए उसे बहुत समय बीत गया...दो या तीन साल हो रहे हैं...

श्रोतृमंडली में से कुछ लोग सरस्वती भवन से बाहर आते हुए कह रहे थे—'क्या सर्वज्ञता है व्यास मुनि की! उस बालक का भूत, भविष्य और वर्तमान सब ऐसे देख लिया जैसे हथेली पर रखा आँवला! अपनी सर्वज्ञता से उन्होंने उसका गर्व तोड़ दिया!'

सूत जी ने ठक्कुर से कहा—'यह मेरे ही गाँव लक्ष्मणपुर के एक श्रोत्रिय का पुत्र है विशाख। आज यह हमारे साथ रहेगा...'

ठक्कुर कहा—'जैसी व्यास मुनि की इच्छा! स्वागत है श्रोत्रिय के बेटे का!...हमारा भाग्य है आप यहाँ आये...!' ठक्कुर, सूत जी और विशाख एक शकट में बैठे। विशाख ने देखा पीछे कुछ और शकट भी लगे हुए थे, ठक्कुर के परिवार की महिलाएँ होंगी, वे उनमें आ रही थीं।

शकट धीरे-धीरे चल रहा था, पर चरर-मरर की ध्वनि इतनी तेज होती कि बातचीत के लिए जोर से बोलना पड़ता। शकट जितना बड़ा, आगे जुते बैल उससे दूने आकार के। शकट जैसे उनके गलों पर लटक कर झूलता हुआ बढ रहा हो। उसके झूलने में शाकटिक के पीछे बैठे तीनों लोगों के देह जैसे झूले में झूलते।

विशाख के मन में स्मृतियों के कई झूले चक्कर लगा रहे थे। पर बातूनी ठक्कुर बार-बार उसे उनमें से उतार कर बाहर ले आते।—'घर क्यों छोड़ दिया आपने?' वे विशाख से पूछ रहे थे।

विशाख थका हुआ था, कई दिनों के भटकाव से मन बिखरा हुआ था। वह ठक्कुर से उलझना नहीं चाहता था। फिर भी सँभल कर उसने कहा—'आर्यपुत्र! घर विद्याध्ययन के लिए छोड़ा...'

ठक्कुर ने फिर उसे प्रश्न से कोंचा—'व्यासमुनि ने बताया कि आपका जन्म श्रोत्रिय कुल में हुआ है...'

अब की बार विशाख ने तड़ाक से उत्तर दिया—'हाँ, हुआ है न...आर्य, मैं तैत्तिरीय शाखा का अध्वर्यु सोमपीथी भारद्वाज गोत्र में जन्मा कर्कोटक का पौत्र और शाखोटक का पुत्र विशाख हूँ...'—उसने तोते की तरह रटा हुआ यह वाक्य दोहरा दिया।

सूत जी फिर ठठा कर हँस पड़े। हिमालय से झरती भागीरथी के निर्झर जैसी उनकी हँसी। फिर बोले—बड़ा आनन्द है! अरे विशाख! तेरे पिता का नाम शाखोटक है, मैं तो यही भूल गया था। कितना समय हो गया मुझे, उनके दर्शन किये हुए...नहीं दो साल पहले मिला था उनसे...तुम्हारी भी चर्चा तभी वहाँ सुनी थी...'

विशाख के मन में सहसा उत्सुकता फूट पड़ी। उसने पूछा—'मेरे पिता से मिले थे आप? कब?...अब कैसे हैं वे?'

'सब बताऊँगा। बातें होंगी...लक्ष्मणपुर की बातें...बड़ा आनन्द रहेगा...अभी तो ठक्कुर के घर चल कर कुछ भोजन पानी ले लेते हैं। ये इस गाँव के राजा हैं, और हमारे आश्रय दाता हैं।'

विशाख ने पूछा—'राजा हैं ये? तो इनके राजचिह्न कहाँ हैं?...इनका छत्र, ध्वज और चामरग्रहिणियाँ कहाँ हैं?'

सूत जी ने कहा—'अरे, तू प्रश्न बहुत करता है! राजा तो राजा ही है! क्या छत्र, क्या ध्वज और क्या चामर!'

सुनते हुए ठक्कुर हँस रहे थे। फिर वे बोले—'अरे, परिहास कर रहे हैं व्यासमुनि। हम तो केवल सेवक है...राजा के सेवक और आप लोगों के दास...'

चरर-मरर की ध्वनि करता हुआ शकट चल रहा था। विशाख की क्लान्त काया में थकान भरी हुई थी..पेट में भूख कुलबुला रही थी...पर मन क्लान्त नहीं था, मन अपने गुनतारे में डूबा स्मृतियों का रोमन्थन कर रहा था। वे स्मृतियाँ बवंडर मचा देतीं। वे उसे श्मशान में ले जाकर पटक देतीं, श्मशान से उसे फिर लक्ष्मणपुर के घर में ले जातीं... इतनी कच्ची आयु में दो बार श्मशान की यात्रा की थी उसने। पहले माँ के निधन पर श्मशान, फिर कुछ साल बाद गुरुवर सौम्यदेव के निधन पर फिर

श्मशान...जीवन ही श्मशान लगने लगा था...

विशाख पाँच वर्ष का है... श्मशान में माँ का शरीर चिता पर रख दिया गया था। पिता मुखाग्नि दे रहे थे, साथ में यह मन्त्र पढ़ते जा रहे थे—

वायुरनिलममृतमथेदं भस्मान्तं शरीरम्।
ओम् क्रतो स्मर, कृतं स्मर
क्रतो स्मर कृतं स्मर।।
अग्ने नय सुपथा राये अस्मान्
विश्वानि देव वयुनानि विद्वान्।
युयोध्यस्मज्जुहुराणमेनो
भूयिष्ठां ते नम उक्तिं विधेम।।

उस समय विशाख इन मन्त्रों का अर्थ नहीं समझ सका था। अब इनका अर्थ वह समझ सकता है। देह के भीतर प्राण वायु है, वह बाहर की वायु में विलीन हो जाती है, बाहर की वायु अनिल में। शरीर भस्म होकर समाप्त हो जाता है। रह जाता है जीव - इस जीव से कहा जा रहा है कि किये हुए का स्मरण कर। दूसरे मन्त्र में अग्नि से प्रार्थना की गयी है कि वह सुपथ पर ले जाए, पाप को नष्ट करें।

और्ध्वदैहिक कृत्य पूरा हुआ। विशाख माँ की राख देखता रह गया। श्मशान से सब लौट रहे थे। बीच में एक जगह वट वृक्ष था, उसकी दूर-दूर तक फैली ऊपर से नीचे लटकतीं जड़ों के बीच एक वेदी बनी हुई थी। विशाख ने देखा कि पिता वहाँ पहुँच कर वेदी पर बैठ गये हैं और अपना मस्तक हाथों से पीटते हुए फफक-फफक कर रोने लगे हैं। साथ के लोग उन्हें समझा रहे थे।

पहली बार पिता को इस तरह रोते देखा विशाख ने। माँ के लिए इतना स्नेह था उनके मन में?

बाद में तक्षशिला में रहते हुए उसने सारे धर्मशास्त्रों का अध्ययन किया तो जाना कि धर्मशास्त्रों में विधान है कि कुटुम्ब का कोई व्यक्ति मर जाए, तो उसका शवदाह करके लौटते समय किसी क्षीरवृक्ष की छाया में बैठ कर रो लेना चाहिए। इस विधान का अनुसरण करके पिता रोए होंगें। उनका रोना धर्मशास्त्र के नियम के पालन के लिए था...सहज नहीं।

पर माँ के चले जाने से वे उदास तो दिखते थे। उन दिनों वह पिता के थोड़ा निकट आ गया था। एक बार उसने पूछ लिया था—'माँ लौट कर नहीं आयेगी?...वे जिस किसी भी लोक में हैं—वहाँ से?' पिता ने कहा था—'मृत्यु से स्थूल शरीर ही नष्ट होता है। मनुष्य केवल स्थूल शरीर से नहीं होता, वह सूक्ष्म शरीर में भी रह सकता है। तेरी माँ सूक्ष्म शरीर से तो यहीं बनी हुई है।'

'क्या मैं उन्हें देख सकता हूँ?...सूक्ष्म शरीर में वे होंगी, तो क्या वे मुझसे बात

करेंगी?'

पिता कोई उत्तर दिये बिना गर्म साँस छोड़ कर रह गये थे।

माँ बहुत सौम्य प्रकृति की थीं, वे जितनी ही स्नेहभरीं, पिता उतने ही क्रोधी और कठोर थे। वे जब-जब क्रोध में भरकर उसे पीटने लगते, माँ ही उसे गोद में दुबका कर बचा लेती।

माँ को गये हुए तीन वर्ष बीत गये। इस बीच पिता ने अध्ययन के लिए उसे गुरुकुल भेज दिया। गुरुकुल गाँव के बाहर ही था। गुरु थे आचार्य सौम्यदेव। तब वह आठ साल का था। मनु की मानें, तो पाँच वर्ष की आयु में ब्राह्मण का उपनयन होना चाहिए। पिता का भी मन था कि पाँच वर्ष की आयु से ही विशाख ब्रह्मचारी बन कर रहे। वे उसे तीन साल पहले ही गुरुकुल भेजना चाहते थे। पर माँ कहने लगीं कि अरे यह अभी तो एकदम दुधमुँहा बच्चा है...यह अभी नहीं जाएगा...।

पड़ौस में ही चिरजीवी वैद्य रहते थे। उनका बेटा विपाक, विशाख का समवयस्क और मित्र था। विपाक के पिता बड़े ज्ञानी थे। उन्होंने भी उस समय पिता से कहा—'पाँच वर्ष की आयु में तो उपनयन ब्रह्मवर्चस्काम (जो अजीवन ब्रह्मचारी रहना चाहता है।) का किया जाता है... जिसे आजीवन ब्रह्मचारी बना कर रखना हो। मनु महाराज ने यही विधान बताया है...ब्राह्मण बालक का उपनयन आठवें वर्ष में ही किया जाना चाहिए...मेरा बेटा भी आठ वर्ष का होगा...दोनों साथ ही गुरुकुल चले जाएँगे।'

विशाख जानता था कि माँ के अनुरोध के कारण नहीं, चिरजीवी वैद्य के तर्क के कारण पिता ने अपना आग्रह छोड़ा था।

बचपन से ही विशाख के मन में यह बात बैठ गयी थी कि पिता का उस पर प्रेम नहीं है। पर पिता के लिए उसके मन में श्रद्धा थी। वे उसके पहले गुरु थे...विशाख पाँच वर्ष का हो गया, उस समय उसका उपनयन नहीं हो सका, तो अक्षरमातृका (वर्णमाला) पिता ने ही उसे सिखाई, फिर वेदाभ्यास कराने लगे। घर में यजुर्वेद और महर्षि गौतम के धर्मसूत्र की पोथियाँ थीं। विशाख कभी-कभी पोथी खोल कर पढ़ने का प्रयास करता, अर्थ समझने का भी। कभी-कभी अर्थ लग जाता, तो वह मगन हो जाता और सोचता—'अरे पुस्तक पढ़ने से तो संसार ही नया हो जाता है! अक्षर में सारा क्षर विश्व समा जाता है—यह उस समय से ही वह अनुभव करता था।

चिरजीवी वैद्य का बेटा विपाक, पुराणवाचक सनातन सूत का बेटा वाग्भट, पंक्तिपावन विप्र सुमनोदेव का कुंड पुत्र ऋजु—ये उस समय विशाख के मित्र हुआ करते थे। उनके साथ वह कभी आकर्षक्रीडा (पाँसे का खेल), कभी पट्टिकाक्रीडा, कभी मुष्टिद्यूत, कभी क्षुल्लकद्यूत, कभी मध्यमांगुलिग्रहण और कभी षट्पाषाणक

के खेल खेलता। कभी वे बाहर खेलने जाते, तो सुनिमीलितक, आरब्धिका, लवणवीथिका और अनिलताडितका, गोधूमपुंजिका के खेल खेलते।

सनातनसूत का लड़का वाग्भट गायन नर्तन और वादन में निपुण था। वह गाथाएँ गाता, तो कानों में रस घुलता जाता। गाथा गाते समय साथ में वह इकतारा बजाता, कभी वाँसुरी। उसके पिता सूत जी—प्रायः गाँव में रहते नहीं थे। वे प्रायः पुराण के पारायण के लिए कभी नैमिषारण्य चले जाते, कभी वाग्भट भी उनके साथ ही जाता। इन सब में विपाक ही उसका सबसे पक्का मित्र था।

गोमती नदी का तट। उसकी बालू में बैठना जैसै माँ की गोद में। विपाक के साथ प्रायः विशाख गोमती के किनारे घूमता रहता।

माँ के इस धरती से चले जाने के बाद गुरुकुल के दिनों में उसकी स्मृति उसके मन में बहुत घुमड़ती रहती।

माँ किसी तपस्विनी के जैसी लगती थी। व्रतों और उपवासों से कृशकाय उसकी काया। ज्येष्ठ शुक्लपक्ष में वह सावित्रीव्रत करती, तो उस दिन सावित्री की कथा भी कहती थी। किस तरह सावित्री अपने पति के फिर से जिलाने के लिए यमराज से प्रार्थना करती यह जब वह बताती तो विशाख की आँखों में आँसू आने लगते। विशाख को माँ में सावित्री का रूप दिखने लगता।

ऐसी उसकी माँ, जो यमराज को धता बता सकती थी, उसे यम कैसे ले गया? यह सोच कर विशाख रोने लगता।

चैत्र के शुक्लपक्ष की तृतीया के दिन माँ गणगौर का व्रत करती थी। कार्तिक शुक्लपक्ष की षष्ठी के दिन सूर्यषष्ठी का। फिर अक्षय नवमी आती, तो अक्षयव्रत करती।

पिता कहते—'अरे क्या है यह?...यह व्रत उपवास का विधान किसने बताया, किस शास्त्र में लिखा है यह सब? स्त्रियों के लिए व्रत का कोई विधान ही नहीं है। उन्हें केवल यज्ञ में पति को साथ आहुति देने के लिए बैठना होता है बस...!'

पिता माँ के ऊपर प्रायः कुपित होते रहते, माँ चुपचाप उनकी बड़बड़ाहट सुनती और निःशब्द हँसती रहती।

विशाख उससे कहता—'माँ, पिता मना करते हैं, तो क्यों करती हो व्रत?'

माँ कहती—'ये व्रत मेरी माँ ने बताये थे मुझे, मेरी माँ को उसकी माता ने बताये...ये हमारे कुलव्रत हैं। माँ सबसे बड़ी है, वह सारे शास्त्रों से ऊपर है। माँ ने कहा तो करती हूँ। कुलधर्म न छोड़ूँगी।'

उस समय पिता की तरह विशाख को भी अच्छा नहीं लगता था माँ का व्रत उपवास करना। बहुत बाद में कदाचित सूत जी के साथ रहने के कारण उसने समझा कि माँ जिस धर्म को पाल रही थी, वह पौराणिक धर्म था, उस पौराणिक धर्म ने

वैदिक पुरोहितों के आतंक का अन्त कर दिया, धर्म के बन्द द्वार सब के लिए खोल दिये।

सहस्रबाहु कार्तवीर्य अर्जुन के उपासकों और परशुराम के उपासकों के बीच झगड़ों के प्रसंग लक्ष्मणपुर से जुड़ी स्मृतियों में बार-बार उभरते हैं। वैशाख का शुक्लपक्ष था। परशुराम के पूजक परशुरामपूजा का आयोजन कर रहे थे। परशुराम यात्रा के मार्ग को लेकर सहस्रबाहु कार्तवीर्य के उपासकों से उनका विवाद हो गया। परशुराम की यात्रा जिस वीथी से निकलने को थी, उसी में सहस्रबाहु कार्तिकेय का मन्दिर था। कार्तवीर्य के उपासकों का कहना था कि अपनी माता की हत्या करने वाले, क्षत्रियों को निःशेष करने वाले, गर्भवतियों व उनके भ्रूणों को भी मारने वाले और हमारे उपास्य कार्तवीर्य अर्जुन का अपमान करने वाले परशुराम की यात्रा इस मार्ग से नहीं निकलेगी। परशुराम के उपासक भी उग्र हो गये और कहने लगे कि जिस तरह भगवान परशुराम ने इस धराधाम से इक्कीस बार क्षत्रियों का संहार किया था, ऐसे ही हम तुम लोगों का सर्वनाश कर डालेगें। विवाद बढ़ता गया, ग्रामसभा के समझाने से कुछ न हुआ। उस समय राजा स्वयं लक्ष्मणपुर आये थे। उन्होंने दोनों पक्षों को बुलाकर बात की। किसी तरह साम, दाम, दंड और भेद से दोनों को शान्त किया।

इस तरह की बातों को लेकर विशाख के मन में प्रश्न कुलबुलाते रहते। क्यों होते हैं इस तरह के कलह और बिवाद? जो धर्म रक्षा करने के लिए है, वह सर्वनाश का कारण क्यों बन जाता है?

पर उस विवाद के कारण विशाख ने राजा के दर्शन किये थे...विपाक ने कहा था—विशाख ग्रामसभा में राजा आया हुआ है...देखने चलेगा?

पाँच बड़े देवालय थे लक्ष्मणपुर में। दो विष्णु के, दो शंकर के और एक गणेश का। विष्णु और शंकर के पूजकों में भी परस्पर झगड़े होते रहते। यदि इनके ईश्वर एक दूसरे से लड़ते रहते हैं, तो उनकी पूजा क्यों की जाए, उनके नाम पर देवालय क्यों बनवाए जाएँ?

यह प्रश्न उसने एक बार पिता से पूछा था।

पिता ने कहा था—'इसीलिए तो हम श्रौतविधान में विश्वास रखते हैं। यह पौराणिक धर्म नया-नया चल पड़ा है, यह सब ढकोसला है, हमारा सनातन वैदिक मार्ग है। वही बड़ा है और वही श्रेष्ठ है।'

आठ वर्ष की आयु में उसका उपनयन हुआ। फाल्गुन का महीना था। वसन्त ने लक्ष्मणपुर को सजा दिया था, घर के आसपास पलाश के पेड़ फूलों से लदे हुए। घर के आँगन में मालती फूल रही थी।

पिता का कहना था कि फाल्गुन में जिसका उपनयन होता है, वह अधिक

बुद्धिमान बनता है।

यज्ञोपवीत का धागा किसी कन्या के द्वारा काते गये सूत से बनाया जाना चाहिए। विपाक की बहन थी वैजयन्ती। वह छह वर्ष की ही थी, पर घर के सारे काम-काज में अत्यन्त निपुण। उसने तर्कु पर कपास कात कर विपाक और विशाख दोनों के लिए सूत दिया। दोनों के लिए यज्ञोपवीत पिता ने बनाये। छियानवे अंगुल का धागा नाप कर उन्होने कहा—'ओम् भूः'—, फिर उतना ही नाप कर कहा—'भुवः', फिर 'स्वः' के उच्चारण के साथ उतना ही नाप लिया। विशाख को अपने पिता पर उस दिन बड़ा गौरव का अनुभव हुआ था कि वे कितना विधिविधान जानते हैं, और इस बात से प्रसन्नता भी कि वे उसके लिए यह सब कर रहे हैं। बहुत बड़ी बात तो यह थी कि उसी अवसर पर उसने पिता को हँसते देखा। पिता की वह हँसती हुई छवि उसके मन में सदा के लिए अंकित है...

विपाक के साथ वह गुरुकुल आ गया। हाथ में यज्ञोपवीत और समिधा लिए दोनों ने श्रोत्रिय सौम्यदेव के पास पहुँच कर श्रद्धा के साथ कहा—भगवन, हम अध्ययन के लिए आये हैं। आचार्य ने कान में गायत्री मन्त्र बोलते हुए दोनों को यज्ञोपवीत पहनाए। पहनाते समय वे कह रहे थे—'इस यज्ञोपवीत के तीन सूत्रों में तेजस्, आपस् और अन्न पिरोये हुए हैं। इनसे आयु, बल और तेज का तुम्हारे भीतर आधान किया गया...'

सौम्यदेव के गुरुकुल में दो वर्ष ही रह पाया...वहाँ उसने यजुर्वेद, और छह वेदांगों—शिक्षा, कल्प, निरुक्त, ज्योतिष, छन्दस् तथा व्याकरण का अध्ययन किया। कमर में मूँज की मेखला से बँधा कृष्णाजिन पहली बार पहना। मेखला कठोर होती थी—चमड़ी पर रगड़ खाती। कन्धे पर सन का बना उत्तरीय। वह भी विशाख को अच्छा न लगता। प्रत्येक अन्तेवासी भोर होने के पहले उठ कर गुरु के चरणों की वंदना करके स्नान आदि करने के पश्चात पन्द्रह-पन्द्रह मात्रा के तीन प्राणायाम करता, फिर माथे तक ऊँचा पलाश का दंड हाथ में पकड़ कर भिक्षाटन करने निकल पड़ता।

माँ खड़ी रहती हाथ में भिक्षा लिए हुए...विशाख की माँ नित्य उसे भिक्षा देने लक्ष्मणपुर के सीमांत तक आ जाती है.. यह पता चलने पर गुरु सौम्यदेव क्रुद्ध हुए थे...भिक्षा नित्य किसी एक से या एक ही घर से नहीं ली जा सकती—उन्होंने कहा था।

गुरुकुल में भी माँ की स्मृति रात दिन उसके साथ चलती। सूत के वस्त्र पहनाती माँ याद आती। जैसी माँ वैसे ही कोमल सूत के वस्त्र। मनुहार करके भोजन कराती माँ...जितनी स्वयं मधुर, उतनी ही मधुर उसकी रसोई...

गुरु थे वशिष्ठ कुल जन्मे सौम्यदेव। जैसा नाम वैसा स्वभाव उनका न था।

और आरम्भ से ही विशाख पर उनकी वक्र दृष्टि रही। सायंकाल वे सब अन्तेवासियों के लिए धर्म का तत्त्व बताते थे। वे एक बार धर्मशास्त्रों में ऋण की व्याख्या करते हुए कह रहे थे—'ऋण तीन होते हैं देवों का ऋण, ऋषियों का ऋण और पितरों का ऋण। प्रत्येक मनुष्य को ये तीन ऋण चुकाने होते हैं...'

'आचार्य, कुछ पूछना है...!'—सहसा विशाख ने उन्हें बीच में टोका।

इस व्यवधान से गुरु जी की भौंहे टेढ़ी हो गयीं। फिर भी अपना क्रोध रोक कर उन्होंने कहा—'पूछो! क्या पूछना है?'

'जैसे पितरों का ऋण होता है, वैसे माता का ऋण नहीं होता क्या?'

प्रश्न सुन कर गुरु जी उपहास के स्वर में कहा—'यह तेरी बालबुद्धि है, इन्हीं तीन ऋणों में सारे ऋण समाविष्ट हो गये...जो धर्मशास्त्रकार थे... गौतम... उनसे तू अधिक जानता है क्या?'

'नहीं यह बात नहीं, पर...'

विशाख के 'पर' तक पहुँचते ही गुरुजी ने उसकी जिन कड़े शब्दों में भर्त्स्ना करना आरम्भ किया कि उसकी आँखों में आँसू आ गये। कोड़े की तरह उनके शब्द मन के मर्म पर पड़ रहे थे।

पर उसी दिन से उसने कौंडिन्य का स्नेह पा लिया। कौंडिन्य मुझ पर अनुकम्पा रखते हैं, उनका स्नेह मुझ पर है, उनका सौहार्द मुझे मिला—यह सोच कर वह अपने को धन्य मानता। गुरुजी के प्रवचन के बाद कौंडिन्य ने स्वयं आकर उसके दोनों हाथ अपने हाथ में लेकर कहा—'बन्धु विशाख, तुमने बड़ा समीचीन प्रश्न किया। मुझे ऐसा लगता है कि सारे धर्मशास्त्र तो पुरुषों के द्वारा रचे गये हैं, इसलिए उन्होंने माता का ऋण नहीं बताया। किसी स्त्री का रचा कोई धर्मशास्त्र मिलता नहीं है। मैं समझता हूँ कि माता का भी ऋण होता है, पत्नी के प्रति भी पति का ऋण हो सकता है। पर माता के तो हम सब ऋणी हैं ही...'

महाभारत में अयोद धौम्य की कथा आती है। सौम्यदेव गुरुजी अयोद धौम्य के जैसे थे। अत्यन्त कठोर, कटु भाषी और कठोर हृदय। अन्तेवासियों को काम में लगाये रहते, कौंचते रहते। गुरुकुल में रहना विशाख के लिए क्लेश बनता गया। आश्रम में वह गायें चराता था, भिक्षा में जो कुछ मिलता वह सब गुरु को दे देता, भोजन रुचिकर न मिलता, जो मिलता वह थोड़ा होता। गुरुपत्नी को प्रसन्न रखने का सब अन्तेवासी प्रयास करते पर वे भी सबको लताड़ती ही रहतीं।

पिता ने कहा था कि हमारा वेद यजुर्वेद है, तैत्तिरीय शाखा है हमारी और सौम्यदेव इसमें पारंगत हैं। उनके यहाँ रहकर समग्र तैत्तिरीय शाखा का अभ्यास करके ही लौटना है।

विशाख की स्मृति तीक्ष्ण थी। जो मन्त्र एक बार सुन लेता, वे उसे याद हो

जाते। पर उसे लगता कि गुरुवर उसकी इस विलक्षणता से प्रसन्न नहीं होते, उल्टे वे उसे गायें चराने, समिधाएँ लाने और अधिक से अधिक भिक्षाटन में लगाये रखते।

फिर भी विशाख ने दो वर्षों में सारा यजुर्वेद कंठस्थ कर लिया। अश्वमेध में पारिप्लव आख्यान सुनाये जाते हैं, उनका भी अभ्यास कर लिया। और भी कई आख्यान सुन-सुन कर उसे याद हो गये। अग्निचयन करना सीखा, अरणिमन्थन भी जाना।

कभी-कभी विशाख सोचता—'गुरुवर का नाम सौम्यदेव किसने और कैसे रख दिया? ये तो परम प्रचंड हैं। तुरन्त क्रोध से भर जाते हैं। इनमें और आर्य कौंडिन्य में कितना अन्तर हैं! ये जितने कठोर हैं, कौंडिन्य उतने ही अभयप्रद, आश्वस्तिदायक और सरल हैं।'

बहुत समय से वह आचार्य से पूछना चाहता था कि स्वर्ग कहाँ है?

विपाक से वह प्राय: कहता कि देखना आज पूछ कर ही रहूँगा, पर पूछ न पाता। उस दिन साहस करके वह आचार्य सौम्यदेव के सामने गया, हाथ जोड़कर साष्टांग प्रणाम करके सादर उनसे बोला—'विशाखोऽभिवादयते।' (विशाख अभिवादन करता है।)

'आयुष्मान् भव। अभिवादयते इस आत्मनेपद का प्रयोग किया है। तो किसी स्वार्थवश प्रणाम कर रहे हो ऐसा लगता है।'

'ऐसा ही है भगवन! स्वार्थवश ही प्रणाम किया।'

'शिष्यों में शुश्रुषा होनी चाहिए, न कि स्वार्थ। उनको नि:स्वार्थ रहना चाहिए। फिर भी बोल! क्या स्वार्थ है तेरा?'

'भगवन, कुछ पूछना है।'

'पूछना है?'...गुरुवर उसे आश्चर्य से ऐसे देख रहे थे, जैसे उसने अप्रत्याशित कुछ कर डाला हो।

विशाख हाथ जोड़े अपराधी की तरह उनके सामने खड़ा था।

'अस्तु, पूछ!'

'भगवन! मैं यह जानना चाहता था कि स्वर्ग कहाँ है?'

'स्वर्ग? अरे बालक, स्वर्ग से या नरक से तुझे क्या लेना देना?'

'मेरी माता स्वर्ग चली गयी, मैं वहीं जाकर उसे देखना चाहता हूँ...'

'अहो, क्या कामना है!...अरे मूर्ख! नरक में गिरेगा...स्वर्ग की तो बात बहुत दूर है...'

विशाख निराश होकर प्रणाम करके चलने लगा, तो वे बोले—'स्वर्ग हिमालय के आगे है उत्तरकुरुदेश में है, पर वहाँ कोई जा नहीं सकता...!'

विशाख सोचने लगा कैसा होगा उत्तरकुरुदेश? माँ वहाँ कैसे रहती होगी?...हमारी

तरह स्थूल शरीर तो नहीं है उसके पास...सूक्ष्म शरीर से वह वहाँ रहती होगी...

उसी दिन उसने आर्य कौंडिन्य के पास जाकर उन्हें भी अभिवादन करके पूछा था—'उत्तरकुरु कहाँ है आर्य?'

कौंडिन्य इसे मुस्कुराकर कौतुक से देखते रहे, फिर उन्होंने कहा—'उत्तर कुरु का वर्णन महाभारत ग्रन्थ में आता है...पर क्यों पूछ रहे हो बन्धु विशाख?'

'आर्य, गुरुवर ने कहा है कि स्वर्ग वहीं है...मैं वहाँ तक जाकर माँ को देखना चाहता हूँ, वहाँ पहुँच कर सूक्ष्म शरीर में तो वे दिख जाएगीं न...'

कौंडिन्य ने मुस्कुराते हुए कहा था—'बन्धु विशाख! मैं समझता हूँ कि स्वर्ग होता कहीं नहीं है, पर वह रचा जा सकता है।'

'कैसे रचा जा सकता है?'

'वही बता रहा हूँ। भद्र विशाख, स्वर्ग शब्दों से रचा जा सकता है। ऋषि ऋचाओं से स्वर्ग रच सकते थे। यदि हम मन्त्र का साक्षात्कार कर सकें, तो उससे भी स्वर्ग रच सकते हैं।'

'हमारे रचे स्वर्ग में हमारी माँ मिल सकती है क्या?' विशाख ने फिर उनसे पूछा।

'उस स्वर्ग में माता अवतरित हो सकती है।'

कौंडिन्य के कथन उसके मन में उतरते गये। कुछ दिन वह उधेड़बुन में रहा। उसके बाद तो बस पन्द्रह दिन और गुरुकुल में रह सका। पर वे पन्द्रह दिन बहुत उथल पुथल के रहे। एक तो आर्य कौंडिन्य गुरुकुल छोड़कर चले गये, विशाख उनके जाने पर मन मसोस कर रह गया, उन्हीं की बात मन में ऐसी लग गयी थी कि उसने एक दिन मातृसूक्त रच दिया...और लगा माँ सामने बैठी उसे सुन रहीं हैं...वह सूक्त उसने आर्य कौंडिन्य को सुना भी दिया।

इसके बाद अनहोनी हो गयी। गुरुवर सौम्यदेव ने स्वर्ग का पता उसे बताया था, उसके पश्चात दस या पन्द्रह दिन बाद वे स्वयं ही स्वर्ग सिधार गये। उस दिन वह समिधा लेकर विपाक के साथ गुरुकुल से लौट रहा था, देखा कि गुरुभार्या बिलख-बिलख कर विलाप कर रही हैं।

वरिष्ठ अन्तेवासियों ने कहा—'गुरुवर हमें छोड़ कर चले गये, उनका संस्कार हम लोगों को ही करना होगा, उनका कोई पुत्र नहीं है।'

विशाख ने फिर एक बार श्मशान में किसी का महाप्रयाण देखा। वह सोचता रहा—शरीर तो भस्म बन कर बिखर जाता है, फिर शेष जो रह जाता है, उसे प्रत्यक्ष किया जा सकता है? क्या गुरुवर फिर से दिख सकते हैं और माँ?

आर्य कौंडिन्य उसके आठ दिन पहले ही गुरुकुल छोड़ कर साकेत चले गये थे। क्या उन्हें विदित था कि इस गुरुकुल में ऐसी अनहोनी होने वाली है? जिस दिन से वे गये विशाख बहुत अनमना रहता था, अब गुरुवर का यह अवसान...उतनी कम आयु में उसे सब शून्य लगने लगा...कहाँ जाना चाहिए अब उसे?

तभी पिता गुरुकुल में आ गये। उन्होंने कहा—'इस आश्रम में तो गुरु रहे नहीं अब, तो तू घर ही चल! बाद में और किसी गुरुकुल में तुझे भेज दूँगा, नहीं तो घर में ही स्वाध्याय करना।'

घर जाने का मन नहीं था विशाख का। घर में माँ तो होगी नहीं...क्या करेगा वहाँ जाकर? इस गुरुकुल में रहते हुए मातृसूक्त रचा था उसने...मातृसूक्त में माँ बसी हुई है यह लगता.. वह सोचता कि कभी मातृसूक्त का पाठ करते हुए माँ दिखेगी...

मन में एक उधेड़बुन लिए विशाख पिता के साथ घर आया था...

विपाक भी गुरुकुल से अपने घर ही आ गया था। इस तरह आचार्य सौम्यदेव का गुरुकुल छूट गया। दो वर्ष विशाख वहाँ रहा। इन दो वर्षों में उसे क्या मिला वहाँ रह कर? कुछ उपनिषद् का अध्ययन किया, श्रौतयाग की विधि सीखी...पर उस सबसे से बढ कर जो वहाँ मिला वह अमूल्य है—विपाक की मित्रता और आर्य कौंडिन्य का सौजन्य। और फिर मातृसूक्त। वह वहीं रह कर रचा गया। 'मैं उस मातृसूक्त का ऋषि हूँ!'—विशाख सोचता।

शकट धीरे-धीरे चल रहा था। ठक्कुर, सूत जी और विशाख इस शकट में बैठे थे। पीछे एक शकट और आ रहा था, उसमें विशाख ने दो महिलाओं को चढ़ते देखा था। सूत जी ने अभी-अभी किस प्रसंग में कहा था—'बड़ा आनन्द हुआ!'—विशाख समझ नहीं पाया। उसका मन स्मृतियों में उलझ गया था...

ठक्कुर बातूनी व्यक्ति थे। वे विशाख को फिर कोंचने लगे—'तो घर छोड़ कर संन्यासी हो गये आप? इतनी कम आयु के बालक का संन्यास कैसे हो सकता है भला? आप हमारे घर में रह जाओ। किसी कन्या को ढूँढ़ कर आपका ब्याह करा देंगे, फिर आपकी सन्तानें होंगी...अच्छा आप जानते हो...अग्निहोत्र की शुद्ध विधि, अग्निचयन करना आता है? और अरणियाँ जलाना?'

'सब आता है।'—विशाख ने बहुत धीमे पर विश्वस्त स्वर में उनसे कहा।

ठक्कुर के घर पहुँच कर स्नान और छककर भोजन किया। बड़ी तृप्ति मिली। अब जाकर कुछ चैन मिला। दिन भर घूमता-घामता रहा...मन बस यही चाहता था—अब भोजन और बसेरे के लिए कोई स्थान मिल जाए...सूत जी की कृपा से सब कुछ मिल गया अब नींद से पलकें झपकीं जा रहीं थीं, माथा भन्ना रहा था।

उसने सूत जी से कहा—'इधर द्वार के बाहर अलिन्द में मैं पड़ा रहूँगा...एक कथरी है मेरे पास और एक प्रावरण भी...बिछा भी लूँगा और ओढ भी लूँगा!' यह कहकर वह अपनी कथरी उन्हें दिखाने लगा।

सूत जी ठठा कर हंसे और बोले—'बड़ा आनन्द हुआ! पर रहने दे अपनी कथरी और ओढ़नी। तेरी सेज लगवा दी है भीतर शयनागार में...हम तो यहाँ धरती पर सोयेंगें। हमारा व्रत है भूमिशयन का। तू ब्राह्मण ठहरा भाई। तू हम सूतों के लिए परम पूज्य है और इन ठाकुरों के लिए भी...'

विशाख ने कहा—'आप वाग्भट के पिता हैं। मेरे लिए भी पिता के समान हैं। मुझे भी तो भूमिशयन का ही अभ्यास है। मैं भी धरती पर सो जाऊँगा।'

सूत जी विशाख को पकड़ कर भीतर ले गये। ठक्कुर के शयनागार में सुन्दर पलंग था। ठक्कुर की पतोहू कालिन्दी बिस्तर लगा रही थी।

सूत जी कहा—'यहाँ सो जा!'

विशाख असमंजस में खड़ा रहा। सूत जी ने उसे दोनों हाथों से लगभग उठाते हुए पलंग पर लिटा दिया और प्रच्छद उढ़ाते हुए उसके मस्तक पर हाथ फेरा। विशाख को याद आया माँ भी इसी तरह लिटा कर सुलाती थी।

कितने समय से वह भटकता रहा है यों ही...कितने घाटों का पानी पिया...कितने गाँव देखे...कितने नगरों में घूमा...मन को सन्तोष तो कहीं भी न मिला...ज्ञान की प्यास न बुझी, माँ का पता न मिला। एक गाँव से दूसरे गाँव, एक नगर से दूसरे नगर चलता चलता वह यहाँ भद्रपुरी में आ पहुँचा।

सोचा था अगले दिन भद्रपुरी से चल देगा, पर जाना कहाँ हो सका...सूत जी के आग्रह में बँध गया...

'बिटिया, एक भृंगार भी यहाँ रख देना।'—सूत जी कालिन्दी से कह रहे थे।

जाते हुए कालिन्दी ने मुड़ कर एक बार विशाख को ताका। उसके मुख की एक झलक में विशाख को विपाक की बहन वैजयन्ती की याद आ गयी। कालिन्दी की बड़ी बडी आँखें उसके भीतर खुभती-सी गयी। वैजयन्ती की तरह इसे भी पहले कहीं देखा है...पर कहाँ देखा होगा?

अचानक पहचान कौंधी—अरे, आज ही तो सूत जी के पुराण प्रवचन के बाद में जो आरती कर रही थी वही है यह...उस समय तो यह कैसी कन्या भगवती प्रतीत होती थी अब लग रहा है किसी श्रेष्ठी की पतोहू है...

'बिचारी...चौदह बरस की ही होगी...विधवा हो गयी!'—कालिन्दी के जाने के बाद सनातन सूत कह रहे थे।

'विधवा हो गयी? कैसे?'—विशाख ने पूछा।

'ठक्कुर का बेटा श्रीकंठ बड़ा शूरवीर था। पिछले साल इस गाँव पर पुलिन्दों ने आक्रमण किया। श्रीकंठ ने उनके साथ बड़ी वीरता से युद्ध किया। पुलिन्द परास्त हुए, और पलायन कर गये। परन्तु इस विजय का बहुत बड़ा मूल्य चुकाना पड़ा भद्रपुरी को। श्रीकंठ के शरीर में पोर पोर में शर बिंधे हुए थे...किसी तरह उसके साथी उसे घर तक लाये...घर आकर उसने अन्तिम श्वास छोड़ दिया...'

सुनते-सुनते विषाद की काली छाया में भी विशाख की आँखों में नींद उतरने लगी। स्वप्न में उसने देखा—माँ मुस्काती हुई पास आकर उसे अंक में उठाकर कह रही है—'अरे बच्चा, तू कितना दुबला हो गया रे...!'

विशाख विह्वल होकर सपने में बड़बड़ाने लगा—'माँ, माँ??'

अपनी ही पुकार से उसकी नींद खुल गयी। अँधेरा था, आज क्या अमावस्या है? बाहर के अँधेरे से घिरा वह भीतर से अँधेरे से लड़ रहा था। कितना समय हो गया वह माँ को भी खोज रहा है और एक गुरु को भी...वह बहुत ऊहापोह करता है, तर्क-वितर्क करता है जल्दी क्षुब्ध हो जाता है। प्रश्न उसके मन में उमड़ते रहते हैं। वह असमय में प्रौढ़ हो गया है, भीतर उसके कहीं बहुत छोटा सा बालक वैसा का वैसा ही है। माँ के स्वर्ग सिधार जाने के बाद जीवन अधूरा लगने लगा। गुरु मिले, तो सौम्यदेव। उनसे मन नहीं भर पाया। वह इस सोच के साथ यहाँ से वहाँ भटक रहा था कि कैसे मैं अपना अधूरापन मिटा सकता हूँ। भटकता हुआ कभी वह सत्रागार में खा लेता, कभी किसी आश्रम में या किसी देवालय में। इस तरह घर से निकले भी यों ही भटकाव में दो वर्ष निकल गये।

विशाख को फिर नींद आने लगी। घर से निकलने के बाद पहली बार किसी गृहस्थ के घर में ऐसी सुकोमल शय्या पर सोया था...

स्वप्न में माता कह रही थी—'भोजन कर लिया? अच्छे से खाता पीता नहीं, तभी इतना दुबला हो गया है। मैं तैरे लिए कुछ पकाऊँ? क्या खायेगा—बोल? अपूप खायेगा—या खीर?'

विशाख कहने लगा—'माँ, रहने दो अपूप या खीर से क्या करना!...आज तो ठक्कुर के घर खूब पेट भर खाया...बस तुम मेरे पास बनी रहो?'

'मैं तेरे साथ कैसे रह सकती हूँ? मैं यहाँ नहीं रहती अब...मैं वहाँ हूँ...'

'कहाँ माँ कहाँ?...मैं तुम्हें कहाँ खोजूँ कहाँ मिलूँ तुम से?'

सहसा काक के कटु कर्कश काँव काँव से उसकी नींद टूट गयी, माँ का उत्तर सुन नहीं पाया।

'भोर हो गयी!'—उठ कर उसने कहा।

सूत जी उसके पहले ही उठ कर पुराण की पोथी को प्रणाम कर रहे थे।—

'रात में तुम स्वप्न में क्या बड़बड़ा रहे थे?—क्या देखा? माता को देखा क्या?'

'अरे तात सूत! बड़ा अद्‌भुत स्वप्न था! माँ आई और मुझे बुला रही थी!'—कहते-कहते विशाख उदास हो गया—'अब माँ कहाँ मिल सकती है?'

सूत जी उसे गहरी दृष्टि से ताकते रहे। विशाख ने कहा—'अब चलूँगा...'

'कहाँ?'

'आगे जाना है न...तक्षशिला जाऊँगा...उत्तरकुरु भी जाना है...'

'हाँ, चले जाना तुम्हें क्या है...पहले नहा धो ले भोजन-पानी कर ले...चल! स्नान के लिए हम नदी तक जाएँगे।'

'चलिए! स्नान कर लेता हूँ, फिर चला जाऊँगा!'

'विशाख, तू मेरा ग्रामबन्धु है। बहुत दिनों बाद मिला है। अभी जाने की बात मत कर। तक्षशिला जाना है न? मुझे भी कनखल जाना है। हम दोनों साथ चलेगें। अभी स्नान तो कर लें, फिर यहाँ से चलने का सोचेंगें.. '

'चलिए'—विशाख ने कहा और अपना अंगवस्त्र उठा लिया।

ठक्कुर के घर से वे दोनों नदी तीर जा रहे थे। कल की तरह दो शकट थे, एक में ठक्कुर स्वयं बैठा था दूसरे में ये दोनों। ठक्कुर का शकट आगे निकल गया था। सामने भोर की उजास में जगमगाती देवी उषा अपने रथ में ऊपर आ रही थी। सनातन सूत कह रहे थे—'देख, संध्या देवी चली गयी...उसके पीछे यह देवी उषा आती है यही क्रम है इन दोनों देवियों का आना और जाना इससे कालचक्र घूमता है, भोर होने के पहले प्रातःसंध्या, फिर उषा, फिर अरुण का आना और फिर सूर्यदेव का उदय...सूर्य के अस्त होने पर फिर सायं संध्या और फिर रात्रि...'

विशाख ने कहा—'उषा दिवोदुहिता है द्युलोक के देव की पुत्री...उधर वह क्षितिज देख रहे हैं? उसके पीछे अगाध सरोवर है...वह उस सरोवर में स्नान करके निकलती है और फिर इस क्षितिज पर आती है...तभी तो वह इतनी उजली उजली दिखती है...क्षितिज पर आकर वह रथ जोतती है उसके रथ का एक पहिया प्रकाश है, दूसरा अन्धकार...'

उसी समय आगे जाते शकट पर बैठे शाकटिक ने गाथा गाई --

सहि ईरिसिव्व गयी मा रुव्वसु तंसवलिअमुहचन्द।

एआणँ बालवालुंकिततन्तुकुडिलाणं पेम्माणं।।

सुनकर विशाख चमत्कृत रह गया। विचित्र सी विकलता मन में जगी गाथा को सुनते हुए। सूत जी की तो आँखों में आँसू निकल आये। वे भर्राये गले से बोले—'क्या गाया है, इस शाकटिक ने तो मन मोह लिया!'

'रोना तो आ गया, फिर भी अच्छा लगा आप को!'—विशाख ने कहा और हँसा।

'तुम्हें अच्छा नहीं लगा?

'अच्छा लगा न...बहुत अच्छा मेरा भी मन हुआ कि रो लूँ पर मैं न रोऊँगा...दूसरी बात यह है कि, यह गाथा कैसी है, न तो यह छांदसी है, न लौकिकी है।'

'न, लौकिकी तो है।'

'लौकिकी हो सकती है, पर भाषा में नहीं है न!'

'अरे भाषा में क्यों नहीं है? जो बोली जाए, वह भाषा होती है!'

'आपने मेरे कहने का आशय नहीं समझा। जिस दैवी वाक् का पाणिनि ने लोककल्याण के लिए संस्कार किया, वह संस्कृत है। हम लोग भाषा उसी को कहते हैं। हम उसी से व्यवहार करते हैं।'

'जिन बोलियों को हम लोग बोलते हैं वे भाषाएँ नहीं हैं?'

'वे शिष्ट भाषाएँ नहीं हैं...'

'ठीक है फिर तो! हम लोग अशिष्ट ही सही। तुम जिस भाषा को अशिष्ट बता रहे हो, मैं तो उसी में पुराण प्रवचन करता हूँ!'

'चलिए, छोड़िये। आप रोष मत कीजिये। आप को अशिष्ट भाषा से सन्तोष है, तो वही सही। भाषा का प्रयोजन व्यवहार होता है। व्यवहार चलना चाहिए। पर यह बात सही है कि जो गाथा उस शाकटिक ने गाई, वह है बड़ी मनोहर। सुनकर मन झूम गया। फिर से सुनने का मन होता है...'

'तो उस शाकटिक से कहूँ.. फिर से गाये?'

'आपके आदेश से गायेगा?'

'मेरे आदेश से तो न गायेगा...पर मेरी प्रार्थना से गा सकता है.. मैं उसका स्वामी नहीं कि उसे आदेश दूँ...'

तब तक दूसरा शाकटिक दूर निकल चुका था।

जिस शकट में वे दोनों चल रहे थे, उसके शाकटिक का नाम था रांकव। रांकव इतनी देर से चुपचाप दोनों की बातचीत सुन कहा था, अब वह बोला—'मुनिवर, वह शाकटिक मेरा भाई है। आपका आदेश हो, तो मैं उससे कहूँ कि कुछ और गाये?'

भैया, उस शकट में तुम लोगों के स्वामी ठक्कुर बैठे हैं...वे रुष्ट होंगें...कहेंगे शाकटिक तो हमारा और गाथाओं का आनन्द ये लोग लें!'—सूत जी विनोद करते हुए कहने लगे।

'हमारे स्वामी को तो गाथाएँ बहुत पसन्द हैं। सोड्ढल ने उनको सुनाने के लिए ही गाई होगी। बल्कि हो सकता है स्वामी को लगा हो कि आपके जैसे विद्वज्जन कहीं ग्राम की गँवारू गाथाएँ सुन कर चिढ न जाएँ...तो उन्होंने उसे रोका हो।'

'तब तो भैया, तुम अपने भाई से कहो कि गाये...बड़ा आनन्द रहेगा!'

रांकव ने उस शाकटिक को पुकारा—'ए भैया सोड्ढल!'

आगे चलता शाकटिक अपना शकट धीमा करके इस शकट के साथ हो लिया। फिर उसने पूछा—'क्या बात है भाई? क्या आपने मुझे पुकारा?'

रांकव ने कहा—'ये व्यास मुनि शकट में बैठे हैं न, और ये विप्रवर.. ये दोनों तुम्हारी गाथा सुनना चाहते हैं।'

दोनों शकट अब अगल-बगल चल रहे थे। दूसरे शकट में बैठे ठक्कुर गाथागायक सोड्ढल से कह रहे थे—'अरे सोड्ढल, तू तो धन्य हो गया! तेरी गाथा व्यास मुनि और यह महाज्ञानी विप्र बालक दोनों सुनना चाहते हैं!'

सूत जी ने कहा—'भैया सोड्ढल, हमारा विशाख तुम्हारी गाथा सुन कर बड़ा प्रसन्न है। ये बड़ा विद्वान् व्यक्ति है और उदास भी रहता है। कुछ और सुनाओं...इसका भी मन बहले।'

सुन कर सोड्ढल कुछ लजाकर हँसा। फिर बोला—'हम गाँव के लोग हैं। पर श्रोत्रियपुत्र यदि हमारी गाथा से प्रसन्न होतें हैं, तो गाता हूँ।'

उसने अपना शकट कुछ धीमा किया, और उपगान किया। कंठ उसका बहुत मीठा था। उपगान के बाद उसने गाथा गायी—

एहइ सो वि पउत्थो अहं अ कुप्पेज्ज सो विअणुणेज्ज।

इअ कस्स वि फलइ मणोरहाणं माला पिअअमम्मि।।

गाथा के हर पद पर सूत जी 'अहो अहो' कहते हुए माथा हिला रहे थे। उनकी आँखों में आँसू छलक आये थे। फिर वे बोले—'बड़ा आनन्द हुआ, बड़ा आनन्द हुआ!'

विशाख ने कहा—'आनन्द हुआ कि रोना आया?'

सूत जी ने कहा—'यही तो आनन्द है। यह रुदन, करुणा, मन का दुःख में भीगना...सुख के उपभोग में आनन्द कहाँ?

सुनकर विशाख एकदम चुप रह गया। शाकटिक भी चुप हो गया था। उस चुप्पी में गाथा के सुर दोनों के भीतर गूँजते रहे।

'विशाख, गाथा का अर्थ कुछ समझ में आया?'

'समझ में आया न!'...विशाख ने कहा—'यह विरहोत्कंठिता नायिका का वर्णन है। नायिका सोच रही है कि मेरे प्रिय प्रवास से लौट कर आयेगें, तो मैं उन पर यों रिसाऊँगीं, और वे इस इस तरह से मुझे मनायेगें। पर मनोरथों की लड़ियाँ गूँथते रहते हैं लोग, किसके मनोरथ पूरे होतें हैं किसके नहीं—यह नहीं कहा जा सकता!'

'अहा! कितना स्पष्ट समझा दिया!...हमारे जैसे पुराणवाचकों की तो तुम छुट्टी ही कर दोगे...पर गाथा सुनने में जो आनन्द है...वह उसकी व्याख्या सुनने में नहीं।'

विशाख की स्मृति में वे गाथाएँ कौंध गयीं, जो उसने विपाक के मुँह से सुनीं थीं। गुरुकुल में निवास के दिनों में दोनों समिधा लाने के लिए पास के वन जाते...वन में कभी-कभी विपाक इसी तरह की गाथाएँ गाने लगता...

गुरुकुल में निवास की स्मृतियाँ फिर उसके मन में घुमड़ने लगीं...

...समिधा लाने के लिए पास के वन जाना पड़ता। काया वन में डोलती, मन पता नहीं कहाँ भटकता। उस दिन वह विपाक के साथ वन में गया था। वसन्त वन में उतरा हुआ था। पलाश के फूलों से पटा हुआ सारा वन। पेड़ की हर शाखा फूलों से लदी हुई।—'ये फूल आज ही केवल खिल उठे हैं, या कल भी ये फूले हुए थे और हमारी दृष्टि नहीं गयी'—विशाख विपाक से कह रहा था—'कितने सुन्दर फूल हैं!'

'सुन्दर हैं, पर निर्गन्ध। केवल देखने में अच्छे लगते हैं। चैत का महीना है न इसलिए पलाश लहका हुआ है, कितने दिन लहकेगा दस या पन्द्रह दिन...बस!'

'और फिर?'

'फिर सारे फूल सूख कर झड़ जाएँगें, खंखड़ रह जाएगा पलाश। पलाश के फूल का जीवन यही, उसकी आयु यही। पर दूसरे पेड़ों को देखो, उनमें वैशाख और जेठ में पहले नई कलियाँ आतीं हैं फिर फूल और फिर नये पल्लव। यह शाल्मलि है, लोध्र है, ये सब...'

'विपाक, तू इतना सब कैसे जानता है? हमें तो यह सब पढ़ाया नहीं गया गुरुकुल में!'

'कैसे पढ़ाया जाएगा? वेदपाठ कराने से समय बचे तब न!...ये सब बातें तो पिता बताते हैं। पलाश से कितनी ओषधियाँ बनती हैं, यह भी वे जानते हैं और बनाते भी हैं...जब ये सारे पेड़ों के फूल झड़ जाएँगे, तब भी इन पर फलियाँ लदी रहेगीं...उनके बीजों से औषधि बनती है। पलाश की जड़ से भी औषधि बनती है पर बीजों में बड़ा गुण होता है...'

तभी तोतों का एक बड़ा झुंड आकाश से नीचे उतरा, वे सब के सब पलाश के पेड़ों पर टूट पड़े। विपाक ने कहा—'देखो कितनी जल्दी जल्दी पलाश की फलियाँ छील छील कर खा रहे हैं...'

विशाख मुग्ध होकर देखता रह गया...

सहसा विपाक ने कहा—'विशाख! मैं एक गाथा सुनाता हूँ पलाश के विषय में...'

'सुना, सुना!'—विशाख ने कौतुक के साथ हँसते हुए कहा था।

विपाक गाने लगा—

कीरमुहसच्छदेहि रेहइ वसुहा पलासकुसुमेहिं।
बुद्धस्स चलणवंदननिपतितैरिव भिक्खुसंघैः।।

सुनकर विशाख चकित रह गया। बोला—'अरे यह गाथा तू ने कहाँ सुनी? यह तो भाषा (संस्कृत) में नहीं है!'

'यह प्राकृत में है। हमारे घर में एक सेवक है—कोहल नाम है उसका। उसके मुख से सुनी। इसकी भाषा ऐसी ही है!'

'यह तूने क्या किया विपाक? प्राकृत की गाथा गाने लगा! यदि गुरुवर को पता चल गया, तो वे बहुत क्रोध करेंगे। हम श्रोत्रिय हैं, हमारे लिए तो यह अवर भाषा निषिद्ध है न!'

विपाक ने कहा—'प्राकृत हो या संस्कृत भाषा हो, शब्द तो वे ही हैं, अर्थ भी समझ में आ जाता है। गाथा मन में उतरती जाती है। गुरुवर जो चाहें, कहें। मुझे तो ऐसी गाथाएँ अच्छी लगती हैं। तुझे अच्छी नहीं लगी?'

'अच्छी तो लगी...पर कहा क्या है इसमें?'

'गाथा का आशय तो मैं भी अच्छी तरह बूझ न पाया। देख! गाथाकार कहता है सुग्गे की चोंच जैसे लाल लाल पलाश धरती पर गिर कर बिछ गये हैं, जैसे बुद्ध के चरणों की वंदना में भिक्षुओं का संघ। धरती इनसे पट गयी। बात समझ में न आयी। मैंने कोहल पूछा था—'ये बुद्ध कौन हैं? संघ क्या होता है?' वह कहने लगा कि अरे भर्तृपुत्र विपाक! आपको बुद्ध और उनके संघ के विषय में ज्ञान नहीं है? बुद्ध बड़े ही ज्ञानी महात्मा हैं, हम लोग उन्हें भगवान कहते हैं...'

इस तरह बात करते हुए दोनों समिधा भी चुनते जा रहे थे।

समिधा के लिए काष्ठ खदिर, पलाश, देवदारु या बिल्व इतने वृक्षों से लिया जा सकता था। देवदारु के पेड़ तो उस वन में थे नहीं। खदिर के वृक्ष भी कठिनाई से मिलते। पलाश के वृक्षों से पूरा वन भरा हुआ था। इसलिए पलाश से काष्ठ लेकर उसकी समिधा से यज्ञादि कर्म सम्पादित किये जाते। गुरु सौम्यदेव ने कभी अपने उपदेश में बताया था—न्यग्रोध (वट), उदुम्बर (गूलर) अश्वत्थ (पीपल) तथा मधूक (महुवा) की भी समिधा हो सकती है।

वन में वट, गूलर, पीपल और महुवे के पेड़ तो बहुत थे, पर इतने ऊँचे-ऊँचे कि उनसे उनसे समिधा चुनने में कठिनाई होती। पलाश की समिधा ही सबसे सुलभ होती थी। इंधन के लिए भी काष्ठ ले जाने पड़ते। इंधन के लिए तो अपने आप सूख कर धरती पर गिरी लकड़ियाँ ही बीन कर ले जाना होतीं।

'तू पलाश की शाखा काट, मैं भी फूल लेकर आया?' यह कहकर विपाक फूल चुनने दूसरी ओर चला गया।

विशाख समिधा के लिए सूखी शाखा काट रहा था। समिधा चिकनी और

सीधी होनी चाहिए। गाँठवाली, टेढ़ी-मेढ़ी लकड़ी समिधा में कभी आ जाती, तो गुरुवर कुपित हो जाते, कहते—'समिधा लाये हो या ईंधन? समिधा का काष्ठ ऐसा नहीं होता। समिधा का काष्ठ न ह्रस्व हो न दीर्घ, न वक्र हो न स्थूल, विशीर्ण (फटा हुआ) और द्विदल भी न हो। विशीर्ण समिधा से आयु:क्षय होता है, द्विदला से सन्ततिनाश। ह्रस्वा पत्नी को मार देती है। वक्रा बन्धुविनाशिनी होती है। यदि कृमि से खाई गयी समिधा यदि वेदी पर रख देगा, तो अग्निहोत्री रोगी हो जाएगा। द्विदला रख देगा, तो वह यजमान के लिए सर्वत्र द्वेष का प्रसार करेगी। स्थूला समिधा से अर्थ होता है, दीर्घा से बन्धु नाश!'

विशाख पलाश की शाखा काटते हुए पसीने से लथपथ हो गया, हाँफता हुआ वह धरती पर लेटा, तो झपकी लग गयी। अचानक माँ उसके सामने थी—वह अपने कोमल हथेली उसके मुख पर फेरती हुई पूछने लगी—'कुछ खाया बच्चा?'

'माँ, प्रात: से कुछ खाने को नहीं मिला। भूख बहुत तेज लगी है। कुछ खाने को दो न!'—रोतले स्वरमें विशाख ने माँ से कहा।

'मैं तुझे खिलाना चाहती हूँ, पर तू मेरे पास आता क्यों नहीं, तू मुझे खोज क्यों नहीं लेता...मैं यहाँ हूँ...यहाँ मैं तेरी प्रतीक्षा कर रही हूँ!'

'कहाँ माँ कहाँ?' विशाख जोर से चिल्लाया और उसकी तन्द्रा टूट गयी। तभी विपाक आ गया।

'अरे विशाख! तू इतनी-सी देर में सो भी गया और नींद में उल्टा सीधा बक रहा है...दिवा स्वप्न पाप होता है—गुरुजी ने बताया था न! फिर ऐसा क्यों किया?'

'विपाक, मैंने सपने में माँ को देखा वह मुझे बुला रही थी! मुझे खोज ले—वह कह रही थी!'

'अरे, दिवास्वप्न झूठे होते हैं...पेट में भूख की आग लगी है आँखें बाहर निकली पड़ रही हैं, तिस पर यह थकान वन में भटकने की...मन तो कुलबुला रहा है कि कुछ खाने को मिल जाए, ऐसे मन से देखे सपने का क्या अर्थ? सब मिथ्या बात! तेरी माँ गयी, तो गयी, अब वह लौटकर नहीं आयेगी!'

'वह मिल सकती है। वह सूक्ष्म शरीर में विराजी हुई है। पिता ने भी कहा था कि सूक्ष्मशरीर होता है हर प्राणी का। मरने के बाद प्राणी उसमें रहता है, उसे देखा जा सकता है। माँ पहले भी मेरे सपने में आई थी...वह मुझे बुला रही है...मेरी ऐसी दुर्दशा देखकर दुखी रहती है वह...पर मैं उसे कैसे देख सकता हूँ?'

'वह स्वर्ग में है। यदि स्वर्ग तक पहुँच गया, तो वह मिल सकती है।'

'भैया, स्वर्ग तक पहुँचना ही बहुत कठिन है...करें तो क्या करें...गुरुवर ने उस दिन त्रिशंकु की कथा बताई थी न...विश्वामित्र ने त्रिशंकु को सदेह स्वर्ग पहुँचा दिया...पर देवों ने उसको स्थूलकाय से भीतर न आने दिया...पर गये हैं लोग इस

काया से भी स्वर्ग में...इक्ष्वाकु वंश के राम थे न.. वे तो अपनी स्थूल काया से स्वर्ग तक जाकर वहाँ एक ब्राह्मण का पुत्र पहुँच गया था, उसको लेकर वापस धरती पर आ गये थे...तो असम्भव भी नहीं है...'

'हाँ, महाभारत में कथा है कि युधिष्ठिर अपनी स्थूल काया से स्वर्ग पहुँच गये थे। गुरुवर ज्ञानी हैं भाई, वे बता सकते हैं कि स्थूल काया से स्वर्ग कैसे पहुँचा जाए...?'

'किसी तरह पहुँचना है मुझे, वहाँ जहाँ माँ है...'

'तो गुरुवर से पूछ, कैसे पहुँचना है...'

'पूछा था उनसे भी, उन्होंने बताया कि स्वर्ग उत्तरकुरु में है...आर्य कौंडिन्य ने कुछ अलग ही बात बताई...उन्होंने कहा हम अपनी वाणी से अपना स्वर्ग स्वयं रच सकते हैं, उसमें माँ उतर कर आ जाएगी...'

'यह भी कोई बात हुई!'—विपाक ने कहा—'तू गुरुजी से ही ठीक से पूछ!'

पर गुरुजी से पूछने में डर लगता था। सभी अन्तेवासी उनसे डरते थे। वे रुष्ट हो जाते, तो पीटने लगते। विपाक कल्पसूत्र, लगध और व्याकरण मन लगा कर नहीं पढ़ता। विशाख ने उससे कहा—विपाक, तू कल्पसूत्र लगध और व्याकरण के पाठ कंठस्थ क्यों नहीं करता? विपाक बोला—'इन शास्त्रों से मुझको क्या मिलेगा? स्नातक हो जाने के बाद मुझे वैद्यवृत्ति ही करनी है। वह तो कुलपरम्परा से मुझे मिली हुई है। ये गुरुजी...ये सब जानते होंगे, पर वैद्यक नहीं जानते...जो ये नहीं जानते मैं जानता हूँ...इनको हृदयरोग है...'

'अरे! तुझे कैसे मालूम?'

'विशाख! मुझे पिता ने नाडीविज्ञान सिखाया है.. एक बार ये गुरुवर वर्षा के समय नदी में स्नान करके बाहर आते हुए किनारे पर फिसल कर गिर गये, मुझसे कहने लगे—विपाक, धारय माम्, धारय माम्!...मुझे हाथ का सहारा देकर उठा!...मैंने उन्हें हाथ से पकड़ कर उठाया। संयोग से उस समय उनकी नाड़ी पर मेरा अँगूठा था...उनकी नाड़ी अटक-अटक कर चलती है यह हृदय रोग का लक्षण है। यदि वे कहें, तो मैं पिता से कहकर उनके लिए ऐसा औषध ला दूँगा, जिससे उनका रोग दूर हो जाए...और पिता से औषध लाने की भी क्या आवश्यकता? यहीं तो सैंकड़ों अर्जुन के पेड़ हैं। अर्जुन के पेड़ की छाल से क्वाथ बना कर प्रतिदिन पिया जाए, तो हृदय रोग नष्ट हो जाता है। क्वाथ बनाने की विधि भी मैं जानता हूँ, पर गुरुवर मुझसे ऐसे चिढे रहते हैं, मुझ से पूछेगें नहीं...न यह काम करायेगें...इनको क्रोध भी नहीं करना चाहिए...हृदयरोगी के लिए क्रोध भस्मासुर होता है...आपने ही उसे जन्म दिया...आपको ही वह निगलने लगता है...'

भस्मासुर की कथा आर्य कौंडिन्य ने एक बार बताई थी। वे कथा इस तरह

कहते कि आँखें विस्मय से उत्फुल्ल हो जातीं, या सुनने वाले हँस-हँस कर लोटपोट हो जाते। विशाख की इस कथा का स्मरण कर भी हँसी छूट जाती थी।

भस्मासुर ने तपस्या करके वरदान पा लिया कि जिस किसी के मस्तक पर हाथ रख देगा, वह जलकर राख हो जाएगा। फिर तो वरदान देने वाले भोले शंकर पर ही वह अपना वरदान की सत्यता की परीक्षा करने के लिए उनकी तरफ दौड़ा, शंकर डर कर उससे बचने के लिए भागते भागते ब्रह्मा के पास गये, और ब्रह्मा तथा शंकर दोनों उससे बचने के लिए भागते हुए विष्णु के पास पहुँचे। इस तरह की कौतुक और विनोद से भरी कथा, जिसमें अन्त में विष्णु मोहिनी रूप धर कर भस्मासुर के आगे नृत्य करते हैं। और भस्मासुर उनके नृत्य का अनुकरण करता हुआ अपने मस्तक पर हाथ रख देने से स्वयं भस्म हो जाता है।

कौंडिन्य की बाते उसके मन में गहरे तक उतर गयी थीं। वे उसके मन में गूँजती रहतीं। यदि मैं ऋचाएँ रच सकूँ, तो उन ऋचाओं से स्वर्ग निर्मित कर सकता हूँ। उस स्वर्ग में मैं जिस देवता का आह्वान करूँ, वह आ जाएगा। माँ का आह्वान करूँगा, तो वह भी आ जाएगी। एक दिन यही बात सोचते-सोचते उसे बहुत विकलता का अनुभव हुआ, उस विकलता के भीतर उसे माँ का रूप दिखाई दिया। उसी क्षण उसने मातृसूक्त का साक्षात्कार किया। विशाख को लगने लगा कि उस सूक्त की हर एक ऋचा में माँ समाई हुई है अथवा वे सारी ऋचाएँ मिलकर ही माँ के रूप को रच रही हैं। सूक्त उसके सामने बार-बार स्फुरित होता सा, उसकी काया में समाता सा और उसे लपेटता हुआ सा उसे अवश सा करता जा रहा था। सूक्त इस प्रकार था—

सूनृतानां गिरां कर्त्रीं मङ्गलानां च मातरम्।
जगद्वन्द्यां जगत्स्त्रष्ट्रीं मातरं तां नु धीमहि।
स्वर्णवर्णां सुवर्णाक्षीं वर्णाम्नायसमन्विताम्।
श्रीरूपिण्यै नमो मात्रे धियं माता पुनातु मे।।
सदा सत्यमयं यस्या हृदयं सुविराजते।
सा मे माता स्वपुत्रस्य हृदये स्यात्प्रतिष्ठिता।।
ऋषिस्त्वं च कविस्त्वं च सत्यरूपा ऋतम्भरा।
सुव्रता मृत्युहन्त्री त्वं सावित्री परिनिष्ठिता।।
स्मयमाना द्योतमाना स्वर्या धात्री मनस्विनी।
वसुदा वसुधानी या विमृग्वरी विभावरी।
आविरस्तु स्वयं माता पुत्रस्यास्य पुरस्तु सा।।
सा ददातु स्वयं स्वीयं माता पुत्राय मे पयः।

विशाख को लगने लगा कि इस सूक्त का मैंने साक्षात्कार किया है, मैं इसका

ऋषि हूँ। इसके पाठ से माता अवतरित होती है। इसके साथ ही उसके लिए जैसे संसार बदल गया।

इस रात नींद नहीं आई। कैसे भोर हो, और इस सूक्त के आविर्भाव की बात मैं आर्य कौंडिन्य को बता दूँ यह सोचते सोचते रात बीत गयी।

प्रभात होने पर वह सबसे पहले आर्य कौंडिन्य के पास ही गया। उनसे बोला—'आर्य आपने कहा था कि ऋचाओं से स्वर्ग रचा जा सकता है, और उस स्वर्ग में माँ अवतरित होगी। मैने ऋचाएँ रच दीं। क्या उनसे स्वर्ग की रचना हो सकती है?'

आर्य कौंडिन्य ने हँस कर कहा था—'कैसी ऋचाएँ हैं, सुनकर देखते हैं।'

विशाख ने धरती पर बैठकर मातृमंडल बनाया। मातृसूक्त पठते हुए माँ का आह्वान किया। पता नहीं कैसे—वह किसी दूसरे लोक में चला गया था या और कोई लोक वहाँ उतर आया था—और सचमुच माँ उस मंडल के बीच उतरती उसे दिखी।

सूक्त समाप्त होने पर वह सामने फटी आँखों से देखता रह गया। सामने तो कुछ भी नहीं था।

पार्श्व में कौंडिन्य मुग्ध होकर स्नेह से उसे निहारते खड़े थे।

फिर उन्होंने उसे गले लगाकर गद्गद भाव से कहा—'विशाख तुम तो सचमुच कवि हो! तुम्हें पता है कि यह सूक्त तुमने केवल अपनी माता के लिए नहीं, संसार की सब माताओं के लिए भी रच दिया है। और यह मेरी माता का तो स्तवन है ही!'

'आपकी माता का...कैसे?'

'मेरी माता का नाम सुवर्णाक्षी है। तुमने उसके नाम का संकीर्तन इसमें कर दिया है।'

सुनकर विशाख कौतुक के साथ आर्य कौंडिन्य को देखता रह गया था।

उस दिन जब वह समिधा लाने के लिए विपाक के साथ वन गया, तब इस सूक्त के आविर्भाव की घटना उसने विपाक को बताई। सारी बात सुनकर चकित होकर विपाक ने फटी हुई आँखों से सस्पृह उसे निहारते हुए कहा—'विशाख, तू तो सचमुच ऋषि बन गया!'

'हाँ यह बात तो है!' विशाख ने कहा—'इस सूक्त का ऋषि मैं हूँ, माता देवता है और अनुष्टुप् छन्द है...'

आज शाकटिक की गाथा सुनकर मातृसूक्त का स्मरण हो आया। इस सूक्त में विराजमान माँ सामने दिखाई दी। माँ को देखते हुए विशाख को लगने लगा कि वह

किसी अन्य लोक में है...

सूत जी उसे दोनों कन्धों से पकड़ कर झकझोरते हुए कह रहे थे—'विशाख, विशाख, तू इस तरह बावला सा, कहीं और पहुँच गया सा , ध्यान में मगन सा कैसा बैठा रह गया जैसे भूत से आविष्ट हो? क्या हुआ बच्चा? तुम अस्वस्थ हो...तुम पर किसी का आवेश है?'

विशाख प्रकृतिस्थ हुआ। उसने कहा—'मैं ठीक हूँ तात! इस शाकटिक ने जो गाथा गाई, तो मुझे माँ की स्मृति आ गयी...'

सूत जी उसे स्थिर नेत्रों से देखते रह गये। विशाख ने कहा—'विपाक है न...वैद्य चिरजीवी जी का पुत्र वह भी गाथा गाता था ऐसी ही...'

'अच्छा?' सूत जी ने कहा।

शाकटिक का नाम सोड्ढल है। वह शकट चलाता हुआ भी धीरे-धीरे कुछ गुनगुनाता रहता है। इस बीच सूत जी उसके साथ बातचीत में रमने लगे थे।

'भैया सोड्ढल, ये गाथाएँ कहाँ से सीखीं तुमने?'—वे उससे पूछ रहे थे।

'मुनिवर, ये गाथाएँ तो मेरे पिता गाते रहे। पुलिन्दों के युद्ध में वे वीरगति पा गये...इस गाँव में एक कवि है—कर्णपूर नाम है उसका। वह भी गाथाएँ रचता है। और गाता भी बहुत अच्छे स्वर में है!'

'अरे! तब तो हम उस कवि का दर्शन करेगें'...सूत जी कह रहे थे—'कैसे होगा उसका दर्शन?'

'मुनिवर, अभी तो वह गाँव में नहीं है। वह पालकी ढोने गया है...'

'पालकी ढ़ोने? किसकी पालकी?'

'जनपदस्य के समाहर्ता हैं न...उन्होने विष्टि (बेगार) के लिए बुलवा लिया कवि कर्णपूर को...समाहर्ता जी की पत्नी इसी भद्रपुरी गाँव की कन्या है। उसके माता पिता यहाँ रहते हैं वह काशी से आई हुई थी...उसकी पालकी ढ़ोने के लिए भारवाहक चाहिए थे, तो बिचारे कवि कर्णपूर को बुलाकर पालकी में लगा दिया...पालकी काशी तक पहुँचा कर कल वह लौटेगा...'

समाहर्ता राजाधिकारी होता है। उसका काम जनपद की शुल्क व्यवस्था देखने का है। शुल्क वह काशी जाकर राजकोश में रखने के लिए कोशाध्यक्ष को देता है। वह भद्रपुरी में नहीं रहता, रहता काशी में है। शुल्क उगाहने के लिए आता है। गाँव में कुछ लड़ाई झगड़ा हो जाए, तब भी वह उसका निपटारा करने के लिए आता है।

नदी की ओर जाते हुए ठक्कुर के क्षेत्र (खेत) पड़े। खेतों में फसल लगी हुई थी। ठक्कुर के कई खेत हैं भद्रपुरी ग्राम में।

सीताध्यक्ष क्षेत्रनिरीक्षण के लिए आया हुआ था, ठक्कुर का बेटा सालंक उसके साथ बात कर रहा था। सूत जी ने विशाख से कहा—'हरे-भरे खेत देखकर जी जुड़ा

जाता है...'

दोनों गंगा तट पहुँचे। स्नान करके नदी के बाहर आकर विशाख ने देखा—नदी के दूसरे किनारे पर सूर्य उदित हो रहा था। विशाख को लगा—सूर्य के आगे-आगे उसका सारथि अरुण चला आ रहा है। अरुण तो अनूरु (बिना पैरों का) का कहा गया है, वह रथ हाँक रहा है। सात लगामों वाला रथ है। अकस्मात उसके मुख से यह ऋचा निकल पड़ी—

पुनः समव्यद्विततं वयन्ती मध्या कर्तोन्यधाच्छक्मधीरः।
उत संहायास्थाद् व्यृ तूँरदर्धररमतिः सविता देव आगात्।।

सूत जी उसे ऋचा का पाठ करते हुए चुपचाप देखते रह गये।

आर्य कौंडिन्य ने यह ऋचा एक बार सुनायी थी। उनके मुख से एक बार सुनकर ही विशाख ने इसे कंठस्थ कर लिया। विशाख की स्मृति देख कर कौंडिन्य चकित थे। उन्होंने पूछा—'ऋचा तो याद कर ली, अर्थ भी समझा?'

विशाख ने कहा—'अर्थ कैसे जानूँगा बड़े भैया? गुरुवर कहते हैं कि मन्त्र तो अनर्थक हैं। क्या आप ऋचा का अर्थ जानते हैं?'

कौंडिन्य ने कहा था—'अर्थ जाने बिना मैं ऋचा याद नहीं करता। अच्छी लगती है, तो याद कर लेता हूँ। देखो विशाख, इस ऋचा में रात्रि को वस्त्र बुनने वाली एक नारी कहा गया है। कितना लम्बा वस्त्र वह बुन रही है! वस्त्र है अन्धकार का। इस अन्धकार के वस्त्र से वह प्रकाश को ढकती चली जा रही है। जैसे-जैसे प्रकाश उस वस्त्र से ढकता जाता है, लोग अपना-अपना काम बन्द करते जा रहे हैं, सूरज भी अस्त हो गया है। पर अस्त हुआ सूरज फिर उगेगा, लोग उसे देखकर जागेंगे, फिर काम पर लग जाएँगें...ऋचा में यही कहा है।'

विशाख ने सूर्योपस्थान किया। फिर शिवसंकल्पसूक्त का पाठ किया। जब वह पाठ कर रहा था, तो सूत जी उसे मुग्ध भाव से निहार रहे थे।

'कितना मधुर स्वर है तुम्हारा!' गम्भीर और गूँजता हुआ भी। उसका पाठ समाप्त हुआ, तो वह प्रशंसा करते हुए कहने लगे।

फिर दोनों नदी के तट पर बैठ गये। सूत जी ने बींधती दृष्टि से विशाख को कोंचते हुए कहा—अब बताओ तुम्हें जाना कहाँ है?

'तात, मैं तक्षशिला जाऊँगा, वहाँ अध्ययन करूँगा...अध्ययन करके सूक्ष्मशरीर में संचरण करने की विधि सीखूँगा...उसके पश्चात हिमालय तक जाऊँगा। हिमालय पहुँच कर उत्तरकुरु में स्वर्ग तक पहुँचूँगा। वहाँ माँ को सूक्ष्म शरीर में देखना है !' ?

'तुम मुझे तात क्यों कहते हो?'

'आप मेरे बाल्यमित्र वाग्भट के पिता हैं। मेरे लिए भी पिता के समान हैं। इसलिए तात कहता हूँ।'

'न, तुम ठहरे विप्र। तुम हमारे लिए पूज्य हो। हम तो सूत हैं। तो तुम हमें सूत कहा करो।'

'न! मुझे जैसा अच्छा लगेगा कहूँगा।'

'अच्छी बात है। तो क्या कहा आपने...किधर जाना है?

'मैंने कहा कि तक्षशिला में विद्या पूरी करके हिमालय तक जाऊँगा। हिमालय पहुँच कर उत्तरकुरु में स्वर्ग तक पहुँचूँगा। वहाँ माँ को सूक्ष्म शरीर में देखना है...'

विशाख की बात सुनकर सूत जी ठठा कर हँसे। देर तक हँसते रहे। विशाख आहत भाव से उन्हें देखता रह गया। उसके मन में सूत जी के लिए रोष का बवंडर उठ खड़ा हुआ। वह कहने को ही था—'आप को हँसी आ रही है? तो आपका मेरा साथ यहाँ समाप्त...यह मैं चला!'

तभी सूत जी ने गम्भीर होकर कहा—'बहुत बड़ा संकल्प है। सुनकर बड़ा आनन्द हुआ। मैं तुम्हें माँ के पास तक ले जाऊँगा। देखो अभी तो यहीं रह जाओ भद्रपुरी में मेरे पास। बात यह है कि मुझे भी जाना है उसी दिशा में। कनखल में व्यास जी मेरे गुरु रहते हैं। वहाँ तक तुम मेरे साथ चलना, वहाँ मैं तुम्हें तक्षशिला का या हिमालय का—जहाँ जाना होगा...मार्ग बता दूँगा...पर तक्षशिला तो बहुत दूर है बच्चा...वहाँ जाकर क्या करोगे?...पास में काशी है...विद्या की नगरी है...'

'काशी में तक्षशिला के जैसा विद्यापीठ नहीं है...अलग-अलग छोटे-छोटे गुरुकुल हैं...तक्षशिला में बड़ा गुरुकुल है, वहाँ तो संसार के सबसे बड़े गुरु हैं.. '

'अभी तो घर चलो, फिर देखते हैं तुम कहाँ-कहाँ पहुँचते हो... ?

दोनों फिर शकट पर चढ़े। शकट शनैः-शनैः चल रहा था। सूत जी मन्द मन्द गुंजन करते भृंग की तरह कुछ गुनगुनाने लगे। सहसा उन्होंने विशाख से कहा—'माँ को ढूँढ़ने के लिए तुमने अपना घर छोड़ दिया विशाख! यह तुमने क्या किया विशाख! तुम्हारे पिता का क्या होगा—यह नहीं सोचा?'

'मेरे कोई पिता नहीं हैं। संन्यासी का क्या पिता?'

'संन्यासी की तो माता भी नहीं होती। और तुम संन्यासी कब से हो गये?'

'मैंने आजीवक सम्प्रदाय में दीक्षा ले ली थी...?'

'यह तुमने क्या किया? अपना धर्म त्याग दिया! वासुदेव कहते हैं कि सब कुछ छोड़ दे, पर अपना धर्म न छोड़े, जीना और मरना सब कुछ अपने धर्म में रह कर...'

'आजीवकों का धर्म क्या हमारा धर्म नहीं है?'

इस प्रश्न पर सूत जी सोच में पड़ गये। फिर धीरे-धीरे बोले—'ठीक कहा

तुमने...हमारे पुराण में आजीवक के विषय में कुछ बताया नहीं...यह नया धर्म है...पर तुम कह रहे हो कि यह भी हमारा ही है, तो होगा। आजीवकों का मत क्या है?'

'आजीवक संन्यासी अजित केशकम्बली का मत मानते हैं। संसार निरर्थक है। किसी का किसी से कोई सम्बन्ध नहीं है। निरर्थक ही जीते हैं सारे जन्तु। निरर्थक ही मर जाते हैं।'

'अच्छा?? तो किया क्या जाए?'

'जो है सब सहज भाव से स्वीकार कर लिया जाए।'

'यह तुम मोक्खील पुत्र घोषाल का मत बता रहे हो या अजित केशकम्बली का?'

'मेरी समझ से दोनों में बहुत अन्तर नहीं है। पर मैं जिस आजीवक मुनि के आश्रम में रहा, उनका मत अवश्य अजित केशकम्बली के मत से अलग था। वे कभी वासुदेव कृष्ण के मत का प्रतिपादन करते, कभी तथागत बुद्ध के मत का भी...'

सूत जी के साथ इस तरह बात करते हुए विशाख के मन में कंक मुनि के आश्रम में बिताये हुए दिनों की स्मृतियाँ घूम गयीं। कंक मुनि की दिनचर्या से वह बहुत प्रभावित हुआ था। अत्यन्त पावन लगता था उनका जीवन और आचार, पर उनका किसी में विश्वास नहीं था, उनके लिए कोई देवता नहीं, वेद नहीं। केवल मनुष्य का अस्तित्व ही वे मानते थे। यह मनुष्य भी क्यों जन्म लेता है, क्यों जीता है, और किसलिए मर जाता है यह सब कुछ अज्ञात है। पर वे भोगवाद का भी खंडन करते...जनता को त्रास देते-देते सामन्तों राजाधिकारियों की निन्दा करते। फिर अपने मत के समर्थन में वे वासुदेव कृष्ण के वचन भी उद्धृत करते।

सूत जी एकटक सामने देख रहे थे। विशाख ने पूछा—'क्या सोच रहे हैं आप?'

'कुछ नहीं...हम क्या सोचेंगें...सोचने का काम तो तुम विप्रों का है न... मैं इस नदी को देख रहा हूँ इसे देखते हुए नैमिषारण्य की फल्गु नदी की स्मृति आ गयी। फाल्गुन के किनारे-किनारे इतने तरह के कंद मूल और फल होते हैं कि कुछ मत पूछो। वहाँ के मुनिजन बहुत कृपालु हैं। मेरे ऊपर तो बड़ा स्नेह रखते हैं। उनके अनुरोध से प्रतिवर्ष नैमिष जाता हूँ। शरद् ऋतु में पुराण की दस आवृत्तियाँ वहाँ रह कर कर चुका हूँ...'

'अरे, आपका तो इस बालक से जन्मान्तर का सम्बन्ध लगता है...इतना स्नेह है आपका इस पर!'—तभी ठक्कुर वहाँ आए तो दोनों को चर्चा में तल्लीन देख कर कहने लगे।

'राजन् ठक्कुर! इस बालक से मेरा जन्मान्तरीय सम्बन्ध भी है और इस जन्म का सम्बन्ध भी। अब आप पूछेगें कि यह कैसे? सो बतलाता हूँ। मुझे लगता है कि यह पिछले जन्म में यह तो रहा होगा कृष्ण द्वैपायन व्यास और मैं रहा होऊँगा इसका सेवक...मैं तो जन्म-जन्म से सूत ही हूँ...तो यह पिछले जन्मों का हमारा सम्बन्ध हुआ। अब इस जन्म का सम्बन्ध ऐसा है कि यह साकेत जनपद में लक्ष्मणपुर ग्राम में जन्मा और उसी में मैं भी...'

'राजन, ये मेरे लिए पितृतुल्य हैं'—विशाख ने कहा—'कल मैंने इन्हें बहुत दिनों के बाद देखा और पहचाना नहीं तो बड़ी धृष्टता कर बैठा...इसके लिए मैं क्षमा माँगता हूँ इनसे...'

यह कह कर अंजलि बाँध कर खड़ा हो गया विशाख। सूत जी ने उसे झिड़क कर कहा—'यह क्या बचपना विशाख, तुम विप्र हो। मेरे लिए पूज्य हो। भले ही बालक हो, पर विद्वान हो। इसलिए मेरा तुम पर दो गुना आदर है और अभिमान भी। मैंने तुम्हें माँ के अंक में दुधमुँहे बच्चे के रूप में भी देखा है और अब इस रूप में देख रहा हूँ...'

'कल आख्यान में तो आप चातुर्वर्ण्य के विरोध में प्रवचन दे रहे थे...यहाँ आप वर्ण का समर्थन कर रहे हैं!'

'चातुर्वर्ण्य पर वासुदेव कृष्ण जो कहते हैं उतना ही हम मानते हैं। गुण और कर्म से चातुर्वर्ण्य स्वीकार्य है...जन्म से नहीं...'

'तथागत बुद्ध भी यही कहते हैं—जन्म से मनुष्य न शूद्र होता है, न ब्राह्मण। कर्म से वह शूद्र होता है कर्म से ब्राह्मण होता है...'

'तथागत का मत भी तुम पढ़ते रहे हो!'

'हाँ, एक ग्रन्थ है धम्मपद...बड़ा सुन्दर ग्रन्थ है। वह पढ़ा था गुरु ईश्वरकृण के मठ में रह कर...पर तथागत के मत को लेकर बहुत वाद और वितंडा इधर हो चुका है, वही सब समझने के लिए तक्षशिला जाना चाहता हूँ...'

स्नान करके दोनों ठक्कुर के भवन में लौट कर आए, तो भोजन की तैयारी हो चुकी थी।

भोजन करके विशाख सूत जी के साथ ऊपर के कक्ष में आ गया। सूत जी ने कहा—कुछ देर विश्राम कर लो। अपराह्न में सरस्वती भवन जाना होगा।

विशाख के मन में स्मृतियाँ डोल रही थीं—लक्ष्मणपुर, गुरुकुल, पिता की झिड़कियाँ, प्रताडनाएँ...

सूत जी उससे कह रहे थे—'विशाख, विद्या जो शेष बची है, उसे पूरा करने की बात तो तुमने ठीक सोची...अध्ययन जो छूट गया है उसे पूरा करो...नहीं तो मेरी तरह निरक्षर रह जाओगे...भगवान व्यास ने कहा है कि विद्या दोहराई न जाए, तो

छूटती चली जाती है।'

'यह आप क्या कह रहे हैं कि आप निरक्षर हैं! आपको तो सारा पुराण कंठस्थ है। और आप लोग तो पुराण को ही वेदस्वरूप मानते हैं... '

पुराण रटा हुआ है, फिर भी मैं पंडित नहीं हूँ। मैं केवल ग्रन्थिक हूँ।...ग्रन्थ कुछ कुछ बाँच लेता हूँ...उसके कथाप्रसंग याद हो गये हैं, उन्हें दोहरा देता हूँ...बस यही मेरी परिधि है, यही सीमा। क्योंकि मैं सूत हूँ। पर तुम तो विप्रकुल में जन्मे हो। तुम वेद, वेदांग और शास्त्र पढ़ सकते हो..वेद-वेदांग सब समेट लिए, तो अनूचान हो गये। अनूचान हो गये, तो महान हो गये। तो बच्चा, तुम्हें महान होना है। मेरी सम्पदा तो एक ही पुराण का ग्रन्थ है...वह भी पुराना है जीर्ण हो गया। कुछ अन्यथा कह रहा हूँ क्या?

विशाख ने सूत जी बात का उत्तर नहीं दिया। उसके मन में गुरुकुल की स्मृतियाँ आवाजाही कर रही थीं। गुरुकुल छूटा, विपाक का साथ छूटा। वाग्भट से भी लक्ष्मणपुर में कभी मिलना होता था, वह भी छूट गया। वाग्भट कहीं अन्यत्र अध्ययन के लिए चला गया...

'वाग्भट कहाँ है तात?'—विशाख सूत जी से पूछ रहा था।

'वाग्भट कनखल में है, जहाँ मेरे गुरु व्यास रहते हैं। वहउ उनके गुरुकुल में रह कर पुराण का अभ्यास कर रहा है।...पर तुमने घर-द्वार क्यों छोड़ दिया...तुम्हारे पिता तुम्हें लेकर कितने खिन्न हैं!'

'पिता का मेरे ऊपर कोई स्नेह था ही नहीं...एक दासी के लिए उन्होंने मुझे पीट दिया था...'

'स्नेह तो उनका बहुत था तुम पर, वे उसे व्यक्त नहीं कर पाये...और वह दासी भी तो तुम्हारे पिता को छोड़ कर चली गयी...'

'चली गयी वह?'

'तुम्हारे पिता का घर टूट गया। दासी मल्लिका ..जिसे वे घर ले आये, वह शीलवती नहीं थी...'

'मुझे विदित है। वह रात में श्मशान जाती थी...डाकिनी थी वह...'

सूत जी सुन कर जोर से हँस पड़े। फिर बोले—'बड़ा आनन्द है!'

विशाख ने आहत होकर पूछा—'हँस क्यों रहे हैं आप? और काहे का आनन्द है?'

'तुम्हारी बाते सुन-सुन कर तो आनन्द आता ही रहता है!...पर तुम्हें कैसे मालूम कि रात में श्मशान जाती थी वह मल्लिका?'

'प्रत्यक्ष प्रमाण ही सबसे बड़ा प्रमाण है। जो मैंने प्रत्यक्ष देखा वही कह रहा हूँ...मैं तो घर आया था गुरुकुल में गुरुवर सौम्यदेव नहीं रहे तो यह सोच कर कि

पिता के पास रह कर ही अध्ययन कर लूँगा...पर पिता के पास मेरे लिए समय नहीं था और घर पर दासी का राज्य था...' आचार्य सौम्यदेव के निधन के पश्चात वह गुरुकुल से घर लौट आया। वही लक्ष्मणपुर, वही गली, वे ही घर। पर उसका अपना घर नहीं दिख रहा था। 'इसी स्थान पर तो था घर!'—विशाख चकित होकर खड़ा मूढ की तरह ताक रहा था। पर उस स्थान पर दूसरा ही घर था।

'हमारा घर कहाँ गया?'—उसने चिन्तातुर होकर पिता से पूछा था।

'यह कैसा व्यर्थ प्रश्न है पुत्र! यह तो रहा हमारा घर!'—पिता बोले थे।

सहसा विशाख के मन में पहचान उगी। अरे! घर तो वही है.. जब गुरुकुल जा रहा था, तो नैर्ऋत्य दिशा में उसने एक आम्र का पादप रोप दिया था, वह मुरझाया हुआ है, पर है वहीं। और भी—ईशान दिशा में एक क्रीडापुत्तलिका उसने खड़ी कर दी थी। यह पुत्तलिका उसे माँ ने अपने हाथों से बना कर दी थी। माँ पांचालिकाएँ और पुत्तलिकाएँ बहुत सुन्दर बनाती थीं, वे जीती-जागती और बात करती लगतीं। पिता इस बात से बहुत चिढ़े थे कि उन्होंने विशाख को पुत्तलिका बना कर दी।...'यह क्या कोई बालिका है जो पुत्तलिका से खेलेगा?'—उन्होंने कहा था।

माँ कभी खाली नहीं बैठती थी। पिता यज्ञ में चले जाते, घर में सन्नाटा पसरा होता। वह चुपचाप पुराने कपड़े इकट्ठे करके उन्हें सिल कर सुन्दर पांचालिका बनाती। यज्ञ के पुराने स्रुवा व चमस पिता फैंक देते, वह उन्हे बटोर कर पुत्तलिका बनाती।

जिस स्थान पर विशाख उस पुत्तलिका को बिठा कर गया था, वहाँ वह नहीं थी। और भी—घर के पीछे एक केले के पेड़ों का कुंज था, उसके पास में बिल्व का वृक्ष, फिर एक आम का। बिल्व और आम तो थे, पर कदलीकुंज लुप्त हो गया था। और फिर...बहुत कुछ जो नहीं था घर में।

और फिर...ये दो शब्द विशाख के मन में और भाषा में बार-बार आवर्तित होते रहे हैं।

'घर तो वहीं है...पर सब बदल गया है। मेरी पुत्तलिका कहाँ है?'—यह सोचता हुआ विशाख घर के पिछवाड़े में चला गया वहाँ भी सब कुछ उलट-पलट था, पर पिछवाड़े में बहुत सी वस्तुएँ फैंकी हुई थीं। उसी अवस्कर के ढेर में उसकी वह पुत्तलिका भी दबी कुचली पड़ी थी। विशाख काच के कुतुपों (बोतलों) और पुराने छींके के नीचे पिसती हुई उसे सावधानी से बाहर निकाला।

इस स्थान पर माँ ने छोटी सी बगिया लगा रखी थी। यहाँ वह मूलक, आर्द्रक (अदरक), सूरण आदि कई तरह के कंद लगाती, पलंकी, आम्रातक (आमड़ा), उर्वारुक (ककड़ी), कूष्माण्ड (कद्दू) और अलाबु (लौकी) आदि के पादप और लताएँ भी इसमें लगी रहती थीं। वे सब नहीं थे। सारी वाटिका सूखी पड़ी थी।

विशाख का मन विषण्ण हो गया। कदलीकुंज सूख कर गायब हो गया, आम के पेड़ कर कोकिल प्राय: कूजाकरता था, और नीचे मयूर बैठे रहते। वर्षा के दिनों में उसने एक बार एक मयूर को अपने पंख पूरे फैलाकर थिरक थिरककर नाचते देखा था। वह दृश्य अमिट बन कर उसकी स्मृति में अंकित था। लगता था अब वे कोकिल और मयूर भी घर छोड़ कर चले गये हैं।

विशाख फिर घर के सामने की ओर आया। यहाँ द्वार के पास में ही एक मन्दार का पौधा माँ ने लगाया था। उस पर माँ का ऐसा ही स्नेह था जैसा विशाख पर।

मन्दार के पौधे को देख कर विशाख को लगा माँ के चले जाने से वह भी बहुत खिन्न है। इसकी पत्तियाँ सूख गयी थीं। पिछली बार जब देखा था तो इसमें कलियाँ आई हुई थीं, अब लगता था कि यह कभी फूलेगा नहीं। गुरुकुल में जब-जब घर की स्मृति आती तो उसके साथ यह मन्दार का पादप सजीव होकर उसके सामने खड़ा हो जाता...

सभी कुछ बदल गया था। द्वार के दोनों ओर शंख और पद्म की निधियों के चित्र हुआ करते थे। वे नहीं थे, इनके स्थान पर स्वस्तिक का चिह्न था। बाल मन्दर के पास एक शेफालिका अवश्य वैसी ही लगी हुई थी। पर उसमें फूल न थे।

पिता ने उसके हाथ में पुत्तलिका देखी, तो बोले—अरे इस को फैंक दे। इसका क्या करेगा? कल ही तो घर की सफाई कराई, तो मल्लिका से मैंने कहा कि फेंक दे इसको... ?

'मल्लिका कौन?'

'मल्लिका दासी है...वह घर में सब काम-काज में निपुण है...तेरी माँ रही नहीं तो...घर सँभालने के लिए स्त्री तो चाहिए थी न...यह उपहार में मिली तो हम ले आए, कुछ देना नहीं पड़ा...दास दासियाँ बहुत मँहगे हो गये हैं इन दिनों... ? फिर उनके भोजन व्यंजन वस्त्र आदि पर व्यय.. मनु ने कहा है कि जब तक घर के सारे दास और दासियाँ भोजन न कर लें, गृहस्वामी भोजन न करे ..इस दासी ने काम तो ठीक ही सँभाल लिया है और किसी तरह का तस्करकर्म यह करती हो...ऐसा भी नहीं लगा... '

वे विशाख को सुना रहे थे, या स्वयं को विश्वास दिलाने के लिए अपने आप से कह रहे थे कि उन्होंने जो किया ठीक किया।

'अब तू बच्चा नहीं रहा'—वे विशाख की आँखों में झाँक कर बोले— 'अब इनसे पुत्तलिकाओं से क्या खेलना? यह तो शूद्रों का लक्षण है...इस तरह की पुत्तलियाँ बनाना और उनसे क्रीडाएँ करना...'

विशाख पिता की बात नहीं सुन रहा था। उसके मन में अन्धड़ मच गया था। यह क्या कह रहे हैं पिता? यह कौन स्त्री घर में आ गयी? और इसका यह दुस्साहस

कि उसने माँ की बनाई हुई पुत्तलिका कचरे में फैंक दी? माँ ने यह पुत्तलिका अपने हाथों से बना कर मुझे दी थी...यह होती कौन है माँ की बनाई पुत्तलिका इस तरह कचरे में फैंकने वाली?

'पर यह कैसी दासी है? माँ की बनाई पुत्तलिका इस तरह कचरे में क्यों फैंक दी उसने.. आप उसी को घर से बाहर क्यों नहीं निकाल देते?' उसने पिता से कह दिया।

पहली बार उसने पिता के सामने इतने ऊँचे स्वर में अपना क्रोध व्यक्त किया था। पिता उसे एक क्षण चकित होकर देखते रह गये। फिर उन्होंने बहुत गम्भीर स्वर में कहा—'उसके लिए तुम्हारा क्रोध सर्वथा अनुचित है, वह सब कार्यों में निपुण है। तेरी माँ जो काम करती थी, वह सारे काम यह अब करती है। उसे क्यों बाहर निकाल दूँ? वह मुझे सोमयाग दान में प्राप्त हुई है। मैंने कुलशील का विचार करके उसे स्वीकार किया, वह क्षत्रियपिता और वेश्यामाता की सन्तान है। वह मेरे लिए गम्या है। फिर दान की वस्तु इस तरह पुत्तलिका की तरह नहीं फैंकी जा सकती।'

'दान में मिल गयी वह? स्त्रियाँ क्या दान में मिल जाती हैं?'

'स्त्रियाँ नहीं, दासियाँ मिल जाती हैं...एक दृष्टि से तो दासियाँ स्त्रियों से अधिक अच्छी होती हैं...वे हर तरह के काम के लिए उपयोगी होती हैं'—कह कर पिता हँसे। फिर बोले—'गोपगिरि ग्राम में सामन्त भास्कर वर्मा ने सोमयाग कराया था। बहुत से विप्र बुलाये...सबको एक-एक दासी दी सामन्त ने...दासियों को बुलाकर एक पंक्ति में खड़ा कर दिया, और कहा—आप विप्रजनों को जिस दासी में रुचि हो उसे ले जाइये। मैंने सामुद्रिकशास्त्र के लक्षणों की दृष्टि से मिलान किया, यह मल्लिका सब लक्षणों से सम्पन्न दिखी मैंने इससे पूछा कि क्या-क्या काम कर सकती हो, इसने कहा कि हर तरह का काम कर सकती हूँ। तो मैं इसे ले आया।'

विशाख घर के भीतर के भाग में गया। एक युवती वहाँ थी। नवयौवना, अलंकृत और सुवसना। पर उसकी उपस्थिति विशाख के लिए उद्वेगजनक थी। वह कौतुक और ईर्ष्या के साथ विशाख को देख रही थी, उसे विशाख का घर में लौट कर आना अच्छा नहीं लगा था। तो यह है दासी मल्लिका.. विशाख मुँह बिचका कर उदासीन होकर बाहर आ गया।

इस बीच मल्लिका भृंगार में जल लेकर आई और पिता से कहा—आचमन करें। फिर विशाख को तिरस्कार के साथ ताकती हुई वह बोली—'तो यह है आपका पुत्र...यही है वह...मातृहीन अभागा बालक...' उसके कहने के ढंग से आहत हुआ विशाख बोल पड़ा—'अरे दासी होकर इस तरह कैसे बोल रही है?'

'अरे विशाख, ऐसे क्यों कह रहा है? दासी अवश्य है यह, पर तेरे लिए मातृस्थानीय है।'

विशाख पिता को आश्चर्य से देखता रह गया। पिता ने यह क्या कह दिया? दासी मातृस्थानीय कैसे हो सकती है? वह कटु स्वर बोल पड़ा—'मेरी माँ का स्थान कोई दासी नहीं ले सकती...'

'यह कैसा पुत्र है आपका? यह तो बिल्कुल अशिष्ट है! छोटे मुँह बड़ी बात...' मल्लिका पिता से कहने लगी।

पिता ने कहा—'मल्लिके, वह अभी बालक है। उसकी बात से खिन्न मत हो। जा भोजन बना।'

मल्लिका की बात मन में विष में बुझे बाण की तरह चुभ गयी थी। तब से विशाख ने मल्लिका का नाम रख दिया विषकन्या। पर विषकन्या के वचन भी उसे इतनी पीड़ा नहीं दे रहे थे, जितना पिता का यह कहना कि 'दासी अवश्य है यह, पर तेरे लिए मातृस्थानीय है।'

अन्यमनस्क और खिन्न होकर विशाख घर से बाहर निकला और विपाक के घर चला गया।

विपाक ने उसे देखते ही उल्लसित होकर हृदय से लगा लिया। बोला—'अरे मित्र, तुम बड़े अच्छे समय आये! पिता कह रहे हैं कि तेरा और विशाख का गुरुकुल छूट गया, तो क्या करोगे तुम दोनों...आसपास और कोई गुरुकुल नहीं है...मेरे पास आयुर्वेद का अभ्यास कर लो। तो हम लोग पिता के चरणों में बैठ कर प्रतिदिन आयुर्वेद सीख लें?'

विशाख सहसा विपाक से गले लग कर फूट-फूट कर रोने लगा। केवल यही एक क्षण था, जब वह इस तरह रोया। रोकर शान्त हुआ, तब उसने मन में संकल्प किया था कि अब कभी नहीं रोऊँगा।

विपाक बहुत चिन्तातुर होकर उससे पूछ रहा था—'मित्र, बात क्या हो गयी? ऋषि होकर एक बच्चे की तरह क्यों रोने लग गये?'

विशाख विपाक के भोलेपन पर हँस पड़ा। फिर बोला—'ऋषि रोते नहीं हैं क्या?'

'क्या पता...सम्भव है रोते हों कभी'—विपाक ने कहा—'फिर भी बात क्या हुई रोतले ऋषिवर?'

विशाख ने उद्विग्न मन से दासी मल्लिका के बारे में उसे बताया।

सब सुन कर विपाक ने उससे कहा—'भैया विशाख, तुम इतने ज्ञानी हो, कवि हो, मनीषी हो। सामान्य जनों की तरह आचरण कर रहे हो! एक दासी के कारण मन में इतना उफान! हमारे भवन में चौदह दासियाँ और दस दास हैं...फिर भी पिता अच्छे दास दासियाँ और मिल जाएँ, तो खरीदने के लिए व्यग्र रहते हैं...तुम मेरे घर को अपना घर मान कर यहीं रह जाओ, तुम्हारे पिता उस दासी के साथ प्रसन्न रहें।'

विपाक अभिन्नहृदय सहचर रहा है। उस दिन पहली बार विशाख ने पिता के लिए अपने भीतर की चिढ उसके आगे व्यक्त की थी।

मल्लिका को देखने के बाद से उसके मन में पिता के लिए उदग्र द्वेषभावना जाग उठी थी। 'ये कैसे पिता हैं—साक्षात सावित्री जैसी माँ को भुलाकर उस दुष्टदासी के फेर में पड़ गये! यह दासी उनके पतन का कारण बनेगी। वह सुन्दर है, पर विषकन्या है। वह मुझे यदि कहीं छू लेगी, तो मैं मर ही जाऊँगा!'

आर्य कौंडिन्य ने चाणक्य के अर्थशास्त्र की चर्चा की थी। उस ग्रन्थ में एक विषकन्या प्रकरण है, जिसमें बताया गया है कि किस तरह जन्म लेने के बाद से ही थोड़ा थोड़ा विष नित्य खिलाने से किसी बालिका को विषकन्या बनाया जा सकता है। विषकन्या जिस किसी को छू दे, वह तत्काल मर जाए। 'जिस सामन्त भास्करवर्मा ने पिता को यह दासी दी है, वह अवश्य पिता का गुप्त वैरी है। इसलिए उसने एक विषकन्या दान में दे दी है!' विशाख सोचता।

दासी मल्लिका को लेकर पिता और उसके बीच बाद में फिर विवाद हो गया। पिता ने कुपित होकर कह दिया—'यह मेरी रक्षिता (रखैल) है, यह मेरी भार्या ही है. तो तुझे इसे माता के समान पूजना होगा...'

पिता जब यह कह रहे थे तो मल्लिका उनको बहुत घृणित दृष्टि से उपहास की मुद्रा में देख रही थी—यह उन्होंने नहीं देखा।

गुरुकुल में निवास के दिनों में ऋचाओं का दर्शन तो एक ही बार हुआ, पर वह यदा कदा छन्द रचता रहता था। कोई छन्द बन जाता, तो वह विपाक को सुनाता। विपाक सुन कर चकित हो जाता, और कहता—'विशाख, तू तो सचमुच ऋषि भी है और कवि भी है। मन्त्र या छन्द तो ऋषि ही देख पाते हैं या कवि रच पाते हैं...'

दासी मल्लिका और पिता का उसके प्रति व्यामोह देख कर भी अगले दिन विशाख के मन में एक छन्द उपजा—

व्याली चन्दनवृक्षं फूत्कुर्वती विषेण विलिम्पति।
गृहमानीता दासी पुरुषं चैवं तथा हिनस्ति।

विशाख अब अपने घर में कम विपाक के घर अधिक रहता। कुछ समय तो दोनों वैद्य जी से अध्ययन करते, बहुत सा समय आसपास औषधियाँ ढूँढ़ने या बातचीत में बिताते। यहाँ जो आयुर्वेद का ज्ञान उसे मिला वह जीवन भर काम आया। तक्षशिला में भी आचार्य जीवक अपने शिष्यों में उसे सबसे प्रिय मानते रहे, भद्रपुरी के वैद्य निधिदत्त उसे बहुत सम्मान देते रहे, वह सब विपाक के पिता चिरजीवी वैद्य से जो विद्या पाई उसके कारण।

उस दिन वैद्य चिरजीवी ने विपाक से कहा—'पुत्र, दो घट चाहिए। आज सेवक कोहल नहीं आया। दास-दासियाँ तो इस तरह के काम के योग्य नहीं हैं। तुम जाओ और घट ले आओ।'

फिर घट किस आकार के हों—वे समझाने लगे।

विपाक ने कहा—'विशाख, चल, कुम्भकार वीथी में चलते हैं।'

'कुम्भकार वीथी में? वहाँ क्या है?'

'वहाँ से घट लाने हैं। पिता को औषधियाँ पकाने के लिए घट चाहिए।'

'कुम्भकार वीथी कहाँ है—मैंने तो कभी देखी नहीं!'

'मेरे साथ आ। मैं तुझे दिखाऊँगा।'

विपाक लक्ष्मणपुर के जिस मार्ग से विशाख को ले गया, वह उसने कभी देखा न था। एक लक्ष्मणपुर के भीतर कितने छोटे-छोटे लक्ष्मणपुर समाये हुए हैं और कितने अलग-अलग! फिर भी सब मिलाकर एक ही लक्ष्मणपुर बन जाते हैं!

फिर वह चकित होकर सोचता रह गया—विपाक हमारे गाँव की सारी वीथियाँ कैसे जानता है!

विपाक अभ्यस्त पाँवों से एक वीथी से दूसरी में मुड़ता चला जा रहा था। तरह-तरह के स्वर उन वीथियों में सुनायी पड़ते। एक वीथी में तीव्र और कर्कश कैं-क्रैं का स्वर अनेक घरों के भीतर से आ रहा था। विपाक ने कहा—'यह कांस्यकार वीथी है। यहाँ काँसे के बर्तन बनाये जाते हैं। इसके आगे लौहकार वीथी आयेगी और उसके पश्चात है कुम्भकार वीथी।'?

कुम्भकार वीथी में विशाख ने जो दृश्य देखा उससे वह चकित रह गया। कुम्भकार मिट्टी का पिंड चक्र पर रख रहा था। चक्र को उसने डंडे से घुमा दिया और फिर दोनों हाथ पिंड पर रखे। कुम्भकार के छूने भर से मिट्टी का पिंड घड़े में रूपान्तरित होने लगा।

अरे विपाक! यह कुम्भकार तो प्रजापति है!' विशाख ने कहा—'यह मिट्टी से संसार बना देता है!'

विपाक ने जैसे उसे आश्चर्यलोक में पहुँचा दिया था।

विपाक ने कहा—मैंने तो यह कई बार देखा है इसमें कोई आश्चर्य की बात नहीं।?

विशाख निर्निमेष नयनों से कुलालचक्र पर प्रकट होते नाना रूप देखता रहा।

उसी समय पास में खड़ा गधा जोर से रेंका।

विशाख ने कहा—'अरे विपाक, सौम्यदेव के गुरुकुल में मैंने एक ग्रन्थ पढ़ा था—जिसमें यह चर्चा आई है कि जब कुम्भकार घट बनाता है, तो गर्दभ उस समय पास में खड़ा रहता है। तो प्रश्न उठता है कि घट के निर्माण में गर्दभ निमित्त कारण

है या नहीं? उत्तर है कि गर्दभ घट का निमित्त कारण नहीं हो सकता है...क्यों? क्योंकि घटनिर्माण में उसकी उपस्थिति आत्यंतिक नहीं है...'

'ग्रन्थ में जो भी बताया गया हो, मैं तो समझता हूँ कि गर्दभ ही सारे घटों का मूल कारण है।'

वह कैसे?'

'वह ऐसे कवि महाराज कि कुम्भकार इस गर्दभ पर ही मिट्टी लाद कर यहाँ लाता है। यदि गर्दभ न हो, तो मिट्टी यहाँ नहीं होगी, और ये जो घट, दीप, शराव—इन सब के ढेर देख रहे हो, ये भी यहाँ नहीं होंगे...इसलिए निमित्त ही नहीं, घट-घट की रचना का कारण है केवल गर्दभ...'

'पर ग्रन्थ में बताया गया कि गर्दभ तो निमित्त कारण तक नहीं हो सकता!'

'ग्रन्थ को भूल जा। मैं हूँ आचार्य विपाक। मैं जो कहता हूँ उसे याद रख।'—यह कह कर विपाक जोर से हँसा। विशाख भी हँस पड़ा। इस हँसी में वह घर में आज जो कुछ हुआ था, वह सब भूल गया। अपनी पीड़ा और दुख से बाहर आकर जैसे अन्य संसार में आ गया। विषकन्या का दंश लेशमात्र भी न रहा। विपाक के साथ रहने पर यही होता था। वह किसी और लोक में चला जाता।

कुछ गुरुजन विद्यार्थियों को अपने घर पर पढ़ाते थे। उन्हें उपाध्याय कहा जाता था। लक्ष्मणपुर में एक उपाध्याय थे—श्रुतिशील। उनका नाम ही श्रुतिशील था, उनकी गति श्रुति में थी नहीं। पर धर्मशास्त्र के वे मर्मज्ञ थे। उनके घर जाकर धर्मशास्त्र का ही अध्ययन कर लूँ—यह सोच कर विशाख उनके घर भी जाया करता था, पर उसका मन विपाक के घर में ही लगता। यहाँ दो आकर्षण थे—एक तो विपाक के साथ, दूसरे उसके पिता से आयुर्वेद का ज्ञान।

विपाक के पिता माने हुए वैद्य थे। विशाख ने अपने पिता से भी कह रखा था कि मैं प्रतिदिन श्रुतिशील शर्मा तथा विपाक के पिता के घर जाकर अध्ययन करता हूँ। उसके घर में न रहने से कदाचित दासी मल्लिका और पिता दोनों प्रसन्न थे। विपाक से उसकी मित्रता इन दिनों गहरी होती गयी थी। विपाक के पिता का अध्यापन का समय निश्चित नहीं होता, जब वे खाली होते, तो आयुर्वेद की बातें इन दोनों को बताते रहते। शेष समय विपाक से बातचीत में निकल जाता। घर में उसके और दासी मल्लिका के बीच एक मौन तनाव रहता। वह 'विषकन्या' की चर्चा करते हुए विपाक को बताता—'मित्र, उसने सारा घर अपने अधिकार में कर लिया है, उसे घर में लाकर पिता ने यह क्या किया? वह दासी होकर भी घर की सारी सम्पदा को अपनी मानती है। और फिर इतना कटु बोलती है, उसकी बातें मन में भाले की तरह चुभती हैं। मित्र, क्या करूँ?—अब तो लगता है घर ही छोड़ दूँ!'—वह विपाक से कहता—'किसी आश्रम में रह लूँगा, मेरा विद्याध्ययन पूरा न हो सका। मैं स्नातक

नहीं हो पाया—कितना बड़ा दुर्भाग्य है!'

विपाक भी कहता—'मेरी भी इच्छा है कि अध्ययन पूरा कर लूँ। कहते हैं विद्या से अमृत प्राप्त होता है। मैं अमृत पाना चाहता हूँ। देखो, पिता रसायन बनाने की विधियाँ तो बताते हैं, और यह भी कहते हैं कि रसायनों से काया अजर हो सकती है, पर अमर नहीं हो सकती। वे कहते हैं कि अमर होना तो किसी के भी लिए सम्भव नहीं है। तो अमरता की खोज के लिए मैं भी तेरे साथ चल पड़ता, पर पिता कहते हैं कि मुझे आसवनिर्माण सीखने के लिए कान्यकुब्ज जाना चाहिए...

विपाक का घर बहुत विशाल था। इस पूरे क्षेत्र में सतखंडा सौध यही था। उसके चारों ओर उद्यान था। उद्यान में एक ओर कुटज, अर्जुन, निम्ब, कदम्ब के वृक्ष की पाँते थी, उसके आगे आमलककुंज था। फिर औषधियों के पौधों की क्यारियाँ। विशाख आयुर्वेद सीखने के लिए प्रतिदिन उनके घर पहुँच जाता, विपाक उसके साथ रहता था और उसके पिता वैद्य चिरजीवी इस उद्यान में दोनों को एक-एक पेड़, पौधा, लता, स्तम्बिनी और शश दिखा-दिखा कर इन सब प्रकार की वनस्पतियों में एक-एक के गुणधर्म बताते जाते। लताओं में भी अलग-अलग तरह की लताओं के नाम वे बताते—यह प्रतन्वती है, यह वीरुत् है, यह अलसाला, यह व्रतति है, यह फलिनी—इत्यादि। घृतकुमारी तथा प्रियंगु लता के गुण बताते हुए तो वे गद्गद हो जाते। विशाख ने उन्हीं दिनों पेड़ों से परिचय पाया—आकर्ण, खदिर, धव, पलाश, तिनिश, सल्लकी शाल, बदरी, तिन्दुक इन सब की पहचान उन्होंने करवायी।

चिरजीवी कहने लग गये थे कि जितना वे बता सकते थे, उन्होंने विपाक और विशाख को बता दिया है.. विशाख को भी लग रहा था कि आयुर्वेद में जितना उसे पाना था, वह यहाँ से पा लिया...श्रुतिशील की विद्या भी उसके लिए अब चुक गयी थी...पिता उस पर आक्षेप करने लगे थे कि वह व्यर्थ समय गँवा रहा है, फिर भी वह विपाक के घर नित्य पहुँच जाता...

'यह जो तुम्हारी 'विषकन्या' है न, वह विषकन्या नहीं है...क्योंकि विषकन्या से रसोई आदि नहीं बनवाई जा सकती...पर वह एक पिशाची है अवश्य है'—एक दिन विपाक ने उससे इस तरह कहा जैसे कोई बहुत बड़ा रहस्य उसके आगे उगल रहा हो।

'तुमने कैसे जाना?'

'देख, पिशाचिनी के जो-जो लक्षण बताये गये हैं सामुद्रिक में वे सभी तो उस में घट रहे हैं, तू रात में उसे देखना—वह अवश्य श्मशान जाती होगी—पिशाचिनी का एक लक्षण यह भी है कि वह शृंगार करके रात में श्मशान जाती है और वहाँ शिशुओं की समाधियाँ खोद कर उनके शव निकाल निकाल कर खा जाती है।'

विशाख के मन में विपाक की बात रह गयी। उस रात वह बाहर के कक्ष में शैया पर लेट तो गया पर सोया नहीं। नींद बार-बार आँखों में भर-भर जाती, वह नींद को रोक लेता। विपाक ने जो कहा है उसकी परीक्षा तो करनी थी। यदि यह दासी मल्लिका सचमुच में पिशाचिनी है, तो पिता को बताना चाहिए कि वे किसे घर ले आयें हैं।

आधी रात हो गयी। बाहर सियारों की हुआँ-हुआँ सुनाई दे रही थी। उनकी दूर-दूर तक फैलती आवाज को दबाकर अचानक कुत्तों के भौकने का कटु कर्कश स्वर उठते। पिता भीतर के कक्ष में सोये थे, उनके खर्राटे के स्वर घर में गूँज रहे थे।

सहसा विशाख ने नूपुरों के मन्द क्वणन और कँगनों की खन-खन की धीमी ध्वनि सुनी। उस अन्धकार में भी वह आभूषणों का बहुत क्षीण आभा के कारण मल्लिका को देख सकता था।

वह बाहर जा रही थी।—'क्या करूँ पिता को जगा दूँ—उन्हें बताऊँ कि आप जिस दासी को घर ले आए हैं, वह तो पिशाचिनी है! वह आधी रात में श्मशान जाती है'—

पिता शय्या पर गहरी नींद में सोये थे। उनकी नाक बज रही थी। विशाख ने चिल्लाकर उन्हें जगाना चाहा, पर उसके मुख से एक शब्द नहीं फूटा। उसकी साँस तेज-तेज चलने लगी, वह घबरा गया था। दासी मल्लिका ने घर के किवाड़ उड़काये और बहुत धीमी गति से नि:शब्द बाहर निकल गयी।

उसके बाद विशाख को गहरी नींद ने दबोच लिया। भोर होने पर नींद खुली तो वह रात की घटना भूल गया था। दासी मल्लिका घर में भीतर विद्यमान थी।

दैनंदिन कार्यों से निपट कर वह जब विपाक के घर की ओर चला तो उस रात की सारी बात फिर याद आ गयी।

वह विपाक से कह रहा था—'भाई, तुमने सत्य कहा था, वह दासी मल्लिका तो सचमुच पिशाचिनी है। आधी रात में उसने श्रृंगार किया और घर से बाहर निकल गयी...मैने देखा। मुझे तो लगता है कि वह नित्य ही ऐसे जाती है और पिता को कुछ विदित नहीं है।'

सारी बात सुनकर विपाक ने कहा—'विपाक, तूने चुपचाप उठकर उसी समय घर के द्वार की अर्गला क्यों नहीं चढ़ा दी, वह भोर होने को आती, तो वह श्मशान से लौटती, पर घर में न घुस पाती और पता चल जाता तेरे पिता को भी...'

सुनकर विशाख खिन्न होकर कहने लगा—'हाँ भाई, यह बात तो मेरी बुद्धि में आई ही नहीं...मैं घबरा गया था, क्या करूँ कुछ समझ नहीं पा रहा था...फिर मुझे

अचानक गहरी नींद भी आ गयी...'

'वह अवश्य ही श्मशान गयी होगी। वहाँ वह शिशुओं के शव खोद खोद कर खाती होगी...उसके पश्चात प्रेतों के साथ सम्भोग करती होगी...'

'प्रेतों के साथ सम्भोग? वह कैसे किया जाता है?—विशाख आँखें फाड़ कर उसे देखता हुआ पूछने लगा। 'तू नहीं जानता? स्त्री और पुरुष के बीच जो होता है?...वह सब? तू नहीं जानता...?'

'न, क्या कहना चाहते हो तुम?'

'फिर तो तू बहुत भोला है! कोरा कवि है!.. ज्ञानी हो सकता है, पर संसार की विद्या नहीं समझता। देख, सम्भोग कहते हैं मैथुन को। निधुवन, सुरत, मोहन—ये नाम भी इसके चलते हैं। मैंने तो कामसूत्र पढ़ डाला पिता के ग्रन्थागार में पोथी है...वात्स्यायन के कामसूत्र की...'

'तूने क्यों पढ़ा वह? हम कल्पसूत्र और शुल्बसूत्र पढ सकते हैं, कामसूत्र का हमारे लिए निषेध है...'

'न। पिता कहते हैं कि ज्ञान तो सब तरह का प्राप्त करना चाहिए, उसका दुरुपयोग नहीं करना चाहिए।'

'अच्छा?...तो तू क्या बता रहा था सम्भोग के बारे में?'

विपाक उसके प्रश्न का उत्तर देते हुए स्त्री-पुरुष के संसर्ग का ऐसा बीभत्स वर्णन करने लगा कि विशाख को उल्टी होने को आयी। उसने घृणा के साथ कहा—'छी...छी...! यह क्या जुगुप्सित बात कर रहे हो!'

विपाक ने हँसकर कहा—'अरे, छी:-छी: क्या कर रहा है? सन्तान की प्राप्ति के लिए प्रत्येक दम्पति को यह काम करना होता है। इसके बिना सन्तति नहीं होगी। ठीक है, यह बड़ा जुगुप्सित कर्म है...सब कुछ जुगुप्सित है भाई, संसार ही जुगुप्सित है। इसी जुगुप्सित कर्म से हम जन्मे हैं...हमारे माता और पिता ने भी यही कर्म किया...तभी तो हम जन्मे...'

अब विशाख के लिए सुनना असह्य हो गया। उसने कहा—'बस कर, बस कर। इसके आगे तेरा यह घृणित मिथ्यावाद मैं नहीं सुन सकता!'

'देख, मैं तो सच ही कह रहा हूँ...'

'यह तेरा सच है! तो तू अपना सच अपने पास रख। मेरा तुझसे कोई लेना देना नहीं...अब इसके बाद न तो मैं तेरा मुख कभी देखूँगा, न तू मेरा...'

यह कह कर विशाख तेजी से वहाँ से चल पड़ा। विपाक ने कहा—'विशाख! सुन! सुन तो!'

विशाख का मन क्रोध से तप रहा था। उसे लगा कि विपाक को वह अब तक समझ नहीं पाया, यह तो बडा पापी है। अब इससे कोई सम्बन्ध नहीं रखना है।

विपाक पुकारता रह गया, विशाख उससे पास से चल पड़ा। दो दिन हो गये। विशाख विपाक के घर नहीं गया। दोनों के बीच वैमनस्य की अमांगलिक छाया फैल गयी। विशाख को लगने लगा कि जीवन ही नारकीय हो गया है, विपाक से सम्बन्ध टूट गया। तीसरे दिन वह पछताने लगा। उसने उतावली में विपाक से सम्बन्ध तोड़ दिया..घर में विषकन्या है...इसकी फुफकार से विपाक का साथ ही तो त्राण देता था...उसी विपाक से वह झगड़ पड़ा!

वह अपने आप को कोस रहा था—मैं इतना क्रोधी स्वभाव का क्यों हूँ...मैं अपने आप पर नियन्त्रण क्यों नहीं रख पाता?

पिता किसी यजमान के घर गये हुए थे। उन्हें गए हुए दो दिन हो गये। उन्होंने चलते समय कहा भी था—'विशाख! मेरे साथ चल। एक श्रोत्रिय के घर सोमयाग सम्पन्न कराना है, प्रचुर दक्षिणा मिलेगी। फिर तेरा अभ्यास भी हो जाएगा पौरोहित्य का...'

एक तो विशाख ने सोच रखा था कि विपाक से नाहक झगड़ा किया, आज उसके घर जाकर क्षमा माँग लूँगा और उसके साथ फिर पहले जैसा सम्बन्ध हो जाएगा। उसके बिना मेरा इस संसार में और कोई है ही कौन? दूसरे सोमयाग में जाने का उसका यों भी मन न था। मन उखड़ सा गया था। केवल दक्षिणा पाने के लिए जाना और ऐसी क्रियाएँ करना जिनका अर्थ समझ में आता नहीं है...

उसने पिता से कहा—'मुझे आयुर्वेद के स्वाध्याय के लिए चिरजीवी वैद्य के घर जाना है।'

पिता ने कहा—'आयुर्वेद एक उपवेद है। हमारा धर्म है वेदरक्षा। हम यजन कराते हैं। उससे हम इहलोक और परलोक दोनों में स्वर्ग प्राप्त करते हैं।'

विशाख ने कोई उत्तर नहीं दिया। पिता चले गये। उनके जाने पर विशाख का भी मन घर में नहीं लगा। दासी मल्लिका उसे कभी आयुष्मान या आर्य कह कर नहीं बुलाती थी, 'बालक' कहती थी। बालक—यह सम्बोधन उसके मुँह से विशाख को विषाक्त लगता। जब पिता घर में नहीं रहते, तो विशाख भी विपाक के घर जा पहुँचता, वह मल्लिका से जितना दूर हो सके, रहता था। पर दो दिन बीत गये, वह विपाक के घर नहीं गया। सोचता ही रहा कि आज चला जाऊँ और विपाक से टूट गये सम्बन्धों की डोर फिर से जोड़ लूँ। दोनों के बीच की मित्रता टूट गयी...केवल एक वाक्य से प्रेम झुलस गया। विशाख अनुभव कर रहा था कि मेरी ही मूर्खता थी, पर क्षमायाचना के लिए पाँव आगे बढते बढते फिर रुक जाते। मन में ग्लानि भरी हुई थी। विपाक ने जिस जुगुप्सित कर्म का वर्णन किया, वह सत्य ही होगा। सौम्यदेव के गुरुकुल में उसने सामवेद का अध्ययन किया, पर आख्यान और उपवेद नहीं पढे। वेद तथा छह वेदांगों में भी कंठाग्रीकरण ही अधिक कराया गया। तत्त्व की बात तो

कम बताई गयीं। कंठस्थ किये हुए मन्त्रों के ही अर्थ उसे विदित नहीं हैं। यदि अर्थ विदित हो जाएँ, तो यह रहस्य भी खुल जाए। क्योंकि आर्य कौंडिन्य ने बताया था कि वेदों में सृष्टिविद्या का भी वर्णन है। क्या विपाक ने इस सृष्टिविद्या को समझ लिया है, जिसे वह नहीं समझता? फिर तो विपाक ही उससे अधिक ज्ञानी है!

...विपाक के कुछ शब्दों से उसके लिए जैसे संसार ही बदल गया, यदि वह सत्य कह रहा है, तो यह सारी सृष्टि ही इसी तरह उत्पन्न हुई है। घर के बाहर पशुओं और पक्षियों के मिथुन भी तो वही करते दिखते हैं, यह मैंने क्यों नहीं सोचा? वेदान्तविद्या पढाते समय गुरुवर ने उपदेश दिया था—जरायुजा, अंडजा, स्वेदजा, उद्भिज्जा यह चार प्रकार की सृष्टि है। मनुष्यों की सृष्टि जरायुजा है। जरायु स्त्री का गर्भाशय है। उसमें पुरुष के शुक्र का निषेचन होने पर गर्भ बनता है। पर उसमें पुरुष के शुक्र का निषेचन कैसे होता है यह तो उसे नहीं बताया गया। जब गुरु सौम्यदेव पढ़ा रहे थे उस समय भी मन में यह प्रश्न आया था। सोचा भी कि क्यों न उनसे पूछ लूँ, पर गुरुवर प्रश्न करने से खिन्न हो जाते हैं, प्रश्न का उत्तर भी देंगे या नहीं यह कहा नहीं जा सकता—यही सोच कर चुप रहा।

अब लगता है कि सारा संसार ही पूरी तरह पाप और कलुष में लिथड़ कर उत्पन्न हुआ है। यह विचार मन में और भी ग्लानि और जुगुप्सा उत्पन्न करता।

इसी उधेड़बुन में मध्याह्न हो गया। भूख से आँखें निकलीं पड़ रहीं थीं। दासी मल्लिका क्या कर रही है पता नहीं। वह मेरे लिए भोजन क्यों नहीं बना देती? पिता अनुष्ठान के लिए चले गये। वे परसों आयेंगे। तो क्या दो दिन भोजन नहीं बनेगा घर में? मल्लिका कहीं दिख नहीं रही थी। विशाख ने रसोई में जाकर देखा—कदाचित वहीं भोजन के लिए कुछ मिले, एक ओर कंडनी रखी थी, उसके पास उलूखल और मूसल, एक कोने में शिला (सिल) और लोष्ट (लोढी)। इसी शिला पर माँ लेह्या (चटनी) बनाने के लिए कभी बदरी, कभी तिन्तिणी पीसती थी। उसके हाथ से बनी लेह्या कितनी स्वादिष्ट लगती थी। अभी भी उसकी स्मृति जिह्वा को रस से आप्लावित कर देती है। अभी भी उस लेह्या के स्मरण से विशाख की जीभ टपकने लगी थी।

दूसरे कोने पर घट्टिका रखी थी—उपेक्षित, जैसे कई दिनों से उसे चलाया न गया हो। माँ इस पर प्रतिदिन भोर में उठ कर गेहूँ और जौ पीसती थी। ऊपर के पाट पर लगे काठ के डंडे को वह बहुत तेजी से घुमाती और बायें हाथ से अनाज की मुट्ठियाँ पाट के बीच में बने छेद में भरती जाती। अनाज का आटा बन बन कर दोनों पाटों के बीच से झरता रहता। विशाख कई बार तन्मय होकर माँ के पार्श्व में बैठा यह दृश्य देखता।

एक बार घर में यज्ञ होना था। दस प्रस्थ के बराबर गोधूम और यव पीसने थे।

माँ के दाहिने हाथ की हथेली पेषण करते करते सूज गयी। जब वह सुस्ताने के लिए बीच में रुकी, तो विशाख ने उसका हाथ अपने छोटी छोटी हथेलियों में लेकर कहा था—माँ, तू थक गयी है, मैं घुमाता हूँ इस घट्‌टी का पाट... ?

माँ ने हँसते हुए कहा था—'अच्छा, घुमा।'

विशाख ने पाट पर लगे डंडे को घुमाने का प्रयास किया, पहले एक हाथ से...फिर दोनों हाथों से। पूरा जोर लगाने पर भी पाट थोड़ा सा खिसका। माँ ने हँस कर कहा—'अच्छा, जा बाहर खेल। यज्ञ पूरा हो जायेगा, तो मैं तुझे अपूप दूँगीं।'

वह मीठी हँसी चित्त में गँसी हुई है। उसके साथ अपूप का स्वाद जीभ पर और हथेली पर रखे निष्क का स्पर्श भी...

यज्ञ समाप्त हुआ, तो माँ ने अपूप ही नहीं, एक निष्क भी उसे दिया था।

माँ से वह निष्क मिलने की कथा कुछ अलग ही है। यज्ञ समाप्त होने पर पिता सारे ब्राह्मणों को दक्षिणा दे रहे थे। विशाख के मित्रों—विपाक, वाग्भट, ऋजु—इनको भी दक्षिणा मिली। 'मेरी दक्षिणा?'—वह भी अपने मित्रों के साथ हाथ पसार कर पिता के आगे खड़ा हो गया।

'अरे तुझे दक्षिणा कैसे मिलेगी? तू तो याजक का पुत्र है।'

विशाख खिन्न होकर माँ के पास गया। बोला—'माँ, पिता मुझे दक्षिणा नहीं दे रहे...सबको तो दी विपाक, वाग्भट, ऋजु—इन सबको...!'

'तेरी दक्षिणा मैं दूँगीं...'—माँ ने उसे लाड़ करते हुए कहा था।

तब यह निष्क माँ ने उसे दिया था।

...इस रसोई में हरिद्रा, कुस्तुम्बरी और मरीचि की गन्ध के बीच माँ की कितनी-कितनी स्मृतियाँ बसी हुई हैं। अब माँ नहीं है, रसोई में हल्की सी गन्ध मसालों की है, और उनकी स्मृतियाँ। पर खाने को कुछ नहीं। विशाख ने एक-एक बर्तन देखा—सब खाली थे।

सूनी रसोई से वह बाहर आ गया। आकर आसन पर बैठ कर प्राणायाम किया। यदि चित्त में उद्वेग हो, तो प्राणायाम करना चाहिए—यह गुरु जी ने बताया था। उसने पन्द्रह-पन्द्रह मात्राओं के तीन प्रणायाम किये। एक त्रुटि (चुटकी बजाने के समय) के बराबर एक मात्रा वह गिनता था। गुरुजी की बताई विधि के अनुसार पन्द्रह मात्राओं तक प्राणवायु भीतर रोकता। उसके साथ गायत्री भी जपता।

प्राणायाम से पेट में आग और भी भड़क गयी। दासी मल्लिका कर क्या रही है—यह पता ही नहीं चल रहा। सबेरे से वह अपने शयनकक्ष से बाहर ही नहीं निकली। निकलेगी कैसे—रात भर तो श्मशान में जाकर शिशुओं को खाती रहती है...उसे तो दिन में न भूख होगी न प्यास!

मध्याह्न वेला हो गयी। भोजन का समय हो गया। पर वह है कि जाग ही नहीं

रही। क्या करूँ...क्या पलाशदंड हाथ में लेकर भिक्षाटन करने निकल जाऊँ...सदय गृहस्थ की कोई न कोई भार्या भिक्षा में अन्न दे ही देगी। पर अब मैं अन्तेवासी ब्रह्मचारी नहीं हूँ...मेरे लिए भिक्षाटन उचित न होगा...

घर के बाहर विल्व का वृक्ष है। वह ग्रीष्म में ही फलता है। ग्रीष्म तो है अभी...विशाख ने बाहर आकर देखा—पूरे पेड़ में एक भी फल नहीं...ऐसा कैसे हुआ? उसके पार्श्व में आम्र वृक्ष था,उसमें मंजरियाँ थीं, पर सूखी-सूखीं। ऐसा कैसे हो गया? आगे कदली का कुंज था, वह तो लुप्त ही हो गया है। उसके फल बहुत मीठे होते थे...एक दो फल भी मिल जाते, तो सारी क्षुधा शान्त हो जाती...

वीथी में तरह-तरह के स्वर फूट रहे थे। कोई रथ्याकार्पटिक (भिखमंगा) भीख माँग रहा था...फिर आंगारिक (अंगार बेचने वाले) का विक्रयघोष...'अंगार खरीद लो अंगार!' विशाख के पेट में अंगारे जल रहे थे...फिर कदलीफल बेचने वाले की पुकार दूर से आती लगी...माँ का दिया एक निष्क उसके पास है...उसको वह बचा कर रखे हुए है, भूख से पेट कुलबुला रहा है, पर निष्क देकर फल खरीद कर खा ले यह वह नहीं कर सकता। निष्क का सिक्का निकाल कर जब तब देखता रहता है, उसमें माँ की स्मृति बसी हुई है, उसे यों खर्च नहीं कर सकता। जब तक साक्षात माँ के दर्शन न हो जाएँ, निष्क को ऐसे ही सँभाल कर रखेगा।—

पर पेट में जलते अंगारे और भड़कते जा रहे थे।

तभी एक विचित्र स्वर विशाख ने सुना—'टंकाई वाला!...टंकाई वाला!! शिला की टंकाई करा लो! टंकाई करा लो!!'

टंकाई वाले की पुकार पास आती गयी। अरे लगता है यह टंकाई वाला तो हमारे द्वारा पर ही खड़ा होकर बार-बार पुकार लगा रहा है। उसके बाद द्वार पर साँकल पीटने का स्वर।

विशाख ने द्वार खोल कर पूछा—'भद्र, क्या काम है, क्या चाहते हो?'

शिलाटंकक युवा था, बहुत शरारत से भरी आँखों से उसे ताके जा रहा था। वह कहने लगा—'मैं शिलाएँ टाँकता हूँ बालक! गृहस्वामिनी को बुला! यदि शिला टंकवाना हो, तो वह टंकवा लेगी...'

विशाख के भूख से जलते पेट के साथ मन में भी आग उठी। उसने बहुत रूखे स्वर में कहा—'गृहस्वामिनी नहीं है।'

'बालक, गृहस्वामिनी तो है...मल्लिका—तेरे पिता जिसे लेकर आये हैं...'

विशाख एक क्षण चकित होकर आँखें फाड़कर उसे ताकता रह गया। इस कैसे मालूम कि मल्लिका यहाँ रहती है? फिर बहुत घृणा के साथ शिलाटंकक को उसने उत्तर दिया—'वह गृहस्वामिनी नहीं है, मल्लिका दासी है...'

सुनकर शिलाटंकक हँस पड़ा।—एक ही बात है दासी हो या गृहस्वामिनी

हो...जो हो उसी को बुला दो बालक...काम का समय है हमारा...'

'सो रही है वह...फिर कभी आना!...

शिलाटंकक कौतुक से उसे देखता हुआ बोला—'बालक, तुमको पहले यहाँ नहीं देखा...तुम हो कौन?'

विशाख का मन क्रोध से उबल पड़ा। यह भी 'बालक, बालक' कह कर मुझे बुला रहा है और वह मल्लिका भी 'बालक' कहती है। पर किसी तरह क्रोध को पीकर उसने पलट कर उत्तर दिया—'तुम्हें भी पहले नहीं देखा...तुम हो कौन?'

'अरे मैं तो इस गली में प्राय: घूमता ही रहता हूँ...जहाँ कहीं टंकाई का काम होकर देता हूँ...मूसल और ओखली का काम भी अच्छा जानता हूँ मैं...तो इधर आता रहता हूँ...तुम्हें पहले नहीं देखा इसलिए पूछा...हो सकता है हम मित्र बन जाएँ...'

'मैं विशाख हूँ, गृहस्वामी का पुत्र। गुरुकुल में था में अभी तक...'

'ओह, तो तुम विशाख हो!'—यह कह कर वह हँसा। उसकी हँसी विशाख को छुरी की तरह चुभी।

' तो सो रही है गृहस्वामिनी...या वह दासी!...कितना सोती है वह?'

इस प्रश्न से विशाख क्रोध से इस तरह उफन पड़ा कि उस शिलाटंकक के मुँह पर ही भड़ाक से उसने द्वार बन्द कर लिया।

अन्तत: भले ही यह दासी हो, पर इसका कर्तव्य है कि मुझे भोजन पका कर दे, इसलिए मुझे इसे आदेश देना चाहिए कि मेरे लिए भोजन पका। यह सोच कर वह शयनागार के द्वार तक गया और पुकारते हुए बोला—'सुनो मल्लिके! मैं भूखा हूँ! मुझे भोजन दो।'

मल्लिका गहरी नींद में थी। उसने सुना नहीं। विशाख ने फिर से और भी ऊँचे स्वर में पुकारा।

भीतर से खाट की चरमराहट की ध्वनि सुन पड़ी। वह उठ कर द्वार तक आई, और बोली—'बालक, क्यों चीख रहे हो?'

'भूख लगी है। भोजन दो।'

'भोजन नहीं बना। भूखा है, तो बाहर जाकर भिक्षा माँग ले। जो मिले, वह खा ले।'

'क्यों माँगू मैं भिक्षा? मैं गुरुकुल में रहने वाला ब्रह्मचारी नहीं हूँ।'

'बालक! अभी जा। मुझे मत सता। रात में तेरा पिता मुझे क्लेश देता रहता है और दिन में तू। एक की सेवा कर सकती हूँ, या तो पिता की या पुत्र की। सेवाकर्म एक समय कर सकती हूँ रात में या दिन में। तेरे लिए यह अच्छा नहीं होगा मुझे इस तरह सताना...'

विशाख का माथा क्रोध से भन्ना उठा। उसने चिल्लाकर कहा—'तो क्या कर

लोगी तुम? जिस तरह रात में श्मशान में जाकर वहाँ शव खोद खोद कर खाती हो, मुझे खा लोगी?...मैं किसी पिशाचिनी से नहीं डरता! मैं भक्ष्य नहीं हूँ तुम्हारा...

'क्या कहा रे दुष्ट बालक?'

'गाली मत दो...'

मल्लिका उसे घूरती हुई उसके पास आ गयी।—'जो तुमने अभी कहा था, वह फिर से कहना तो...क्या करती हूँ मैं रात में?'

'तुम रात में घर से बाहर जाती हो...श्मशान में...वहाँ शिशुओं के शव खोद-खोद कर खाती हो। तुम पिशाचिनी हो, पिशाचिनी!'

मल्लिका की आँखें क्रोध से लाल हो उठीं। वह बोली—'तू अपनी इस ढिठाई का फल भोगेगा अवश्य...'—यह कह कर वह शयनागार में चली गयी और द्वार बन्द कर लिया। ?

विशाख भूख से बहुत व्याकुल था। तिस पर मल्लिका के इस व्यवहार से उसे ज्वर सा चढ़ने लगा। किसी एक पिटक में सत्तू रखा था, उसे पानी में घोल कर वह पी गया और बाहर के कक्ष में कर लेट गया। थोड़ी देर में उसे नींद आ गयी।

अपराह्ण में पिता आये। मल्लिका ने रोते-रोते विशाख के विषय में उनसे क्या कहा—यह वह नहीं सुन पाया, पर पिता ने चिल्लाते हुए उसे पुकारा और कहा—'विशाख, तूने मल्लिका से दुर्व्यवहार क्यों किया?'

विशाख कुछ बोल नहीं पाया। पिता ने और भी ऊँचे स्वर में कहा—'जब से तू गुरुकुल से आया है, तब से अनाचार में लगा है यहाँ रह जा कर! कहा था कि सोमयाग के लिए मेरे साथ चला चल...पर नहीं पता नहीं कहाँ चला जाता है और यह अनार्यों की तरह बोलना सीख रहा है तू!'—यह कहते हुए पिता ने से उस पर तीन बार बेत से प्रहार किया। विशाख पीड़ा से चीत्कार कर उठा, और बोला—'मैं भूखा था, दिन भर से मुझे खाने को कुछ नहीं मिला—यह आपने नहीं देखा और इस दासी के लिए मुझे पीटा!'

पिता का मुख वेदना और क्रोध से विकृत हो गया। उन्होने मल्लिका से कहा—'क्यों री दासी! मेरे पुत्र को तूने भोजन क्यों नहीं दिया?'

मल्लिका उल्टे उन्हीं से झगड़ पड़ी। बोली—'एक की सेवा कर सकती हूँ...मुझे सामन्त ने केवल आपकी सेवा के लिए प्रदत्त किया है, आपके पुत्र की सेवा के लिए नहीं! एक समय सेवा कर सकती हूँ दिन में या रात्रि में...!'

पिता लज्जित से होकर बेंत फैंक कर निःशब्द घर के बाहर निकल गये।

विशाख दुःख से भर गया, स्तब्ध खड़ा वह सोचता रह गया। 'यह सब क्या हो गया? मेरे कारण पिता भी खिन्न हुए...यह दासी मल्लिका भी दुखी खड़ी है, यदि मेरे के कारण इस घर में दोनों को क्लेश है, तो दोनों रहें, मैं ऐसे घर में क्यों

रहूँ?'

विशाख ने देखा कि मल्लिका मस्तक झुकाए खड़ी रो रही है। वह चकित होकर उसे देखता रहा। अभी-अभी यह इस तरह कुवचन बोल रही थी, अब यों रो रही है! स्त्री का तो चरित्र समझना ही बहुत कठिन है! यह विषकन्या ही नहीं, बड़ी मायाविनी भी है! सब स्त्रियाँ माँ की तरह सरल नहीं होतीं। उसने हताश स्वर में पूछा—'हे देवी भवानी...पिटवा तो दिया मुझे...अब रो क्यों रही हो?'

'बालक, मैं पिशाचिनी नहीं हूँ। मैं श्मशान नहीं जाती। मैं विवश स्त्री हूँ, सताई हुई हूँ...क्या था मेरा अपराध...? यही न कि रूप लेकर नीच कुल में जन्मी...इसीलिए मैं और अधिक अपमानित की जाती हूँ...सामन्त भास्कर वर्मा के भवन में स्वयं सामन्त और उसके दो अनुज निर्दय होकर मुझे भोगते थे...एक निर्जीव वस्तु मान कर...फिर उसी निर्जीव वस्तु के रूप में सामन्त ने मुझे वेदपाठी ब्राह्मण को दान दे दिया फिर तुम्हारे पिता...अब वे मुझे भोगते हैं...तो क्या मैं हर पुरुष की उपभोग्या मात्र हूँ...मैं दासी क्यों हुई...?'

विशाख के सामने धरती घूम रही थी। पिता के साथ वह पहले कई बार सोमयाग के प्रसंग में सामन्तों के घर गया है। उन घरों में दास और दासियाँ बड़ी संख्या में दिखते थे। पर वे सताये जाते हैं और दुखी रहते हैं—यह तो उसे कभी नहीं लगा। सभी दास दासियाँ एक दूसरे से हँसते बोलते दिखते। दासियाँ तो प्रायः नृत्य करतीं या गातीं दिखाई पड़ती थीं...उनका जीवन दारुण व्यथाओं से भरा होगा—ऐसा नहीं लगा। क्या जिस तरह यह मल्लिका अपना दुःख अभी तक छिपाये रही वैसे क्या सभी दास दासियाँ अपना दुःख भीतर दबा कर हँसते बोलते और नाचते गाते रहते होंगे?

विशाख ने बहुत खिन्न और लज्जित स्वर में मल्लिका से कहा—'सारा दोष विपाक का है...वह विपाक है न...मेरा मित्र! बड़ा दुष्ट है...वह कुछ भी कह देता है...उसकी बात मानकर मैंने वैसा कह दिया...तुम्हें दुःख पहुँचा...मेरा यह अपराध क्षमा कर देना...पर रोओ मत...आगे से मैंने तुम्हें कभी नहीं सताऊँगा...यदि मेरे रहने से तुम्हें खेद है, तो मैं यहाँ से चला जाता हूँ...मैं विपाक के घर या कहीं गुरुकुल में रह लूँगा...स्त्री होने के कारण तुम प्रणम्य हो। मैं प्रणाम करता हूँ तुम्हें, सुख से रहो!'

'तुम क्यों जाओगे बालक!'—आँसू पोंछ कर अभिमान भरे स्वर में मल्लिका बोल पड़ी—यह घर तुम्हारा है, मेरा नहीं! मैं ही जाऊँगी इस घर से...तुम्हारे पिता का कहना है कि एक सहस्र निष्क देने पर वे मुझे मुक्त कर देगें...मेरा भी कोई है...जो एक सहस्र निष्क एकत्र करके मुझे मुक्त करा लेगा...'

'क्या वह शिलाटंकक?'—विशाख पूछते पूछते रह गया।

दासी मल्लिका के लिए मन में जो कड़वाहट थी, वह चली गयी। यह विवश

है, सताई हुई है—यह सोच कर उसके लिए मन में करुणा जगने लगी।

'तुमने कुछ खाया नहीं है। मैं भोजन बना देती हूँ।'—मल्लिका उससे कह रही थी।

'मैने सत्तू खा लिया है।'—यह कहते हुए वह बाहर निकल गया।

उसी दिन विशाख ने घर छोड़ दिया था।

सोच रखा था कि लक्ष्मणपुर से तो अन्यत्र चला ही जाऊँगा। पर जाना कहाँ है?—यह घर छोड़ते समय निश्चित नहीं था। अचानक आर्य कौंडिन्य की याद मन में कौंधी। उनका मुझ पर स्नेह रहा है। सौम्यदेव जब जब निर्दयता के साथ बेत से पिटाई करते, तब-तब उनके आश्वासन के वचन मन के घावों पर औषधिलेप का काम करते। तो जहाँ वे हैं, वहीं चला जाऊँ। वे साकेत में आचार्य विमलकीर्ति के आश्रम में अन्तेवासी हैं। वहाँ जाऊँ, तो वे अवश्य मेरे लिए आचार्य विमलकीर्ति से प्रार्थना करेगें कि मुझे आश्रम में अध्ययन के लिए दीक्षित कर लें। विशाख के मन में दो उदग्र कामनाएँ रही हैं—एक माँ के दर्शन की, दूसरी ज्ञानार्जन की। दोनों एक दूसरे से जुड़ी हैं—यह भी उसे लगता था। उसके मन में यह बात जम गयी थी कि यदि अपने शरीर को ज्ञानमय बना लेगा, तो ज्ञानशरीर से स्वर्ग पहुँच कर माँ से मिल सकेगा।

लक्ष्मणपुर में उसका वह अन्तिम दिन। घर में मल्लिका के साथ जो कुछ हुआ, दुर्भाग्यवश हुआ, पर घर के बाहर भी दुर्भाग्य उसके साथ था। पहले वह विपाक के घर गया। सोचा था—यह उससे मिलने का भी तो अन्तिम अवसर होगा...उससे मिल कर उससे क्षमा माँगूँगा। पर विपाक घर पर था ही नहीं। उसके पिता चिरजीवी वैद्य मिले। उन्होंने उसे फल दिये और औषध दिया। उन्हीं फलों और औषध का प्रभाव था कि वह आज जीवित है। वैद्य जी से मिला पाथेय लेकर वह विपाक के घर से चला, तो उस रात ग्रामदेवी के मन्दिर में जाकर सो गया। दूसरे दिन भोर होते ही पास के तालाब में स्नान और सूर्योपस्थान करके वैद्य जी के दिये फलों में से शेष फल खाकर वह साकेत की ओर चल दिया।

वह सरयू नदी के किनारे-किनारे चल रहा था। चारों ओर खेत थे, उनमें फसल लहलहा रही थी। मन को हरने वाली हरियाली। दिन भर चलते-चलते लक्ष्मणपुर की सीमा लाँघ कर साँझ होने पर साकेत पहुँचा था। साकेत नगरी के एक ओर सरयू नदी है, दूसरी ओर प्राकार। प्राकार तक पहुँचने पर गोपुर दिखा, पर प्रहरी ने उसे रोक लिया। वह पूछता रहा—'तुम कौन हो, कहाँ से आये हो, अकेले यहाँ कैसे घूम रहे हो...?'

विशाख निर्भय सब बताता गया—विमलकीर्ति के आश्रम में विद्याध्ययन के लिए जाना चाहता हूँ। कुछ देर ननुनच करने के पश्चात प्रहरी ने उसे नगर के भीतर जाने दिया। रात में वह एक सत्रागार में भोजन करके वहीं सो गया था, अगले दिन दिन भर नगर में भ्रमण करता रहा।

एक ओर कलकलनिनाद करती सरयू नदी बह रही थी, दूसरी ओर घर्घर (घाघरा) नदी। सरयू के तीर पर चलते जाओ, तो कितने यूप हैं गिनती करना कठिन है। ये यूप इक्ष्वाकुवंशीय राजाओं ने गड़वाए हैं। उन्होंने अनेक बार सरयू के तट पर अश्वमेध यज्ञ किये, प्रत्येक अश्वमेध के अनुष्ठान पर नये यूप गड़वाये जाते। यूपों के लिए नये पेड़ कटते। यूप—अश्वमेध की कीर्तिपताकाओं के स्तम्भ। विशाख ने गिनने का प्रयास किया...सौ तक नहीं पहुँच पाया...यदि सौ बार अश्वमेध कर ले कोई, तो इन्द्र हो जाता है...इसलिए इन्द्र अपना पद छिन जाने के भय से विघ्न करते हैं।

यज्ञ के लिए गाड़े गये यूप और राम का नाम—ये दोनों अयोध्या या साकेत की पहचान हैं। लोग अब अयोध्या के स्थान पर साकेत नाम का अधिक प्रयोग करने लगे हैं, पर साकेत अभी भी रामनिकेत है।...बार वीथियों, आपणों, चत्वरों पर जहाँ देखो वहाँ कुशीलव गाते बजाते मिल जाते। वे केवल रामायण का गायन करते हैं उनका और कोई काम नहीं। विशाख चकित होकर स्तब्ध खड़ा उनका गान सुनता रह जाता। सुनते-सुनते साँस रुकने सी लगती, रोएँ खड़े हो जाते। आते-जाते लोग गान सुनने के लिए ठहर जाते, तो ठहरे ही रह जाते, स्त्रियाँ भी श्रोतृमंडली में थीं, उनमें से कई आँचल से आँसू पौंछती जातीं।

कुशीलवों के दल में कोई वेणु बजाता, कोई मृदंग, कोई साथ नाचता भी जाता था। पर बीच में मुख्य गायक की संगत में ही सारा गायन, वादन और नर्तन चलता था। लोग उनके साथ हँसते, रोते, नृत्य भी करने लगते। कई लोग तो गायक के स्वर में स्वर मिलाकर साथ गाने भी लगते।

सीताकुंड पास ही था। इसे राम ने सीता देवी के स्नान के लिए बनवाया था। उसके आगे रुक्मिणी कुंड था, जिसमें कभी श्रीकृष्ण की पटरानी रुक्मिणी देवी स्नान करतीं थीं। आगे चल कर क्षीरोदकुंड। इस कुंड के पास ही ऋष्यशृंग ने दशरथ के लिए पुत्रेष्टियज्ञ कराया था। इसके पास ही एक प्राचीन भवन था, लोग कहते थे कि यही राम का प्रसाद है।

घूमता घामता वह गोप्रतार तीर्थ तक पहुँच गया। कई लोग वहाँ स्नान कर रहे थे। कोई पुरोहित ऊँचे स्वर में लोगों को पुकार पुकार कर कह रहा था—'आइये

आइये, आज पुण्य दिन है, पूर्णिमा का पर्व है, यह परम पावन गोप्रतार तीर्थ है, इसमें स्नान कीजिये, यथाशक्ति दक्षिणा दीजिये। इस तीर्थ की बड़ी महिमा है, यहाँ स्नान करोगे, तो एक सहस्त्र अश्वमेध यज्ञ करने के बराबर फल मिलेगा। भगवान राम जब स्वर्ग जा रहे थे, तब उन्होंने पहले इसी में स्नान किया और भगवान राम तो साक्षात विष्णु हैं...'

सुनकर विशाख चकित होकर सोचता रह गया। राम नाम के कोई राजा यहाँ राज्य करते रहे हैं, उनकी कथा पूरे साकेत में गाई जाती है...उन्होने लोकापवाद के कारण अपनी पत्नी का त्याग कर दिया था- यह कथा उसकी सुनी हुई है, आर्य कौंडिन्य ने ही बताई थी। पर वे साक्षात विष्णु हैं—यह तो नई बात यह पुरोहित कह रहा है। यदि वे साक्षात विष्णु थे, तो स्वर्ग क्यों गये, वे अपने विष्णुलोक में क्यों नहीं लौट गये?

'भगवन, मुझे कुछ पूछना है!'—वह पुरोहित के पास जाकर कहने लगा।

'बच्चे, दूर हट, दूर हट! यदि स्नान करना है, तो जा, स्नान करके आ जा। कुछ द्रव्य है तेरे पास, यदि स्नान करके मुझे दक्षिणा देगा, तो सीधे स्वर्ग में पहुँचेगा...

माँ का दिया हुआ निष्क का सिक्का विशाख के पास था। भूखे रहकर भी वह यत्न से इसे सँभाल कर रखे रहा। वह उस समय कुछ बावला हो गया था, मस्तिष्क दिग्भ्रमित था या पता नहीं क्या बात थी कि विशाख ने सोचा स्नान करके इसे दक्षिणा में निष्क दे दूँ, यह मुझे स्वर्ग पहुँचा देगा.. वहाँ माँ होगी..

उसने मन्त्रसहित स्नान किया। चित्त प्रसन्न था, सारे विकल्प समाप्त हो गये थे। पुरोहित के पास जाकर उसने कहा—'हे भगवन दक्षिणा में यह निष्क लीजिये और मुझे स्वर्ग पहुँचा दीजिये...'

'अरे क्या बस एक निष्क भर है तेरे पास और कुछ नहीं?'

'नहीं, और कुछ नहीं...यही मेरा सर्वस्व है।'

'अरे देखो लोगों, यह बालक अपना सर्वस्व देकर पुण्यलाभ कर रहा है!'—पुरोहित ने चिल्लाकर कहा- 'अस्तु, बच्चा, शीघ्र पूजाकर ले...तू स्वर्गभाग हो जाएगा...'

नाम, कुल, गोत्र पूछकर पुरोहित ने संकल्प मन्त्र पढ़ा और पूजा सम्पन्न कराई।

'बस, तेरा काम हो गया। अब जा।'—पुरोहित ने कहा।

'पर स्वर्ग?...अब मुझे स्वर्ग तो पहुँचाइये!'

'अरे मैं स्वर्ग कैसे पहुँचा दूँ तुझे? क्यों व्यर्थ में प्राण देना चाहता है?'

'प्राण क्यों देना चाहूँगा?...आपने कहा था दक्षिणा देने पर स्वर्ग पहुँचा

दूँगा...तो अब पहुँचाइए!'

'अरे मूढमते! जीवित मनुष्य स्वर्ग नहीं जाता। जब मरेगा, तो या तो स्वर्ग जाएगा या नरक!'

'तो फिर मेरा निष्क लौटाओ यदि स्वर्ग नहीं पहुँचा सकते तो!'

'दूर हट दूर हट यहाँ से। दूसरे स्नानार्थियों का पूजन कराना है।'

विशाख पुरोहित से झगड़ने लगा आते जाते लोग देख कर हँसने लगे।

पुरोहित ने टिठौली करते हुए कहा—'बालक, मैं अपनी तपस्या के बल पर सशरीर तुझे स्वर्ग पहुँचा देता, पर उसके लिए बड़ा यज्ञ करना पड़ेगा, धन भी बहुत लगेगा, जा जाकर धन कमा, फिर आना...!'

हताश होकर विशाख वहाँ से चल पड़ा। क्या प्रचुर धन हो, तो यज्ञ करके इस देह से स्वर्ग पहुँचा जा सकता है? यह तो सारा मिथ्या प्रपंच है...आर्य कौंडिन्य की बात मैं कैसे भूल गया...उन्होंने त्रिशंकु की कथा सुनायी तो थी...

गोप्रतार तीर्थ के पास तिलोदक तीर्थ है, उसके बाद अग्नि तीर्थ जहाँ विष्णु के अवतार नृसिंह की पूजा होती है। उसके आगे जाओ, तो बृहस्पति तीर्थ है।

इन तीर्थों से होता हुआ विशाख ब्रह्मकुण्ड तक पहुँचा। वहाँ पुरोहित घोषणा कर रहे थे—'इसके आगे कोई तीर्थ नहीं है, इससे बड़ा कोई तीर्थ नहीं है, यह ब्रह्मकुंड सारे तीर्थों का राजा है। आइये स्नान कीजिये इसमें दक्षिणा दीजिये और स्वर्गलाभ कीजिये।'

ब्रह्मकुंड से मुड़ कर विशाख सरयू और घर्घर नदी के संगम पर पहुँच गया। स्वर्गद्वार तीर्थ वहाँ से एकदम निकट था। दूर दूर से पुरोहित चिल्लाते हुए कह रहे थे—'अरे, यह साक्षात स्वर्ग का द्वार है जो तुम लोगों के लिए एकदम खुला है, आओ और प्रवेश करो। पहले स्नान करो, और दक्षिणा दो, द्वार खुल गया आओ। एक हजार अश्वमेध और सैंकड़ों वाजपेय यज्ञ सम्पन्न करके जो फल मिलता है, वह सारा का सारा अखंड फल केवल यहाँ स्नान करने से मिलेगा!'

साकेत में सर्वत्र पुरोहित स्नानार्थियों को स्वर्ग पहुँचाने का प्रलोभन दे रहे थे, और दक्षिणा वसूल रहे थे। भीड़ (शायद) बेसकत है। चीख-पुकार ऐसी मचा रखी थी जैसे बाजार में विक्रेता अपनी वस्तुएँ बेचने के लिए गुहार लगा रहे हों। विशाख ने सोचा कि ये पुरोहित को अपने-अपने आपण खोल कर तीर्थ का जल बेच रहे हैं, जो इनका नहीं है। वणिक को धन दो, तो क्रेय वस्तु मिल जाती है, यहाँ मरण के पश्चात स्वर्ग पाने का एक आश्वासन भर मिलता है। ये लोग अपने-अपने तीर्थ को ही सबसे बड़ा बता बता कर लुटेरों का आपण बना दिया है। विमलकीर्ति का आश्रम किधर है?—यह पूछने पर यहाँ कोई उसका रास्ता बताने वाला न मिला।

साकेत में भटकते-भटकते देर हो गयी, पेट में भूख खलबली मचा रही थी।

विशाख ने सत्रागार लौटना ही ठीक समझा। आज का दिन यों ही निकल गया। विमलकीर्ति के आश्रम में नहीं पहुँच पाया। फिर सत्रागार लौटा। भाग्य अच्छा था कि ठीक उस समय पहुँच गया जब भोजन बँट रहा था। पत्तल में ओदन और सूप। भोजन करके जी भर जल पिया और वहीं सो गया।

भोर होने पर सत्रागार में काम करने वाले श्रमिकों से विमलकीर्ति के आश्रम का पता पूछा, तो समझ में आया कि आश्रम तो एकदम पास है, वह नाहक कल उल्टी दिशा में नगर में भ्रमण करता रहा। विशाख सरयू के किनारे-किनारे चलता हुआ एक मुहूर्त में आश्रम जा पहुँचा।

आश्रम बहुत रमणीय था। फूलों और फलों से लदे पेड़ और लताएँ, पौधों के आलवालों में अभी-अभी जल दिया गया था। धरती पर नीलांशुक की तरह हरी घास बिछी हुई थी, पेड़ों की छाया में हिरण कहीं सुस्ता रहे थे, कहीं घास चर रहे थे। विशाख उनके पास से निकल जाता, तो बड़ी-बड़ी आँखों से उसे ताकते रह जाते, देख कर उछलते हुए भागते नहीं। गुल्मों और पादपों के घने कुंजों में शश (खरगोश) दुबके हुए थे, विशाख के पाँवों की आहट से वे सर्रा कर भागे।

शाल्मली के दो बड़े पेड़ों के बीच घनी लताओं को ऊपर-ऊपर गोलाकार लिपटा कर आश्रम का द्वार बनाया गया था। विशाख भीतर पहुँचा। मुनियों की कन्याएँ पौधों में जल दे रहीं थीं। चटका (गौरैया) और कलविंक पक्षी पास में चहक रहे थे, किसी पौधे में पानी देकर जैसे ही कन्या हटती, वे दौड़ते हुए पास आकर आलवाल में अपनी चोंच डुबा कर पानी पीने लग जाते। दो तीन छोटे बालक विशाख को कौतुक के साथ ताकते हुए खरगोशों की तरह दौड़ते हुए निकल गये। बायीं ओर कुछ मुनि अग्निहोत्र कर रहे थे। उसके आगे एक बड़े साफ मैदान में ब्रह्मचारी धनुर्वेद का अभ्यास कर रहे थे—कुछ मिट्टी के मोरों पर लक्ष्य साध रहे थे, कुछ कृत्रिम चिड़ियों पर। इसी मैदान के एक कोने में कुछ अन्य मुद्गर से व्यायाम कर रहे थे तो सात-आठ ब्रह्मचारी डंडा चलाने का अभ्यास कर रहे थे। उनके गुरुजन बीच-बीच में उन्हें टोकते या सिखाते चलते।

इस आश्रम में विशाख का मन लग गया। पहले से ही पिता ने इसी आश्रम में क्यों नहीं भेज दिया? पूरे परिसर में एक प्रशान्ति विराजी हुई थी, उसके साथ एक कान्ति भी। पीछे कलकल निनाद करती सरयू बह रही थी। सरयू तट के इस छोर पर यूप (यज्ञ के स्तम्भ) नहीं थे, न तीर्थों पर पुरोहितों चीख-चिल्लाहटें। दूर-दूर आँखों को हरियाली से सुख देती पेड़ों की पाँते थीं, कुछ पेड़ आकाश छूते लगते थे, कुछ इतने झुके हुए जैसे शाखाओं के हाथों से सरयू के पानी का आचमन कर रहे हों। पलाश, शाल्मली और लोध्र के फूलों से वे अर्चन करते भी लगते थे। सरयू का पानी इस ओर बहुत साफ था, पर पेड़ों की छाया से कहीं मरकत की तरह चमकीला हो

गया था, कहीं फूलों की पाँते बिखर कर उस पर रंगवल्लियाँ रच रहीं थीं। सरयू के तरंगों पर थिरकता उनकी फुहार से भीगा पवन देह को सहलाता इतनी देर धूप में चल कर आने से होने वाले ताप और क्लांति को दूर कर रहा था। पूरे परिसर में विचरण करते हुए विशाख को लगा जैसे वह धरती की पोथी के किसी पृष्ठ पर लिखी कोई कविता पढ़ रहा है। थोड़ी देर तक इधर से उधर घूमता हुआ वह यह भी भूल गया कि वह यहाँ आया किसलिए है।

सप्तपर्ण की छाया में वेदिका पर बैठे कोई मुनि ब्रह्मचारियों को आन्वीक्षिकी समझा रहे थे। विशाख दूर खड़ा सुनने लगा। वे प्रमाण क्या है—यह बता रहे थे। प्रत्यक्ष, अनुमान, उपमान और शब्द ये चार प्रमाण हैं। एक-एक का लक्षण बोलते हुए वे उसे शिष्यों को दोहराने को कहते। चारों प्रमाणों का स्वरूप उनके एक ही साथ बताने से जैसे थोड़ी देर में विशाख के सामने प्रमाणशास्त्र का खाका ही स्पष्ट हो गया। मुनि की प्रतिपादन-शैली रुचिकर थी। वे कह रहे थे—'देखो ब्रह्मचारियों, हमारे जीवन में इन चारों प्रमाणों का क्रम से विनियोग हुआ करता है, हम पहले किसी भी वस्तु को आँखों से देखकर, कानों से सुनकर या इसी तरह छूकर, सूँघकर या चखकर जानना चाहते हैं। पर जो वस्तु आँख, कान, त्वचा, घ्राण या जिह्वा का विषय नहीं बन पाती उसका ज्ञान हम अनुमान से करने का प्रयास करते हैं। और जो वस्तु प्रत्यक्ष और अनुमान इन दोनों से न जानी जा सके, उसे हम उपमान के द्वारा समझ लेते हैं। पर जहाँ प्रत्यक्ष, अनुमान और उपमान ये तीनों ही काम न करें, वहाँ शब्द प्रमाण है। शब्द क्या है—अभी बताया कि आप्त का वचन शब्द है। पर यह समझना पड़ेगा कि आप्त कौन है?'

वे आप्तलक्षण पर विस्तार से बोल रहे थे। सुनते हुए विशाख का ध्यान अन्यत्र चला गया—जो पुरोहित साकेत के तीर्थों में स्वर्ग का प्रलोभन दे देकर यात्रियों से धन लूट रहे थे, वे तो आप्त नहीं हो सकते। उसे फिर पछतावा होने लगा कि माँ का दिया हुआ वह बहुमूल्य निष्क उसने व्यर्थ एक पुरोहित को देकर गवाँ दिया।

आप्तलक्षण स्पष्ट करके वे मुनि कह रहे थे—'पर मोक्षविद्या में या हमारे शास्त्र में इन प्रमाणों के विनियोग का क्रम इससे विपरीत हो जाता है। हम सबसे पहले शब्द प्रमाण का उपयोग करते हैं, शब्द प्रमाण की पुष्टि के लिए कभी हम उपमान का प्रयोग करते हैं, कभी अनुमान का। यह शब्द प्रमाण से मिले ज्ञान का अपने भीतर सन्धान व सत्यापन है। जब यह हो जाता है, तो हम सत्य का साक्षात्कार करते हैं—यह साक्षात्कार हमारी विद्या में प्रत्यक्ष है। तो यह लौकिक प्रत्यक्ष से अलग हो गया न...पर आन्वीक्षिकी तो प्रत्यक्ष को ही प्रथम प्रमाण मानेगी...'

'भगवन, आयुर्वेद के हमारे गुरु ने बताया कि उनके शास्त्र में भी शब्दप्रमाण या आप्तवचन का स्थान सबसे ऊपर है...'

'वसुदेव, तुम सत्य कह रहे हो—मुनि ने बीच में बोलने वाले शिष्य को समर्थन के भाव से देखते हुए कहा—'आयुर्वेद में भी आप्तवचन को सर्वप्रथम स्वीकार करना अनिवार्य हो जाता है...'

इतना बोल कर वे रुके...सामने पन्द्रह शिष्य बैठे थे, उनके मुख देखते रह गये कि कदाचित किसी को और कुछ कहना या पूछना हो। पर शिष्यमंडली तो ऐसे शान्त बैठी थी, जैसे निर्वात स्थल पर वनस्थली। केवल पक्षियों की टुट्-टुट् की ध्वनि सुन पड़ती और दूर से आता सरयू का कलकल निनाद। मुनि बोले—'आज का पाठ यहीं तक, इसके आगे जो कहूँगा, वह तुम लोग अभी समझ नहीं पाओगे...उसे उदाहरण देकर बताऊँगा...सरयू के किनारे एक उदुम्बर (गूलर) का पेड़ है उसमें से सब लोग कल एक-एक उदुम्बर का फल लेकर आना। अभी तो मध्याह्न सवन का समय भी हो रहा है।'

इतना कह कर वे रुके, तो ब्रह्मचारी उनके संकेत पर उठे और एक-एक करके उन्हें प्रणाम करके वहाँ से चुपचाप चले गये।

उनके उदुम्बर का गूलर के फल लेकर आने की बात पर विशाख मुस्कुरा पड़ा। एक बार आपस की चर्चा में आर्य कौंडिन्य ने गूलर के फल का दृष्टान्त बताया था, गूलर को खोलो, तो उसके भीतर अणु के बराबर असंख्य बीज हिलते लगते हैं। इस से सारा ब्रह्मांड कैसा है यह भी बताया जा सकता है, और एक कण के भीतर सब कुछ कैसे समाया हुआ है यह भी, एक-एक बीज में एक विशाल गूलर का पेड़ समाया हुआ है—यह भी। उसे कौंडिन्य का ही तो पता करना है, वे यहाँ कहाँ मिलेंगे...उसके पहले आचार्य विमलकीर्ति के दर्शन करके उनकी अनुज्ञा तो लेना होगी...

तभी वे मुनि उठ कर उसके पास से निकले। अब विशाख ने उन्हें पास से देखा, दूर से तो लगता था कि वे कोई प्रौढ़ होगे, पर निकट से वे एकदम युवा लगे, मुख पर तेज था, पर उतना ही सौम्य भाव भी।

वे मुनि विशाख पर उड़ती सी दृष्टि डालकर आगे बढने को थे, तभी विशाख ने उनसे समक्ष झुककर कहा—'प्रणाम करता हूँ आचार्य!'

'स्वस्ति भवते!'—मुनि ने ठहर कर उसे गम्भीर दृष्टि से ताकते हुए बोले—'लगता है आप यहाँ कोई आगंतुक हैं।'

विशाख ने नाम, गोत्र और पूर्व गुरुकुल का परिचय दिया।

सौम्यदेव का नाम सुनकर उन मुनि ने अंजलि बाँध कर कहा—'सुना है आचार्य सौम्यदेव के विषय में। वे मेरे पितृचरण के सतीर्थ्य थे। अब वे नहीं रहे—

यह विदित हुआ था।'

'हाँ, आचार्य! वे नहीं रहे। उनके निधन से मेरी विद्या अधूरी रह गयी, अतः अन्य गुरुकुल में दीक्षा पाने के लिए भटक रहा हूँ। इस आश्रम के कुलपति सुगृहीतनामधेय मुनि विमलकीर्ति के यश से परिचित हूँ, उनके दर्शन का भी सौभाग्य मुझे मिला है। यदि उनकी अनुमति हो तो मैं इस आश्रम में दीक्षा लेकर अपनी विद्या पूरी करना चाहता हूँ।'

'भद्र विशाख, आप यहाँ विलम्ब से आये...जिन पूज्यचरण का आपने नाम लिया, मैं उन्हीं का ज्येष्ठ पुत्र शुभमति हूँ। मेरे पिता ने गतमास ही संन्यास आश्रम में प्रवेश ले लिया, वे अटन करते हुए हिमालय की ओर निकल गये हैं। उनसे दीक्षा लेने का आपका जो संकल्प था, वह पूरा न हो सकेगा।'

विशाख के मुख पर निराशा का अँधेरा छा गया। उसने कहा—'मुनिवर, तीन ही आश्रम होते हैं—ऐसा मैंने पढा और जाना है। चौथे संन्यास आश्रम का तो चर्चा आज ही सुनी...'

शुभमति ने कहा—'भद्र विशाख! आपका कथन सत्य है। परम्परा अतीत को समेट कर निरन्तर आगे चलता है, उसी से इतिहास होता है। जिस तरह वेदों की ऋग, यजुष् तथा साम—यह त्रयी है, जिस तरह धर्म, अर्थ और काम—यह पुरुषार्थत्रयी है उसी तरह ब्रह्मचर्य, गृहस्थ और वानप्रस्थ की आश्रमत्रयी है। परन्तु जैसे अब वेदों में चौथा वेद अथर्ववेद मान लिया गया, पुरुषार्थों में चौथा पुरुषार्थ मोक्ष स्वीकार कर लिया गया, वैसे ही आश्रमों में यह चतुर्थ संन्यासाश्रम भी अब मान्य है। सब वानप्रस्थ यति संन्यस्त नहीं होते—यह भी सत्य है। कुछ मनीषी जन जिनकी सारी कामनाएँ नि:शेष हो गयीं, वे सब कुछ त्याग कर केवल अटन करते हैं अथवा अनागारिक रहते हैं। वे संन्यासी हो जाते हैं।'

'समझ गया...'

यह कह कर विशाख एक क्षण असमंजस में खड़ा रहा। फिर उसने अत्यन्त विनय के साथ मुनि शुभमति से कहा—'आर्य, आप पूज्यचरण विमलकीर्ति के पुत्र हैं, आपके दर्शन से मैं धन्य हुआ, कृतार्थ हुआ। यदि अन्यथा न समझें, तो कुछ और भी जानना चाहता हूँ...'

'कहिए...'

'यहाँ मेरे एक ज्येष्ठ अन्तेवासी पैप्पलादशाखाध्यायी आर्य कौंडिन्य रहते थे। यदि उनका दर्शन हो जाए, तो कृतकृत्य हो जाऊँगा...'

'भद्र विशाख! खेद है कि आपकी यह कामना भी हम पूरी नहीं कर सकते। आपके ज्येष्ठ अन्तेवासी पैप्पलादशाखाध्यायी आर्य कौंडिन्य यहाँ अध्ययन करते रहे—यह सत्य है। मेरे पितृचरण का बड़ा अनुग्रह था उन पर। जब पितृचरण ने

संन्यास लेने का निश्चय किया, तो उन्होने आर्य कौंडिन्य से कहा—आयुष्मन! मेरी जो विद्या थी, इतने समय में मैंने तुम्हें प्रदान की। तुम मेधावी हो, विलक्षण हो। धर्माचरण में तुम्हारी बुद्धि है, पर प्रश्न और सन्देह से वह सदा ग्रसित रहती है। तुम तक्षशिला जाओ, वहाँ बहुत बड़ा विद्यापीठ है, कदाचित तुम्हारी शंकाओं का समाधान वहाँ हो सके...तो मेरे पितृचरण के प्रस्थान करते ही कौंडिन्य भी उनके साथ चले गये...वे कुरुक्षेत्र तक मेरे पिता के साथ रहे होंगे, वहाँ से वे तक्षशिला जाने के लिए गान्धार की ओर मुड़ गये होंगें और मेरे पिता बदरिकाश्रम की ओर...कौंडिन्य की मेरे पिता पर बड़ी भक्ति थी, उनके सान्निध्यलाभ से वंचित होने से वे खिन्न थे, पर तक्षशिला जाने का उनका भी मन था। संयोग की बात कि यहाँ पूर्णयशस् नाम के सौगत मत मानने वाले एक आचार्य हैं। पहले यहाँ पार्श्व नाम के एक पंडित रहते थे, बौद्धमत में वे इतने पारंगत थे कि उन्हें बुद्ध का अवतार ही कहा जाता था...ये पूर्णयशस् उन्हीं के शिष्य हैं, वे पार्श्व और पूर्णयशस् तक्षशिला ही जा रहे थे, यहाँ से तो मेरे पिता, आपके सहाध्यायी कौंडिन्य, पार्श्व और पूर्णयशस् साथ ही गये हैं...'

विमलकीर्ति ने संन्यास ले लिया, आर्य कौंडिन्य तक्षशिला चले गये...विशाख किंकर्तव्यविमूढ सा खड़ा रह गया।

उसे इस स्थिति में देखकर शुभमति ने सौजन्य के साथ कहा—'भद्र विशाख, आप बहुत दूर से चले आ रहे हैं। आप आचार्य सौम्यदेव के शिष्य हैं, आर्य कौंडिन्य के सतीर्थ्य (सहाध्यायी) हैं, अत: मेरे भी अनुज के समान हैं। यदि आपके कार्य की हानि न हो, तो दो तीन दिन यहाँ रहकर विश्राम कीजिये। उसके पश्चात साकेत में या काशी अथवा प्रयाग में जाकर अपने अनुरूप गुरुकुल या आश्रम में दीक्षा ले लीजिये...'

'यह तो आपका मुझ बड़ा अनुग्रह है...मैंने उधर खड़े रह कर प्रमाण के विषय में आपका प्रवचन सुना। मैंने त्रयी और वेदांगों का तो अध्ययन किया है, आन्वीक्षिकी का भी अध्ययन करना चाहता हूँ। यदि आप मुझे शिष्य के रूप में स्वीकार करें, तो मैं कृतकृत्य हो जाऊँगा...—यह कहते हुए विशाख ने उनका अभिवादन किया।' अगले दिन से ही आन्वीक्षिकी का उसका अध्ययन उस आश्रम में आरम्भ हुआ। विशाख आचार्य शुभमति के सौजन्य से अभिभूत था।

तीन महीने हो गये। आन्वीक्षिकी पढते हुए उसकी रुचि सांख्य में जागी। आचार्य शुभमति भी आन्वीक्षिकी के सिद्धान्त समझाते हुए बीच-बीच में कपिल के सांख्यमत की चर्चा बार-बार करते थे। एक दिन विशाख ने उनसे कहा—'आचार्य, यदि सांख्य भी समझ सकूँ, तो मेरा बड़ा उपकार होगा। शुभमति ने कहा—विशाख, पितृचरण के साथ काशी में एक सहाध्यायी थे—ईश्वरकृष्ण नाम है उनका। उनका सांख्य का अभ्यास बहुत उत्तम है, वे बड़े तीक्ष्णबुद्धि हैं...तुम उनके पास जाओ'—

कहते हुए शुभमति हँसे। फिर बोले—'वे तुम्हें सांख्य समझा सकते हैं...आन्वीक्षिकी का जितना मुझे ज्ञान है, मैंने तुम्हें दे दिया है...'

ईश्वरकृष्ण का मठ सरयू के उस पार था। यह विंध्यवासी का मठ कहलाता था, यद्यपि आचार्य विंध्यवासी को दिवंगत हुए सौ वर्ष से अधिक बीत गये थे। ईश्वरकृष्ण उनकी शिष्य परम्परा में थे। लोग कहते थे थे कि वे महान साधक और महायोगी हैं। कपिल मुनि के सांख्यसूत्र का विस्तार करते हुए उन्होंने सांख्यकारिका नाम से नया शास्त्र रच दिया है। कई सामन्त उनके शिष्य हैं...वे सहज किसी से मिलते नहीं है...

विशाख आचार्य शुभमति से अनुज्ञा लेकर उनके मठ गया। तीन दिन वह मठ के द्वार पर प्रतीक्षा करता रहा। मठ के द्वार पर प्रहरियों ने भीतर नहीं जाने दिया। बताया—योगी जी समाधि में हैं, वे किसी से नहीं मिलते।

प्रकृति न होती, तो वह ईश्वरकृष्ण का शिष्य कभी न बन पाता। वह पास के गाँव में सामन्त पुष्करदत्त की बेटी थी। ईश्वरकृष्ण पर उसकी अगाध भक्ति थी, वह बिना रोक-टोक मठ में भीतर चली जाती...साथ में कुछ उपहार ले जाती...बाहर आकर द्वार पर खड़े लोगों को भोजन बाँटती। विशाख उसी का दिया भोजन खाकर बाहर पड़ा रहता।

तीसरे दिन प्रकृति ने ही विशाख से पूछा—'भद्र, तीन दिन से नित्य मठ के द्वार पर तुम्हें देख रही हूँ, तुम सामान्य भिक्षुक नहीं लगते...'

विशाख ने अपना परिचय दिया और यहाँ आने का प्रयोजन बताया।

प्रकृति ने द्वार पर खड़े प्रहरी से कुछ कहा, फिर अपने हाथ का कंडोल उसे देते हुए कहा—'उन्हें अपूप प्रिय हैं, मैं उनके लिए स्वयं बना कर लाती हूँ, वे स्वीकार कर लेते हैं...यह कंडोल तुम ले जाओ...उन्हें अर्पित करना...मध्याह्न में वे समाधि खोलते हैं...'

विशाख प्रकृति का कृतज्ञ हुआ। फिर कंडोल हाथ में लेकर भीतर चला गया। 'भगवन, मैं तैत्तिरीय शाखा का अमुक अमुक का पौत्र अमुक का पुत्र सांख्य सीखने के लिए आप से दीक्षित होना चाहता हूँ'—यह वाक्य भी पूरा नहीं हो पाया था कि ईश्वरकृष्ण ने एक क्षण उस पर दृष्टि डाल कर हाथ के संकेत से रोक दिया, संकेत से ही स्वीकृति दी।

तीन माह वह मठ में रहा।

मठ का संसार अलग था—वह एक कल्पनातीत संसार था। और भी शिष्य ईश्वरकृष्ण के वहाँ थे, पर बातचीत, कोलाहल कुछ नहीं। वे सांख्यसूत्र पढ़ते, ईश्वरकृष्ण की सांख्यकारिका की पोथियाँ तैयार करते। वहाँ रहने से विशाख को बड़ा लाभ यह हुआ कि उसका हस्तलेख मंज गया, पोथी बनाने और मसी (स्याही)

के विषय में कुछ सीखने को मिला। भीतर एक शान्ति भी उतरती गयी। उसने सांख्यकारिका की अपने लिए एक पोथी तैयार की, दो पोथियाँ बनाकर ईश्वरकृष्ण को अर्पित कीं। ईश्वरकृष्ण बोलते कम थे, अपराह्न में सारे शिष्य नि:शब्द उनके सामने जाकर बैठ जाते, वे बहुत थोड़ा बोलते, बोलते हुए भी जैसे अपने भीतर जैसे चले जाते। जितनी देर उन्हें सुनता, लगता जैसे सब कुछ बदल गया है। पर पूरी तरह नहीं बदला। थोड़ी देर बाद वह फिर अपने संसार में लौटता।

एक बार ईश्वरकृष्ण ने उसे बुलाकर कहा—भद्र विशाख, मैंने तीन माह तुम्हें देखा, सांख्य के अभ्यास के लिए तुम पूरी तरह परिपक्व नहीं हुए हो। पुस्तक तुमने पढ़ ली, तुम्हारे अध्ययन का एक चक्र पूरा हो गया। अब तुम यहाँ से जाओ। तुम विलक्षण हो, शतावधानी और एकश्रुति हो। अब तुम अपना पथ स्वयं खोजो।'

विशाख अवाक उन्हें ताकता रह गया। वे इतना पहली बार उससे बोले थे। इनके इतना कह देने के बाद मठ में और रहना तो असम्भव था। उसने सांख्यकारिका की अपने पास की पोथी भी उनके सम्मुख रख दी और प्रणाम करके कहा—'मेरे लिए और कोई आदेश दें गुरुवर!'

—'यह पोथी भी ले जाओ, मुझे विदित है, तुम दो पोथियाँ बना कर मठ के ग्रन्थागार में दे चुके। उसी से तुम्हारी गुरुदक्षिणा की पूर्ति भी हो गयी। यह पोथी सम्भव हो तो काशी ले जाओ, वहाँ मेरे गुरु पंचशिख रहते हैं उन्हें दे देना।'

'आगे के अध्ययन के लिए मुझे कहाँ जाना चाहिए...?'

—'तक्षशिला जाओ!'

'तक्षशिलाविद्यापीठ?—वह तो बौद्धमतानुयायियों का है...आप सौगतमत को स्वीकार नहीं करते!'

'वह विद्यापीठ केवल सौगतमतानुयायियों का है—यह सत्य नहीं है। वह विद्या का बड़ा केंद्र है।'

मठ से प्रस्थान करने के पूर्व उसने ईश्वरकृष्ण के ज्येष्ठ शिष्य श्रुतिधर से बात की। श्रुतिधर ने कहा—'गुरुवर सत्य कह रहे हैं। तक्षशिला विद्या की बड़ी साधना स्थली है। महाज्ञानी महर्षि धौम्य ने वहीं अपने आश्रम में उपमन्यु, आरुणि और वेद को ज्ञान दिया, मगध, मिथिला, अवन्ती आदि जनपदों से विद्यार्थी वहीं अध्ययन के लिए जाते हैं। गान्धार, चीन और लंका तक से वहाँ छात्र आते हैं। महावैयाकरण पाणिनि और अर्थशास्त्र के प्रणेता कौटिल्य ने वहीं अध्ययन किया। तक्षशिला नगरी बड़ी प्राचीन है। राम के अनुज भरत ने इसे स्थापित किया था, उनके पुत्र का नाम था तक्ष, उसके नाम पर यह नगरी तक्षशिला कहलाती है। वहाँ सारे शास्त्रों के गुरु हैं।'

विशाख ईश्वरकृष्ण के मठ से चला। निरन्तर भ्रमण से पाँव दुखने लगते। कभी वह सोचता कि इस यात्रा का अवसान कहाँ होगा? कभी देशदर्शन करते-करते

मन में कौतुक और बढता...कितनी विशाल धरती है, कितना सौन्दर्य इस पर है, पूरा भारतवर्ष ही कितना बड़ा है कि जीवन भर अटन करते रहो, तो एक अंश भी न देख पाओ, फिर जम्बूद्वीप...वह और भी बड़ा...इस तरह के सात द्वीप धरती पर हैं...

इस भ्रमण में कितने ही सम्प्रदायों का परिचय उसे मिला। पौणभद्र सम्प्रदाय के लोग पूर्णभद्र यक्ष की पूजा करते, इनसे अलग कुछ मणिभद्र की पूजा करने वाले भी थे। चाँद्र सम्प्रदाय के लोग चन्द्रमा की पूजा करते, सौर सम्प्रदाय वाले सूर्य की। निग्रन्थ सम्प्रदाय के साधु भी कभी दिखाई दे जाते, वे वस्त्र तक नहीं पहनते थे और हथेली पर रख कर जितना एक बार में भोजन हथेली में समा सकता, उतना ही भोजन लेते थे। आजीवक सम्प्रदाय के एक मुनि के पास वह कुछ समय रहा। मुनि का नाम कंक था। सहज जीवन बिताना यही उनकी चर्या थी। गम्भीर आकृति, मुख पर सदैव प्रसन्नता विराजती, बोलते तो करुणा के अवतार प्रतीत होते।

उनके उपदेश सुनने के लिए ही वह कुछ दिन उनके आश्रम में रुका रहा। सुनते-सुनते उसे लगता कि ये जो कुछ कह रहे है, वह तो हमारी श्रुति भी कहती है। आत्मा को जानो, आत्मा को सुनो और गुनो। इसलिए कंक सत्य कहते है कि यदि आत्मा को जानना प्रथम आवश्यकता है तो क्यों यज्ञ-यागों के प्रपंच में पड़ा जाए। अपने भीतर अपने को देखो और जानो वहीं सब प्राप्त होगा। किसी की पूजा करने की आवश्यकता नहीं।

बचपन से सशरीर स्वर्ग पहुँच कर माँ को देखूँगा—यह कामना उसने मन में अटकी थी। वह धीरे-धीरे निकलती गयी। संसार को देखने समझने और ज्ञान की पिपासा उसकी जगह लेती गयी। फिर भी कई बार उसके भीतर का बालक सोचने लगता—सम्भव भी तो हो सकता है इसी शरीर से स्वर्ग तक जाना और वहाँ जाकर माँ को देखना...

ईश्वरकृष्ण के मठ से चल कर वह दो महीने कंक मुनि के आश्रम में रहा, फिर वहाँ से काशी की ओर चला। मार्ग में विष्णुपुर ग्राम था। जब वह वहाँ पहुँचा, तो ग्रामदेवता के मन्दिर में स्वामी अनन्ततीर्थ का प्रवचन हो रहा था। वे बता रहे थे कि सशरीर स्वर्ग कैसे पहुँचा जा सकता है। विशाख स्तब्ध खड़ा उत्कंठा के साथ उनका प्रवचन सुनता रह गया। प्रवचन समाप्त हुआ, तो उनके चरणों पर सिर रख कर उनसे बोला—'भगवन, मैं सशरीर स्वर्ग पहुँचना चाहता हूँ।'

उनकी मुस्कान अत्यन्त मधुर थी। उन्होंने सारा परिचय जान कर उससे कहा—'विशाख, हम तुम्हें सशरीर स्वर्ग ले जाएँगे।'

विशाख सब भूल गया। भूल गया कि उसे काशी जाना था, काशी से तक्षशिला। इसने उनसे दीक्षा ले ली। अध्ययन के विषय में स्वामी जी का बड़ा आग्रह था। अध्ययन का भी उनके लिए अर्थ था कंठस्थ करना। उनके कहने से

पाणिनि की सम्पूर्ण अष्टाध्यायी उसने रट डाली। पर उसके मन में प्रश्न उठने लगे। वह अनन्ततीर्थ जी से पूछता—'भगवन, केवल रटने से क्या होगा?'

वे कहते—'विशाख! एक बार रट जाएगा, तो समय बीतने पर अर्थ अपने आप स्पष्ट होने लगेगा। अर्थ खुलते ही स्वर्ग सामने होगा...इसलिए पहले रट डालो! वाणी से हम नया स्वर्ग रच सकते हैं। विश्वामित्र ने भी तो नया स्वर्ग रचा, कैसे? इसी वाणी की साधना से तो!'

प्रातःसायं अग्निहोत्र के अतिरिक्त केवल रटना, मध्याह्न में भिक्षाटन—यही विशाख की दिनचर्या हो गयी। स्वामी जी कहते घर में भोजन के पश्चात मुसल और दूसरे उपकरण साफ करके रख दिय गये हों, चूल्हे के अंगोरे समेट दिए गये हों, घर के लोग भोजन कर चुके हों, तब ऐसे घर में भिक्षा के लिए पुकार लगानी चाहिए।

स्वामी अनन्ततीर्थ का मुखमंडल तेजस्वी था। स्वर में ओज था - बोलते तो लोग सुनते रह जाते। भिक्षा की उनके लिए कमी नहीं थी। प्रायः ग्राम के लोग स्वयं इतना अन्न पहुँचा देते कि भिक्षाटन करने जाना नहीं पड़ता। विशाख की उदरपूर्ति तो पर्याप्त हो रही थी, पर जिज्ञासाओं की पूर्ति नहीं। उसकी शँकाएँ मन में ही कुलबुलाती रहतीं।

एक बार वह स्वामी जी के साथ बैठकर वेदान्त पर चर्चा कर रहा था। तभी एक स्त्री सहसा आकर स्वामी के चरण पकड़ कर उनके पाँव तले बैठ कर रोने लगी। वे बोले—'अरे क्या कर रही है स्त्री? मेरे पाँव छोड़!'

'अब नहीं छोड़ूँगी। आप मुझे एकाकिनी घर में छोड़ कर चले गये! धर्मपत्नी की अनुमति के बिना संन्यास नहीं होता। मैं कहाँ जाऊँगीं, कौन मुझे आश्रय देगा?'

स्वामी जी निःस्पृह भाव से उपेक्षा के साथ चुप बैठे रहे। विशाख को उस स्त्री का करुण रुदन सुन कर दुख हुआ। उसने कहा—'आचार्य, मेरी अविनय क्षमा करें, पर यदि यह सचमुच में आपकी भार्या है और आपने इससे बिना पूछे संन्यास ले लिया है, तो आप को इसके पास लौट जाना चाहिए...'

अनन्ततीर्थ स्वामी ने उसे झिड़क कर रहा—'अरे, तुम चुप रहो। अनधिकार चेष्टा मत करो तुम!' फिर उन्होंने उस स्त्री से कहा—'न मेरा तुम से कोई अर्थ है, न घर-परिवार से! मैंने सब त्याग दिया!' तभी कोई पुरुष वहाँ आ पहुचा। वह रोष के साथ चीख कर कहने लगा—'अरे पाखंडी, युवती पत्नी को त्याग कर तू छुट्टे साँड की तरह घूमता फिर रहा है, मैंने प्राड्विवाक में प्रकरण उपस्थित किया है, राजा ने तुझे ढूँढ़ने का आदेश दे देया है, तब तो हम यहाँ तक आ गये! अब कहाँ जाएगा, मैं राजसैनिकों को लेकर आया हूँ?'

कोलाहल सुनकर बहुत से लोग वहाँ आ गये। वे विशाख से पूछने लगे—'क्या हुआ?'

वह पुरुष उनसे कहने लगा—'देखिये आप लोग...यह मेरा दामाद है..कुल-शील देखकर मैंने अपनी बेटी इसे ब्याही थी...अब जब यह गर्भवती है तो इसने मेरी बेटी को छोड़ कर संन्यास ले लिया...किसकी आज्ञा से इसने इस आयु में संन्यास लिया है पूछिये इससे...? सत्यानाश हो इन दुष्ट वेदांतियों का। ये अपना नया ही धर्म चला रहे हैं—संन्यास का! संन्यास कहीं हमारे धर्म में है? बताइये आप लोग। हम भी धर्मशास्त्र जानते हैं। तैत्तिरीय शाखा के श्रोत्रिय परिवार से हैं हम! संन्यास को ही हम स्वीकार नही करते, पर मान लिया कि यह भी चौथा आश्रम है, तो गृहस्थ से सीधे संन्यास कैसे—बताइये आप लोग!'

तभी राजसैनिक वहाँ आ गये।

विशाख ने सोचा—'मैं भी कहाँ इस मिथ्या संन्यासी के फेर में पड़ा रहा?'

उस कोहराम में वह अपनी कथरी उठा कर वहाँ से निकल आया।

प्रयाग से गंगा के किनारे किनारे चलता हुआ काशी में पंचशिख मुनि के आश्रम में सांख्यकारिका की पोथी पहुँचा कर वह इस भद्रपुरी में आ पहुँचा। यहाँ सूत जी से भेट हो गयी। उनसे मिल कर मन पर पुता बहुत सा कलुष मिट गया...

सरस्वती भवन में आख्यान में विशाख का मन नहीं लगा। आज दूसरा दिन था भद्रपुरी में उसका...आख्यान कहते हुए सूत जी कभी-कभी एकदम नयी बात कहते, विशाख को लगता कि यह वे अपनी ओर से कह रहे हैं, पर सूत जी उसमें जोड़ देते—'यह भगवान व्यास ने कहा है।'

उसके मन में साकेत के आश्रम, ईश्वरकृष्ण के मठ की स्मृतियाँ आती जाती रहीं, फिर लक्ष्मणपुर के अपने घर की। सूत जी ने जो कहा था मल्लिका दासी के विषय में वह बार-बार उसके भीतर गूँज रहा था।

सरस्वती भवन से लौटते हुए उसने सूत जी से पूछ ही लिया—'आप क्या कह रहे थे मल्लिका के विषय में?'

'रात को तुमने मल्लिका को घर से बाहर जाते देखा था न और उस पिशाची मान लिया। वह पिशाची नहीं थी। अभिसारिका थी वह?'—सूत जी विशाख से कह रहे थे।

'अभिसारिका?—वह क्या होती है?'

सनातन सूत हँसने लगे।—'अरे विशाख, तू ने कितने वेद, स्मृतियाँ और शास्त्र पढ़े, कुछ काव्य नहीं पढ़ा क्या? हमारे आख्यानों में तो काव्य भी होता है। उसमें अभिसारिकाओं का वर्णन आता है। आठ नायिकाएँ होती हैं, उनमें से एक अभिसारिका है। जो रात में छिप कर अपने जार से मिलने जाती है...'

विशाख ने कहा—'समझ गया। अभिसारिका यह संज्ञा विदित नहीं थी मुझे। पर जो स्त्रियाँ रात्रि में अपने-अपने प्रिय के साथ रति के लिए जाती हैं, वे देख भी लीं, और उनके विषय में पढ़ भी लिया...'

'अरे तुम तो बड़े शठ निकले विशाख? किस शास्त्र में पढ़ लिया इन स्त्रियों के विषय में? वात्स्यायन का शास्त्र तो नहीं पढ़ गये तुम?'

'न। वात्स्यायन का शास्त्र मेरे मित्र विपाक ने पढ़ा था, मैंने नहीं पढ़ा। मैंने काव्य में वर्णन पढ़ा। एक कवि हुए हैं कालिदास नाम के। वे उज्जयिनी से साकेत आये थे मेरे परमगुरु विंध्यवासी के मठ में रहे। वहाँ वे अपना एक काव्य दे गये थे मेरे परमगुरु जी को...मैंने भी उस मठ में रहकर अध्ययन किया है, उस समय वहाँ गुरु ईश्वरकृष्ण थे, तब उस मठ में रह कर मैंने वह काव्य पढ़ लिया। काव्य का नाम मेघसन्देश है। मेरे परमगुरु और गुरु को भी बहुत प्रिय था यह काव्य।'

ईश्वरकृष्ण के मठ की बहुत स्मृतियाँ विशाख के मन में नृत्य करती हुई थिरकने लगीं। प्रकृति...उसे गुरु ईश्वरकृष्ण ने नर्तकी बता दिया है...वह एक बार अपना नृत्य दिखा कर पर्दे के पीछे चली जाती है तो फिर सामने नहीं आती। क्या कालिदास के काव्य का प्रभाव था उन पर? फिर प्रकृति क्यों कहा उन्होंने सृष्टि के मूल अव्यक्त तत्त्व को, माया या अविद्या क्यों नहीं कह दिया? प्रकृति जो अपूप लेकर आती थी उनके लिए साक्षात हाड़ मांस की स्त्री...क्या कहीं उसके प्रति उनके मन में स्निग्ध भाव था?

'हमने तो इस कवि के विषय में नहीं सुना! ' सूत जी कह रहे थे।

विशाख ने कहा—'सुना है उज्जयिनी नगरी बड़ी रमणीय है, वहाँ राजा विक्रमादित्य राज्य करते रहे, उनकी राजसभा में कवि कालिदास एक रत्न थे। उनका मेघसन्देश काव्य बड़ा मनोहर है, उसमें ही उज्जयिनी में रात में रमणवसति की ओर जाती प्रेयसियों का वर्णन किया है...पर आपने तो न रमण कहा, न प्रिय कहा। आपने एक-दूसरे ही शब्द का प्रयोग किया है—'जार।' आपको विदित है यह जार तो वैदिक शब्द है, अब भाषा में प्रयोग में नहीं आता? वेद में कहा है कि इन्द्र अहल्या का जार है।'

'अरे, विशाख तुम तो महान पंडित हो गये भाई!'—कहकर सूत जी जोर से हँसे, फिर बोले—'बड़ा आनन्द आया! बड़ा आनन्द आया!!'

'आप तो सदा आनन्द की तरंग में ही रहते हैं!'—विशाख ने कहा।

अब की बार सूत जी ने एकदम गम्भीर मुद्रा बनाकर होकर कहा—'विशाख, भगवन विप्रदेव! एक सत्य बात कहता हूँ...सुनकर खिन्न मत होना, और मुझे शाप मत दे

देना...तुम ब्राह्मणों के शाप से एक तो डर बहुत लगता है हम सूत जनों को!'

पता नहीं यह बात उन्होंने परिहास में कही थी, उपहास में या सचमुच भयभीत होकर। विशाख ने देखना चाहा कि अपना अन्तिम वाक्य बोलते हुए उनके पतले ओठों के बीच कहीं कोई रेख मुस्कान की तो खेलकर नहीं चली गयी, पर उसे पता न चल पाया। उसने पूछा—'क्या कहना चाहते हैं आप?'

सूत जी बोले—'उस दासी मल्लिका के विषय में ही कह रहा था...मैं देख रहा हूँ कि तुम्हारे मन में उसके लिए बहुत जुगुप्सा है...यह तुम्हारी ही क्षति करेगी...जुगुप्सा जिसके भीतर घर कर लेती है, वह उसी को जुगुप्सित बनाती जाती है...जिससे जुगुप्सा वह कर रहा है वह तो मुक्त होता जाता है...फिर किसी भी स्त्री के प्रति जुगुप्सा करना उचित नहीं...भले ही वह कितनी ही पतित हो...उसे पतित किसने बनाया? हम पुरुषों ने ही तो!'

विशाख के मन की गुफाओं में मल्लिका की बातें गूँज गयीं—'बालक, मैं पिशाचिनी नहीं हूँ। मैं श्मशान नहीं जाती। मैं विवश स्त्री हूँ, सताई हुई हूँ...क्या था मेरा अपराध?...यही न कि रूप लेकर नीच कुल में जन्मी...इसीलिए मैं और अधिक अपमानित की जाती हूँ।' फिर पिता का कहना—'वह तुम्हारे लिए माता के समान है...'

सूत जी कह रहे थे—'उसने जो किया, ठीक किया।'

'ठीक किया उसने?...यह आप कह रहे हैं!'

'वह तरुणी थी...अवर कुल में जन्मी थी...इसलिए साहस कर सकी। उसके साहस की मैं सराहना करता हूँ...वासुदेव कृष्ण ने कहा है कि जहाँ प्रेम मिले वहाँ रहें...लक्ष्मणपुर के पास ही रामपुर है, वहाँ किसी युवक से उसकी प्रीत थी...पता चला कि कोई शिलाटंकक था...वह उसके साथ चली गयी...तुम्हारे पिता का दास्य शुल्क नहीं चुका पाई वह...उन्होंने ही उसे मुक्त कर दिया...उन्होंने भी ठीक किया...तुम्हारे पिता बड़े हृदय के हैं, ज्ञानी हैं, उनके लिए भी तुम मन में ऐसी-वैसी कोई बात हो तो मन से निकाल दो!'

विशाख के लिए ये सारी सूचनाएँ अप्रत्याशित ही थीं। वह अवाक् सूत जी का मुँह ताकता रह गया।

उसके मन में फिर ढेर सी स्मृतियाँ रेंगती चली आयीं...शिलाटंकक की स्मृति..उस दिन घर के बाहर की रथ्या में सुनी विचित्र सी पुकार—'टंकाई वाला!...टंकाई वाला!! शिला की टंकाई करा लो! टंकाई करा लो!!' उसके बाद द्वार पर साँकल पीटने का स्वर...शिलाटंकक की शरारत से भरी आँखों से उसे देखना फिर कहना—'मैं शिलाएँ टाँकता हूँ बालक! गृहस्वामिनी को बुला। यदि शिला टंकवाना हो, तो वह टंकवा लेगी...मैं तो इस गली में प्राय: घूमता ही रहता हूँ...जहाँ कहीं टंकाई का

काम होकर देता हूँ...मूसल और ओखली का काम भी अच्छा जानता हूँ...'

उसके स्वर का उपहास विशाख के मन को आरी की तरह काटता गया था। विशाख ने उसके मुँह पर फटाक से द्वार बन्द कर लिया था।

'क्या सोच रहे हो विशाख! अब इस सबको लेकर और चिन्ता मत करो।'

'चिन्ता नहीं कर रहा...मैं सोच रहा हूँ कि आप सर्वथा ऋषितुल्य ही हैं। सबके लिए आप के मन में साधुता का भाव है...पर इस जगत में सभी साधु नहीं हैं...प्राय: असाधु ही अधिक हैं...'

सनातन सूत ठहाका मार कर हँसे। फिर बोले—'अरे तुम तो बूढ़ों की तरह बोल रहे हो...बड़ा आनन्द हुआ...!'

'जिस बात पर खेद होना चाहिए उस पर भी आनन्द!'

'तुम्हारे भीतर इतना खेद कयों है विशाख!'

विशाख कुछ उत्तर नहीं दे पाया। वह स्वयं अपने से पूछता है—क्यों है उसके मन में इतना खेद? उसे किसके लिए क्रोध करना चाहिए और क्यों? फिर उसने सूत जी से कहा—'मैं तो आपके लिए कह रहा हूँ—आप सज्जन व्यक्ति हैं और यह संसार हिंसक पशुओं से भरा हुआ है...'

'यह तो तुमने और भी अधिक बूढ़ों सी बात कही। पर मुझे भय नहीं है.. भय ही मुझ से भय खाता है...वासुदेव है न! यह उसका काम है कि मेरी रक्षा करे...उसको नहीं करना है तो कोई भी मेरी रक्षा नहीं करेगा... वासुदेव जैसा चाहे, वैसा मैं रहूँगा...मेरा क्या?'

'और आपकी वंशी कहाँ गयी?'

'वंशी? मेरी? क्या कह रहे हो? मेरे पास वंशी कहाँ थी?'

'प्रतिवादी के मन में स्वीकार हो, पर बाहर से अस्वीकार करे तो इसे वाक्छल कहते हैं।'

'यह तो बहुत भारी भरकम शब्दावली है...पर मेरे मन में स्वीकार है—यह तुमने कैसे समझ लिया?'

'आपकी मुख की मुद्रा से!'

'वंशी की तुम्हें स्मृति कैसे अचानक आ गयी?'

'आज का आख्यान सुनते हुए आ गयी स्मृति...वंशी के बिना कैसा आख्यान...आख्यान तो पाठ, गान, अभिनय और वादन के साथ ही होता है न...पहले लक्ष्मणपुर में आपका आख्यान सुनते थे, उसमें तो मृदंग, वंशी, मंजीरक सब होते थे...'

'यहाँ अचानक आना पड़ा, मंडली के सब लोग फसल की कटाई में चले गये थे, वाग्भट भी हरिद्वार चला गया, ठक्कुर का अनुरोध था इसलिए अकेला आ

गया...हाँ, वंशी तो मैं स्वयं बजा लेता था बीच-बीच में, पर अब सधता नहीं है...अब मैं स्वयं वंशी बन गया, जिसे वासुदेव बजाते हैं...'

'आप वंशी स्वयं बनाते भी थे न?'

'अरे तुम्हें स्मरण बहुत रहता है...हाँ बनाता था, यहाँ भी बना सकता हूँ, अच्छा सूखा बाँस मिलना चाहिए...'

विशाख की स्मृति में लक्ष्मणपुर के शृंगाटक पर सूत जी के पुराण प्रवचन का दृश्य उभर आया था। लौहकारवीथी और कांस्यकारवीथी के बीच में एक छोटा-सा शृंगाटक था, इधर सब अवर वर्णों के लोग अपनी समिति या सभा करने के लिए एकत्र होते थे। सूत जी का पुराण का आख्यान भी यहाँ विभिन्न अवसरों पर होता था। एक बार वह घूमता हुआ विपाक के साथ उधर से निकला, तब सूत जी का आख्यान चल रहा था। अपराह्ण का समय था। सनातन सूत पुराण की पोथी सामने रखे, तन्मय होकर बोलते जा रहे थे, वाग्भट उनके पार्श्व में बैठा कभी हुँकारी भरता, कभी साथ में गाने लगता, एक बार वह उठ कर ठुमक-ठुमक कर नाचने भी लगा।—'अरे देखो, यह वाग्भट तो नर्तक बन गया!'—विशाख ने हँसते हुए विपाक से कहा था।

ध्रुव का आख्यान चल रहा था। श्रोताओं में बालक, स्त्रियाँ, वृद्ध और युवक सभी थे। सभी तन्मय होकर सुनते, कभी हँसते, कभी रोने लगते।

ठक्कुर का भवन बहुत विशाल था। पूरे भद्रपुरी ग्राम में तीन भूमि का घर उन्हीं का था। प्रवेश करने पर नीचे के कक्ष में आकर्षफलक और द्यूतफलक ऐसे बिछे दिखते जैसे अभी लोग आयेगें और खेलना आरम्भ कर देगें। पास में ही क्रीड़ाशुक और सारिकाओं के पाँच पिंजरे टँगे रहते। शुकसारिकाएँ निरन्तर कुछ न कुछ आलाप, प्रलाप, परिदेवन करते रहते, जैसे परस्पर विवाद कर रहे हैं। भीतर एक तक्षण स्थान था, जिसमें एक कारीगर निरन्तर काम करता दिखता।

सोने के लिए उसे कल की तरह ऊपर की भूमि पर उसी वासगृह में लाया गया, जिसमें कल वह सोया था। कल तो इतना थका था, किसी वस्तु पर दृष्टि ही नहीं गयी, जो शैया पर लेटा कि निद्रा ने दबोच लिया। आज वासगृह की एक-एक वस्तु को वह कौतुक से देख रहा था। इस भूमि पर कई वासगह थे, सामने स्वयं ठक्कुर और उनकी पत्नी का विशाल वासगृह था, जिस वासगृह में सूत और उसके सोने की व्यवस्था थी, उसके पार्श्व में भी दो और वासगृह थे। विशाख की पर्यंकिका के पार्श्व में मातुलुंग के छिलके और ताम्बूल रखे हुए थे, सिरहाने कूर्चस्थान और वेदिका थी। वेदिका पर कुछ खिले ताजा फूलों की मालाएँ थीं, एक

अनुलेपन से भरा सिक्थकरंडक (डिबिया)। नीचे धरती पर पतद्गृह रखा था। शैया ऐसी जैसे माँ की गोद, उस पर माँ के स्नेह के जैसी निर्मल चादर, दोनों ओर दो उपधान। पास में नागदन्त पर टँगी नारदवीणा, उसके नीचे टिका कर रखा हुआ बड़ा चित्रफलक, उसके पार्श्व में काष्ठपीठ पर वर्तिकाओं का समुद्गक और नीचे भूमि पर वृत्तास्तरण समस्तक। उसके पार्श्व में एक दूसरे काष्ठपीठ पर कुछ पुस्तकें थीं। पुस्तकें देखते ही विशाख का मन हुआ, खोल कर देखे—कौन-सी पुस्तकें हैं, पर वेष्टन खोलने में समय लगेगा—यह सोच कर यह काम उसने कल पर टाल दिया।

इस तरह के वासगृह में कल के पहले वह कभी नहीं सोया। 'यह श्रीकंठ का वासगृह है'—ठक्कुर कौतुक से सब कुछ देखते हुए विशाख से कह रहे थे - 'मेरा पुत्र था श्रीकंठ...वह अब है नहीं...'—कहते हुए उनकी आँखों में आँसू छलछला आये।

'क्या यह वीणा भी भाई श्रीकंठ बजाते थे और यह अधूरा चित्र भी उन्हीं का है ?'—विशाख ने उनसे पूछा।

'सब कुछ श्रीकंठ का ही है श्रोत्रिय पुत्र! वह जब वीणा बजाता तो समझ लो साक्षात सरस्वती उतर कर सुनने के लिए बैठ जातीं। यही चित्र अधूरा रह गया है, उसके बनाये चित्र बहू ने अपने पास रख लिए हैं...उसके पास और क्या रहा!'

विशाख को लगने लगा कि इस घर कोने-कोने में श्रीकंठ की स्मृतियाँ बिखरी हैं। श्रीकंठ वासुदेव का भक्त हो गया था—बस इसलिए सारा परिवार वासुदेवपरायण है, और सनातन सूत की इतनी आवभगत—उनके आख्यान का आयोजन—यह सब भी श्रीकंठ की अन्तिम इच्छा पूरी करने के लिए है...वह सूत जी के मुख से आख्यान सुनना चाहता था। श्रीकंठ के माता पिता—ठक्कुरानी ईश्वरी देवी, पिता ठक्कुर या उसकी विधवा कालिन्दी ही नहीं, इस घर के दास और दासियाँ भी श्रीकंठ का स्मरण कर-करके रोने लगते। कालिन्दी तो एकदम बच्ची ही है, पर स्मृतियों का ऐसा बोझिल गट्ठर उसके माथे है पर जिसे ढोते-ढोते वह बड़ी हो गयी है।

केवल एक ही व्यक्ति इस घर में इस सबसे अलग है—इस सब से उदासीन भी—श्रीकंठ का छोटा भाई सालंक। वह सूत जी के आख्यान में उपस्थित नहीं होता, श्रीकंठ की चर्चा जब तब होती रहती है, उस समय वह एखदम चुप रहता है। ठक्कुर को उससे चिढ़ है। पर विशाख ने देखा कि जब कभी वह कालिन्दी के सामने होता है उसे बहुत कुटिल दृष्टि से ताकता है। विशाख को उसकी आँखों में कालुष्य भरा हुआ लगता है। श्रीकंठ जब पुलिन्दों से युद्ध कर रहा था, वह अपने दो तीन मित्रों के साथ मदिरा पीकर कहीं धुत्त पड़ा हुआ था। ईश्वरी देवी को छोड़ कर इस घर के लोग सालंक को वक्र दृष्टि से ही देखते हैं। विशाख को भी वह फूटी आँख नहीं

सुहाता।

सूत जी कालिन्दी पर अपार स्नेह बरसाते हैं, उसे बेटी कह कर बुलाते हैं। आज फिर वह शैया लगा कर जल से भरा भृंगार रख कर उन्हें प्रणाम करके जाने लगी तो उन्होंने आशीर्वाद दिया। जब वह चली गयी, तो फिर कल की तरह बोले—'बिचारी...इतनी कम आयु में विधवा हो गयी...कैसे शेष जीवन बितायेगी... पति के बिना स्त्री की कोई गति नहीं!'—कहते हुए वे भावुक हो गये।

'क्या वासुदेव कृष्ण ने विधवाओं के लिए कोई गति नहीं बताई?—विशाख ने उन्हें छेड़ते हुए कहा—'वासुदेव ने कुछ कहा होगा न कि ऐसी स्त्रियों को क्या करना चाहिए!'

उसके परिहास का अनदेखी करके सूत जी कुछ देर सोचते रह गये। फिर बोले—'तुमने ठीक सोचा...वासुदेव ने गोपियों को जो सिखाया था, वही उसके लिए भी है...'

'क्या सिखाया था वासुदेव ने गोपियों को?'—विशाख पूछने वाला था— तभी उनके खर्राटे का स्वर सुनायी पड़ा।

गृहस्वामिनी—ठक्कुर की भार्या ईश्वरी देवी कालिन्दी से प्रसन्न नहीं रहती है—यह भी विशाख को लगने लगा था।

कल तो इसी शैया पर शरीर के टिकते ही गहरी नींद आ गयी थी। आज देर तक नींद नहीं आई। उसे आज यहाँ से चला जाना चाहिए था...वह क्यों रुक गया...सूत जी ने जाने से मना किया था, उनकी बात उसने क्यों मान ली—क्या यह उसके मार्ग में अन्तराय है...यह श्रीकंठ की शैया है, उस पर वह सो गया...
उसके करवट बदलने के हल्की ध्वनि से ही सूत जी जाग गये। विशाख को जागा देखकर उन्होंने पूछा—' क्यों, नींद नहीं आ रही?'

विशाख ने कहा—'नहीं, इतनी सुकोमल शैया...इतना अच्छा भोजन...इस सब वैभव के बीच भी नींद नहीं आ रही...आपकी नासिका से तो वंशीरव निकल रहा था, आप क्यों उठ गये?' सुनकर सूत जी हँसे। बोले—बड़ा आनन्द है। फिर उन्होंने दो श्लोक पढ़े—

सुखं वा यदि वा दुःखं प्रियं वा यदि वाऽप्रियम्।
प्राप्तं प्राप्तमुपासीत हृदयेनापराजितः।।
क्वचित् स्थण्डिले शेते क्वचित् कोमलस्त्रस्तरे।
मनीषी गणयेन्नैव श्रान्तिं विश्रान्तिमेव वा।।

श्लोक सुनकर विशाख को स्फूर्ति सी भर गयी। उसने सूत जी से विवाद छेड़ते हुए कहा—' अब आप कहेंगे कि ये श्लोक वासुदेव कृष्ण के हैं या भगवान व्यास के...'

'वासुदेव के नहीं, भगवान व्यास के ही हैं श्लोक!'

'मुझे इसमें सन्देह है...'

'सो कैसे?'

'जितना पुराण आपके मुख से सुना, जितना महाभारत पढ़ा, उसमें भगवान व्यास की जो शैली है, वह पहले श्लोक में तो है, दूसरे में वह शैली नहीं है...'

'यह सब शैली का विचार आप विप्रजनों के लिए ही ठीक है। हमारी जो परम्परा है, वह व्यास की परम्परा है। इसमें रह कर हम जो कहते हैं, वह सब व्यास का उच्छिष्ट है। जो व्यास के उच्छिष्ट का भोग लगाते हैं, सब व्यास हो जाते हैं। वे जो कहते हैं, वह व्यास का ही कहा हुआ होता है।'

'तो उच्छिष्ट परम्परा है आपकी...'

'उच्छिष्ट ही तो ब्रह्म है!'

सुनकर विशाख चौंका। 'उच्छिष्ट ही ब्रह्म है'—यह वाक्य उसने पहले कहाँ सुना था—स्मरण नहीं आ रहा। पता नहीं उसकी स्मृति को क्या हो गया है?

उच्छिष्ट वह है जो शेष रह जाता है। जो शेष रह जाता है वह ब्रह्म है।

सहसा विशाख को स्मरण आ गया। अरे, यह वाक्य तो मैंने आर्य कौंडिन्य के मुख से सुना था...आर्य कौंडिन्य का वेद अथर्ववेद था। अथर्ववेद के प्रमाण से एक बार उन्होंने बताया था—उच्छिष्ट ही ब्रह्म है। पर जिस तात्पर्य से वहाँ उच्छिष्ट को ब्रह्म कहा है सूत जी क्या उसी तात्पर्य से कह रहे हैं?

विशाख के भीतर फिर स्मृतियाँ तैरने लगीं—दो वियोग दुखद रहे उसके लिए—माता का वियोग—चिरवियोग, जिसके कारण उसने मन में एक कल्पना पाल रखी है कि माँ उससे मिलेंगी, दूसरा कौंडिन्य का वियोग, कौंडिन्य तो कम से कम फिर से मिल ही जाएँगे—यह सोच कर वह घर से निकल पड़ा था...साकेत पहुँचा पर कौंडिन्य वहाँ नहीं मिले...

...बड़ी देर तक कौंडिन्य की बातें मन में मंडरातीं रहीं, नींद नहीं आई। थोड़ी सी झपकी लगी थी कि पता नहीं कैसे वह सहसा चौंक कर उठ बैठा। कुछ अशुचि-सा, अमंगल-सा आसपास सरकता लगा। इस स्थान पर जहाँ सूत जी जैसे पुण्यात्मा लम्बी तान कर सो रहे हैं—उसे ऐसा उद्वेग किस बात पर हुआ? पर उद्वेग का कारण भी शीघ्र ही समझ में आ गया—बाहर से विचित्र से आते स्वर।

विशाख की तन्द्रा एकदम टूट गयी। बाहर से जो ध्वनियाँ आ रही थीं वे सामान्य न थीं।

श्रीकंठ के वासभवन में जहाँ सूत जी और वह दोनों सो रहे थे, उसी के पार्श्व में कालिन्दी का कक्ष है। ये ध्वनियाँ उसी कक्ष से आ रहीं थीं। दबी घुटी सी ध्वनियाँ...सहसा उनके साथ कोई वस्तु जोर से फैंकी गयी हो या नींच गिरी हो ऐसा

लगा। विशाख के मन में शंका घुमड़ने लगी। इस भवन में सब कुछ शोभन नहीं है, कहीं कुछ अशोभन है—यह उसे कल से ही लग रहा था, वह अदृष्ट अशोभन भवन में समाया हुआ सा, डराता और त्रास देता सा लगता था, अब वह उसके पार्श्व में था एकदम मूर्त, पर उस कक्ष के भीतर जहाँ वह जाकर देख नहीं सकता था कि वह है क्या!

सूत जी गाढ़ी निद्रा में निमग्न थे। उनकी नाक से मन्द-मन्द मेघगर्जन के समान सुर फूट रहे थे। इस तरह के सुर पिता के नाक से भी निकलते, जब वे गाढ़ी नींद में होते। एक बार उसने चिरजीवी वैद्य से पूछा था कि सोते समय गुरुजन इस तरह के स्वर क्यों निकालते हैं नाक से, तो उन्होने हँस कर कहा था—वत्स, यह भी एक रोग है, पर इसके लिए मेरे पास कोई औषध नहीं है। नियमित प्राणायाम करता रहे प्राणी, तो यह नियन्त्रित रहता है, इसकी और कोई चिकित्सा नहीं।

सूत जी के खर्राटों के मध्य में कालिन्दी के कक्ष से आते स्वर अभी भी सुनायी दे रहे थे। विशाख उठा, धीरे से वासगृह का द्वार खोल कर बाहर आ गया।

अब अलिन्द में पार्श्व के कक्ष की ध्वनियाँ स्पष्ट सुनी जा सकती थीं।

'छोड़ मुझे नीचे से...मैं पिता को पुकारूँगी'... पार्श्व के कक्ष में अतिथि सोये हैं वे जाग जाएँगे! मैं तेरा भाँडा फोड़ दूँगीं...'

कंठ से निकले ये शब्द अस्फुट और घुटे हुए से जिस कंठ से निकले थे, उसे विशाख पहचानने में चूक नहीं कर सकता था। यह तो कालिन्दी थी।

'सब सोये हैं—कौन सुनेगा तेरी पुकार...मैं कब तक प्रतीक्षा करूँ?...तुझे मेरी बन कर रहना है...'

यह किसी पुरुष का स्वर था। पर किसका?

इसके बाद पार्श्व के कक्ष में झूमाझटकी हो रही है—यह विशाख समझ सकता था। सहसा पुरुष का मन्द चीत्कार सुनायी पड़ा। उसके साथ ही कालिन्दी की पुकार—'बचाओ!'—जिसे सहसा गला दबा कर रोक दिया गया—ऐसा विशाख को लगा।

'अरे, बहुत जोर से काटा है...नागिन कहीं की!...पुंश्चली, मुझे रति नहीं करने देती.. उल्टे काटती है!...मैं तेरी जैसी नागिनों को कुचलना जानता हूँ...स्मरण रखना अपना यह व्यवहार...'

अन्तिम वाक्य कुछ पास से सुन पड़ा, क्योंकि इसे कहते हुए कोई पुरुष कालिन्दी के कक्ष से तेजी से बाहर निकल कर अँधेरे में कहीं खो गया।

विशाख सकते में वासगृह के बाहर अँधेरे में खड़ा रहा।—यह कौन पुरुष होगा, जो अभी कालिन्दी के कक्ष से निकल कर गया है? उसे क्या करना चाहिए—क्या भीतर जाकर सूत जी को जगा दे—वे भी इसमें क्या करेगें?

तभी कालिन्दी के कक्ष से सुबकी का दबा-सा स्वर उसे सुनाई पड़ा। विशाख सकते में खड़ा रह गया। कालिन्दी रो रही थी, और वह बाहर खडा था।

सुबकियाँ बन्द हो गयीं। विशाख भी भीतर आकर फिर शैया पर लेट गया, पर नींद नहीं आई। कालिन्दी के कक्ष से बाहर आते जो संवाद उसने अभी अभी सुने थे, वे कानों में गूँजते रहे।

कालिन्दी के साथ कुछ अनाचार हो रहा था—यह तो समझा जा सकता था, कोई पुरुष उसके अवांछित प्रस्ताव कर रहा है—जिसे वह नहीं चाहती, उससे उसकी रक्षा करनी चाहिए पर कैसे? वह इसमें कर ही क्या सकता है? आर्य कौंडिन्य होते तो बता सकते थे कि उसे क्या करना चाहिए। कौंडिन्य उसके लिए सारी समस्याओं के अन्तिम निदान बन गये थे। पर वे ही अब दुर्लभ भी हो गये।

कौंडिन्य ने ही गुरु सौम्यदेव के दुरन्त क्रोध से उसकी और अन्य अन्तेवासियों की अनेक बार रक्षा की थी। कौंडिन्य का व्यक्तित्व इतना सौम्य और भव्य था, फिर बात को कहने का उनका ढंग बहुत प्रभावशाली, उससे ऊपर वेद-वेदांगों का अच्छा ज्ञान कि उनका कोई अनादर कर दे यह सम्भव नहीं था। गुरुवर सौम्यदेव भी मन में उनसे भय खाते थे, इसीलिए वे उन्हें आचार्य विनयशील के साथ भेजने के लिए तुरत तैयार हो गये थे। कौंडिन्य का सौम्यदेव के गुरुकुल में अन्तिम दिन विशाख की स्मृति में खिंच गया...

...आचार्य विमलकीर्ति गुरुकुल में आये हुए थे। काशी में वे आचार्य सौम्यदेव के सहाध्यायी रहे थे। यह तो पता नहीं कि कौंडिन्य से वे प्रभावित हुए थे इस कारण से, या कौंडिन्य ने ही उनके साथ जाने की इच्छा प्रकट की थी इस कारण से—उन्होंने आचार्य सौम्यदेव से कहा कि सौम्य, इस बच्चे को मेरे साथ आने की अनुमति दे दे। सौम्यदेव ने भी तत्क्षण अनुमति दे दी थी।

उसी दिन का प्रसंग है। सौम्यदेव गुरु विपाक पर बहुत क्रोध करते थे। वे उसे बाँस के डंडे से पीट रहे थे। तभी विमलकीर्ति वहाँ आ गये। सौम्यदेव को विपाक की निर्दय पिटाई करते देख उन्होंने कहा—'अरे सौम्य, इस बालक का इस तरह क्यों ताड़न कर रहे हो? शिष्यों पर क्रोध नहीं करना चाहिए।'

'विपाक, तुम यहाँ से जाओ!'—सौम्यदेव ने बाँस की छड़ी पटक कर कहा।

विपाक ने विमलकीर्ति का अभिवादन किया और वहाँ से हट गया।

इसके बाद विशाख और विपाक दोनों पास की वृक्षवाटिका में खड़े दोनों गुरुजनों की बातचीत सुनते रहे। ऐसा करना अनुचित था, पर ऐसे अनुचित कार्यों के लिए प्रायश्चित भी तो थे।

सौम्यदेव अपने सतीर्थ्य विमलकीर्ति से कह रहे थे—'तुमने क्यों रोक दिया...उससे तो उस बालक का दुस्साहस बढ़ेगा...

'तुम क्रोध में भर कर निर्दय पिटाई कर रहे थे उस बालक की...'

'मैं धर्मशास्त्र के विरुद्ध कोई कार्य नहीं करता। धर्मशास्त्र के विधान का पालन करता हूँ ..शास्त्र में विधान है कि शिष्यों को अनुशासन में रखे,—तो मैं उनका अनुशासन करता हूँ...'

'शिष्यों को अनुशासन में रखना चाहिए यह तो ठीक है। अनुशासन का अर्थ विनयाधान है। विनय विशिष्ट नय है। शिष्यों में शील, आर्जव आदि गुण आएँ, यही विनयाधान है।'

'वह सब तो ठीक है, पर धर्मशास्त्रकार गौतम जो कहते हैं उसका भी तो विचार करो!'

'क्या कहते हैं गौतम?'

'शिष्यशिष्टिरवधेन'—यह उनका सूत्र है—आशय है कि शिष्य का ताड़न करें पर इतना ताडन न करें कि उसका वध हो जाए...'

विशाख और विपाक ने देखा कि विमलकीर्ति चकित होकर सौम्यदेव को देखते रह गये। फिर वे मन्द स्वर में बोले—'सौम्य, हम दोनों ने साथ ही काशी में धर्मशास्त्र पढ़े हैं, तुमने गौतमधर्मसूत्र का यह अर्थ कैसे लगा लिया? यह तो अर्थ का अनर्थ है। गौतम जो कहते हैं—शिष्यशिष्टिरवधेन—उसका आशय क्या है? वहाँ वध का अर्थ ही ताड़न है। अर्थात शिष्य को अनुशासित तो रखे, पर उसका ताडन न करे...हमारे गुरु कात्यायन ने यही अर्थ तो बताया था!'

'उन्होंने तो अपना मनोवांछित अर्थ बता दिया। मैंने धर्मसूत्र सही समझा है। आशय पूर्वापर सम्बन्ध से लगाया जाता है। अग्रिम सूत्र पर विचार करके यह आशय मैंने लगाया है।'

'अग्रिम सूत्र क्या है?'

'अग्रिम सूत्र है—अशक्तौ रज्जुवेणुविदलाभ्यां तनुभ्याम्—अर्थात गुरु यदि चाँटों या मुक्कों से शिष्यों को अनुशासित न रख पाये, तो रज्जु या वेत्र से पीटे। वही मैं कर रहा था।'

'न, न। यह तो अपपाठ हुआ। अशक्तौ का वहाँ अर्थ है—समझा बुझा कर यदि अनुशासित रखने में अशक्त हो। ऐसी अशक्ति में ही शिष्य को पतली रस्सी या छड़ी से तीन बार प्रतीक रूप में मारे। उसमें भी क्रोध के साथ पीटने का निषेध है। शिष्य पर क्रोध तो कभी होना ही नहीं चाहिए। इसीलिए इसके आगे का सूत्र अवश्य ध्यान में रखना चाहिए हम लोगों को—अगले सूत्र में ही गौतमीय धर्मशास्त्र में कहा है—'अन्येन घ्नन् राज्ञा शास्यः—' अर्थात गुरु शिष्य को यदि क्रोध के साथ चाँटा या

मुक्का आदि मारता है, तो राजा उसे दंड दे।

इसके उत्तर में सौम्यदेव गुरुजी ने क्या कहा यह विपाक और विशाख नहीं सुन पाये? दोनों सौम्यदेव की कुटी के पार्श्व में वृक्षों के झुरमट में थे। दोनों को लगा कि बात करते हुए ये लोग इधर ही आ रहे हैं, तो वे वहाँ से हट गये। उस दिन दोनों की जितनी बातचीत सुनी, उससे विशाख के मन में स्पृहा होने लगी—पिता मुझे आचार्य विमलकीर्ति के गुरुकुल में क्यों नहीं भेज दिया? उनका आश्रम साकेत में है। साकेतपुरी भी सुनते हैं बड़ी रमणीय है। पहले उसको अयोध्या कहते थे, वहाँ राजा दशरथ राज्य करते रहे...उनके पुत्र राम की कथा में है...

तीन दिन गुरु विमलकीर्ति सौम्यदेव के आश्रम में रहे। आश्रम के सबसे वरिष्ठ अन्तेवासी आर्य कौंडिन्य को उनकी सेवा में लगाया गया था, क्यों स्वयं आर्य कौंडिन्य ने अपनी ओर से पहल करके उनकी सेवा का काम अपने ऊपर ले लिया था, यह तो विशाख न जान सका, पर आचार्य विमलकीर्ति कौंडिन्य से बहुत प्रसन्न थे, और उन्होंने कौंडिन्य को अपना शिष्य बनाने की इच्छा स्वयं प्रकट की थी—यह समाचार आश्रम के ब्रह्मचारियों में दूसरे दिन ही फैल गया। तीसरे दिन चलते समय आचार्य विमलकीर्ति ने कौंडिन्य को अपने साथ साकेत ले जाने के अनुमति देने के लिए बात भी की। सौम्यदेव ने कुछ 'अन्यमनस्क भाव से कहा'—'जाए, जाना चाहता है तो चला जाए। मेरे पास वह जितना सीख सकता था, सीख चुका।'

आर्य कौंडिन्य ने उनको प्रणाम किया। बहुत विनम्रता के साथ कहा—'जितना जो कुछ आप से मिला, वह अमूल्य है। मैं अकिंचन क्या दे सकता हूँ, पर यह एक गाय घर में थी, इसे सादर अर्पित कर रहा हूँ...'

पता भी न चला कि कब कौंडिन्य अपने गाँव जाकर घर से गाय ले आये थे। गाय को देख कर सौम्यदेव कुछ प्रसन्न हुए। उन्होंने कौंडिन्य को आशीर्वाद दिया—'सारी विद्याएँ तुम्हारे भीतर प्रकाशित हों। हमारे जो सत्कृत्य थे, उन्हीं का तुम अनुवर्तन करो, असत्कृत्यों का नहीं।'

कौंडिन्य के जाने पर आश्रम सूना हो गया। उनका शान्त स्निग्ध मृदंगमांसल कंठ जो कभी कानों में अमृत घोलने वाले स्वर बिखेरता था, उसकी अव्यक्त गूँज बस आश्रम में रह गयी। उनका संगीत, उनकी गाथाएँ, उनका अध्ययन और उद्बोधन—सब उनके साथ चला गया। कौंडिन्य के बिना विशाख अन्यमनस्क रहने लगा था। वह सोचता मुझसे भूल हो गयी मैंने भी उसी समय आचार्य विमलकीर्ति से प्रार्थना क्यों नहीं कर ली कि मैं भी आपके साथ चलना चाहता हूँ, पर पिता के अनुमति के बिना मैं इस गुरुकुल को कैसे छोड़ सकता था?

कौंडिन्य का स्मरण करते हुए भोर होते-होते किसी तरह थोड़ी देर झपकी लग सकी...

अचानक एक विचित्र से विचार ने उसके भीतर सहसा साँप की तरह फन उठा कर उसकी झपकी तोड़ दी। अभी...आधी रात में जो पुरुष कालिन्दी के कक्ष में घुसा था—कहीं वह सालंक तो नहीं था?

सालंक को उसने केवल देखा है, वह भी दूर-दूर से। कभी इसके मुख से कोई शब्द नहीं सुना। सुना होता, तो वह उसकी कंठध्वनि पहचान सकता था।

तभी गाथा के स्वर कान में पड़े। विशाख ध्यान से सुनने लगा। रात को जो घटा, अभी अभी जो मन में बात आई , वह सब भूल कर मन गाथा में जा रमा। कौन गा रहा होगा? गाथा तो सुनी हुई थी—

सहि ईरिसिव्व गयी मा रुव्वसु तंसवलिअमुहचन्द।
एआणँ बालवालुंकिततन्तुकुडिलाणं पेम्माणं।।

सुनी हुई गाथा है। परिचित पद। इसी गाथा को सुनकर तो कल सूत जी से उसका विवाद हुआ था। पर इसे गा कौन रहा है? तभी सूत जी पर दृष्टि गयी, गाथा तो वे ही गा रहे थे, पर इतने मन्द स्वर में कि विशाख पहचान न सका।

उसने सूत जी को प्रणाम किया और कहा—'आपको स्मरण हो गयी यह गाथा?'

'स्वस्ति आयुष्मान् भव!'—सूत जी ने आशीर्वाद दिया और कहा—'आयुष्मान विशाख, पता है एक राजा हैं सातवाहन! उनको हाल के नाम से भी जानते हैं लोग। कहते हैं उनकी राजसभा में सौ प्राकृत भाषा के कवि हैं। उन्हीं कविजनों की गाथाएँ हैं ये...इस तरह भारतवर्ष के कोने-कोने में फैल गयी हैं कि इन्हें सुन-सुन कर गाँव गाँव में लोग गाथा बनाने लगे हैं...'

तभी दास भृंग ने आकर कहा—स्वामिनी कह रही हैं शकट से नदी तक जाएँगे वहाँ स्नान संध्यावन्दन आदि करके आने से भोजन में विलम्ब होगा। यदि पसन्द करें, तो यहीं वापी पर स्नान कर लें व्यासमुनि और विप्रवर भी।

'पर हम लोगों के उधर जाने से तुम्हारी स्वामिनी के स्नान में व्याघात तो न होगा?'—सूत जी ने पूछा।

'वे पहले ही स्नान कर चुकीं हैं—और छोटी स्वामिनी भी...'

'तब तो बडा आनन्द है। वापी पर ही चलते हैं। विशाख! आओ आज का स्नान वापी पर ही होगा!'

विशाख उनके साथ बाहर निकला। भवन के पिछवाड़े में वापी थी। चारों ओर वाटिका। वाटिका में माधवी फूली थी—श्वेत फूलों से लदी हुई, हवा के झोकों में नीचे गिर गये फूलों की एक परत धरती पर बिछ गयी थी। सामने कुन्द का निकुंज था। वापी के आस पास फूलों की सुगन्ध फैली थी, हवा के हल्के झोंके उसे ले-ले कर पास आते। कुछ आगे भेड़ों और बकरियों का बाड़ा था, वहाँ से भी एक गन्ध आ

रही थी, पर फूलों की गन्ध ने उसे दबा दिया था। पक्षी भरपूर थे। शिरीष के पेड़ पर झूला बँधा हुआ था। आसपास बैठने के लिए स्थलपीठिकाएँ थीं।

स्नान करके विशाख बगीचे में टहलता रहा। वाटिका बहुत बड़ी न थी, पर छोटे बड़े तरह-तरह के पेड़ थे। एक और रसालवीथी थी, दूसरी ओर निम्ब वीथी। दोनों के बीच सिंधुवार का विशाल वृक्ष था। इनके आगे शाकोद्यान था। मूलक, आलुक, पालंकी, आम्रातक, एर्वारुक, त्रपुश, वार्ताक, कूष्माण्ड अलाबुक आदि तरह-तरह के शाक उसमें लगे थे।

स्नान करके भीतर आये, तो ठक्कुर मिलने आ गये। सूत जी को अभिवादन करके उन्होंने विशाख से पूछा—'नींद तो ठीक से आई?'

'नींद तो ठीक से न आई, पर स्नान और उद्यान में भ्रमण करके चित्त प्रसन्न है। आपने कुछ ओषधियों के पौधे भी लगवा रखे हैं—मैंने देखा...त्रिफला के तो तीनों ही वृक्ष हैं...'

'वृक्ष तो हैं, पर हम उपयोग अधिक नहीं कर पाते—'

विशाख आयुर्वेदज्ञ की मुद्रा में आ गया। चरक ने सम्भाषा या वैद्यों में परस्पर बातचीत और वाद-विवाद की पद्धति बताई है, चरकसंहिता से सम्भाषाप्रकरण का पाठ विपाक के पिता चिरजीवी वैद्य जी ने एक बार विशाख और अपने पुत्र दोनों को सुनाया था। वह संधायसम्भाषा (मैत्रीपूर्ण वार्तालाप) की पद्धति से हरीतकी, आमलक और के गुण बताने लगा।

'विशाख! तुमने तो आयुर्वेद का अच्छा अध्ययन किया है—ऐसा लगता है'—सूत जी चकित भाव से कहने लगे।

—'नहीं तात, किंचित् पल्लवग्राही अध्ययन किया है। मेरा बालसखा है विपाक। आप तो जानते ही होंगें लक्ष्मणपुर में कवि मनीषी चिरजीवी वैद्य जी को, वे उसके पिता हैं, तो मैंने और विपाक ने उनके चरणों में बैठ कर कुछ सीखा...'

'अरे, क्या कहना है चिरजीवी जी महाराज का, कविराज का'—सूत जी ने गद्‌गद भाव से सादर माथे पर अंजलि बाँध कर कहा—'मेरा जीवन, प्राण सब कुछ उनका दिया हुआ है...मैं उनका चिरऋणी हूँ!'

'आप तो कभी कहते हैं कि सब कुछ वासुदेव का दिया है, अब चिरजीवी जी का दिया सब कुछ हो गया!'—विशाख ने फिर विनोद करते हुए कहा।

'जो प्राण बचा ले, वह भी तो जीवनदाता होता है। बात यह हुई—सुनिये ठक्कुर जी महाराज आप भी सुन लीजिये, आमलक, हरीतकी के वृक्षों को ताकते ठक्कुर से सूत जी ने कहा—'लक्ष्मणपुर के चत्वर पर मैं पुराण का आख्यान कर रहा था...प्रसंग था सत्यवान की मृत्यु का...सावित्री का उपाख्यान जो मैंने यहाँ भी सुनाया...तो सत्यवान को किस तरह वन में लकड़ी काटते हुए शिरोवेदना होती है

और वह सावित्री की गोद में सिर रखकर मर जाता है—यह वर्णन करते हुए मैं भावावेश में आ गया था, या अन्य लोक में जा पहुँचा था...उस समय कब मेरे हृदय में पीड़ा हुई...कब मैं मूर्छित होकर गिर पड़ा...मैं समझ न पाया...भला हो विपुलाक्ष और केकर का—उस समय ये दोनों मेरे आजू-बाजू में बैठ कर संगत करते थे...विपुलाक्ष समझदार था—वह जान गया कि सनातन की तो गति वही हो गयी जो सावित्री के उपाख्यान में सत्यवान की हुई थी, वह उठा कर चिरजीवी जी के घर ले गया, क्या ले गया इस शरीर को उठा कर वह...दोनों हाथों में उठाये हुए वायु की गति से सर्राता हुआ भागा है। भाग्य की बात चिरजीवी वैद्यराज मुख्यद्वार खोलते ही बाहर मिल गये—नहीं तो उनको पुकारना, इतने बड़े भवन से परीक्षाकक्ष में आना...इतने में ही मेरे प्राणपखेरू उड़ सकते थे। उन्होंने नाडीपरीक्षा की, तत्काल उपचार किया, मुझे कोई संजीवनी भस्म मधु मिलाकर उन्होंने ऐसी चटाई कि मेरे प्राण लौट आये। बाद में उन्होने मुझे बताया था—'सनातन, तुम को ध्यान रखना पड़ेगा, तुम्हें ऐसा हृदयरोग है, जिसका पता नहीं चलता, पर यह बड़ा घातक होता है, इसमें पीड़ा नहीं होती, कब आघात हो और क्षणभर में जीवनलीला समाप्त हो जाए प्राणी की!'...

इतना कहकर सूत जी साँस लेने के लिए रुके, फिर बोले—'उस दिन कुछ क्षणों का भी विलम्ब हो जाता यदि उनके पास पहुँचने में, तो यह अधम प्राणी यहाँ भद्रपुरी में आख्यान न कर रहा होता—यह यमलोक में होता...'

'विपाक के पिताश्री का तो मैं भी उतना ही ऋणी हूँ!'—विशाख ने कहा।

'तुम? अरे, तुम्हें कौन-सा रोग लगा था?'

'मेरा तो भूख ही एक रोग है। उसकी चिकित्सा के लिए उन्होंने एक बार फल दिये थे, और दो औषधियाँ भी दीं थीं, जिन्हें खा लेने पर कई दिन भूख नहीं सताती...'

विशाख की स्मृति में एक बार फिर लक्ष्मणपुर में अपना अन्तिम दिन घूम गया। चिरजीवी वैद्य जी से भी उस दिन उसकी अन्तिम भेंट हुई थी। वह विपाक से क्षमा माँगने और विदा लेने गया था,...पर विपाक मिला नहीं...

उसी दिन लक्ष्मणपुर छूट गया, घर भी छूट गया...

...अचानक जो घर छूटा, सो छूटा। मन में क्लेश अभी भी है कि पिता की अनुज्ञा लिए बिना घर से निकल आया...पर अनुज्ञा के लिए अवसर भी तो उन्होंने ही नहीं रहने दिया था, उन्होंने तो स्वयं उसे घर से निकल जाने का आदेश दे डाला था...। जिस घर में माँ नहीं, उसमें रहने का उसका मन यों भी न था...घर छोड़ते समय मन में एक संकल्प यह भी था कि माँ को सूक्ष्मशरीर से वह दर्शन कर सकेगा...उसके

लिए पहले विद्या पूरी कर लेना होगा।

सोचा था कि साकेत चला जाता हूँ, वहाँ आर्य कौंडिन्य से भेंट हो जाएगी...पर घर से निकल कर कुछ देर तो ऊहापोह में लक्ष्मणपुर में ही भटकता रहा। कहाँ जाऊँ—यह सोचता रहा, फिर अनिच्छा से ही पाँव विपाक के घर की ओर मुड़ गये। जैसे-जैसे विपाक का घर पास आता गया—उसका मन उमड़ने सा लगा...विपाक मिल जाए, तो उसे हृदय से लगाकर मन का सारा कल्मष धो दूँगा, उससे कहूँगा—'भैया! मुझे क्षमा कर, मेरा दोष था...तुम्हारे सत्य को मैं न समझ सका...'

चिरजीवी वैद्य जी के भवन के द्वार तक पहुँच कर तो मन में जैसे नई स्फूर्ति और उल्लास उमड़ने लगा था।

पर भीतर प्रवेश करने पर जैसे मन पर घड़ों का पानी पड़ा।

विपाक के पिता—चिरजीवी वैद्य—बाहर उद्यान में ही मिल गये। विशाख ने उनके सम्मुख पहुँच कर—'मैं विशाख प्रणाम करता हूँ'—यह कहते हुए उसने उनके चरणों का स्पर्श किया।

'चिरंजीव। आयुष्मान् विशाख! सब कुशल है?'

'आपका दर्शन हो जाने से सब कुशल ही है।'

वे हँसे। 'मेरा दर्शन हो जाने से? भद्र, तब तो सर्वथा कुशल नहीं है— ऐसा लगता है...तुम क्लान्त भी लग रहे हो...दो दिन तुम आये नहीं...विपाक तुम्हारा स्मरण करता रहा...वह चला भी गया...'

'चला गया—विपाक! कहाँ?'

'मैंने उसे कान्यकुब्ज भेज दिया है...'

'कान्यकुब्ज? तात, वह तो बहुत दूर होगा?'

'बहुत दूर नहीं है वत्स! साकेत से प्रायः पचास कोस समझ लो...श्रेष्ठी विभुदत्त का सार्थ जा रहा था, उसके साथ भेज दिया...भेजना तो था ही, पर अचानक यह संयोग बन गया, सार्थ में सुख से चला जाएगा—यह लगा...'

'फिर कब आयेगा वह?'

'विपाक? वह दो वर्ष वहीं रहेगा—कान्यकुब्ज में!'

'ओह!'—अत्यन्त निराशा में विशाख के मुँह से ये दो अक्षर निकले।

वैद्य जी ने उसका मुख गौर से देखते हुए कहा—'तुम्हारा और उसका बड़ा संग था, वह अब छूट गया...ऐसा ही है संसार...मिलना और फिर बिछड़ना...समझ लो संसार एक पेड़ है, उस पर बसेरा करने वाले पक्षी है हम लोग...पता नहीं कौन सा पक्षी कब उड़कर कहीं और चला जाए...'

उन्होंने अपनी सहज विनोद की शैली में ही यह वाक्य कहा था, पर विशाख के मन में वह दंश की तरह चुभा और वहीं अटका रह गया। उसके दंश से ध्यान

हटाने के लिए ही जैसे उसने वैद्य जी से पूछा—'कान्यकुब्ज में कुछ कार्य है विपाक के लिए?'

'हाँ वत्स! वहाँ आसवविशारद हैं एक मेरे मित्र वैद्य समाधानमिश्र। वे फूलों से भी आसव बनाते हैं, बल्कि कहना चाहिए फूलों से आसवनिर्माण की कला में वे जैसे पारंगत हैं समग्र जम्बूद्वीप में वैसा कोई नहीं...हमारा कुल भस्म बनाने में विशेष दक्ष रहा...समाधान मिश्र की एक कन्या है सुनन्दा...वह भस्मनिर्माण बिधि सीखना चाहती है, उसे लेकर समाधान मिश्र की भार्या उसी सार्थ के साथ आयेंगी, जिससे विशाख गया है.. वह सार्थ चार दिन बाद कान्यकुब्ज से लौटेगा...वास्तव में सुनन्दा की माता और विपाक की माता की बड़ी मित्रता रही...दोनों का गाँव व अभिजन एक ही है...'

'अस्तु...'—कहकर उन्हें प्रणाम कर विशाख चलने को हुआ।

'वत्स, तुम थके दिख रहे हो मैं तुम्हें कुटज, अर्जुन आदि वृक्षों की छाल का बना एक चूर्ण देता हूँ...जब बहुत थकान हो तो एक कर्ष के बराबर खा लो...थकान भी दूर हो जाएगी और भूख-प्यास कष्ट नहीं देगी...आओ, भीतर आ जाओ! '

विशाख सिर झुकाए खिन्न उनके पीछे चला। भवन के बाहरी कक्ष में पहुँच कर उन्होंने उससे काष्ठपीठ पर बैठने को कहा और भीतर चले गये। 'वैजयन्ती! वैजयन्ती!!...विशाख आया है, उसके लिए कुछ फल काट कर दे दो और वह 'क्लमहर' चूर्ण कहाँ रखा है पुत्री!'—भीतर से उनकी पुकार सुनायी दी।

विशाख सोचने लगा कि कितने समय से उसने वैज्यन्ती को नहीं देखा...उसका यज्ञोपवीत हुआ था तब वैज्यन्ती ने ही यज्ञोपवीत के लिए चमकते सफेद कार्पास से सूत काता था, कार्पास भी इसी घर के उद्यान के एक पादप से निकाला गया था। विपाक ने बताया था कि वैज्यन्ती कात्यायनी के गुरुकुल में रहती है...कभी-कभी आ जाती है...अब तो वह बड़ी हो गयी होगी...

थोड़ी ही देर में एक सेवक उसके सामने समुद्गक में फल लाकर रख गया। बहुत सफाई से काटे हुए आम के फल और साथ में कदली फल भी। विशाख को लगा उन फलों में वैज्यन्ती के हाथों की सुगन्ध है, जो यज्ञोपवीत वह पहने है, उसके धागों में वैज्यन्ती है...वैज्यन्ती से प्रत्यक्ष में तो कभी उसने बात नहीं की..

सात प्रकार के आम के पेड़ इस घर के पीछे के उद्यान में लगे हैं...आम की अष्ठीला (गुठली) से वैद्य जी औषधियाँ बनाते हैं।

'बेटा, तुमने कुछ लिया नहीं। ये सारे फल खा लो.. फिर यह चूर्ण लेकर जाना!'—तभी वैद्य जी आ गये और उन्होंने चूर्ण उसके आगे रख दिया।

विशाख के उदर में क्षुधा खलबला रही थी। उसने जल्दी से सारे फल खाकर समाप्त किये।'तात, मैं अनुगृहीत हुआ...मैं भी लक्ष्मणपुर से जा रहा हूँ साकेत...आपका

बड़ा अनुग्रह इस दुर्भाग्यहत विशाख पर रहा...'

'ऐसा क्यों कहते हो...माता की स्मृति सालती है मन को? इस दुःख को मन कड़ा करके भुला दो!'

'अच्छा...'—विशाख ने कहा और प्रणाम करके जाने को हुआ, पर फिर उनको ताकता खड़ा रह गया।

'और कुछ कहना था वत्स?'

'हाँ तात! विपाक से अब कदाचित मेरा मिलना न हो...जब वह आये, तो मेरा स्वस्तिवाचन उसे दें...'

'ऐसा ही हो वत्स!—तुम्हारा कल्याण हो। शिवास्ते पन्थानः सन्तु।'

वे विशाख के साथ बाहर तक आए थे। बाहर उद्यान में डूबते सूरज की किरणें पेड़ों के शिखर छू रहीं थीं। सूर्य का बिम्ब टपक कर धरती से जा टिका था।

'स्वस्तिरस्तु'—कहकर वैद्य जी ने उसे आशीर्वाद की मुद्रा में हाथ ऊपर करके विदा दी थी।

'क्षमा करें...कुछ पूछना था तात!'—अचानक विशाख ने जाते हुए पलट कर कहा था।

'पूछो वत्स!—हमारे प्रति संकोच करने की आवश्यकता नहीं!'

'पूछना यह था कि क्या सशरीर स्वर्ग पहुँचना सम्भव है?'

विशाख ने पूछ तो दिया, पर वह घोर असमंजस में खड़ा रह गया कि यह विचित्र प्रश्न उनसे करना क्या उचित था!

डूबते सूरज की किरणें वैद्य जी के गौर मुख को और भी उद्दीप्त बना रहीं थीं। वे मुस्काते हुए विशाख को कुछ क्षण देखते रहे। फिर धीरे-धीरे बोले—'इस डूबते सूर्य को देख रहे हो, यह डूब कर कहाँ जाता है प्रतिदिन और फिर कहाँ से आता है यह हम नहीं जानते...कुछ प्रश्न ऐसे होते हैं, जिनका उत्तर नहीं होता। और फिर तुम्हें स्वर्ग या नरक की अभी से चिन्ता क्यों? इस लोक में ही मनुष्य स्वस्थ रहे और सत्कर्म करे, तो यही स्वर्ग है.. '

विशाख ने चुपचाप उनकी बात सुनी। फिर प्रणाम करके उद्यानद्वार खोल कर बाहर आ गया।

विपाक से आजीवन फिर मिलना न हो सका। कुछ प्रसंग सदा मन को सालते रहे...उनमें से एक था विपाक से उसका निरर्थक कलह, जिसमें दोष उसी का था विपाक का नहीं। 'अब न मैं कभी तेरा मुख देखूँगा, न तू मेरा!'—उसने विपाक से कहा था, कह कर चल दिया था। विपाक पुकारता रह गया था तब से विशाख को उसका अपना आचरण और विपाक से कहे अन्तिम शब्द अंगारों की तरह भीतर ही भीतर उसे जलाते रहे थे।

पिता के प्रति द्रोह दूसरा ऐसा प्रसंग था। बाद में साकेत में ईश्वरकृष्ण के मठ में रहते हुए उसने उपनिषद् पढ़े, कठोपनिषद् में नचिकेता की कथा है, नचिकेता के पिता वाजश्रवा ने चिढ़ कर अपने पुत्र से कह दिया था—'जा चला जा! मैंने तुझे मृत्यु को दान किया!' क्या प्रत्येक पिता के मन में पुत्र के लिए कहीं न कहीं विद्वेष का कलुष रहता है? नचिकेता के पिता की तरह उसके पिता ने भी तो कह दिया था—'जा चला जा इस घर से!' नचिकेता तो यम से मिल कर और उनसे मृत्यु का परिचय पा कर लौट आया था, क्या वह लौट सकेगा? क्या मृत्यु का साक्षात्कार करके वह भी अपने पिता को अनुकूल बना सकता है?

नचिकेता ने यम से दूसरा वरदान यह माँगा था कि उसे अग्निचयन की विद्या प्राप्त हो जाए। इस कथा का आख्यान का स्मरण करके विशाख ने गुरुकुल में अग्निचयन का बहुत मनोयोग से अभ्यास किया था।

...कल की तरह भोजन चतुःशाल में हो रहा था। दो दिन हो गये...विशाख अभी भी इस भवन की वास्तु और व्यवस्था को ठीक से समझ नहीं पाया था। आज भोजन के पहले ठक्कुर उसे चतुःशाल के पार्श्व में अपना कुशूल (गोदाम) दिखाने ले गये। कुशूल क्या था, जैसे सारे संसार की धान्य-सम्पदा उसमें समा गयी हो। तरह-तरह के धानों के पहाड़ सामने थे, बाहर से देखने पर जो कक्ष बहुत छोटे लगते थे, वे भीतर जाने पर गुफाओं की तरह फैल जाते। शालि के रक्तशालि (लाल चावल), षष्टिक (साठी चावल), कांगुक, मुरुंदक, पांडुक, पीतक, प्रमोदक आदि लगभग पच्चीस प्रकार के ढेर थे। गोधूम के अतिरिक्त नीवार, कोद्रव, उद्दालक, श्यामाक और यव भी अलग अलग ढेरियों में रखे गये थे। तीन कक्ष थे, तीनों में सोपानपंक्ति से नीचे जाकर भूतल में अनेक अन्य धान संग्रहीत थे, मुद्गल , वनमुद्गल, मुकुठ, कलाय, मसूर, मङ्गल्य जैसे दालें तो विशाख ने पहली बार देखीं, चणक और आढकी वह पहचान सकता था।

तभी सेवक नन्दक ने आकर कहा—'भोजन लग गया है।'

सूत जी आये नहीं थे, उन्होंने कहा था कि वे ठक्कुर के साथ ही भोजन करेगें, विशाख विप्र है, वह पहले भोजन कर ले।

कुशूल के बाहर निकल कर चतुःशाल की ओर जाते हुए विशाख ने देखा कि कालिन्दी चमस से पात्रों में तरह-तरह के व्यंजन परस रही थी, व्यंजनों की सुगन्ध से विशाख के नथुने फड़कने लगें, जिह्वा में स्राव होने लगा। तभी गृहस्वामिनी ईश्वरी देवी आ गयीं—'उन्होने कालिन्दी को भोजन परसते देख कर कहा—'अरे, तू यह क्यों कर रही है अभागी, ब्राह्मण को भोजन सुहागिन ही परस सकती है, तू

भीतर जा...'

विशाख ने देखा—कालिन्दी का मुख विवर्ण हो गया.. वह सिर झुकाये भीतर चली गयी।

विशाख का मन म्लान हो गया। भोजन से रुचि समाप्त हो गयी। भीतर के कक्ष से उसे सुबकी सुनायी दी। वह भोजन का कौर मुँह तक ले जाते ले जाते रुक गया। ऐसी ही सुबकी उसने रात को सुनी थी कालिन्दी के कक्ष से!

उसने सोचा था कि सूत जी को तो अवश्य ही बता देगा रात में जो कुछ उसने देखा सुना। पर भोर होते-होते किसी तरह नींद लगी, और नींद टूटते-टूटते आर्य कौंडिन्य की स्मृति में कुछ ऐसा खो गया कि रात की सारी भयावह घटना भूल ही गया...भोजन के बाद तो वे आख्यान के लिए निकल जायगें, आज सूत जी को रात के दारुण वृत्तान्त बताने का अवसर रहेगा या नहीं...

रात को जो कुछ घटा वह उसके सामने प्रत्यक्ष सा फिर से साकार होने लगा। वह दबे घुटे कुछ स्वर सुन कर वासगृह से बाहर आ गया था। अलिन्द में पार्श्व के कक्ष की ध्वनियाँ स्पष्ट सुनी जा सकती थीं।—'छोड़ मुझे नीच...मैं पिता को पुकारूँगीं...पार्श्व के कक्ष में अतिथि सोये हैं...वे जाग जाएँगे...मैं तेरा भाँडा फोड़ दूँगीं!'—यह कालिन्दी ने किससे कहा था? 'सब सोये हैं—कौन सुनेगा तेरी पुकार?...मैं कब तक प्रतीक्षा करूँ?...तुझे मेरी बनकर रहना है!'—यह किसी पुरुष का स्वर था...इसके बाद झूमा-झटकी के होने का उसने अनुमान किया था। सहसा पुरुष का मन्द चीत्कार सुनायी पड़ा था। उसके साथ ही कालिन्दी की पुकार—'बचाओ!'—जिसे सहसा मुँह दबा कर रोक दिया गया हो...फिर पुरुष का स्वर—'अरे, बहुत जोर से काटा है...नागिन कहीं की!...पुंश्चली, मुझे रति नहीं करने देती.. उल्टे काटती है...मैं कुचलना जानता हूँ...स्मरण रखना अपना यह व्यवहार!...'—यह अन्तिम वाक्य कुछ पास से सुन पड़ा था, इसे कहते हुए कालिन्दी के कक्ष से कोई तेजी से बाहर निकल गया था।

विशाख सकते में वासगृह के बाहर अँधेरे में खड़ा रहा गया था। सोचा था कि क्या भीतर जाकर सूत जी को जगा दे—पर कुछ निर्णय नहीं कर पाया था। तभी कालिन्दी के कक्ष से सुबकी का दबा सा स्वर उसे सुनायी पड़ा था।

'अरे भोजन कीजिये न—आप क्या सोचते रह गये?'

ईश्वरी देवी के ये शब्द सुन कर विशाख जैसे एक संसार से दूसरे में लौटा। भोजन का थाली सामने रखी थी। वह पता नहीं कब खाते-खाते रुक गया था।

थाली में कितने तरह के व्यंजन थे गिनती करना कठिन। कुछ शाक तो वह पहचान भी नहीं पा रहा था, कारविल्ल का शाक स्वाद से समझ सकता था। दही में संस्कारित अलाबु भी समझ में आ रही थी। दोनों का स्वाद अपूर्व था। अपूप पीछे

रसवती से गर्म गर्म निकल कर लाये जा रहे थे।

ईश्वरी देवी एक पीठ पर बैठीं उसके परिवेषण का भी ध्यान रख रहीं थीं, और सारे भवन में जहाँ जो कुछ हो रहा था, उसकी भी वे सूत्रधारी बनी हुई थीं। इस समय सारा भवन जैसे विविध प्रपंचों में आन्दोलित था। दास दासियाँ आ जा रहे थे, कुछ तरह-तरह के कामों में लगे थे। रसवती के पार्श्व में कलमकंडनी थी, एक दासी उस पर धान कूट रही थी। विशाख जहाँ बैठा था, उसके पीछे के कोने में कोई दूसरी दासी दही मथ रही थी। अभी जहाँ विशाख कुशूल देखा था, उसके पार्श्व में एक दास और दासी बैठे कपास से सूत कात रहे थे। कातने के समय चक्र से उठने वाली धीमी ध्वनि यहाँ तक भी आ रही थी। दही बिलोने और धान कूटने ते मन्थर रव भी एक संगीत रच रहे थे, बीच-बीच में ठक्कुराणी के आदेश के स्वर विक्षेप करते हुए उसे तोड़ते जाते—'अरे सुन्दरक, तू जा छींके के लिए रस्सी लाना है, साथ में वल्कल भी ले आना। कालिन्दी, आमचा रख दिया था? माँड निकाला? अरे देख, ये भूसी फैंकने की नहीं है मूर्ख, सुवर्णकार के यहाँ भेज देगें, वह इसका उपयोग करता है शोधन में...'

वे मुख को चतुर्दिक घुमाते हुए हाथ ऊपर नीचे आगे पीछे करके सारे भवन को नचा रहीं थीं।

इसी बीच सूत जी कब आकर उनके बगल में एक पीठ पर बैठ गये थे, विशाख को पता नहीं चला। 'माँ! आप कितना श्रम करती हैं...सारे घर का भार आप पर ही है!'...—वे कह रहे थे।

'क्या करूँ व्यासमुने, अभी दास दासियों को भोजन कराना है, आज तैल और गुड रखवाना है। सरस्वती भवन जाने के पहले भृत्यों को वेतन दे दूँगीं, दैवसिक आयव्यय लिख कर रख लूँगी...'

'इस तरह के कुछ काम अपनी पुत्रवधू को सौंप दीजिये...'

'वह क्या करेगी? वह तो एकदम अबोध है...वह तो अब भार बनकर रह गयी है न हमारे लिए!'

विशाख ने देखा कि यह बात कहते हुए ईश्वरी देवी के मुख पर घृणा थी। सूत जी उन्हें नहीं देख रहे थे, वे किसी आनन्द में मगन होकर कालिन्दी का गुण गान करने लगे थे...

तभी अप्रत्याशित कुछ घट गया। चार काले रंग के सारमेय सर्राते हुए पता नहीं कहाँ से निकले और चतु:शाल के इस भाग को पार कर पीछे की ओर दौड़ गये। उनके पीछे दो दास भी थे। ईश्वरी देवी हड़बड़ा गयीं। 'अरे खंड, शोधन, नन्दक क्या हुआ?'—वे चिल्लायीं।

ठक्कुर भी वहाँ आ गये। 'शूकर घुस आये हैं पीछे की वाटिका में!' – वे

कहने लगे—'विकट, संकट, संघट और कर्कट इन चारों श्वानों को छोड़ दिया उनको भगाने के लिए...'

'ओह! शूकर तो सब चट कर जाएँगे...बगिया में अभी बहुत से शाक लगे हैं...'

विशाख अचानक ही उद्विग्न हो गया था। बाद में विचार करने पर उसे लगता रहा कि उसका आचरण अवांछित था। पर उस समय तो वह उठ खड़ा हुआ। सामने आधी खाली आधी भरी थाली रखी थी।

ईश्वरी देवी अपने दायित्वों में मगन थी, दास-दासियाँ उनके निर्देशों पर आवाजाही कर रहे थे। विशाख भोजन छोड़कर उठ खड़ा हुआ, यह उनमें से किसी ने नहीं देखा। सूत जी का ही ध्यान उस पर गया था।—'क्या हुआ, क्या हुआ विशाख?' उन्होंने पूछा।

'अरे श्वान आकर चले गये—भोजन स्थल के पास से ही!'—विशाख ने कहा, फिर उसे ध्यान आया कि भोजन करते समय बोलना नहीं चाहिए—यह गौतम धर्मसूत्र का नियम है, क्या उसका यह नियम टूट गया? पर वह तो भोजन छोड़कर उठ खडा हुआ है तो नियम टूट गया यह नहीं कहा जा सकता।

'यह क्या विशाख, परसा हुआ भोजन कहीं छोड़ा जाता है?'—सूत जी ने कहा।

'धर्म की बात है, भोजन करते समय श्वान आ जाए, तो भोजन फिर नहीं करना चाहिए, मुझे तो स्नान भी करना पड़ेगा और प्रायश्चित भी...'

'कौन सा धर्म...अन्न परम ब्रह्म है...अन्न का आदर करना बड़ा धर्म है, बैठ जा, बच्चा! बैठ जा! मैं कह रहा हूँ...छोटे धर्मों से मत डर। बड़ा धर्म देख!'

'तो बैठ जाऊँ तो फिर?'

'हाँ, मैं कह रहा हूँ न! मैं साक्षात व्यास। बैठकर निश्चिन्त भोजन कर। कोई अधर्म नहीं हुआ,न कोई प्रायश्चित ही करना है...!'

'फिर भी...भोजन के समय कुत्ते का आ जाना...'

विशाख के मन में अभी भी संशय और ऊहापोह थी।

'तो क्या हुआ? कुत्ता भी तो ईश्वर का रूप है...'

'किसने कहा है यह?'

'वासुदेव ने! वासुदेव कहते हैं कि विद्याविनयसम्पन्न ब्राह्मण हो, चाहे बैल हो, चाहे हाथी हो, चाहे कुत्ता हो या चांडाल हो.. पंडित जन सब में समदर्शी होते हैं !'

'मैं वासुदेव का मत नहीं मानता'—विशाख पीठ पर बैठ गया था, फिर भी भोजन फिर से आरम्भ न करके वह बहस पर उतर आया।

सूत जी ने कहा—'पहले भोजन, पहले भोजन! वाद-विवाद सब बाद में होगा। पंडित जी आप खा लेगें, तो हम को भी कुछ प्राप्त होगा!'

कहकर वे ठहाका लगा कर हँसे।

ईश्वरी देवी सूत जी को सराह रहीं थीं, वे न होते, तो ब्राह्मणदेवता भोजन करते हुए उनके घर में उठ खड़े हुए—इसका कितना पाप उनको लगता!

विशाख भोजन करके ऊपर के कक्ष में आ गया। मन अशान्त था। भोर से ही मन ऐसा क्यों है? सहसा फिर उसे रात की घटना का स्मरण हो आया। उसके कारण रात में नींद न आ सकी थी...इसलिए मन उखड़ा हुआ है, रात को कालिन्दी के कक्ष जो कुछ अशोभन घटित हुआ वह आँखों से न देख सका, केवल कानों से सुनकर जान सका कि कुछ अनर्थ हुआ है और तब से मन उद्विग्न है। उसका भोजन छोड़कर उठ खड़ा होना केवल कुत्तों के आ जाने के कारण नहीं, इस घर में जो अशोभन कुछ भीतर ही भीतर घट रहा है, उसको लेकर भीतर के उद्वेग की भी अभिव्यक्ति थी।

उसे सूत जी को यह बात बता देना चाहिए थी, बता देता तो भोर से अब तक इस तरह उद्विग्न न रहता।

विशाख शैया पर लेट कर उनीन्दा हो गया था, तभी सूत जी आ गये। 'क्या छक कर खाया है आह!' उन्होंने बड़ी प्रसन्न मुद्रा के साथ कहा—'बड़ा सुख मिला इस घर में रह कर !'

'सुख इस घर में कहाँ?...यह बड़ा दु:खों से भरा घर है!'

'अब क्या हुआ? अब यह दु:खवाद फिर से क्यों उमड़ पड़ा आपका? कुत्ते वाली बात पर तुम अभी तक खिन्न हो! उस बात को मन से निकाल दो!'

विशाख ने कहा—'वह बात तो मन से निकाल दूँगा, पर कल रात में जो हुआ उसे तो मन से नहीं निकाल पाऊँगा।'

'क्या हुआ कल रात में?'

विशाख कुछ हिचक के साथ सूत जी को देखता रहा, फिर उसने रात की सारी घटना उन्हें विस्तार से बता दी।

सूत जी सुन कर कुछ देर गम्भीर मुद्रा में बैठे रह गये। फिर धीरे-धीरे मन्द स्वर में बोले—'विशाख, तुम विचक्षण हो, बुद्धिमान भी हो। मेरी एक बात गाँठ बाँध लो। प्रत्यक्ष देखे या सुने कुछ वृत्तान्त ऐसे होते हैं, जिन्हें भुला दिया जाना उचित होता है। यह सब जो तुमने कल सुना वह भी कुछ ऐसा ही है। उसे लेकर मन में खेद मत पालो!'

'आपको नहीं लगता कि हमें इस घर की बहू के शील की रक्षा के लिए कुछ करना चाहिए...हम ठक्कुर को बता सकते हैं...'

'कालिन्दी की रक्षा वासुदेव करेंगें, उसके भीतर शक्ति है, वह स्वयं अपनी

रक्षा कर लेगी। पर तुमने ठीक कहा, वासुदेव भी तो चाहेगें कि हम निष्काम भले रहें, पर अकर्मण्य न रहें। मैं संकेत तो कर ही दूँगा ठक्कुर के लिए...'

'आइये समय हो रहा है सरस्वती भवन चलेगें...' तभी ठक्कुर ने आकर कहा।

'आप से कुछ बात भी करनी है।' सूत जी ने ठक्कुर से कहा और फिर विशाख से बोले—'विशाख! तुम नीचे चलो मैं महाराज के साथ अभी आया!'

विशाख नीचे उतर गया। ईश्वरी देवी शकट पर सामान रखवा रहीं थी। विशाख को देखकर उन्होंने पूछा 'व्यासमुनि कहाँ रह गये?'

विशाख उत्तर देता उसके पहले ही वे कालिन्दी को डपटने लगीं—'केवल पंचामृत का पात्र उठाकर लाना था, वह भी न ला सकी...'

विशाख ने एक झलक में कालिन्दी का विषादग्रस्त मुख देखा..उसकी स्मृति में माँ फिर साकार हो गयीं...पिता जब माँ से कुछ तीखी बात कहते, तब माँ का मुख भी ऐसा ही दिखता था...

तभी उसका ध्यान पीछे वाटिका की ओर चला गया। कोकिल ने अचानक बहुत तेज कूक भरी। इस ऋतु में कोकिल का कूजना? विचित्र बात है!

तभी सूत जी ठक्कुर के साथ नीचे उतर कर आ गये।

शकट में दोनों बैठ गये, शकट चल पड़ा। सूत जी ने विशाख से बहुत मन्द स्वर में कहा—ठक्कुर ने कहा कि सालंक तीन दिन के लिए काशी गया है, उसके आने पर वे उससे बात करेंगे...

अपराह्न में प्रतिदिन की भाँति सरस्वती भवन में सूत जी का आख्यान आरम्भ हुआ।

विशाख को पता है कि लक्ष्मणपुर के विप्रवाट में सनातन सूत का ऐसा आदर नहीं है, कुम्भकारवाड़ी में उनका आख्यान कभी-कभी कराया जाता था। पर भद्रपुरी के लोग उनके प्रति कितनी श्रद्धा रखते हैं! लोग उन्हें साक्षात व्यास ही मानते हैं। तीन दिन से विशाख देखता आ रहा है कि उनके आख्यान में लोगों की संख्या बढती जा रही है। पर तीन ही दिनों में विशाख यह भी समझ गया है कि कुछ लोग यहाँ उनके विरोधी भी हैं, पहले दिन ही उसने श्रोताओं की मंडली में पीछे बैठे किसी को कहते सुना था—'अरे! सूत है यह तो!' किसी ओर ने कहा था—'भैया, ये कलियुग की महिमा है। वेदज्ञ विप्र तो कहीं दिखते नहीं, सूत लोग कुछ तो भी गाना बजाना करते रहते हैं ..अब इन्हीं के गाने बजाने में शास्त्र रह गया है। शूद्र जाति के लोगों की इसमें प्रवीणता जो ठहरी...!'—तीसरे ने तो ठक्कुर की भी लानत मलामत की थी—'यह क्या किया ठक्कुर ने? वासुदेव कृष्ण के धर्म दीक्षा ले ली और सूत के आख्यान

का आयोजन करा रहे हैं!'

सूत जी ने प्रतिदिन की तरह आख्यान आरम्भ करने के पहले पोथी को प्रणाम किया। प्रणाम करके धीरे-धीरे पुस्तक का सूत्र खोला। सूत्र खोलते समय जप में उनके ओठ हिल रहे थे।

विशाख का ध्यान कालिन्दी की ओर गया। वह मस्तक झुकाये बैठी थी। उसके मुख पर विषाद की छाया थी। ईश्वरी देवी तनकर बैठी हुई थीं...ठक्कुर उनके पार्श्व में ऊँघते से लग रहे थे...

सूत जी ने बहुत धीमे स्वर में बोलना आरम्भ किया। प्रसंग कंसवध का था। लोग सम्मोहित होकर सुनने लगे। रोमांचक कथा, कुवलयापीड हाथी और चाणूर जैसे मल्लकी के मर्दन की कथा...वे मल्लयुद्ध के मंडल, चारी और स्थानक बताने लग गये थे...विशाख की स्मृति में साकेत के गुरुकुल की मल्लशाला के कई दृश्य खिंच गये।

सहसा सूत जी के स्वर पर उसका ध्यान गया। बोलते हुए उनका स्वर ऊपर क्यों उठता जा रहा है? लगा जैसे वे भावाविष्ट हो गये थे। विशाख ने फिर अपना अवधान उनके आख्यान पर केंद्रित किया। वे कह रहे थे—'रसिकजनों, विचार कीजिये, सोचिये कि कृष्ण की शक्ति का रहस्य क्या था, कृष्ण कृष्ण कैसे बने? क्योंकि वे देवकीनन्दन थे, यशोदानन्दन थे। उनकी शक्ति थी माँ देवकी, माता यशोदा। कृष्ण के पहले तो शक्ति का अवतरण हो चुका था। माता यशोदा ने जिस कन्या को जन्म दिया था, वह कंस को चुनौती देकर नभोमंडल में विलीन हो गयी थी। माताएँ अपनी इस शक्ति को पहचानें, नहीं तो कंस जैसे आततायी पुरुष आप के साथ दुराचार करते रहेगें...आप अपने आपको अबला न मानें...कौन कहता है कि नारी अबला है?'

सूत जी के स्वर में एक दुर्निवार आवेग था...अचानक विशाख का ध्यान कालिन्दी की ओर गया। उसके निश्चल निःस्पंद नेत्र सूत जी पर लगे थे, उसके मुख पर एक अपूर्व आभा थी...

रात को नींद फिर अच्छी तरह नहीं आई। दुःस्वप्नों से भरी रात। उसने देखा कि वह निर्जन मरुस्थल में भाग रहा है, कहीं पानी नहीं है, परसों सूत जी ने मरुस्थल का वर्णन किया था अपने आख्यान में उसका प्रभाव रहा होगा.. प्यास से विशाख का गला चटख रहा था, 'पानी! पानी!!'—चिल्लाते हुए वह दौड़ रहा था। विशाख ने देखा कि मरुस्थल का अन्त जहाँ है, वहाँ सागर है, सागर के किनारे माँ टहल रही है, उसके हाथ में जल से भरा भृंगार है। वह माँ, माँ चिल्लाते हुए उसी ओर दौड़ा, तभी

उसके सामने विषकन्या आ गयी। उसका आकार भयंकर था, मुख से विषाक्त ज्वालाएँ निकल रहीं थीं, विषकन्या दूर हट! दूर हट!!—विशाख चिल्लाया। उसके साथ ही उसकी नींद टूट गयी। उनकी नासिका से घर्घर की धुन एक सुर में निकल रही थी। विषकन्या की विकराल अट्टहास की स्मृति विशाख के भीतर आतंक की तरह छाई थी, ऐसे में सूत जी के मन्द खर्राटे उसे आश्वस्त करते से लगे।

तभी अँधेरे में कोई आकृति कक्ष में भीतर आती दिखी। विशाख भय से चीखने को था, तभी गवाक्ष से आती ज्योत्स्ना में आकृति स्पष्ट हुई। कालिन्दी थी, उसके हाथ में भृंगार था।—'आपने पुकारा था अभी 'पानी! पानी!'—यह ध्वनि सुनी मैंने'—उसने पास आकर फुसफुसाहट में इस तरह कहा कि कहीं सूत जी जाग न जाएँ।

'नहीं, नहीं! मैंने पुकारा तो नहीं था'—विशाख कहने लगा—'हाँ, पर हाँ...प्यास तो लगी थी'—फिर उसने कहा।

'पानी तो मैंने यहाँ पीठिका पर रख दिया था, आपने देखा नहीं।'

कालिन्दी ने भृंगार से शराव में जल ढाल कर दिया।

'कितनी रात बीत गयी होगी?'—विशाख ने शराव से पानी पीते हुए पूछा।

'रात के दो प्रहर बीत गये।'

'आप सोईं नहीं?'

'नींद तो उसी दिन से मुझ से रूठ गयी, जिस दिन वे मुझ छोड़ कर गये...मैं तो अलिन्द में ही टहल रही था, जब मैंने आपकी पुकार सुनी!'

'पुकारा था मैंने? पुकारा ही होगा...' यह कह कर विशाख का मन हुआ उससे पूछे उसके दुःख के बारे में पर पूछते पूछते रह गया। 'कितना ध्यान आप रखती हैं...'—उसके मुँह से निकला।

'सो जाइये आप'—कालिन्दी ने कहा और कक्ष का खुला द्वार उड़काती हुई बाहर निकल गयी। सालंक बाहर गया है, इसलिए यह निर्भय है—विशाख ने सोचा।

कालिन्दी के जाने के बाद वह लेट गया। मन में स्वप्नजनित विकलता अभी भी थी। वह सोचने लगा—अशौच तो हो ही गया...मेरे भोजन करते समय श्वान आ गया...इसीलिए ऐसे दुःस्वप्न आते रहे अभी भी यदि प्रयाश्चित हो सके तो कर लूँ...

फिर नींद नहीं आई, अँधेरे में ताकते रात बीत गयी। हल्की झपकी लगी थी, तभी सूत जी का स्वर सुन पड़ा।

विशाख उठ बैठा। 'विशाख! स्वस्ति भवते!'—सूत जी ने कहा।

विशाख ने उन्हें अभिवादन किया और पूछा—'इस ग्राम में कोई पंक्तिपावन

विप्रपरिवार है क्या?'

'पंक्तिपावनों से तुम्हें क्या लेना देना?'

'भोजन करते समय यदि श्वानदर्शन हो जाए, तो उसका प्रायश्चित कदाचित वे बता सकें...प्रायश्चित करा भी देगें वे...पर वास्तविक पंक्तिपावन होना चाहिए।'

'वह कैसा होता है?'

'पंक्तिपावन का लक्षण बताया है न गौतम के धर्मशास्त्र में! पंक्तिपावन शिक्षा, कल्प, निरुक्त, ज्योतिष, छन्दःशास्त्र—इन छहों वेदांगों में पारंगत होता है, ज्येष्ठसामिक होता है, त्रिणाचिकेत होता है, त्रिमधु और त्रिसुपर्ण होता है। पाँचों अग्नियाँ उसके घर में निरन्तर प्रज्ज्वलित रहती हैं। फिर स्नातक भी होना चाहिए उसे...विद्या वह पूरी कर चुका होता है, वह धर्मज्ञ भी होता है, ब्रंह्मविद्यापरायण भी होता है...'

सूत जी आँखें फाड़े विशाख को देखते रहे।—हे प्रभु! हे वासुदेव! इतने भारी भारी शब्द तो तुमको भी विदित होंगें या नहीं होंगे—कुछ कहा नहीं जा सकता!'—उन्होंने कहा और हँसे। फिर बोले—'बड़ा आनन्द हुआ!'

विशाख ने कहा—'आप हँस रहे हैं! इसमें हँसने की क्या बात?'

वे गम्भीर हो गये। बोले—'विशाख तुम प्रज्ञावाद बहुत करते हो। पुष्पित वाणी बोलते हो!'

'अब आप ऐसे शब्द बोल रहे हैं, जो मेरे माथे के ऊपर से निकल गये...'

'ये मेरे शब्द थोड़े हैं, ये तो वासुदेव कृष्ण के शब्द हैं और कितने सरल शब्द हैं !...प्रज्ञावाद और पुष्पित वाणी...वासुदेव ने अर्जुन से कहा कि तुम प्रज्ञावाद बहुत करते हो...पुष्पित वाणी फूली फूली वाणी...उसे भी तो पंडित जन ही बोलते हैं...अस्तु, क्या कह रहे थे आप...पंक्तिपावन से काम क्या आ पड़ा पंडितप्रवर?'

'यह जो अशौच हो गया कल...भोजन करते समय श्वान आ गया...उसका प्रायश्चित पंक्तिपावन ही बता सकता है और करा भी सकता है।'

'तुम्हारे मन में अभी तक वह कुत्ता बैठा हुआ है उसे बाहर निकालो, इससे तो अच्छा है उसके स्थान पर वासुदेव को वहाँ बिठाओ.. और इस भद्रपुरी में पंक्तिपावन कहाँ, यहाँ तो हमारे जैसे अपांक्तेय जन ही हैं...पंक्ति के बाहर खड़े लोग। पंक्तिपावन एक थे लक्ष्मणपुर में। सुमनोदेव। उनका क्या हुआ मालूम है?'

'हाँ, उनका तो एक पुत्र ॠजु मेरा मित्र था...क्या हुआ उनका?'

'बिचारा ॠजु...उसे सुमनोदेव ने घर से निकाल दिया था। पर सुमनोदेव भी अब नहीं रहे...'

'अरे! फिर तो ॠजु गोलक हो गया!'

'गोलक? वह क्या होता है?'

विशाख ने कहा—'परस्त्री से उत्पन्न पुत्र पिता के जीवित रहते तो कुंड कहलाता है, पिता के न रहने पर गोलक।'

विशाख की स्मृति में विप्रभोजन का दृश्य खिंच गया। माँ के निधन के पश्चात घर में विप्रभोजन हुआ था। उसमें ऋजु को पंक्ति से उठा कर बाहर कर दिया गया था...

पिता ने लक्ष्मणपुर के सभी विप्रों को भोजन के लिए निमन्त्रित किया। सुमनोदेव को छोड़ कर सब आये, समुनोदेव ठहरे पंक्तिपावन ब्राह्मण। वे श्राद्ध में भोजन नहीं करते। उनके पुत्र ऋजु से विशाख की प्रगाढ़ मैत्री थी। विशाख ने उससे कह दिया—मेरे घर में सारे विप्र भोजन कर रहे हैं तू आ जा। भोजन कर ले। ऋजु पंक्ति में बैठा तो, सोमयाजी अकूपार ने कहा—'अरे यह तो कुंड है...इसे कैसे निमन्त्रित कर दिया?'

आसपास बैठे अन्य विप्र बोले—'यदि यह भोजन करेगा, तो हम उठ कर चले जाएँगे!'

ऋजु सिर झुकाये चुपचाप उठा और बाहर चला गया। विशाख की आँखों में आँसू आ गये। पंक्तिपावन ब्राह्मण का पुत्र होकर ऋजु न गुरुकुल जा सका, न अपने वह परिवार के लोगों के साथ एक पंक्ति में बैठकर भोजन कर सका।

'क्या सोचने लग गये विशाख?'

'सोचता हूँ रहने ही दूँ प्रायश्चित...'

सूत जी ने कहा—'चलो नदी चलेगें, स्नान करके आते हैं।'

'नदी क्यों? यहाँ वापी है न...कल भी तो वहीं स्नान आदि किया था...'

'वापी के तट पर ईश्वरी देवी ने पुराने वस्त्र फैला दिये हैं...उन्हें धुलवा कर सेवकों को बाँटेंगीं...'

शकट मे बैठते हुए सूत जी ने कहा—एक बात अभी याद आई। जो पंक्तिपावन की चर्चा तुमने की...पंक्ति एक छन्द भी होता है...पाँच अक्षरों का छोटा सा छन्द।'

विशाख उत्साहित होकर रहने लगा—'पर ऋषि कहते हैं कि आकार में छोटा तो है, पर उसका जो पाँच है, वह सब में समाया हुआ है...पाँच महाभूत हैं, पाँच ज्ञानेन्द्रियाँ, पाँच कर्मेन्द्रियाँ, पाँच वायु, पाँच प्राण, पाँच धातु...'

छन्द? पर चर्चा करते-करते वे नदी के किनारे तक आ गये।

नदी के किनारे आम की सूखी गुठलियाँ पड़ीं थीं। विशाख ने कहा—'आपको विदित हैं, उनके भीतर के बीज से चूर्ण बनता है, उदर विकार दूर करने के लिए बड़े काम का होता है।'

'अरे तो हम ये गुठलियाँ समेट कर ले चलते हैं।'—कह कर सूत जी गुठलियाँ समेटने लगे।

'क्या कर रहे हैं? पता नहीं किन लोगों ने आम चूस कर गुठलियाँ फैंकी हैं, उच्छिष्ट हैं वे!'...

'विशाख, यह उच्छिष्ट अनुच्छिष्ट का विवेक तुम विप्र लोग करते हो, इतने दिनों से गुठलियाँ यहाँ पड़ी हैं, उन पर सूर्य की किरणें गिरती रहीं, वे शुद्ध हो गयीं...'

विशाख चुप उन्हें गुठलियाँ समेटते देखता रहा। नदी में नहाते समय उसे फिर गोमती नदी की स्मृति मन में तरंगित होने लगी। वाग्भट के साथ वह नदी पर स्नान करने जाता था, दोनों तैरते हुए कभी नदी के दूसरे किनारे तक चले जाते...

नदी का पानी बह जाता है, काल का प्रवाह बह रहा है...

स्नान करके संध्योपासन किया, फिर वह रेतीले तट पर बैठा तर्जनी से कुछ लिखने लगा। सूत जी स्नान करके आये, उसके लिखे अक्षर देखने लगे। फिर बोले—'कितने सुवाच्य अक्षर हैं, जैसे शिल्पकार ने सुन्दर चित्र बना दिया हो! पर लिखा क्या है—देखूँ तो...ओह, माता लिखा है!'

विशाख ने अपने लिखे हुए दोनों अक्षर मिटा दिये।

सूत जी जिस स्थान पर विशाख ने वे अक्षर लिखे थे, उसके सामने बैठ गये और वहाँ अंजलि बाँध कर प्रणाम किया। विशाख ने चकित होकर पूछा—'यह क्या कर रहे हैं?'

'तुमने इस स्थान पर 'मा-ता' ये दो अक्षर लिखे थे। वे अक्षर माता के रूप थे। माता तो सब देवताओं से बड़ी देवता है। तुमने उसका नाम लिख दिया, तो यह भूमि पवित्र हो गयी...यह देवमयी हो गयी...'

'अक्षर ही तो थे, वे मिट गये...फिर क्या रहा?'

'अक्षर क्षर कैसे हो सकते हैं, जिस स्थान पर अक्षर लिख दिये गये, वहाँ तो देव उतर आये। वे तो गये नहीं हैं। इसलिए उन्हें मैंने प्रणाम किया।'

विशाख शून्य में ताकता रहा। सहसा उसे मात-सूक्त का स्मरण हो आया। उसने कहा—'तात सूत जी! आपकी बात सुनते-सुनते मुझे मातृसूक्त याद आ गया!'

'वह क्या है?'

'वह सूक्त है, उसका दर्शन मैंने किया था। सुनाऊँ?'

सूत जी के कहने पर वह मातृसूक्त पढ़ने लगा। सूत जी आश्चर्यचकित विस्फारित नेत्रों से उसे पाठ करते देखते रह गये। विशाख का पाठ समाप्त हुआ, तो वे गद्गद होकर भर्राये गले से बोले—'कितना अद्भुत है! सुनते-सुनते अपनी माँ का स्मरण हो आया। मेरी माँ एकदम वैसी ही थीं, जैसी तुमने इस सूक्त में वर्णन किया है। हमारे पास शब्द नहीं थे, बताने के लिए कि वे कैसी थीं। वे तुमने दिये। उन शब्दों से वे मेरे सामने आकर खडी हो गयीं। तुमने मुझे मेरी माँ के दर्शन करा

दिये। विशाख! तुम तो सचमुच में कोई दिव्य पुरुष हो!'

'इसे पढ़ते हुए मैं भी अपनी माँ के दर्शन कर सकता हूँ तात!'

सूत जी कुछ देर विशाख को गौर से देखते रहे। फिर बोले – 'विशाख, तुम तो अधीती पंडित हो। मेरा एक काम कर दो...'

'कौन-सा काम?'

'मेरे पास जो पुराण की पोथी है, तुम देख ही रहे हो कि कितनी जीर्ण हो गयी है। ठक्कुर ने आश्वासन दिया है कि वे मुझे भोजपत्र दे देंगें, पर लेखक नहीं मिल पा रहा मुझे...मैंने वाग्भट से कितना कहा कि पुत्र, वर्णमाला का अभ्यास कर ले, केवल पढ़ लेने से सब नहीं सधता! जब तक स्वयं लिखना न आ जाए, तब तक हम सूत के सूत ही रहेगें...पर मेरी तरह वह भी निरक्षर ही रह गया!...लेखन में उसका मन नहीं लगता...पुराण की पोथी की एक प्रति बना दे यह कितनी बार कहा उससे...पर उससे तो अक्षर बनते ही नहीं है...दो बार उसने प्रयास किया, कई भोज पत्र बिगाड़ दिये, उसके बनाये अक्षर समझ में न आयें मेरे! एक बार तो मैंने बहुत क्रोध में भर कर उसकी कुटाई कर दी!'

'वाग्भट कुटाई की आपने? केवल वह आपकी पोथी की नकल न कर पाया इसलिए? अरे वह बालक ही तो रहा होगा इस समय...फिर उसे शिक्षा भी तो ऐसी नहीं मिली है, वर्णमाला का अभ्यास अच्छी तरह नहीं कराया गया है उसे, तो उसका क्या दोष? आपने उसे पीट दिया...ऐसा क्यों किया?'

सहसा विशाख सनातन सूत का मुख देखकर स्तब्ध रह गया। उनकी आँखों से अश्रुधार बह रही थी। उसने कहा—'तात, यह क्या? आप रो रहे हैं? अब आप बालक हो गये!'

सूत हँसने लगे। बोले—'बच्चा, ये पश्चात्ताप के आँसू हैं। पश्चात्ताप से जी पिघले, तो आँसू निकल जाने देना चाहिए। हाँ, वाग्भट को पीटा, उसका मन में बड़ा पछतावा होता है...बात यह है कि बड़ी कठिनाई से भोजपत्र से दस पत्र मुझे मिले थे। विपाक ने सब बिगाड़ दिये। मैं अकिंचन! भोजपत्र और कहाँ से लाता...तो क्रोध आ गया...मैंने उसे पीट दिया...तीन चाँटे मारे थे मैंने, जब स्मरण आता है, तो वे चाँटे अपने ही गाल पर लगते हैं। स्मरण कर-कर के अपने आप को कोसता हूँ, अपने आप को चाँटे मारने लगता हूँ...!'

विशाख ने उन्हें विस्मित होकर देखा, फिर सोचा क्या मेरे पिता भी इसी तरह अनुतप्त होते होंगें? उन्होंने भी तो मुझे पीटा था...!

सूत हँसते हुए कह रहे थे—'आज तुमसे बात करते हुए बड़ा आनन्द आया...अब क्या है कि मेरे साथ कुछ दिन और यहाँ रह लो तुम...बच्चा, कृपा करो, मेरी जो पोथी है उसकी एक नकल तैयार कर दो!'

विशाख सोचता रह गया। फिर बहाना बनाने की मुद्रा में बोला – 'पर लेखन सामग्री कहाँ है?'

'सब हो जाएगा...भोजपत्र का तो ठक्कुर ने कह ही दिया, वे मँगवा देगें.. शेष सामग्री काशी जाकर खरीदेगें...'

'बहुत बड़ा काम है...पुराण की पोथी में एक सहस्त्र पत्र होगें। मुझे जाना है तक्षशिला। वहाँ अध्ययन पूरा करना है, फिर स्वर्ग की खोज करनी है...इस पोथी की प्रतिलिपि करने लग गया, तो जीवन यहीं बीत जाएगा...!'

'अरे, तुम्हारे लिए यह छोटा-सा काम है, मैंने देखा तुम कितनी जल्दी जल्दी सुन्दर छोटे-छोटे अक्षर बना लेते हो, लेखक ऐसा ही तो होना चाहिए। लेखक का बड़ा सम्मान है हमारे पुराण में, जो एक पोथी की दूसरी प्रति करता है—लेखक बनता है—वह देवता हो जाता है...'

'अच्छा? तो हो जाता हूँ देवता...'

सूत जी ने विशाख के परिहास पर ध्यान न देते हुए गम्भीर पर उत्साह से भरे हुए स्वर में कहा—'मैं काशी में एक मसीकार को जानता हूँ, बहुत ही उत्तम मसी बनाता है। मसी और लेखनी दो वस्तुएँ अच्छी होनी चाहिए, तो अक्षर पत्रों पर ऐसे उतरते हैं, जैसे देव उतरते हैं..'

'पर लेखनी भी तो नहीं है...!'

'लेखनी तो मैं बनाऊँगा न...एक नहीं, मैं सरकंडों से कई लेखनियाँ बना दूँगा।'

विशाख को एक लालच था—सूत जी किसी को अपनी पोथी छूने भी नहीं देते थे, यदि वह उनकी पोथी की अनुलिपि करता है, तो पोथी पढ़ने का अवसर उसे अपने आप मिल जाएगा। पर बाहर से सूत जी के प्रस्ताव पर अरुचि ही प्रकट की...सूत जी ने उसे मनाते हुए कहा—'कनखल तक तो में चलूँगा न साथ तुम्हारे...ऐसा करना कनखल से पहले बदरिकाश्रम चले जाना, वहाँ अपने पिता से मिल लेना...फिर तक्षशिला...'

'और तक्षशिला के बाद उत्तरकुरू जाऊँगा!'—विशाख ने उत्साह में भरकर कहा।

'उत्तरकुरु में क्या है?'

'उत्तरकुरु में स्वर्ग है।'

सुनकर सूत जी ने हँस कर कहा—'बड़ा आनन्द आया!'

फिर वे वासुदेव की प्रतिमा निकाल कर सामने रख कर ध्यान और पूजन की तैयारी करने लगे। आप प्रतिमा का पूजन करते हैं?'—विशाख ने कहा।

'क्यों? इसमें कुछ अनौचित्य है?'

'पता नहीं—'—विशाख ने कहा— 'हमारे यहाँ तो इस तरह प्रतिमा का पूजन नहीं होता।'

फिर उन्होंने बाँस की एक डिबिया में से पीले रंग की कोई वस्तु निकाली और उसे पानी में उसका गाढ़ा घोल बनाया। फिर उससे पहले प्रतिमा पर तिलक लगाया! फिर बचे हुए घोल से अपने माथे पर।

भद्रपुरी में उसका यह तीसरा दिन था। पिछले दो दिनों में भी सूत जी ने ये ही सारी क्रियाएँ स्नान के पश्चात की होंगी, पर उसने ध्यान नहीं दिया। एक भीनी सुगन्ध हवा में फैल गयी थी।

'क्या यह चन्दन था, जो आपने लगाया?'—विशाख ने पूछा।

'चन्दन ही था, पर चन्दन के पेड़ का नहीं।'

'चन्दन के वृक्ष को छोड़ कर अन्यत्र चन्दन होता है क्या?'

'होता है न! द्वारका में एक सरोवर है, यह वहाँ की मिट्टी है। यह वासुदेव की अनुग्रह से चन्दन बन गयी है। हम लोग इसे गोपीचन्दन कहते हैं। यह वासुदेव के चरणों के परस से पवित्र और सुगन्धमय हो गया है।'

'आप लोगों का तो धर्म ही विचित्र है, जिसमें मिट्टी माथे पर पोती जाती है।'

'विशाख, तुम विप्र लोग यज्ञ करते हो उसमें कहीं कुश, कहीं पुरोडाश, कहीं समिधाएँ—ये द्रव्य लगते हैं। हम यह मिट्टी माथे पर लगाते हैं, यह वासुदेव के चरणों से अंकित मिट्टी है। यह पावन है। इसमें वासुदेव की छवि रमी हुई है, मैं उसे देखता हूँ और माथे पर धारण करता हूँ। यह वैष्णव तिलक है। शैवों का तिलक अलग होता है—उसे त्रिपुंड कहते हैं, वह भस्म से बनाया जाता है।'

'कुछ भी हो, यह तिलक आपके माथे पर सोहता बहुत है'—विशाख ने कहा—'इसे लगाने पर आप सचमुच व्यास लगने लगते हैं!'

नदी से लौटते समय सूत जी ने कहा—'आओ, तुम्हें ठक्कुर का एक बड़ा उद्यान इधर है, वह दिखाते हैं।' उनके कहने पर शाकटिक ने शकट उद्यान की ओर मोड़ दिया।

'आमों का बगीचा है, पर कुछ अन्य वृक्ष भी बहुत अच्छे हैं'—सूत जी ने कहा—'थोड़ी देर यहाँ विश्राम करेगें...'

दोनों एक शिलापटट् पर बैठ गये। जहाँ बैठे थे, उस स्थान के पीछे आम्र, अर्जुन और कुटज के वृक्षों की कतारें थीं। सनातन सूत ने सामने लगे एक वृक्ष को बताते हुए कहा—उसे देख रहे हो? यह मेरा बन्धु है!'

'यह वृक्ष? कौन-सा वृक्ष है यह और आपका बन्धु कैसे हो गया?'

'यह कपास है।'

विशाख ने विस्मय के साथ कहा—'अरे, ऐसा होता है कपास? पहली बार देखा!'

कपास के पेड़ पर मक्खन के गोले जैसे फूल खिल आये थे। सूत जी ने कहा—'तुमने तो पहली बार देखा, मेरे साथ तो यह सदा रहता है।'

'पुष्पित वाणी अब आप बोल रहे हैं !'

'न। मैं तो अनुभव का सत्य कह रहा हूँ। यह मेरा दुकूल देख रहे हो ?'

'प्रतिदिन ही देखता हूँ इसे। इसमें क्या विशेष बात है?'

'इसमें क्या विशेष बात यह है कि यह दुकूल इसी कपास के पेड़ के कपास से बना है ! मैं जब यहाँ आया, तो पहले दिन ही ठक्कुर ने मुझे यह दुकूल अर्पित किया, उन्होंने बताया कि उनके इस उद्यान के एक कपास के वृक्ष के कपास से यह बुना गया है। इसके कारण मुझे लगता है कि यह कपाल का पेड़ सदा मुझे गले से लगाये हुए है!'

तभी किसी बालक ने गुलेल से लक्ष्य साध कर आम्र के पेड़ पर पत्थर चलाया।

आज के अपराह्ण के अपने आख्यान में सूत वासुदेव कृष्ण के चरित पर चर्चा कर रहे थे। वृन्दावन में उनका गोचारण, गोपियों से परिहास आदि विविध प्रसंगों का वर्णन करते हुए वे कह रहे थे—'वासुदेव कृष्ण का वंशीनाद मुक्ति का महानाद है। यह वृथावाद और प्रज्ञावाद दोनों से मुक्ति है। धर्म के नाम पर होने वाले दुराचारों से मुक्ति है। उनके वंशीरव को सुनकर स्त्रियाँ घरों से बाहर आ गयीं। श्रोत्रियों ने उन्हें कभी घर से बाहर नहीं निकलने दिया...यह बन्धन था...'

सुनते हुए विशाख का मन लक्ष्मणपुर में चला गया। फिर माँ की स्मृति मन में डोलने लगी। जैसे वृन्दावन के विप्रों की भार्याएँ, वैसी ही उसकी माँ...उसे भी तो कभी घर से बाहर निकलने का अवसर नहीं मिला...

आख्यान समाप्त होने पर दोनों डेरे पर लौटे, ठक्कुर ने वस्त्र में बँधे भोजपत्रों का एक गट्ठर विशाख के समक्ष रख कर कहा—'व्यासमुनि ने कहा है कि श्रोत्रियपुत्र पुराण लिख देंगे, तो ये भोजपत्र मैंने मँगवा दिये हैं।'

विशाख ने वस्त्रबन्ध खोला। भोजपत्र देख कर विशाख का मन प्रसन्न हो गया। सपाट और खाली—इस खाली सपाट पर कितनी बड़ी सृष्टि रची जा सकती है!

उसने भोजपत्र वस्त्रबन्ध में फिर से बाँध कर उसने सूत जी से कहा—'बहुत सुन्दर भोजपत्र हैं। लक्ष्मणपुर में एक तो खाली भोजपत्र मिलते ही नहीं थे, किसी

तरह दो-चार मिल भी जाते, तो जीर्णशीर्ण और मैले से। -

सूत जी ने कहा—'यह सब ठक्कुर का प्रताप है! इन्होनें कैसे ये भोजपत्र प्राप्त किये—यह तो मैं नहीं जान पाया...'

अगले दिन भोर होते ही सूत जी ने कहा—'विशाख, कल प्रतिपदा है, कल पुराणवाचन नहीं होगा। कल काशी चलेगें। परसों लौट आयेगें।'

'काशीपुरी? जाकर एक दिन में कैसे लौट कर आ सकते हैं?'

'क्या चिन्ता है?.. ठक्कुरराज का शकट है, उससे चलेगें। धीरे-धीरे चलेगें, फिर भी जाकर समय पर आ जाएँगे। बड़ा आनन्द रहेगा। काशी का कहना ही क्या—एक दिन के लिए भी काशीवास—महान पुण्यदायक है।'

'उससे एक हजार अश्वमेध और सौ वाजपेय यज्ञों का फल एक साथ मिल जाएगा।'—विशाख ने ठिठोली करते हुए उनका वाक्य पूरा किया।

अगले दिन भोर होते ही दोनों प्रस्थान के लिए तैयार होकर बाहर आ गये। तभी ठक्कुर ने आकर बहुत खिन्न स्वर में कहा—'बड़ा कष्ट आ पड़ा! शकट का एक चक्र निकल गया है। अच्छा हुआ यहीं पता चल गया, नहीं तो मार्ग में कुछ दुर्घटना हो जाती। दूसरा शकट है, पर उसे सालंक ले गया है। एक ही रथकार है भद्रपुरी में...वह भी अपने भांजे के विवाह में अन्य ग्राम चला गया। ये दोनों शाकटिक...सोड्ढल और रांकव...इतने मूर्ख हैं...रांकव में तो बुद्धि का नाम भी नहीं, और सोड्ढल बस गाथा गाना जानता है। गाथा गाने से चक्र थोड़े ही जुड़ जाएगा!'

सूत जी ने कहा—'राजन, चिन्ता मत करिये। आनन्द है। मैं रथ का काम खूब जानता हूँ...आइये हम रथचक्र लगा लेते हैं।'

'अरे, आप व्यास मुनि हैं...आपसे हम यह कार्य कैसे करा सकते हैं?'

'राजन ठक्कुर, मैं सूत हूँ। रथ निर्माण तो वंश परम्परा से मिला आ रहा काम है हमारा। लक्ष्मणपुर में हमने विशाल रथ बनाने और उनके चक्र लगाने का काम भी किया है...आप मुझे दिखाइये शकट कहाँ है।'

विशाख चकित होकर सूत जी का कौशल देखता रहा। शकट के चक्र की नेमि के भीतर की धुरी निकल गयी थी। सूत जी ने कहा—'काम छोटा है, पर बारीक काम है। नेमि के भीतर इसी धुरी पर ही तो सारे अरे जुड़े होते हैं।'

नेमि फिर से जोड़ने में एक प्रहर लगा। अरित्र से काष्ठखंड काट कर धुरी बनाने का काम रांकव ने ही किया। सूत जी बार बार उसे नेमि के भीतर फँसा कर देखते, फिर कुछ और काट छाँट करने को कहते। अन्ततः शकट तैयार हो गया।

काशी में दिन भर वीथियों और राजमार्गों पर घूमते रहे।—कुछ वस्त्र खरीदे कुछ मिष्टान्न और तीन मसिपात्र भी। विशाख ने यहाँ सूत जी का एक अलग रूप जाना। हर वस्तु के मूल्य पर वे आपणिक से वादविवाद करते... कई बार मूल्य आधा करा लेते...

साँझ होने के पहले ही भद्रपुरी लौट आये।

मसिपात्र सूत जी ने विशाख को देते हुए कहा—'पेंदा ऐसा है कि लुढ़केगा नहीं। कई बार लेखनी डुबाने में ही मसिपात्र लुठक जाता है...और पोथी पर मसि फैल जाती है।'

अगले दिन भोर से ही वे विशाख के लिए पुराण पुस्तक के लेखन की भूमिका बना रहे थे। अपराह्ण में आख्यान शीघ्र ही समाप्त कर दिया, घर लौटे तो लेखनी बनाने में जुट गये। परसों ही नदी से लौटते हुए सरकंडे के टुकड़े उन्होंने कटवा कर रख लिए थे। वे बारीकी से उन्हें काटते, बहुत सारे टुकड़े फैंकते जाते—कई टुकड़े काट कर फैंक देने के बाद एक सीधा टुकड़ा निकलता। विशाख ने कहा—आप इतने सारे टुकड़े क्यों फैंकते जा रहे हैं? इनसे बहुत सी लेखनियाँ बन जातीं...'

सूत जी ने कहा—'इन टुकड़ों में गाँठें हैं। हमारी परम्परा यह है कि बिना जोड़ और बिना गाँठ के टुकड़े से लेखनी बनाना चाहिए। लेखनी के अगले भाग में यदि गाँठ होगी, तो लेखक का आयु क्षय होगा, यदि मध्य भाग में होगी, तो धनक्षय होगा, और निचले भाग होगी, तो सुखक्षय होगा। भगवान व्यास ने यही कहा है—

आर्ग्यग्रन्थिर्हरेदायुर्मध्यग्रन्थिर्हरेद् धनम्।
अन्त्यग्रन्थिर्हरेत् सौख्यं निर्ग्रन्थिर्लेखनी शुभा।।'

वे बात भी करते रहे और काम भी करते रहे। तीन लेखनियाँ उन्होंने बनाईं, तीनों अत्यन्त सुदर्शन, चिकनी और अच्छी पकड़ वाली थीं। विशाख उन्हें लालच के साथ छू-छू कर देखता रहा, फिर उसने सूत जी से पूछा—'यदि मैं मैं इन लेखनियों से आपकी पोथी पूरी लिख दूँ, तो उसके बाद ये आप मुझको ही दे देंगें?'

सूत जी ने हँस कर कहा—'बड़ा आनन्द है! ये लेखनियाँ, मसी, बचे हुए भोजपत्र—ये सब तुम्हारे ही तो हैं! मेरा उसमें क्या? मुझे एक सुलिखित सुवाच्य पुस्तक मिल जाए, मेरी तो वही सम्पत्ति है। जो शेष, वह तुम्हारा और जो पुण्य होगा—वह भी तुम्हारा...'

'पुण्य? पुण्य मेरा कैसे?'

'तुम जो पुस्तक लिखोगे न...तो लिखना एक पुस्तक से दूसरी बना देना...यह बड़े पुण्य का काम है उससे जो पुण्य मिलता है...'

—एक सहस्त्र अश्वमेध यज्ञ और सौ बाजपेय यज्ञों के पुण्य फल के बराबर

होता है'—विशाख ने शरारत करते हुए उनका वाक्य पूरा किया। फिर कहा—'आपके भगवान व्यास ने हमारे जैसे दीन हीन बालकों के लिए भी इतने बड़े बड़े पुण्यों की व्यवस्था बना रखी है...वे बड़े महान हैं...'

'न, न इसमें परिहास की बात नहीं। भगवान व्यास ने जो कहा है—वह सत्य ही कहा है।' सूत जी ने गम्भीर स्वर कहने लगे।

तीनों लेखनियों के पीछे मयूरपिच्छ बाँधा हुआ था। मयूरपिच्छ का उपयोग सूत जी ने ही विशाख को बताया—'देखो, यदि कभी असावधानी से कुछ अशुद्ध या अन्यथा लिख जाए, तो उसे मिटाने के लिए मयूरपिच्छ की नोक सफेद मसी वाले भांड में डुबा कर अशुद्ध अक्षर पर लगा दो। जैसे ही यह सूखे, उस पर फिर शुद्ध अक्षर लिख दो, इससे जितना अशुद्ध या उल्टा-सीधा लिख गया, उसे काटना नहीं पड़ता, और उसका स्थान व्यर्थ नहीं जाता। तो भोजपत्र की बचत होती है।'

विशाख ने कहा—'देखिये, यदि असावधानी से वकार से स्थान पर बकार लिख जाए, तो पूरे पर सफेद मसी लगाने की आवश्यकता ही नहीं, केवल बकार के पेट को चीरने वाले रेखा पर सफेद मसी लगानी पड़ेगी। सूत जी ने कहा—'इतना सब तो मैं समझता नहीं, पर तुम शुद्ध लिखोगे, मुझे पूरा विश्वास है।'

वस्तुत: सनातन सूत के पास जो पुस्तक थी, वह किसी अपंडित ने लिखी होगी। न केवल उसने अशुद्धियाँ कर दी थी, अज्ञानवश अन्यथा भी लिख दिया था। विशाख अशुद्धियों का शोधन करके लिख रहा था।

विशाख भद्रपुरी में अटक गया। एक नियमित दिनचर्या हो गयी—प्रतिदिन दैनिक कृत्य पूरे करके पुराण की पोथी की नकल करने बैठ जाता। भोजन के पूर्व तक यह काम करता। अपराह्ण में सूत जी के साथ सरस्वती भवन जाता।

विशाख एक दिन में पुराण के कभी तीस पर्ण भर देता, कभी चालीस तक लिख लेता। जैसे-जैसे पुराण का लेखन आगे बढ़ रहा था, ठक्कुर और ठकुराइन ईश्वरी देवी की भक्ति भी उस पर बढती जा रही थी। सूत जी भी प्रसन्न थे, वे ठक्कुर के सामने दिन में दस बार विशाख की प्रशंसा के पुल बाँधते—'इसने मेरी पोथी का उद्धार कर दिया।' कभी वे विशाख से कहते तुम्हारे अतिरिक्त और कौन इस पोथी का उद्धार करता? यह पुस्तक वंश परम्परा से हमारे घर में रही है। मेरे पिता इसी को पढ़ते थे, इसी से वे पुराण का आख्यान सुनाते थे, उनके पहले मेरे पितामह ने भी इसी से पुराण का पाठ किया...'

पुस्तक सचमुच बहुत जीर्ण हो गयी थी, पर सुपाठ्य थी। सूत जी के मन में पुस्तक को लेकर बड़ा आदर था। जब वे पुराण का आख्यान सुनाते, तो पुस्तक को बहुत सावधानी से खोलते। विशाख को भी बार बार समझाते—'पुस्तक को ऐसे स्थान पर धीरे से खोलना है, जहाँ हवा भी प्रवेश न कर रही हो। हवा के झोंकें में पत्र

उड़ सकते हैं, और फिर पत्र इतने भंगुर हैं कि हवा से स्पर्श से ही न कहीं टूट जाएँ। यह पुस्तक काष्ठफलक के भीतर इतने वर्षों तक मैंने सँभाल कर रखी, काष्ठफलक पर डोरी है, इस डोरी की गाँठ जब खोलते हैं, तब वासुकि नाग का ध्यान करना चाहिए। इस सूत्र में वासुकि नाग निवास करते हैं, वे ही उसे सँभाले रहते हैं, उनकी कृपा से काष्ठफलक के भीतर पोथी स्थिर रहती है, पत्र बिखरते नहीं। इस डोरी को सूत्र भी कहते हैं, इस सूत्र को पकड़ने के कारण हम सूत लोग सूत्रधार भी कहलाये। अब देखो वासुकि नाग सारे ब्रह्मांड को धारे हुए हैं, इसी तरह पोथी में सारा ब्रह्मांड समाया हुआ है—उसके ऊपर नीचे एक-एक काष्ठफलक है। ऊपर वाले फलक में में द्यौः और नीचे वाले में पृथिवी का निवास है।'

'आप तो विचित्र बात कर रहे हैं। वासुकि नाग तो हमारे वेद में कहीं बताया नहीं गया। आप उसको ब्रह्मांड का अधिष्ठाता बता रहे हैं। फिर जहाँ तक मेरा ज्ञान है, सूत तो यज्ञवेदी का निर्माण करते आये हैं। यज्ञवेदी की नाप के लिए वे सूत्र हाथ में धारण करते हैं, इसलिए वे सूत्रधार कहलाये।'—विशाख सूत जी से बहस करने लगता।

'तो अन्तर क्या हुआ? सूत सूत्र तो वहाँ भी धारण करते थे, यज्ञवेदी में तो ब्रह्मांड समाया हुआ है न, उसका सूत्र भी हमारे हाथ में रहा। इस पोथी में जो ब्रह्मांड है, उसका सूत्र भी हमारे हाथ में। हम ही यज्ञमंडप और यज्ञवाट का निर्माण करते आये। तो हम लोग स्थपति भी कहलाये। हम ही रथ बनाते आये, भवन बनाते आये, क्षत्रियों के रथ चलाने के लिए सारथि भी हम ही हुए...काष्ठकर्म भी हमने किया, वास्तुकर्म भी हम करते आये। वासुदेव में भक्ति का प्रवर्तन हमने किया...पुराण और आख्यान भी हम कहते आये...'

'अब यह और कह दीजिये कि सारा संसार हमने ही बनाया और सारा संसार हम ही चला रहे हैं!'—विशाख ने परिहास करते हुए कहा।

'हाँ, यह बात भी सत्य है। क्योंकि विश्वकर्मा हमारे देव हैं। तो जितना भौतिक संसार है—यह यन्त्रमयी सृष्टि—यह सब विश्वकर्मा की बनाई हुई है...'

उस दिन वे दोनों देवमंडल पर विस्तार से चर्चा करते रहे। विशाख सूत जी से बहस करता, पर गुरुकुल गये बिना विधिवत अध्ययन किये बिना परम्परा से सूत जी ने जितना ज्ञान समेट रखा था, वह उसके लिए चकित कर देने वाला था। इस बहस और चर्चा के साथ इसी तरह दोनों के बीच स्नेह बढ़ता गया। विशाख को पहली बार ऐसा साहचर्य मिला था। सूत जी उसके गुरु, सखा, नर्मसचिव और मार्गदर्शक एकसाथ बनते गये। आयु में वे उसके पिता के बराबर थे, उसके बालसखा वाग्भट के पिता थे, इसलिए विशाख उन्हें पूज्य मानता था, पर सूत जी उसके विप्र होने को इतना गौरव देते और—'तुम मेरे लिए पूज्य हो'—इस बात को बड़ी गम्भीरता से

कहते, तो वह अपने अहंभाव में फूला-फूला उनसे समानता का व्यवहार करने लगता। सूत जी विनोदी स्वभाव के थे, आनन्द और रस में डूबे रहने वाले प्राणी। तो विशाख का मन उनके साथ लगा रहता। विशाख उनसे बहुत बहस करता, उसका बचपना ऐसे अवसरों पर खुल कर सामने आ जाता। दोनों के बीच बनावटी कलह भी होने लगता।

सूत जी के मानस में प्राचीन इतिहास और आख्यानों का खजाना था। जब वे आख्यान सुनाने लगते, तो लोग निर्निमेष उनको देखते हुए तल्लीन होकर सुनते रह जाते। पुराण की जो पोथी इनके पास थी, वह केवल एक सहारा थी, वास्तविक पुराण तो स्वयं सूत ही थे। सूत जी जो कहते चले जाते, वह सब पुराण की पोथी में विशाख को मिलता भी नहीं था, कोई-कोई अंश तो यथावत मिल जाते, बहुत कुछ सूत जी उनमें अपना जोड़ते जाते थे—ऐसा लगता। कई श्लोक वे भगवान व्यास कहते हैं —यह कहकर व्यास के नाम से सुनाते, विशाख उन श्लोकों का मिलान पुराण की पोथी से करना चाहता, तो वे पोथी में न मिलते। अनेक आख्यान सूत जी मुँह जबानी इस तरह सुनाते जाते, जैसे पोथी से रटे हुए हों, पर पोथी में विशाख को वे न मिलते। जितने आख्यान सूत जी पोथी के बाहर के सुनाते रहे हैं, उन सबका संग्रह कर लिया जाए, तो कई पुराण बन जाएँगे।

पुस्तक लेखन का काम धीरे-धीरे आगे बढ़ रहा था। उसके साथ विशाख का मन उसमें लगनें लगा था। पुराण की पोथी से नया संसार उसके आगे खुलता जा रहा था।

पहले उसके मन में पुराण को लेकर अश्रद्धा थी, क्योंकि आचार्य सौम्यदेव कहा करते थे कि पुराण वेदविरुद्ध है। वह प्रतिलिपि करते-करते वेदविरोधी बात खोजता चल रहा था। पर अब प्रतिलिपि करते-करते पुराण में वेद मन्त्रों की छाया और विस्तार समझ में आने लगा।

वह हरताल के पीली मसि में एक लेखनी डुबा कर बारीक शिरोरेखा बनाता, फिर इस शिरोरेखा के नीचे-नीचे छोटे-छोटे अक्षरों में पंक्ति सरकती। कई बार अपने ही अक्षरों को विशाख मुग्ध होकर देखता रह जाता। भोजपत्र अधिक नहीं थे, और पुराण की प्रतिलिपि करने के बाद बचे हुए भोजपत्र सूत जी मुझे ही दे देंगें—यह उसके मन में लालच था। इसलिए पत्रों का अपव्यय कम से कम हो यह ध्यान रखते हुए प्रतिलिपि कर रहा था। अक्षर छोटे बनाता, पत्र पर कहीं खाली स्थान रहने न देता।

सूत जी ने तीन प्रकार की मसी उसे दे रखी थी—सुनहरी, सफेद और काली। इसके पहले कभी तीन प्रकार की मसी का उपयोग इस तरह नहीं किया। आश्रम में

कोयले से बनाई हुई काली मसी का ही प्रयोग होता था। कहीं उसकी लिखावट पर पानी गिर गया, तो वह फैल जाती। जो मसी सूत जी ने दी थी, वह सहवर, भृंगराज, त्रिफला, कासीस और लौहचूर्ण आदि को मिलाकर बनाई गयी थी,वह अक्षय मसी थी।

कभी-कभी पुराण लेखन से उसका मन उचट जाता। वह सोचता—'अरे, मैं किस फंदे में फँस गया? यह भी कोई कार्य है, एक पोथी की प्रतिलिपि बनाना...मैं तैत्तिरीयशाखा का अध्वर्यु सोमपीथी ब्राह्मण हूँ, और एक लेखक का काम कर रहा हूँ...यह मेरी कैसी कुगति हुई! ' वह सूत जी से कहने लगता—बस हो गया, जितना लिख दिया, उसके आगे न लिखूँगा...आप किसी ओर लेखक को खोज लीजिये। मुझे उत्तरकुरु जाना है। और अपना अध्ययन भी पूरा करना है। अध्ययन ही छूट गया, अरे अध्ययन त्याग दूँगा तो क्या विप्र रहूँगा मैं? सूत जी उसकी बाल सुलभ चपलता तो समझते थे। वे कहते—'तुमने सारा पुराण इस बहाने बाँच लिया...यह भी तो वेदतुल्य है।'

विशाख को प्रसन्न करना वे जानते थे। ऐसे अवसरों पर वे कहते—'चलो शकट लेकर कहीं घूम आते हैं।'

इस अवधि में वह सूत जी के साथ भद्रपुरी के आसपास के अनेक गाँवों में घूम आया, तीन बार काशी भी गया।

भद्रपुरी के सिवान पर भैरव मन्दिर था। एक दिन ये दोनों शकट से मन्दिर के निकट तक आ गये। विशाख ने कहा—'अरे इधर तो कोई देवालय है। जाकर देखते हैं।'

सूत जी ने गम्भीर स्वर में कहा—'न, वहाँ नहीं जाना है।'

'क्यों रोक रहे हैं? क्या हानि है, चलकर देखते हैं, कैसा देवता है !'

'जिस देवता का वासुदेव में अनुराग नहीं, उसके दर्शन हम नहीं करते।' - कुछ कठोर स्वर में यह कह सूत जी चुप हो गये।

विशाख के मन में बड़ा कौतूहल था, भैरव मन्दिर को भीतर से देखने का। पर सूत जी की गम्भीरता को लक्षित करके उसने उनसे विवाद नहीं किया।

उस दिन प्रतिपदा थी। आख्यान नहीं हुआ। सूत जी वासुदेव की मूर्ति बनवाने के लिए शिल्पकार से मिलने चले गये थे। विशाख अकेला ही पैदल गाँव से बाहर निकला और घूमते घामते उसी देवालय तक पहुँच गया। भद्रुपुरी की पट्टवायश्रेणी (बुनकरों की गली) बहुत भव्य है, उसके आगे इष्टकाकारों (ईंट बनाने वालों) की बस्ती है। उसके आगे नदी है। नदी के तट पर ही यह भैरवमन्दिर है।

जब वह पहुँचा, तो साँझ हो रही थी। सामने डूबते सूरज का गोला था। मन्दिर एकदम सूना था। 'अरे! इस देवालय में कोई है ही नहीं!'...विशाख अपने आप से

बोल पड़ा।

गर्भगृह में भैरव की प्रतिमा थी—एकाकिनी।

अचानक उसके मन में आया कि संध्योपासन का समय हो गया, इसी मन्दिर के प्रांगण में बैठ कर सन्ध्योपासन कर लेता हूँ, फिर यहाँ से चल दूँगा।

वह सन्ध्योपासन करने लगा। संध्योपासना पूरी होते-होते सहसा एक कटु कर्कश स्वर ने उसे रोक दिया—'ए, क्या करता है? भैरव महाराज के स्थान को मलिन कर रहा है मूर्ख! हमारे गुरु ने देख लिया तो तेरा सत्यानाश कर देगें...!'

कोई कापालिक था। भाल पर सिन्दूर, आरक्त नेत्र, भस्म से आच्छन्न नग्न काय।

'मैंने क्या किया?'—विशाख ने चौंक कर पूछा।

'क्या किया तू ने...? तू ने वेद के मन्त्र यहाँ नहीं पढ़े अभी?'

'तो क्या?'

'तो क्या? अरे हम कापालिक हैं, वेद को स्वीकार नहीं करते !'

तभी—'नाराच—क्या हुआ, किससे बात कर रहे हो?'—यह कहता हुआ एक दूसरा भैरवाकार कापालिक वहाँ आ गया।

पहले वाले ने उससे कहा—'गुरो, कोई वटु घुस आया है! पता नहीं क्या पटपटा रहा है! वेद के मन्त्र पढ़ दिये इसने!'

कापालिक सामने आ गया। उसके हाथ में त्रिशूल था आँखों से अँगारे से बरस रहे थे।

'अरे, नाराच, तूणीर! पकड़ लो इस बालक को। भैरव ने यह बलि अपने लिए बुला ही ली। भैरव की इच्छा...हमारा इसमें क्या? भैरव चाहता है तो हम इसे उसको अर्पित करेंगे अवश्य करेंगे...'

'विशाख भाग, भाग! ये तो घातक लोग हैं!'—विशाख के भीतर कोई चीखा।

उसे पता नहीं चला कब उसके पाँव हिरण की गति से छलाँगे लगा रहे थे। कापालिक के दो शिष्य उसके पीछे दौड़ रहे थे। पर विशाख दौड़ने में तेज था।

गाँव आने लगा, तो उसे कोई शाकटिक शकट हाँक कर बस्ती की ओर जाता दिखा। उसने हाँफते हुए आतुर स्वर में शाकटिक से कहा—'भैया, मुझे बिठा लो!'

'अरे विप्रवर्य, कहाँ से आ रहे हैं, आप तो घबराये से दिखते हैं...क्या कुछ अनर्थ हुआ?'

अब विशाख ने उसे पहचाना। यह तो सोड्ढल था। ठक्कुर का ही शाकटिक, जो गाथाएँ भी बहुत अच्छे कंठ से गाता है।

विशाख अपनी साँसें संयमित करता हुआ कुछ क्षण चुप खड़ा रहा। सोड्ढल

चिन्तित उसे देखता रहा। फिर स्वस्थ होकर विशाख ने कहा— 'कोई अनर्थ की बात नहीं...चलो घर चलते हैं।'

रात में सोने से पहले उसने सूत जी को यह सारी घटना बताई। सूत जी ने सुन कर गम्भीर स्वर में कहा—'विशाख, यह तुम क्या कर बैठे! इतनी दूर तुम्हें जाना ही नहीं चाहिए और अकेले तो बिल्कुल भी नहीं। यह घोर कलिकाल आ गया है। भगवान व्यास ने तो कहा ही है—कलिकाल में पाखंडी और तान्त्रिक स्वैराचार करेगें। तो इनसे हमें कौन बचायेगा? इनसे हमें वासुदेव बचायेगा।'

सूत जी का स्वभाव ऐसा है कि उनके पेट में कोई बात पचती नहीं है। सो अगले दिन उन्होंने यह सारी बात ठक्कुर को बता दी। सुनकर ठक्कुर ने कहा—अरे हम जानते हैं उस कापालिक को। वह वास्तव में एक लुटेरा है। पास के गाँव में रह कर लूटपाट करता रहता था। एक बार राजपुरुषों ने पकड़ लिया, और काशी के कारागार में रहा वह। कारागार से राजमाता के जन्मदिन के उत्सव में कई बन्दियों को छोड़ा गया, तो यह भी छूट गया। तो वहीं रहा काशी में कई दिन और कोई तान्त्रिक भैरवानन्द थे काशी में...उनसे दीक्षा ले ली। लम्बकर्ण नाम है उसका। दो शिष्य हैं। पहले तीन और भी थे, पर इन लोगों में आपस में झगड़ा हो गया, तो तीन तो लम्बकर्ण की विपुल सम्पदा लेकर चम्पत हो गये। फिर भी भेदिये बताते हैं कि भैरव मन्दिर में अभी भी बहुत रत्न और स्वर्ण को दबा कर रखा हुआ है लम्बकर्ण ने। अस्तु, मैं तो कुछ कर नहीं सकता, समाहर्ता यहाँ आता है सप्ताह में दो दिन जब वह आयेगा, तो उसे सब बता कर इस दुष्ट तान्त्रिक को यहाँ से हटवाऊँगा...

'इतनी सम्पदा आई कहाँ से उस तान्त्रिक के पास?'—सूत जी ने पूछा।

'पहले यह चोरी और तस्करी किया करता था। उस समय की चोरी और लूटपाट का धन छिपा कर भैरव मन्दिर के एक तहखाने में रख दिया था इसने। बहुत पहले महानन्द नाम के एक योगी इस भैरव मन्दिर में रहते थे। वे सच्चे योगी थे। इस नीच ने उनकी हत्या कर दी—ऐसा लोग कहते हैं..., पर प्रचार यह किया कि मेरे गुरु योगी महानन्द ने समाधि ले ली है। विप्रदेव को वहाँ कदापि नहीं जाना चाहिए। व्यास मुनि ने सत्य कहा है—ये कापालिक दुराचारी और स्वैराचारी हैं। एक भैरवी भी थी इनके पास...पर बाद में वह भाग गयी, वह विवाह करके कहीं छिप कर रहती है। वह दुष्ट कापालिक गाँव के लोगों को भ्रमित करता रहता है, वंचित करता है। उसका धर्म क्या? वंचना ही उसका धर्म.. पर संसार में ऐसे भी मूर्ख हैं जो ऐसे पाखंडियों के फेर में पड़ जाते हैं...

विशाख को भद्रपुरी में आये प्रायः एक माह बीत गया। कई लोगों से उसका परिचय

हो गया। और सारा भद्रपुरी गाँव तो उसे पहचनाता ही है। सूत जी के पुराणाख्यान में सहस्त्रों नर-नारी एकत्र होते हैं। नदी में स्नान के लिए जाते समय भी अनेक लोग मिलते हैं। सनातन सूत का आदर गाँव में बढ़ता जा रहा है, उसके साथ विशाख को भी ग्राम के लोग अब श्रद्धा भाव से देखते हैं।

ठक्कुर भी विशाख के वैदुष्य से प्रभावित होकर उसके प्रति पहले से अधिक आदर भाव रखने लगे हैं। उस दिन अग्निहोत्र करना था, गाँव में कोई अग्निहोत्र भी नहीं करता। एक डिंडिम पंडित हैं, वे होम कराते हैं। ठक्कुर ने डिंडिम पंडित को बुलवाया, पर उसने कहलवा दिया कि उसे अन्यत्र काम है। ठक्कुर के अनुरोध से विशाख ने अग्निहोत्र करा दिया। अरणियाँ चुनने में सूत जी ने बहुत उत्साह से सहायता की। अरणिमन्थन करते हुए विशाख को सौम्यदेव का स्मृति बार-बार आई। उन्होंने अरणिमन्थन सिखा कर कठोपनिषद् के साथ यह मन्त्र भी सिखाया था—

अरण्योर्निहितो जातवेदा गर्भ इव सुभृतो गर्भिणीभिः।
दिवे दिव ईड्यो जागृवद्भिर्हविष्मद्भिर्मनुष्येभिरग्निः।।

ठक्कुर बहुत प्रसन्न थे, कहने लगे—श्रोत्रियपुत्र ने सब कुछ विधिपूर्व करा दिया वह डिंडिम तो मिथ्या पंडित है। उसे कुछ आता भी नहीं है...

विशाख होमविधि पूरी करके उठा, तो सूत जी ने कहा—विशाख, अरणिमन्थन करते हुए तुमने जो मन्त्र बोला, उसका अर्थ तो मैं न समझ सका, पर वसिष्ठ ऋषि का एक वचन मुझे स्मरण आ गया। अरणियों के विषय में...'

'कैसा वचन?'

सूत जी यह श्लोक कहा—

स्वदेहमरणिं कृत्वा प्रणवं चोत्तरारणिम्।
ध्याननिर्मन्थनाभ्यासाद् देवं पश्येन्निगूढवत्।।

सुनकर विशाख चौंका। उसने कहा—'तात, यह श्लोक तो मुझे ईश्वरकृष्ण ने बताया था...उनकी परम्परा में एक उपनषनिद् है श्वेताश्वतर ऋषि का। उसमें यह श्लोक है।'

'तब तो...हमारी और तुम्हारी परम्पराएँ एक हो गयीं। यह तो बड़ा आनन्द है!'—कहकर सूत हँसे।

जैसे-जैसे सूत जी की और उसकी साख भद्रपुरी में बढ़ती जा रही है, विशाख को लगने लगा है कि यहाँ सब कुछ ठीक नहीं है। भीतर ही भीतर से भद्रपुरी विकल है। कई लोग सूत जी से चिढ़ते हैं। डिंडिम पंडित भी उनमें से एक है।

अपराह्ण में भोजन करके ठक्कुर सूतवर्य और विशाख के साथ बैठकर बातचीत कर रहे थे। बात डिंडिम पंडित पर जा टिकी।

'क्या करें, एक ही ग्राम याजक है यहाँ यह डिंडिम पंडित। वही स्त्रीयाजक भी है।' - ठक्कुर कह रहे थे।

'स्त्रीयाजक? वह क्या होता है?'—विशाख ने पूछा।

'स्त्रियों का याजक स्त्रीयाजक है। विशाख, तुम इतने बड़े ज्ञानी हो, पर कई बातें हम जानते हैं, तुम नहीं जानते। बड़ा आनन्द हुआ!' सूत जी ने हँसते हुए कहने लगे।

'मुझे भी स्मरण आ गया'—विशाख ने कहा—'हाँ, स्त्रीयाजक भी होता है। गौतम ऋषि ने अपने धर्मशास्त्र में लिखा है—स्त्रीयाजक को भोजन के लिए निमन्त्रित न करें, क्योंकि स्त्रियों को यजन कराने वाला तो पापी होता है।'

'न, न! गौतम ऋषि कुछ भी कहें। मैं तो समझता हूँ कि जो स्त्रियों को यजन कराता है, वह पुण्यात्मा है।'

'किसने कह दिया ऐसा...आपके आराध्य वासुदेव कृष्ण ने या भगवान व्यास ने?'

सूत जी हँसे। 'सारा धर्मतत्त्व भगवान व्यास या वासुदेव ही बता दें—यह आवश्यक तो नहीं। भगवान व्यास ने तो कह ही दिया था कि जो हम से छूट गया, वह हमारे शिष्य बतायेंगे। तो परम्परा से हम भी तो व्यास शिष्य हैं। तो समझ की यह एक व्यासशिष्य का वचन है।'

'तो यह सनातनवाक्य है, अथवा सनातन धर्म कि जो स्त्रियों को यज्ञ कराये, वह परम पुण्यात्मा है। पर आप भगवान व्यास के शिष्य हुए कैसे यह समझ में नहीं आया!'

'कहा न! हम साक्षात शिष्य नहीं हैं भगवान व्यास के! परम्परा से शिष्य हैं।'

'वही तो पूछ रहा हूँ! परम्परा से भी आप कैसे हुए उनके शिष्य?'

'व्यास के पाँच शिष्य हुए। पुराण में कहा है—

'वेदानध्यापयामास साङ्गनाख्यानपञ्चमान्।
सुमन्तुं जैमिनिं पैलं शुकं चैव स्वमात्मजम्।
प्रभुर्वरिष्ठो वरदो वैशम्पायनमेव च।
संहितास्तैः पृथक्त्वेन भारतस्य प्रकाशिताः।।

'इन पाँचों में वैशम्पायन के एक शिष्य थे रोमहर्षण सूत । रोमहर्षण की वंश परम्परा में छब्बीसवीं पीढ़ी में हम हैं। रोमहर्षण के छह शिष्य थे और पुत्र उनके थे उग्रश्रवा। इन्हीं उग्रश्रवा ने नैमिषारण्य में अठासी हजार मुनियों के लिए पुराणप्रवचन किया। मुनिजनों ने उन्हें व्यासपीठ पर बिठाया था ऊपर और स्वयं नीचे बैठ कर उग्रश्रवा से पुराण सुनते थे। एक बार वासुदेव कृष्ण के बड़े भाई बलराम वहाँ आ पहुँचे। मुनियों के सामने ऊँचे आसन पर एक सूत को बैठा देखा, तो वे क्रोध में

फनफना उठे। चिल्लाकर बोले—अरे प्रवचन कर रहा है, तो नीचे बैठ कर कर। सूत होकर मुनियों के ऊपर कैसे बैठ गया? उग्रश्रवा तो पुराणप्रवचन में तल्लीन थे। वे बलराम की बात सुन न पाये। बलराम ने क्रोध के आवेश में उनके ऊपर अपना हल दे मारा। उग्रश्रवा वहीं समाप्त हो गये। तब शौनक आदि मुनिजन बलराम पर बहुत क्रुद्ध हुए, और उन लोगों ने बलराम को आदेश दिया कि तुम्हें ब्रह्महत्या का प्रायश्चित करना होगा। अस्तु, उन्हीं रोमहर्षण और उग्रश्रवा आदि सूतों के वंश में मेरा जन्म हुआ इसलिए मैं सनातन सूत भगवान कृष्णद्वैपायन व्यास की साक्षात शिष्यपरम्परा में आता हूँ।'

ठक्कुर दोनों की यह बातचीत बड़े ध्यान से सुन रहे थे। अब वे माथे पर अंजलि रखकर बोले—'जैसा विप्रवर ने प्रश्न किया, जिस तरह व्यास मुनि ने उत्तर दिया, उससे मुझे भी कुछ कुछ ज्ञान मिला। आप दोनों पूज्य हैं। पर वह स्त्रीयाजक डिंडिम अच्छा व्यक्ति नहीं है।'

डिंडिम स्त्रीयाजक का नाम है। डिंडिम पंडित भी उसे लोग बुलाते हैं।

ठक्कुर बताने लगे—'डिंडिम पंडित की भद्रपुरी में कोई प्रतिष्ठा नहीं है, स्त्रियों में अवश्य उनका मान है। वास्तव में वेदमित्र नाम के एक सोमपीथी श्रोत्रिय पहले भद्रपुरी में थे, उनकी बड़ी प्रतिष्ठा थी, उनके आगे डिंडिम पंडित को कोई पूछता न था। एक बार जंबाल नाम के एक बनिये का निधन हो गया, उसके कोई पुत्र न था। उसकी पत्नी शंबा ने कहा—यह मेरी बेटी है शैवलिनी। इसे मेरे पति ने और मैंने पुत्र की तरह माना है। यह मेरे पति का और्ध्वदेहिक कृत्य करेगी। वेदमित्र ने इस का सर्वथा निषेध किया। कहा कि यह कन्या है और्ध्वदेहिक या नान्दी श्राद्ध नहीं कर सकती। तब डिंडिम पंडित ने कहा—वेदमित्र कुछ तो भी कह रहे हैं, धर्मशास्त्र की व्यवस्था वे नहीं जानते। मेरे अनुसार यह कन्या शैवलिनी और्ध्वदेहिक और नान्दी श्राद्ध कर सकती है।...इस बात को लेकर भद्रपुरी में बड़ा विवाद छिड़ गया। काशी से पंडित बुलाये गये। उन्होंने भी कहा कि यह तो उचित नहीं है। पर उनकी तेषा व्यवस्था का अनादर करके डिंडिम पंडित शैवलिनी से सारा मरणोत्तर विधान और श्राद्ध करवा लिया।'

इतना कह कर ठक्कुर ने एक क्षण बींधती दृष्टि से विशाख और फिर सूत जी को देखा, फिर कहा—'मुनिवर, स्त्रियों को यज्ञ का अधिकार है या नहीं—इसका निर्णय तो विद्वज्जन करेंगे, पर यह डिंडिम पंडित दुश्चरित्र है। बाद में यह बात भी खुल गयी कि इसका तो अनुचित सम्बन्ध भी था उस वणिक् की स्त्री शंबा से...' कहते-कहते वे चुप हो गये।

सूत जी ने कहा—'अच्छा? मैंने सोचा कि वह पंडित है तो चरित्र तो उत्तम ही होगा उसका...'

ठक्कुर ने कहा—'स्त्रियाँ उसकी यजमान हैं। वह उनके कई काम भी कर देता है। जब वह काशी जाता है, तो उनके लिए शृंगार की सामग्री ले आता है।'

एक दिन जब विशाख सूत जी के साथ स्नान करने नदी पहुँचा, तो कोई व्यक्ति जंगली विडाल की तरह गुर्राने जैसे स्वर में चिल्ला चिल्लाकर संध्या कर रहा था, ठक्कुर ने बताया कि यही डिंडिम पंडित है। अत्यन्त कर्कश स्वर में संध्या करके वह टेढी दृष्टि से विशाख और सूत जी को देखता हुआ ऊँट के जैसी चाल से तेजी से चला गया।

सूत जी के साथ दीर्घ चर्चाओं से विशाख कई बार उद्विग्न हो जाता। उसके मन में आता—'मेरा समय यहाँ व्यर्थ जा रहा है। मुझे आगे जाना था, यहीं अटक गया। सूत जी ने मेरी गति ही रोक ली। सूत जी के लिए उसके लिए मन में कभी चिढ़ होती, कभी बड़ा सम्मान भाव भी आता। सूत जी का स्वभाव ही ऐसा था—वे बातें बडी़ लम्बी करते, बीच-बीच में कोई आख्यान सुनाने लगते। विशाख जब ऊबने लगता, तो वे कहते—हमारी यही शैली है—व्यासशैली। भगवान व्यास हमारे गुरु हैं। तो हम समास शैली मे नहीं बोल सकते। हमें तो निरक्षर और अपंडित लोगों को बोध कराना होता है, उनके लिए ज्ञान की गंगा बहानी होती है, तो इस गंगा में मार्ग के कंकर पत्थर मिट्टी सब मिलती जाती है...'

विशाख कहता—'कई बार आप ज्ञानगंगा में अपद्रव्यों का मिश्रण अधिक कर देते हैं...'

विशाख के सात्विक रोष पर वे हँसने लगते। एक बार जब वह उनसे बहुत तेज बहस कर रहा था, तो उन्होंने उसके कन्धों पर दोनों हाथ रखकर कहा—'जितनी बड़ी काया है, उससे बड़ा रोष। विशाख, तुम्हारे मन में इतना क्रोध क्यों हैं?'

विशाख कुछ लज्जित होकर बोला—'क्या करूँ? क्रोध मेरा नाश कर डालेगा—यह एक बार मेरे गुरु ईश्वरकृष्ण ने भी कहा था। पर इस क्रोध का नियन्त्रण मैं नहीं कर पाता...'

'जानते हो वासुदेव ने क्या कहा है?'

'ओह! फिर वही वासुदेव! यह आपको छोड़ेगा नहीं!'

'वह मुझे छोड़े या न छोड़े... मैं उसे न छोड़ूँगा.. '

'अस्तु। क्या कहते हैं आपके वासुदेव?'

'वह कहते हैं कि क्रोध को अपने आप से ही वश में रखे अन्यथा क्रोध से सम्मोह होगा, सम्मोह से स्मृतिनाश, और उससे बुद्धिनाश होगा। बुद्धिनाश होने पर सर्वनाश हो जाएगा।'

'वासुदेव का यह कथन उचित नहीं है। देखिये मैं क्रोध करता हूँ पर मेरा स्मृतिनाश नहीं हुआ।'

'अब तुम्हारे साथ कौन विवाद करे? '

विशाख ने कहा—'हे तात! मैंने इन दिनों इस बात को लेकर भी विचार किया कि मेरे भीतर इतना रोष कैसे भरा हुआ है। इसके तीन कारण समझ में आये—एक तो आयुर्वेद बताता है कि शरीर में वात, पित्त और कफ ये तीन धातु हैं। इनकी घट बढ से मनुष्य की प्रकृति निर्धारित होती है। आपको मैं देखता हूँ आप कफ प्रकृति के हैं...कफ प्रकति के लोग भावुक होते हैं या शान्त स्वभाव के होते हैं। मैं पित्तप्रकृति का हूँ। पित्तप्रकृति के लोग उग्र होते हैं...'

'कहना चाहिए—उग्र, प्रचण्ड और भीषणतर्कपरायण!'

विशाख हँसने लगा। सूत जी ने पूछा—'और वात प्रकृति के लोग कैसे होते हैं?'

'वात प्रकृति के लोग? समझ लीजिये जैसे हमारे ठक्कुरराज!'

सुनकर सूत जी ठहाका मार कर हँसे। फिर बोले—'बड़ा आनन्द आया! तो एक तो यह कारण हुआ श्रीमान् जी के क्रोधशील स्वभाव का—पित्तप्रकृति होना। शेष दो कारण कौन से हैं?'

'दूसरा कारण यह हो सकता है कि मैं अपनी विद्या पूरी न कर पाया। विद्या से विनय आता है—ऐसा कहते हैं। पर विनय है क्या? विनय का अर्थ केवल झुकते जाना नहीं है। विनय का अर्थ हुआ विशिष्ट नय। तो विशिष्टता क्या होगी और नय क्या होगा—यह विचार करना चाहिए...'

सूत जी ने उसे बीच में रोक कर दोनों हाथ जोड़कर कृत्रिम विनय प्रदर्शित करते हुए कहा—'बस-बस बहुत हुआ महापण्डितप्रवर! विनय का इतना लम्बा चौड़ा स्वरूप हमें नहीं जानना। आपकी विद्या पूरी नहीं हुई है—हम तो यह बात नहीं मानेगें। आपके जैसा विद्यासम्पन्न तो मिलना ही कठिन है...'

'इस भद्रपुरी ग्राम में तो मिलना अवश्य कठिन है!'—कहकर विशाख भी ऊँचे स्वर में हँसा। फिर बोला—'विद्यासम्पन्न तो मैं हूँ, पर विनयसम्पन्न नहीं हूँ!'

'अच्छा तो तीसरा कारण क्या रहा श्रीमान् जी के रोषावेगों का?'

'तीसरा कारण? तीसरा कारण मैं यह समझता हूँ कि बाल्यकाल में ही मैं माँ से वियुक्त हो गया। आप अपने आख्यान में वासुदेव के चरित्र का बखान करते हैं। वासुदेव इतने महान कैसे हो गये—आपने सोचा? उनको पूरा-पूरा माँ का स्नेह मिला केवल एक माँ का नहीं दो-दो का—यह तो आपने ही बताया था!'

सूत जी स्थिर दृष्टि से विशाख को देखते रहे। फिर धीरे-धीरे उन्होंने कहा—'स्नेह की धार रिक्त पात्र में ही समा सकती है। अरिक्त में नहीं। हम अपना अन्त:करण उलीच कर निर्मल हो जाते हैं, तो स्नेह की धाराएँ उसकी ओर बहती हुई आ जाती हैं...'

जैसे-जैसे सरस्वती भवन में होने वाले समाज का जमावड़ा बढता जा रहा था, विशाख उसे लेकर भीतर ही भीतर उद्विग्न होने लगा था। इतने लोगों की भीड़ देख कर उसके मन में आशंकाएँ डोलने लगतीं। उसके साथ भैरव मन्दिर जो जिन तीन क़ापालिकों से उस दिन उसकी मुठभेड़ हो गयी थी, उनकी काली पिशाची छायाएँ मन के परिसर में मँडरातीं...उनका आक्रोश मन में गूँजता रहता..

पर सूत जी की लोकप्रियता दिन पर दिन बढ़ती जा रही थी। उनके आख्यान से भद्रपुरी ही बदल गयी थी। आख्यान में नित्य ही आनन्द कुछ अधिक होता जाता। 'महान आनन्द है!'—अपना यह जिह्वाशायी वाक्य सूत जी पहले से अधिक बार दोहराते थे। वासुदेव कृष्ण के चरित्र में बीच-बीच में गाथाएँ पहले के आख्यानों से अधिक गाई जातीं।

कल उन्होंने गोपियों के साथ कृष्ण की लीला का बखान करते हुए राधा की पहली बार चर्चा की। इसी प्रसंग में उन्होंने यह गाथा गाई –

मुखमारुएण तं कण्ह गोरअं राहिआए अवणेन्तो।
ताणं वल्लवीणं अण्णाण वि गोरअं हरसि।।

कृष्ण मुँह से फूँक मारते हुए राधिका के एक नयन में गिर गये गोरज के कण को हटा रहे हैं। बाकी गोपियाँ डाह में भरी हुई ताक रही हैं। वे सोचती हैं कि हमारी आँखों में यह धूल क्यों न गिर पड़ी...

सुन-सुन कर लोग हँस-हँस कर लोटपोट हो रहे हैं, कोई-कोई तो खड़े होकर उन्मत्त की तरह नाचने लगे हैं। विशाख आनन्द के इस सागर के किनारे खडा़ है। उसे वासुदेव कृष्ण की ये सब लीलाएँ पसन्द नहीं। पर लोगों को इन्हीं में बडा़ आनन्द आता है। इसी प्रसंग में सूत जी ने यह गाथा भी गाई थी—

णच्चणसलाहणणिहेण पासपरिसंछिआ णिउणगोवी।
सरिसगोविआणं चुंबइ कवोलपडिमागअं कण्हं।।

नृत्य की प्रशंसा के बहाने से कोई गोपी नृत्यनिरत अपनी सखी के कपोल पर प्रतिबिम्बित कृष्ण को चूम रही है।

ऐसे आख्यानों के पश्चात सरस्वती भवन से लौटते हुए विशाख चिढ़ कर सूत जी से विवाद करने लगता। 'यह कोई बात हुई? गोपी का कपोल न हुआ दर्पण हो गया, जिस पर कृष्ण प्रतिबिम्बित हो गये—ऐसा भला होता है? और जो गोपी कपोल प्रतिबिम्बित कृष्ण को चूम रही है, वह तो एकदम मूर्ख ही है...!'

उसका रोषआवेग और उत्तेजना देख कर सूत जी हँसते, फिर कहते—'बड़ा आनन्द आया!'

सूत जी के साथ इसी तरह कभी वाद, विवाद और संवाद कभी जल्प और वितंडा करते हुए विशाख को पता नहीं चला कितने दिन भद्रपुरी में यों बीत गये। सूत जी के लिए भी उसका साथ बहुत अनिवार्य हो गया था। भद्रपुरी के लोग कहते—'देखो, अचानक ही व्यासमुनि को यह ब्राह्मण बालक मिल गया, और दोनों का साथ ऐसा हो गया जैसे जन्म-जन्मान्तर का सम्बन्ध हो।'

विशाख जब वितण्डा का विस्तार करने लगता या कुतर्क करता, तो कभी-कभी ऐसे अवसरों पर सूत जी इतना कटु उत्तर दे देते कि वह विषाक्त बाण की तरह विशाख के मर्म पर चुभता रह जाता। उसके मन में उनके प्रति द्वेष पलने लगता, क्रोध के साँफ फनफना उठते, द्रोह की भावना जगने लगती। इन सब के साथ उनको लेकर मन में सदा एक स्पृहा का भाव भी रहता। एक बार सूत जी ने कहा—'विशाख, तुम मुकुरमन्दिर के बीच स्थित वानर की तरह हो।'

'आप मुझे वानर कह रहे हैं! यह मुकुरमन्दिर क्या है?'

'मुकुरमन्दिर की कथा नहीं जानते? मुकुर कहते हैं दर्पण को। मुकुरमन्दिर की कथा भी भगवान व्यास ने बताई है। सुनो। वाराणसी में ब्रह्मदत्त नाम का राजा था। उसकी रानी को बनाव-सिंगार से बड़ा चाव और लगाव था। अपनी इस पटरानी के लिए ब्रह्मदत्त राजा ने मुकुरमन्दिर बनवाया। मुकुरमन्दिर समझो ऐसा भवन है, जिसमें सारी भित्तियों में दर्पण ही दर्पण हों, मुकुरमन्दिर में आप खड़े हो जाइये या बैठ जाइये तो आप अपने बिम्बों के अनन्त प्रतिबिम्ब और उन प्रतिबिम्बों के पुनः असंख्य प्रतिबिम्ब देखते रह जाएँगे, माथा फिर जाएगा। आप को आप ही आप दिखेंगे, आपकी अनन्त छवियाँ, ऐसा लगेगा कि सारे ब्रह्मांड में आप ही छाये हुए हैं। राजा ब्रह्मदत्त की पटरानी मुकुरमन्दिर में विराजी अपनी अनन्त छवियाँ मुग्ध होकर निहारती और प्रसन्न होती। वह रूपगर्विता थी।

'एक बार उस मुकुरमन्दिर कोई वानर घुस गया। घुसते ही उसने चारों ओर अपने बिम्ब और प्रतिबिम्ब देखे। वानर दिग्भ्रमित हो गया, बाहर निकलने का तो मार्ग उसे न दिखे, और जिधर जाए, उधर उसे लगे कि सैंकडों वानर उस पर हमला करने को चले आ रहे हैं। अब वह सोचे कि मैं कैसे स्थान पर आ गया, यहाँ तो असंख्य वानर हैं, तो मुझ पर हमला करने को सब ओर से दौड़े चले आ रहे हैं। वह वानरों के खिखिया खिखिया कर जितना दूर भगाना चाहता, वे उतना ही पास आकर उससे कई गुना अधिक खिखियाते।

'हमारी चेतना भी दर्पण है। हम अपना प्रतिबिम्ब उसमें देखते हैं। पर कई बार हम भूल जाते हैं कि ये हमारे ही तो प्रतिबिम्ब हैं। तुम अपनी चेतना के मुकुरमन्दिर में खड़े अपने ही असंख्य प्रतिबिम्ब देखते रहते हो। फिर तुम्हें लगता है वे दूसरे लोग हैं, जबकि वे सब तुम ही हो! तुम उन्हें अपने से अलग मान कर उन पर प्रहार

करते रहते हो, उनका विध्वंस करना चाहते हो, इस तरह तुम अपने आप पर ही प्रहार करके अपने आप को घायल करते रहते हो...'

यह कहकर सूत जी कुछ मुस्कान के साथ आशंका का अभिनय करते हुए विशाख को ताकते रह गये मानों विशाख अब उनके ऊपर प्रहार करेगा।

'तो यह मुकुरमन्दिर में कथा भी भगवान व्यास ने कही है? भगवान व्यास ऐसी कथा क्यों कहेगें? आपके लिए तो सब कुछ व्यास का उच्छिष्ट है, तो अनुच्छिष्ट भी कुछ रह गया है या नहीं?'

विशाख, तुम सचमुच विशाख ही हो। विशाख शब्द का अर्थ जानते हो?'

'कौन सा अर्थ है?'

'जो शाखाहीन है वह विशाख है। विगत हैं शाखाएँ जिसकी वह विशाख है। शाखा क्या है? शाखा तो सम्प्रदाय को कहते हैं। सम्प्रदाय क्या है? सम्प्रदाय परम्परा है। तुम्हारी शाखा नहीं है, सम्प्रदाय तुम छोड़ चुके। गुरु तुम्हें मिला नहीं। गुरु खोजते हुए तुम भटक रहे हो। जिस पर गुरु तुम किसी को मानना नहीं चाहते...'

विशाख एक क्षण सूत जी को घूरता रह गया। फिर बोला—'चलिए, मान लिया कि मैं वैसा ही हूँ जैसा आप कह रहे हैं, तो फिर यह भी बता दीजिये कि मेरा भविष्य क्या है?'

'यह प्रश्न है या मेरे ऊपर आक्षेप?'

'प्रश्न ही कर रहा हूँ!'—विशाख ने कुछ उत्तेजित होकर कहा—'शाखारहित सम्प्रदायविहीन परम्पराच्युत और गुरुकृपावंचित इस बिचारे विशाख की क्या गति होगी यह भी आप ही बता दीजिये...'

'वासुदेव कृष्ण कहते हैं कि शाखा हो या न हो, सम्प्रदाय हो या न हो, वेद का ज्ञान भी हो या न हो। गुरु नहीं है, तब भी कोई हानि नहीं। मनुष्य स्वयं ही अपना गुरु है। कोई किसी का गुरु नहीं होता। मनुष्य अपना गुरु स्वयं है। अपने आप को अपने से ही उबारे। आत्मा ही अन्धकूप है। आत्मा ही रस्सी है। आत्मा ही घट है। आत्मा के कुए से आत्मा की रस्सी में बाँध कर अपनी आत्मा के घट को उबार लेना होगा।'

सुनकर विशाख जोर से हँस पड़ा। सनातन सूत ने पूछा—'क्या मैं श्रीमान के हास्य का कारण जान सकता हूँ?'

विशाख ने हँसी रोक कर विनोद के साथ कहा—'फिर वासुदेव के रोग ने आपको धर पकड़ा! कौन तो यह वासुदेव है, और पता नहीं क्या वह कह रहा है! पता नहीं किस कूप मे वह हमें ले जाकर गिरायेगा, जिससे हम निकल सकेंगे या नहीं...वासुदेव के लिए तो वेद भी प्रमाण नहीं हैं—मुझे लगता है !'

'वेदों से जितना प्रयोजन सध सके, उतना ही उनसे प्रयोजन रखना चाहिए...वेद

तो महासरोवर हैं। महासरोवर से जितना जल हमें चाहिए, उतना ही तो हम लेंगे। वेद का विषय त्रैगुण्य है। वासुदेव कृष्ण कहते हैं कि हे अर्जुन तू निस्त्रैगुण्य बन। तो यदि संसार के प्रपंच से मुक्ति चाहिए, तो निस्त्रैगुण्य बनना होगा न...'

विशाख ने कुछ चिढ़कर कहा—इसका तो अर्थ यह हुआ कि यह वासुदेव कृष्ण वेदनिन्दक भी है। गुरु को वह निरर्थक मानता है। जो वेद का खंडन करे और गुरु को न माने, उसमें श्रद्धा कैसे होगी? और यह जो आप ने कहा कि जिसकी कोई शाखा नहीं वह विशाख है, तो यह तो निरुक्ति ही असत है। निरुक्तकार क्या कहते हैं आप जानते हैं? विशिष्ट शाखा जिसकी है, वह हुआ विशाख!'

विशाख का रोषावेश देखकर सूत जी चुप रह गये। फिर धीरे बहुत कमजोर से स्वर में बोले—'विशाख, मैं ठहरा अल्पज्ञ सूत। तुम तो ज्ञानी हो। निरुक्त भी कोई ग्रन्थ है—यह मुझे तुमसे ही पता चला। हम लोग तो तुम्हारे जैसे पंडितों से जो कुछ सुनते हैं, वह इतना ठोस होता है कि उसमें कुछ कथा का घोल मिलाकर उसे रसमय बना कर अपने आख्यानों में जनता को बताते रहते हैं। मैंने जो कुछ कहा वह सब विनोद था। उसमें न कोई सत्य है न तथ्य।'

उनके विनय से विशाख विगलित हो गया। उसने कहा—'आर्य, मैं तो आपके सामने बालक ही हूँ। यदि मैंने कुछ अनुचित कह दिया हो, तो मुझे बालक मान कर आप क्षमा कर दीजिये...'

उस रात विशाख ठीक से सो न सका। मन में लक्ष्मणपुर की स्मृतियाँ खदबदाती रहीं। मल्लिका का कहना—'बालक, मैं पिशाची नहीं हूँ...' फिर उसका रोना...पिता का घर छोड़ कर संन्यास ले लेना...उसका सारा कुटुम्ब ही नष्ट हो गया...उसकी स्थिति तो शिलालि के जैसी हो गयी है...

शिलालि लक्ष्मणपुर ग्राम में ब्रह्मचारी था। उसे सब ब्रह्मचारिन कहकर बुलाते थे। वह सोमपीथियों के कुल में जन्मा, पर जन्म से ही अनाथ और अनाश्रित हो गया। वह भिक्षा माँग कर जीवन निर्वाह करता था। एक बार श्रेष्ठी सुवदन ने सोमयाग करवाया। गोमती के तट पर यज्ञमंडप बनवाया गया। यज्ञवेदिका बनाने के लिए सूत जी को ही बुलवाया गया था। अध्वर्यु ने पूछा कि सोमयाग में ब्रह्मचारी चाहिए, ब्रह्मचारी कौन होगा? विशाख के पिता भी इसी सोमयाग में होता थे। उन्होंने कहा—'ब्रह्मचारी तो है हमारे ही गाँव लक्ष्मणपुर में पुंश्चली भी है।'

उस सोमयाग की कुछ ही स्मृतियाँ विशाख के मन में बची हैं। सोमयाग ब्रह्मचारी और पुंश्चली का संवाद होता है। उस संवाद के कुछ वाक्य उसे याद आ रहे हैं। पुंश्चली ब्रह्मचारी से कहती है—'दुश्चरितिन् अवकीर्णिन् (हर कहीं अपना वीर्य गिराने वाले)!'

ब्रह्मचारी उत्तर की ओर मुख करके खड़ा है। वह वैसा ही खड़ा हुआ पुंश्चली

से कहता है—'धिक् त्वां जाल्मि पुरुषस्य पुरुषस्य शिश्नपुणेजनि...'

विशाख ने अपने पिता की ओर देखा। वे इस तरह आहुतिविधान में लगे हुए थे, जैसे पुंश्चली और ब्रह्मचारी के संवाद से उन्हें कुछ लेना देना न हो। अध्वर्यु बीच-बीच में संवादों पर मुस्का देते। शेष लोग तालियाँ पीट रहे थे, खिल खिल कर हँस रहे थे। उद्गाता भी उनके साथ हँस रहा था।

विशाख की आयु उस समय चार वर्ष की रही होगी। वह आश्चर्यचकित दोनों को संवाद बोलते देखता रह गया था। ब्रह्मचारी शिलालि जो कुछ बोल रहा था, और पुंश्चली उससे विवाद करती हुई तड़ाक से उत्तर दे रही थी, उनके संवादों का अर्थ वह उस दिन तो नहीं समझ पाया। पर इतना तो उस दिन भी समझ गया था कि वे शिष्ट शब्द नहीं है। इस तरह के शब्दों से ये दोनों एक दूसरे को क्यों सम्बोधित कर रहे हैं, ये दोनों परस्पर विवाद ही क्यों कर रहे हैं—यह वह नहीं समझ पाया।

बाद में गुरुकुल में जब सोमयोग की प्रक्रिया गुरु सौम्यदेव बता रहे थे, तो उसने उनसे पूछा—पुंश्चली ब्रह्मचारी को दुश्चरित क्यों कहती है? अवकीर्णी का क्या अर्थ है?

सौम्यदेव ने कहा—'अरे मूढमते, सोमयाग की विधि है। इसमें अर्थ और आशय क्या खोजना? विधि का आशय नहीं पूछा जाता!'

अब भी उसके मन में ब्रह्मचारीपुंश्चलीसंवाद के शब्द घूमते हैं। पाप के विचार मन में आने लगतें हैं। विशाख अपने आप को धिक्कारते हुए कहता—'ऐसे विचार मन में कैसे आ जाते हैं, मेरा इन पर नियन्त्रण क्यों नहीं? वह बार बार उन्हें मन के कोनों से कचरे की तरह बुहार कर फैंक देता और वे फिर उड़ते हुए भीतर घुस आते...फिर वह संकल्प लेता कि वह ऐसे विचारों को भीतर आने नहीं देगा...

दूसरे दिन जल्दी उठकर उसने पुरुषसूक्त और रुद्राष्टाध्यायी का पाठ किया। संकल्प लिया कि एक माह तक तप करूँगा। तप का अर्थ है—मन, वचन काया से ब्रह्मचर्य का पालन, सत्यवचन, सवन के समय यव का स्पर्श, आर्द्र वस्त्र पहन कर रहना और धरती पर नीचे सोना...

सूत जी के आख्यान में भीड़ बहुत होने लगी थी। उनके कथनों पर लोग हँसते, रोते, पर एकाकी कोई न रोता, न एकाकी कोई हँसता। आख्यान में लोगों का मेला बनता जाता, उनकी हँसी एक दूसरे से टकराती, उनके आँसू दूसरे से मिलते, इनके मन के तार जुड़ते। उनकी चेतना एकाकार होती जाती।

ऐसे में विशाख का मन भद्रपुरी से जाने के लिए और आकुल होने लगता। 'यहाँ से कब निकल पाऊँगा? यह भद्रपुरी मेरी विरामभूमि नहीं है.. यह कुछ समय के लिए मेरा शिविर बन गयी है, यहाँ रहकर मैंने बहुत जाना, बहुत पाया, पर यह

मेरी यात्रा का एक पड़ाव है।'—वह सोचता।

कभी-कभी वह बचपने के कारण बहुत अधिक क्रोध दिखाता हुआ सूत जी से विवाद करने लगता, कभी-कभी उद्विग्न होकर उनसे बातचीत करना बन्द कर देता। सनातन सूत ऐसे अवसरों पर उस पर लाड़ बरसाते उसे मनाते, कहते—'वत्स, कुपित मत हो, देखो, मैं ठहरा केवल एक सूत। मैं तुम्हारी तरह पंडित तो नहीं हूँ। मैंने वेद वेदांग तो नहीं पढ़े। मेरे पास क्या है, केवल एक पुराण, बस उसे बाँच लेता हूँ...मैं एक निरक्षर ग्रन्थिक.. '

इधर विशाख को पता चला कि गाँव में एक बडी़ घटना होने वाली है। ठक्कुर ने अपने पुत्र श्रीकंठ की स्मृति में एक देवालय बनाने का संकल्प किया था। गाँव के सिवान पर वह बन रहा था। सिवान के पूर्वोत्तर भाग में एक कोने को देख कर सूत जी ने कहा था—'इस स्थल की भूमि सम, स्थिर है और साफ है,—यह ठीक रहेगा।' फिर वास्तुशास्त्र के विधान के अनुसार उन्होंने भूमिचयन की विधि भी कराई । काशी से समाहर्ता आया, उसे भूमि का नापजोख की, और ठक्कुर के देवालय के नाम भूमि का पट्टा दिया। राजा का आज्ञा पत्र देवालय बनाने के लिए मिल गया। सूत जी स्थपति का काम जानते थे, वे बीच-बीच में वहाँ जाते रहते, जब वह स्थल देवालय के लिए स्वीकृत हो गया, तो उस पर हल चलवा कर शोधन कराया गया. अस्थि, कील, कपाल, तृण, गुल्म—ये हटा दिये गये, पुष्य नक्षत्र के योग में सूत जी वे स्वयं सफेद डोरी से भूमि के अलग अलग भाग नापे। इस दिन बड़ा उत्सव हुआ। भद्रपुरी के सारे नागरिकों को ठक्कुर ने उत्सव में बुलवाया था।

विशाख यह देख-देख कर चकित था कि सनातन सूत को वास्तुविद्या का कितना अच्छा ज्ञान है। देवालय की जगती कैसे बनेगी, गर्भगृह कहाँ होगा, कहाँ प्रदक्षिणापथ यह सब जैसे वे सामने देख कर बताते जाते। उनके इस रूप के आगे वह अपने को निरुपादेय अनुभव करता हुआ फिर सोचता—'अरे मैं भी कहाँ आ गया! यहाँ पड़ा-पड़ा मैं अपना प्रयोजन भूल रहा हूँ। ये लोग तो देवालय बनाने में लग गये, यहाँ मेरा क्या काम...अब शीघ्र यहाँ से चल दूँ...सूत जी उसकी उद्विग्नता लक्षित करके कहते—'तुम्हें यहाँ से जाना तो है ही, यह तो मुझे विदित है कि तुम्हारा और मेरा साथ दूर तक न चलेगा!'

'यह तो मैं भी अनुभव करता हूँ। आप आगमिक हैं, मैं नैगमिक।'

'दोनों में अन्तर क्या हुआ?'

'जिससे सबका निर्गम हो, वह निगम है। वेद निगम है, उसी से सब निकला है। जो वेद से निकला उसे आगम में संचित किया गया।'

'हम लोग कुछ दूसरा अर्थ लेते हैं। जिसमें सबका आगमन हो वह आगम है। नैगमिक लोग सब कुछ निकाल देने में विश्वास रखते हैं। सब कुछ निर्गत हो जाना

छूट जाना है...यही उनकी दृष्टि और ध्येय है। तुम्हारा प्रस्थान सब कुछ के अपरिग्रह का उपदेश देता है विषय त्याग दो, कर्म त्याग दो। तुम्हारे पिता ने कर्मों का त्याग करके संन्यास ले लिया। पर कर्म मनुष्य को छोड़ते हैं क्या? वासुदेव कृष्ण कहते हैं एक क्षण के लिए भी मनुष्य कर्म के बिना नहीं रह सकता। कर्म तो अवश होकर करते रहना होता है।, चाहे मनुष्य संसारी हो या संन्यासी। यदि अवश होकर कर्म करते ही रहना है, तो कुशल होकर कर्म क्यों न करें, कर्मकौशल बन्धन काट देता है। इसलिए मनुष्य न तो कर्मों का निग्रह करे, न प्रकृति का। प्रकृति को भी तो छोड़ा नहीं जा सकता। तो यह आगम है, कर्म का स्वीकार, प्रकृति का स्वीकार।'

भद्रपुरी में रहकर एक माह में विशाख ने सूत जी के पुराण की प्रतिलिपि पूरी कर डाली। अन्तिम पत्रों पर उसने अन्त में लिखा—

सूतप्रोक्तं पुराणं हि जीर्णपुस्तकसंस्थितम्।
एतद् ज्ञानमयं शास्त्रं सनातनमजं विभुम्।
प्रतिपङ्क्ति मयाऽधीत्य पुस्तकस्य नवा शुभा।
भद्रपुर्यां च मासेन मया प्रतिलिपिः कृता।
यादृशं पुस्तकं दृष्टं लिखितं शोधितं क्वचित्।
भग्नपृष्ठकटिग्रीवो जातोऽहं लेखनात् तथा।

लिखितं विशाखेन कलियुगे कलिप्रथमचरणे युगाब्दाः सहस्रम्, वैशाख-कृष्णतृतीयायाम्। इति।

पुराण की प्रतिलिपि पूरी करके वह प्रसन्न था। ठक्कुर ने एक हजार भोजपत्र इस कार्य के लिए मँगा कर दिये थे। सौ से अधिक भोजपत्र उसके पास बच गये थे। वह उन पर अपने स्वयं के रचे छन्द लिख लेता, सांख्यकारिकाकार ईश्वरकृष्ण ने जो कारिकाएँ रची थीं, वे उसे सारी स्मरण हो गयी थीं। उन्हें अपनी चूर्णिका के साथ लिख लेता।

सूत जी देवालय के लिए प्रस्थान करने की तैयारी में थे, उसने पुरानी और नवीन दोनों पोथियाँ उनके सामने रखते हुए कहा—'यह लीजिये, और अब मेरा पिंड छोड़िये!'

सनातन सूत ने दोनों पुस्तकों को देखते हुए चकित होकर कहा—'क्या! क्या यह कार्य पूरा हो गया?'

'पूरा हो गया तभी तो आपको दोनों पोथियाँ सौंप रहा हूँ!'

सूत जी ने विशाख की लिखी पोथी के आरम्भ और अन्त के पन्ने बहुत ध्यान से देखे बीच-बीच में उसे खोला—फिर गद्गद स्वर में बोले—'कितने सुन्दर अक्षर

हैं। एक बार फिर अन्तिम पत्र पर दृष्टि दौड़ाते हुए वे अटक-अटक कर पढ़ने लगे। पढ़ते हुए उनकी भौंहों पर बल आ गये। बोले—पुष्पिका भी लिख दी!'—उन्होंने कहा—'अच्छा किया, पर विशाख! यह क्या किया तुमने? यह पोथी हमारी पितृपरम्परा से मिली हुई है। इसमें जो कुछ है, सब व्यास का। इसमें तुम्हारा नाम कैसे?'

विशाख हँसने लगा। बोला—'आपकी पोथी में भी तो अन्त में लेखक ने अपना नाम लिखा था, वह तो व्यास का कथन नहीं था। लेखक पोथी की प्रतिलिपि तैयार करता है। उसका नाम अन्त में लिखा जाता है, मैंने दो-चार श्लोक जोड़ कर अपना नाम अन्त में लिखा है...यही परम्परा है हमारे घर में और आश्रम में जो पोथियाँ थी, उनकी प्रतिलिपि करने वाले लेखकों ने इसी तरह अन्त में लिखते रहे हैं।'

'पर तुमने लिखा क्या है, मुझे कुछ समझ में नहीं आया...'

'इसमें समझना क्या है..यही तो लिखा है न कि जैसा मूल पुस्तक में देखा, वैसा ही मैंने लिखा..जहाँ अशुद्ध लिखा था, उसे हो सका तो शुद्ध कर दिया है, अपने मन से इसमें मैंने कुछ नहीं जोड़ा है लिखते-लिखते मेरी पीठ और कमर टूट गयी!'

सुन कर सूत जी हँसने लगे। विशाख ने पूछा—'इसमें हँसी की क्या बात?'

सूत जी ने कहा—'जिसने प्रतिलिपि बनाई, वह तो अमर हो गया...और जो सूत इस पुस्तक का सारा ज्ञान मन में रख कर उस पर प्रवचन करते हैं, उनका तो कहीं नाम ही नहीं!'

'आपका भी नाम यहाँ है न...सूतप्रोक्त पुराण इस पोथी को कहा ही है, और आपका नाम भी जोड़ दिया है!'

'जोड़ दिया है?...कहाँ?'

'आप देखिये—यह जो लिखा है—न—ज्ञानमयं शास्त्रं सनातनमजं विभुम्—इसमें आपका नाम सनातन—आ गया कि नहीं?'

'अरे बड़ा आनन्द है बड़ा आनन्द है!' कह कर सूत जी फिर हँसे। फिर उन्होंने श्रद्धा के साथ अंजलि बाँध कर नई पुस्तक को प्रणाम किया। उसी प्रकार अंजलि बाँधे हुए विशाख को भी प्रणाम किया।

'अरे! यह क्या करते हैं?'—विशाख चकित होकर अपने पाँव पीछे करता हुआ बोला—'मैं कह रहा हूँ...मैं आपके लिए प्रणम्य नहीं हूँ...'

'विशाख! तुमने हमारा वेद हमारा देव हमारे लिए यह जो भगवान है इसको फिर से पूरा का पूरा नया रूप देकर हमें दिया तो तुम भी प्रणाम के योग्य हो गये हमारे लिए तो...'

सूत जी इसके बाद भावविह्वल हो गये—एकदम गद्गद। वे पुस्तक को माथे से लगाये बैठे रह गये। बार बार विशाख को भी कृतज्ञता के भाव से देख कर हँसते।

विशाख ने हँसते हुए कहा—'तात, लेखक और ग्रन्थकर्ता में अन्तर होता है। मैं इस पुस्तक का लेखक हूँ, कर्ता तो नहीं। लेखक तो केवल लिपिकार होता है। रचना तो व्यास की है, आपकी रचना भी कह सकते हैं क्योंकि आप भी तो व्यासस्थानीय हैं। इसमें मेरा कुछ नही है। मैंने इसकी प्रतिलिपि बनाई है।'

'न, यह तुम्हारी भी कृति है। ये अक्षर तुमने रचे हैं। यही तो ऐसा कार्य तुमने कर दिया जो बड़ा पुण्यप्रद भी है। इससे तो तुम सारे श्रोत्रियों में मूर्धन्य हो गये।'

उनकी बात पर विशाख फिर हँसने लगा। बोला—'यही विशेषता है आप पौराणिक लोगों की...कि किसी को ऊपर चढाना हो तो धरती और आकाश एक कर देते हैं आप लोग!'

'इसमें हँसी की कोई बात नहीं। मैं सत्य कहता हूँ। अक्षर अक्षर में ईश्वर है। अकार वासुदेव है, आकार ब्रह्मा, ककार तो परब्रह्म ही है। सारे के सारे अक्षर इसी तरह देवमय हैं। ये सारे अक्षर तुम लिखते रहे इन सबसे बना यह ग्रन्थ भी देवमय है, इसकी सृष्टि तुमने की...'

'अब मैं समझ गया कि आपके और हमारे सम्प्रदाय में अन्तर क्या है...'

'क्या अन्तर है?'

'हम लोग वैदिक हैं। देवता हमारे मानस में निवास करते हैं। इनकी आकृति नहीं हो सकती। इनकी प्रतिमा भी नहीं हो सकती। वे तो प्राणरूप हैं या भावरूप हैं। हम उन निराकार देवों के उपासक हैं। आप पौराणिक लोग...आप के लिए देवता साकार हैं, आप लोग तो लिपि को देवमयी कह देते हैं, वर्णमाला के अक्षरों को देव मान कर पूजते हैं।'

'विशाख, निराकार कहो या साकार कहो। विष्णु तो विष्णु ही है। जो सर्वत्र व्याप्त है वह विष्णु है। और जो विष्णु है वही कृष्ण भी है।'

इन दोनों से कुछ दूर बैठे ठक्कुर चुपचाप बड़ी देर से इनकी बातचीत सुन रहे थे। अब वे बोले—'आप लोगों की बातें सुन-सुन कर मैं यही सोचता रह जाता हूँ कि आप दोनों में कौन बड़ा ज्ञानी है, अब मुझे लगता कि आप दोनों ही पूज्य हैं।'

'नहीं, यही मुझसे अधिक बड़ा है'—सूत जी विशाख को बताते हुए कहने लगे—'राजन ठक्कुर, यह जितना लघुकाय दिखता है, वैसा यह नहीं है। मैंने वामनावतार की कथा बताई थी न...समझ लो ये हमारे भगवान वामन हैं। पर भीतर से विराट हैं। इनकी कृपा से मेरी इस पुस्तक का उद्धार हो गया, यह इन्होंने बड़ा काम कर दिया। यह भगवान व्यास की कृति है और वे हमारे बन्धु हैं!'

'तो अब भगवान व्यास आपके बन्धु हो गये!'—विशाख ने आक्षेप करते हुए कहा—कृष्ण द्वैपायन व्यास सत्यवती के पुत्र थे—महामुनि पराशर से जन्मे—यह तो इसी पुराण में लिखा है। यदि उनको आपके भ्राता बता रहे हैं तो कितने हजार वर्षों से

इस धराधाम पर हैं—यह भी बता दीजिये।'

सूत फिर से हँसने लगे। फिर बोले—'इस क्षुद्र शरीर में रहते हुए तो हमें पचास वर्ष ही बीते हैं, पर हमारी आयु पाँच सहस्त्र वर्ष अवश्य होगी...'

'सत्य है सत्य है!' मुँह बिचका कर हँसते हुए विशाख ने कहा।

ठक्कुर भी हँसते हुए वहाँ से निकल गये। विशाख ने सूत जी से कहा—एक गाथा मैंने भी रची है आज भोर में। सुनाऊँ?

सूत जी ने कहा—क्यों नहीं? पर्वत से फूटे झरने की तरह विशाख के मुख से गाथा के स्वर निकले—

असरिसचित्ते दिअरे सुद्धमणा गुरुजणे विसमसीले।
न कहइ कुडुंबविहटणभएण तणुयायए त्थ बहू।।

सुन कर सूत जी चकित और स्तब्ध से विशाख को देखते रह गये। विशाख ने कहा—'ऐसे क्या देख रहे हैं? मैंने कुछ उल्टा सीधा कहा?'

सूत जी ने धीरे-धीरे गम्भीर स्वर में कहा—'गाथा का भाव कुछ कुछ तो समझ में आ रहा है। पर तुम्हारे मुख से ही सुनना चाहता हूँ कि आशय क्या है...'

'आशय तो कोई विशेष नहीं है'—विशाख ने कहा—'देखिये, देवर का मन शुद्ध नहीं है, भाभी कुलवधू और सच्चरित्र है। पर गुरुजन उसकी उपेक्षा करते हैं। परिवार टूट न जाए इस डर से वह देवर के दुराचार के विषय में उन्हें बताने से हिचकती है। भीतर ही भीतर छीजती चली जा रही है।'

सूत जी दो निमेष उन्हें गौर से देखते रहे। फिर बोले—'मैंने कालिन्दी बेटी से बात की थी—मैंने उसे समझाया कि अन्याय सहना नहीं है, अपनी रक्षा करनी है, पर कुल की रक्षा भी करनी है। कैसे होगा यह सब इसके लिए तो वासुदेव कोई मार्ग निकालेगें...पर गाथा बड़ी चुभने वाली है, एक बार फिर सुनाओ तो!'

विशाख फिर गाथा गाने लगा। गाते हुए आर्य कौंडिन्य की स्मृति अचानक मन में उगी। उनके मुख से इस तरह की गाथाएँ कितनी अच्छीं लगती थीं...वे बहुत सी गाथाएँ जानते थे, उन्हें कैसे गाना है—यह भी जानते थे।

उत्तरमन्द्रा के स्वर वायुमण्डल में बिखर रहे थे। स्वरों की लहरी हिलोर लेती। गाथा समाप्त होने पर सूत जी ने कहा—'कितना मधुर गाया लगता है—तुम कोई किन्नर हो!'

'अरे आप मुझे किन्नर कह रहे हैं—क्या मैं किन्नर जैसा दिखता हूँ?'

'अरे बच्चा, यदि किन्नर कहना तुम्हें बुरा लगता है, तो गन्धर्व कह देता हूँ। पर मैं समझता हूँ कि किन्नर और गन्धर्व में अन्तर नहीं है। किन्नर भी गन्धर्व जैसे ही होते हैं। किन्नर और किन्नरियाँ हिमालय के निचले क्षेत्र में रहते हैं, ऊपर के क्षेत्र में रहने वाले गन्धर्व। किन्नर भी बड़े सुरूप होते हैं। और गन्धर्वों के रूप का तो

कहना ही क्या! पर रूप की बात नहीं कर रहा था मैं, मैंने तो तुम्हारे कंठ के राग की प्रशंसा की है संगीतशास्त्र कंठ के जो गुण बताये हैं वे तुम्हारे कंठ में हैं...'

'कौन से गुण? '

'कंठ के छह गुण होते हैं—सुश्राव्यता, घनत्व, स्निग्धता, माधुर्य, अवधानता और त्रिस्थानशोभा। कपिल, अव्यवस्थित, सन्दष्ट, काकी और तुम्बकी ये पाँच बुरे गायक माने जाते हैं। कंठ में कफ जमा हो और घर्घर का विकृत गायन में मिल जाए, तो ऐसा गायक कपिल है। जो स्वर लगाने में चूके, वह अव्यवस्थित है। गला खुला हुआ न हो और रूखा स्वर हो तो काकी होता है। नाक से गाने वाला तुंबकी कहलाता है।'

विशाख चकित सूत जी तो देखता रह गया। फिर बोला—'संगीतशास्त्र में आप इतना जानते हैं—यह मुझे आज पता चला।'

'संगीत भी सीखा था पर उतना रमणीय मैं नहीं गा सकता। तुम साथ में गाने लग जाओ तो मेरा उपाख्यान आख्यान बन जाए...'

'आख्यान और उपाख्यान में क्या भेद है?'

'जितना पुराण मैं कहता हूँ, वह सब आख्यान ही है। महाभारत एक आख्यान है। इस आख्यान में बीच-बीच में उपाख्यान आते हैं जैसे सावित्र्युपाख्यान, नलोपाख्यान...'

'नलोपाख्यान तो मैने आप के प्रवचन में सुना था एक दिन। पर इसे नलोपाख्यान क्यों कहते हैं उसमें नल तो कुछ करता ही नहीं, दमयन्ती ही सब कुछ करती है। जैसे सावित्र्युपाख्यान वैसे ही इसका नाम दमयन्त्युपाख्यान होना चाहिए।'

'चलो नलोपाख्यान न सही, दमयन्त्युपाख्यान कह लो। इसी तरह सावित्र्युपाख्यान है, रामोपाख्यान भी है। इन कथाओं को उपाख्यान क्यों कहा? क्योंकि वे आख्यान के अन्तर्गत आती हैं। अब यही उपाख्यान स्वतन्त्र रूप से अभिनय और संगीत के साथ प्रस्तुत किया जाय, तो वह भी आख्यान बन जाता है। यदि तुम मेरे उपाख्यान के पाठ के साथ बीच-बीच में गायन करने लग जाओ, तो वह आख्यान हो जाएगा।'

पुराण की प्रतिलिपि का काम पूरा हो जाने के बाद विशाख को खाली-खाली सा लगता था। अब क्या? अब यहाँ से चल ही देना है। सनातन सूत का स्वभाव विचित्र है। वे जहाँ पहुँच जाएँगे, वहीं रम जाएँगे। अब वे कह रहे हैं—विशाख, जब इतना रुके यहाँ, तो यह एक काम और रह गया है, नवनिर्मित देवालय में वासुदेव की प्रतिष्ठा हो जाए, तब तक और रुक जाओ...फिर साथ ही चलेंगे हरिद्वार तक...'

विशाख का मन द्विविधा में था। सूत जी के साथ में आनन्द भी आता, अब यह साथ छोड़ कर आगे बढ़ूँ यह भी लगता। रुक जाऊँ या अब चल दूँ—वह यही

सोचता रहा। मन के किसी कोने में से कोई कहता—यह तुम्हारा स्थान नहीं प्रस्थान है। अब यहाँ से चल दो। पर फिर दूसका विचार आता—'सूत जी जैसे भी हों, इस समय उनका साथ मुझे बचायेगा।'

देह आगे बढता, मन पीछे भागता। लक्ष्मणपुर में बिताये गये दिन बार-बार स्मृतिपथ में उतरते। माँ की बड़ी-बड़ी उनकी बहती करुणा की धार। महाप्रयाण के समय उनकी दाहिने हाथ की फैली हथेली...उसके सिर और गालों का स्पर्श करती हुई...गोमती नदी...वह भी तो माता की तरह ही थी...उसका किनारा जैसे माँ की गोद। विपाक के साथ उसमें विशाख लेटा रहता।

उपनयन के पहले विपाक के साथ वह गोमती में तैरता हुआ कई बार दूसरे किनारे तक चला जाता। दूसरे किनारे पर अकृष्टपच्या भूमि थी। चारों और नदीमातृक देशों का विस्तार। गोमती उन सबके लिए एक धाय थी।

मन के भीतर लक्ष्मणपुर की स्मृतियाँ लगी रहतीं, बाहर से भद्रपुरी और उसमें ठक्कुर का घर। इस घर में स्मृतियों के ताने-बाने और सघन थे...सर्वत्र दिवंगत श्रीकंठ स्मृतियाँ डोलती रहतीं। इन स्मृतियों से इस घर का मोक्ष हो सकेगा? इन दिनों ठक्कुर पता नहीं कैसे विशाख के सामने और अधिक खुलते गये थे। वे बार-बार अपने बड़े बेटे श्रीकंठ की चर्चा करते। ऐसे में प्राय: उनकी आँखों से अश्रुप्लावित हो जातीं। गाँव में भी जहाँ जाओ श्रीकंठ की स्मृति और छवियाँ विराजी लगतीं।

ठक्कुर बताते थे कि कि भद्रपुरी के लोग श्रीकंठ पर कितने अनुरक्त थे, उसके विषय में क्या क्या कहते थे...सब उसे देखने को लालायित रहते, वही एक तो था, पूरी भद्रपुरी में उनकी आँखों का तारा...भद्रपुरी की युवतियाँ उसके विषय में कितनी गाथाएँ गातीं थीं...दो गाथाएँ तो उन्हें भी तक याद हैं --

'णिक्कि व जाआभीरुअ दुद्दंसण णिम्बईडसारिच्छ।
गामो गामणिनन्दण तुज्झ कए तह वि तणुआइ।
पहरणमग्गविसमे जाआ किच्छेण लहइ से णिद्दं।
गामणिउत्तस्स उरे पल्ली उण सा सुहं सुवइ।।'

सुन कर विशाख हँसने को होता, पर हँसी छिपा लेता, क्योंकि ठक्कुर के मुख पर इतना गहरा विषाद होता, और सूत जी उनकी बात सुनते हुए इतने अश्रुगद्गद दिखते कि उन दोनों को वह खिन्न करना न चाहता। सूत जी कहते—'श्रीकंठ का अर्थ है शिव। आपके श्रीकंठ देवता थे, साक्षात शिव समझिये। वे शिवलोक ही चले गये।' ठक्कुर अपनी आँखें पौंछने लगते।

फिर वर्षा आ गयी। भद्रपुरी की शस्यश्यामला धरती। किसानों ने बुवाई आरम्भ कर दी। वर्षा में तो यात्रा पर निकलना वैसे भी उचित न था, फिर ठक्कुर भी आग्रह कर रहे थे कि मन्दिर जब तक नहीं बन जाता, आप यहीं रहिए। सनातन सूत

का आख्यान सरस्वती भवन में अब नहीं होता, ठक्कुर के भवन में ही संध्या के समय समाज जुट जाता, उनका मन भद्रपुरी में रमा हुआ था, लोग उनसे मिलने आते रहते। विशाख का जी अब उचटने लगा था। चैत्र में वह यहाँ आया था। सम्पूर्ण वैशाख में सूत जी का पुराणपारायण सुना। उनके पुराण की पोथी की प्रतिलिपि बनाई। यहाँ का कार्य पूरा हुआ।

इधर सूत जी के लिए नैमिषारण्य के मुनियों का सन्देश आया था कि वे पुराण सुनना चाहते हैं। वे विशाख से कहने लगे—बस जैसे शरद् ऋतु आयेगी—हम निकल पड़ेगें, मैं नैमिषारण्य के लिए तुम तक्षशिला के लिए...

'नैमिषारण्य? पर आपने तो कहा था कि हरिद्वार चलेगें वहाँ तक साथ हो जाएगा...उसके कारण तो मैं यहाँ रुका...'

सूत जी मुस्काते हुए उसे देखते रहे। फिर बोले—हरिद्वार नहीं, कनखल। कनखल में वाग्भट से मिलना हो जाएगा यह सोचा था, चलो पहले तुम्हारे साथ कनखल तक चला चलूँगा। मुनिजन नैमिष में पुराण सुनना देवप्रबोधिनी एकादशी से आरम्भ करते हैं...समय है, पहुँच जाऊँगा...भाद्रपद मे जैसे ही वर्षा थमेगी निकल पड़ेगें...

विशाख को उदास सा देखकर वे कहने लगे—'यह सत्य है कि तुम्हारे लिए यह भद्रपुरी ग्राम बहुत छोटा है। पर दो महीने की और बात है...फिर तुम्हारा चंक्रमण आरम्भ हो जाएगा। तुम्हारे तो दोनों चरणों में पहिए बँधे हुए हैं ऐसा मुझे लगता है। तुम कहीं टिक कर नहीं रह पाओगे, कहीं टिक कर रह गये तो...'—कहते-कहते वे रुक गये।

'तो? विशाख ने पूछा—तो क्या होगा?'

सूत जी ने गम्भीर और मन्द ध्वनि में कहा—'तो कुछ अघटित घटेगा।' फिर अचानक अपने सहज ऊँचे स्वर में कहने लगे—'विशाख, तुम मेधावी हो, प्रज्ञावान हो। तुम्हारी स्मृति तीक्ष्ण है, प्रज्ञा जागृत है। यदि तुमने अध्ययन अच्छी तरह कर लिया, तो तुम विचक्षण बन जाओगे और बड़े आचार्य तो बनोगे ही।'

धीरे-धीरे वर्षा बीती। शरद् ऋतु आ गयी।

उस दिन गोपाष्टमी थी। ठक्कुर के घर में आभीर देव की पूजा हुई। अगले दिन ही मन्दिर में देवप्रतिष्ठा थी...

...जैसा सोचा था, वैसा ही सब हो जाता, तो दुर्दिन की तरह वह दिन न आता। उस दिन सब कुछ उलट-पुलट हो गया।

उसकी स्मृति भी अब दंश देती है।

भद्रपुरी में उस दिन की स्मृति विशाख के चित्त पर बहुत स्पष्ट अंकित है। उस दिन नवनिर्मित देव मन्दिर में ही सूत जी अपना आख्यान पूरा किया। श्रीकृष्ण के महाप्रयाण पर उन्होंने आख्यान समाप्त किया। लोग रो रहे थे। उसके बाद हँस भी रहे थे। कृष्णमन्दिर में वासुदेव कृष्ण की प्रतिमा के साथ श्रीकंठ की प्रतिमा भी स्थापित की गयी। विशाख ने देखा कि लोग वासुदेव कृष्ण की भी पूजा कर रहे थे, और श्रीकंठ की भी पूजा कर रहे थे।

श्रीकृष्ण का जो मन्दिर ठक्कुर ने बनवाया था, वह सर्वथा अभूतपूर्व ही था। अत्यन्त भव्य प्रतिमा, वंशी बजाते हुए कृष्ण की, उनके पार्श्व में राधा। विशाख देखता तो देखता ही रह जाता।

प्रतिष्ठा के दिन बड़ा उत्सव हुआ। उत्सव समाप्त होते-होते साँझ घिर आई थी। लोग सूत जी को प्रणाम कर करके लौट रहे थे। उसके बाद ही वह सब घटा..

मन्दर में केवल ठक्कुर, ईश्वरी देवी, उनकी पुत्रवधू कालिन्दी, सनातन सूत और विशाख—ये पाँच लोग ही थे। दो शाकटिक और कुछ भृत्य बाहर रहे होंगे। उत्सव का कोलाहल थम जाने के बाद विशाख को कुछ खाली-खाली सा और अस्वस्तिकर सा लग रहा था। सूत जी ठक्कुर से कह रहे थे—'यहाँ का कार्य पूरा हो गया, देवमन्दिर बन गया, देवप्रतिष्ठा हो गयी...विशाख ने इतना बड़ा काम कर दिया - मेरे पुराण की प्रति बना दी...अब यहाँ से प्रस्थान कर देना है मुझे भी और विशाख को भी...कल ही मुहूर्त है...'

ईश्वरी देवी और कालिन्दी दोनों पहले उठ कर चलने को थीं। कालिन्दी भक्तिभाव से सनातन सूत को प्रणाम कर रही थी। इसी समय वह सब घटा।

बाहर अत्यन्त कर्कश स्वर में कोई कह रहा था—'ये लोग सब के सब वासुदेव मत के अनुयायी हैं—इन सबको समाप्त कर देना है!'

'अरे, यह तो लम्बकर्ण कापालिक है!'—विशाख के मुँह से निकला, तब तक लम्बकर्ण अपने दोनों शिष्यों के साथ देवालय में आ घुसा। तीनों के हाथ में त्रिशूल थे।

तीनों मदिरापान से मदमत्त थे, झूम रहे थे, उनके मुख पर भीषण भाव था। 'नाराच! तूणीर!! तहस नहस कर दो इनकी यह सारी लीला!'—कापालिक कह रहा था—'यह रहा इस सारी लीला का सूत्रधार!'—सूत जी को बता कर उसने कहा। जब तक विशाख कुछ समझ पाता, नाराच त्रिशूल उठा कर सूत जी पर प्रहार करने के लिए आगे बढा। दूसरा शिष्य तूणीर ठक्कुर से भिड़ गया था। ठक्कुर ने उछल कर उसकी कनपटी पर विकट प्रहार किया, वह खून की उल्टी करता हुआ धरती पर लोट गया।

'अरे रुक! रुक!!'—कहता हुआ विशाख नाराच की तरफ बढ़ा। इसी ने उसे

उस दिन भैरवमन्दिर में संध्योपासना करने से रोका था। एक निमेष में नाराच के ये शब्द विशाख के भीतर गूँज गये—'तूने यहाँ वेदमन्त्र पढे...'

विशाख ने झपट कर नाराच का हाथ पकड़ कर उसके हाथ में जोर से काटा।—'गुरुजी, बालक है कि वानर है? इसने मुझे बुरी तरह काट लिया!'—नाराच चीखा। तब तक विशाख ने उसके हाथ से त्रिशूल छीन लिया।

पर तभी कापालिक लम्बकर्ण त्रिशूल उठाकर सनातन सूत की ओर लपका। विशाख चिल्लाया—'तात! तात!!...'

'अरे तू वासुदेव के धर्म का प्रचार करेगा हमारे गाँव में? लें! कर ले प्रचार...अब तू गया इस संसार से ही कहाँ है तेरा वासुदेव? आकर बचाये!'—यह कहते हुए लम्बकर्ण ने त्रिशुल सनातन सूत के पेट में भोंक दिया ..

'अरे क्या कर रहे हो क्या कर रहे हो...तुमने व्यास मुनि पर त्रिशूल चला दिया दुष्टकापालिक!'—ठक्कुर चीखे, कापालिक लम्बकर्ण त्रिशूल उठा कर ठठा कर हँसता हुआ विकराल कराल काल की तरह ठक्कुर पर प्रहार करने के लिए बढा।

तभी सर्वथा अप्रत्याशित कुछ घट गया। विशाख कापालिक के शिष्य नाराच से भिड़ा हुआ था, नाराच का त्रिशूल उसे झपट कर अपने हाथ में पकड़ लिया था, पर दूसरा शिष्य तूणीर उस पर प्रहार करने को था। सहसा कालिन्दी बिजली की तरह लपकी, लम्बकर्ण ठक्कुर पर त्रिशूल चलाने ही वाला था कि उसने हिरणी की तरह झपट कर उछाल भरी और लम्बकर्ण के हाथ से त्रिशूल छीन लिया। यह सब इतनी तेजी से हुआ कि उसकी तीव्रता के कारण या कालिन्दी में ही कोई अप्रतिम आवेग था, उसके कारण लम्बकर्ण धरती पर गिर पड़ा, कालिन्दी त्रिशूल हाथ में लिए उसके वक्ष पर एक पाँव रख कर—'अरे नीच, तेरी जीवन लीला यहाँ समाप्त हुई अब तू इस संसार से गया!'—यह कहते हुए तब तक उसकी छाती में त्रिशूल घोंपती, भूमि पर गिरे हुए सूत जी ने कराहते हुए कहा—'रुक जा, पुत्रि, उस पर प्रहार मत कर...जो हो गया वह हो गया...'

धरती पर गिरा हुआ कापालिक लम्बकर्ण बहुत करुण स्वर में रोता हुआ अंजलि बाँध कर कालिन्दी के चरणों पर मस्तक रगड़ता हुआ कह रहा था— 'देवी! क्षमा करो, क्षमा करो, हमने आपको पहचाना नहीं, आप भैरवी हैं, भगवती हैं, दुर्गा हैं... !'

फिर वह लड़खड़ाते टूटते स्वर में स्तुति गाने लगा—'जय जय जननि, जननि जय जय—जय मातः त्रिपुरेश्वरी भुवनेश्वरी अम्बिके अम्बालिके—'

कालिन्दी ने गिड़गिड़ाते प्रलाप करके कापालिक को जोर से ठोकर मारी—

वह 'आह!'—कह कर मूर्छित हो गया। अपने गुरु की यह अप्रत्याशित दीनता और दुर्दशा देख कर उसके दोनों शिष्य—नाराच और तूणीर—चकित थे, फिर वे भयभीत और काँपते हुए हाथ जोड़े खड़े रह गये।

ठक्कुर ने जोर से चीख कर दोनों शाकटिकों रांकव और सोड्ढल को पुकारा। सोड्ढल गाथा गा रहा था, रांकव ने उसके कन्धे झिंझोड़ कर कहा—'अरे, स्वामी पुकार रहे हैं!'

दोनों दौड़ कर भीतर आए।

विशाख बाद में उस सारी घटना का स्मरण करके चकित होता रहा। उस समय उसमें इतनी शक्ति कहाँ से आ गयी थी कि वह नाराच को पकड कर रोके रहा। दोनों शाकटिक कालिन्दी को कापालिक के वक्ष पर पाँव रख कर हाथ में त्रिशूल लिए खड़ी देख कर भयचकित और स्तब्ध रह गये, फिर नाराच और तूणीर को हाथ जोड़े देख कर वे भी हाथ जोड़ कर खड़े हो गये । ठक्कुर ने चीख कर कहा—'अरे मूर्खो, क्या खम्भे की तरह हाथ जोड़ कर खड़े हो...क्या समझ रहे हो कोई नाटक चल रहा है...इस कापालिक को पकड़ो! देखो इसने कितना बड़ा अनर्थ कर दिया इसने व्यासमुनि पर प्रहार किया है!'

सुनकर दोनों शाकटिकों की चेतना लौटी। दोनों ने चीखते चिल्लाते हुए लपक कर कापालिक लम्बकर्ण को पकड़ लिया। कोलाहल सुनकर भद्रपुरी तथा आसपास के गाँवों से देवालय की प्रतिष्ठा में सम्मिलित होने के लिए आये वापस लौटते लोगों में जो अभी दूर तक नहीं पहुँचे थे, वे दौड़ कर आ गये। तीनों कापालिकों को रस्सियों से बाँध दिया गया।

'सबसे पहले व्यास मुनि को देखना आवश्यक है...उनके पेट में त्रिशूल घोंप दिया था इस नीच ने!' ठक्कुर कह रहे थे।

सूत जी और मूर्छित हो गये थे। बीच-बीच में उनकी संज्ञा लौटती, वे कराहते हुए अस्फुट कुछ बड़बड़ाते।

दोनों शाकटिक ग्रामीण जनों के साथ कापालिक और उसके शिष्यों की धुनाई करने में लग गये थे। तभी सूत जी की संज्ञा लौटी, उन्होंने विशाख को संकेत से अपने पास बुलाया। विशाख ने उनके कान के पास मुँह ले जाकर बहुत क्षीण स्वर में वे जो कह रहे थे, उसे सुना, फिर उनका संकेत समझ कर दोनों शाटिकों को रोकते हुए कहा—'रुको! मुनिवर व्यास का आदेश है, इन लोगों को मारना नहीं...इन लोगों को दंड देना राजा का काम है, हमारा काम नहीं... !'

'क्षमा करें, क्षमा करें, हमारा इसमें दोष नहीं'—कापालिक लम्बकर्ण हाथ जोड़कर गिड़गिड़ाते हुए कह रहा था—'हमें तो डिंडिम पंडित और आपके बेटे सालंक ने इस काम के लिए लगाया था...'

'अरे क्या कह रहा है नीच.. दस्यु!'—ठक्कुर ने रोष में उफन कर धमकाते हुए उससे कहा।

'राजन! हमारे गुरु जी सत्य कह रहे है—आपका बेटा सालंक और डिंडिम पंडित दोनों की मिलीभगत है, दोनों हम लोगों के पास आये थे...हमें धन दिया, और कहा कि सूत जी का वध करना है, और फिर आपकी पुत्रवधू का अपहरण करके काशी के वेशवाट में पहुँचा देना है...वेशवाट में गणिका कमलेश्वरी से उनकी बात हुई थी...!'

सुनकर सब स्तब्ध रह गये।

ईश्वरी देवी जो मन्दिर के भीतर से स्वच्छ वस्त्र लाकर सूत जी को पेट पर पट्टी बाँध रही थीं, रोने लगीं। ठक्कुर ने कहा—'समय नहीं है, रक्तप्रवाह तो रुक गया है, साँस चल रही है, इन्हें हम तुरन्त वैद्य के पास ले चलते हैं।'

सूत जी को उठा कर शकट तक लाते हुए विशाख ने उनके कन्धे और मस्तक के नीचे हाथ रखा। ठक्कुर ने पीठ के नीचे दोनों हाथों से उन्हें उठाया। चलते समय विशाख ने पीछे मुड़ कर देखा। कालिन्दी का विवर्ण विषण्ण मुख देख उसका मन और मसोस उठा। वह इतना बड़ा पराक्रम करने के बाद अब स्वयं भयस्तब्ध सी कैसी बैठी थी! ठक्कुराणी ईश्वरी देवी उसे गले लगा रहीं थीं, चूम रहीं थीं, और कहती जातीं थी—'बेटी! तू न होती, तो कितना बड़ा अनर्थ हो जाता, मैं भी तेरी तरह विधवा हो जाती...जैसे श्रीकंठ ने सारे गाँव को बचाया, तू ने सारे परिवार को बचा लिया...मुझे विदित थीं सालंक की कुचेष्टाएँ...मैं अनदेखी करती रही...मैं भी पापिनी हूँ...मैंने अपनी कोख से ऐसा कुपूत क्यों जना.. जन्म होते ही गला क्यों न घोंट दिया?'

विशाख के मन में जो कुछ अब तक घटा था, उसकी विकराल छायाएँ त्रस्त करने लगीं। 'कितना अनर्थ हो गया, कितना बड़ा अनर्थ होते होते रह गया!' - उसके मुख से निकला।

सूत जी मूर्छित थे, पर अर्धनिद्रा में उनके मुख से 'वासुदेव! वासुदेव!!' यह नाम निकला रहा था।

ठक्कुर ईश्वरी देवी को समझा रहे थे—'यह रोने धोने का समय नहीं है, यदि उस कुलांगार सालंक ने सचमुच यह कुकृत्य का षड्यन्त्र रचा, तो उसे भी दंड मिलेगा। हमें व्यास मुनि की चिन्ता करनी है, उनके उदर में गम्भीर घाव है...'

किसी तरह विशाख, ठक्कुर व दोनों शाकटिक सूत जी को उठा कर शकट तक लाये और उसमें लिटा दिया। 'चलो, धीरे-धीरे चलाना!'—ठक्कुर ने शाकटिक सोड्ढल से कहा। विशाख ठक्कुर के साथ इस शकट में सूत जी के पास बैठ गया। सूत जी की दशा देख कर उसका जी अकुला रहा था। यह सब क्या हो गया? इतना

आकस्मिक और अप्रत्याशित!

पीछे आते शकट से ईश्वरी देवी के रोने का स्वर बीच-बीच में कान से टकराता।

विशाख शकट में सूत जी के पार्श्व में सिकुड़ कर बैठा था। सूत जी ने उसकी ओर हाथ बढाया, उसने उनका हाथ अपने हाथ में ले लिया। वे अत्यन्त क्षीण स्वर में कुछ कह रहे थे। विशाख ने कान उनके ओठों के निकट ले जाकर सुना—'वाग्भट...'

ठक्कुर ने चिन्तातुर स्वर में पूछा- 'क्या हुआ, क्या कह रहे हैं मुनिवर?'

विशाख अब प्रकृतिस्थ था। आगे क्या करना होगा यह सोच रहा था। उसने ठक्कुर से कहा—'राजन, वाग्भट मुनिवर का पुत्र है, मेरा बालसखा...उसका नाम ले रहे हैं ये...परन्तु वह तो हरिद्वार में है...कदाचित वे उसे देखना चाहते हैं...पर वह कैसे आ सकता है?'

'चिन्ता की कोई बात नहीं...वह सब हो जाएगा...पहले व्यासमुनि स्वस्थ हो जाएँ...'

सूत जी ने कदाचित पीड़ा की तीव्रता के कारण आँखें बन्द कर रखी थीं, या वे अन्य किसी लोक में अपने आराध्य को पुकार रहे थे...कदाचित वे विशाख और ठक्कुर की बात सुन भी रहे थे...

ठक्कुर ने शाकटिक सोड्ढल से कहा—सोड्ढल, देखना, दचका न लगे, पर वैद्य निधिदत्त के घर शीघ्र पहुँचना है। रांकव से भी कह दे...वह श्रीकंठ की माता और बहू को लेकर घर चला जाए...

सोड्ढल ने सिर ऊपर करके रांकव से कहा—'तू भवन पहुँच, हम लोग वैद्य जी के घर जा रहे हैं।'

कालिन्दी ने कहा—'नहीं, जब तक व्यासमुनि स्वस्थ नहीं हो जाते, हम घर नहीं जाएँगे।'

दोनों शकट ठक्कुर के भवन का मोड़ छोड़ कर वैद्य निधिदत्त के घर की ओर मुड़ गये।

वैद्य निधिदत्त घर पर ही थे। उनका सौध विशाख ने पहली बार देखा। द्विभूमि सौध था। पीछे उद्यान था। ठक्कुर ने उन्हें देख कर हाथ जोड़ लिए और कहा—'वैद्यराज, हमारी बड़ी परीक्षा की घड़ी आ गयी और आपके वैद्यक के सारे कौशल की भी। नीच कापालिक ने व्यासमुनि पर त्रिशूल चला दिया उदर फट गया है...!'

वैद्य निधिदत्त सूत जी के दाहिने हाथ की कलाई पर अँगूठा रख कर नाडी परीक्षा कर रहे थे। उनकी मुखाकृति गम्भीर थी। विशाख के प्राण उनकी ओर देखते

हुए अकुला उठे।

अन्ततः निधिदत्त ने कहा—'चिन्ता की बात नहीं...रक्त तो बहुत बह गया है, पर घाव गम्भीर नहीं है... '

तत्क्षण उन्होने सेवकों को आदेश देकर पहले रक्तप्रवाहनिरोधक क्षीर और करंज, एरंड, इंगुदी के बीजों से निर्मित तैल तथा घाव सीने के उपकरण मँगवाये।

'भाग्य से मर्म पर चोट नहीं है...।'—निधिदत्त सन्तोष के स्वर में कह रहे थे।

'मर्म क्या होता है?'—ठक्कुर ने पूछ दिया।

निधिदत्त ने कदाचित उनका प्रश्न सुना नहीं या सुन कर भी ध्यान नहीं दिया, उनका सारा ध्यान सूत जी के उदर में नाभिप्रांत के नीचे जम गये रुधिर के थक्कों को साफ करने पर था।

'मर्म तीन प्रकार के होते हैं—शिर, हृदय और वस्ति। किसी शास्त्र में नाभि के नीचे के स्थान तथा जत्रु के ऊपर के भाग को भी मर्म कहा गया है। पर हृदय तो परम मर्म है'—विशाख ने निधिदत्त का ध्यान भंग न हो इस तरह मन्द स्वर में ठक्कुर से कहा।

निधिदत्त ने चकित होकर पलट कर विशाख को गौर से देखा, और कहा—'आप देखने में तो बच्चे हैं, पर वैद्यकशास्त्र आपको उपस्थित है, और प्रामाणिक बात कह रहे हैं। आप भद्रपुरी के नहीं लगते!'

—ये बड़े ज्ञानी हैं...हमारे भाग्य से यहाँ आ गये...आज भी इन्होंने हम लोगों को बचा लिया!' ठक्कुर ने कहा।

'मैं विशाख हूँ...लक्ष्मणपुर के निवासी एक विप्र का पुत्र...'—विशाख ने अपना परिचय दिया।

'वैद्यक सीखा है?'—निधिदत्त ने पूछा।

'वहाँ हमारे ग्राम में एक वैद्य हैं। चिरजीवी नाम से उन्हें जाना जाता है। उनका पुत्र विपाक मेरा बालसखा है, उसके साथ कुछ दिन थोड़ा ही अभ्यास उनके चरणों में बैठ कर किया...'

सुन कर निधिदत्त ने माथे पर अंजलि बाँध कर कहा—'अरे, क्या आपने लक्ष्मणपुरनिवासी मेरे पूज्य वैद्य चिरजीवी का नाम लिया?'

'और क्या?'—विशाख ने कहा—'क्या वे आपके पूर्व परिचित हैं?'

'वे मेरे ज्येष्ठ अन्तेवासी रहे। हम दोनों ने तक्षशिला में वैद्यकशास्त्र का शिक्षा ली..उनकी रुचि औषधशास्त्र में थी, मेरी शल्यचिकित्सा में... पूज्यचरण सुश्रुत मेरे गुरु थे...

बातचीत सूत जी की चिकित्सा के क्रम में बीच-बीच में चलती रही। विशाख की तीक्ष्ण बुद्धि परख कर वैद्य निधिदत्त उससे मित्र की तरह व्यवहार करने लगे। विशाख भी उनके शल्यशास्त्र के ज्ञान पर चकित था। उसने निधिदत्त से कहा—'आर्य, मैने पूज्य चिरजीवी वैद्य जी से शालाक्य और कायचिकित्सा का तो कुछ अध्ययन किया, पर शल्यशास्त्र के विषय में उनका कहना था कि यह तुम बालकों के लिए नहीं है। इसके लिए प्रौढता अपेक्षित है। उन्होंने मेरे और विपाक के लिए अगदतन्त्र , कौमारभृत्य और रसायनतन्त्र की शिक्षा देखने से भी निषेध किया। कहा—जब युवक हो जाओ, तब इन शास्त्रों की शिक्षा दूँगा...'

सूत जी सँभल गये थे। उनकी चिकित्सा के क्रम में बीच-बीच में निधिदत्त विशाख के साथ बातचीत करत जाते। उन्होंने अपने शस्त्र (शल्यचिकित्सा के उपकरण) विशाख को बताये। चौबीस प्रकार के स्वस्तिक यन्त्र, सन्दंशयन्त्र, बीस प्रकार के तालयन्त्र, अट्ठाईस प्रकार के शलाकायन्त्र उन्होंने अलग अलग मंजूषाओं में जमा कर रखे थे। इनके अतिरिक्त मण्डलाग्र, करपत्र, वृद्धिपत्र, नखशस्त्र, मुद्रकोत्पल, पत्रकार्ध, धार, सूची, कुशपत्राटी, मुख-शर, अरिमुखा, अन्तर्मुख, त्रिकूर्चक, कुठारिका, ब्रीहिमुखरा, वेतसपत्रक, बडिश, दन्त तथा शंकु—इन शस्त्रों के कई आकार उनके पास थे। घाव पर पट्टी बाँधने की सामग्री में क्षौम, कार्पास, आविक, दुकूल, कौशेय, पत्रौर्ण, आदि कपाटिका में व्यवस्थित रखे हुए थे।

ठक्कुर वीरपुरुष थे, पर भावनाओं में उतने ही दुर्बल भी। वे विशाख को युद्धों में अपने पराक्रमों की कथाएँ कई बार सुनाते रहे थे, पर अपने पूज्य व्यासमुनि की ऐसी दशा देख कर वे भीतर से दहल गये थे, वे निधिदत्त जब व्रण को साफ करके पट्टी बाँधने व सिलाई करने लगे, तो उस कक्ष में रुक न सके। बाहर जाकर रोने लग गये। घाव की सफाई और उसे विशिष्ट तैल से पौंछ कर निधिदत्त व्रण सी रहे थे। विशाख बड़े कौतुक से उनका कौशल देने लगा। जहाँ उदर चिर गया था, वहाँ वे कवलिका लगा रहे थे।

विशाख को लगा कि निधिदत्त उसके पास रहने से प्रसन्न हैं। वे बीच-बीच में विशाख को बताते जाते कि क्या क्या कर रहे हैं, और जो कर रहे हैं, उससे सूत जी को कितना लाभ मिलेगा। दो सेवक उनके पास खड़े थे, वे जो बताते वह सामग्री तुरन्त निकाल कर देते जाते। निधिदत्त विशाख को बता रहे थे—'आचार्य सुश्रुत ने चौदह प्रकार के व्रणबन्ध बतायें हैं, पेट यदि चिर जाए, तो विबन्ध का प्रयोग होता है, वही मैं कर रहा हूँ। उसमें भी बहुत कसा हुआ बन्ध नहीं होना ताहिए—यह सुश्रुत कहते हैं। मैंने समबन्ध बाँधा है।'

सारी प्रक्रिया पर विशाख चमत्कृत और चकित था। उसने कभी सोचा भी नहीं था कि विदारित उदर की चिकित्सा इस तरह हो सकती है। मन्दिर से चलते

समय सूत जी की जो दशा थी, उसे देखकर वह मन में अत्यन्त आशंकित था कि कहीं अनर्थ न हो जाए...

वह निधिदत्त की सराहना करता हुआ कहने लगा—'आपने हम लोगों को बड़े संकट से उबार लिया!' निधिदत्त ने कहा—- 'मेरा इसमें क्या है? गुरु से विद्या पाई है, वह सेवा के लिए ही है।'

'आपके गुरु आचार्य सुश्रुतपाद ही रहे?'

'वे तो मेरे सबसे बड़े गुरु हैं ही। उस समय तक्षशिला में आचार्य जीवक भी थे। औषधशास्त्र के महान ज्ञाता। समग्र तक्षशिला में ग्राम ग्राम में घूम घूम कर उन्होंने दस हजार वनस्पतियों का द्रव्यगुणविज्ञान अपने प्रयोगों से ही जान लिया था। मेरे अग्रज चिरजीवी ने उनसे ही वैद्यकशास्त्र सीखा। पर परम्परा से तो हम सब के परमगुरु भगवान धन्वन्तरि हैं। वे प्रथम वैद्य हैं। आदिगुरु भगवान शंकर ही हैं और अश्विनीकुमार भी। भगवान शंकर ने दक्ष के यज्ञ में यज्ञपुरुष का ही मस्तक काट दिया था, फिर उस मस्तक को उन्होंने जोड़ भी दिया।...उधर वह कर्तरिका (कैंची) रखी है, उसे उठाइये तो!'...—बात करते करते उन्होंने विशाख को संकेत किया।

विशाख ने कर्तरिका उठा कर दी। निधिदत्त ने सूत जी के पेट में सिलाई पूरी करके बचा धागा काट दिया। रक्त का बहना तो पहले ही रुक चुका था, निधिदत्त ने न्यग्रोध (वट), उदुम्बर (गूलर), अश्वत्थ (पीपल), कदम्ब, प्लक्ष (पाकड़), वेतस्, करवीर और कुटज की छालों से बने कषाय से घाव को धीरे-धीरे धोया और फिर कहा—मुझे विश्वास है कि ये स्वस्थ हो जाएँगे। विशाख, मित्र! मेरी एक बात गाँठ बाँध लो...शल्यशास्त्र ही चिकित्सा का सर्वस्व है। तरह-तरह की व्याधियाँ हैं, उनके निदान के लिए तरह-तरह के औषध हैं, औषध देने वाले वैद्य असंख्य हैं...पर शल्य के अधिकारी वैद्य बहुत कम मिलते हैं, भगवान सुश्रुत की यह विद्या डूबती जा रही है। उन्होंने कहा था कि आयुर्वेद के समस्त अंगों में शल्य सबसे अधिक पुण्यदायी, यशोदायी और हितकारी है।

हल्दी मिला दूध पीने के बाद सूत जी को झपकी लग गयी थी। उनकी सहनशक्ति अद्भुत थी। विशाख सोच रहा था—यहि उसके उदर में त्रिशूल भोंक कर ऐसा घाव कर दिया जाता, तो क्या वह इतनी सहजता से झेल लेता? कालिन्दी उनके पायताने बैठी थी। विशाख ने देखा—उसकी आँखें बार-बार डबडबा जातीं।

विशाख को मन हुआ उसे सांत्वना दे, पर कुछ बोल न पाया।

सूत जी के व्रण पर पट्टियाँ बँध चुकीं थीं। थोड़ी देर बाद उनकी नींद खुली, तो निधिदत्त ने उन्हें कुछ औषधियाँ पिलाईं, फिर उन्हें गहरी नींद आ गयी। निधिदत्त विशाख को अपना भवन दिखाने लगे। नीचे की भूमि पर रोगियों के लिए प्रशस्त कक्ष था, बहुत शान्त हवा भी जैसे वैद्य की अनुमति लेकर ही प्रवेश करती हो। इसके

पार्श्व में पाकशाला थी। विशाख उसे देख कर चकित रह गया। चिरजीवी वैद्य जी के घर में इस तरह की पाकशाला नहीं थी, औषधियाँ महानस (रसोईघर) में बनती थीं, उस महानस में जाने का भी अवसर उसे मिला था, वह लक्ष्मणपुर जैसे छोटे से गाँव के अनुसार छोटा ही था। निधदत्त की पाकशाला में पचास तरह की चुल्लियाँ थी, दस सूपकार (रसोइये) काम कर रहे थे, चार परिचारक भी तत्काल वस्तुएँ लाने के लिए तैयार खड़े थे। ओष्ठमणिक, घट, पिठर, कुम्भी, कुम्भ, शराव, दर्वी, कटोद, उदंचन, परिपचन, मन्थान, भृंगार, प्रतिग्रह आदि पात्र बहुत व्यवस्थित जमा कर वेदिका पर रखे गये थे। महानस के पार्श्व में एक आसवशाला थी जिसमें आसवन का बड़ा उपकरण रखा था। आसव बनाने के लिय कई तरह के धान्य, पुष्प, फल, कंद और मूल तथा कुछ वृक्षों व लताओं के पत्ते रखे हुए थे।

निधिदत्त कह रहे थे—'महर्षि चरक ने चौरासी प्रकार के आसव बतायें हैं, हम केवल सात ही बनाते हैं। छह धान्यासवों में से तो केवल सुरा और मैरेय बनाते हैं, छब्बीस फलासवों में भी जांबव और मृद्वीका बस ये दो बना लेते हैं, ग्यारह मूलासव होते हैं—आवश्यकता होने पर उनमें से कुछ बना लेते हैं। आप जब समय रहे, तो हमारा उद्यान देखिये, उसमें मधूक और खर्जूर के पाँच पाँच वृक्ष है, वसन्त में ये फलने लगते हैं ग्रीष्म में मीठे फलों से लद जाते हैं, इनके फलों से हम प्रचुर मात्रा में मधूकासव और खर्जूरासव बना लेते हैं। तिंदुक और पीलु के फल भी है, पर वे आहार के लिए अधिक उपादेय हैं।'

'और इंगुदी?'—विशाख ने पूछा।

'इंगुदी तो कल्पवृक्ष है। इंगुदी फल के बीजों का तैल हम निकाल लेते हैं, उसके फलों के कई उपयोग हैं...'

'आसव कम ही बनाते थे मेरे गुरु चिरजीवी वैद्य जी...'

'आसव तो कोई भी बना लेता है, पर आसवों का संयोग और संस्कार जानना आवश्यक है...'

महानस का एक द्वार के पीछे खुलता था, इससे बाहर निकलते ही गोशाला थी। गोशाला में चालीस दुधारू गायें बँधीं थीं। हर गाय के सामने बड़ी द्रोणियों में चारा रखा था, पानी पीने के लिए एक कुंड अलग बना हुआ था।—'गोमूत्र, गोघृत और गोदुग्ध अपने आप में बड़ी औषध हैं'—निधिदत्त एक गाय को सहलाते हुए कह रहे थे।

सूत जी को विश्राम के एक कक्ष में ले आया गया था। विशाख को इस कक्ष में छोड़ कर निधिदत्त पाकशाला में चले गये।

इस कक्ष में धुले प्रच्छद से ढकी बड़ी शैया थी, पास में स्नेह, स्वेद अभ्यंग, परिषेक, अनुलेपन आदि के लिए पात्र रखे थे।

सूत जी की अर्धनिद्रा टूटी, तो कालिन्दी उनके पाँव सहलाने लगी। सूत जी ने कष्ट के साथ मना करते हुए कहा—'नहीं, नहीं...'

विशाख ने कहा—'देवि! मुनिवर का आशय है कि आप उनके पाँव न छुएँ। आप अब हम सब के लिए पूज्य बन गयी हैं...उस कापालिक ने जिस तरह आप में देवी का स्वरूप देख कर आपकी स्तुति की...और हम में से और कोई जो न कर सका, वह आपने कर दिया...'

कालिन्दी ने मर्मवेधी दृष्टि से विशाख को देख कर कहा—'विप्रवर, आप लोगों की यही रीति है, आप सब पुरुषों की...पाखंडी कापालिक ने जो स्तुति की, वह तो अपनी प्राण रक्षा के लिए थी...आप भी उसी का अनुकरण कर रहे हैं! हमारे जैसी अभागी स्त्रियों की नियति यही है, कभी तो हमें दासी से भी नीचे गिरा दिया जाता है, कभी देवी से भी ऊपर उठा दिया जाता है.. हमें सहज स्त्री के रूप में सहज भाव से नहीं देखा जाता!' विशाख निरुत्तर उसे देखता रह गया। पहली बार वह उसके सामने इतना बोल गयी थी। उसकी आयु ही क्या होगी...अठारह या उन्नीस वर्ष...इतनी पीड़ा उसके भीतर...उसकी अभिव्यक्ति भी विशाख के आगे? उसके प्रश्न के सामने विशाख का माथा चकरा गया...उस समय इसका वह अद्‌भुत शौर्य, अब यह वेदना! दोनों में कौन सत्य है? उस समय यह साक्षात देवी लगने वाली कालिन्दी या अपने ही परिवार में त्रस्त होकर मौन सब कुछ अनाचार अत्याचार सहती यह विधवा युवती, जिसके भीतर प्रश्नों की ज्वाला धधक रही है?

'मैंने कुछ अपराध कर दिया?'—उसने धीरे से पूछा।

'नहीं आपने कुछ नहीं किया..आपका साथ होना हमरे लिए बड़ा वरदान है...'—बहुत मन्द स्वर में उसने कहा।

सूत जी तन्द्रा में बेसुध से थे, वैद्य निधिदत्त अपना कार्य समाप्त कर एक बार आये थे, फिर सूत जी को सोते देखकर भीतर के कक्ष में चले गये थे। दोनों के बीच का यह वार्तालाप और किसी ने नहीं सुना।

कालिन्दी के आग जैसे शब्द विशाख के मन में आजीवन दाह देते रहे।

सूत जी को निधिदत्त ने अहिफेन (अफीम) मिश्रित रसायन पिला दिया था। वे गहरी निद्रा में थे। निधिदत्त ने ठक्कुर को आग्रह करके विदा दी। कहा—'व्यासमुनि की चिन्ता मत काजिये, अब वे स्वस्थ हो जाएँगें।'

विशाख सूत जी के पास बना रहा। ठक्कुर के भवन की अपेक्षा उसे वैद्य निधिदत्त के सौध में रहना अधिक स्वस्तिकर लगता था। सूत जी शान्त लेटे रहते, पर उनके मन में गहरा द्वंद्व चल रहा है यह विशाख देख सकता था। निधिदत्त ने

उनके उदर का व्रण बहुत कुशलता से सिला था, पर तीन दिन तक उन्हें हिलने डुलने और करवट लेने से मना किया था।

अगले दिन ही श्रीकंठमन्दिर में हुए घातक हमले का सारा रहस्य विदित हो गया था। इस सारे कांड का मूल स्त्रीयाजक डिंडिम पंडित ही था, डिंडिम पंडित को सनातन सूत का पुराण का आख्यान सुनाना और विशाख का अग्निहोत्र करना फूटी आँखों नहीं सुहाया था, उसकी आय के स्रोत इनके कारण समाप्त हो गये थे, स्त्रियों में भी उसकी रही सही प्रतिष्ठा चुक गयी थी। कापालिकों से सम्पर्क उसी ने किया था, उन्हें धन भी दिया था। सालंक मूर्खतावश उसकी योजना में सम्मिलित हो गया था। पर जिस दिन यह कांड होना था, उस दिन अपने ही पाप से घबरा कर वह भद्रपुरी से भाग गया।

ठक्कुर ने इस घटना के अगले दिन पत्र लिख कर काशी में समाहर्ता के पास दूत भेज दिया था। समाहर्ता राजपुरुषों के साथ आया, सालंक का कुछ पता नहीं चला। डिंडिम पंडित, कापालिक और उसके दोनों शिष्य पकड़ लिए गये और काशी के कारागार में ले जाए गये।

ठक्कुर ने विशाख और सूत जी को आश्वस्त करते हुए कहा—काशी में धर्माधिकारी के समक्ष प्रकरण विचार होगा। पर चिन्ता की बात नहीं। मैं साथ रहूँगा, साक्ष्य दूँगा, आवशकता पड़ने पर देवी और बहू भी धर्मासन के समक्ष साक्ष्य देगें। विप्रवर के लिए बात कर ली है, उनका रहना आवश्यक नहीं है। समाहर्ता हमारा मित्र है, व्याससुनि पर उसकी श्रद्धा भी है।

सूत जी चौथे दिन ही ठक्कुर के भवन में आ गये थे। दस दिनों में उनका घाव सूख गया। धागे काट दिये गये। निधिदत्त ने सरल, देवदारु, गंडीरी, शिंशपा और गुरुसार की छाल से बनाया एक तैल दिया, जो घाव भरने के लिए लगाना था। वैद्य निधिदत्त ने कहा था कि एक विशेष क्वाथ वे प्रतिदिन बना कर देगें। निधिदत्त के साथ विशाख की मित्रता इन दिनों गाढ़ी हो गयी थी। उसे वैसे भी प्रतिदिन औषध लाने के लिए निधिदत्त के निवास पर जाना होता था। निधिदत्त तक्षशिला में बिताये दिनों का स्मरण कर करके तक्षशिला विद्यापीठ की चर्चा बहुत बार करते। सुन-सुन कर विशाख के मन में तक्षशिला पहुँचने की लालसा तीव्र होती जाती।

सूत जी धीरे-धीरे स्वस्थ हो रहे थे, पर वे बहुत दुर्बल हो गये थे। उनके मन में एक ही प्रबल इच्छा थी, वाग्भट आ जाता, उसके साथ वे भी नैमिष चले जाते। नैमिष में उनका अकेले जाना किसी को भी उचित नहीं लग रहा था। अन्ततः ठक्कुर, सूत जी और विशाख ने बहुत विचार चर्चा करके निश्चय किया कि विशाख शकट से हरिद्वार तक जाएगा, उसी शकट से वाग्भट हरिद्वार से भद्रपुरी आ जाएगा।

अगले दिन ही विशाख प्रस्थान के लिए तैयार था।

वह शकट में बैठा और पीछे देखा—कालिन्दी, ईश्वरी देवी, ठक्कुर सब भवन के द्वार पर खड़े थे। विशाख ने अंजलि बाँध कर सबको नमन किया।

सोट्ढल ने बैलों को हाँकने के लिए जीभ को तालू से लगा कर हर बार की तरह विचित्र ध्वनि मुँह से निकाली। शकट चल पड़ा। तभी विशाख को कुछ स्मरण आया—निधिदत्त! उनसे मिले बिना वह कैसे जा सकता है भद्रपुरी से! उसने सोड्ढल से कहा—भैया, तनिक शकट वैद्य जी के घर की ओर से ले लेना...

दूसरा भाग

विशाख शकट में सोड्ढल के पास बैठा था। शकट के पीछे के भाग में उनसे प्रचुर खाद्य सामग्री थी—अपूप, सत्तू, लाजा, तरह-तरह के फल—कदली और आम्र फल विशेष रूप से।

शकट धीरे-धीरे चल रहा था। विशाख के मन में त्वरा थी, किसी तरह शीघ्र हरिद्वार पहुँचूँ, वहाँ से कनखल जाकर वाग्भट से मिलूँ, पता नहीं क्या दशा होगी उसकी जब मैं उसको सूत जी के साथ जो हुआ, वह बताऊँगा—यही सब उधेड़बुन उसके मन में चलती रहती। अच्छा हुआ कि शाकटिक सोड्ढल साथ है, रांकव नहीं। ठक्कुर के दोनों शाकटिकों में रांकव थोड़ा घुन्ना है, बोलता बहुत कम है, सोड्ढल बातूनी है, जब तब गाथाएँ गाने लगता है, उससे मन लगा रहता है विशाख का। कभी-कभी मन मार्ग में पड़ने वाले स्थानों का दर्शन करने के लिए कौतुक से आविष्ट भी हो जाता। उसके भीतर का बालक फिर अपनी मनमानी करने लगता। फिर वह अपने आप को धिक्कारता—'मुझे सूत जी का काम पहलेकरना है, फिर तक्षशिला—यह मेरे सैर करने का समय नहीं। मैं इतना निष्ठुर कैसे हो सकता हूँ.. ऐसे समय में अपने मनोविनोद की सोच रहा हूँ!'

वे प्रयाग की ओर बढ रहे थे।—'भद्र सोड्ढल, इतने चुप क्यों हो, कोई गाथा गाओ...कुछ बात करो...!' वह सोड्ढल से कह रहा था।

'क्या गाऊँ, क्या बात करूँ विप्रवर! व्यास मुनि की दशा को स्मरण कर-कर के मन खिन्न हो रहा था।'

'मुझे विश्वास है कि वे शीघ्र ही पूरी तरह स्वस्थ हो जाएँगे। बस किसी तरह शीघ्र हरिद्वार पहुँच जाएँ और तुम वाग्भट को लेकर वापस भद्रपुरी लौटो...'

निधिदत्त की चिकित्सा से सूत जी को धीरे-धीरे स्वास्थ्यलाभ हो रहा था। पर वे इन दिनों वाग्भट को स्मरण करके बहुत दुखी होते रहते। अपने आप को कोसते रहते—'अरे मैंने भी उसे कहाँ उतनी दूर कनखल भेज दिया...उसका मन नहीं था, मुझे छोड़ कर जाने का...मैंने ही आग्रह किया कि वह मेरी तरह अनपढ न रहे,

पुराण का सही ज्ञान ही पा ले।' औषधियों के प्रभाव से वे अधिकतर से तन्द्रा या अर्धतन्द्रा में रहते...उस दशा में भी वाग्भट को अस्पष्ट बुद्‌बुदाक्षरों में पुकारते रहते, उनकी यह स्थिति देखकर ही विशाख ने ठक्कुर के सामने प्रस्ताव किया था कि वाग्भट तत्काल यहाँ आ सके, तो उनके जी को विश्राम मिलेगा।

सूत जी सुन रहे थे। उनकी आँखों में आँसू छलक आये थे। फिर कराहते स्वर में बोले थे—'वाग्भट यहाँ कैसे आ सकता है?...अध्ययन छोड़ कर आना...उसका अध्ययन पूरा हो जाता.. फिर उसे सूचना कौन देगा?'

'उसे हम सूचना न पहुँचायेगे, तो बाद में सारा वृत्तान्त पता चलने पर वह क्या दुखी न होगा?...आप अनुमति दें, तो मैं चला जाता हूँ हरिद्वार, वाग्भट को साथ लेकर आ जाऊँगा...'

सूत जी बहुत चकित होकर उसे ताकते रह गये। फिर उनकी आँखों से अश्रुधार बहने लगी।

'तात, क्या मैंने कुछ अनुचित कह दिया? आप अनवसर में इस तरह रोने क्यों लग गये?'

'नहीं, वत्स, मैं हर्ष के कारण रो रहा हूँ...तुमने ठीक कहा था कि जैसे वाग्भट आपका पुत्र है, ऐसे ही मैं भी। सचमुच तुम मेरे बेटे ही हो! वाग्भट मेरा छोटा बेटा है तुम बड़े। अस्तु, यदि यह कर सकते हो, तो करो, हरिद्वार अवश्य जाओ। वैसे भी हरिद्वार तक तो तुम्हें जाना ही है, वहाँ जाकर वाग्भट को सारी बात बता देना वह तुरत यहाँ चला आये, उसके बिना मैं नैमिष न जा सकूँगा...तुम वहीं से तक्षशिला चले जाना...यह भद्रपुरी विशाख के लिए विरामस्थली नहीं है—जानता हूँ मैं। तुम्हारा हम सूतों के साथ साहचर्य कितने दिन चल सकता था? पर तुम्हारा साहचर्य मिला, जितने दिन मिला उतने दिन हमारे पुण्य फलते रहे हमारे जैसे लोग तुम्हें रोक नहीं सकते...'

विशाख को लगा—सूत जी मन्दिर के प्रतिष्ठादिन पर घटी उस घटना के बाद कुछ अधिक भावुक हो गये थे।

जब वह चलने लगा, तो उन्होंने कहा था—'विशाख, मैं तुम्हें प्रणाम करता हूँ। तुम मेरे लिए गुरु ही हो। मैं तुम्हारा कृतज्ञ हूँ, ऋणी हूँ। तुमने मुझे बचाया, कापालिक से मेरी रक्षा की, फिर मेरे पुत्र को तुम्हीं यहाँ पहुँचाओगे।'

'तात, आप यह क्या विपरीत कर रहे हैं?' विशाख ने भरी आँखों से उनसे कहा था—'आप मेरे लिए सर्वथा पूज्य हैं, ऐसा कह कर तो आप मुझे अपराधी बना रहे हैं...'

'ऐसा क्यों कहते हो आर्य विशाख! विपरीत बात तो यह हुई। तुम्हीं ने तो बताया था कि 'बालादपि सुभाषितं ग्राह्यम्।' तो मैंने तुमसे बहुत कुछ सीखा। शुद्ध

पाठ पुराण का...तो उसके कारण तुम मेरे गुरु ही हुए...'

'न। आप ही मेरे गुरु हैं। मेरा ज्ञान तेजस्वी नहीं है। कदाचित तेजस्वी हो सके।'

भद्रपुरी की ये सारी स्मृतियाँ मन में बार बार उथलपुथल मचाती रहीं थीं...कालिन्दी का वह अप्रत्याशित साहस...उसका वह रूप देखकर वह स्तब्ध रह गया था...

सूत जी से उसे क्या मिला? वह माता और पिता दोनों से वियुक्त है—इस कारण एक तरह की करुणा...फिर उनका आख्यानों उपाख्यानों का ज्ञान। देश-देश के कई-कई तीर्थों, नदियों, पर्वतों, नगरों के विषय में उन्हें कितनी जानकारी है, उनके समक्ष वह अपने को बौना पाता। सूत जी का वह अनृण कैसे हो सकता है? उसके मन में यह धारणा थी कि वे वर्णसंकर हैं, इसलिए अवर हैं...अब लगता है जाति की बात की झूठ है। जन्म से कोई कैसे छोटा या बड़ा हो सकता है? सूत ज्ञान में बड़े हैं।

उतने महीनों में सनातन सूत के साथ विचित्र सम्बन्ध जुड़ गया था उसका। बालसुलभ चपलता के कारण वह उनका आरम्भ में उपहास करता रहा, उन्हें वर्णसंकर मानकर उनके प्रति अनास्था का भाव मन में रखे रहा। उनकी बात ही नहीं सुनता था, सुन भी लेता तो मन में गुनता नहीं था। धीरे-धीरे सूत जी के प्रति उसके मन से अश्रद्धा का भाव गलता गया। सूत जी अधीती नहीं हैं, पर जो ज्ञानी जन निरर्थक कलह करते रहते हैं, और वितंडा का वितान रचते रहते हैं, उनको सूत जी से कुछ सीखना चाहिए। उनसे कितना कुछ सीखने को मिला यह सोचकर विशाख चकित होता रहता। उसे लगता कि सूत जी भी एक ऋषि ही हैं, इनकी भी अपनी तपस्या है, और उनकी तितिक्षा का तो कहना ही क्या! उन्होंने वेद-वेदांगों में श्रम नहीं किया, न्याय नहीं जानते, न वैशेषिक में ही गति है। कपिल मुनि के सांख्य मत या बादरायण के वेदान्त का भी उनका अभ्यास नहीं। पर लोकाचार वे जितना समझते हैं, उतना बड़े-बड़े आचार्य भी नहीं समझते। आर्य कौंडिन्य ने एक बार कहा था—लोक और वेद दोनों जानना चाहिए। विशाख ने अंगसहित वेदों का अध्ययन किया है, याज्ञिक अनुष्ठान वह जानता है, सांख्य और वैशेषिक भी में उसकी समझ है, पर उससे क्या? उससे मन को तो सन्तोष नहीं होता।

काशी क्षेत्र छोड़कर सोड्ढल के साथ वह प्रयाग पहुँचा। त्रिवेणी स्नान किया, यमुना की नील तरंगों की पाँतों में मिलती गंगा की धारा देखी। जैसे चमकती इन्द्रनील मणियों की लड़ी में मुक्ता की माला गूँथ दी हो, या श्वेतकमलों की पाँत के साथ नीलकमल की श्रेणी लगी हुई हो।

सोड्ढल ने हाथ जोड़ कर भक्ति से गद्गद होकर कहा—गंगा, यमुना और

सरस्वती तीनों के संगम का दर्शन हो गया। जन्म सफल हुआ ।

'सरस्वती? सरस्वती कहाँ है?'

'देखिये विप्रवर, कितनी शुभ्र है गंगा की धार...उसमें मिल रही है नीली यमुना की धार—है न?'

'देख रहा हूँ...चन्द्रमा कि किरणों के साथ अँधेरा जैसे चल रहा हो...'

'इनके भीतर सरस्वती है। कहते हैं पहले सरस्वती की धारा भी दिखती थी...इसीलिए तो इसे त्रिवेणी संगम कहा जाता रहा'...—कहते-कहते सोड्ढल की दृष्टि उस पार चली गयी। 'उस ओर देख रहे हैं?'—उसने कहा—'उधर भी एक ग्राम है...'

'देख रहा हूँ.. पर कौन-सा गाँव है वह?'

'अब गाँव दिखता है'—सोड्ढल ने कहा—'पहले बड़ा नगर था—इसे प्रतिष्ठानपुर कहते थे। कहते हैं वहाँ एक बहुत बड़े राजा राज करते थे...'

'हाँ, प्रतिष्ठानपुर में पुरुरवा राज करते थे...पर वह बहुत पहले की बात है—त्रेतायुग की...'

'आप तो ज्ञानी हैं...आपको सब विदित है। उधर बहुत दूर देखिये...एक प्रासाद—अब तो खंडहर बन गया है। वह देवच्छन्दक प्रासाद कहलाता था, उन्हीं पुरूरवा राजा का। वहीं से उर्वशी उन्हें छोड़ कर चली गयी। इस तट से होकर वह गयी थी...इसे उर्वशी तीर्थ कहते हैं। उर्वशी चली गयी, तो पुरूरवा व्याकुल होकर उसे खोजते रहे...'

विशाख विस्फारित नेत्रों से सोड्ढल को देखता रह गया। एक शाकटिक का ऐसा ज्ञान और यह वचनचातुरी! फिर उसने पूछ ही लिया—'इतना सब ज्ञान तुम्हें कहाँ से मिला सोड्ढल?'

'आर्य, मेरे पिता काशी में चारण थे। उनकी बहुत रुचि थी देश-देशान्तर के वृत्तातों में। वे हमें ये सब बातें बताया करते थे...काशी के राजा भी उन्हें बहुत मानते थे, देवयोग से मैं बालक था, तभी उनका निधन हो गया, हमारी सम्पत्ति पर हमारे पितृव्य ने अधिकार कर लिया...हम लोग भद्रपुरी आ गये। पर प्रयाग के ये स्थल मुझे पिता श्री ने ही बताये थे...'

'उर्वशी का उपाख्यान तो तात सूत ने भी सुनाया था, पर तुम जो बता रहे हो उससे उसमें अन्तर है...' बातें करते हुए प्रतिष्ठानपुर में हंसकूप से आगे चल कर दोनों समुद्रकूप पहुँचे। सचमुच में समुद्र के समान पारावार—अपार जल से परिपूर्ण। उसक आगे ऋषिरसा और पर्णशाला—ये दो गाँव थे।

सोड्ढल ने कहा—यहाँ से पूर्व की ओर कालंजर नाम का बड़ा दुर्ग है। उसके आसपास दशार्णदेश है, उसमें दशार्णा और वेत्रवती ये दो नदियाँ बहती हैं..

'दशार्ण देश तो मैं भी जानता हूँ...विदिशा वहाँ की राजधानी है।'

'आप कैसे जानते हैं?'

'एक कवि कालिदास हुए हैं...उनका मेघदूत काव्य मैंने पढ़ा है। वे रहते तो थे उज्जयिनी में, पर देशाटन उन्होंने भी बहुत किया। उन्होंने मेघदूत में दशार्ण देश और विदिशा दोनों का वर्णन किया है...'

'आप तो बड़े ज्ञानी हैं। अब आपको क्या बताना? पर विदिशा के विषय में एक बात आपको विदित न होगी...'

'कौन सी?'

'वहाँ यवन देश से कोई यात्री आया और बस गया...उसके पास बडी सम्पदा थी...उस समय अग्निमित्र राज करते थे विदिशा में वे भी उस पर बहुत प्रसन्न थे...उसने अपना धर्म छोड़कर हमारा धर्म स्वीकार कर लिया था...वह वासुदेव का परम भक्त हो गया अस्तु—यदि कालंजर से पश्चिमोत्तर में जाएँगे, तो आगे गोपाचल है, वहाँ चर्मण्वती नदी बहती है। उसके निकट ही पद्मावती नगरी है। उसमें एक और पारा नदी बहती है, दूसरी ओर से सिन्धु। पारा और सिन्धु का संगम भी बड़ा मनोहर है...'

प्रयाग से यमुना के किनारे होते हुए वे शूरसेन देश आ गये। 'आज मथुरा में ही विश्राम करेंगे—सोड्ढल कहने लगा—कोई पांथशाला ढूँढ़ लेते हैं या सत्रागार...'

शूरसेन देश की राजधानी मथुरा। सारे शूरसेन देश में जहाँ भी जाओ वासुदेव कृष्ण के मन्दिर, उन्हीं का कीर्तन। वासुदेवमयी लगती है मथुरा। विशाख को बार बार सूत जी की याद आती, वे क्यों न हुए इस समय उसके साथ? वे होते, तो स्वयं वासुदेवमय हो जाते, फिर वे जो कुछ कहते वह वासुदेव का होता।

कहते हैं पहले मथुरा में इन्द्र की पूजा होती थी। इन्द्रमह के दिन बहुत बड़ा इन्द्रध्वज बनता। फिर वासुदेव की महिमा ऐसी बढ़ी, कि इन्द्र को बिसार कर मथुरावासी वासुदेव कृष्ण की पूजाकरने लगे। शुरूआत पास के एक गाँव वृन्दावन से हुई थी। वृन्दावन वालों ने इन्द्रपूजा बन्द करके गोवर्धन पहाड़ को पूजने लगे। फिर तो रुष्ट होकर इन्द्र सारे वृन्दावन को बाढ़ से बहा डालने पर उद्यत हो गये।

पर वासुदेव ने वृन्दावन को बचा लिया। बाद में वृन्दावन ही नहीं मथुरा और सारा शूरसेन देश वासुदेवमय हो गय।।

पांथशाला में कुछ देर दोनों ने विश्राम किया। फिर सोड्ढल विशाख को मथुरा का सबसे पुराना मन्दिर दिखाने ले गया। कृष्ण का मन्दिर था, कहते हैं कृष्ण के पुत्र सांब ने इसे बनवाया था। जब अलक्षेंद्र ने शूरसेन पर आक्रमण किया, तो मन्दिर को उसकी सेना ने तोड़-फोड़ दिया। मथुरा में जहाँ जाओ, ध्वंसावशेष हैं, विदेशी प्रभाव भी है मूर्तियों में। अभी भी विदेशी कहीं-कहीं दिख जाते हैं। मथुरा

फिर भी मन हरती है। एक लुनाई, एक श्यामल मसृणता...

विशाख इस नवीन धर्म को देखकर चकित था। उसने कभी सोचा भी न था कि धर्म का यह रूप भी हो सकता था। धर्म का उसके लिए अर्थ था यज्ञयागादि सम्पादन। पर शूरसेन देश के तो ब्राह्मण भी अग्निहोत्र व त्रिकालसंध्या छोड़कर कृष्ण का कीर्तन करने लग गये थे। वासुदेव कृष्ण ने यह क्या कर दिया? इसने धर्म के नये द्वार उघाड़ दिये, पुराने बन्द कर दिये।

मन तो था मथुरा में रुकता, पर सूत जी का कार्य पूरा करना है। काशी से मथुरा, मथुरा से हरिद्वार।

अन्तत: आ ही गया कनखल।

बीच-बीच में किसी ग्राम में विराम लिया, रुके कभी किसी आराम (बगीचे) में विश्राम किया। कभी सत्र में खा लिया, कभी यजमान मिल गये, उन्होंने सादर भोजन कराया।

प्रयाग में तो संगम का निराला सौन्दर्य देखा था। गंगा की कान्ति विशाख ने हरिद्वार और कनखल पहुँच कर देखी।

कनखल ऋषियों की तपोभूमि है। यहाँ कई आश्रम हैं। उन्हीं में से एक ब्रह्माश्रम है, जिसका पता सूत जी ने दिया था। वाग्भट तत्काल इस आश्रम में पहुँचते ही मिल गया। बहुत समय के बाद विशाख ने वाग्भट को देखा था। उसका कद बढ़ गया था, पर बहुत विनम्र होने से झुका झुका लगता था। जैसे सूत जी वैसे ही उनका बेटा अत्यन्त सौम्य और विनम्र। विशाख को देख कर बहुत प्रसन्न हुआ, प्रणाम किया। विशाख ने उसे गले लगा लिया। विशाख समझ नहीं पा रहा था कि सूत जी के साथ जो घट गया, वह सब वाग्भट को कैसे बताये मार्ग में भी वह सोड्ढल से कहता आ रहा था—'मित्र, वाग्भट से जब हम लोग मिलें, तो व्यासमुनि के साथ जो घट गया, उसे मैं वाग्भट को कैसे बताऊँगा, तुम ही इसमें मेरी सहायता करना...'

सोड्ढल ने बात सँभाल ली। सोड्ढल के साथ वाग्भट भी तुरत घुलमिल गया। विशाख के सामने वह कुछ संकुचित सा था। कुछ देर इधर-उधर की चर्चा करके विशाख ने वाग्भट को भद्रपुरी में जो कुछ हुआ था था, वह बताया। सुनकर पहले तो वाग्भट स्तब्ध रह गया, फिर रोने लगा।

सोड्ढल ने उसे समझाया। विशाख ने आश्वासन दिया। फिर विशाख ने उसे सोड्ढल के साथ शकट में बिठा दिया। वाग्भट ने भद्रपुरी के लिए प्रस्थान किया।

पिता बदरिकाश्रम में हैं। विशाख के मन में एक विचार यह भी है कि एक बार पिता से मिल कर फिर तक्षशिला जाऊँ...फिर सोचता है—पहले तक्षशिला ही चला जाता

हूँ...वहाँ से अध्ययन समाप्त करके फिर पिता के दर्शन करूँगा...पर तक्षशिला में तो कई वर्ष रहना होगा, बीच में वहाँ से अध्ययन छोड़कर जा भी नहीं सकता...

भद्रपुरी से जब चल रहा था, तो सूत जी ने कहा था—'विशाख, तुम्हारे पिता ने जीवन में बड़ा कष्ट उठाया। पत्नी व्रत उपवास कर-कर के खप गयी.. जो रक्षिता लाकर रखी, उसने उन्हें धोखा दिया...वे संन्यासी तो हो गये, पर तुम्हारे लिए दुखी रहते हैं...मैंने उन्हें बचपन से देखा है...मैं जानता हूँ शाखोटक विप्र को। वे मन से कठोर नहीं हैं। कठोरता का आवरण उन्होने नारिकेल के छिलके की तरह अपने ऊपर चढा रखा है...तक्षशिला जाने के पहले उनसे मिल कर जाना...उनकी अनुज्ञा लेना...तुम्हें देखकर उनका मन भी जुड़ा जाएगा...'

तक्षशिला की तरफ बढ़ रहा है विशाख। सूत जी के साथ बिताया समय उसके साथ चल रहा है। सूत जी उसके मन के एक हिस्से बन गये। थोड़े समय का साथ था, पर उससे वह बदल गया। वह सोचता है—ऐसा क्यों हुआ? मुझे कोई गुरु नहीं मिला...तो सूत ही मेरे गुरु हो गये...मेरे साथ एक नई काया चल रही है...जो कुछ सूत जी से मिला उसके तन्तुओं से बँधी...कितनी उज्ज्वल और कितनी मैली है यह काया? पर मैं बदल तो गया इसके साथ...क्या गुरु शिष्य को पूरी तरह बदल देता है...इस तरह कि उसका नया जन्म हो जाए? क्या सूत मेरे सच्चे गुरु हो सकते हैं? जिन्हें सच्चा गुरु मिल गया, उनको तो पूरी तरह एक नया देह मिल जाता होगा—ज्ञान का देह।

हरिद्वार से कुरुक्षेत्र और कुरुक्षेत्र से त्रिगर्त जनपद तक वह आ गया। सोढ्डल जा चुका, वागभट जा चुका।

विशाख अकेला विपाट् (विपाशा) और शुतुद्री (सतलज) के संगम पर खड़ा हुआ था। दोनों महानदियाँ। यह नदियों का देश है। पास ही सिंधु भी बह रही है। उसके उस किनारे पर हिमालय की तराई में पुष्कलपुर है, हिमगिरि के चरणों में झुका हुआ। पुष्कलपुर के आसपास पुष्कलावती नदी बहती है। यहाँ से वह तक्षशिला की ओर जाती है, तरंगों से तक्षशिला को भिगोती विपाट्, चन्द्रभागा और शतुद्रु के साथ संगम रचती है। उसके पास ही इरावती नदी बहती है।

मन में ऊहापोह था। अभी भी यहाँ से पूर्व की ओर बढ़ जाऊँ, तो बदरिकाश्रम और कैलास जा सकता हूँ, कदाचित पिता वहाँ मिल जाएँ। यदि पश्चिम की ओर चल दूँ, तो गान्धार के पहले ही तक्षशिला है, कुछ ही दिन में वहाँ पहुँच जाऊँगा।

भद्रपुरी से चलते समय सूत जी ने जो कहा था, वह उसके भीतर एक बार फिर गूँज गया...—...'वे संन्यासी तो हो गये, पर तुम्हारे लिए दुखी रहते हैं...मैंने उन्हें बचपन से देखा है...मैं जानता हूँ शाखोटक विप्र को। वे मन से कठोर नहीं हैं। कठोरता का आवरण उन्होंने नारिकेल के छिलके की तरह अपने ऊपर चढ़ा रखा

है...तक्षशिला जाने के पहले उनसे मिल कर जाना...उनकी अनुज्ञा लेना...तुम्हें देख कर उनका मन भी जुड़ा जाएगा...'

अन्ततः विशाख ने यही निर्णय लिया कि पहले बदरिकाश्रम चला जाए, पिता से मिल ले।

त्रिगर्त जनपद से वह पूर्व की ओर मुड़ गया। अब वह हिमालय की तलहटी में चल रहा था। घना बीहड़ वन। ऊँचाइयों पर देवदारु और चीड़ के पेड़। आकाश झुक कर उन्हें छूता लगता। कई बार हिंस्र वन्य जन्तु उसे ताकते हुए फिर उपेक्षा करके निकल जाते।

कई आश्रम मार्ग में मिले। आश्रय भी मिला। एक बार भयावह भेड़िये ने उस पर हमलाकर दिया, बहुत साहस से उसने लाठी से सामना किया, वह चिल्लाया, तभी पास के आश्रम से समिधाएँ लाने के लिए निकले बटुक दौड़ते हुए आ गये, उन्होंने मुँह से विचित्र प्रकार की ध्वनियाँ निकालीं, भेड़ियाँ अचानक गुर्राता हुआ चुप हो गया, फिर पूँछ दबा कर भाग गया। विशाख विस्मय से, भय से, प्राणान्तक संकट से निकल आने के आनन्द से सराबोर उन्हें देखता रह गया। उसने उनसे बात करना चाहा, पर वे उसकी भाषा न समझ पाये, वह संस्कृत में, जितनी गाँधारी प्राकृत आती थी, उसमें बोल कर उन्हें धन्यवाद देने का प्रयास करता रहा, वे हँसते हुए जैसे आये थे, वैसे लुप्त हो गये।

क्या वे किसी स्वप्न लोक से उतरकर आए थे... ?

बीच-बीच में गुफाएँ थीं, तीक्ष्ण आतप से बचने को वह एक गुफा में चला गया...पर द्वार से ही लौट आया...उसमें एक स्त्री-पुरुष युगल रति में लीन...अच्छा हुआ दोनों ने उसे नहीं देखा..

कोई मुनि तपती दुपहरी में पंचाग्निव्रत साधे बैठे थे। ऊपर अंगारे बरसाता सूरज, चारों ओर अग्नि की लपटें उन्हें घेरे हुए।

इसीलिए यह तपोभूमि कहलाती है। तरह-तरह की कृच्छ साधनाओं और तपश्चर्याओं में लगे मुनि यहाँ दिखते हैं। कोई हस्तादान मुनि हैं—बिना माँगे बिना वृक्ष से तोड़े, जो वस्तु या फल हाथ में आ जाए, उसी को वे ग्रहण करते हैं, मुखादान मुनि भी होते हैं इधर, वे न हाथ में कुछ लेगें न याचना करेगें।

ऐसे तो उस वन में आश्रमों जा जाकर पिता का पता लगाने में पता नहीं कितने दिन लग जाएँगे। विशाख निराश हो चला था, और सोच रहा था कि लौट जाए। तभी उस दिन उसे सामने से आते एक संन्यासी दिखे। उनकी आकृति पहचानी सी लगी। कहाँ देखा होगा इन्हें...अचानक सोच रहा था तभी उसकी स्मृति में शुभमति की निर्मल सौम्य दृष्टि कौंधी। अरे ये तो आचार्य विमलकीर्ति हैं...जब ये आचार्य सौम्यदेव के गुरुकुल में आये थे, तब जटाएँ नहीं थीं...इसलिए पहचानने में कठिनाई

हुई...पर आँखें वे ही...जो आर्य शुभमति की...

उसने संन्यासी को प्रणाम किया, कहा—'भगवन, यदि मेरे पहचानने में चूक नहीं हो रही है, तो आप साकेत के गुरुकुल के आचार्य तथा मेरे गुरु शुभमति के तातपाद हैं...'

संन्यासी प्रसन्नवदन पर निर्विकार स्वर में पूछा—'भद्र, आपने ठीक पहचाना है, पर ये संज्ञाएँ मेरे पूर्व आश्रम की थीं.. लगता है आप किसी-किसी को खोज रहें हैं...'

विशाख ने अपना परिचय दिया, यह भी बताया कि वह साकेत के गुरुकुल में आचार्य शुभमति के सान्निध्य में रह चुका है। यहाँ आने का अपना प्रयोजन बताया।

संन्यासी ने कहा—'शुभमति पूर्व आश्रम में मेरा पुत्र था...आपके गुरु सौम्यदेव मेरे सतीर्थ्य थे और आपके पिता शाखोटक विप्र से भी मैं परिचित हूँ...वे आगे एक मठ है.. वह प्रभात होते ही सूर्य की किरणों में स्वर्ण की तरह चमकता है, इसलिए उसे ज्योतिर्मठ कहते हैं। इधर वाम दिशा से जाइये अधिक दूर नहीं है आप दूर से ही पहचान जाएँगे। शाखोटक उसमें रहते हैं...'

ज्योतिर्मठ पहुँचते ही पिता मिल गये। वे बहुत कृशकाय हो गये थे। उन्हें देखते ही विशाख का जी भर आया। उसने साष्टांग प्रणाम किया।

'भद्र, कौन हो तुम?' पिता ने पूछा।

'अरे, आपने पहचाना नहीं? आपका पुत्र विशा...

'विशाख! तो तुम आ गये...!'—पिता उसके आँखें मिलाये बिना और शून्य में कुछ देखते हुए बुदबुदाये। फिर उन्होंने उस पर एक उड़ती सी दृष्टि डाली - - और कहा—'विशाख तुम तो बहुत लम्बे हो गये...तुम्हारा कल्याण हो...'

एक मौन दोनों के बीच में पसर गया। विशाख को लगा जैसे उसके प्राण कंठ में आ रहे हैं...ऐसा कैसे हो गया कि वह पिता से कुछ कह नहीं पा रहा है!...मार्ग में तो बहुत सी बातें मन में आई थीं कि उनसे यह कहेगा वह कहेगा...पर अब?

साँझ घिर रही थी...हवा बहुत ठंडी हाड़ छेदती हुई। पिता ने कहा—'आओ भीतर बैठते हैं, यहाँ तुम्हें शीतबाधा होगी।'

विशाख उनके साथ कुटी में गया। सूनी कुटी, निर्वसन और निरलंकार पिता की तरह। फिर भी कुटी में आकर उसे अच्छा लगा।

पिता ने उसे बैठने का संकेत दिया, फिर कुछ फल लाकर उसके सामने रखे। दाड़िम और सेव—यहाँ कहाँ से उन्हें मिल गये होगे?

'मैं तुम्हारी प्रतीक्षा कर रहा था...मुझे हर समय लगता रहता कि तुम आओगे

यहाँ...'—पिता धीरे-धीरे कह रहे थे।

विशाख नि:शब्द बैठा रह गया। मन हुआ पूछे—'मेरी प्रतीक्षा? किसलिए?' पर नहीं पूछ पाया। फिर सोचता रह गया कि वह उनसे क्या कहे—कुशल प्रश्न करे कि कैसे हैं आप, सकुशल तो हैं...पर ऐसा प्रश्न करना भी अब अप्रासंगिक लग रहा था।

मन हुआ उनसे कहे—'मैं आपकी कोई सेवा न कर सका...इस वयस में आप यहाँ इतना कष्ट उठा रहे हैं...' पर पिता के मुँह पर जो भाव था, उसे देखते हुए ऐसा कहने का साहस न हुआ। उनके मुख पर अथाह वेदना थी।

'ये आपके हाथ कैसे हो गये हैं...पहले तो ऐसे नहीं थे...'—उनके दोनों हाथ देखते हुए वह कहने लगा।

पिता की आँखें डबडबा आईं। उन्होंने किसी तरह अपने को संयत करके कहा—'पुत्र विशाख!..., उस दिन तुम बिना मुझसे कुछ भी कहे घर से चले गये.. मैं यह भी नहीं कह सकता कि तुमने मेरी अनुमति नहीं ली.. मैंने ही तो कह दिया था घर से निकल जाओ...पर उस समय तो मैं घर पर था नहीं जब तुम गये...जब लौटा, तो मेरा तो घर ही विनष्ट हो गया था...मेरे मन में तो पछतावा उसी क्षण से था कि बिना कारण के मैंने तुम्हे पीटा। बिना अपराध के मैंने अपने पुत्र को क्यों इस तरह बेत से मारा...? मेरे भीतर का आत्मपुरुष मुझ से बार-बार यह कहता। तो मैंने सोचा कि मुझे राजा के पास जाना चाहिए कि वे मुझ दंड दें, क्योंकि ऋषि गौतम ने तो राजा के कर्तव्यों में बताया है—अकारण शिष्य का ताडन करने वाले गुरु को वह दंड दे, और पिता भी तो गुरु ही है। तो मैं राजा के पास चला गया...

'इतनी सी बात पर...आप राजा के पास चले गये?'

'हाँ, चला गया...पर राजा मूर्ख था...उसने कहा ब्राह्मण देवता! आजकल के बालक बहुत बिगड़ते जा रहे हैं, आपके अपने पुत्र को मारा, आपने उचित ही किया...मैंने कहा भी कि मेरे लिए दंड का यदि आप निर्णय नहीं कर सकते तो धर्मसभा करें इस पर विचार...एक पुरोहित वहाँ बैठे थे राजा ने उनसे पूछा, उन्होंने कहा कि मेरा अपराध नगण्य है और क्षंतव्य भी। जहाँ तक उन्हें ज्ञान है, धर्मशास्त्र में इस अपराध का न कोई दंड बताया गया हगै, न प्रायश्चित...

'...पर जितना ही सोचता मुझे अपना अपराध बहुत बड़ा लगता। फिर यह सोचते हुए घर आया कि तुम से ही क्षमा माँग लूँगा...उससे कम से कम मन का कलुष कम हो जाता...पर घर पहुँचा तो देखा तुम नहीं थे...वह स्त्री मल्लिका...उसने बताया कि आपका बेटा आपका आदेश स्वीकार कर घर से चला गया और मैं भी इस घर से जाना चाहती हूँ—मेरा मोचक पुरुष आ गया है...वह मोक्षराशि एक सहस्त्र निष्क आपको दे देगा...मैंने कहा—अब मोक्षराशि लेकर भी क्या करूँगा, तू अपने

पुरुष के साथ चली जा...'

इतना कह कर साँस लेने के लिए वे रुके। विशाख अवाक्, स्तब्ध उन्हें देखता रह गया। पहली बार पिता इतनी देर अपने विषय में उसके सामने खुलकर बोले थे।

पिता फिर कहने लगे—'यह मेरा ही स्खलन था कि मैं उस युवती को ले आया। वृद्धावस्था में मैंने युवती को रक्षिता बना लिया। इस परिग्रह की आवश्यकता ही क्या थी? यही सोचता रहता। लगता—यह तो पाप हुआ है। पाप के प्रशमन के लिए कृच्छव्रत ले लिया। कच्छव्रत करते हुए मन में बार-बार यह बात आती कि मैंने तुमसे क्यों नहीं पूछा...जब जब मल्लिका ने तुम्हारे विषय में मिथ्या बातें कहीं...इन हाथों से मैंने अपने पुत्र को बेत से मारा! एक बार अग्निहोत्र करते हुए मेरे मन में इतनी ग्लानि और वेदना हुई कि उसी अग्निहोत्र की अग्नि में मैंने ये हाथ दे दिये...हाथ जल गये, तब से हाथ ऐसे ही हैं...'

विशाख की आँखों से आँसू बहने लगे।

इतना सब कहने के बाद पिता प्रकृतिस्थ हो गये। विशाख के मन में हलचल मची रही। पिता का यह रूप पूरी तरह अनजाना था उसके लिए...रात भर उसके मन में विचित्र उधेड़बुन और दुःस्वप्न आते रहे...

भोर के प्रकाश में लगा अँधेरा छँट गया है। पिता ने कल की सारी बातें जैसे भुला दी थीं...वे ज्ञानचर्चा करने लगे। कहा—'विशाख तुम बच्चे थे, पर तुम यह सत्य समझते थे कि यज्ञों में पाखंड व्याप्त हो गया है। मैंने सुना कि बदरिकाश्रम में कोई बादरायण ऋषि रहते थे, उन्होंने वेदों के सारे ज्ञान को सूत्रों में बता दिया है, तो मैं उनका सूत्रग्रन्थ पढ़ने के लिए इस बदरिकाश्रम में आ गया...ग्रन्थ का अभ्यास भी मैंने किया और सारे सूत्र कंठस्थ भी कर लिए। यहीं संन्यास में दीक्षित हुआ अब मन के कलुष निकल रहे हैं...यहाँ तप और स्वाध्याय इसमें जीवन बीत रहा है...'

पाँच दिन विशाख पिता के साथ उस आश्रम में रहा। भोजपत्र यहाँ बहुत सरलता से मिल जाते थे, और विशाख के पास सूत जी की दी हुई मसी ओर लेखनियाँ थीं। पिता बोलते जाते, उन्होंने बादरायण ऋषि के जो सूत्र सुने थे, विशाख ने उन्हें लिख लिया। यह ब्रह्मसूत्र ग्रन्थ उसके पास सदा रहा। तक्षशिला में उसका स्वाध्याय बहुत काम आया।

उसके वहाँ से चलते समय पिता फिर कुछ विचलित दिखे।—'अध्ययन तो. यहाँ भी हो सकता है...' उन्होंने कहा था—

विशाख कुछ उत्तर न दे पाया। पिता ने अब की बार कुछ भावाकुल होकर कहा—'विशाख, मैने तुम्हारे साथ...तुम्हारी माता के साथ महान अन्याय किया...स्मरण कर-कर के चित्त में पीड़ा होती है...'

विशाख ने कहा—'तात, खिन्न न हों आप...अब तो सब ठीक हो ही गया

अब आप मुझे अनुज्ञा दें मैं तक्षशिला जाऊँगा...'

उन्होंने आशीर्वाद की मुद्रा में हाथ उठाया और खड़े रह गये। विशाख चल पड़ा।

भागीरथी के झरनों की फुहार लिए हवा देह को सहला रही थी। उस हवा में मिली हुई स्मृतियाँ...पिता की स्मृतियाँ, उनसे संश्लिष्ट माँ की स्मृतियाँ फिर-फिर कर लौट कर आती हुईं...सूत जी की स्मृतियाँ...अब वे स्वस्थ हो गये होंगे, नैमिष की और चल दिये होंगें...नैमिष में उनके आख्यान का समय आ गया...प्रतिवर्ष तीन माह वे वहाँ आख्यान करते हैं...

निधिदत्त का ध्यान आया। चलते समय वह उनसे मिल लिया यह अच्छा ही हुआ। उन्होंने उसे अपनी मुद्रा लगा कर एक पत्र दे दिया था। कुछ भी समस्या आये, तो यह पत्र मेरे गुरु आचार्य सुश्रुत तक पहुँचा देना—वे बहुत शिष्य वत्सल हैं—सहायता करेगें—उन्होंने कहा था।

विशाख अपनी सामग्री में उस पत्र को सँभाल कर रखे हुए था।

तक्षशिला का गोपुर। प्राकार के द्वार पर आकार से भीषण, लम्बी डाढी वाला, बडी बडी मूँछों वाला प्रतीहारी था। उसके हाथ में भाला था। विशाख स्तब्ध खड़ा उसे ताकता रह गया। वह कुछ पूछ रहा है यह तो वह समझ रहा था, पर क्या पूछ रहा है—यह नहीं समझ पा रहा था। लगता है यवनों की भाषा बोल रहा है। क्या यहाँ रह कर यह भाषा भी सीखनी होगी?

उसने अपना परिचय देते हुए कहा—'भद्र, मैं विशाख हूँ...विद्यापीठ में अध्ययन के लिए आया हूँ।'

प्रतीहार की मुद्रा से लगा कि वह कुछ भी समझ नहीं पाया है। उसने पीछे की ओर मुख करके पुकारा 'हीणामहे! हीणामहे!!'—

विशाख ने अनुमान किया कि वह किसी को पुकार रहा है। उसका अनुमान सही था। प्राकार के ऊपर चूलिका थी, उससे कोई अन्य प्रतीहार नीचे उतरता दिखा।

पहले प्रतीहार ने उससे विशाख की ओर संकेत करके कुछ कहा। अब दूसरे प्रतीहार ने संस्कृत में उससे बोलना शुरू किया—विशाख को सामने देख उसने कहाँ से आये, कौन हो, कहाँ जाना है, क्या काम है, किससे मिलोगे?—इन प्रश्नों की काँव-काँव लगा दी।

विशाख ने उसे सारी बात बताई। अपने स्यूतक से वैद्य निधिदत्त का पत्र गुरु सुश्रुत के नाम लिखा हुआ...वह बताया। प्रतीहारी पत्र लेकर उसे रुकने को कहकर चला गया।

विशाख को लगा तक्षशिला एक अभेद्य दुर्ग है, इसके भीतर वह पहुँच ही नहीं पायेगा। वह गोपुर के बाहर पेड़ के नीचे एक वेदिका पर पूरे एक प्रहर बैठा रहा। मध्याह्न अपराह्ण में परिवर्तित हो गया।

विशाख आशा और निराशा के प्रवाह में गोते लगाता रहा। तक्षशिला में प्रवेश करना ही इतना कठिन है—यह तो किसी ने भी उसे नहीं बताया—गुरु ईश्वरकृष्ण तो इस सब के विषय में जानते भी न होंगें—पर निधिदत्त कुछ संकेत दे सकते थे...वे जब यहाँ रहे होंगे, तब स्थितियाँ भिन्न रही होंगीं...

अन्तत: प्रतीहारी आया, उसने विशाख को प्रवेश मुद्रा दी।

विशाख तक्षशिला में घुसा, तो मन क्लान्त था। नगर में कोई परिचित नहीं। विचित्र और विशाल डील डोल वाले लोग उसे भीषण लगते। लोग आशंका से एक दूसरे को देखते हुए निकल जाते। तक्षशिला की हवा में भय था, हवा में उड़ते धूल के कण भी त्रास की गन्ध फैलाते लग रहे थे।

विशाख ने काशी देखी, मथुरा भी देखी। हरिद्वार का दर्शन किया। कहीं ऐसा नहीं लगा। बदरिकाश्रम में तो कितनी शान्ति थी। सब कुछ निर्मल, निष्कलुष, पावन और परमशीतल। यह तक्षशिला नगरी तो शेष सब नगरियों से विलक्षण ही है। ऊपर ऊपर से सब कुछ ठीक ठीक लगता है, पता नहीं चलता यहाँ कहाँ क्या हो रहा है। काशी की गलियों और राजमार्गों पर कैसी हास्यच्छटा बिखरी रहती थी, मथुरा में भी कैसी मस्ती थी, तक्षशिला जैसा टंकी हुई शिला। फिर जहाँ देखो वहाँ शिलाओं का संचय भी।

तक्षशिला में बाहर बाहर कोलाहल है, भीतर ही भीतर कोई विकलता। विशाख ने पहली बार बुद्ध की विशाल प्रतिमाएँ यहाँ देखीं।

वह विद्यापीठ के द्वार पर पहुँचा। यहाँ भी द्वार पर प्रतीहार था, उसने विशाख को रोक लिया। विशाख ने उसे अपने आने का प्रयोजन बताया। प्रतीहार ने कहा—'नये ब्रह्मचारियों को तो अभी प्रवेश नहीं दे रहे हैं।' 'प्रवेश नहीं दे रहे? पर क्यों?

'यह मैं नहीं कह सकता।'

विशाख ने कहा—'आप द्वारपंडित को बुलाइये। वे मेरी परीक्षा कर लेंगे।'

'यहाँ कोई द्वारपंडित नहीं है। तुम जाओ।'—प्रतीहार रूखे स्वर में कहा।

'क्या मैं आचार्य विनयशील के दर्शन कर सकता हूँ?'—विशाख ने फिर पूछा।

'यह मैं नहीं जानता! मुझे आदेश है कि किसी को भीतर न आने दिया जाए।'

प्रतीहारी पत्थर की मूर्ति की तरह अचल खड़ा हो गया। सामने विद्यापीठ था। ज्ञान का कोश वहाँ होगा, पर उसका द्वार बन्द था। निराश विशाख वहाँ से चला। वह तो विद्यापीठ के भीतर भी न घुस पाया। अब क्या करे?

विद्यापीठ का द्वार इस तरह बन्द कैसे किया जा सकता है? हमारे आश्रमों में इस तरह के द्वार होते ही नहीं।

उत्तर देना वाला कोई नहीं है। किसी से कुछ पूछो तो चुप रहकर आगे बढ़ जाता है। लोग बात भी करना नहीं चाहते। यह कैसा देश है? शूरसेन में, कुरुपांचाल तक भी—सारे उत्तरापथ में—सर्वत्र लोग प्रेम से बात करते हैं। कोई परदेसी आ जाए, तो उसका सत्कार करते हैं। यहाँ तो लोग मुझे ऐसे देख रहे हैं, जैसे मैं कोई शत्रु होऊँ...

बाजार की वीथियों में और राजमार्गों पर घुड़सवार राजपुरुष आ जा रहे थे—बहुत सूक्ष्म दृष्टि से आते-जाते लोगों को देखते हुए। वे जब कभी किसी को भी रोक कर पूछताछ करने लगते।

'विप्रजनों पर यह अन्याय असह्य है...अरे क्या आर्यावर्त में अब कोई क्षत्रिय नहीं बचा, जो इस अन्याय से हमारी रक्षा करे...ये लोग भूल गये कि इसी तक्षशिला से विप्र कौटिल्य पढ़कर निकला, जिसने मौर्यों को ध्वस्त कर दिया...'

'यह कनिष्क का राज्य तो आतंक का राज्य बन गया है!'

विशाख के पार्श्व से निकलते हुए दो लोगों का यह संवाद उसके कान में पड़ा। उन लोगों ने विशाख को नहीं देखा था। दोनों के दाहिने कन्धे पर यज्ञोपवीत थे, मस्तक पर तीन शिखाएँ और कपाल पर भस्म।

'तो क्या हमें भी शस्त्र उठा लेने चाहिए?'—पहले वाला फिर कह रहा था।

तभी दूसरे ब्राह्मण ने उसे विशाख को दिखाकर चुप रहने का संकेत करके कहा—'कोई चर लगता है!'

विशाख उनके पास जाकर कुछ पूछना चाहता था, तभी चार अश्वारोही वहाँ धड़धड़ाते हुए आ गये। दोनों विप्रों को उन्होंने घेर लिया।

विशाख को लगा जैसे धरती डोल रही है। विप्रों की अश्वारोहियों से क्या बात हुई वह नहीं समझ पाया।

तक्षशिला में एक दिन में ही विशाख बावला हो गया, कहीं टिकने तो स्थान नहीं। भोजन की समस्या नहीं थी। जहाँ से भी वह निकलता अंकोल के प्रचुर वृक्ष मार्ग के दोनों ओर। अत्यन्त सुस्वादु फल उनकी शाखाओं पर नीचे तक लटकते हुए, जैसे पेड़ अपने हाथ झुका कर और आगे बढ़ा कर फल खाने का न्यौता दे रहे हों। विशाख ने कुछ फल तोड़कर भर पेट भोजन कर लिया। अक्षोट के वृक्ष भी प्रचुर थे। नीचे गिरे अक्षोट उठाकर उसने अपने स्यूतक में रख लिए थे—इस विचार से कि किसी समय भोजन न मिल सका, तो इनसे काम चल जाएगा। वृक्ष करुणा से भरे लगते,

जहाँ से निकलों वहाँ बुद्ध की मूर्तियाँ दिखती, बुद्ध की आँखों से करुणा की अजस्र धार बहती लगती। केवल लोगों का रेला था, जो निष्करुण सा बहता निकल जाता। तक्षशिला जैसे शिलाओं का संचय जिसमें सब शिलीभूत हो...पत्थरों की पर्वताकार प्रतिमाएँ, इनमें बुद्ध की प्रतिमाएँ तो वह पहचान सकता था, पर अन्य अनेक प्रतिमाएँ थी, वे विदेशी राजाओं की थी, जिन्होंने तक्षशिला पर शासन किया होगा। सनातन सूत ने बताया था कि दो सौ वर्ष पहले तक्षशिला में यवन राजा अलक्षेंद्र आया था.. उसे यहीं के राजा ने अपने पड़ौसी राजाओं से विश्वासघात करके बुलाया था...अलक्षेंद्र ने राजा पौरव को पराजित किया...हो सकता है, ये उसकी मूर्तियाँ हों...उन्नत नासिका। विशाल नयन। कुञ्चित केश। आकृति अलग।

तक्षशिला के मार्गों पर आते जाते हूण दिखते, यवन भी। विशाख उन्हें देख कर आशंकित होता...ये लोग वेदविरोधी हैं...इन्होंने भारत की धरती पर बार-बार आक्रमण किये हैं...

वैदेशिक संस्कृति, वैदेशिक परिधान, अपरिचित नाम, अनचीन्हें क्षेत्र। तक्षशिला में अभी किसी क्षत्रप का शासन है, उसे कुषाण राजा कनिष्क ने नियुक्त किया है। कनिष्क महाप्रतापी सम्राट है। उसका साम्राज्य गान्धार देश से लगा कर काश्मीर, वंक्षु तट और सिन्धु के तट तक है। गुर्जर और मालव प्रदेशों के क्षत्रप भी उसके अधीन हो चुके। आयुर्वेदविशारद चरक, बौद्धविद्या के आचार्य वसुमित्र उसकी सभा के रत्न हो गये।

विशाख विकल होकर तक्षशिला की वीथियों, रथ्याओं और आपणों में घूम रहा था। सर्वत्र आशंका फैली लगती, विशाख के मन में सन्देह कुलबुलाते। हरिद्वार में सारे मुनिजन कहते थे कि तक्षशिला विद्यानगरी है। पर यह तो अविद्यानगरी लगती है।

वह चलता चलता नगर के दूसरे छोर पर आ गया। सहसा आँखें स्तब्ध रह गयीं—आपार पारावार उसके आगे लहरा रहा था...—अरे यह तो वितस्ता है!—उसके मुख से निकला।

वितस्ता के दर्शन करके विशाख का अवसाद टूट गया। तक्षशिला सुहावनी लगने लगी। वितस्ता का विशाल पाट...उसे गले लगाने के लिए दूसरी ओर से तेजी आती चन्द्रभागा...चन्द्रभागा की धाराएँ वितस्ता में विच्छुरित होती हुईं...वितस्ता की तरंगों को छू-छू कर आता शीतल समीर फुहारों से सराबोर करता हुआ...तन सहलाता आश्वासन सा देता निकल जाता। वानीर के वृक्ष नीचे झुक कर वितस्ता के जल को छूते हुए उसे प्रणाम कर रहे थे। विशाख का मन हुआ वितस्ता को नमन करे इसी जल का सेवन करके पाणिनि, कौटिल्य, चरक जैसे मनीषियों ने ज्ञान का आलोक जगत में विस्तारित किया।

वह वितस्ता के तीर पर खड़ा था। वितस्ता के पानी में आवर्त, बुद्बुद और तरंग बनते, उठते और मिटते जाते। क्या जीवन ही ऐसा है पानी पर बन कर मिटते जाते आवर्तों, बुद्बुदों और तरंगों की तरह? स्थैर्य कहाँ है, बौद्ध दर्शन में तो इसीलिए प्रतीत्यसमुत्पाद की बात कही गयी है...आर्य कौंडिन्य होते तो उसके मन में उठते अन्धड़ का समाधान कर सकते थे...पता नहीं वे कहाँ होंगे!

अन्तत: वितस्ता के तीर पर कुछ देर बैठने के बाद फिर विशाख के मन में अनाश्वस्ति थी...यहाँ से तो उठ कर जाना ही होगा...क्या तक्षशिला में आश्रय नहीं मिलेगा? विद्यापीठ में वह नहीं जा पायेगा ऐसा क्यों हुआ कि वह कहीं टिक नहीं पाया...आचार्य सौम्यदेव का गुरुकुल छूटा, साकेत में विमलकीर्ति के आश्रम में रहने का मन था, उसको वह ईश्वरकृष्ण के मठ के लिए छोड़ आया...उस मठ को ईश्वरकृष्ण के आदेश से त्यागना पड़ा...तक्षशिला में भी वह टिक न सकेगा क्या?

एक सत्रागार में भोजन किया। सबसे अच्छी बात यह हुई कि आचार्य सुश्रुत का आवास मिल गया, और उनके दर्शन भी प्राप्त हुए। विशाख ने उन्हें निधिदत्त का पत्र दिया। सारी बात सुन कर आचार्य ने कहा—विशाख, तक्षशिला में इस समय स्थितियाँ विषम है। मैं विद्यापीठ के कुलपति के लिए एक पत्र दे देता हूँ, उसे लेकर तुम अभी कुलपति से मिल लो...'

विद्यापीठ के कुलपति से भेंट न हो सकी। विद्यापीठ के द्वार पर प्रहरी ने कहा कि कुलपति अभी यहाँ नहीं हैं...

दिन भर भटकने के बाद विशाख को एक पांथशाला मिल गयी थी। वह अधिप (पांथशाला के स्वामी) से ओढनी और विछावन लेकर अलिन्द में जाकर धरती पर सो गया।

अमावस्या की रात थी। घुप्प अँधेरा। जिस भाग में विशाख सोया था, उसके एक कोने में एक दीपक जल रहा था। उसके टिमटिमाते प्रकाश में उसने देखा कि दो तीन लोग आकर उसके आसपास लेट गये हैं। उन्होंने पता नहीं उसे देखा या नहीं। नहीं ही देखा होगा।

'अरे दीपक बुझ गया...दीपक जलाने के लिए बोलूँ किसी सेवक को...'

'रहने दे यहाँ इस समय कोई सेवक नहीं मिलेगा...'

उसके पास लेटे दोनों पुरुष परस्पर कह रहे थे।

विशाख ने आँखें खोलीं, तो ठस्स अँधेरे ने जैसे बढ़कर उसकी आँखें बन्द कर दीं। अलिन्द में घुप्प अँधेरा था। जिस पुरुष ने दीपक के लिए सेवक बुलाने को मना किया था वह बहुत मन्द स्वर में दूसरे से कह रहा था—'मुझे लगता है अधिप को

सन्देह था हम पर...'

'अधिप कौन?'

'यही इस पांथशाला का स्वामी...पहले यह हम लोगों के साथ था...पर अब...'

पांथशाला नगर के निर्जन भाग में थी, और वैसे भी बाहर झिल्ली की तीखी झनकार के अतिरिक्त अभेद्य शान्ति पसरी थी—सूचीभेद्य अन्धकार की तरह।

वे दोनों व्यक्ति धीरे-धीरे बात करने लगे—फुसफुसाहट के स्वर में।

'कनिष्क आ रहा है...'

'हम कर क्या सकते हैं?'

'हम दोनों पूर्व राजा के सेवक हैं। यही अवसर है। वह स्थपति हमारा मित्र रहा है...उससे बात कर लेना है अभी भोर होते ही...विद्यापीठ की ओर जाने वाले मार्ग पर एक तोरण कल बनकर तैयार होगा...क्षत्रप के लोगों ने इसी स्थपति (वास्तुकार) को तोरण बनाने का कार्य दे दिया है। उन लोगों को उस पर सन्देह नहीं है। हम दोनों रहेगें वहाँ छिप कर...किसी को कुछ पता न चलेगा...तोरण गिराना कठिन नहीं है...'

'महासामन्त क्या कहते हैं?'

'महासामन्त हमारे साथ हैं...कनिष्क जैसे ही तोरण के नीचे से निकलेगा...तोरण उस पर गिर पड़ेगा!'

इसके आगे बोलने वाले का स्वर इतना धीमा हो गया कि विशाख कुछ सुन न पाया...वह दिन भर भटकते रहने से थका हुआ था...

पता नहीं कितनी रात बीत गयी। अचानक बाहर कोलाहल से उसकी नींद खुल गयी...उसके पास लेटे पुरुष में एक ने कहा—'लगता है राजपुरुष हैं...कहीं हमारी गन्ध न लग गयी हो.. .'

'निकल पड़ो यहाँ से! पृष्ठद्वार से निकलेंगे...'

दोनों उठ खड़े हुए थे—ऐसा लगा, क्योंकि अँधेरे में कोई गोलाकार वस्तु चमक कर धरती पर चलती लगी, जैसे चन्द्रमा धरती पर आकर रेंगने लगा हो । दोनों ने पाँवों में चाँदी के कड़े पहन रखें हैं, वे चमक रहे हैं—विशाख ने अनुमान किया।

'हम अलग-अलग दिशाओं से जाएँगे...तुम स्थपति के पास जाओ...मैं महासामन्त के पास रहूँगा...'

'ठीक है...मैं पहले निकलता हूँ...'

'यह उपहस्तिका रख लो...'

'क्या है उसमें?'

'इसमें सौ दीनार हैं...स्थपति को देने हैं...काम हो जाने पर सौ और देगें...यह कह देना। पर काम सँभल कर करें। अन्तराय है...'

'अन्तराय तो है, पर और कोई उपाय भी नहीं है...'

बाहर घोड़ों के टाप और कोलाहल और तीव्र हुआ। वे दोनों पुरुष पता नहीं कब अलिन्द से चुपचाप निकल गये। सहसा अलिन्द अगणित उल्काओं के प्रकाश से भर गया।

तीन राजपुरुष थे। अधिप भी उनके साथ था।

'यहीं सोये थे दोनों...पर कब निकल गये पता नहीं...'—अधिप उनसे कह रहा था।

राजपुरुष अधिप से झगड़ने लगे। तभी एक पुरुष की दृष्टि विशाख पर गयी, उसने बहुत चिढ़े हुए स्वर में पूछा—'यह कौन है...?'

'कोई बाहर से आया बटुक है...विद्यापीठ में अध्ययन करना चाहता है...'

'यह भी उनके साथ होगा...पकड़ लो इसको!'—राजपुरुष ने कहा।

राजपुरुष विशाख से तरह-तरह से प्रश्न करने लगे। विशाख ने देखा कि उनमें से एक ने उसे बन्दी बनाने के लिए शृंखला निकाल ली है।

अचानक उसे आचार्य सुश्रुत के पत्र का ध्यान आया। उसने प्रसेवक से उनका पत्र निकाल कर उस राजपुरुष को दिखाया जो उससे प्रश्न पर प्रश्न किये जा रहा था। राजपुरुष ने पत्र सरसरी दृष्टि से देखा, आचार्य सुश्रुत की मुद्रा को वह आँखें गड़ा कर देखता रहा। फिर पत्र विशाख को लौटा कर अपने साथियों से बोला—'पांथशाला के आसपास का सारा क्षेत्र देखो...दोनों यहीं कहीं होंगे...'

सैनिकों के साथ राजपुरुषों के चले जाने के बाद विशाख को नींद नहीं आई। अधिप कुछ देर उसके साथ रुका रहा, वह अब उससे आदर के साथ बात कर रहा था। विशाख ने उससे घुमा फिरा कर प्रश्न करते हुए जानना चाहा कि तक्षशिला की हवा में आशंका और भय क्यों घुलमिल गये हैं। अधिप अचानक सजग हो गया, उसने कहा—'तक्षशिला कितनी रमणीय नगरी है भद्र विशाख...महाराज कनिष्क के राज्य में यहाँ सर्वत्र शान्ति है, कभी-कभी कुछ दुष्ट लोग दुरभिसंधि करने लगते हैं, तो इसी तरह धरपकड़ हो जाती है...'

आचार्य सुश्रुत का पत्र उसके पास है, उसे लेकर वह कुलपति का दर्शन कर सके, तो काम हो ही जाएगा—यह सोचते हुए विशाख प्रसन्न हो उठा।

भोर हो रही थी। विशाख अपना प्रसेवक हाथ में लिया पांथशाला के मुख्य द्वार पर आ गया। अधिप मिल जाता, तो उसे बता देता कि वह जा रहा है, आज रात्रि में लौटेगा या नहीं कुछ ठिकाना नहीं। मुख्यद्वार बन्द था, कहाँ से बाहर निकलेगा इस उधेड़बन में विशाख पीछे की ओर आ गया, अधिप यहाँ बाहर खाट डालकर सो रहा

था। विशाख की पदचाप से वह जाग गया।

'अरे भद्र विशाख, इतनी जल्दी जाग गये...निद्रा आई.. ?'

'निद्रा कैसे आती...रात को जो कुछ हुआ उसके बाद...'—विशाख ने कहा—'पर अब चलूँगा।'

'कहाँ जाओगे?'—अधिप ने पूछा।

'बस वितस्ता के तट पर जाकर स्नान करूँगा और फिर विद्यापीठ...आज फिर अपने भाग्य की परीक्षा करूँगा...'

अधिप ने बताया कि वितस्ता का एक अत्यन्त रमणीय घाट पांथशाला के पृष्ठद्वार से निकल कर पश्चिम की ओर जाने पर पड़ता है, वहाँ वह सानन्द स्नान कर ले, उसके लिए वह उत्तम भोजन तैयार करवा देगा, भोजन करके विद्यापीठ जाए...

विशाख अधिप के बताये मार्ग से वितस्ता के घाट पर पहुँचा। यह स्थान कल देखे वितस्ता के तीर से अधिक रमणीय था, जनसम्मर्द भी यहाँ वैसा नहीं था। पर जितने स्नानार्थी थे, उनसे अधिक राजपुरुष थे, बहुत चौकन्नी दृष्टि से एक-एक व्यक्ति को देखते हुए। महिलाओं के लिए थोड़ी दूर एक अलग घाट था।

विशाख ने अपना प्रसेवक साथ ही रख लिया था—यह सोच कर कि आज ही विद्यापीठ में प्रवेश मिल जाए और पांथशाला न लौटना पड़े तो अच्छा रहे। स्नान करके उसने सूर्योपस्थान किया, लौटते हुए अक्षोट और अंकोल के फल फिर बटोर कर प्रसेवक में डाल लिए।

तभी एक सैनिक उसके सामने आ खड़ा हुआ, और पूछताछ करने लगा—'कौन हो, कहाँ से आये हो?'

विशाख ने अपना नाम बताया, तक्षशिला आने का प्रयोजन उसे समझाया, फिर नगरद्वार से मिली मुद्रा दिखाई, यह भी कहा कि आचार्य सुश्रुत उसे जानते हैं, उन्होंने विद्यापीठ के कुलपति के लिए एक पत्र भी उसे दिया है। उसके उत्तर से सैनिक कितना सन्तुष्ट हुआ यह तो पता न चला, क्योंकि दूर से एक अश्वारोही ने उसे पुकारा और वह तेजी से उसकी ओर चल दिया। विशाख असमंजस में खड़ा रह गया। क्या कुछ अघटित घटने वाला है यहाँ? सहसा रात को राजपुरुषों का पांथशाला में आना और अन्वीक्षण करना...उसके पहले दो पुरुषों की बातचीत जो उसने घुप्प अँधेरे मे सुनी...पता नहीं तक्षशिला में कहाँ से कौन विपत्ति मँडरा रही है...?

'आप विदेशी हैं क्या भद्र?'

विशाख चौंका। सामने खड़ा युवक कुतूहल के साथ उसे देखता हुआ उससे पूछ रहा था। पता नहीं वह कब से कौतुक से विशाख का उस सैनिक का साथ संवाद सुन रहा होगा। परिधान से तो लगता था कि वह विद्यापीठ का कोई अन्तेवासी है।

'हाँ, आर्य! विद्यार्जन के लिए आया था...पर विद्यापीठ में प्रवेश करना ही

सम्भव न हुआ...दीक्षा मिलने की तो बात ही दूर रही...'

'प्रवेश भी मिलेगा और दीक्षा भी मिलेगी। आचार्य कच्चान दीक्षा देते हैं, इन दिनों वे अन्य कार्य में लगे हुए हैं...इसलिए आपको कठिनाई हुई होगी...'

'ऐसा कौन सा कार्य आ पड़ा कि विद्यार्थी यहाँ तीन दिन से प्रतीक्षा कर रहा है और उसे दीक्षा न मिल सकी...?'

'इस समय प्रत्यवाय है, पर वह नैमित्तिक है।'

'पता नहीं कैसा प्रत्यवाय आ पड़ा है सारी तक्षशिला के ऊपर!' —कुछ झुँझलाये स्वर में विशाख बड़बड़ाया।

'बात यह है कि महाराज कनिष्क आ रहे हैं...'—युवक से शान्त स्वर में कहा।

'आर्य, वह तो पता चला कि महाराज कनिष्क आ रहे हैं। वे सम्राट हैं। उनके आने के कारण विद्यापीठ के द्वार ही बन्द हो जाएँ यह कहाँ का न्याय है?'

'भद्र, तक्षशिला विद्यापीठ ही बन्द है इन दिनों। उसका कारण कुछ और है।'

विशाख को लगा कि इस युवक के पास वह सारा रहस्य है, जिसे जानकर उसकी समस्या कुछ सुलझ सकेगी। उसने एकदम विनम्र स्वर में कहा—'आर्य, आप तो मुझे बताइये कि मैं रुका रहूँ या चला जाऊँ तक्षशिला से?'

वह युवक हँसा। फिर बोला—'आपने अपना परिचय नहीं दिया...'

'मैं विशाख गार्ग्य गोत्र में उत्पन्न हुआ...तैत्तिरीय शाखा का अध्वर्यु...'

'मैं उपालि हूँ। केवल उपालि। उपाधिविहीन। उपालि के न पहले कुछ है न आगे कुछ। मैं भी विद्यापीठ मे दीक्षा ली थी...फिर प्रव्रज्या ले ली...उसके पहले मैं शूद्र था।'

'शूद्र थे आप? पर मैंने तो सुना था कि विद्यापीठ में केवल द्विजों को ही दीक्षा दी जाती है...'

उपालि विशाख को विनोद के साथ देखते हुए हल्का अट्टहास किया। फिर कहा—'नहीं, भाई विशाख, ऐसी बात नहीं है। यहाँ किसी को दीक्षाग्रहण से रोका नहीं जाता, विद्यापीठ के द्वार सभी के लिए खुले हैं। यहाँ चीन देश से भी छात्र आते हैं—वे वर्णव्यवस्था के बाहर हैं, कुछ किरात, खस और शक छात्र भी हैं।'

'आप अभी भी क्या विद्यापीठ के अन्तेवासी हैं?'

'अन्तेवासी था मैं। मेरी विद्या समाप्त हो गयी। पर मुझे तक्षशिला छोड़ कर कहीं जाना नहीं है...आचार्यों ने भी मुझे जाने की अनुमति नहीं दी...अब मैं ज्येष्ठ अन्तेवासी हूँ...यहीं रहता हूँ और कनिष्ठ अन्तेवासियों को पढाता भी हूँ...'

उपालि के सौजन्य के आगे विशाख विनम्र हो गया। प्रणाम करके बोला—'भाग्य अच्छा था मेरा कि आपके दर्शन हो गये आचार्य उपालि...आप मेरे लिए

गुरुकल्प हैं...आपके सान्निध्य में मेरा भी उद्धार हो सकेगा।' सुनकर उपालि फिर हँसा। निश्छल निर्व्याज हँसी। उपालि के साथ चलते-चलते विशाख ने तक्षशिला के विषय में बहुत-सी जानकारियाँ प्राप्त कीं, कोई कवि है—अश्वघोष, वह तक्षशिला विद्यापीठ का ही अन्तेवासी है। उसने भगवान बुद्ध के चरित पर बुद्धचरित महाकाव्य लिखा है। पिछली बार जब महाराज कनिष्क यहाँ आये थे तो अश्वघोष ने अपना काव्य उन्हें सुनाया, एक तो अश्वघोष का स्वर बड़ा मीठा है, पाठ बहुत अच्छा करता है वह...फिर काव्य भी बड़ा मनोहारी...सुनकर महाराज बहुत प्रभावित हुए...वे अश्वघोष को अपनी राजसभा में राजकवि के रूप में सम्मान देकर रखना चाहते हैं। पिछली बार तो अश्वघोष ने आनाकानी कर दी थी...कहा अभी मेरी विद्या पूरी नहीं हुई है...गुरुजनों ने भी उसका बचाव किया...और कहा कि दीक्षान्त अभी नहीं हो सकता...दो वर्ष और लगेंगे...महाराज ने कहा कि दो वर्ष बाद वे आएँगे और अश्वघोष को साथ ले जाएँगे...अब वे दो वर्ष बाद जो आये हैं, तो तक्षशिलाविद्यापीठ भी जाएँगे वहाँ के आचार्यों का दर्शन करेंगे और उनकी अनुमति से अश्वघोष को साथ ले जाएँगे। राजा कनिष्क के शाकलपुर से तक्षशिला आने का एक विशेष प्रयोजन ही यह है...महाराज आ रहे हैं इसलिए विद्यापीठ में कुछ दिनों से अध्ययन अध्यापन का काम रोक दिया गया है...

'आचार्य, यह दीनार क्या वस्तु है?'—विशाख ने पूछा।

'दीनार यहाँ की मुद्रा है। जैसे आपके देश में निष्क या काषापण होता है वैसे ही यहाँ दीनार।'

विशाख ने अपने प्रसेवक से एक वस्त्रखंड निकाला। उसमें लगी गाँठ खोली और उसमें बँधे दो सिक्के निकाल कर उपालि को दिखाकर कहा—'आचार्य, देखिये क्या ये ही दीनार हैं...?'

उपालि विशाख के हाथ से सिक्के लेकर उन्हें गौर से देखने लगा। फिर वह विशाख को विस्मित भाव से ताकता रह गया। विशाख ने पूछा—'क्या बात है आचार्य?'

'विशाख, ये मुद्राएँ तुम्हें कहाँ से मिलीं?'

'यहीं वितस्ता के तीर पर बैठा हुआ मैं यों ही अंगुलि से रेत कुरेद रहा था कि ये दोनों मेरी हथेली में आ गयीं...इन पर खरोष्ट्री लिपि में कुछ लिखा है, वह मैं पढ़ नहीं सकता...'

'मैं पढ सकता हूँ'—उपालि आँखें एक-एक करके उन पर गड़ाते हुए कहने लगा—'ये मुद्राएँ अब यहाँ नहीं चलतीं। जब अलक्षेंद्र यहाँ आया था, उस समय ये

प्रचलन में रही होंगी...इस मुद्रा पर राजा मोअस का नाम लिखा है दूसरी ओर जो प्रतिमा उकेरी हुई है, वह राजा मोअस की ही होगी...इस दूसरे दीनार पर राजा एअस का नाम उत्कीर्ण है और प्रतिमा भी उसीकी है, ये राजा कभी यहाँ राज करते रहे हैं...'—यह कहते हुए उपालि ने मुदाएँ विशाख को लौटा दीं।

दोनों वितस्ता के तट से लौट रहे थे। बायीं ओर एक मन्दिर था, उसके भीतर विशालकाय प्रतिमा राजमार्ग से ही देखी जा सकती थी। ऐसी प्रतिमा विशाख ने अन्यत्र नहीं देखी...घुँघराले केशों की लटें उष्णीष (पगड़ी) से बाहर लटक रहीं थीं। लटें बहुत कुशलता से उकेरी गयीं थीं, उष्णीष के पटल भी एक-एक अलग-अलग देखे जा सकते थे...कंठ में मुक्ता माला थी जिसमें एक-एक मुक्ता अलग अलग दिखाई दे रही थी...यह कला की पराकाष्ठा थी...कन्धे पर दुकूल था...पत्थर में दुकूल ऐसा जैसे पत्थर सचमुच कपड़ा बन गया हो। विशाख चकित देखता रह गया मन्दिर तो बुद्ध का ही है पर प्रतिमा बहुत भिन्न है। 'बुद्ध की प्रतिमा ऐसी?'—उसके मुख से निकला।

'यह भगवान बुद्ध की प्रतिमा नहीं है। ये बोधिसत्व हैं।'—उपालि ने कहा।

उपालि उसे बोधिसत्व के विषय में बताने लगा। विशाख चकित होकर सुनता रहा, कितनी जानकारी है उपालि को यहाँ की!—वह सोच रहा था।

आगे एक और मन्दिर आया, इसमें भी प्रतिमा पहले मन्दिर के जैसी ही थी, पर यह मन्दिर तो बुद्ध या बोधिसत्व का नहीं हो सकता ऊपर मत्स्यध्वज था।—'यह प्रतिमा कामदेव की होगी'—विशाख ने कहा।

'आपने ठीक पहचाना। यहाँ के लोग भगवान बुद्ध और बोधिसत्व को भी पूजते हैं और कामदेव को भी।'—यह कहकर उपालि हँस पड़ा।

पार्श्व में ही दो बड़ी मूर्तियाँ थीं—विशाख चकित होकर देखता रह गया। ऐसी मूर्तियाँ भी पहले कभी नहीं देखीं, पर फिर भी कुछ चिह्न पहचाने हुए लग रहे थे, बायीं मूर्ति के हाथ में एक हल था—दाहिनी मूर्ति के एक हाथ में शंख दूसरे में चक्र। वेषभूषा यवनों की। आकृतियाँ कुछ पहचानी सी लगतीं थीं। कहाँ देखी होगी इस तरह की मूर्तियाँ ?

अचानक याद आया...भद्रपुरी में ठक्कुर के घर में श्रीकंठ के वासगृह में...

'ये तो संकर्षण और वासुदेव हैं!'—उसके मुख से निकला।

'आप ज्ञानी प्रतीत होते हैं। संकर्षण और वासुदेव की पूजा अभी अभी इधर के लोगों ने करना आरम्भ कर दिया है। विशेष बात यह है कि यवन लोग भी वासुदेव को पूजते हैं। सुना है कोई यवन राजदूत आया था, विदिशा के राजा के यहाँ, उसने वासुदेव का नाम पर बहुत विशाल स्तम्भ बनवाया है विदिशा में...'

विशाख तक्षशिला पर विस्मित था, कितनी अद्‌भुत नगरी है! लगा जैसे संसार

बदल रहा है...पिता कितनी आलोचना करते थे—देवालय बनाने की—और किस देवता के नाम पर स्तम्भ और स्तूप बनाया जाए—इसे तो वे विदेशी प्रथा कहते थे। हमारे यहाँ ऐसा होता ही नहीं है—वे कहते। स्तम्भ तो कोई राजा अशोक हुआ, उसने बनवाने आरम्भ किये, फिर भी देवता का स्तम्भ!—यह नई ही प्रथा है।

विशाख उससे आर्य कौंडिन्य के विषय में पूछने लगा।—'कौंडिन्य?'—उपालि ने कहा—'इस नाम का तो कोई अन्तेवासी यहाँ नहीं रहा।'

विशाख ऊहापोह में पड़ गया। लगता है आर्य कौंडिन्य से कभी भेंट न हो सकेगी। वे यहाँ होंगे यह सोच कर तो मैं तक्षशिला चला आया। आर्य कौंडिन्य कहाँ लीन-विलीन हो गये?

पर उपालि के साथ चलते हुए विशाख को लगा जैसे सारी चिन्ताएँ चली गयीं हों, मन जैसे एक उद्यान हो, जिसमें वसन्त उतर आया हो और तरह-तरह के पुष्प खिलने लगे हों। उपालि कह भी रहे थे—'आप चिन्ता मत कीजिये आयुष्मान् विशाख, जिसके लिए हमारे मन में उत्कट अभिलाष होता है, उसे हम पा लेते हैं। आपके मन में अध्ययन का अभिलाष है, वह पूरा होगा। विद्यापीठ में आपकी दीक्षा के लिए मैं अवसर मिलते ही कुलपति से स्वयं कह दूँगा। बस दो दिन प्रतीक्षा और कीजिये...'

'दो दिन...'—विशाख ने उपालि के इन शब्दों को दोहराया। उपालि ने शान्त दृष्टि से उसे देखते हुए कहा—'तक्षशिला अशान्त है। एक आँधी यहाँ चल रही है। सम्राट कनिष्क का आना...प्रजा के मन में भय है, लोग उनका स्मरण एक दुर्दान्त, क्रूर आततायी के रूप में करते हैं...लोग यह नहीं जानते कि कनिष्क बदल गये हैं...वे कुलपति कच्चान के दर्शन करेंगे और अश्वघोष को साथ लेकर चले जाएँगे...'

कनिष्क की क्रूरता की कथाएँ मथुरा में विशाख ने सुनी थीं...जब वह सोड्ढल के साथ हरिद्वार आ रहा था।—'कनिष्क बदल गये—ऐसा कैसे हुआ?'—उसने पूछा।

'उनकी धर्म में रुचि जागी...धर्म का एक लक्षण ही यह है कि वह हमें भीतर से बदल देता है...धर्म है तो करुणा होगी...तथागत को जितना समझ सका, मैं यह कह सकता हूँ कि क्रूरता और करुणा ये एक ही सिक्के को दो पक्ष हैं...अस्तु, कनिष्क अब कुलपति से इस बात पर भी परामर्श करना चाहते हैं कि प्रजा कैसे सुखी रहे...लोग उनको अब सराहने भी लगे हैं...पर तक्षशिला में पूर्व राजा के पक्ष के कुछ लोग हैं...वे राजा ते कनिष्क के साम्राज्य विस्तार को सह नहीं पा रहे हैं...कनिष्क के छद्मघात के लिए पहले भी दुरभिसन्धि की गयी, उसका पता समय पर चल

गया...हुआ यह कि अनेक संदिग्ध लोगों की धर पकड़ की गयी, उनमें कई निरपराध भी हैं...'

'फिर भी कनिष्क एक विदेशी है...हम उसकी अधीनता कैसे स्वीकार कर लेगें...उसने भारतवर्ष पर आक्रमण किया...'

'भारतवर्ष? वह क्या है?'

'अरे आप भारतवर्ष नहीं जानते? निरक्षर ग्रामीण भी जानते हैं कि भारतवर्ष क्या है। हमारे पुराणों में बार-बार यह बात दोहराई गयी है कि सागर के उत्तर में और हिमालय के दक्षिण में जितना देश है, वह भारतवर्ष है, और उसमें रहने वाले सब भारतीय हैं...'

उपालि मुस्कराए। बोले—'आप सत्य कह रहे हैं। आपने जो भारतवर्ष बताया, उसके पश्चिमोत्तर में गान्धारदेश है। वहाँ से हूण घुस आते हैं भारत की धरती को रौंदते चले जाते हैं। वे काश्मीर तक अपना राज्य विस्तारित कर चुके हैं, सिन्धुदेश तक भी पहुँच चुके हैं। वे कहते हैं कि काश्मीर और सिन्धुदेश गान्धारदेश के अंग हैं। कभी काश्मीर और सिंधु देश के शासक गान्धार तक अपना राज्य विस्तारित कर लेते हैं और कहते हैं कि हमारा भारतवर्ष गान्धार तक और उसके आगे भी है। तो किसकी बात सत्य कही जाएगी? भारतवर्ष कितना और कहाँ-कहाँ है!'

'अस्तु। पर वैदेशिक आक्रमणकारी को हम स्वीकार करें और उसकी सराहना करें—यह कहाँ तक उचित है...वह तो हमारा वैरी हुआ...!'

उपालि स्निग्ध स्मित के साथ विशाख को देखता रहा। फिर धीर गम्भीर मन्द्र स्वर में उसने धम्मपद की यह गाथा कही—

'नहि वेरेन वेराणि सम्मन्तीह कुदाचनं।
अवेरेन च सम्मंति एस धम्मो सनन्तनो।।'

फिर वह बोला—'मुझे जहाँ तक जानकारी है महाराज कनिष्क आज ही विद्यापीठ आयेगें, और आचार्य कच्चान के दर्शन करेंगे। उनके साथ चर्चा करके कवि अश्वघोष को साथ लेकर वे यहाँ से चले जाएँगे। उसके पश्चात सब कुछ सहज, पूर्ववत् हो जाएगा और आपका काम भी हो सकेगा...'

बात करते हुए वे विद्यापीठ के मार्ग पर आ गये। इधर रथ्या सँकरी थी, दोनों ओर द्विभूमि भवन थे। भवनों के गवाक्षों पर विशाख को कई मुख और नेत्र झाँकते दिखे। अधिकांश महिलाएँ थीं, भवनों के बाहर मार्ग से लगी ओटनों पर कुछ पुरुष भी खड़े थे।

सहसा उपालि ने विशाख का हाथ पकड़ कर उसे पीछे खींच लिया। जब तक विशाख कुछ समझ पाता, 'हटो, हटो'—इस चीख के साथ पाँच अश्वारोही सैनिक एकदम उनके पास से निकल गये।

'महाराज कनिष्क!'—उपालि ने उनके पीछे मन्द गति से जाते एक अश्वरोही को दिखाते हुए फुसफुसा कर विशाख से कहा।

विशाख विस्मय से स्तब्ध देखता रह गया। एक बहुत विशाल आकृति अश्व पर विराजमान थी। अश्व मन्थर गति से चल रहा था। तभी दोनों ओर खड़े भवनों के गवाक्षों से महिलाओं के हाथ बाहर आये और उस अश्वारोही पर ताजे खिले फूल बरस पड़े।

'राजमार्ग से भी जा सकते थे...रथ से...इधर रथ्या भी नहीं है, यह वीथी सँकरी है, रथ इससे निकालने में कठिनाई होगी, पर कदाचित वीथी राजमार्ग की अपेक्षा अधिक सुरक्षित है—'—रहस्यभेदन के स्वर में उपालि कह रहा था।

सहसा पाँच राजपुरुष पार्श्व की सँकरी गली में दो श्रृंखलाबद्ध लोगों को पकड़े हुए खड़े दिखे।—'अरे ये तो वे ही दो ब्राह्मण हैं, जिन्हें कल मैंने देखा था—दोनों राजा कनिष्क की निन्दा कर रहे थे। उस पद्धति के सामने से अश्वारोही कनिष्क निकला तो उनमें से एक ने चीख कर कहा—'मरेगा यह...मेरा शाप है, इसके राज्य में निरपराध ब्राह्मणों को त्रास दिया जाता है...!'

विशाख ने देखा उनकी जंजीरें हाथ में पकड़े सैनिकों में से एक उसे पैर की ठोकरों से मार रहा था।

विशाख की मुख उत्तेजना से आरक्त हो गया। उसने उपालि से कहा—'अभी आप कह रहे थे—नहि वेरेन वेराणि सम्मन्तीह कुदाचन—वैर से वैर कभी शान्त नहीं होते। अवैर से वैर शान्त होते हैं। कनिष्क और उनके राजपुरुष तो बुद्ध की इस शिक्षा का पालन करते नहीं लगते!'

उपालि का मुख विवर्ण हो गया था। वह बोला—'क्या कहूँ भद्र विशाख! राजनीति की क्रूरता धम्म की करुणा को दबोच लेती है।'

तभी एकदम अप्रत्याशित कुछ घट गया।

अश्वारोहियों में से एक धीरे-धीरे चलता हुआ इन दोनों के ठीक पार्श्व में रुक गया। उपालि ने विशाख का हाथ अपने हाथ से दबा कर वीथी के एक किनारे खींच लिया और फुसफुसाते हुए कहा—'मुझे लगता है महाराज कनिष्क ये ही हैं...'

महाराज कनिष्क ने अपना अश्व रोक लिया और विशाख की ओर मुख मोड़ कर पूछा—'तुम कहाँ के हो?'

आस पास चलते सैनिक हड़बड़ा गये थे। महाराज का सहसा इस तरह रुक जाना और किसी पांथ से प्रश्न करना उनके लिए अप्रत्याशित था। वे विशाख को इस तरह ताक रहे थे कि जैसे ही महाराज संकेत करेंगे, वे उसे धर दबोचेंगे।

विशाख भी एक क्षण के लिए सकपका गया था, पर तुरत उसे ध्यान आया कि यह राजा है, और इसने उपत कर मुझसे प्रश्न किया है, मैं ब्राह्मण हूँ, इसलिए

शिष्टाचार के साथ ही उत्तर देना चाहिए। इसने सम्राट की आँखों से आँख मिलाते हुए कहा—स्वस्ति राजन! मैं विशाख हूँ, तैत्तिरीय शाखा का अध्वर्यु...साकेत में अध्ययन करता रहा हूँ...तक्षशिला में अध्ययन करने के लिए आया था, मेरे पास वैद्य आचार्य सुश्रुत के लिए पत्र है, कुलपति के लिए भी!'

बाद में यह सोच कर विशाख बहुत चकित होता रहता कि अपनी जन्मभूमि लक्ष्मणपुर का नाम उस समय उसकी जिह्वा पर क्यों नहीं आया! साकेत में अध्ययन करता रहा हूँ—यह उसके मुख से कैसे निकल गया, कदाचित साकेत अधिक प्रसिद्ध स्थान है इसलिए...। पर उस क्षण तो मुख से जो निकल गया, उससे उसका बड़ा उपकार हुआ—यह भी आगे चल कर उसकी समझ में आया।

'साकेत में अध्ययन करते रहे हो?—अरे, कवि अश्वघोष भी साकेत निवासी है!'—यह कहकर राजा कुछ हँसे। आगे चल रहे पाँच अश्वारोही और पीछे से आ रहे अश्वारोही भी कौतुक के साथ विशाख को देखकर हँसे जैसे कवि अश्वघोष का जन्म साकेत में हुआ—इसके लिए वही उत्तरदायी हो।

'कुछ गाथा जानते हो? अश्वघोष तो गाथा बहुत मधुर गाता है!'

'हाँ, गाथाएँ मैं भी जानता हूँ!' विशाख ने कहा।

'सुनाओ फिर! तो कोई गाथा सुनाओ!'

विशाख एक क्षण हिचका। सहसा कोई गाथा जिह्वा पर नहीं आई। संस्कृत में आर्याएँ कई कंठस्थ थीं, पर कनिष्क का गाथा से अर्थ होगा पालि की गाथा। तभी ध्यान आया वह अभी अभी तो वह बोल रहा था एक गाथा—'नहि वेरेन वेराणि सम्मन्तीह कुदाचन।' उसने कनिष्क कीआँखों से आँखें मिलाते हुए उपालि की बताई यह गाथा सुना दी—

'नहि वेरेन वेराणि सम्मन्तीह कुदाचनं।
अवेरेन च सम्मंति एस धम्मो सनन्तनो।।'

कनिष्क सुनकर चकित हुआ प्रशंसा भरी दृष्टि से देखता रहा। फिर बोले - 'पालि का उच्चारण तुम्हारा बडा शुद्ध है। ब्राह्मण हो न!'—कहकर कनिष्क हँसा। आसपास अश्वों पर सवार सैनिक भी हँसे, जैसे कोई बहुत बड़े विनोद की बात कर दी गयी हो।

अचानक राजा घोड़े से उतरा और विशाख और उपालि के साथ पैदल चलने लगा। उसे घेर कर चलने वाले सैनिक भी अपने-अपने अश्वों से उतर गये।

'तो साकेत से तक्षशिला क्यों चले आये?'—कनिष्क विशाख के पार्श्व में चलता हुआ पूछ रहा था। उसका स्वर विद्युत की तरह कड़कड़ाता सा था, आकार विशाख से

इतना ऊँचा कि विशाख को उससे दृष्टि मिलाने के लिए मस्तक उठाना पड़ रहा था।

'साकेत से तक्षशिला आने का प्रयोजन तो यहाँ विद्यापीठ में अध्ययन ही है, पर प्रयोजन पूरा होगा या नहीं—अभी तक पता नहीं चल सका!'

'क्यों? क्या बाधा है?'

'बाधा तो आप ही हैं!'—सहसा विशाख के मुख से निकल गया।

कनिष्क का मुख आरक्त हो उठा। उसने कहा—'क्या कह रहे हो बालक!'

विशाख को लगा जैसे साक्षात काल उसके सामने खड़ा हो। फिर सहसा उसे सूत जी का स्मरण हो आया। उन्होंने कहा था—'मैं किसी भी भय के सामने भयभीत नहीं होता!' उसने सँभल कर कहा—'बात केवल इतनी ही है महाराज कि मुझे यहाँ आये तीन दिन हो गये, आपके आगमन के कारण विद्यापीठ बन्द है!'

'क्या ऐसा है? सेनापते, क्या कह रहा है यह बालक?'

सेनापति ने कनिष्क के पास आकर विदेशी भाषा में कुछ कहा, जिसे विशाख नहीं समझ पाया। उपालि ने विशाख के कान के पास मुँह ले जाकर कहा—'गान्धारी प्राकृत में कुछ कह रहा है!'

'भद्र विशाख!'—सेनापति से वार्तालाप के पश्चात कनिष्क ने बहुत सौम्य स्वर में विशाख से कहा—'हमारे आगमन के कारण तुमको बहुत कष्ट हुआ! मैं आचार्य कच्चान के पास जा रहा हूँ, मैं उनसे कहूँगा कि प्रवेश के लिए तुम्हारी परीक्षा करवा दें। और कुछ?'

'और जो गाथा मैंने अभी पढी...वह चरितार्थ हो...स्वस्त्यस्तु। स्वाराज्यमस्तु।'

स्वस्तिवाचन करते हुए विशाख को कनिष्क ने गौर से देखा। तभी विद्यापीठ का मुख्य द्वार आ गया। सेनापति अश्वों को बाहर बाँधने के लिए आदेश देने लगा। प्रतीहारी कनिष्क के सामने घुटनों पर झुका कर अभिवादन करने लगा। कनिष्क ने प्रवेश करते हुए विशाख से कहा—'ब्राह्मण बालक! तुम्हारी बात का निहितार्थ मैंने समझ लिया!...और कभी आवश्यकता पड़े, तो मेरे पास आना...!'

विशाख अभी तक इस संवाद से हतप्रभ था। सम्राट कनिष्क से इस तरह भेंट और बात हो जाएगी—यह उसने स्वप्न में भी न सोचा था। चिरकाल तक उसके भीतर अन्धड़ सा बह रहा। थोड़ी देर पहले तक उसके भीतर महाराज कनिष्क के लिए बहुत आक्रोश था, अब वह मन ही मन उनकी सराहना कर रहा था—'कितने महान सम्राट हैं! कैसी तो महानुभावता है, कितनी उदारता!'

द्वार के बाहर विप्र और भिक्षु कनिष्क के लिए मंगल पाठ कर रहे थे। उपालि और विशाख आदरपूर्वक देखते रहे। उपालि ने शान्त मन्द स्वर स्वर में कहा—'भद्र विशाख! आपने बड़ा साहस किया! आपने जो गाथा के द्वारा कहना चाहा वह चरितार्थ हो...नहि वेरेन वेराणि सम्मन्तीह कुदाचन...!'

आसपास आते जाते लोग विशाख को आश्चर्य से देख रहे थे। उसके पास आ आकर पूछ रहे थे—'महाराज ने आपसे क्या कहा?' उपालि विशाख के साथ था, उससे भी लोग विशाख के बारे में पूछ रहे थे। फिर वे दोनों को बहुत कौतुक और सम्मान के भाव से देखते, हाथ जोड़ कर विदा लेते।

इतनी सी देर में तक्षशिला नगरी विशाख के लिए पूरी तरह बदल गयी। वह उसे हँसती खिलखिलाती सी लगने लगी। लोग उसे देख कर मुस्कुरा रहे थे, वह उन्हें देख कर मुस्कुरा रहा था।

मुख्य द्वार के बाहर सुन्दर सा तोरणद्वार था। कल ही वह यहाँ से निकला था, तब यह द्वार यहाँ नहीं था।

उपालि कह रहा था—'यह द्वार महाराज कनिष्क के स्वागत के लिए विशेष रूप से बनवाया गया है।'

सहसा विशाख स्तब्ध रह गया। कल रात में सुने हुए शब्द उसके मन में गूँजे—'कनिष्क आ रहा है...आ रहा है, तो कर क्या सकते हैं?...हम दोनों पूर्व राजा के सेवक हैं।...यही अवसर है।...वह स्थपति हमारा मित्र रहा है...उससे बात कर लेना है अभी भोर होते ही...विद्यापीठ की ओर जाने वाले मार्ग पर एक तोरण द्वार कल बन कर तैयार होगा...क्षत्रप के लोगों ने इसी स्थपति को तोरण बनाने का कार्य दे दिया है। उन लोगों को उस पर सन्देह नहीं है।...किसी को कुछ पता न चलेगा...तोरण गिराना कठिन नहीं है...महासामन्त हमारे साथ हैं...कनिष्क जैसे ही तोरण के नीचे से निकलेगा...तोरण उस पर गिर पड़ेगा...यह उपहस्तिका रख लो.. इसमें सौ दीनार हैं...स्थपति को देने हैं...काम हो जाने पर सौ और देगें...यह कह देना। पर काम सँभल कर करे। अन्तराय है...'

तोरण द्वार के उस ओर खड़े मंगल पाठी विप्र और भिक्षु महाराज कनिष्क को भीतर प्रवेश के पार्श्व में दूर हट कर खड़े हो गये थे। राजा कनिष्ठ तोरण के सामने थे। वे प्रवेश के लिए पाँव बढ़ा ही रहे थे कि विशाख ने चिल्लाकर कहा—'महाराज! उस द्वार से मत जाइये। उसमें अन्तराय है!'

राजा ने आगे बढ़ाया हुआ पाँव वापस लिया और मुड़ कर एक क्षण गौर से विशाख को देखते रहे। फिर सहसा सर्वथा अप्रत्याशित कुछ घट गया। बहुत जोर का शब्द हुआ और तोरण द्वार धराशायी हो गया। लोग घबरा कर दूर भागे। भगदड़ मच गयी।

उसके बाद घटना चक्र बहुत तेजी से घटा। उपालि कहाँ गया, विशाख को पता नहीं। उसे इतना भर स्मरण है कि जैसे ही उसने चिल्लाकर कहा—'महाराज! उस द्वार से मत जाइये। उसमें अन्तराय है'—राजा ने ग्रीवा मोड़ कर उसे देखा था, एक क्षण के लिए कनिष्क उसे ताकते रह गये थे, उनके साथ दो सैनक जो आगे बढ़

गये थे, कदाचित तोरणद्वार के धड़धड़ा कर गिरने के साथ ही उसके नीचे दब कर कुचल गये थे। कनिष्क ने विशाख को बता कर अपने सेनापति से कुछ कहा। सेनापति के संकेत पर पाँच सैनिकों ने विशाख को घेर लिया।

वे पास के एक भवन में ले जाकर विशाख से कुछ पूछताछ करते रहे। विशाख ने उन्हें पांथशाला में रात को जो वार्तालाप सुना था, वह जैसा स्मरण था बता दिया। गिर कर ध्वस्त हुए तोरण के पास तीन लोग संदिग्ध रूप से आते जाते दिखे, उन्हें पकड़ कर विशाख के सामने लाया गया। विशाख ने कहा कि रात में पांथशाला में सर्वथा अन्धकार होने से वह उन दोनों लोगों को देख नहीं सका, अत: निश्चित रूप से कह नहीं सकता कि ये ही वे हैं, पर उन दोनों के पाँवों में चाँदी के मोटे मोटे कड़े उसने एक झलक में देखे थे और इनके पाँवों में भी वैसे ही कड़े हैं। अत: ये लोग वे ही हो सकते हैं।

घटनाचक्र बहुत तेजी से बढ़ रहा था। विशाख बीच-बीच में घबरा कर सहारे के लिए देखता कि कहीं उपालि दिख जाएँ, तो वे सहायता करेगें, पर इस सम्भ्रम में उपालि पता नहीं कहाँ छूट गये थे।

तभी सेनापति जो कनिष्क के साथ था, लौट कर आया, उसने बाहर खड़े रह कर राजपुरुष से कुछ कहा। राजपुरुष संस्कृत बोल सकता था, उसने विशाख से बहुत विनय के साथ बातचीत की और आश्वस्त करते हुए बताया कि महाराज कनिष्क ने आप सर्वविध सुख सौविध्य का ध्यान रखने का आदेश दिया है, उन्होंने यह भी निर्देश दिया है कि आप को आचार्य कच्चान के दर्शन के लिए ले जाया जाए। पर आज आप से आचार्य कच्चान मिल न सकेगें, वे महाराज कनिष्क के सान्निध्य में रहेगें, कल प्रात: ही आपको विद्यापीठ में उनके पास लेकर चलेंगे हम लोग। आप तब तक इसी भवन में रहेंगे।

'क्या मुझे कारागार में डाल दिया गया है?'—विशाख ने सोचा।

तभी बाहर नगाड़ा बजा। विशाख ने वातायन से झाँक कर देखा—पास के चत्वर पर घोषणा हो रही थी—'सुनो! सुनो!! देवों के प्रिय, प्रियदर्शी महाराज कनिष्क आज्ञा देते हैं कि तक्षशिला के नागरिक निर्भय रहें, अकारण किसी को त्रास नहीं दिया जाएगा। कुछ लोगों महाराज का अनिष्ट करने के लिए दुरभिसन्धि की थी, वह विफल हुई। पर महाराज के नगर आगमन का प्रयोजन ही यह है कि तक्षशिला निर्भय हो! जो नागरिक निगृहीत कर लिए गये थे, और निरपराध थे उन्हें छोड़ दिया गया है!'

वातायन पश्चिम की ओर खुलता था। विशाख ने देखा कि अपराह्न का सूर्य दूर एक पहाड़ी के शिखर की ओर नीचे जा रहा है। आज का तो पूरा दिन ही निकल गया।

इस भवन में विशाख के लिए उत्तम भोजन और शयन की व्यवस्था की गयी। राजपुरुष बीच-बीच में आकर उससे बात करता रहा। विशाख अब कुछ आश्वस्त हो गया था। बाहर पहरा था। राजपुरुष कह गया था कि विशाख का नगर में कहीं भी एकाकी जाना उचित नहीं है, जो लोग पकड़े गये हैं, उनसे सहायक उसे पहचान कर उसका अहित कर सकते हैं।

यह भवन विद्यापीठ के एकदम निकट था। पार्श्व के कक्ष से विद्यापीठ का एक भाग दिखाई देता था। विशाख ने देखा कि महाराज कनिष्क विद्यापीठ से निकल रहे हैं। अश्वारोहियों के बीच कुछ लोग एक पालकी ढोकर ले जाते भी दिखे।

दूसरे दिन विशाख नित्यकर्म से निवृत्त हुआ, तभी राजपुरुष आ गया। उसने कहा—'आर्य, आचार्य कच्चान के पास आपको ले जाने के लिए विद्यापीठ से एक आचार्य स्वयं आये हैं। आप उनके साथ जा सकते हैं। पर विद्यापीठ के भीतर चार सैनिक आप के साथ जाएँगे।'

विशाख ने अपना प्रसेवक उठा लिया। बाहर के कक्ष में आया तो देखा उपालि वहाँ खड़े थे।

विशाख ने कहा—'प्रणाम करता हूँ आचार्य!'

'स्वस्ति आयुष्मान! मैं आपको कुलपति के पास लेकर चलूँगा।'—उन्होंने कहा।

विशाख उपालि के साथ विद्यापीठ के मुख्यमार्ग से कुलपति के पास जा रहा था, मार्ग में कुछ अन्तेवासी उसे दिखाकर धीमे स्वर में परस्पर कह रहे थे—'यही है वह नया अन्तेवासी...जिसने महाराज के प्राणरक्षा की...!'

आचार्य कच्चान तो विनय के आगार ही थे। उपालि ने उन्हें प्रणाम करके कहा—'आचार्य, यह विशाख है।'

कच्चान बोले—'स्वागत है वत्स विशाख! मैंने तुम्हारे विषय में सुना है.. स्वयं महाराज कनिष्क भी तुम्हारी प्रशंसा कर रहे थे...'

उसी दिन विशाख की दीक्षा हुई। आचार्य वज्रकीर्ति ने उसकी परीक्षा करके उसे उपसम्पद् प्रदान की। उसी दिन उसका अध्ययन भी आरम्भ हो गया।

विद्यापीठ में अश्वघोष की कीर्तिकथा सुनने को मिलती। उनकी कविता और विद्वत्ता की प्रशंसा करते हुए अन्तेवासी अघाते न थे। विशाख को उन लोगों ने यह भी बताया कि महाकवि को पालकी में बिठा कर विद्यापीठ से ले जाया गया और पालकी में कन्धा लगाने वालों में महाराज कनिष्क भी थे। यह ऐसा सम्मान है जो संसार में कदाचित ही किसी को मिला होगा। अश्वघोष क्या गये कि विद्यापीठ ही

शून्य हो गया।

तक्षशिला विद्यापीठ के ग्रन्थागार में एक लाख से अधिक पोथियाँ थीं। पचास लेखक वहाँ बैठ कर अनवरत पुरानी पोथियों से नई पोथियाँ तैयार करते। यहीं उसने एक दुर्लभ पोथी पढने को मिली—इसिभासिआइँ।

दस हजार उपासक इस समय तक्षशिला विद्यापीठ में अध्ययन कर रहे थे। भोर होने पर पिंडपात वेला होती। भोजन एक बार ही मिलता। विशाख कृशकाय तो पहले से ही था, अब और भी दुबला हो गया—पर पहले से सुदृढ भी। शरीर जैसे किसी कुशल कारीगर ने तराश दिया हो। ब्राह्म मुहूर्त में उठ कर व्यायाम करना होता था, व्यायाम के शिक्षक का नाम ही आचार्य वज्रकाय था—नाम के अनुरूप उनकी काया वज्रमय ही थी। वे हथेलियों के बीच दबा कर पत्थर का भी चूर्ण बना सकते थे। अभ्यास पर वे बहुत बल देते थे।

विशाख अब अपने पाँव के केवल एक अँगूठे के बल पर एक मुहूर्त खड़ा रह सकता था। आचार्य तो दाहिने हाथ के अँगूठे को धरती पर टिका कर उसी पर सारे शरीर का भार देकर एक घड़ी तक शीर्षासन की मुद्रा में रह सकते थे।

धीरे-धीरे विशाख का मन तक्षशिला में लगने लगा। न्याय के आचार्य से न्याय विशेष रूप से सीखी, उसके साथ बौद्धों के मत को मिलाकर वह देखता, तो मन चकित हो जाता। सुनते हुए गुनता, तो संसार उसके सामने एकदम भिन्न रूप में भासित होने लगता। नैयायिकों और बौद्धों में किसका मत सत्य है? गौतम तो इन्द्रिय और पदार्थ का सीधे मेल हो जाए, तभी प्रत्यक्ष मानते हैं। बौद्ध कहते हैं कि वह प्रत्यक्ष कहाँ, वह तो भ्रान्ति है। वे कल्पना से परे अभ्रान्त ज्ञान को प्रत्यक्ष कहते हैं। हम जिस संसार को देखते हैं, वह अनुमेय भर है, प्रत्यक्ष तो वस्तु एकक्षण के लिए हमारे सामने आकर चली जाती है, फिर से वह वस्तु प्रत्यक्ष नहीं होती।

तक्षशिला में रहते हुए विशाख के भीतर के अनेक भ्रमजाल टूट गये। मन में कहीं शंकाएँ थीं बुद्ध और उनके धम्म को लेकर। आचार्य कच्चान सदैव सुलभ रहते—कभी भी अपनी शंकाएँ लेकर वह उनके पास पहुँच जाता। वे उसपर स्नेह भी रखने लगे थे। बुद्ध श्रुतिप्रामाण्य को सर्वथा नहीं मानते—ऐसा नहीं है—उन्होंने कहा था। उपनिषदों में जो कहा है, वह तो तथागत ने ब्रह्मविहार और ब्राह्मण का स्वरूप बताते हुए कहा ही है।

‘फिर वाद क्यों होता है आचार्य!’ विशाख ने उनसे पूछा था।

‘वाद तो प्रज्ञा को उद्‌बुध करता है, उसकी शाण पर चढ़कर बुद्धि तेज होती है, वाद हो, पर वाद में छल न हो!’ कह कर महास्थविर हँसे। फिर बोले—‘कभी-कभी छल किया भी जाता है, पर वादी और प्रतिवादी दोनों जानते हैं कि वे छल कर रहे हैं। तब वाद एक क्रीड़ा बन जाता है। क्रीड़ा भी करना पड़ती है कभी-

कभी...फिर क्रीड़ा का संहार कर देना उचित होता है।'

जिस सीमा तक श्रुतिवाक्य प्रत्यक्ष और अनुमान से प्रमाणित होता है, उस सीमा तक वह प्रमाण है। इसलिए मतभेद और वाद तथा विवाद प्रमाण मीमांसा के स्तर पर ही होना चाहिए, आचार मीमांसा और धम्म के मूल तत्त्व को लेकर नहीं। अहिंसा को परम धर्म तो दोनों ही स्वीकार करते हैं।

मतभेद थे, वाद विवाद होता था, पर तक्षशिला एक बड़े प्रयोग का केंद्र बन गयी थी।

सर्वाधिक मन उसका आयुर्वेद के अध्ययन में रमता था। उसे बताया गया था कि विश्व में आयुर्वेद का सबसे बड़ा केंद्र तक्षशिला ही है। गुरुवर चरक बताते थे कि अत्रि की परम्परा बहुत पुरानी है महाभारत में जिन कृष्णात्रेय का नाम लिया है, वे तथागत बुद्ध से बहुत पहले के हैं। तथागत बुद्ध के जन्म के समय यहाँ आत्रेय नामके महान आयुर्वेद के आचार्य थे, उन्हें धन्वन्तरि के समान पूजा जाता था। आत्रेय की परम्परा अग्निवेश को मिली और अग्निवेश से यह विद्या चरक तथा सुश्रुत तक आई। आयुर्वेद पढ़ने के लिए यहाँ चीन और यूनान से भी छात्र बहुत थे। चरक साक्षात महर्षि थे। बोलते तो आँखें इनके तेजस्वी मुख मंडल पर टिकी रह जातीं।

विशालदेव धनुर्वेद के आचार्य थे। प्रातः और सायं उनके यहाँ दो दो घंटे अभ्यास होता। व्यायाम, चारी, मंडल, शस्त्रसंधान, मुष्टियुद्ध।

तक्षशिला ने उसे क्या दिया? शरीर की दृढ़ता और चित्त की स्थिरता। मन का भटकाव मिट गया था। महर्षि चरक कहते—'पाँच इन्द्रियाँ हैं, आकाश, वायु, ज्योति, जल और पृथिवी ये पाँच इन्द्रिय द्रव्य हैं, नेत्र, कान, नासिका, जिह्वा और त्वचा ये उनके पाँच उनके अधिष्ठान हैं, पाँच उनके इन्द्रियार्थ हैं, पाँच इन्द्रिय बुद्धियाँ हैं—अतींद्रिय मन इन सबसे ऊपर है—वही सत्व है। यही तो तथागत के अनुयायी भी कहते हैं—मन ही सबका प्रभव है।

एक और कला विशाख ने यहाँ रहकर सीखी संवाहन। अपनी काया का संवाहन करना और दूसरे की काया का भी। दोनों की पद्धतियाँ अलग हैं। पगथली में पाँव के दोनों अँगूठों के नीचे के स्थान, एड़ियों के ऊपर के मर्मस्थल जिन्हें दबाने से थकान मिटती है और मन में शान्ति उतरती है, वह पहचान गया था। संवाहन दोनों तरह से करना यहाँ सिखाया गया—तैल से भी और बिना तैल के हाथ की अँगुलियों और अँगूठे के उपयोग से भी। पर विशाख को यह जान कर आश्चर्य हुआ कि संवाहन के लिए जिस द्रव का उपयोग यहाँ किया जाता था, वह तैल नहीं था। मध्यदेश के विद्यार्थी तो उसे तैल ही कहते, पर वह तिल से निकला हुआ नहीं था। तिल का तैल यहाँ कम ही मिलता। आरुचक, निकोचक और अक्षोट से बने द्रवों को अधिक काम में लिया जाता।

तक्षशिला में उसका अन्तिम दिन। मन भारी हो गया था। फिर भी तक्षशिला तो छूटनी ही थी। उपालि की तरह वह सदा तो यहाँ नहीं रह सकता था।

विशाख आज ही शाकलपुर पहुँचा था।

अब तक जितने नगर देखे, शाकलपुर सबसे भिन्न था। विशाख को लगा जैसे अन्य ही किसी देश में आ पहुँचा। मिलिन्द यहाँ रहा था। मिलिन्द यवन सम्राट था...कनिष्क बाह्लीक की ओर के निवासी हैं, मिलन्द का देश तो उसके भी आगे है। उसका नाम मिलिन्द नहीं था। नाम था—मिनांडर। महास्थविर नागसेन के साथ संवाद के बाद वह बुद्धवचन के फूलों का मिलिन्द बन गया इसलिए उसका नाम यहाँ मिलिन्द चल पड़ा।

वर्षा अचानक ही होने लगी थी। सारे मार्ग भीगे हुए। विशाख तक्षशिला से यहाँ तक आते आते क्लान्त था, तिस पर असमय वर्षा बाहर के मार्ग बन्द कर रही थी, भीतर के सोच के द्वार भी। वर्षा से त्राण पाने के लिए वह एक पान्थशाला के बाहर द्वार के ऊपर बनी छाया में आ खड़ा हुआ। अपने भीग जाने की चिन्ता नहीं थी, चिन्ता थी पुस्तकों की...उसके पास कुछ पुस्तकें थीं...उन्हीं इसिभासिआइँ की पुस्तक भी थी, जिसे उसे आचार्य वसुमित्र तक पहुँचाना था। वर्षा से यदि उसके प्रसेवक में रखी मंजूषा भीग गयी, तो उसके भीतर रखी पुस्तकों की भी क्षति हो सकती है। तक्षशिला से यहाँ पहुँचने में पन्द्रह दिन लग गये, इतने समय से पुस्तकों को वह बहुत जतन से सँभाले हुए है। इसिभासिआइँ की पुस्तक आचार्य वसुमित्र तक पहुँचा दे—तो तक्षशिला की गुरुदक्षिणा चुक जाएगी।

इसिभासिआइँ भी विचित्र ग्रन्थ है। किसने बनाया, कब बनाया, क्यों बनाया...कितना पुराना है—यह सब पता नहीं...इसके भी कई संस्करण होते गये हैं—यह आचार्य कच्चान बताते थे। इस देश के सारे ऋषियों की वाणियाँ इसमें हैं—याज्ञवल्क्य, बृहस्पति, बुद्ध, महावीर, मंखलि घोसाल, पढ़ते जाओं तो लगता है सब एक ही बात तो कह रहे हैं...

तक्षशिला से चलते समय काष्ठमंजूषा में रखा एक ग्रन्थ उसे देते हुए आचार्य कच्चान बोले—वत्स! इस मंजूषा में इसिभासिआइँ की पुस्तक है। यह तुम्हें आचार्य वसुमित्र को देना है। वे काश्मीर में एक विहार में रहते हैं, वह विहार किन्नरपुर में है। भदन्त अश्वघोष उनके शिष्य के समान हैं, वे अवश्य उनका पता बता सकते हैं। अश्वघोष महाराज कनिष्क के प्रीतिपात्र हैं, वे वसुमित्र को खोजने में अवश्य सहायता करेंगे।

अश्वघोष की बड़ी देर तक चर्चा वे करते रहे, फिर उन्होंने अश्वघोष के नाम

भी एक पत्र विशाख को दिया।

विशाख को लगता था कि केवल पुस्तक पहुँचाने के लिए ही आचार्य कच्चान ने उसे इतने दूरस्थ देश में भेजने का विचार किया हो—ऐसा नहीं होगा। उन्होंने उसे बहुत गहरी दृष्टि से देखते हुए कहा भी तो था—'उस देश में तुम्हें बड़े काम करना है।'

पर अभी तो विशाख को चिन्ता है कि काश्मीर जाकर इसिभासिआइँ की पुस्तक भदन्त वसुमित्र के पास पहुँचा दे। एक पुस्तक और है उसके पास—मिलन्दपन्हो। इस पुस्तक में भिक्खु नागसेन और मिलिन्द के संवाद के द्वारा बुद्ध के वचनों की बडी सटीक व्याख्या है। विशाख को भी पुस्तक अच्छी लगी थी, पर वह अपने को बौद्ध नहीं मानता। तक्षशिला विद्यापीठ में जो कषाय वस्त्र वह पहनता था, अभी भी उसी को पहने हुए है। गृहस्थ हुआ नहीं है, और क्षौम वस्त्र उसे मिलता भी कहाँ से? तक्षशिला से चलकर जिन जिन ग्रामों में रुका, वहाँ के लोगों ने संन्यासी समझ कर आश्रय दिया। पर कहीं-कहीं लोग पूछने लगते—आप भिक्षु हैं या संन्यासी?

वर्षा थम गयी। सूरज मेघों का परदा हटा कर झाँकने लगा। विशाख भी फिर से आगे चल पड़ा। उसने प्रसेवक में हाथ डालकर एक बार उस काष्ठमंजूषा को छुआ, जिसमें पुस्तक थी। अवसर मिलने पर विशाख पुस्तक को खोल कर इधर उधर से फिर से पढ़ भी लेता था। पुस्तक का एक-एक वाक्य मर्म तक पहुँचने वाला है। प्रश्नकर्ता मिलिन्द जितना ही तीक्ष्ण बुद्धि का, समाधान करने वाले भदन्त नागसेन की प्रज्ञा उतनी ही आत्मप्रतिष्ठित और अकम्पित। जिज्ञासा और समाधान करने वाली प्रज्ञा का ऐसा संयोग तो उपनिषदों में हुआ है या नहीं!

शाकलपुर को विशाख बहुत कौतुक से देखता है। सोचता है यहाँ से त्वरा में चल पड़ना अन्याय होगा। यही वह नगरी है जहाँ महास्थविर नागसेन और उनके शिष्य मिलिन्द—ये दोनों कुछ समय रहे। शाकलपुर में अभी भी मिलिन्द के नाम के सिक्के चलते हैं। मिलिन्द का स्मरण लोग बहुत आदर से करते हैं। यहाँ तक मानते हैं कि मिलिन्द अर्हत हो गया। शाकलपुर में बुद्ध की प्रतिमाओं के साथ स्थल-स्थल पर मिलिन्द की भी प्रतिमाएँ हैं।

मिलिन्द की पुस्तक विशाख के साथ है, तो मिलिन्द जैसे उसका यह यात्री है। तक्षशिला की स्मृतियाँ भी अब लक्ष्मणपुर और भद्रपुरी की स्मृतियों में घुलमिल कर उसके साथ हैं। चलते-चलते विशाख इन स्मृतियों में एक-एक को उठा कर परखता जाता है। भद्रपुरी में बिताया गया एक वर्ष। तक्षशिला के दस वर्ष। इस अवधि में यौवन देह में कब आ बैठा पता न चला। भीतर के ज्ञानशरीर को उजला बनाने में बाहर एक भौतिक काया भी है, जो बदल रही है—इस पर ध्यान कम

ही जाता।

पैर पंक में लथपथ थे। टखने से घुटने तक पीड़ा की लहर रेंगती हुई। कन्धे पर एक कथरी थी, वह खाली। उसी को बिछाता था उसी को ओढ भी लेता था, और उसी में कुछ सामग्री भी रख लेता। कपड़े भी मैले हो गये थे। शाकलपुर में आश्रय कहाँ मिलेगा—यह विशाख को पता नहीं। लक्ष्मणपुर, भद्रपुरी, हरिद्वार, बदरिकाश्रम और तक्षशिला...सब पीछे छूट गये। सनातन सूत का साथ छूट गया। बदरिकाश्रम जितना ही अकलुष और पावन उतना ही शीतल। वहाँ कितनी शान्ति थी...वह उसे न रुची।

पिंडपातवेला निकली जा रही थी। कंथा में रिक्त भिक्षापात्र है, पर भिक्षापात्र में यहाँ कोई भोजन डालेगा क्या?

आचार्य वज्रकाय ने चलते समय उससे कहा था—'भिक्षापात्र साथ में सदैव रखना। करतल में तब तक भिक्षापात्र है, कहीं न कहीं से भिक्षा मिलेगी। और भूखे मत रहना। भूखा रहना...शरीर को कष्ट देना...महापाप है।'

तक्षशिला के स्थितप्रज्ञ आचार्यों की कही बहुत सी बातें उसके मन में रमी हुई हैं। वहाँ रहकर कितना जाना, कितना सीखा! केवल एक इच्छा जिसके पूर्ति के लिए विशेष रूप से वहाँ गया था, वह वैसी की वैसी ही अतृप्त रह गयी। आर्य कौंडिन्य से मिलने की इच्छा। साकेत में सबने कहा कि वे तक्षशिला ही गये हैं, पर तक्षशिला में उन्हें कोई नहीं जानता।

जब वह तक्षशिला से चला तो उपालि एक स्थविर को रूप में प्रतिष्ठित हो चुके थे।

विशाख दन्तकारवीथी से गुजर रहा था। पहले यहाँ एक परिवेण था। उसी परिवेण में आयु:पाल नाम के स्थविर रहते थे। राजा मिलिन्द पहले उन्हीं के पास गया था। उनसे शास्त्रचर्चा की। अपनी जिज्ञासाएँ उनके सामने रखीं। आयु:पाल ने उनका समाधान करने का प्रयास किया, पर मिलिन्द को सन्तोष न हुआ।

आपण में जहाँ तहाँ हाथी दाँत की बनी अत्यन्त रमणीय मूर्तियाँ विक्रय के लिए सजी हुईं। हाथीदाँत जितने ही उज्ज्वल और श्वेत, बुद्ध की उन पर उकेरी मूर्तियाँ उतनी ही सौम्य और शुभ्र। उनकी मुस्कान जैसे ज्योत्स्ना बिखेरती हुई—परम आश्वस्तिकारक, आँखों में करुणा की अजस्र धार। तक्षशिला विद्यापीठ के बाहर भी जब-जब जाना होता, इस तरह की मूर्तियाँ वहाँ देखने को मिलती थीं।

दन्तकार वीथी से निकला तो तन्तुवाय श्रेणी आ गयी। तुन्-तुन् का नाद हर एक आपण से बाहर आता हुआ। पिंजारे रुई पींज रहे थे। बाहर हवा में रुई के शुभ्र रेशे राजहंसों की तरह, कास के फूल की पंखुड़ियों की तरह उड़ रहे थे। वे शंख की शुभ्रता को पराजित करते लगते, कहीं सागर के फेन की तरह हिलोर लेते लगते।

तन्तुवायश्रेणी के भवनों में अनेक में नीचे के तल पर तूलापण खुले थे, जिनमें विशाल धनुष के नीचे बिना पींजी रुई के ढेर को पिंजारे धनुष की डोर का संधान कर करके पींज रहे थे।

शाकलपुर की विचित्र शोभा निरखता हुआ विशाख नगर के चतुष्पथ पर आ गया। भूख से आँतें कुलबुला रहीं थीं। प्रसेवक में सत्तू था उसके पास पर एक तो वह उसे किसी दुर्दिन के लिए बचा कर रखना चाहता था, दूसरे सत्तू घोलने के लिए शुद्ध जल नहीं था। हाथ में भिक्षा पात्र था।

सामने से कोई रमणी निकली। वह मदविह्वल लग रही थी, पाँव लड़खड़ा रहे थे। भूख ने कदाचित विशाख को बावला बना दिया था, जैसे ही रमणी उसके सामने से निकली, पता नहीं कैसे उसके मुख से निकल गया—'भवति भिक्षां देहि!'—

लड़खड़ाती चाल से आगे बढती वह रमणी रुक गयी। उसने आपादमस्तक विशाख को निहारा और बोली—'भिक्षो, मेरे पास तो केवल एक ही वस्तु है। उसी को भिक्षा में दे दूँगी। लोगे?'

विशाख ने सोचा—रमणी ने उसे बौद्धभिक्षु समझ लिया है। पर क्या हानि है, इस समय तो भोजन प्राप्त करना आवश्यक है।

'भवति, उपासक जो श्रद्धा से दे, उसे भिक्षु स्वीकार करता है। भगवान बुद्ध का यही उपदेश है।' उसने स्त्री से कहा।

स्त्री खिलखिला पड़ी। विशाख उसके मुख से निकलते मदिरा के भपके को सह न पाने के कारण कुछ दूर हट गया। रमणी ने विशाख की ओर बढ़ते हुए कहा—'यदि वह वस्तु उच्छिष्ट या अर्धशेष हो तो भी?'

'श्रद्धा से दिया गया उच्छिष्ट भी ग्राह्य है...' कहकर विशाख आगे कहने को था—'और उच्छिष्ट तो ब्रह्म है।' पर कहते-कहते रुक गया।

'मेरे पास भक्ष्य और भोज्य कोई वस्तु नहीं है। रात्रि में मैं बड़ी श्रेणी में थी...बड़ी श्रेणी जानते हो? उसमें महाश्रेष्ठी रहते हैं...पर वे लोग मेरी ओर देखते तक नहीं...मैं एक छोटे श्रेष्ठी के भवन में थी...पर उसने द्रव्य प्रचुर दिया...उसमे मेरे साथ रमण भी जी भर किया...मैंने भी रमण किया...भोजन भी पेट भर कर किया उसके यहाँ मदिरा छक कर पी...प्रातः उसके घर से निकली...हाथ में जो द्रव्य था, वह दस्यु छीन ले गया। धन भी गया, आभूषण भी गया। शाकलपुर में पहले ये दस्यु नहीं थे...पता नहीं कहाँ से ये आ गये...मेरा तो सर्वस्व चला गया भिक्षो! बचा हुआ है केवल यह जूठा यौवन अनेक कामियों ने इसका उपभोग किया, इसे रौंदा और कुचला है...इसे ग्रहण करोगे? बात यह है कि जिनके साथ रमण किया, वे स्वयं जीर्ण शीर्ण थे, तुम मुझे रमा रहे हो...तुमसे कुछ द्रव्य नहीं लूँगी...तुम भी अपने यौवन का उपभोग कर लो...यह यौवन भी कितनी अद्‌भुत वस्तु है, कितनी

मादक...म...म...मदिरा से भी अधिक...'

'भवति, यौवन कोई वस्तु नहीं, वह तो विकारमात्र है...'

रमणी बहुत जोर से हँस पड़ी। उसके अट्टहास के स्वर नृत्य के चरम आवेग में थिरकते पावों से निकली नूपुरध्वनि की तरह फैल गये।—'ए माँ, यह तो महाज्ञानी है ए माणवक, सुन! क्या कह रहा है यह भिक्षु! यह तो भगवान बुद्ध की तरह बोल रहा है...!'

रमणी ने जिस माणवक को सम्बोधित किया था, वह कोई आपूपिक था। अपूपों की सुगन्ध उसकी मंजूषा से निकल कर नथुनों में प्रवेश करती हुई विशाख की भूख की ज्वाला को और भड़का गयी। उसकी जीभ रिसने लगी।

'अरी कल्माषी, क्यों बिचारे भिक्षु को सता रही है? मैंने देखा यह तपस्वी बडी देर से खड़ा है इस चत्वर पर...ऐसा दुर्भिक्ष का समय आ गया है.. भिक्षुओं को भिक्षा नहीं मिलती...हमारे अपूप कोई नहीं खरीदता...'—आपूपिक, जिसे रमणी ने माणवक कहकर सम्बोधित किया था, बोला।

'अहो! तेरे चित्त में ऐसी करुणा है इस तपस्वी के लिए तो तू ही इसे अपूप क्यों नहीं दे देता? चल एक इसे और एक मुझे दे दे...उधार.. मेरा सारा धन तो दस्यु झटक ले गया...!

'प्रभात की वेला से घर से निकला हूँ—एक भी अपूप नहीं बिका! पहली आमदनी के बिना उधार न दूँगा!'

'चिन्ता मत कर! जब तक तेरा उधार नहीं चुक जाता, मैं मरूँगी नहीं। दूँगी दूँगी...आज नहीं तो कल दे दूँगी...कल फिर कोई कामी मेरा वरण करेगा...मुझसे रमण करेगा...आज तो मेरा सर्वस्व लेकर भाग गया वह नीच दुष्ट दस्यु!'

तभी कोई अपूपक्रेता आया और माणवक से बोला—'चार अपूप दे!'

सहसा वह रमणी-कल्माषी चीखी—'अरे अरे यही है वह! इसी ने मेरा सब छीन लिया था...मेरा सारा धन.. मेरे आभूषण...मैं चिल्ला न सकूँ इसके लिए इसने मेरा मुँह दबा दिया था, तभी मैंने अपने तीक्ष्ण नखों से इसका कपोल चीर दिया...देखो देखो अभी भी इसके कपोल पर यह खून का थक्का और घाव.. चोट्टे कहीं के!...तस्कर!...ला मेरा धन लौटा दे! कहाँ है—यह रहा इसके प्रसेवक में!'

यह कहती हुई वह स्त्री कल्माषी—अपूप खरीदने वाले पुरुष से छीना झपटी करने लगी..

'दूर हट, दूर हट...कुलटा...पुंश्चली!—मैंने तेरे साथ सम्भोग किया, तुझे शुल्क भी दिया, और मुझे चोर कह रही है...तेरा यह दुस्साहस! तेरे पास धन आया कहाँ से—तू रथ्याकुक्कुरी है...गली की कुतिया...तेरे पास न धन है, न भवन!'—यह कहते हुए उस पुरुष ने कल्माषी को धकेल दिया।

'देखिये, देखिये आप लोग! मेरे पास पाँच दीनार थे और आभूषण भी—यह तस्कर है इसने कल रात में छीन लिया सब और उल्टे मुझी को धमका रहा है!' – कल्माषी चिल्लाई।

आसपास जाते लोग उसकी पुकार सुनकर रुके, फिर उस पुरुष ने उनसे पता नहीं क्या कहा कि वे चुपचाप आगे बढ़ गये। विशाख शान्त स्वर में उस पुरुष से कहा—'भद्र, यदि तुमने इस देवी का द्रव्य लिया है, तो लौटा दो!'

वह पुरुष तिरस्कार के साथ हँसता हुआ कहने लगा—'वेश्या का हितचिन्तक भिक्षु! क्या उत्तम संयोग है!—नहीं लौटाता! क्या कर लेगा तू? तू अपने पथ से जा, मैं अपने पथ पर चला! ए! शीघ्र दे अपूप!!'—फिर उसने आपूपिक को डपटा।

आपूपिक स्तब्ध खड़ा रहा।—'ए पुंश्चली.. अब जा यहाँ से!'—उस पुरुष ने कल्माषी से कहा फिर अपने प्रसेवक से छुरिका निकाल कर चुनौती की मुद्रा में विशाख और कल्माषी दोनों के सामने छुरी वाले हाथ को उसने घुमाया।

एक क्षण के पश्चात वह धरती पर गिरा पीड़ा से चीख रहा था—'हे माँ! हे पिता! बचाओ, मार डाला!'

विशाख ने केवल उत्फाल करण के साथ उछाल भर कर बायें पाँव के अँगूठे से उसके उदर पर प्रहार किया था। फिर वह उस पुरुष के हाथ से छुरी लेकर उस रमणी से बोला—'देवि, आप देख लीजिये कि क्या सचमुच आपका धन और आभूषण इसके पास हैं—यह अभी एक मुहूर्त तक सीधा खड़ा न हो सकेगा।'

कल्माषी एक चकित, स्तब्ध और किंकर्तव्यविमूढ खड़ी रही, आपूपिक ने कहा—'अरे कल्माषी, भिक्षु क्या कह रहे हैं, सुना नहीं! तो वह चैतन्य हुई। पीड़ा से तड़पते पुरुष की उपहस्तिका उठाकर उसने उसमें हाथ डाला—उसमें से कुंडल, कटक तथा दीनार निकाले, दीनार गिने, बोली—'सौ थे सौ रख लेती हूँ...शेष इसने जहाँ से चुराये हों, लूटे हों—यह जाने...मै जानती हूँ इसको! यह तस्कर है!...आपने मेरा सर्वस्व दिलवा दिया!...प्रणाम करती हूँ आपको...आप भिक्षु नहीं बोधिसत्व हैं!'

'लक्खण, इसकी छुरी तू रख ले, इसी के बूते पर यह लूट मार करता है!'—रमणी आपूपिक से कह रही थी।

विशाख का मन उन सबसे एकदम उचट गया। वह उस रमणी और तस्कर को वहीं छोड़ कर चलने लगा। रमणी ने पीछे पीछे आते हुए कहा—'ठहरिये भगवन!'

विशाख के मन में उस रमणी के द्वारा अभी अभी कही गयीं जुगुत्सित बातें

और चेष्टाएँ घूम गयीं। उसे लगा इस रमणी से उसका कोई प्रयोजन नहीं...

'मैं इतनी अध:पतित नहीं जितनी आप समझ रहे हैं!'—वह बोली – 'अपूप तो ले लीजिये...मेरे लिए यह घोर पाप होगा, आपको बिना भोजन दिये यहाँ से जाने देना...मैं बुरी नही हूँ, मुझे बुरा बना दिया गया...'

विशाख रुक गया। रमणी रो रही थी। फिर उसने देखा आपूपिक उसे कुछ समझाते हुए उसके साथ आ रहा था। रमणी के संकेत पर उसने दोने में दस अपूप रख कर विशाख को अर्पित किये और प्रणाम किया। रमणी ने कहा—'यह मेरी ओर से आपके लिए है...पर कहाँ बैठ कर ग्रहण करेगें...मैं भी भूखी हूँ...पर आप जब तक नहीं खा लेगें मैं भोजन ग्रहण न करूँगीं...भगवान बोधिसत्व! आप मेरे आवास पर पधारें...'

विशाख कुछ असमंजस में था, तभी वर्षा आ गयी।

शाकलपुर से जल्दी जाना हो न सका। आषाढ के आने के पहले ही वर्षा आ गयी। कल्माषी उसी दिन उसे पांथशाला ले गयी थी, पांथशाला के अधिप से कह कर उसे एक अच्छा कक्ष दिलवा भी दिया था। कल्माषी को लेकर विशाख ने जैसा सोचा था, वह वैसी नहीं थी। उसने जीवन में बड़े संकट झेले थे, विकट साहस वाली स्त्री थी।

शाकलपुर में वे दस दिन। उत्कट प्रतीक्षा और ऊब के दिन। शाकलपुर एक द्वीप बन गया था, एक और वितस्ता दूसरी ओर शतुद्री (सतलज)। दोनों में उफान था।

विशाख वितस्ता के किनारे किनारे चल रहा था। हिमालय की ढ़लान से होती हुई तेजी से बहती वितस्ता। वितस्ता की तरंगों से फुहारें भर-भर कर पवन देह को नहला सा देता। शीतल पर प्रीतिकर। यह प्रदेश इतना मनोहर था कि विशाख को लगने लगा यहीं कहीं बस जाए सदा के लिए—कब तक वह यों ही भटकता रहेगा? पर आचार्य कच्चान का आदेश उसे तो पूरा करना ही है...इसलिए अभी तो आगे और आगे बढते जाना है उत्तर की ओर...

कभी तीखा घाम लगने लगता, कभी हिम से भीगी वर्षाएँ। ऋतु कितनी तेजी से बदल जाती है यहाँ! थोड़ी देर पहले ही वह अच्छी भली धूप में चल रहा था, अभी-अभी मेघों की घटाएँ एक दूसरी से सटतीं भिड़ती चली आईं और उन्होंने मिल कर आकाश को घेर लिया। धीरे-धीरे शीत बढ़ता गया। वर्षा जा चुकी थी,

जब आश्विन में वह शाकलपुर से चला था। अब आग्रहायण का महीना है। दो मास शाकल से चले हुए हो गये।

हड्डियों को छेदता हिमाद्र पवन बह रहा था। कहाँ आ गया—यह पता नहीं चल रहा। शिवालिक शिखर वह कल पार कर चुका था। कल भोर से लेकर रात तक हिमवर्षा होती रही। श्वेत शुभ्र हिमपुष्प बरसाता आकाश। पेड़ों की शाखाओं पर हिम के फूल फूट पड़े हों ऐसा लगा। पर हिमानी का निरन्तर गिरना विशाख को अवसाद से भर रहा था। हिमाच्छादित मार्ग। बर्फ सा ठंडा होता मन। हिमालय के नीचे-नीचे कई स्थलों पर दूध की नदियाँ जैसे जम गयीं हों। आकाश फिर भी जैसे हिमास्त्र उस पर छोड़ रहा है, ऐसे में कैसे और कब वह काश्मीर पहुँच पायेगा?

तीन महीने हो गये उसे निरन्तर चलते-चलते। सूत जी ने कहा था - 'विशाख, तुम्हारे पाँवों में दो चक्र बँधे हैं। तुम बहुत समय तक किसी स्थान पर स्थिर होकर नहीं रह सकते!' पर तक्षशिला में अवश्य वह रहा—पर वहाँ भी स्थिर होकर न रह सका...कई गुरुजनों के पास अलग अलग समयों में जाना...फिर वहाँ से स्नातक होकर फिर वही चंक्रमण। उसके पाँव इस धरती पर कहाँ-कहाँ अँके हुए हैं यह कहना असम्भव है। लक्ष्मणपुर, साकेत, तक्षशिला के कितने स्थान स्मृतियों कोहराम मचाते रहते हैं!

कभी इस यात्रा का अन्त होगा... ?

कोई छाया उसके पीछे आ रही है। वह बार-बार मुख मोड़ कर देखता है—कोई है, पर उसे पीछे देखते देख कर वह पता नहीं तत्काल क्यों ओझल हो जाता है, घने पेड़ों की पाँतों में.. कुज्झटिकाओं में...विशाख ने कई बार जोर से पुकारा भी—कौन है? कौन है?? उसके अनुत्तरित स्वर वनप्रान्त में गूँज कर रह गये।

आँधी अकस्मात आई थी। विशाख के देखते-देखते दो बड़े वृक्ष धराशायी हो गये। प्राण बचाने के लिए वह ऊपर ऊपर भागा। पहाड़ की ओट में आँधी का वेग कम था। इसलिए वह चट्टानों का सहारा लेकर ऊपर चढ़ता गया।

अचानक चीख कर वह धरती पर गिर पड़ा। कोई शिला माथे पर आ गिरी थी या किसी ने प्रहार किया था...पर उस पर कौन प्रहार कर सकता है? विशाख ने अर्धमूर्छित दशा में देखा कि कोई छाया पास आई उसका प्रसेवक उठाकर उसमें से वस्तुएँ टटोलती हुई...विशाख को लगा कि कुछ अनर्थ होने जा रहा है, पर मूर्छा उसे आविष्ट कर रही थी...

जब मूर्छा टूटी, तो उसने अपने आपको एक प्रशस्त शिलापट्ट पर लेटा पाया। कई क्षण वह मस्तिष्क पर बहुत जोर डालकर सोचता रहा कि वह कौन है और यहाँ क्यों है? धीरे-धीरे स्मृति जागी...वह तक्षशिला से चला था...शाकलपुर रुका...जिस काया की कारा में वह रह रहा है उसे विशाख कहते हैं...जोर की आँधी से बचने के

लिए वह भागा था, फिर मूर्छित होकर गिर पड़ा...अब आँधी नहीं है, न हिम है। चमकती धूप आसपास बिखरी है। यह कौन सा स्थान होगा? आसपास ऊँची ऊँची चट्टानें। नीचे देवदारु के वृक्ष...अनन्त वनराजी...सोने की पट्टियों की तरह उस पर धूप बिछी हुई थी।

उसने उठ कर चारों ओर देखा। कोई दिखाई नहीं दिया। तो क्या कोई देवता, यक्ष या विद्याधर मुझे उठाकर ले आया? मैं पर्वत की उपत्यका में नीचे था। वहाँ शिलाएँ गिर रहीं थीं...

और मेरी वस्तुएँ? मंजूषा में रखी पोथियाँ...इसिभासिआइँ की पोथी...एक प्रसेवक में सत्तू था...मेरी उपहस्तिका—उसमें कुछ द्रव्य भी था...शाकलपुर से चलते जबरजस्ती कल्माषी ने साथ में रख दिया था...वह सब कहाँ है?

सहसा मेघ काले हिरणों के झुंडों की तरह फिर आकाश में दौड़ पड़े। मोटी मोटी बूँदें गिरने लगीं, वे देवदारु के सींक जैसे पतले पत्तों पर रिपटती तेजी से धरती पर जा गिरतीं। अभी बहुत मन्द समीर सरकता हुआ उसे छू रहा था, वहीं उसे झकझोरने लगा। विशाख ने पास में पड़ा अपना दुकूल ओढ़ना चाहा, पर हाथ भी काम नहीं कर रहे थए...क्या हो गया है उसे...

वर्षा और समीर मिलकर एक संगीत रचने लगे...पर विशाख को अपने सामान की चिन्ता थी...इसिभासिआइँ की पोथी न मिली तो क्या होगा? उसने चाहा कि उठ कर आसपास खोजे.. पर देह एकदम जड हो गया था...

पवन और वर्षा का वेग कुछ थमा, तो अचानक उसे गीत के स्वर सुनाई दिये। बार बार वे ही शब्द गीत की कड़ी में दोहराये जा रहे थे, पर स्पष्ट नहीं हो पा रहे थे। गायक का स्वर तो सूत जी कषाय कंठ जैसा है...पर सूत जी यहाँ कैसे आ सकते हैं...वे तो नैमिष में हैं...और यह गीत नहीं है, पालि गाथा है। तक्षशिला में रहकर मागधी, गन्धारी और सैंधवी ही नहीं, तुखारी प्राकृतें भी सीखीं थीं। त्रिपिटक सारे पढ़ डाले थे। ऐसी गाथाएँ त्रिपिटकों में हैं। बहुत प्रयास करके विशाख उठा और जिधर से गायन के स्वर आ रहे थे, उधर चला। गाथा के शब्द धीरेधीरे स्पष्ट हुए।

छन्ना मे कुटिका सुखा सुवाता,
वस्स देव यथासुखम्,
चित्तं मे सुसमाहितं विमुत्तम्।
आतापी विहरामि,
वस्स देव यथासुखम्।।

मेरी अपनी कुटिया पर अच्छी छाजन है, हवा सुख देती हुई इसमें भीतर आती है। देव अब तुम चाहे जितना बरसो। मेरा चित्त सुसमाहित और विमुक्त है, मैं धूप में नहाता हुआ विहर रहा हूँ, देव अब तुम चाहे जितना बरसो।

आसपास गहरी शान्ति थी, हवा और वर्षा मिलकर गायक के साथ बहुत मन्दी थाप देते हुए संगत करते लग रहे थे। इस निर्जन में कौन गा रहा होगा? कान्यकुब्ज से लगाकर सिन्धुदेश तक वह मार्ग में पथिकों से ऐसी गाथाएँ सुनता आया है, पर गायन की यह शैली भिन्न थी...लय, गमक और यति सब अलग। पर स्वरों को ऐसा गूँथ रहा था गायक कि उनमें लोच समा जाता। कभी-कभी सूत जी भी इस तरह गाते थे, पर उनके गले में यह लोच न होता।

धीरे-धीरे वर्षा और हवा का वेग थम गया। अब गाथा के स्वर एकदम साफ सुनायी दे रहे थे हिमालय की गुफाएँ स्तब्ध होकर उन्हें समेटतीं और फिर लौटा देतीं। हिमालय की दिशाओं के कान लगा कर जैसे गाथाएँ सुन रहा हो।

विशाख को लगा किसी ने उसकी सहायता की है...मुझ पर वहाँ नीचे किसी ने प्रहार किया था, मैं मूर्छित हो गया था, कोई उठाकर मुझे यहाँ ले आया...और चट्टान पर सुला दिया।

उसने चलने का प्रयास किया, पाँव डगमगा रहे थे, सिर पर जैसे मनों बोझ हो। उसका हाथ सिर के पीछे चला गया, तो वह पीड़ा से कराह उठा। वहाँ बहुत बड़ा गुम्मा उचक आया था और गाढा खून भी जमा हुआ था, जिससे उसकी हथेली सन गयी।

तभी गाथा के स्वर निकट आ गये। विशाख ने स्थिर खड़े रहने का प्रयास किया, तभी गाथा के स्वर बन्द हो गये और गिरने गिरने को हुए उसे किसी ने आकर सँभाल लिया।

गाथा गायक एक भिक्षु था, वही उसे दोनों हाथों से पकड़ कर सँभाले हुए था। विशाल आकार। बड़ी बड़ी आँखें—करुणा से आर्द्र पर कान्ति से चमकती हुईं। उन्नत तीक्ष्ण नासिका, स्फीत अधर और ओष्ठ। स्निग्ध श्यामल रंग। विशाख उसका सहारा पा कर कुछ स्थिर हुआ। सिर में अब भयंकर वेदना हो रही थी, पर मस्तिष्क चैतन्य था। वह सोचने लगा—क्या यह कोई देव दूत है जो मेरी प्राण रक्षा के लिए उतर आया? पर यह ऊपर से उतर कर आया नहीं लगता, उत्तर के किसी देश का निवासी भी नहीं हैं, मेरी तरह मध्यदेश, या फिर मगध देश का हो सकता है। पर्वतीय देशों के लोगों की न तो ऐसी तीक्ष्ण नासिका होती है, न ऐसे विशाल नयन, न यह ऊँचा आकार।

'आप जाग गये? आपको उठना नहीं चाहिए था, मैं आपके व्रण में लगाने के लिए औषध लेने गया था...'—वह कह रहा था।

'आपने मेरी प्राण रक्षा की...आप हैं कौन? यह कौन सा स्थान है...मैं यहाँ कैसे आ गया? और मेरी वस्तुएँ कहाँ हैं...?'

सुनकर भिक्षु मुस्काया, फिर बोला—'आपने तो इतने सारे प्रश्न कर दिये!

प्रश्न एक-एक करके करेगें, तो समाधान मिल सकेगा!'—कह कर वह हँसा।

विशाख मौन खड़ा रहा। भिक्षु ने शान्त स्वर में कहा—'आपकी वस्तुएँ मैंने गुफा में सँभाल कर रख दी हैं। वर्षा आने वाली है, हम गुफा में चलेगें। आप दो क्षण यहाँ बैठिए, मैं यह व्रणरोपणी के पत्ते पीस कर लाया हूँ, आपके मस्तक के पीछे गुल्म है, उस पर लगा देता हूँ...'

उसने सहारा देकर विशाख को चट्टान पर बिठाया और अपनी हाथ में पकड़े शराव से लेप लगाने लगा। विशाख पीड़ा से कराह उठा। - 'पीड़ा हंागी' —भिक्षु ने कहा—'जिसने भी प्रहार किया है आपके ऊपर बहुत जोर से देवदारु की लकड़ी से बने दंड से किया है, पर लगता है आपका मस्तक बड़ा कठोर है, फटा नहीं, थोड़ा घाव हुआ है, वह भर जाएगा...'

पर प्रहार कौन करेगा मुझ पर... ?

भिक्षु उसे शान्त स्निग्ध दृष्टि से देखता रहा। उसके लेप लगाने से विशाख को कुछ राहत का अनुभव हुआ। - 'आप यहाँ के नहीं लगते'—उसने भिक्षु से कहा—'आप मगध के हो सकते हैं...'

'आपने कैसे जान लिया?'—भिक्षु कौतुक के साथ प्रसन्न होकर बोला—'मगधवासी तो हूँ , पर अब मगध में नहीं हूँ...'

'आपकी भाषा मागधी है...'

'आप बड़े बुद्धिमान् हैं...ज्ञानी लगते हैं!'—कहकर भिक्षु हँसा। विशाख उसके सौम्यभाव के आगे झुका हुआ सा रह गया। वह विशाख को आश्वस्त करता हुआ कोमल स्वर में कहने लगा—'मैं भागीरथी के निर्झर से जल लेने निकला था, उस ओर जा रहा था...कि वर्षा आये उसके पहले पेय जल भर कर रख लूँ...उधर के निर्झर का जल बड़ा स्वादिष्ठ और गुणकारी है...हाँ तो क्या कह रहा था मैं?'

'आप भागीरथी के निर्झर से जल लेने निकले थे...'

'हाँ! जल लेने निकला, तो मैंने आपको नीचे वहाँ मूर्छित देखा, दूर से तो मुझे लगा कि कोई वन्य प्राणी है, मैं तो बचकर निकल कर जा रहा था, पर तभी मुझे कराहने की ध्वनि सुनायी पड़ी...अरे मैने कहा यह तो कोई मनुष्य है और पीड़ा में है तो मैं वहाँ जा पहुँचा, फिर मुझे मिल गये आप...मुझे आपकी सेवा करने का अवसर मिला...यह तो मेरा सौभाग्य है, आपको चोट लगी है, यह दुर्भाग्य है...हाँ तो क्या कह रहा था मैं?

'आप भागीरथी के निर्झर से जल लेने निकले थे...'

'हाँ! उधर हिमवर्षा होने लगी थी, तो मैं आपको यहाँ इस सुरक्षित स्थान तक ले आया...'

'आप मुझे यहाँ ले आये...पर कैसे?'

'ऐसे...दोनों हाथों से उठाकर...!'

विशाख विस्मय से स्तब्ध उसे ताकता रह गया। उसे लगा वह वामन है और भिक्षु विराट। एक दीनता के बोध ने उसे घेर लिया...मस्तक के घाव ने कदाचित मेरा आत्मविश्वास तोड़ दिया है—उसने सोचा। मस्तक में पीड़ा की लहर बीच-बीच में उठती।

भिक्षु की अवस्था कितनी होगी कहा नहीं जा सकता, मेरा समवयस्क ही लगता है। हो सकता है मुझसे पाँच या दस साल बड़ा हो। जहाँ मैं मूर्छित होकर गिरा था, वह स्थान नीचे है, वहाँ से मुझे उठाकर इस दुर्गम चढ़ाई से लाकर इसने मुझे यहाँ कैसे पहुँचा दिया—केवल अपने बाहुबल से?

'तो बातें फिर होंगी...आप बहुत श्रान्त लग रहे हैं, आप अभी स्वस्थ नहीं हैं—हम गुफा में चलेगें...आप वहाँ विश्राम करेगें...।'—भिक्षु कह रहा था।

'हाँ, मैं अपनी वस्तुएँ भी देखना चाहता हूँ, उनमें मेरे पास भी औषध है...'

'आपकी वस्तुएँ मैंने सँभाल कर रख दी हैं...वे शून्य में विलीन नहीं हुई होंगी, तो मिल जाएँगी'—भिक्षु ने हँसते हुए कहा—'आप इतनी सारी वस्तुएँ लेकर प्रवास करते हैं...परिग्रह कष्ट देता है...'

फिर उसने विशाख से पूछा—'चढ़ सकेगें?—चढ़ाई है...'

'मैं ठीक हूँ, चल सकता हूँ।'—विशाख ने कहा।

पर चढ़ाई कठिन थी। विशाख की साँस फूलने लगी। वह भिक्षु सहज भाव से चढ़ रहा था, वह रोज ही इस मार्ग से चढ़ता उतरता होगा। विशाख को मस्तक के पृष्ठभाग में फिर पीड़ा होने लगी था...जिस किसी ने उस प्रहार किया...उसने प्राणांतक प्रहार जानबूझ कर नहीं किया...कदाचित उसका भिक्षु का वेष देख कर...पर प्रहार ही उसने किस स्वार्थ से किया होगा? मेरे पास तो कोई धन सम्पदा थी नहीं...यह भिक्षु कह रहा है कि मेरी सारी वस्तुएँ सुरक्षित हैं...

...कोई छाया थी, जो मेरे पीछे लगी थी...कोई मनुष्य ही तो होगा...वह मेरा पीछा किसलिए कर रहा था...फिर उसने छल से मुझ पर प्रहार किया है, प्रहार देवदारु के लकड़ी से बने बहुत सुदृढ डंडे से किया...जब मैं अर्धमूर्छित होकर गिरा, तो वह बहुत जल्दी से मेरी सारी वस्तुएँ बिखेर कर कुछ खोज रहा था...

अचानक विशाख भय से स्तब्ध होकर खड़ा रह गया, संयोग की बात कि उससे एक पग आगे चलते भिक्षु ने इसी क्षण पलट कर पीछे देखा, और गिरने को हुए विशाख को पकड़ लिया,—'आप अभी भी अस्वस्थ हैं, चल नहीं पा रहे हैं हम कुछ देर इस शिला पर बैठ लेते हैं—चढ़ाई कठिन तो है...'

'न। हम शीघ्र चलें अब...'—विशाख ने हड़बडाहट में कहा—और अपनी चाल और तेज कर दी। भिक्षु ने कहा—'धीरे चलें...चढ़ाई कठिन है...मार्ग भी बहुत

ऊबड़खाबड़...'

सरल और देवदारु की दोनों ओर घनी पंक्तियाँ थीं, उनके बीच सँकरी पगडंडी, जो कहीं कहीं इतनी सँकरी हो जाती कि दोनों को आगे पीछे चलना पड़ता। पग-पग पर लता, गुल्म और पादप एक दूसरे में उलझे हुए मार्ग में भी अवरोध दे रहे थे। देवदारु के पेड़ों पर कई तरह के पक्षी चहचहा रहे थे, कुछ वानर भी थे...

विशाख को कुछ उष्णता लगी। हिमपात बन्द हो गया था। धीरे-धीरे कोहरे की परतें हटाकर बादलों के भी परदे सरका कर सूरज फिर से धरती को ताक रहा था।

हिमालय की यह अधित्यका कुछ और ऊँचाई पर है, देवदारुओं और सरल वृक्षों की पाँते नीचे-नीचे छूट गयीं हैं, वह जहाँ खड़ा हुआ है, उसके चारों ओर देवदारु के पेड़ नहीं हैं...न सरल के...पर भोजवृक्ष की विरल पंक्ति है...

—अरे! भोजवृक्ष ऐसा होता है!

विशाख सनातन सूत की बताई भोजवृक्ष की पहचान याद करते हुए चकित होकर देखता वह गया...कितनी कोमल इसकी त्वचा है!...फिर भी यह हिमशीतल इस ऊँचाई पर जीवित रहता है जहाँ देवदारु और सरल के पेड़ भी बच नहीं पाते...आगे सब कुछ प्रशान्त था...कोई स्वर नहीं, कोई शब्द नहीं। निखिल सृष्टि जैसे स्थगित होकर रह गयी हो। हिममंडित शिखर कुछ ही दूरी पर चमक रहे थे...कुछ शिखर आधे हिम और आधे पत्थरों से भरे हुए भी थे...

विशाख के मन को चिन्ता कुरेद रही थी। भिक्षु कह रहा था कि मेरी सब सामग्री सुरक्षित है...पर मेरे पास सामग्री की क्या है, जो कुछ है, इसिभासिआइँ की पोथी है...कुछ पुस्तकें और...

'आप थक गये हैं, एक क्षण विश्राम कर लीजिये...'—भिक्षु कह रहा था।

पता नहीं कितनी ऊपर इसकी गुफा होगी—विशाख सोचता रहा। वह थक तो गया था, चलना दूभर था। भिक्षु की बताई शिला पर बैठ गया।

'मैं यह गया और यह आया!'—यह कहकर क्षिक्षु वहाँ से चलने को हुआ। विशाख ने आतुर स्वर में कहा—'मेरी वस्तुएँ...'

'आप गुफा तक जा न पाएँगें...आपकी वस्तुएँ यहीं ले आता हूँ...'

भिक्षु गया। बहुत दूर से सिंह के गर्जन का स्वर सुनायी दिया। 'कितना निर्जन स्थान है'—विशाख ने सोचा—'इतनी ऊँचाई पर तो सिंह हो नहीं सकते, नीचे कदाचित अरण्य में होंगे...'

भिक्षु शीघ्र ही लौट आया, और विशाख के आगे उसने कुछ फल रखे। इस तरह के फल विशाख ने पहले नहीं देखे थे...पर फल खाने की उसकी इच्छा नहीं

थी। 'मेरी वस्तुएँ...'—उसने उत्कंठित होकर फिर कहा।

भिक्षु उठा और फिर उसी दिशा में चला गया, जिधर से आया था। अब की बार लौटा, तो विशाख की सामग्री उसके हाथ में थी—प्रसेवक, भृंगार, रज्जु, प्रसेवक में सत्तू...जो कल्माषी ने साथ रख दिया था। 'इतना ही है?' —सारी वस्तुएँ टटोल लेने के बाद विशाख ने अपेक्षा के साथ भिक्षु से पूछा।

'इतना ही है—इतना सब कुछ! मैंने आप जहाँ मूर्छित होकर गिरे थे, वहाँ से एक-एक वस्तु सावधानी से उठाई...'

'नहीं भगवन! आप क्या कह रहे हैं? इन वस्तुओं के साथ एक मंजूषा थी...'

'मंजूषा? वह तो मैंने नहीं देखी...'

'ओह तो वह चली गयी!...फिर तो सब कुछ चला गया!' - विशाख ने बहुत खिन्न स्वर में कहा।

'परिग्रह सदैव दुःख का कारण होता है। मंजूषा में रत्न रहे होंगे.. उसी के कारण तो दस्यु या तस्कर आपके पीछे लग गये होंगे...भिक्षु को रत्नों से क्या करना?'- भिक्षु ने कहा। फिर विशाख के विवर्ण और हताश मुख को देखकर वह बोला—'चिन्ता मत कीजिये...प्राण तो नहीं गये...प्राण ही परम धन है...शेष धन तो आता है जाता है...शास्ता ने भी कहा है—भिक्षुओं, जो बीत गया, उस पर शोक न करो। सब कुछ तो क्षणिक है। जो गया, वह गया। वह लौटकर न आयेगा...'

'जो गया है, वह तो प्राणों से भी अधिक मूल्यावान् था...'

'अच्छा? ऐसी क्या वस्तु हो सकती है...? क्या था मंजूषा में?'

'मंजूषा में एक पुस्तक थी...!'

'ओह, पुस्तक!...पर कोई पुस्तक इतनी बहुमूल्य हो सकती है? अस्तु, हम जाकर देखते हैं, उसी स्थान पर जहाँ आप मूर्छित होकर गिरे थे...कदाचित आसपास कहीं हो...'

'नहीं! अब वह नहीं मिलेगी...मंजूषा और इसिभासिआइँ की पुस्तक...'

'क्या कहा आपने? इसिभासिआइँ.. ?'

'हाँ!' विशाख की आशा फिर से सहसा जाग उठी—'तो आपको पुस्तक मिल गयी...दीजिये, वह मुझे काश्मीर पहुँचानी है...!'

'नहीं...पुस्तक मुझे नहीं मिली...पर पुस्तक की ख्याति सुनी है...मगध देश में...वहाँ जो महास्थविर थे...वे चाहते रहे कि कहीं इसिभासिआइँ की पोथी मिल जाए...पर मिल न सकी...'

विशाख ने बहुत हताश और डूबते स्वर में कहा—'मैं शाकल से चला तभी से वह मेरे पीछे लग गया था...मुझे लगा कोई पांथ है कोई यात्री है...मूर्ख था मैं...समझ न पाया कि वह तस्कर है...समझ भी कैसे पाता...एक पुस्तक के लिए वह ऐसा

जघन्य काम करेगा...?'

'अच्छा तो वह पुस्तक चोरी चली गयी!...हाँ यह तो बड़ी क्षति है!...' – भिक्षु ने खेद भरे स्वर में कहा—'अस्तु, आप कुछ भोजन ग्रहण करें। यहाँ इन फलों के अतिरिक्त और कुछ नहीं है अभी तो...पर कल खाद्यपदार्थ मिलेगें...गाँव से कोई न कोई आयेगा...कुछ खा लेने से शक्ति आयेगी, शक्ति आयेगी, तो आगे क्या करना है यह सोच सकेगें...शास्ता ने भी कहा कि भिक्षुओं, शरीर को बुभुक्षा का कष्ट मत दो...'

विशाख उसकी बड़बड़ से थोड़ा उद्विग्न होने लगा था, पर उसके आग्रह करने पर उसने फल खा लिए।

वह स्वस्थ हुआ। भिक्षु ने भी उसके पास बैठ कर फल खाये। विशाख ने कहा—'आपका बड़ा अनुग्रह है मुझ पर आपने मेरे प्राणों की रक्षा की...पर यह जानना चाहता हूँ कि यह कौन सा स्थान है आप कौन हैं...इस निर्जन में क्यो रहते हैं...क्योंकि भिक्षु को तो संघ के साथ रहना चाहिए...'

'तथागत ने कहा है कि गैंडे के सींग की तरह एकाकी विचरण करें, तो मैं अकेला यहाँ रहता हूँ!' कहकर भिक्षु हँसा। 'हाँ, पर आपने प्रश्न किया है, तो उसका उत्तर देना ही है...'—फिर उसने कहा—'मैं हूँ शान्तिशील भिक्षु। यह स्थान हिमालय की उपत्यका है। उधर उत्तर में कैलास है, इस ओर क्रौंच द्वार है, उस ओर देखिये दूर...एक गाँव दिख रहा है...ग्रामटिका है कहना चाहिए...वह अलका है!'

'अलका? क्या अलका नगरी? तो मैं मार्ग भटक गया और अलका तक आ गया! यही वह अलका होगी, जिसका महाकवि कालिदास ने वर्णन किया है!'

'किस कवि ने क्या वर्णन किया है—यह तो मैं नहीं जानता...पर अलका तो ग्रामटिका है—छोटा सा गाँव...यहाँ से प्रत्यक्ष देख सकता हूँ मैं...कभी-कभी वहाँ चला भी जाता हूँ, गाँव के लोग बहुत भले हैं, कुछ सामग्री दे देते हैं भोजन की...इस तरह यहाँ से अलका जाना और लौटना—इस आने जाने में जीवन बीतता जा रहा है...'

'यहाँ इस तरह एकाकी रहना...आपको भय नहीं लगता?'

सुनकर शान्तिशील हँसा। फिर वह गाथा गाने लगा—

नाहं भयस्य भायामि।
सत्था नो अमतस्स कोविदो।
यत्थ भयं नावतिट्ठति।
तेन मग्गेन वजन्ति भिक्खवो।।

अच्छा, तो इसको अपने निर्भय होने का बहुत अभिमान है!—विशाख ने सोचा—अथवा यह जो गाथाएँ गाता रहता है, क्या यह उनके कारण निर्भय बना हुआ

है? इन निर्जन वन में गाथाएँ रचते रचते और उनको गाते गाते इसने मृत्यु के भय को जीत लिया है। क्या गाथाएँ अमृतत्व तक पहुँचा सकती हैं?

'आपकी वह कुटी है कहाँ, जिसका आप अपनी गाथा में बहुत गौरव से बखान कर रहे थे?'

'कैसी कुटी?'

'जिसको लेकर आप गाथा गा रहे थे—छन्ना मे कुटी सुखा सुवाता...'

सुनकर शान्तिशील मुस्कुराया।—'कुटी? कुटी कहाँ है?—उसने कहा—कुटी कहीं भी नहीं है...'

'अच्छा नहीं है तब फिर कहीं भी कुटी!—विशाख ने कहा और मन में सोचा—'यह थोड़ा विक्षिप्त लगता है—क्या कह रहा हूँ यह स्वयं नहीं जानता।'

'अथवा—कुटी तो है..आपके सामने ही है।'

विशाख ने सामने देखा, आस पास देखा, दूर हिमालय के शुभ्रधवल शिखर चमक रहे थे, वनराजी थी, कुटी कहीं नहीं।

'मेरे सामने? पर कहाँ?'

'आप मुझे देख रहे हैं? मैं ही कुटी हूँ! मेरा मन कुटी है, मेरी काया भी एक कुटी है। यह सुखकर कुटी मैंने बना ली है । इसमें मैं सुख से रहता हूँ, संकल्प से इसकी छाजन ढक दी, तो दुःख की वर्षा इस पर नहीं होगी...'

—आप विज्ञानवादी हैं? विज्ञानवाद से पूरा सन्तोष नहीं होता मुझे...विशाख ने कहा।

—अच्छा...आप तो बहुत पढ़े हुए हैं...विज्ञानवाद का नाम तो सुना था, पर उनके विषय में और कुछ नहीं विदित है मुझे...जानना नहीं...देखना...कैसे देखना - यह महास्थविर ने बताया था...

विशाख भिक्षु शान्तिशील दो देखता रह गया। उसे लगा - शान्तिशील अनुभव का सच कहने वाले व्यक्ति हैं। आत्मानुभूताशंसी। बाहर से भोले दिखते हैं, पर भीतर से परिपूर्ण।

बहुत शीघ्र दोनों के बीच एक सेतु बन गया। विशाख उसे थेरवाद पर जितना जानता था, बताने लगा, शान्तिशील ऐसी तन्मयता से सुन रहे थे, जैसे एक-एक शब्द पी रहे हों। बीच-बीच में वे सहसा मुस्कुराते, फिर फिक् से हँस भी देते। वसुमित्र की व्याख्या से वे परिचित थे, प्रथम संगीति में त्रिपिटक के ग्रन्थ संकलित किये गये...उनके विषय में उन्हें ज्ञान था।

शान्तिशील विशाख को गुफा में ले गये। बड़ी कठिनाई से विशाख उसमें प्रवेश कर सका। बहुत सँकरी चट्टानों के बीच देह को रगड़ से बचाते हुए मस्तक झुका कर गवाक्ष (झरोखे) जैसे द्वार से भीतर जाना होता था। यदि शान्तिशील थोड़े

और स्थूलकाय होते, तो वह इस कुटी में भीतर न जा पाते, और न मैं ही—विशाख ने सोचा।

'हम सोयेंगे यहाँ, पर करवट नहीं लेंगे।'—शान्तिशील ने कहा।

'क्यों?'

'करवट लेगें, तो एक दूसरे से टकरा जाएँगे!' – कह कर वे हँसे।

बात सही थी, कुटी में एक व्यक्ति को सोने के योग्य ही स्थान था। विशाख ने कहा—'हाँ कठिनाई तो होगी, मैं अन्यत्र कहीं चला जाऊँ...और भी गुफाएँ होंगी...'

'दूर-दूर तक और कोई सुरक्षित गुफा नहीं है। यह ऐसी गुफा है, जिस दो पैरों वाला पशु ही प्रवेश कर सकता है...दो पैरों वाला पशु समझते हैं—अर्थात हम और आप...सिंह और भालू यहाँ से निकलते हैं, वे हमें देखकर मुस्काते हुए अपनी अपनी गुफाओं में चले जाते हैं, हम उनके क्षेत्र में रहने आ गये, वे लोग कोई आपत्ति नहीं करते। पर कभी-कभी शरभ यहाँ आ जाते हैं, वे कुछ अहंकारी होते हैं...'

'शरभ...यहाँ?'

'हाँ शरभ तो हैं। फिर भी यह गुफा सुरक्षित है, वे इसमें भीतर तो नहीं आ सकते न! इस गुफा का अता-पता मुझे महास्थविर ने बताया था, वे यहाँ रह चुके हैं...उन्होंने कहा था कि कभी संकट आये, तो मैं इस स्थान पर चला जाऊँ...वे जानते थे कि संकट आयेगा...'

'कैसा संकट भन्ते?'

विशाख के इस प्रश्न का उत्तर शान्तिशील ने नहीं दिया, कदाचित उन्होंने प्रश्न सुना ही नहीं, विशाख को उनकी स्थिर, मन्द साँसों की ध्वनि सुनायी देने लगी... वे गहरी नींद में डूब गये थे।

विशाख को नींद नहीं न आ सकी। मस्तक में पीड़ा थी, तस्कर ने उसके कपाल पर प्रहार करना चाहा होगा, प्रहार चूक गया, कपाल फटते-फटते बच गया, तक्षशिला से कुछ औषध साथ लेकर चला था, सोने के पहले उनका लेप भी कर लिया...पर व्रण है... व्रण दुःख देगा...उससे बड़ा दुःख इसिभासिआइँ की पोथी का गुम हो जाना...

कुछ तन्द्रा सी आ गयी थी, भोर होने के पहले ही दूर से आती भालू के गर्जन और फिर पास से आती पक्षियों की चहचहाहट से टूट गयी। उसके पार्श्व का स्थान खाली था, शान्तिशील उठ कर बाहर चले गये थे। गुफा में प्रकाश की एक किरण आकर उसे छू रही थी।

'अरे क्या सूर्योदय हो गया!'—यह सोच कर विशाख धीरे-धीरे उठा, मस्तिष्क में पीड़ा की लहर दौड़ गयी। गुफा के द्वार से बाहर की जो झलक मिली

उससे वह स्तब्ध रह गया, सूरज का गोला तो सामने एकदम गुफा के द्वार पर ही टिका हुआ था, पर ऐसा कैसे हो सकता है, कदाचित सिर पर प्रहार किये जाने से आँखें और मस्तिष्क की बोधशक्ति गड़बड़ा गयी है...विशाख साहस करके कठिनाई से सरकता हुआ गुफा के बाहर आया, बाहर आग जल रही थी, और एक आकृति स्थिर निस्पंद उसके सामने बैठी थी...

इस ज्वालावली के कारण उसे लगा था जैसे गुफा के द्वार पर सूरज आ टिका है।

वह अग्नि के सामने बैठ गया। गुफा के त्रासदायक शीत की जगह अग्नि का ताप त्राणदायक लगा। शान्तिशील ध्यान में डूब गये थे। उनके मुख पर अग्नि की ज्वालाओं के प्रतिबिम्ब अद्भुत आभा रच रहे थे। विशाख के भीतर फिर चिन्ता सिर उठाने लगी...कहाँ जाना था और कहाँ आ गया...अब काश्मीर जाकर क्या होगा...जो काम आचार्य ने दिया था...इसिभासिआँइ की पोथी वसुमित्र तक पहुँचाने का...उसे करने में वह निष्फल रहा...जीवन असफलताओं की कथा बनकर रह जाएगा?

तभी शान्तिशील ने धीरे-धीरे गुनगुनाना आरम्भ किया—नाहं भयेन भायामि... विशाख को उनके स्वर से आश्वस्ति मिली...

आश्वस्ति शान्तिशील से बात करके भी मिली। बात शान्तिशील ने ही छेड़ी थी।—'आप चिन्ता न करें...मुझे लगता है कि सब ठीक हो जाएगा...'—वे कह रहे थे।

—क्या ये कोई अन्तर्यामी हैं, योगी हैं? मेरे भीतर की चिन्ता के तानेबाने का इन्हें कैसे आभास है? विशाख सोचता रह गया। फिर शान्तिशील बोलने लगें, तो कुछ भी सोचना सम्भव न था। शान्तिशील इस निर्जन में कोई बात करने वाला उसकी बात सुनने वाला मिला—यह सोचकर इसके आगे बहुत अधिक बोल रहे थे, कदाचित उसे उदास और अनमना देखकर उसका मन बहलाने के लिए वे अधिक बोल रहे थे। बीच-बीच में वे गाथाएँ गाते। धीरे-धीरे वे और खुले। विशाख के पूछने पर वे उसे गाथाओं के बाद अपनी जीवनगाथा सुनाने लगे...

मेरे प्रपितामह पाटलिपुत्र में शुंग राजा बृहद्रथ के महासामन्त थे—शान्तिशील कह रहे थे—आयु के अन्तिम पड़ाव पर पहुँच कर वे बौद्ध होकर संघ की शरण में चले गये थे। रहते पाटलिपुत्र में ही थे, पर पास के विहार में। मेरे पितामह भी बृहद्रथ के विश्वस्त अमात्यों में एक थे। पर बृहद्रथ अशक्त सम्राट था उसका अन्य मन्त्री पुष्यमित्र अपनी शक्ति बहुत बढ़ा रहा था। पाटलिपुत्र में एक बहुत बड़े विद्वान थे पतंजलि। पुष्यमित्र पर उनका वरदहस्त था।

मेरे पिता का विवाह कम आयु में ही कर दिया गया था। मैं एक ही सन्तान। माँ बहुत लाड़ करती थी। एक दिन पिता आये माँ से कुछ कहा। माँ रोने लगी...

पिता ने ऐसा क्या कह दिया था?

'क्या अग्निमित्र सहायता न करेंगें?'—माँ ने पूछा था।—'अग्निमित्र विवश है।'—पिता ने कहा था। अग्निमित्र का नाम मैं कई बार सुनता था घर में। वह पुष्यमित्र का बेटा था और पिता का सखा...दोनों ने विक्रमशिला में साथ-साथ अध्ययन किया था। 'समय नहीं है...'—पिता ने कहा था—'तुरत भागना होगा...'

मैं बच्चा था, कुछ समझ न पाया...बाद में जितना समझ सका—वह यह कि मगध देश में बड़ा विप्लव हुआ था, राजा बृहद्रथ को सेनापति पुष्यमित्र ने मार डाला था। पुष्यमित्र ब्राह्मण था, पर बहुत क्रूर था, बौद्धों से उसे द्वेष था...

'बाबा कहाँ है?'—मैने चलते समय पूछा था। किसी ने कोई उत्तर नहीं दिया था। 'हम उनको छोड़ कर क्यों जा रहे हैं?'—मैंने माँ से पूछा था। माँ फिर रोने लगी थी।

'बाबा नहीं आयेगें!'—पिता ने कहा था।

बाबा की फिर किसी ने कोई चर्चा नहीं की। बहुत बाद में मुझे आचार्य नागसेन ने बताया कि मेरे पितामह को पुष्यमित्र ने मार डाला था, और पिता की भी हत्या करने जा रहा था...उसके बेटे अग्निमित्र ने इसका विरोध किया था, पर इस सारी उथल-पुथल में पुष्यमित्र ने अग्निमित्र को किसी तरह विदिशा का सामन्त बना कर भेज दिया...

तरह-तरह की किंवदंतियाँ पाटलिपुत्र में फैल गयीं थी उस समय। पता चला था कि पुष्यमित्र अश्वमेध यज्ञ करने जा रहा था, लोग कहते थे कि वह उस यज्ञ में बौद्धों की भी बलि चढ़ा देगा...बहुत बड़ा यज्ञ होने वाला था, जैसे-जैसे यज्ञ की तैयारियाँ बढ़ती गयीं, बौद्ध मठों में भय फैलता गया। तरह-तरह की किंवदंतियाँ सरकती हुई पता नहीं कहाँ-कहाँ से विहारों में चली आतीं। कभी कोई कहता कि पुष्यमित्र ने घोषणा करायी है कि जो मुझे बौद्ध भिक्षु का कटा हुआ सिर देगा उसे मैं दीनारें दूँगा, एक कटे मस्तक पर एक सौ दीनार। भिक्षु पाटलिपुत्र से पलायन कर रहे थे। पाटलिपुत्र के विहार में जिसमें मेरे पितामह रहते थे, सौ भिक्षु थे।

पिता माँ और कुछ सेवकों को लेकर पाटलिपुत्र से छिपते छिपाते चल पड़े। माँ की गोद में था मैं...शान्तिशील.. नाम नहीं है मेरा.. यह नाम तो नया जन्म मिलने के बाद मुझे मिला। पहले जो नाम था, उसे अब कोई जीभ पर नहीं लाता, मैं भी उसे भूल गया...

भूलना...भूल जाना...विस्मृति कितना बड़ा वरदान है...

कहते-कहते शान्तिशील रुक गये। विशाख उन्हें देखता रह गया। पर जीवन तो स्मृतियों के ताने बाने से बनता है—उसने कहा।

भिक्षु ने कहा—'यह ताना बाना आकाश में बुना जाता है, उसके भीतर आकाश

है। वही विस्मृति है। आकाश न हो तो वह टिकेगा किसमें ?'

'फिर क्या हुआ?'

शान्तिशील ने अपनी बीच में छूट गयी कथा फिर कहना आरम्भ किया...

सारा अनर्थ रत्नजड़ित पात्रों और उस सोने के कारण हुआ, जो मेरे पिता ने भवन से पलायन करते समय साथ रख लिया था, वे सोचते थे कि संकट में वह सोना उन्हें बचाएगा, पर वह ही तो उनके लिए प्राणांतक बन गया.. पाटलिपुत्र से हम पश्चिमोत्तर की ओर चल रहे थे...कदाचित पिता को बताया गया था कि गान्धार की ओर तक्षशिला में शरण मिल सकती है...मार्ग में लुटेरों ने घेर लिया...पता नहीं, लुटेरे ही थे या राजसैनिक...मुझे इतना स्मरण है कि स्वर्णमय पात्र, स्त्रियों के आभूषणों पर वे टूट पड़े थे...मेरे पिता उनसे युद्ध करते रहे, पर वे अकेले थे और दस्यु पन्द्रह बीस रहे होंगे, मेरी माँ भगदड़ में मुझे गोद में लिए एक झाड़ी में छिप गयी थी।

कहते-कहते शान्तिशील रुके। विशाख भी उसकी कारुणिक और दारुणदुखमयी कथा से स्तब्ध था। शान्तिशील शून्य में ताकते रहे। 'तथागत तो सब जानते हैं, उनकी करुणा की छाया हम पर है...'—धीरे-धीरे उन्होंने कहा।

'पर भन्ते! आपके ऊपर इतना दुरन्त दुःख का पहाड़ टूट पड़ा! अकेले आपने कैसे इसे उठाया होगा...!'

'सब कुछ क्षणिक है'—शान्तिशील ने शान्त स्वर में कहा—'संसार ही क्षणभंगुर है, तो दुःख भी तो क्षणिक ही है...'

फिर अपनी कथा आगे बढ़ाते हुए उन्होंने कहा—'माँ ने किसी तरह मुझे महास्थविर भदन्त नागसेन के पास तक पहुँचाया था.. तक्षशिला में...फिर वे कहाँ गयीं मुझे विदित नहीं...'

विशाख चौंका—'क्या कहा? भदन्त नागसेन?'

'हाँ! महास्थविर भदन्त नागसेन ही तो...'

इसिभासिआइँ के साथ उनकी भी पोथी थी मिलिन्दपन्हो उस मंजूषा में...मुझे आचार्य वसुमित्र के पास दोनों पोथियाँ पहुँचाना थीं., वे तस्कर ने लूट ली...

—ओह, भद्र विशाख, क्या आपके पास मेरे धर्मपिता, मेरे दीक्षागुरु महास्थविर नागसेन की पोथी भी थी?'

'भन्ते, वह उनकी स्वहस्ताक्षर में लिखी पोथी नहीं थी, उसकी प्रतिलिपि थी, जो तक्षशिला में मेरे जैसे अन्तेवासियों ने तैयार की...'

भिक्षु शान्तिशील दूर शून्य में देखते रहे। फिर बोले—'यदि वह पोथी मेरे आचार्य और धर्मपिता महास्थविर नागसेन से सम्बन्ध रखती है, तो में अपना जीवन

देकर भी उसे प्राप्त करूँगा...मैं जानता हूँ दोनों पोथियाँ कहाँ मिलेंगी...'—

कहते हुए वे उठ खड़े हुए।

उत्तेजना से विशाख आपादमस्तक आन्दोलित था। वह भी उनके साथ चलने को हुआ। तभी उसे लगा जैसे तर्जनी में किसी कीट से काटा हो.. उसे मुख से सिसकारी निकल गयी।

'क्या हुआ?'—भिक्षु शान्तिशील ने मुड़कर पूछा।

'कुछ नहीं...'—विशाख ने कहा—'लगता है मुझे किसी कीट ने काटा है...कहीं विषाक्त न हो...'

आचार्य वज्रकाय ने तक्षशिला में जो विशेष अभ्यास सिखाये थे, उनसे शरीर लौहमय हो गया, वह भी सारे शरीर को उलटा कर दाहिने हाथ के अँगूठे की नोक पर टिका सकता था, पर तर्जनी कोमल थी...

शान्तिशील वापस मुड़े और विशाख से उन्होंने पूछा—'कहाँ काटा है?'

'अँगुलि में! पर कोई चिह्न नहीं है...'

'आपको किसी कीट ने नहीं काटा, आपने वृश्चिकपादप को छू लिया है...इसकी पत्ती यदि हम छू लें, तो एकदम से लगता है, जैसे बिच्छू ने काट लिया, पर पास में ही विषमोचक पादप है, इसकी एक पत्ती तोड़कर उस स्थान पर मसल लीजिये जहाँ वृश्चिक पादप का दंश है, दंश की पीड़ा चली जाएगी...वास्तव में यह वृश्चिक पादप हमसे यही कहता है कि अकारण पौधों को मत छुओ, न उनके पत्ते तोड़ो...'

विशाख ने विषमोचक पादप की पत्ती दंश के स्थान पर मसल कर लगाई, पीड़ा सचमुच में चली गयी।—'चलिए...'—उसने भिक्षु से कहा।

शान्तिशील बोले—'आपका शरीर इस योग्य नहीं है कि आप दुर्गम मार्ग पर चलें, नीचे बस्ती है, अलका...मैं वहाँ तक जाऊँगा...समय लगेगा...आप कुछ आहार भी ग्रहण कर लें...फिर आप यहाँ बैठकर विश्राम करें मैं अन्धकार होने के पहले लौट आऊँगा...आपको शीत लगे तो गुफा में भीतर जाकर ओढ़कर शयन करें...'

देवदारु के पेड़ के नीचे एक शिला से बनी वेदिका थी, उस पर विशाख को बिठा कर अपना ऊर्णा (ऊन) से बना दुकूल उसे ओढ़ा कर आहार के लिए उसे कुछ फल देकर भिक्षु शान्तिशील चले गये, विशाख के कहने पर भी उन्होंने स्वयं आहार नहीं लिया। विशाख उन्हें नीचे जाते हुए देखता रहा...

सूर्य अस्त हो रहा था। हिमालय की पहाड़ियों पर धीरे-धीरे अँधेरा उतरने लगा। विशाख को शीत लग रहा था। 'यदि इसिभासिआइं और मिलिन्दपन्हो की पोथियाँ नहीं मिली, तो अब काश्मीर जाकर भी क्या होगा? वहाँ जाने का प्रयोजन ही नहीं रह गया...अचानक यहाँ से चल देना भी सम्भव नहीं लग रहा...आगे क्या

करना है, कहाँ जाऊँगा—कुछ पता नहीं...'—वह सोचने लगा।

तभी ऋतुचक्र सहसा बदलने लगा। मेघ घिर आए। विशाख को चिन्ता होने लगी—पता नहीं कितनी दूर होंगे भिक्षु शान्तिशील?

यहीं बैठा रहूँ या गुफा में चला जाऊँ...गुफा भी ऐसी है कि उसमें दो लोगों का रहना कठिन! मैं कब तक इस तरह यहाँ रहूँगा...भिक्षु ने कहा था कि वे अलका तक जाएँगे...तो क्या अलकापुरी यहाँ हैं...?

घिरते अँधेरे में विशाख को लगा कोई आकृति धीरे-धीरे चलकर आई और वेदिका पर उसके पास बैठ गयी।—'भन्ते, क्या आप हैं?'—विशाख ने उत्तेजना और भय से भरे बहुत मन्द स्वर में पूछा। कोई उत्तर नहीं आया।

कहीं फिर वही दस्यु तो नहीं, अब वह क्या चाहता है...उसे पास जो निधि थी, इसिभासिआइँ की पोथी की...उसे तो वह छीन ले गया...पर जो आकृति आकर पास बैठ गयी है उस पर दो प्रवाल की मणियाँ चमक रहीं है...

सहसा विशाख भय से स्तब्ध रह गया...यह तो मणि की चमक नहीं, ये वन्य जन्तु के नेत्र हैं, उसके ऊपर टिके हुए...

तभी गड़गड़ाहट के साथ बिजली कौंधीं। विशाख ने एक झलक में सामने बैठी आकृति को देखा...वह एक सिंह था...

नाहं भयेन भायामि...तभी पास से ही भिक्षु शान्तिशील का स्वर सुनायी दिया। वे पता नहीं कब उसके पास आकर खड़े हो गये थे।

—अब चलें.. गुफा में ही—उन्होंने कहा और विशाख का हाथ पकड़ लिया—आप निकुम्भ के आ जाने से कुछ उद्विग्न हुए होंगे...वह कुछ नहीं करता...वह कई बार मेरी गाथाएँ सुनने के लिए यहाँ आकर बैठ जाता है...फिर चला जाता है, देखिये वह चल ही दिया...फिर भी हम गुफा में ही चलते हैं...'

विशाख उनके साथ गुफा में आ गया। 'मैं कुछ डर गया था!'—उसने कहा।

'आप या तो काशी जनपद के वासी हैं, या साकेतवासी।' शान्तिशील कहने लगे।

'साकेत का हूँ मैं। पर आपने कैसे जाना?'

'आपके बोलने से। आप बहुत शुद्ध बोलते हैं। तालव्य और मूर्धन्य तक में आप अन्तर करते हुए बोलते हैं...ऐसा उच्चारण शुद्ध तालव्य या मूर्धन्य का...काशीवासी या साकेतवासी कर पाते हैं...'

बाहर हिम वर्षा होने लगी थी।

विशाख सिकुड़ कर बैठा था। शान्तिशील ने विशाल पत्थर को सरका कर गुफा के द्वार को बन्द कर दिया। गुफा के एक कोने में दो चमकते पत्थर रखे थे, जिनका मन्द प्रकाश फैला हुआ था।

शान्तिशील कह रहे थे—'यह गुफा विनय सिखाती है। इसमें न तो मस्तक बहुत ऊँचा करके आया जाया जा सकता है, न रहा जा सकता है। जो नम्र नहीं वह इसमें नहीं जा सकता, न रह सकता है। मेरी माता है यह गुफा। यह मेरे साथ बात करती है, दो गाथाएँ मैंने इसको लेकर भी रची हैं। कहना चाहिए मैंने नहीं रचीं, वे गाथाएँ स्वयं मेरे पास आ गयीं, वे तो मेरे पास आने के लिए बहुत समय से प्रतीक्षा में थीं, मेरी ही कुटी में उनके लिए स्थान न था, जैसे ही मेरी कुटी में उनके लिए स्थान खाली हुआ, वे चली आयीं। ऐसे ही जब जब मैंने अपनी कुटी साफ की, तो कुछ गाथाएँ उसमें भीतर आती गयीं, अब मैं हूँ, मेरी कुटी है और इसमें दो चार पाँच दस गाथाएँ हैं, उनके साथ मैं रहता हूँ, या वे मेरे साथ रहती हैं...'—कहते हुए वे हँसे।

विशाख ने सोचा—'शायद भिक्षु को बड़े समय के बाद कोई बात करने के लिए मिला है, इसलिए इतने दिनों का अपना मौन खुल कर तोड़ रहे हैं—या फिर ये कुछ विक्षिप्त हो गये हैं, इतना जो कुछ झेलना पड़ा, पितामह का वध, पिता की हत्या, माँ का चिर वियोग —इतना सब बाल्य में ही...उसके कारण...'

—'मैं विक्षिप्त नहीं हूँ'—विशाख को निर्निमेष प्रशान्त भव्य दृष्टि से देखते हुए शान्तिशील ने कहा—'या फिर आप कह सकते हैं कि यह शरीर विक्षिप्त है...विक्षिप्त होना क्या है...विशेष रूप से क्षिप्त होना या फैंक दिया जाना...। इस शरीर को भाग्य ने कुछ विशेष रूप से ही यहाँ से वहाँ फैंका, फिर तथागत ने इसे यहाँ पहुँचा दिया...'

'फिर शरीर से भिन्न आप क्या हैं—एक संघात भर?'

तक्षशिला में नैरात्म्यवाद को लेकर बहुत वाद होता रहता था बौद्धों और नैयायिकों में...विशाख को लगा कि वह सारी बहस फिर छिड़ जाएगी। अच्छा ही है। यहाँ गुफा में और क्या किया जा सकता है? पर शान्तिशील ने उसके प्रश्न पर कहा—'मैं और आप अलग अलग कहाँ हैं, जो मैं हूँ वही आप हैं, जो आप हैं, वह मैं हूँ...'

पता नहीं चला, कब रात आई-गयी हो गयी। पक्षियों ने पुकारा तो नींद खुली.. गुफा के द्वार से मन्द प्रकाश का एक टुकड़ा आकर विशाख के पाँव के पास पड़ा हुआ था। शान्तिशील जिस स्थान पर सोये थे, वह खाली था। गुफा के पीछे एक गर्त जैसा था, इसमें एक व्यक्ति के बैठने का स्थान था। शान्तिशील इस स्थान पर तथागत की प्रतिमा के सम्मुख बैठे ध्यान में डूबे थे। विशाख बाहर आ गया। हिमालय के निर्झरों में स्नान करके धुला-धुला-सा सूरज पूर्व के दिशा के तट से निकल रहा था। शान्तिशील ने बताया था कि गुफा के पीछे ही गुनगुने जल का एक झरना है, उसमें स्नान करके बहुत अच्छा लगता है। विशाख गुफा के पीछे की ओर

चल पड़ा। ढलान एकदम नीचे की ओर थी, सम्भल सँभल कर धीरे-धीरे पाँव रखना आवश्यक था। रात में हिमवर्षा हुई थी, नीचे वन भूमि पर अभी भी हिम की परतें थीं, सूर्य की किरणें बरछी की तरह उन्हें छेद रहीं थीं। उन पर पाँवों के चिह्न भी थे, कहीं चतुष्पाद तो कहीं द्विपाद जन्तुओं के। सम्भवत: इक्के-दुक्के सिंह या भल्लूक इधर से निकल कर गये हैं।

विशाख ने सहजता से वह झरना ढूँढ़ लिया। स्नान करके उसने सूर्योपस्थान किया। गुफा के बाहर देवदारु के नीचे वेदिका पर बैठा रहा, बैठे ध्यानमग्न हो गया। भीतर जैसे गहरी शान्ति उतर आई थी, एकदम शून्य...

अचानक आँख खुली तो देखा शान्तिशील सामने खड़े उसी को एकटक देख रहे थे। उसे शान्तिशील से एक बहुत ही आवश्यक चर्चा करनी थी, पर क्या? विशाख मस्तिष्क पर बहुत जोर देकर सोचता रह गया, पर कुछ ध्यान न आया।

'आप मुझसे मिलिन्दपन्हों की पोथी के विषय में पूछना चाह रहे हैं...नहीं आपको तो इसिभासिआइँ की चिन्ता विशेष है'—शान्तिशील कहने लगे—'चिन्ता मत कीजिये...मेरे ध्यान में तथागत प्रकट हुए और बोले—इस विशाख के पास जो पोथियाँ थीं, उन्हें खोजना है। मैंने कहा—मैं तो कल गया था...पोथियों का कुछ संकेत तो मिला है, पर कह नहीं सकता। वे हँसे और बोले—पोथियाँ तो खोजना ही होगी न! वे जाएँगी कहाँ? मिल जाएँगीं...'

—अरे हाँ! इसिभासिआइँ की पोथी! उसी के विषय में तो वह पूछना चाह रहा था, कैसी विचित्र बात है, जिस काम के लिए वह तक्षशिला से चला है, उसी को भूल गया!—'कैसे मिलेगी पर?'—उसने शान्तिशील से पूछा।

'नीचे अलका है न...'

'हाँ, वह तो इस शिला पर चढ़कर नीचे देखो तो दिखाई देती है। क्या वह अलका है? वह एक गिरिग्राम लगता है।'

'गिरिग्राम नहीं, गिरिग्रामटिका कहना चाहिए—बहुत छोटा गाँव है...पर नाम तो होना चाहिए गिरिग्राम का, चाहे छोटा हो या बड़ा! तो नाम अलका है।'

'क्या कह रहे थे आप...अलका के विषय में?'

'आप जिस मार्ग से कल जा रहे थे, वह इस गिरिग्रामटिका से जुड़ा हुआ है। वही अलका है। कल मैं वहाँ गया था...मुझे लगा कि वहाँ जो लोग रहते हैं, उन्हें कदाचित पता हो उन पोथियों के विषय में...'

'तो वहाँ क्या कुछ पता चला...पोथियों के विषय में...?'

'पूरा-पूरा पता न चल सका...कुछ आभास होता है कि वहाँ के निवासियों में किसी का सम्बन्ध हो सकता है पोथियों को ले जाने में...वहाँ कुछ उपासक हैं, वे पता करेगें...वहाँ फिर जाना पड़ सकता है...'

विशाख के प्राण कंठ तक आ गये।—'तो फिर अभी चलें'—उसने कहा।

'अभी अवसर नहीं है...अवसर आने दीजिये...'

विशाख का मन कभी आशा की लहरों पर उछाल लेता, कभी निराशा के गर्त में गिरता। उसने मन ही मन अपने से कहा—'पता नहीं कब तक अवसर आए...'

'अवसर आयेगा...आप चिन्ता न करें भद्र विशाख!'—शान्तिशील उसे सांत्वना देते हुए बोले—'मुझे उन पोथियों को लेकर उतनी ही चिन्ता है, जितनी आपको—उनमें एक मेरे शास्ता महास्थविर नागसेन की पोथी भी तो है...'

विशाख कुछ लज्जित सा सिर झुकाये खड़ा रह गया। शान्तिशील उसके मन की उथल-पुथल को कैसे भाँप लेते हैं?—क्या वे सर्वज्ञ हैं?

सर्वज्ञता के स्वरूप को लेकर तक्षशिला में स्थविरों, भिक्षुओं और नैयायिकों के बीच चर्चाएँ और वाद होते। तथागत सर्वज्ञ थे, क्योंकि वे उपासक को जितना जानना चाहिए—यह सब जानते थे।

'आप कुछ कहना चाह रहे थे...'—शान्तिशील सौम्य दृष्टि से उसे नहलाते से हुए कह रहे थे।

कुछ ही देर में वे दोनों परिसर में धीरे-धीरे टहलते हुए सर्वज्ञ के स्वरूप पर चर्चा कर रहे थे। टहलते हुए वे शान्तिशील की गुफा के दाहिने पार्श्व में कुछ दूर तक निकल आये। सामने एक गुफा थी, जिसका प्रशस्त द्वार खुला हुआ था...भीतर स्वच्छ साफ कुट्टिम (फर्श) दिख रहा था।—अरे यह गुफा तो बहुत अच्छी है—हम इसी में क्यों नहीं रहते?—विशाख ने कहा। कहते-कहते उसके मन में यह विचार भी था कि शान्तिशील यदि अपनी गुफा में ही रहना चाहते हैं, तो रहें, वह इसमें आ जाए...पोथी जब तक मिल नहीं जाती, तब तक तो उसे यहीं रहना है...

शान्तिशील ने मुस्कुराते हुए कहा—'उस गुफा में तो एक मुनि पहले से ही रहते हैं—'

'अच्छा? कोई और मुनि भी हैं यहाँ? आपने बताया नहीं? मुझे उनके दर्शन कैसे मिलेगें? सम्भव है इसिभासिआइँ की पोथी के विषय में वे ही कुछ बता सकें...'

शान्तिशील हँस पड़े। विशाख अवाक् उन्हें ताकता रह गया।—'भद्र विशाख! आप व्यग्र जल्दी हो जाते हैं। पोथी की चिन्ता आप मेरे ऊपर छोड़ दें!'—शान्तिशील ने कहा।

'फिर भी—यहाँ जो मुनि रहते हैं इस गुफा में...उनके दर्शन...'

'इस गुफा में जो मुनिराज रहते हैं वे तो हमारी भाषा बोलते नहीं हैं न! और रही बात उनके दर्शन पाने की...तो उनके दर्शन तो आप कर चुके हैं कल ही...या कहें वे आकर आपके दर्शन कर गये...'

'कल...कब?'

'कल जब वे मेरी गाथा सुनने के लिए देवदारु के नीचे बैठे थे...'

'ओह...वह सिंह...'—विशाख ने कहा— 'तो वह रहता है इस गुफा में!'

'निकुम्भ मेरे मित्र हैं। मुझे लगता है कि वे महायोगी हैं। हमसे बड़े योगी। हम तो नित्य एक बार भोजन करते हैं, वे तो सप्ताह में एक बार भोजन करते हैं...हम दो तीन बार जल पी लेते हैं...वे सप्ताह में एक बार ही जल पीतें हैं, फिर वे गुफा के भीतर अपनी एकान्त साधना में लीन हो जाते हैं...'

बात करते करते दिन कड़ा पड़ गया था। सूरज देवदारु के मस्तक पर जा चढ़ा था। तभी तीन चार बादलों ने छोटे बच्चों की तरह दौड़ कर उसे ढाँप लिया। देवदारु की शाखा पर बैठा कोई कौवा तीखे स्वर में काक-काक की रट लगा रहा था। शान्तिशील ने कहा—'ये काकस्वामी कह रहे हैं कि आज या कल कोई हमसे मिलने आयेगा...'

सूरज ने बादलों को एक और सरका कर नीचे देखा। थोड़ी ही देर में तीखी धूप फैल गयी।

'घाम तीखा हुआ है, तो थोड़ी ही देर में फिर वर्षा हो सकती है, आइये गुफा में चलें...'—शान्तिशील ने कहा।

दूसरे दिन भोर में विशाख गुफा के बाहर निकला, तो देखा—शान्तिशील किसी से बात कर रहे हैं। पास आने पर देखा कोई युवती है। अवर्णनीय अनिन्द्य रूप...धूप में कुन्दन की तरह दमकता गौर वर्ण। विशाख चकित और स्तब्ध निर्निमेष देखता रह गया। ऐसा अभूतपूर्व रूप तो कभी पहले देखा नहीं। शान्तिशील ने कहा था कि अलका पुरी पास ही है, तो क्या यह वहाँ की कोई यक्षिणी है? तन्वी, नवयौवन से दीप्त कान्ति वाली है, कमनीय कनक-सी, चम्पक सी गौर काया इसकी है। इसकी आँखों से उजास फूटती लगती है। विशाख को फिर मेघदूत में यक्षिणी का वर्णन स्मृति में उतरने लगा। वह कवि लिखता बड़ा अच्छा है, वह होता तो कुछ और कल्पना करके इस कन्या का रूप अंकित करता।

शान्तिशील की पीठ विशाख की ओर थी, और उस कन्या का मुख एकदम उसके सामने। विशाख उसके दृष्टिपथ पर था, पर उसकी तो आँखें केवल शान्तिशील पर टिकीं थीं, जैसे शेष सारी सृष्टि का उसके लिए कोई अस्तित्व ही न हो।

शान्तिशील बहुत मन्द स्वर में उससे बात कर रहे थे। विशाख ने देखा कि शान्तिशील उसके सामने मुख झुकाये हुए हैं, उसकी आँख से आँख नहीं मिलाते, जब कि वह कन्या टकटकी लगाये मुग्ध भाव से उन्हें बोलते सुन रही है। विशाख

को इस समय उन दोनों के पास जाना तो ठीक न लगा, पर उसकी सारी इन्द्रियाँ उसके कानों और आँखों में समा कर उन दोनों के भाव, इंगित और बातचीत को ग्रहण करने में लगीं हुईं थीं।—पुस्तक-पुस्तक ऐसा कुछ उसे शान्तिशील के बातों में सुन पड़ा। तो क्या दोनों खोई पोथियों के विषय में बात कर रहे हैं? वह कन्या आँखों से शान्तिशील पर स्नेह बरसाती सी, उनको आँखों से पीती हुई सी उनकी बात सुन रही थी। विशाख कुछ दूर खड़ा हुआ है—यह उन दोनों ने नहीं देखा था। विशाख से रहा नहीं जा रहा था, यदि वे इसिभासिआइँ की पोथी के विषय में बात कर रहे हैं, तो क्या वह पूछे कि कुछ पता चला...शिष्टता उसे रोक रही थी, मन उन दोनों की तरफ धकेल रहा था। शातिशील जो कुछ कह रहे थे, उस के एक-एक शब्द पर वह कन्या बहुत गम्भीर भाव से—'तथा, तथा' (ऐसा ही है, ऐसा ही है)—यह कहती जा रही थी। 'तथा तथा' कहते हुए उसकी ग्रीवा लचकती, मुख क्षणार्ध के लिए तिरछा हो जाता। विशाख ने उनकी ओर जाने के लिए पाँव बढ़ाया ही था, तभी वह कन्या 'तथा'—यह कह कर अंजलि बाँध कर झुकी, झट से शान्तिशील को प्रणाम करके हिरणी की तरह कुलाँचे भरती उपत्यका के नीचे दौड़ती चली गयी।—'अरे इतने ऊबड़खाबड़ मार्ग पर यह कितनी सहजता से दौड़ी जा रही है!'—विशाख ने सोचा। कुछ ही क्षणों में वह अदृश्य हो चुकी थी।

तभी शान्तिशील पलटे तो उनकी दृष्टि विशाख पर गयी। उन्होंने कहा—'सुप्रभात हो भद्र विशाख! आज का दिन सुदिन है। अभी अर्चा आई थी अलका से। वह बता गयी कि पुस्तकों का पता चल गया है। मध्याह्न में उसके पिता आयेंगे, वे अलका ग्राम के अधिपति हैं।'

'बस किसी तरह पोथी मिल जाए...'—विशाख ने कहा—'मेरा तो बड़ा उपकार हो जाएगा...'

मध्याह्न में ग्रामप्रधान आये। नाम था धनपति। शान्तिशील ने विशाख से कहा—'ये ग्रामप्रधान हैं, नाम है धनपति। हम पर इनकी बड़ी कृपा है...कभी-कभी हमें जो अच्छा भोजन मिल जाता है यहाँ, वह इनका सौजन्य होता है...'

फिर धनपति को विशाख का परिचय दिया और कहा—'इनकी ही वह पोथी है, उसे खोजना है।' धनपति ने कहा— 'नमः अतिथये।'

इतना शुद्ध उच्चारण, वह भी संस्कृत भाषा में!

'ये तो हमारे लिये हर तरह से पूज्य हैं, ये धनपति ही हैं। धनपति तो कुवेर हैं, जिनकी हम लोग पूजाकरते हैं!' विशाख ने कहा।

सुनकर धनपति हँसे। बोले—'नाममात्र का धनपति। धन नहीं है मेरे पास कुछ भी...'

बड़ी देर तक धनपति बात करते रहे, ग्राम के विषय में बताते रहे।

नीचे झरने पर अपराह्न के सूर्य की किरणें बिछल रही थीं, झरने की फुहार पर किरण पड़ने से कई-कई इन्द्रधनुष जगमगाते और नीचे डूब जाते। विचित्र दृश्य! ऐसा पहले देखा नहीं। कितने रूप प्रकृति रचती है! ईश्वरकृष्ण सत्य कहते रहे हैं— प्रकृति नाना रूप धर कर पुरुष को रिझाती रहती है..

तभी शान्तिशील ने हर्ष से उत्फुल्ल स्वर में कहा—'भद्र विशाख! देखिये, वे जा रहे हैं मुनिराज!'

विशाख ने कहा—'कहाँ?'

'उधर, देखिये, वे अपनी गुफा से निकल रहे हैं।'

विशाख निर्निमेष नयनों से देखता रह गया। इतना भीषण और प्रशान्त, विकट और आकर्षक, भयावह और मनोहर सौन्दर्य पहले नहीं देखा। इसके पहले इस सिंह की झलक तो उसे मिली थी, पर उस समय अँधेरा था, केवल आँखों की मूँगे जैसी चमक भर दिखी थी।

सिंह के चलने में गति का अनोखापन था, तक्षशिला और शाकल में कई सुन्दरियों का लचक के साथ चलना देखा था, विशाल डीलडोल वाले मल्लों की मस्त गति भी देखी थी, यहाँ वह आसपास कभी हंसों को बहुत मन्थर गति से चलते देखता है। इन सब गतियों का समवाय सिंह के उस चलने में था, फिर सिंह का अपना विशाल आकार...जितना विशाल आकार उतनी ही धीर मन्थर गति...उतनी ही भव्यता..

धीरे-धीरे विशाख के देखते-देखते उस सिंह आकृति ओझल हो गयी। शान्तिशील ने कहा—'इस पर्वत और अलका के मध्य में एक पुष्करिणी है, वहाँ ये मुनिराज जल पीने जाते हैं। कभी मन होता है तो मेरे पास भी आकर बैठ जाते हैं, गाथाएँ सुनते रहते हैं। मेरी मित्रता हो गयी है इनसे...'

'वह भयानक सत्व है, हम मनुष्य हैं। उससे हमारी मित्रता कैसी?'

'बात यह हुई कि एक बार इनके दाहिने चरण में काँटा चुभ गया। मैंने देखा कि ये लँगड़ा कर चल रहे हैं। मुझे देख कर ये रुके मेरे पास बैठ गये। पाँव दिखाया, मैंने किसी तरह खींच कर काँटा निकाल दिया। फिर ये अपने मार्ग पर चले गये, मैं अपने मार्ग पर। मार्ग तो भिन्न-भिन्न हैं हम दोनों के...पर मित्रता अभिन्न है।'

धनपति प्रणाम करके चले गये। विशाख के मन में फिर काँटा सा अटक कर रह गया...पुस्तक के विषय में तो कुछ बात हो ही नहीं पाई...

'अस्तु, तो क्या हम अलका चलें? कदाचित पुस्तक का पता चल सके वहाँ जाकर ही...धनपति से आपकी क्या बातें हुईं...क्या वे पुस्तकें को खोजने में सहायता करेंगें?'

'पुस्तकें कहाँ है...किसके पास है...यह पता चल गया। भद्र विशाख, आप

चिन्ता न करें, मिल जाएँगी पुस्तकें ...पर कुछ समय और लगेगा...'

'क्या कह रहे हैं...मिल जाएगी? भदन्त शान्तिशील, यह आपका मुझ पर बहुत बड़ा उपकार होगा!' विशाख ने गद्गद स्वर में कहा।

शान्तिशील स्थिर नेत्रों से उसे देखते रहे। फिर गम्भीर स्वर में बोले—'आपके ऊपर संकट की छाया मँडराती रही...और आप उससे अनभिज्ञ रहे...किसी की उन पुस्तकों पर ललचाई दृष्टि थी और अभी भी है...कुछ लोगों की...अथवा कहना चाहिए कुछ लोग उन पुस्तकों को पूरी तरह नष्ट कर देना चाहते हैं। हम दोनों उनको को बचाना है, और सुरक्षित गन्तव्य तक पहुँचाना है। महास्थविर ने आपके ऊपर इतना बड़ा दायित्व डाल दिया, पर इस कार्य में अन्तराय हैं—यह वे समझ नहीं पाये...आप यात्रा से अभी भी क्लान्त है, आपके मस्तक का व्रण अभी पूरी तरह ठीक नहीं हुआ है, आप विश्राम करें...पर आगे का काम बहुत सावधानी से करना है...एक बड़ी दुरभिसन्धि चल रही है...'

विशाख मन्त्रविद्ध नाग की तरह उन्हें ताकता रह गया। यह क्या कह दिया भन्ते शान्तिशील ने? उस पर कौन सी संकट की छाया मँडराती रही...कौन लोग उन पुस्तकों के लिए लालायित हैं...उसे नष्ट कर देना चाहते हैं? शान्तिशील भी पूरी बात क्यों नहीं बताना चाह रहे?

वह विचारमग्न कुछ देर खड़ा रहा। शान्तिशील भी शून्य में ताकते हुए स्थिर खड़े रह गये थे। फिर विशाख ने शान्त स्वर में कहा—'मैं किसी संकट से नहीं डरता...पर विदित होना चाहिए कि किस तरह का संकट है...किसका भय है, किसकी दुरभिसंधि है...तब उससे निपटने के लिए अधिक कुशलता के साथ मैं यत्न कर सकूँगा...'

'भद्र विशाख, मैं आपसे क्यों कुछ छिपाता...मेरे पास कुछ छिपाने को है नहीं, संकट और दुरभिसंधि है...इतना ही समझ पा रहा हूँ... मैं स्वयं नहीं जानता.. कदाचित धनपति जानते हों और वे बताना न चाहते हों...'

यदि धनपति संकट को समझ रहे हैं, तो फिर वे हमारी सहायता करेगें ही क्यों?'

'वे हमारी सहायता करेगें—क्योंकि वे मेरा उपकार हृदय से स्वीकार करते हैं...मैंने अपनी ओर से उनका कोई उपकार नहीं किया...उपकार वे मानते हैं, यह उनकी उदारता है...इस कार्य में संकट तो है...धनपति को भी अपने बुद्धिबल और बाहुबल दोनों का उपयोग करना पड़ेगा...अलका के आगे डोंब जाति के लोगों की बस्ती है...उनमे से किसी के पास पुस्तकें है—यह पता चला...पर जिसके पास पुस्तकें है, उसके लिए वह पुस्तक निरर्थक है...वह तो पढ़ भी नहीं सकता उसको। उसने किसी के आदेश से पुस्तकों के अपहरण का काम किया...आदेश काश्मीर देश

के किसी राजपुरुष का था...यह भी विदित हुआ...वह तस्कर को पुस्तकें उस राजपुरुष को सौंपने के लिए जा चुका...'

'ओह!'—विशाख ने निराशा के साथ कहा—'फिर तो उनका मिलना कठिन होगा...'

वह दिन यों ही बीत गयी। अगला दिन भी...

अर्चा प्रतिदिन आती थी। वह दोनों के लिए कभी फल ले आती, कभी क्षीरोदन या अन्य खाद्य। विशाख मन बहलाने के लिए उससे बोल बतिया लेता था। वह भी लगातार पता नहीं क्या क्या बोलती जाती, उसकी बात विशाख को समझ में कम आती थी, जितना वह समझ पाता, वह था शान्तिशील के प्रति उसका अनुराग। विशाख इस बात को लेकर शान्तिशील को भी छेड़ता, और उससे भी विनोद करता। शान्तिशील अत्यन्त गम्भीर बने रहते। कभी-कभी विशाख शान्तिशील के साथ अलका चला जाता। वहाँ के सभी लोग शान्तिशील को बहुत मानते थे। वे स्पर्श से चिकित्सा करना जानते थे, यह विद्या उन्होंने महास्थविर नागसेन के परिवेण में रहते हुए सीखी थी...धनपति को सन्धिवात रोग था, किसी ओषध से ठीक न होता था, बिस्तर से उठना तक कठिन हो जाता था, चलना फिरना तो दूर रहा। शान्तिशील कई दिनों तक उनके भवन जाते रहे, और घुटने के पीछे, पिंडलियों पर संवाहन करते। धनपति की जोड़ों की पीड़ा दूर होने लगी और वे चलने फिरने लगे। वे शान्तिशील के उपकार के आगे सदा के लिए प्रणत हो गये।

ऋतु प्रसन्न होती, तो वह शान्तिशील के साथ घूमने निकल जाता। एक दिन वे अलकनन्दा के तट तक पहुँच गये। स्वच्छ निर्मल प्रवाह। दूसरी ओर से भागीरथी का उद्‌गम भी था।—इनके ऊपर यहाँ बहुत दूर गंगोत्री है—शान्तिशील बताने लगे।

'क्या स्वर्ग उसके आगे होगा?'—विशाख ने सहसा पूछा। अपने प्रश्न पर वह स्वयं विस्मित हुआ। स्वर्ग की बात वह कितने दिनों से भुला चुका था। बचपन का भाव था और संकल्प कि एक दिन सशरीर स्वर्ग तक पहुँच जाएगा और माँ वहाँ मिल जाएँगी!

'स्वर्ग? स्वर्ग यहाँ कहाँ?'—शान्तिशील ने कहा।

'स्वर्ग कहीं तो होगा ही...गंगानदी स्वर्ग से निकली है ऐसा हमारे ऋषि कहते हैं। स्वर्ग से उतरकर वह अन्तरिक्ष और फिर भूलोक में आती है। तभी तो उसे त्रिपथगा कहते हैं। अतः स्वर्ग इधर ही होगा...'

इस स्थल पर अलग तरह के पादप थे, जिनमें फूल खिल आये थे। ऊपर निरभ्र आकाश था। सामने देवदारु की घनी पाँत। एक हंस युगल दोनों के पास से

होता हुआ निकला। विशाख ने कहा—'ये तो राजहंस हैं, अवश्य ही पास में कोई सरोवर होगा...'

'है न!' - शान्तिशील ने कहा—'देवदारु के वृक्षों की उस पाँत के पीछे...'

विशाख जैसे ही देवदारु के वृक्षों की पाँत को पार करके निकला सामने का दृश्य देख कर उसकी साँस अटकी रह गयी। पानी का अपार पारावार सामने लहरा रहा था।

'एक ओर भागीरथी हैं, दूसरी ओर अलकनन्दा। दोनों हिमालय के कंठ में मुक्तामाला की तरह लटकी हुई हैं...दोनों के बीच में महामणि की तरह यह सरोवर है।'—शान्तिशील ने कहा।

'और वह शिखर?'—विशाख ने बायीं ओर दूर आकाश को छूते हिमाच्छादित शिखर को बता कर पूछा। 'वह स्वर्गारोहण शिखर है।'—शान्तिशील ने कहा।

विशाख स्वर्गारोहण शिखर को मन्त्रमुग्ध निहारता रह गया। फिर उसके मुँह से अनजाने निकल गया—'उसके पार जाने पर मेरी माँ दिख सकती हैं...सूक्ष्म शरीर में...'

'भद्र विशाख आपकी माता अब किसी शरीर में नहीं है...देह भस्म जाने के पश्चात कुछ भी शेष नहीं रहता—' शान्तिशील ने कहा।

'यह चार्वाक का मत है...'—विशाख उनसे फिर विवाद करने पर उतारू हो गया...—'परलोक होता है...इस दृश्यमान जगत के परे एक लोक...वहाँ हम अपने पितरों को भी देख सकते हैं...'

'परलोक है या नहीं—इसको भगवान बुद्ध ने अव्याकृत प्रश्न बताया। यह लोक जो हम देख रहे हैं—यह भी तो वास्तविकता नहीं है...'

सहसा दो तीन हिरण उनके पार्श्व से कुलाँचे भरते हुए निकल गये। एक अनिर्वाच्य भीनी सुगन्ध भीतर तक सराबोर करती हुई उन्हें छूकर उनके पीछे-पीछे चली गयी। 'कस्तूरीमृग!'—शान्तिशील ने बहुत प्रसन्न भाव से कहा—'बहुत समय के बाद दिखाई दिये...देखा! कितना तेज भागते हैं...'

'कस्तूरी इनके भीतर है, और इन्हें पता नहीं! ये कस्तूरी को खोजते हुए दौड़ते रहते हैं... निरर्थक दौड़!'

'पर हमें कैसे पता चला कि हिरण को यह पता नहीं है कि उसके भीतर कस्तूरी है?'

'उसे इस तरह दौड़ते देख कर...हम यह मानते हैं कि वह कस्तूरी को खोजता हुआ भाग रहा है!' विशाख ने कहा।

'यह हमारी कल्पना है—इस तरह अनेक कल्पनाओं से हम संसार बना लेते हैं,पर वह संसार है नहीं...'

'कल्पना भी तो वस्तुस्थिति समझ कर की गयी है न...कस्तूरी मृग इस तरह भागता क्यों रहता है...तो हमने कल्पना की कि उसे कस्तूरी का गन्ध तो आ रही है, पर यह नहीं पता चल रहा कि कस्तूरी है किधर...वह कस्तूरी को बाहर ढूँढ़ता हुआ भाग रहा है...'

'कस्तूरी मृग हम हैं, वह नहीं।'—शान्तिशील ने कहा और हँसे। फिर वे बोले—'कस्तूरी मृग मनुष्य से बचने के लिए भागता रहता है, उसे मनुष्य का भय है, यह स्थान कुछ दुर्गम है मनुष्य यहाँ सहज नहीं पहुँच पाते, अन्यथा व्याध कस्तूरी मृगों को जीवित नहीं रहने देते...'

तभी एक हिरणी मन्थर गति से चलती हुई आई और शान्तिशील के पास खड़ी हो गयी। शान्तिशील झुक कर हाथ से उसकी पीठ को सहलाने लगे। वह हिरणी अपना पेट चाटती हुई खडी रही। शान्तिशील ने विशाख से कहा—'आप इस हिरणी को देख रहे हैं?...वह अपना मुख अपने उदर के मध्य भाग तक पहुँचा सकती है। वहीं जहाँ उसकी नाभि है...उसी में तो कस्तूरी है...तो हिरणी को विदित है कि उसकी नाभि में कस्तूरी है.. '

'हाँ यह तो ठीक है'—कहते हुए विशाख ने उस हिरणी को सहलाने के लिए हाथ बढ़ाया, हिरणी ने सिहर कर कुलाँच भरी और कुछ दूर देवदारु के नीचे खड़ी हो गयी...

'आप से उसकी पहचान नहीं है ..मैं उसे पहचानता हूँ...वह भी मुझे पहचानती है...हमारी पहचान दो महीने पुरानी है...दो महीने पहले इसका उदर एकदम पिचका हुआ था, अब देख रहे हैं...यह गर्भवती है...लीजिये वह उसका सहचर आ गया। इन दोनों की जोड़ी है। मैं इन दोनों को जब भी यहाँ आता हूँ साथ-साथ देखता हूँ...'

विशाख ने देखा एक हिरण उस हिरणी के पास खड़ा अपने सींग की नोक से धीरे-धीरे उसकी पीठ खुजला रहा था, हिरणी आँखें मूँदे शान्त खड़ी थी।

तीन दिन बाद धनपति कुछ यष्टिधारी यक्षों के साथ आये और पुस्तकों की मंजूषा शान्तिशील के हाथों में सौंप दी। पोथियाँ सुरक्षित थीं। उनके हाथ में आते ही विशाख तुरत चल पड़ने को उद्यत हो गया।

शान्तिशील ने कहा—'भद्र विशाख, एकाकी जाना उचित न होगा। धनपति का भी कहना था कि वे सुरक्षा की व्यवस्था करेंगें, पाँच यक्ष विशाख के साथ जाएँगें, पर तीन दिन प्रतीक्षा करना होगी, वे पाँचों यक्ष वीर हैं, पर आज, कल और परसों उनके घर में पूजा है, फिर दो तीन दिन ॠतु भी अनुकूल नहीं है। जिस रंध्र को पार करके काश्मीर में घुसना है, वह हिमवर्षा से बन्द है। अतः रुक कर जाना उचित होगा।'

शान्तिशील और धनपति के समझाने पर विशाख रुक तो गया, पर जाने के लिए मन उत्कंठित था।

सहसा ऋतु एकदम बदल गयी। आकाश तुषार से घिरा हुआ। भोर से ही हिम गिर रहा था। हिमपात में देवदारु काँपते दिखते। तीन दिन हो गये, सूर्य के दर्शन नहीं हुए...

ऐसी प्रतिकूल ऋतु में भी अर्चा प्रतिदिन प्रभात में आती थी...कभी प्रभात बहुत हिमाच्छादित होता, तो वह दिन के ढलने के पहले तक आती।

वह शान्तिशील से उपदेश सुनती, सुनते समय उसकी आँखें शान्तिशील के मुख पर टिकी रहतीं, उनके एक-एक शब्द को वह कानों से आचमन करती लगती, पर आँखें...विशाख को लगता जैसे अपनी बड़ी-बड़ी आँखों में वह शान्तिशील को पूरा समो लेना चाहती है। विशाख अब तक यह जान गया है कि अर्चा का शान्तिशील के लिए भाव केवल श्रद्धा का नहीं है, उसमें उसका सारा अन्तर्मन समाहित है।

'भन्ते, अर्चा आपकी उपासना असाधारण भक्ति से करती है।'

'भद्र विशाख, हाँ उसके भाव में कुछ असाधारणता है।'

'मुझे लगता है यह वही भाव है जो गौरीपार्वती का शिव के प्रति था...'

'शिव तो वैदिकों के देव है। गौरी कौन हैं?'

'गौरी हिमालय की कन्या थीं। वे प्रतिदिन इसी तरह शिव के दर्शन और अर्चन के लिए आतीं रहीं , जैसे अर्चा आपके लिए आती है। वे शिव को पति के रूप में पाना चाहती थीं, उनके देखते-देखते शिव ने काम को ही जला दिया। तब उन्होंने शिव को पति के रूप में पाने के लिए उग्र तप किया। फिर शिव ने उनकी परीक्षा लेने के लिए बटु का वेष बनाया।'

विशाख ने सारा प्रसंग विस्तार से इस तरह बताया शान्तिशील कभी गम्भीर भाव से मुस्कुराते, कभी खिलखिल कर हँसते सुनते रहे।

विशाख के आगे हिमालय नित्य नया संसार खोलता रहता। एक दिन उसने नन्दी के दर्शन किये। तो यह वृषभ शिव का वाहन है, इसके दो ककुद् हैं...लक्ष्मणपुर में या अन्यत्र जैसे सामान्य वृषभ होते हैं यह उनसे अलग है, इसके देह पर लम्बे बाल हैं।

'सम्भव है किसी दिन साक्षात शिव के ही दर्शन यहाँ हो जाएँ...'

'अरे!—ये वृषभ शिव के वाहन नहीं हैं, यहाँ ऐसे वृषभ बहुत घूमते रहते हैं...इन पर यहाँ के लोग सवारी करते हैं।'—शान्तिशील ने कहा।

साँझ हो रही थी। आकाश आज एकदम निरभ्र था। प्रसन्न पवन धीरे से आकर देह सहला जाता। सारा परिसर प्रशान्त और स्थिर, वृक्ष निष्कम्प खड़े हुए। अस्त होते सूर्य की किरणें नीचे झरने पर गिर कर पहाड़ के शिखर और निर्झर के बीच सोने के सेतुबन्ध बाँधती लगतीं। उनकी आभा में दूर के पहाड़ से काले, लाल, सफेद बिन्दु इधर से उधर सरकते दिखाई दे रहे थे।

'उधर आप देख रहे हैं—पहाड़ पर तो तारे उतर आये हैं...'

'जो दृश्य जैसा दिखता है, वह वैसा होता नहीं है...'—शान्तिशील ने कहा—'ये तारे नहीं, गिरिग्राम के लोग और पशु हैं...'

बहुत आँख गड़ाकर देखने पर वे बिन्दु स्त्री-पुरुषों और गाय-भैंसों के रूप में परिणत होते लगे। अस्त होते सूर्य की आभा में आलोकित। धीरे-धीरे अँधेरा उतरने लगा। जिस जगह सूरज डूबा था, वहाँ पर क्षितिज रक्त से सनी युद्धभूमि सा दिखने लगा। फिर उस भूमि को काले मेघों ने घेर लिया। एक दूसरे रो भिड़ते मल्लों जैसे मेघ। कभी एक गजयूथ बन जाते, कभी एक दूसरे पर चढ़कर सोपान की पंक्तियाँ रचते लगते। विशाख उन्हें देख-देख कर कल्पनाओं के जाल बुनने लगा।—'कितनी अच्छी सोपान पंक्ति मेघों ने रच दी है!'—उसने शान्तिशील से कहा—'लगता है उसके ऊपर चढते जाएँ, तो उधर कैलास पर शिव और पार्वती दिख सकते हैं!'

'शिव और पार्वती यहाँ नहीं हैं...सर्वत्र शिलाएँ और हिमप्रस्थ हैं...पशु हैं, यक्ष भी हैं...किन्नर हैं...'

उस दिन वे फिर अलका गये थे..पता करने कि किन्नरपुर का मार्ग खुल गया या नहीं। जब-जब विशाख अलका आता जाता तो उसे इस बात पर आश्चर्य होता कि कृशकाय अर्चा कैसे ऐसा दुर्गम मार्ग लाँघ कर पहाड़ पर चढ़कर शान्तिशील के पास आ जाती है!

अलका आज वे दोनों जिस मार्ग से गये, उधर पक्कण था। चांडाल इसमें रहते थे। मांस के पकने की गन्ध फैली थी। कुटीरों से उठता धूम। अलका की रथ्याएँ बहुत साफ, उनसे गुजरते हुए विशाख को भद्रपुरी की रथ्याएँ याद आतीं, धूल, कीचड़ और मलिनता में लिपटी हुई।

'बस उस शिखर के पार ही काश्मीर देश है—शान्तिशील ने तर्जनी उठाकर दाहिनी ओर के पहाड़ को बताते हुए कहा—उसके रंध्र से निकलेगें, तो किन्नरपुर आ जाएगा।

'वहीं तो मुझे जाना है। किन्नरपुर में। वहाँ किन्नर नाम का राजा राज करता है। उसकी रानी बड़ी धर्मात्मा है।'

शान्तिशील ने कहा—'हाँ, राजा किन्नर के विषय में सुना है.. यह बड़ा लम्पट

और विलासी है, रानी अवश्य धर्मप्रिया है।'

'आप कैसे जानते हैं? आप काश्मीर गये हैं ?'

'नहीं जा सका...शाकल में काश्मीर के एक भिक्षु मेरे साथ रहे—राजानक।...उनसे काश्मीर के विषय में सुनता रहता था। सौ साल पहले तक वहाँ गोनन्द का राज्य था, यह तीसरा गोनन्द था ऐसा कहते हैं। गोनन्द का पुत्र हुआ विभीषण, विभीषण का पुत्र इन्द्रजित। इन्द्रजित के निधन के पश्चात उसका पुत्र रावण राजा बना...वह परमशिवभक्त था...उसके पुत्र का नाम विभीषण रखा गया किन्नर इसी द्वितीय विभीषण का पुत्र है...'

'ये कैसे नाम हैं काश्मीर के राजाओं के? ये नाम तो रामायण की कथा में राक्षसों के हैं...'—विशाख ने कहा।

'राजानक ने बताया था कि लंका से कुछ लोग आकर बहुत पहले यहाँ बस गये...वे रावण पूजाकरते थे, रावण का एक मन्दिर भी उन्होंने बनाया था, उसके कारण रावण नाम वहाँ प्रचलित हुआ...'

'पता नहीं मेरा जाना कब हो पायेगा वहाँ...'

'दो दिन और प्रतीक्षा कीजिये आप...ऋतु का यह व्यत्यय दूर हो जाए, पौष का महीना है न...इस महीने में यहाँ बड़े विपर्यास होते रहते हैं—हिमपात या करकावृष्टि के कारण...माघ में अनुकूल रहेगा...'

यह कहकर शान्तिशील रुके। फिर बोले—पर ऋतुचक्र किधर घूम जाएगा इस पर्वतीय प्रदेश में कुछ कहा नहीं जा सकता। समय बदलता रहता है, शास्ता कहते हैं कि सब कुछ क्षणिक है, सब कुछ प्रतिक्षण ध्वंस होकर नया होता चला जा रहा है। स्थिर कुछ है नहीं...ध्वंस और निर्मिति यही संसार है...'

'हिमालय भी मुझे प्रतिक्षण नवीन होता हुआ लगता है, पर इसमें ध्वंस कहाँ है—यह रहता तो वही का वही है...'

फिर वही वाद विशाख उनसे करने लगा जो तक्षशिला में भी अनेक बार वह बौद्धमतावलम्बियों से करता रहा था। यदि सब कुछ क्षणिक है, तो यह मैं हूँ—ऐसा बोध क्यों बना रहता है।—बौद्ध कहता है कि धारावाहिक ज्ञान से यह बना रहता है। है, नहीं है, है और नहीं है, है भी और नहीं भी है—इन चारों कोटियों से मुक्त एक तत्त्व है—वह शून्य है।

'फिर आप प्रतिमा की पूजा क्यों करते हैं? वह भी तो क्षणिक है।'

'प्रतिमा संवृति सत्य है, पर उसमें से असंवृत सत्य झलक सकता है। उस झलक के लिए हम प्रतिमा को पूजते हैं।'

कुछ ऐसी ही बात सूत जी ने भी विशाख से कही थी।

'और अर्चा?' अचानक कुछ प्रगल्भ होकर वह शान्तिशील से पूछ बैठा।

'अर्चा संसार है, जो मेरे लिए नहीं है।'

'अर्चा प्रकृति है। प्रकृति पुरुष के बन्ध और मोक्ष के लिए संसार रचती है। इस संसार में प्रवेश करेगें, तो इसके बाहर निकलेगें और मुक्ति पा सकेंगे। यदि प्रवेश ही नहीं किया तो निष्क्रमण कैसा?

विशाख का इतना लम्बा कथन शान्तिशील ने कदाचित सुना नहीं। वे दूर पहाड़ के पीछे छिपते सूर्य को देख रहे थे।

बीच-बीच में हिमपात होता रहता। विशाख को जिस मार्ग से जाना है, उसके आगे एक रंध्र है, वह हिम से आच्छादित होकर बन्द हो चुका। कितने दिन यहाँ और रुकना होगा कहा नहीं जा सकता। धनपति के अनुचर यक्ष हर दो तीन दिन छोड़कर देखने जाते हैं कि रंध्र खुल गया है नहीं।

शान्तिशील को जब लगता कि विशाख विकल हो रहा है, तो वे उसे समझाते, अधिक दिन रंध्र अवरुद्ध नहीं रहते। जो द्वार बन्द है, वे खुलते हैं। फिर वे उसका जी बहलाने के लिए गाथा गाते। गाथाएँ दोनों के बीच सेतु रच देतीं। विशाख उन्हें भद्रपुरी में सुनी हुई प्राकृत की गाथाएँ सुनाता, मेघदूत के पद्य सुनाता। मिलिन्दपन्हो या इसिभासिआइँ की पोथी दोनों पढ़ते...

वर्षा का समय नहीं था, पर वर्षा अचानक होने लगी थी। मेघ जैसे पागल हो गये हों, वे पहाड़ को घेर कर हमलाकर रहे हैं, वर्षा की धाराओं के साथ शिलाएँ काँपती नीची गिरतीं। पहाड़ों के शिखर डोलते लगते।

अर्चा से धनपति के रुग्ण होने की खबर सुनकर शान्तिशील उस दिन भोर से ही अलका चले गये थे, साँझ घिरने पर लौटे।

'आप को भय नहीं लगता...इस सारे तांडव में आप नीचे चले जाते हैं, ऊपर आ जाते हैं?'

'भय इतना अधिक देखा कि भयभीत होना बन्द हो गया।'—शान्तिशील ने कहा।

उनका उत्तर सुन कर विशाख चकित उन्हें देखता रह गया। सहसा सूत जी की स्मृति उसे हो आई। कभी उन्होंने भी भी इस तरह की बात कही थी, पर दोनों में कितना अन्तर है!

शान्तिशील ने फिर कहा—'शास्ता कहते हैं कि दु:ख है, दु:ख से त्राण का उपाय भी है। भय है, भय से निवृत्ति का भी उपाय है। उपाय हम स्वयं हैं, भय भी हम हैं, उपाय भी हम ही ।'

अगले दिन वातावरण फिर बदल गया। ऋतुचक्र का ऐसा विवर्तन विशाख ने

पहले कभी न देखा था। लगा जैसे भोर होने के साथ ही साँझ आ गयी, सूर्य उगने के साथ ही कहाँ खो गया, कुछ पता नहीं। आकाश काले मटमैले बादलों से पट गया। लगा कि बादलों ने आकाश को रणभूमि बना लिया है और वे विकट व्यूह रच रहे हैं। शान्तिशील ने कहा—'बाहर निकलना उचित न होगा, हम गुहा में ही रहेगें...'

उनका स्वर जितना ही प्रशान्त था, उतना ही गम्भीर। विशाख को लगा कि कहीं कुछ अप्रत्याशित होने वाला है। शान्तिशील यहाँ कई वर्षों से रह रहे हैं, वे यहाँ के पहाड़, पशु, ऋतु, मनुष्य और निसर्ग को पहचानते हैं। गुहा की सेंध से भी बाहर डरावने से बादल चक्कर लगाते देखे जा सकते थे।—'बाहर निकलना उचित न होगा, हम गुहा में ही रहेगें...'—इतना कहने के बाद शान्तिशील ध्यान में निमग्न एकदम मौन हो गये थे, गुहा में मौन भी बहुत भारी होकर पसर गया था।

कितना समय बीत गया होगा। शान्तिशील जिस संसार में रहते हैं, उसमें तो न सूर्योदय होता है, न सूर्यास्त, अथवा सदैव सूर्योदय, सदैव सूर्य का अस्त होना बना रहता है। 'पर मेरा व्यवहार जगत!'—विशाख ने सोचा—'उसमें तो सूर्य के उदयास्त से ही समय नियन्त्रित होता है, सूर्य पता नहीं कहाँ बिला गया है, तो समय का बोध भी अपने साथ लेकर चला गया है।'

सहसा कर्कश कटु गड़गडाहट के साथ पानी फिर बरसने लगा। लगा जैसे हिमालय के शिखर काँप रहे हैं। बाहर से पत्थरों के लुढ़कने की भी ध्वनियाँ आतीं। मेघों का गर्जन, पत्थरों का गिरना, आँधी का निनाद—ये सब मिलकर विकट कोलाहल को विस्तार दे रहे थे।

विशाख चाहता था कि शान्तिशील कुछ बात करें, वे एकदम चुप बैठे थे। बात करते भी तो सुनायी न देता, बाहर से आते स्वर बार-बार तो कान फोड़ रहे थे। कितना और चलेगा यह संकट, इसिभासिआइँ और मिलन्दपन्हो की पोथियाँ भी सुरक्षित रहें, और वह उन्हें लेकर वहाँ से जा सके...

पर प्रकृति तांडव करने लगी थी।

क्या दिन ढल गया होगा, रात है या दिन? गुफा में और गुफा के बाहर घना अँधेरा था, औषधिप्रदीप बुझ चुके, जिनके सहारे विशाख कई बार रात में भी बाहर आता जाता रहा था। बिजली की कड़कड़ाहट और बादलों की गड़गड़ाहट के बीच पशुओं का चीत्कार कभी सुनायी पड़ता।

धीरे-धीरे आँधी कम हुई। बादल भी इतना अधिक गरज चुके थे कि थक कर रुक गये, पर वर्षा वैसी ही तेज थी, थोड़ा-सा प्रकाश कहीं से भीतर आया, उससे लगा अभी दिन ही है...पर बादल फिर और घने हुए तो वह प्रकाश का टुकड़ा विलीन हो गया।

विशाख ने बहुत मन्द स्वर में कहा—'तथागत ने कहा है कि आत्मदीप बनो। अब लगता है कि हमें ही स्वयं दीप बनना होगा।'

'नहीं भद्र विशाख, तथागत का वचन यह नहीं है। वे कहते हैं आत्मद्वीप बनो। पर आपने सत्य कहा। आत्मदीप कहें या आत्मद्वीप कहें...दीप भी हम द्वीप भी हम...'

सहसा बादल की बहुत तेज गड़गड़ाहट के साथ आँखों को चौंधिया देने वाली बिजली की चमक क्षण भर के लिए कौंध कर फिर विराट् अँधेरे में खो गयी। फिर बहुत तीव्र कर्णविदारक शब्द...

क्या जहाँ वे बैठे है वह स्थान काल के गर्त में समा जाएगा?

'भन्ते, यह कैसा शब्द है?'—विशाख ने चिन्तातुर होकर पूछा।

'भद्र विशाख, लगता है पर्वत गिर रहा है-- ' शान्तिशील का स्वर भी अब काँपता सा लगा।

बिजली फिर बहुत तेज कड़की, उसकी कौंध आँखों को भेदती चली गयी, उस समय लगा जैसे गुफा जिसमें वे बैठे हैं, काँप रही है...

महाकाल ने जैसे समूचा पहाड़ उठा लिया हो और उठाकर वे उसे किसी गर्त में फैंकने जा रहे हों। बीच-बीच में कानों को फोड़ती तरह-तरह की गड़गड़ाहटें या पत्थरों के गिरने की, वर्षा की मूसलाधार बौछारों की भी प्रलयंकर ध्वनियाँ।

विशाख को भ्रम होनेलगा कि गुफा जिस स्थान पर थी वहीं है या और कहीं जा चुकी है। शान्तिशील एकदम मौन हो गये थे। सहसा इतनी तीव्र ध्वनि कहीं दूर से आई कि विशाख ने भय से काँपता अपना हाथ शान्तिशील को पकड़ने के लिए बढ़ाया, पर वह भय से स्तब्ध रह गया। शान्तिशील उस स्थान पर नहीं थे इसके ठीक पार्श्व में जहाँ वे अभी तक बैठे थे, तो क्या वह शून्य में वार्तालाप कर रहा था।

'भन्ते! भन्ते!! कहाँ हैं आप?'... उसने पुकारा। उसकी पुकार वर्षा, बादल, बिजली के तेज निनाद में डूब गयी। विशाख ने और भी जोर से पुकारा फिर बहुत व्याकुल होकर वह गुफा में हाथ इधर से उधर पसारता रहा। अरे, अभी यहीं थे और कहाँ चले गये...वे ऐसी स्थिति में उसे गुफा में छोड़ कर कैसे कहीं जा सकते हैं और यहाँ से कहीं चले जाने का अर्थ क्या प्रलय के इस समय में?

जीवन में कई विकट संकट आये और चले गये। पर यह संकट तो बड़ा दुरन्त है!

'भन्ते! भन्ते!! कहाँ हैं आप?' एक बार फिर उसने अपनी सारी शक्ति लगा कर पुकारा।

उसकी पुकार गुफा के भीतर ही समा गयी, पर कुछ क्षणों के बाद बाहर से उत्तर आया—'भद्र विशाख, मैं यहाँ हूँ...बाहर!'

बाहर? बाहर कैसे जा सकते हैं...?

अपना सारा साहस समेट कर विशाख टटोलता टटोलता गुफा के संकीर्ण द्वार से बाहर निकला। आँधी अब कुछ थम गयी थी।

बिजली की एक कौंध में शान्तिशील गुफा के द्वार के आगे खड़े दिखे, उनके सामने आकाश पहाड़ पर उतर कर पसरा हुआ था, उसमें से कहीं कहीं हल्का प्रकाश झाँकता।

'लगता है हम रात भर गुफा में बैठे रहे...अब प्रभात हो रहा है...पर पानी के बहने का यह स्वर...यह कहाँ से आ रहा है...?'—विशाख ने कहा।

'न! प्रभात नहीं हुआ, हम दिन भर गुफा में बैठे रहे, मात्र एक दिन। अब साँझ हुई है।'—शान्तिशील ने कहा।

काल की भी कैसी गति है? संध्या तो दोनों को ही कहते हैं प्रात:सन्ध्या हो या पश्चिमसन्ध्या...पर दोनों में कितना अन्तर...! और पता नहीं चल पा रहा है कि कौन संध्या है। पर नहीं, शान्तिशील ने सच कहा है। प्रभात नहीं है यह...साँझ ही है...सब कुछ उलट-पुलट लग रहा है, पर पूर्व तो वहीं है, जहाँ था, और पश्चिम भी वहीं है...पश्चिम की ओर कुछ अरुणिमा है। क्या एक दिन के चार पहर में ऐसा कुछ हो गया कि उसका कालबोध समाप्त हो गया?

पश्चिम में डूबते सूरज की बहुत धूसर छाया और टूट कर गिरे पेड़ों और पहाड़ से छिटकी चट्टानों के बीच उसकी किरणों के दो तीन बहुत मैले दो तीन टुकड़े कठिनाई से पहचान में आ रहे थे।

पर नीचे अधिक स्पष्ट दृश्य था...नीचे के शिखर सूर्य की उज्जवल आभा में नहाते से लग रहे थे...उनके बीच में वह कैसा अद्‌भुत दृश्य...ऐसा तो पहली बार ही यहाँ देखा...गुहा से निकल कर इस देवदारु के नीचे इस वेदी के आसपास वह नित्य ही तो खड़ा होता है...इस तरह का दृश्य पहले नहीं देखा...यह कोई माया है, या उसकी आँखों का भ्रम है या सचमुच संसार बदल गया है...?

उधर सामने विशाल सरोवर था!

'भन्ते, ऐसा सरोवर तो उधर पहले नहीं देखा!'—विशाख ने उत्तेजित स्वर में कहा।

उस सरोवर में पानी हिलोरे ले रहा था, फिर भी हिमालय के शिखरों से रिसती सहस्त्रों धाराएँ उसे और पानी से पूर रहीं थीं।

'पहले तो यहाँ...'—कहते-कहते विशाख की दृष्टि सहसा शान्तिशील के मुख पर गयी।—क्या हुआ? भन्ते, आप ऐसे आतंकित से, त्रस्त से ,स्तब्ध से कैसे खड़े रह गये...बोलिए तो...!'

शान्तिशील का मुख एकदम विवर्ण हो गया था, वे उस सरोवर की ओर हाथ

से संकेत करके कुछ कहना चाह रहे थे...पर मुख से जैसे शब्द नहीं निकल पा रहे थे...

'भद्र विशाख! अलका...' —शान्तिशील ने कठिनाई से कहा।

'हाँ अलका ही तो थी वहीं...जहाँ सरोवर है...'—कहते-कहते विशाख भी भय से स्तब्ध रह गया। दोनों के हाथ एक दूसरे की ओर बढ़े।

लग रहा है कि सब समाप्त हो गया...अलका कहाँ समा गयी? यह सरोवर नहीं...राक्षस है...यह अलका को निगल गया!

'पर ऐसा कैसे हो सकता है?'

'ऐसा ही हो गया...'—कहते-कहते शान्तिशील का गला भर्रा गया।

पहली बार विशाख ने उनके स्वर में ऐसी व्यथा का अनुभव किया। पर वे जो कह रहे हैं वह सच कैसे हो सकता है...फिर भी कह तो वे सच ही रहे हैं.. अलका वहीं थी आज प्रभात में और साँझ होते-होते उसके स्थान पर सरोवर है...

—भन्ते, हम लोगों को दिग्भ्रम हुआ है—ऐसा थोड़े ही हो सकता है। अलका ऐसे कैसे समाप्त हो सकती है? वह इधर उधर कहीं दिखेगी...बात यह है कि जैसी आँधी, वर्षा हुई उससे वनराजी विपर्यस्त हो गयी है हम लोग दिशाएँ नहीं पहचान पा रहे हैं!'

विशाख ने हताश स्वर में कहीं से कोई अवलम्बन खोजते हुए यह कहा था। पर शान्तिशील ने कदाचित उसकी बात सुनी नहीं। जो घट गया था, वे उसकी विकरालता को समझ रहे थे। वे गहरे मौन में डूबते से अवलम्बन अपने भीतर खोजते लग रहे थे। इतना खिन्न अवसाद में डूबा हुआ विशाख ने उन्हें पहली बार देखा। विशाख उनकी इस मुद्रा से और भी घबरा गया था, वह उनसे बात करना चाहता था, वे किसी ओर लोक में पहुँच गये थे।

तो क्या सचमुच प्रलय ही हो गया? वे दोनों ही कैसे बचे रह गये?

'अच्छा...मैं जाकर देखूँगा!'—शान्तिशील ने कहा और विशाख के उत्तर की प्रतीक्षा किये बिना तेज गति से चल पड़े।

'भन्ते! संध्या हो चुकी...अँधेरा घिरने वाला है!'—विशाख ने अपने स्थान पर खडे हुए कहा। शान्तिशील ने न सुना न मुड़ कर देखा।

'भन्ते, शिलाएँ अभी भी गिर रही हैं! हम प्रात: चल कर देख सकते हैं कि क्या हुआ अलका में...—कहते-कहते विशाख को लगा कि उसके शब्द पहाड़ में टकरा कर लौट रहे हैं। शान्तिशील दूर जा चुके थे।

'रुकिये रुकिये!'—कहते हुए विशाख उनके पीछे चला। मार्ग का पता नहीं चल रहा था, पर शान्तिशील ऐसे चल रहे थे जैसे उनके पाँव में विद्युत और मन में प्रभंजन हो। स्थल-स्थल पर दिन भर की आँधी के आगे असहाय धराशायी हुए वृक्ष

रास्ता रोक रहे थे। 'भन्ते, सम्भल कर, सँभल कर!'—विशाख बार-बार कहता...

सहसा एक विशाल शिला उन दोनों के बीच से कड़कड़हाट के महानाद से साथ तीव्र वेग से गिरती हुई उसी सरोवर में जा धँसी। विशाख ने ऐसा प्राणांतक संकट पहली बार अनुभव किया था। क्या तथागत हमें बचाये हुए हैं या कैलास पर विराजे शंकर?

वे सरोवर के किनारे पहुँचे। ऊपर से जैसा दिखता था, वैसा सरोवर नहीं था। इतनी देर में बादल दूर सरक गये थे, पूर्व में चन्द्रमा उग आया था, पहले रक्ताभ, फिर तपे कुन्दन-सा फिर पिंजर होता हुआ वह पीला पड़ता गया। बादल के फटने से बने विशाल सरोवर में उसकी किरणें बिछ गयीं थीं। सरोवर सामने था—उन किरणों में हँसता हुआ और विकराल। चन्द्रमा अपनी किरणें बिछा बिछा कर जैसे उसे चाँदी की चादरें उड़ा रहा था।

तो क्या सचमुच अलका सरोवर में समा गयी? विशाख को स्मरण आया सूत जी ने किसी आख्यान में बादल के फटने से होने वाले जलप्लावन का वर्णन किया था, उससे कुछ आभास तो हुआ था कि यह कितना दारुण होता है, पर जो सामने था, उसकी तो कल्पना भी नहीं हो सकती थी उनके वर्णन को सुनकर! विशाख समझ नहीं पा रहा था कि वह और शान्तिशील क्या करें।

तभी शान्तिशील ने कहा—'भद्र विशाख! अलका काल के गर्त समा गयी। लगता है कुछ भी शेष नहीं रहा...'

इतनी वेदना शान्तिशील के स्वर में विशाख ने पहले कभी अनुभव न की। अपने जीवन की अनेक दु:खद घटनाएँ उन्होंने बताई थीं, दस्युओं का भिक्षुसंघ पर आक्रमण, उनकी माता का उन्हें लेकर भागना, फिर माता से वियोग...पर इस संहारलीला के आगे वे पूरी तरह किंकर्तव्यविमूढ बनकर रह गये थे। कभी वे सामने लहराती जलसंहति को देखते, कभी पीछे कभी पार्श्व में। पीछे बिजली से जल गये या टूट कर गिरे वृक्ष थे, आसपास कुछ मरे हुए वानर, शृंगाल और पक्षी...देखते हुए शान्तिशील के मुख से 'ओह'—'आह'—'अरे'—के अस्फुट शब्द निकलते।

कहाँ गये वे सब लोग—आविक, गोपाल अलका के यक्ष...धनपति और अर्चा? केवल गीध थे, जो बच गये थे। वे आसपास पड़े शवों को निगल रहे थे।

'फिर भी अलका शेष है।' अचानक शान्तिशील ने कहा।

अलका अब कहाँ? लगता है शान्तिशील का चित्त बहुत अशान्त है, इसलिए वे ऐसा कह रहे हैं। अलका के अवशेष तो हैं पर सारी ग्रामटिका काल ने लील ली। उसके स्मृतिचिह्न हैं—किसी पेड़ की शाखा पर अटका किसी का कोई दुकूल,...शिलाओं के जोड़ में अटक गया किसी स्त्री का शव। गायों, अजाओं, भेड़ों के शव। मुँह बाये हुए कुत्ते जैसे भोंकते-भोंकते नि:शेष होकर दम तोड़ गये हों।

और अर्चा? वह कहाँ है?

अर्चा की स्मृति से विशाख की आँखों में आँसू उमड़ आये। क्या शान्तिशील भी अर्चा का स्मरण कर रहे हैं, वे उसका स्मरण करके इतने अधिक विचलित हैं?

विशाख समझ नहीं पा रहा था वे दोनों किधर जा रहे हैं , क्यों जा रहे हैं।— 'मुझे लगता है भन्ते कि इस स्थान पर ग्रामप्रमुख धनपति का घर था...पर सब कुछ तो बह गया...'—विशाख कह रहा था।

वे एक मुहूर्त तक अलका के कालकवलित अवशेषों के बीच घूमते रहे। शवों के भीतर से हल्की सी गन्ध उठने लगी थी

विशाख ने कहा—'भन्ते, हम अलका की सीमा तक आ गये, इसके आगे दुर्गम विशाल वन है। उसमें जाना उचित न होगा, और अब लगता है यहाँ देखने को बचा ही क्या...?'

पर शान्तिशील चलते जा रहे थे...

'अरे इधर तो घर हैं!'—बहुत चकित स्वर में विशाख के मुख से निकला।

'भद्र विशाख, यह पक्कण है। मुझे लग रहा था कि यह बच गया होगा। मैं इन्हीं घरों को खोज रहा था, वे श्वपचों के घर हैं। अलका के बाहर पक्कण है, उसमें डोम और चांडाल रहते हैं, हम उसमें कभी नहीं गये, इन्हीं डोमों में से एक ने इसिभासिआइँ और मिलिन्दपन्हो की पोथियाँ चुराई थी...बादल के फटने से जिस महाप्रवाह ने सारी अलका को बहाकर सरोवर में डुबा दिया उसका प्रभाव उस पक्कण में नहीं हुआ ऐसा लगता है...इसलिए हमें वहाँ जाना चाहिए...'

दोनों अलका के बाहर चांडालों की बस्ती—पक्कण तक पहुँचे। दिन ढल चुका था। अँधेरे से बचती बचाती सूरज की किरणें धीरे-धीरे हिमालय की ढलानों से ऊपर खिसक रहीं थीं।

बस्ती पर महाविनाश का प्रभाव हुआ था, कई लोग मर गये, मरे हुए पशु जहाँ तहाँ पड़े थे, पर घर बच गये। बस्ती में सन्नाटा था, केवल एक चत्वर पर चार पुरुष और दो तीन स्त्रियाँ सिर झुकाये बैठे थे, दो बच्चे भी थे। 'तूलक, क्या कथा है?'—शान्तिशील ने उनमे से सबसे वयोवृद्ध पुरुष से पूछा।

तूलक का नाम धनपति के साथ हुई चर्चाओं में विशाख ने अनेक बार सुना था। वह चांडालों की बस्ती का मुखिया था, और इसिभासिआँइ और मिलिन्दपन्हों की पोथियाँ वापस प्राप्त करने में उसी ने बहुत सहायता की थी।

शान्तिशील को देख कर वह उठ खड़ा हुआ, अभिवादन किया। बोला—'भगवन, सर्वनाश हो गया! यक्षों का गाँव तो पूरा बह गया, हम चांडालों की इस बस्ती के भी उस ओर के घर बह गये हैं, आधे लोग हमारे मर गये।'

तूलक कुछ और कहता उसी समय दोनों स्त्रियाँ उठीं, और शान्तिशील के

सामने साष्टांग दंडवत करके फूट-फूट कर रोने लगीं, रोते-रोते वे अपने मस्तक शान्तिशील के चरणों में रगड़तीं जातीं। शान्तिशील स्थिर खड़े रहे। तभी बस्ती से दो तीन पुरुष और निकल आए, वे तो रोते हुए ही आ रहे थे। रुदन की ध्वनि दुर्गन्ध और अशुचिता के बीच विशाख को और भी उद्वेजित कर रही थी। स्त्री पुरुषों को रोते देखकर बच्चे चीखने लगे। कोहराम में कुछ भी सुनना समझ पाना असम्भव था।

शान्तिशील ने तूलक से कुछ कहा, उसने चिल्लाकर रोते स्त्री पुरुषों को डपटा। वे सब एकदम से सहम कर चुप हो गये। अचानक शान्तिशील ने कुछ कहना आरम्भ किया, विशाख चकित और स्तब्ध सुनता रह गया। शान्तिशील जिस भाषा में बोल रहे थे, उसके इक्के-दुक्के शब्दों के अलावा विशाख को कुछ पल्ले नहीं पड़ रहा था, थे, और सब घेरा बना कर मस्तक झुकाये शान्तिशील को बोलते सुन रहे थे।

बाद में शान्तिशील ने विशाख को बताया कि वे गान्धारी प्राकृत में बोल रहे थे, जो पक्कण के लोगों की भाषा थी। यह भाषा उन्होंने अर्चा से सीखी थी। पक्कण में अर्चा की एक सखी थी...बचपन से ही दोनों साथ खेलतीं, बाद में धनपति ने अर्चा का इससे मिलना जुलना बन्द करा दिया...

धीरे-धीरे विशाख को समझ में आने लगा कि वे लोग क्या चर्चा कर रहे हैं। चांडाल और डोम जाति के सब लोग पक्कण छोड़कर अन्यत्र जाने की तैयारी कर रहे थे। पर तूलक और कुछ सयानों का विचार था कि उनके समाज के एक व्यक्ति ने जो पवित्र पोथियाँ चुरायीं, उसके कारण ईश्वर ने उन्हें दंड दिया है। वे इसका प्रायश्चित पूछ रहे थे। शान्तिशील उन्हें समझा रहे थे कि अलका में यदि कोई जीवित बचा हो, तो उसकी सहायता करें।

तभी चार लड़के आये। वे हाथों में कुछ सामान लिए हुए थे—कपड़े, अलंकार और भोजन। जो स्त्री-पुरुष अभी तक फूट-फूट कर रो रहे थे, रोते-रोते उन्होंने उन बच्चों को घेर लिया, और रोते-रोते ही उनके हाथों से सामग्री छीनने लगे। स्त्रियाँ बिलख भी रहीं थी ओर बच्चों से गहने भी छीन रहीं थीं। शान्तिशील के कहने पर तूलक ने उनको फिर डाँटा। तूलक ने बताया कि ये बच्चे जो कुछ घर बहने से रह गये थे, उनमें घुस कर सामग्री ढूँढ़ रहे थे।

तभी एक बच्चे ने तूलक के कान के पास मुँह ले जाकर कुछ कहा। तूलक अर्थभरी दृष्टि से शान्तिशील को देखता रहा। शान्तिशील ने पूछा—'भद्र तूलक! क्या और कोई दुःखद वृत्त है?'

तूलक ने कहा—'यह लड़का कह रहा है कि जहाँ ग्राम प्रधान का घर था, उससे कुछ आगे एक युवती है वह न कुछ बात करती है न कुछ सुनती है...शून्य में ताकती एक शिला पर बैठी है...'

विशाख ने कहा—'सम्भव है अलका में में कुछ लोग बच गये हों, हम चल

कर देखें...'

तूलक को लेकर वे फिर पक्कण से चल पड़े।

'अरे, यह तो अर्चा है!' पास पहुँच कर विशाख के मुख से निकला।

उपासिके!...उपासिके!

अर्चा कुछ बोल नहीं रही। शान्तिशील ने उस पुकारा, फिर बहुत करुण स्वर में विशाख से कहा—'भद्र विशाख देखो तो इसकी कैसी दशा हो गयी है!'

सहसा विशाख को सूत जी की याद आई। कई बार संकट के दारुण क्षणों में पता नहीं कैसे सूत जी की बाते उसे याद आतीं। उस दिन जब प्रभात में कालिन्दी उनका अभिवादन करने आई, तो वह बहुत विषण्ण दिख रही थी, सूत जी ने उसके माथ पर हाथ फेरते हुए कहा था—'पुत्रि, मैं तेरा दुःख समझता हूँ, पर हम लोग कर भी क्या सकते हैं? हमारे जैसे पुरुषों के द्वारा ही कितनी कितनी नारियाँ प्रतारित की जाती हैं, फिर स्त्रियाँ भी स्त्रियों को सताती ही हैं। मनुष्य को अपनी रक्षा स्वयं करना पड़ती है अपना उद्धार भी स्वयं करना होता है। तेरे में शक्ति है, तुझ में राधा भी है कालिका भी है। पता नहीं कब कालिका जाग उठेगी कहा नहीं जा सकता।'

सूत जी के ये शब्द उसके भीतर फिर गूँजते रहे। उन्हीं के द्वारा वह अर्चा को समझाने का विफल प्रयास करता रहा।

तूलक ने कहा—'हम तो इस देवी को सिर माथे पर रखते। यह हमारे लिए राजकुमारी है। पर इसका पक्कण में रहना उचित न होगा, पक्कण में चोर लफंगे तस्कर दस्यु सब आते जाते रहते हैं।'

अर्चा कुछ बोले, कुछ भोजन ग्रहण कर ले—रो ले...वे सब इसका प्रयास करते रहे। अर्चा तो पत्थर की मूर्ति बन गयी थी।

शान्तिशील ने कहा—'भद्र विशाख, तुमने सत्य कहा था—बन्ध और मोक्ष में सारा संसार है। मुक्ति बँधने में है, मुक्ति में फिर बँधना...संवृति सत्य को अंगीकार करके असंवृत सत्य को देख सकते हैं हम...मैं अर्चा के दुःख को अंगीकार करता हूँ, आज से इसका चित्त मेरा चित्त होगा, इसकी वेदना मेरी वेदना।

तीसरा भाग

सिन्धुदेश लाँघ कर आश्विन के महीने में विशाख काश्मीर देश पहुँचा था। हिमालय के निचले भागों में चलता रहा, तब तक शीत इतना नहीं लगा, हिमालय की मेखलाओं पर चलते समय कभी वर्षा कभी हिमपात तो कभी शीत लहर।

वितस्ता के तट पर वह चल रहा था। चीड़ और चिनार के विशाल वृक्षों की पाँत उसके दाहिनी ओर थी, बायीं ओर वितस्ता। वितस्ता के तट पर चमकीली रेत से रत्नमुष्टिका का खेल खेलती लड़कियाँ। यही किन्नरपुर था, यहीं तक आना था। छोटे-छोटे सुन्दर घर, प्रशस्त गलियाँ, बहुत छोटे आपण (बाजार)। नगर के बाहर उपवन था। विशाख चलते-चलते थक गया, धूप तेज हो गयी थी। सोचा— वह इसी उपवन में थोड़ी देर विश्राम कर ले। पर उद्यान के द्वार पर ही उद्यानपाल ने कर्कश स्वर में उसे रोक कर पूछा—'ए! ए!! कहाँ घुसा चला आ रहा है? यह हमारा बगीचा है, इसमें प्रवेश की अनुमति नहीं है!'

उसके सिर पर लाल उष्णीष था, दाहिने हाथ में भाला। आँखों से टपकता रोष। भौंहे बहुत विकट थीं, लम्बी घनी और काली जिनसे उसका मुख और भयावह हो गया था। प्रहरी क्या था दैसे यमदूत। कानों में झूलते बड़े बड़े केयूर उसकी विकरालता को ही बढा रहे थे। हालाँकि आँखें छोटी-छोटी थीं और उनके नीचे गड्ढे थे, कपोलों पर झुर्रियों की रेखाएँ रेंगती हुई नीचे तक चली गयी थीं। उसकी पगड़ी से बाहर आकर कर साँपों की तरह लहराते सफेद केश कनपटी के नीचे-नीचे झाँक रहे थे।

विशाख ने नगर में पहुँचते ही ऐसे रूखे स्वागत की आशा न की थी। उसने बहुत विनय के साथ कहा—'आर्य, पांथ हूँ! बस एक मुहूर्त विश्राम करूँगा, फिर आगे जाना है।'

'अरे, आर्य आर्य क्या बोलता है?—हम आर्य नहीं हैं!'

'क्षमा कीजिये! आप अनार्य ही सही...पर मेरी प्रार्थना...'

'अरे फिर कुछ उल्टा बोला! हम अनार्य नहीं हैं...'

'क्षमा कीजिये! मैं आपको सचमुच जानता नहीं...'

'जानोगे तो पता चल जाएगा। हम नाग हैं। अब यहाँ से फूट लो।'

'नाग हैं आप? नागों की बड़ी महिमा है। भगवान वासुकि का तो कहना ही क्या? वे साक्षात ईश्वर रूप हैं!'

अबकी बार वह बिना कोई प्रतिवाद किये वह बहुत तीखी दृष्टि से विशाख को घूरता रहा। फिर बहुत जहरीली मुस्कान से उसे भेदता हुआ बोला—'तुम्हारी इन चिकनी चुपड़ी बातों के फन्दे में हम नहीं फँसने वाले!'

'अच्छी बात हैं नगर किस ओर होगा?...मैं चला जाता हूँ...'

नाग जाति के लोग सर्पपूजक होते हैं, स्वभाव से बहुत क्रूर भी होते हैं, यह विशाख ने सुन रखा था अब प्रत्यक्ष अनुभव कर लिया।

तीखी धूप निकल आई थी। इस प्रदेश में घाम तेज था। पसीने की धाराएँ ललाट से बूँद-बूँद करके गिरतीं, सूखते पपड़ाते ओठों को छूती हुई वक्ष और उदर को भिगो-भिगो कर नीचे उतरती जातीं। बाहर से ही आभास होता था कि उपवन रमणीय है। फलों से लदे वृक्ष हैं। पर उद्यानपाल ऐसा दुष्ट कि थोड़ी-सी देर के लिए भी घुसने देने को तैयार नहीं...किन्नरपुर तो पहाड़ियों पर बसा बहुत छोटा सा नगर है...वहाँ पहुँच कर भी पांथशाला मिल जाएगी ऐसा नहीं लगता...उद्यानपाल से तो अब कुछ पूछना भी व्यर्थ ही है।

इस उधेड़बुन में विशाख ने वहाँ से चलने के लिए पग बढ़ाया ही था, उद्यानपाल का तीखा प्रश्न सुनायी दिया—'आये कहाँ से हो? यहाँ क्यों आये? कहाँ जाना है?'

'भद्र, मैं विशाख हूँ.. विप्र हूँ...तैत्तिरीयशाखा का अध्वर्यु। यहाँ आने का प्रयोजन था आचार्य अश्वघोष और महाश्थविर वसुमित्र के दर्शन करना...उनके लिए मेरे पास पत्र है...वह देना है...'

'क्या, क्या क्या नाम लिया?'

विशाख ने लक्षित किया कि उसकी कथनभंगिमा बदल गयी थी। उसने फिर अपनी बात दोहराई।

नाग ने कहा—'यदि आप आचार्य चरण अश्वघोष के लिए आये हैं, तो ठीक हैं आ जाइये प्रवेश कीजिये, विश्राम कर लीजिये।'

यह कहते-कहते उद्यानपाल ने दाहिने हाथ में पकड़ा भाला बायें हाथ में पकड़ लिया था और दाहिने हाथ की हथेली से आने का संकेत किया था। तभी विशाख की दृष्टि उसके हाथ की रेखाओं पर गयी। विशाख के मुँह से निकला—'भाग्यरेखा तो आपकी प्रबल है, पर कोई धूर्त है, जो आपको ठग रहा है। वह आपका उपजाया अन्न खा रहा है, आपको खाने नहीं दे रहा...'

नाग दो चार क्षण स्तब्ध और चकित खड़ा विशाख को ताकता रह गया। विशाख को लगा कि क्यों अपना ज्योतिष के ज्ञान का उसने अकारण यहाँ उपयोग कर डाला—यह व्यक्ति तो सचमुच में नाग ही है, पता नहीं कब फुफकारता हुआ डसने को तत्पर हो जाए...

पर वह जो सोच रहा था, हुआ उसका उल्टा, और वह कुछ इस तरह कि अब की बार विशाख चकित रह गया। वह नाग अपना भाला फैंक कर साष्टांग दंडवत करता हुआ विशाख के पाँवों पर गिर पड़ा। 'अरे, अरे! यह आप क्या कर रहे हैं...आप बड़े हैं, मैं तो आपके सामने बालक ही हूँ!'—विशाख कहने लगा।

नाग ने कहा—'हम समझ गये कि आप कोई बड़े ज्ञानी हैं!...आपने जो कहा अक्षरशः सत्य है...कोई धूर्त है, जो हम लोगों को ठग रहा है। वह हमारा उपजाया अन्न खा रहा है, हमको खाने नहीं दे रहा...'

विशाख आश्वस्त हुआ। कुछ सामुद्रिक शास्त्र पिता से सीखा था, उसका दृढ़ीकरण तक्षशिला में रहकर अन्तेवासियों के साथ यों ही मनोविनोद करते हुए वह करता रहा...वह काम आया।

नाग के बोलने का ढंग अब आतंक और आदर में बदल गया था। वह विशाख को उद्यान के भीतर ले गया।

'मेरा नाम सुश्रवा है—आप मुझे नाम लेकर बुलाइये।'—वह कह रहा था।

उद्यान इतना विशाल और विविध वनस्पतियों से भरा होगा इसकी कल्पना बाहर से नहीं की जा सकती ती। बीचोबीच विशाल सरोवर था—किनारे किनारे आकाश को छूते देवदार, सरल के वृक्षों से घिरा हुआ था। उन वृक्षों के वीच से जैसे आकाश उतरकर धरती पर आ गया हो। विशाख ने पूछा—क्या सरोवर में स्नान किया जा सकता है?

सुश्रवा ने कहा—'हाँ, सरोवर में स्नान किया जा सकता है। आप स्नान कीजिये, मैं आपके भोजन की व्यवस्था करता हूँ...कोई वस्तु अपेक्षित हो तो बताइयेगा, हमारा कुटीर यहीं हैं।'

विशाख स्नान करने को सरोवर में उतरा। यह श्लोक उसके मुख से निकल पड़ा—

गङ्गे च यमुने चैव गोदावरि सरस्वति!
नर्मदे सिन्धुकावेर्यौ जलेऽस्मिन् यात सन्निधिम्।।

वह काश्मीर में स्नान कर रहा है। पुराण का श्लोक पढ़ रहा है। यह श्लोक बहुत पहले सूत जी के मुख से सुना था। उसने उनसे विवाद किया था—श्लोक में अशुद्धि को लेकर। विशाख ने जो संशोधन बताया था, उसे समझ कर सूत जी ने दो एक बार शुद्ध श्लोक का पाठ किया, फिर अपने अभ्यास के अनुसार पुराना पाठ ही

दोहराने लगे। विशाख के टोकने पर कहने लगे—'क्या अन्तर पढ़ता है शुद्ध और अशुद्ध से विशाख! मेरे पिता ने जो सिखाया है, वह मेरे कंठ में बसा हुआ है, भाव शुद्ध होना चाहिए। गोदावरि सरस्वति कहो या गोदावरी सरस्वती कहो, वे हमारी पुकार सुन रही हैं इससे प्रयोजन है। दीर्घ 'ई' का उच्चारण करने पर तो वे हमारी पुकार और अच्छी तरह सुनेंगी, सम्बोधन में ह्रस्व हो जाता है यह नियम किसने बनाया?—जिसने भी बनाया हो, वह लोग सम्बोधन कैसे करते हैं यह नहीं जानता...!'

वह सरोवर में तैर रहा था, सूत जी की बातें मन के सरोवर में तैर रहीं थीं। पहले कई बार उनके आग्रहों, विश्वासों और कथनों पर उसे क्रोध हो आता था, अब उन्हीं बातों का स्मरण करके हँसी आती है, कभी-कभी अपनी नासमझी पर खेद भी होता है। सूत जी के अनेक कथन नये अर्थ ले लेकर उसके भीतर चमकने लगते हैं। मन उनके लिए कृतज्ञ होकर आह्लादित हो जाता है। कुछ महीने भद्रपुरी में उनके साथ रहकर उसने कितना कुछ पाया, वह तक्षशिला के विद्यापीठ में मिले ज्ञान से कम न था। पुराणों के सहस्त्रों दुर्लभ श्लोक। भारतवर्ष का अतीत और वर्तमान, यहाँ के नदी, पर्वतों और तीर्थों के साथ नगरों और ग्रामों का ज्ञान। पर जब जब स्नान करता है, तब तब यह श्लोक स्वत: मुख से निकल जाता है और उसके साथ हर बार फिर सूत जी की स्मृति उसे सराबोर कर देती है। इस समय उसे यह बात चकित कर रही है कि वह किन्नरपुर में है और इस सरोवर में नहाते हुए वह इस जल में सात नदियों के जल की भावना कर सकता है।

छक कर स्नान किया, कई दिनों के बाद इस तरह स्नान का अवसर मिला था। शरीर हल्का हो गया, मन भी। स्नान करके मध्याह्न सवन किया। सहसा स्मरण आया—आज तो आश्वयुजी पूर्णिमा है। पशुपति शिव के लिए स्थालीपाक बना कर आहुति देना है। वह स्वयं भले ही अनाहिताग्नि हो, पर यह अनुष्ठान तो धर्मसूत्रकारों ने ब्रह्मचारी के लिए भी बताया ही है।

वह इस उधेड़बुन में था तभी सुश्रवा आ गया, हाथ जोड़ कर पूछने लगा—और की वस्तु की आवश्यकता हो तो बतायें महाराज! विशाख ने उसे सामग्री बताई। सुश्रवा ने कुश और तीन प्रकार के पुष्प लाकर दिये, साथ में उत्तम समिधाएँ भी।

सुश्रवा कुछ देर भक्तिभाव के साथ विशाख को हवन करते देखता रहा। फिर विशाख के लिए वह फल लेकर आया, फल सामने रखकर हाथ जोड़ कर सादर बोला—ब्राह्मणदेवता, फल ले लें आप। फिर विश्राम करें, अभी तो धूप है शीत नहीं है। उधर वह वृक्षकुंज देख रहे हैं, उसमें एक शिला पट्ट है, उस पर मैंने आपके लिए

कथरी बिछा दी है। आप भोजन करें, फिर जैसा मन हो, उस शिलापट्ट पर शयन कर लें। मैं जाता हूँ। आचार्य वसुमित्र तथा भन्ता अश्वघोष का ठिकाना पता करके आता हूँ। यह कहकर वह दाहिने हाथ में अपना भाला सँभाले सधे कदमों से उद्यान से बाहर विकल गया।

घाम सचमुच तेज था, विशाख फलों का शराव लेकर वृक्षकुंज में आ गया। भूख के कारण पेट में आग सी जलने लगी थी। उसने सोचा अभी तो ये फल पर्याप्त होंगे। वह फल खाने लगा।

'चन्द्रे, पानी के छींटे इतनी तेजी से मत मार!'

किसी स्त्री का स्वर था। विशाख चौंका। ऐसा स्वर उसने कभी सुना नहीं। एक साथ कई कोकिलों के कूजन की सारी मिठास निचोड़ कर जैसे उसमें घोल दी गयी हो। कोकिल भी अपनी हर कूक ऊपर उठा कर समाप्त करता है, 'मत मार' तक पहुँच इस वाक्य की स्वर लहरी ऊपर चढ़ती गयी थी। उसके साथ दो युवतियों की हँसी—कलकल निनाद करती पहाड़ी नदियों की तरह। थोड़ी देर में वे तैरती हुई दक्षिण तट की ओर से निकल गयीं, तो विशाख को उनकी एक झलक मिली।

जिस वृक्षकुंज में वह बैठा था, वह सरोवर के दक्षिण तट पर था, पानी में उतरने के लिए घाट पूर्व की ओर बना था, जहाँ से कुछ देर पहले उसने स्नान किया था। वे उसके बाद ही स्नान के लिए उतरी होंगीं। वे बार बार तैरती हुई दक्षिण तट की ओर आतीं, विशाख की दृष्टि बरबस उनकी ओर चली जाती, उन्हें आभास भी न था कि कोई इधर के तट से इतने पास से उन्हें देख सकता है। इस तरह स्नान करती युवतियों को देखना उचित नहीं है, पर उद्यानपाल उसे इस शिलापट्ट पर बिठा कर गया है, वह भोजन आरम्भ कर चुका है, फलों के स्वाद के साथ सामने नई मधु की तरह रूप बार बार झलक दिखाता पास आकर दूर निकल जाता है।

विशाख फल खाता हुआ कौतुक के साथ देखता रहा। जीभ पर फलों का स्वाद था, आँखों में सौन्दर्य के प्रतिबिम्ब। नहाती रमणियों को यो ताकने से पाप होगा—यह विचार करने का अवसर न था। वे खेल रहीं थी, एक दूसरे को पीछे छोड़ने के लिए तेजी से तैर रहीं थीं, क्रीडा में निश्छल उन्मुक्त पावन आनन्द था। लगता है अप्सराएँ स्वर्ग से उतर आई हैं...शान्तिशील के साथ तो उसका कितना विवाद होता था इस बात को लेकर कि स्वर्ग है या नहीं है। मन में अभी भी कहीं यह बात अटकी है कि इधर कहीं स्वर्ग है, जहाँ उसे गन्धर्व और अप्सराएँ मिल सकते हैं और उनके साथ सूक्ष्म शरीर में माँ...वे भी दिख सकती हैं। माँ की स्मृति के साथ याद आया मातृसूक्त जो उसने गुरुकुल में रचा था। अरे कितने दिनों से उसने मातृसूक्त का पाठ नहीं किया, जैसे मातृसूक्त को वह भूल गया—क्या वह माँ को भी भूलता जा रहा है? मातृसूक्त के मन्त्र फिर स्वयं उसके भीतर उदित होते गये।

उनके साथ माँ की हँसती हुई छवि सामने आ गयी। उसके साथ उसे खिलखिलाहट सुनायी दी—वह चौंका—क्या माँ जो अव्यक्त रूप में इस समय झलक रहीं हैं, वे हँस भी सकती हैं? पर वह खिलखिलाहट उन युवतियों की थी, जो सामने नहीं थीं, तैरती हुई जब वे इस किनारे तक आतीं, तो उनकी किलकारियाँ, हँसी व कहे गये शब्द सुनायी देने लगते, एक क्षण में ही वे फिर दूर चली जातीं। उन दोनों की झलक वह इस कुंज में बैठा देखता, फिर सोचता -- मेरे मन में कोई पाप इन्हें देख कर नहीं आया, तो क्या मेरा मन निर्विकार हो गया है? कितना अद्‌भुत और पावन है इनका सौन्दर्य! यह अच्छा हुआ कि इन्होंने मुझे नहीं देखा...मुझे देख कर घबरा कर भाग जातीं...

वे दोनों मत्स्यकन्याओं की तरह यों तैर रहीं थीं जैसे पानी में ही उनका जीवन हो। कभी-कभी वे गहरे में डुबकी लगातीं—कौन कितनी देर बाद सिर बाहर निकालेगा...यह स्पर्धा करतीं। गहरे जल में गोता लगाने में वे डर नहीं रही थीं। उन दोनों के देह की उज्ज्वल स्वर्णिम कान्ति सरोवर के नीलाभ जल में तिरती तो लगता नीलकमलों की पाँत में स्वर्णकमल खिल रहे हों। पानी के तल पर दो सूरज उगते लगते।

एक क्षण के लिए विशाख का ध्यान फल के स्वाद पर चला गया। फिर उसकी सामने सरोवर पर दृष्टि गयी। उन दोनों रमणियों का दूर दूर तक़ कहीं पता न था। वह चकित होकर सोचने लगा—इतनी जल्दी दोनों कहाँ विलीन हो गयी होंगी! क्या वे सचमुच देवांगनाएँ ही थीं, जो अन्तर्धान हो गयीं...तो अब उस पर तर्क वितर्क करके भी क्या मिलने वाला है—

उसने आहार विधि सम्पन्न की और उसी शिलातल पर कथरी फैलाकर लेट गया। दिन में शयन नहीं करना चाहिए—यह धर्मशास्त्रों का निर्देश है। पर उस समय क्लांति के कारण तीव्र निद्रा उसे अवश कर रही थी। कितने योजन पर पैदल चला है पिछले पन्द्रह दिनों में सौ योजन तो अवश्य चल चुका होगा।

सहसा उसे लगा जैसे मालती, यूथिका और कुन्द के फूलों की सुवास उसके नथुनों में भर रही है। ऐसी ही सुगन्ध का अनुभव बचपन में होता था, जब माँ कुन्द के फूलों की वेणी गूँथ कर जूड़े में लगाती। तो क्या मातृसूक्त के मन्त्र मन में आवर्तित होते गये, इसलिए माँ सचमुच उतर कर उसके पास आ गयीं? उसने आँखें खोलीं सामने जो दृश्य था, उसे देख कर अविश्वास के साथ मुँह से 'अरे!' की ध्वनि निकल गयी। सामने दोनों युवतियाँ खडी थीं। वह सराहना के भाव से ही उस दृश्य को देख रहा था, उन दोनों युवतियों के वलय फिर बजे, और वे खिलखिलाकर

हँसीं। फिर उसके पाँवों पर गिर कर बोलीं—'हमारा प्रणाम स्वीकार करें आर्य!'

विशाख संकुचित हो उठा। दोनों झुककर जब उसके पाँव छू रहीं थी, तो सारे शरीर में विद्युत का स्पर्श हुआ हो ऐसा लगा। इतना चमकीला गौर वर्ण विशाख ने पहली बार देखा था—चम्पा के फूलों पर सोने का रंग जैसे चढ़ाया गया हो।

'अरे आप लोग यह अनर्थ क्यों कर रही हैं?' उसने संकोच के साथ कहा।

उसके ऐसा कहते ही वे दोनों भय से काँपने लगीं। दोनों में जो छोटी लगती थी, वह बड़ी से स्खलित बुद्‌बुद जैसे स्वर में बोली—'अज्जे! हम लोगों से पता नहीं कैसा अनर्थ हो गया!'

विशाख अपने आपको धिक्कारने लगा। उसे भी क्या आवश्यकता थी अनर्थ जैसे भारी शब्द का प्रयोग करके यह अनर्थ करने की? पर उसकी शिष्टता और संकोच को वे इस तरह अन्यथा समझेंगीं—यह भी वह कैसे जान सकता था? तो अब क्या कहे?

वह भौंचक्का उन दोनों को ताकता रह गया, तब उनमें से बड़ी लड़की ने जैसे अपने भीतर का सारा साहस समेट कर हाथ जोड़ कर घबराते हुए बहुत कोमल स्वर में कहा—'आर्य! हमारे पिता कह कर गये हैं कि उद्यान में एक बहुत तेजस्वी विप्रदेव आये हुए हैं, उन्हें जाकर प्रणाम करना। तो उनके कहने से हम आपको प्रणाम करने आई थीं। पिता ने कहा था कि विप्रदेव अर्थात आप बहुत पवित्र हैं, तो स्नान करके ही उनको प्रणाम करने जाना। तो हमने स्नान भी कर लिया फिर आपको प्रणाम किया। यदि हम दोनों से कोई अपराध हो गया हो, तो क्षमा कीजिये। हमारे पिता बड़े क्रोधी है, उन्हें मत बताइयेगा हमसे जो अपराध हुआ...'

तो ये दोनों सुश्रवा नाग की कन्याएँ हैं!

विशाख ने हँसते हुए कहा—'देवियो, आप दोनों से कोई अपराध नहीं हुआ। हमारे देश में यह रीति है कि कन्याएँ पुरुषों को प्रणाम नहीं करतीं। तो अपने देश की रीति का विचार कर मैंने कहा कि आप दोनों को मुझे प्रणाम करने का आवश्यकता नहीं, मुझे ही आपका अभिवादन करना चाहिए था...'

'ऐसा क्या?'—बड़ी ने अत्यधिक विस्मय के साथ कहा—'हमारे देश में तो ऐसा नहीं होता। पुरुष महिलाओं को प्रणाम नहीं करते!'

तब छोटी ने अपनी बड़ी बहन को कोहनी से टहोकते हुए कहा—'अब क्या हो सकता है अज्जे! इनके देश के आचार के अनुसार तो हमने आचार का उल्लंघन कर दिया, तो अब यह हो सकता है कि ये हमें प्रणाम कर लें, और हम इनका प्रणाम ले लें...जिससे इनके देश के आचार का पालन हो जाएँ...'

छोटी बहन थोड़ी चंचल थी, पता नहीं उसने यह बात गम्भीरता से कही थी या हँसी में। पर बड़ी ने उसे गम्भीरता से ही लिया और बहुत सोचते हुए बोली—

'ऐसा करें क्या? पर कहीं यह न हो कि कुछ उल्टा सीधा हो जाए हम से तो पिता फिर रिसा जाएँ...!'

उन दोनों की सहज सरलता देख कर विशाख को हँसी आ गयी। उसे हँसता देखकर वे दोनों भी हँसने लगीं। उनकी खनखनाती हँसी सफेद चाँदनी की तरह उद्यान में बिछल गयी। उद्यान धुला धुला सा दिखने लगा।

'मेरा नाम विशाख है'—उसने उनसे कहा—'और आप दोनों उद्यानपालक सुश्रवा नाग की बेटियाँ हैं—यह तो मैं समझ सकता हूँ। पर किन-किन नामों से आप सुशोभित हैं—यह जानना चाहता हूँ।'

उसका प्रश्न सुन कर दोनों फिर हँसी। फिर बड़ी बोली—'हमारे देश में ऐसा रीति है कि नामों से लड़कियाँ सुशोभित नहीं होती। नामों से उनको लोग बुलाते हैं।'

'अरे, इन लोगों से किस भाषा में बात की जाए?'—विशाख सोचता रह गया।

'अज्जे, मैं समझती हूँ कि ये हमारे नाम जानना चाहते हैं!'—तब तक छोटी बोल पड़ी।

'हाँ! हाँ!—मेरा इरावती है। यह मेरी छोटी बहन—इसका नाम चन्द्रलेखा है।'—बड़ी ने कहा।

'कितने सुन्दर नाम हैं!'—विशाख के मुँह से यों ही निकल गया। सुनकर वे दोनों फिर हँसी।

'क्या आप तृणधान्य खायेंगें?'

छोटी चन्द्रलेखा के इस अटपटे प्रश्न से विशाख उद्‌भ्रान्त-सा उसे ताकता रह गया। - 'तृणधान्य?'—फिर उसने कहा।

'यहीं उद्यान में लगा हुआ है...बहुत स्वादिष्ट होता है—थोड़ा चखकर देखिये!'—उसने कहा।

'पर अपक्व धान्यज?'

'अपक्व क्या?'

'अपक्व अर्थात बिना पकाया...'

'तृणधान्य तो बिना पकाया ही स्वाद का लगता है...उसे हम लोग पकाते नहीं हैं...हम हम लोग तो पकाया भोजन कर ही नहीं रहे हैं न...!' चन्द्रलेखा ने बताया।

'यह कैसा देश है?...वह कहाँ आ गया! जंगली घास की बालियाँ बिना पकाई हुई खाना...? आश्रमों में मुनिजन तृणधान्य खाते हैं, पर पका कर खाते हैं...'—विशाख सोच रहा था।

'चन्द्रे, लगता है इन्हें तृणधान्य अच्छा न लगेगा...पिता ने इनके फल तो दिये ही थे न...तो हम तो अपना आहार कर लें...भूख भी तो लगी है—इरावती ने चन्द्रलेखा से कहा और फिर हाथ जोड़कर विशाख से बोली—'आर्य, यदि आप अनुमति दें, तो हम अपना आहार कर लें...'

'हाँ, हाँ, क्यों नहीं!'

दोनों हँसती हुई हिरणियों की तरह दौड़ीं और विशाख के पास के ही भूमिखंड पर उगी घास से बालियाँ चुन चुन कर कच्ची बालियाँ खाने लगीं। उन दोनों की यह छवि विशाख के मन के भीतर खुभती चली गयी। अनुपम सौन्दर्य, परन्तु पशुओं की तरह कच्चा तृणधान्य खाना । दोनों लगातार मन्द स्वर में सपाटे से बात करती जा रहीं थीं और उससे ज्यादा सपाटे से मंजरियाँ तोड़कर मुँह में डाल रहीं थीं...

'क्या ये लोग पके अनाज का स्वाद नहीं जानते...? क्या मैं इनसे पूछूँ—शाकलपुर में कल्माषी ने बहुत आग्रह से जो सत्तू साथ में रख दिया था, उसमें से मेरे झोले में अभी भी थोड़ा सा सत्तू शेष है, क्या मैं इन दोनों से पूछूँ कि ये सत्तू खाना चाहेगीं क्या?'

वह उठकर उन दोनों के पास गया और बोला—'क्षमा कीजिये...मेरे पास सत्तू है...यदि आपकी सत्तू चखने में रुचि हो, तो मैं निकालूँ...आप लोग स्वाद लीजिये...।'

'सत्तू?'—बहुत कौतुक से चन्द्रलेखा ने कहा। विशाख को लगा जैसे शततन्त्री वीणा बजी। वह चन्द्रलेखा के मुख पर एकटक लगी अपनी दृष्टि हटा न सका। चन्द्रलेखा की बड़ी बड़ी आँखें और फैल गयीं। वह बोली—'सुना है कि सिन्धुदेश के लोग और आर्यावर्त के लोग सत्तू जैसा कुछ पदार्थ खाते हैं...पर सत्तू कैसा होता है—हम लोग नहीं जानते, कभी खाया नहीं।'

वह जब बोल रही थी, तो विशाख को लगा वितस्ता की लहरें हवा से बातें कर रही हैं। उसकी भी दृष्टि एकटक विशाख पर लगी थी, विशाख को लगने लगा वह उसकी बड़ी बड़ी आँखों मे समाता जा रहा है, लील लिया गया है, किसी सूक्ष्म शरीर से उनके भीतर जा चुका है पर तत्काल अपने आप को सँभाल कर उसने अपना प्रसेवक खोला और उसमें से सत्तू की कपड़े में बँधी छोटी सी पोटली खोल कर दिखाते हुए बोला—'इसमें सत्तू है...इसे बस पानी में घोल कर खा सकते हैं या पतला बनायें, तो पी सकते हैं...'

चन्द्रलेखा एकदम उसके पास चली आई और पोटली के सत्तू के पास तक अपनी नाक ले जाकर फिर बोली—'कितनी अच्छी गन्ध है...अज्जे, ये सत्तू मुझसे कह रहे हैं कि हमें खा लीजिये!'...—कह कर वह हँसी। फिर एक बार विशाख के भीतर सैंकड़ों शततन्त्री वीणाएँ बज उठीं। शततन्त्री वीणा का नाद भी कितना अद्भुत

होता है! काश्मीर में आकर ही उसने पहली बार शततन्त्री वीणा सुनी थी। मार्ग में भिक्षुक याचक हाथ में लिए बजाते, कोई साधक वितस्ता के तट पर बैठे यों ही अपनी तरंग में शततन्त्री वीणा के तार छेड़ते। लगता जैसे आकाश धरती पर उतर कर गा रहा है, हिमालय की सारी कंदराएँ पवन के साथ मिल कर तान फूँक रही हैं।

'अज्जे, ये विप्र हैं। हमारे सम्माननीय अतिथि हैं। पिता कह गये हैं कि इनके आदेश का पालन करना। ये आदेश दे रहे हैं कि हम लोग सत्तू खा लें, तो हम लोगों को खा लेना चाहिए। फिर सत्तू के विषय में हम लोगों ने केवल चर्चा ही अभी तक सुनी, कभी स्वाद नहीं लिया...'—चन्द्रलेखा कह रही थी।

'ठीक है, तो तू स्वाद ले ले...'—बड़ी बहन इरावती ने उससे कहा।

विशाख ने सत्तू को चिनार के पेड़ के पत्ते का छोटा-सा दोना बना कर इसमें सत्तू को पानी से घोला और चन्द्रलेखा को दिया। चन्द्रलेखा बहुत संकोच के साथ सिकुड़ी सिमटी सी अंगुलि से सत्तू चाटने लगी। फिर उसके निहोरा करने पर इरावती ने भी सत्तू चखा। 'अरे कितना अच्छा स्वाद है!'—वे दोनों अंगुलियाँ चाटती हुई कह रहीं थीं।

सहसा चन्द्रलेखा की आँखों में आँसू डबडबा आये। विशाख ने देखा कि वह गला भींच कर रुलाई रोक रही है, वह स्तब्ध रह गया।

'अरी, रो क्यों रही है?'—इरावती ने पूछा।

'पिता...'—चन्द्रलेखा के मुँह से एक ही शब्द निकला।

इरावती अपने बायें हाथ से उसकी पीठ सहलाती हुई ढाँढस बँधाने के स्वर में कहने लगी—'ऐसी घबराने की बात नहीं। पका हुआ अन्न खाना ही नहीं है—ऐसा आदेश थोड़े ही है, अपने खेत का अन्न पका कर नहीं खाना है—यह आदेश है...'

विशाख दिग्भ्रान्त उन दोनों को ताकता रह गया। यहाँ के लोगों की यह कैसी जीवन शैली है...खेत हैं उनमें फसल उगी भी है और उसका अन्न पका कर नहीं खाते, तो खेत के अन्न से भी ऐसे ही कच्ची बालियाँ तोड़कर ये लोग खाते हैं?

उसने इरावती से पूछा—'बात क्या है? ये क्यों रो रही हैं?'

इरावती हँसने लगी। फिर बोली—'कुछ नहीं...यह बच्ची है, बच्चों की तरह रोने लगती है...यह पिता से बहुत डरती है...हम लोनों ने सत्तू खा लिया—तो यह समझती है कि पिता रुष्ट होंगे...'

'अपने पिता से ऐसा भय!'—विशाख ने सोचा। फिर वह हँसता हुआ बोला—'आप लोग उद्विग्न न हों। मैं आपके पिता को समझा दूँगा कि मेरे अनुरोध से आप दोनों ने सत्तू खाया था...इन पर रोष मत कीजिये!'

सुन कर चन्द्रलेखा हँसने लगी।

'मैं कुछ पूछना चाहता हूँ आप दोनों से।'—फिर उसने इरावती से कहा।

'हाँ, हाँ। पूछिये न!'

'मैंने देखा कि इस उद्यान में एक भूमिखंड में धान की फसल लगी है। तो आप लोग धान की फसल काट कर उसे सुखाकर भात बनाते हैं या नहीं?'

'हाँ बनाते हैं...'—इरावती ने कहा।

'तो आप लोग भात का आहार क्यों नहीं करते? यह इस तरह तृणधान्य खाना...'

इरावती एक क्षण गम्भीर मुद्रा में बैठी रही। फिर बोली—'आर्य, भात हमें बहुत पसन्द है। घर में चावल रखा भी है। पर हम लोग एक व्रत में बँध गये हैं—दोनों बहनें और पिता भी। हम हमारे खेत का धान काट कर नहीं ले सकते...और चावल से भात भी नहीं बना सकते। अब इसके आगे और कुछ प्रश्न न करें आर्य। ठीक है?' यह कहकर वह बहुत गम्भीर मुद्रा में चुप रह गयी।

सुश्रवा ने भी कहा था—'कोई धूर्त है, जो हम लोगों को ठग रहा है। वह हमारा उपजाया अन्न खा रहा है, हमको खाने नहीं दे रहा...'

दोनों बहने इतनी गम्भीर हो गयी थीं कि विशाख को लगने लगा नाहक उसने इन्हें दुखी करने वाला प्रसंग छेड़ दिया है। यह फिर उसने एक बचपना कर डाला। दोनों ने इस तरह का प्रश्न करने की आवश्यकता ही क्या थी, जो उनके भीतर का कोई दुख उभार दे?

तभी इरावती उठी, बोली—'पिता आने वाले होंगें। हम लोगों को काम है आर्य! हमें घर जाने की आज्ञा दें!...चन्द्रलेखा चल!'

विशाख कुछ कहता, उसके पहले ही दोनों सिर झुकाये चुपचाप वहाँ से चल दीं।

विशाख दोनों को जाते देखता रहा। वह उनसे कुछ कहना चाहता था, शब्द कंठ में अटक कर रह गये। उनके जाने के बाद वह अवसन्न सा सरोवर के तट पर बैठा रहा। अपराह्ण का सूरज सरोवर में डुबकी लगाने के लिए धीरे-धीरे नीचे उतर रहा था। उसका हल्का तप्त आतप तन को सहलाता लगता। विशाख के भीतर तरह-तरह की चिन्ताएँ घुमड़ रहीं थीं। आचार्य वसुमित्र क्या मिल जाएँगे—आचार्य अश्वघोष के साथ उसकी भेंट हो पायेगी या नहीं, विचार तो यह था कि राजा कनिष्क से भी मिल सके। इस ऊहापोह में बैठे बैठे ही उसे तन्द्रा लग गयी होगी। तन्द्रा में उसने स्वप्न देखा—अर्चा और शान्तिशील सामने खड़े उसे देखकर हँस रहे हैं। शान्तिशील उससे कह रहे थे—'भद्र विशाख! तुम हमारा तो उपहास कर रहे थे कि हमारा मन इतना चंचल कैसे हो गया कि अर्चा के बिना एक क्षण भी नहीं रह पा रहे हम! अब तुम्हारी

क्या गति हुई यह देखो! तुम तो दो दो कन्याओं के प्रणयपाश में बँध गये हो...!'

'न, न—भन्ते ऐसी कोई बात नहीं...मेरा उन नागकन्याओं से क्या लेना देना?' - विशाख स्वप्न में बड़बड़ा रहा था—मेरो मन में तो ऐसा कोई विचार नहीं है...'

'नहीं है'—कहते हुए उसका स्वर ऊपर चढ़ गया था, और उसी की तीव्रता से उसकी तन्द्रा सहसा टूटी। जाग कर वह सोचता रह गया—'यह मैंने क्या देखा!'

शान्तिशील की स्मृति सारी यात्रा में उसके साथ निरन्तर बनी रही थी। अलका में वह उसका वह अन्तिम दिन। शान्तिशील के मन में अर्चा के लिए मोह था। पर उन्होंने कभी उसे व्यक्त नहीं किया। उस महाविनाश के बाद दोनों मिले तो ऐसे जैसे युग युग से एक दूसरे को पाने के लिए तपते खटते दो प्रेमी युगों के बाद मिले हों...क्या इसी के लिए महाकाल ने इतना विनाश किया...बादल के फटने से सारी की सारी अलका काल के गर्त जैसे महासरोवर में समा गयी...अर्चा का परिवार.. परिजन सब की जीवन लीला समाप्त हो गयी...

विशाख की स्मृति में बार-बार वह दृश्य आ जाता। शान्तिशील को सामने देखकर फटी आँखों से सामने ताकती अर्चा, देख कर भी उसे न देखती हुई, पहचान कर भी न पहचानती हुई। शान्तिशील बहुत करुण व्यथित स्वर में मन्द-मन्द उससे कुछ बोलते रहे। विशाख दूर खड़ा था, वह चाहता था कि दोनों के बीच के बन्धन ध्वस्त हो जाएँ...

फिर उसने देखा कि अर्चा फूट-फूट कर रो रही है। शान्तिशील उसे दोनों कन्धों पर पकड़ कर समझा रहे हैं। फिर वह शान्तिशील के वक्ष से लिपट गयी थी।

विशाख की आँखें उसकी स्थिति देख कर भर आई थीं। उसने शान्तिशील से कहा था—'भन्ते! मेरी प्रार्थना है कि आप अर्चा के लिए ब्रह्मचर्य का व्रत तोड़ दीजिये...कषाय वस्त्र छोड़ दीजिये...और कोई विकल्प नहीं है।'

शान्तिशील उसे लेकर ऊपर तो आ गये थे, पर बहुत विचार करते रहे। मन में कदाचित भयंकर उथलपुथल थी। वेदना थी।

अगले दिन उन्होंने विशाख से कहा—'भद्र विशाख, तुम वैवाहिक संस्कार विधि जानते हो—ऐसा तुमने कहा था—मेरा अर्चा से विवाह करा दो।'

ऊपर उड़ते गीध, उनसे दूर-दूर रहकर जहाँ तहाँ मँडराते कौवे। कौवौं का कर्कश काँव-काँव। गीधों की भयावह ध्वनियाँ। शवों को नोचते गीध और सियार। विशाख, अर्चा और शान्तिशील का मिलकर चांडालों की सहायता से शवों को एकत्र कर उनका दाहसंस्कार करना। महाश्मशान बनी अलका...उसी में विशाख को शान्तिशील और अर्चा का वह मंगल परिणय कराना था।

सप्तपदी और भ्रामरी पूरी करा दी गयी थी। तभी एक बूढी चांडाल महिला

एक पेटी में शृंगार की सामग्री लेकर आई और अर्चा के हाथ में उसे देते हुए बोली थी—'बेटी! इसमें अंजन, अंगराग और दुकूल है।'

उगते सूरज के रंग का दुकूल। उसे ऊपर से ओढ़ा दिया गया। अर्चा माला लिए शान्तिशील के सामने थी। उसी बुढ़िया ने कहा था—'इसमें डिबिया में समंजन है, इसे भन्ते धारण करें।'

शान्तिशील को पहली बार उसने उद्‌भ्रान्त देखा। विशाख ने कहा—'भन्ते, यह समंजन दोनों भुजाओं पर लगा लीजिये।'

शान्तिशील ने समंजन लगाया। विशाख ने मन्त्र पढ़ा—

समञ्जन्तु विश्वेदेवाः समापो हृदयानि नौ।
सं मातरिश्व सं धाता समु देष्ट्री दधातु नौ।।

फिर कहा—'अब वधू और वर एक दूसरे को देखें। यह अग्नि है—इसमें घृत की आहुति दें।'

इसके बाद पाणिग्रहण की विधि हुई। जैसा विशाख ने लक्ष्मणपुर में विवाहों में देखा था वैसा उसने विवाह सम्पन्न करा दिया था। फिर उसने शान्तिशील से कहा—'भन्ते, यह सुमंगली वधू है, इसने मंगल स्नान कर लिया है। इसे आप स्वीकार करें। आपका कल्याण हो। इसका हाथ अपने हाथ में लीजिये।'

शान्तिशील ने अर्चा का हाथ पकड़ा। विशाख ने मन्त्र पढा —

गृभ्णामि ते सौभगत्वाय हस्तं पत्या मया जरदष्टिर्यथासः।

शान्तिशील अचानक इस ऋचा को स्वयं बोलने लगे थे। उन्होने वेद पढ़ा था, उन्हें मन्त्रपाठ वैसा ही याद था, स्वर पालि गाथाओं को पढ़ते हुए जितना स्थिर अकंप्य लगता था उतना ही यहाँ भी।

एक पत्थर लाकर उत्तर दिशा में रखा गया। विशाख ने कहा—अर्चा इस पर दाहिने पाँव से आरोहण करे। अर्चा ने पत्थर पर पाँव रखा। शान्तिशील ने कहा—

इममश्मानमारोहाश्मेव त्वं स्थिरा भव।
सहस्व पृतनायतोऽभितिष्ठ प्रतन्यते।।
फिर सप्तपदी।
इषे एकपदी भव। सा मामनुव्रता भव।
पुत्रान् विन्दावहै बहून्। ते सन्तु जगदष्टयः।
ऊर्जे द्विपदी भव। रायस्पोषाय त्रिपदी भव।
मायोभव्याय चतुष्पदी भव।
प्रजाभ्यः पञ्चपदी भव।
ऋतुभ्यः षट्पदी भव। सखा सप्तपदी भव।

अचानक दूर कहीं काक ने पुकार लगाई। उसके उत्तर में पास की शाख पर

बैठे दूसरे काक ने दिया। तभी कुछ और पक्षी भी चहक उठे।

ये पक्षी कहाँ थे अभी तक? ये कैसे बच गये थे उस महाविनाश लीला से?

विशाख को लगा था—जीवन समाप्त नहीं हुआ है। विवाह में वाद्य नहीं, तूर्य नहीं। पक्षी जैसे मंगलगीत गा रहे हों। शान्तिशील और अर्चा के विवाह में आकाश ही वितान बन गया था। वृक्ष स्तम्भ की तरह तन गये थे। शिलातल ही शैया था और पत्थर कौतुक वेदी।

अर्चा कभी रोने लगती। फिर मौन गम्भीर हो जाती।

कोई भी पेय होता—'विशाख ने कहा था।'

पक्कण से चांडाल भेड़ों का दूध ले आये।

विशाख ने कहा—'यही मधुपर्क है। अर्चा इस मधुपर्क से वर का आतिथ्य करे।'

शान्तिशील ने अर्चा के हाथ से मधुपर्क का शराव ले लिया। विशाख ने ऋचा का पाठ किया—

मधु वाता ऋद्धतायते मधु क्षरन्ति सिन्धवः।
माध्वीर्नः सन्त्वौषधीः।
मधु नक्तमुतोषसो मधुमत् पार्थिवं रजः।
माध्वीर्गावो भवन्तु नः।
मधु नक्तमुतोषसो मधुमत् पार्थिवं रजः।
मधु द्यौरस्तु नः पिता। मधुमान्नो वनस्पतिर्मधुमाँ अस्तु सूर्यः।
माध्वीर्गावो भवन्तु नः।

सारी सृष्टि फिर से मधुमय लगने लगी थी। शीतल समीर देह को सहलाता हुआ बह रहा था। सामने के शिखर से सूरज धीरे-धीरे नीचे उतर रहा था, जैसे इस विवाह को रुक-रुक कर देखता हुआ लौट रहा हो। विशाख ने कहा—'आप दोनों का कभी वियोग न हो। सौभाग्य अचल अखंड रहे। धन धान्य से भरपूर गृहस्थी हो।'

अर्चा ने रोते हुए कहा था—'मेरा अब इस संसार में कोई नहीं। माता नहीं पिता नहीं। वे क्या लौट कर आयेगें! मैं सब कुछ खो चुकी!'

साँझ घिर आई थी। आकाश को घेरता अँधेरा। धरती पर उतर रहा था। पहले पूर्व को ढाप कर धीरे-धीरे बढता हुआ। धीरे-धीरे कुछ तारे छिटके। मटमैला धूसर प्रकाश फैला। प्रकृति अपनी लाली का विस्तार ऐसे कर रही थी जैसे कुछ हुआ ही न हो, इतना बड़ा महाविनाश हो जाने पर भी वह शान्त है, सारा प्रदेश इतना भव्य और शान्त। पर अलका...वह तो बह गयी! फिर बस पायेगी क्या?

अचानक विशाख को कुछ स्मरण आया। उसने शान्तिशील से कहा—'भन्ते,

जितनी विवाह विधि मैं जानता था, मन्त्र सहित मैंने सम्पादित करायी। कुछ गृह्यसूत्रों में नक्षत्रदर्शन और ध्रुवदर्शन का विधान भी है। परिणय होने पर वर वधू को ध्रुव नक्षत्र का दर्शन कराता है, फिर पूछता है—क्या तुमने यह ध्रुव तारा देखा? वधू कहेगी—हाँ देखा। उधर उत्तर में देखिये...यह सप्तर्षिमंडल है बीच में अरुंधती तारा और इधर यह ध्रुव नक्षत्र रहा। आप देखकर अर्चा को दिखाइये।'

शान्तिशील ने बहुत शान्त भाव से वैसा ही किया। अर्चा ने कुछ उत्तर न दिया। मान लिया कि हाँ उसने ध्रुव तारा देख लिया है। विशाख ने मन्त्र पाठ किया—

ध्रुवा द्यौर्ध्रुवा पृथिवी ध्रुवं विश्वमिदं जगतः।
ध्रुवासः पर्वता इमे ध्रुवा स्त्री पतिकुले इयम॥

'अब आप दोनों का विवाह हो चुका है'—विशाख ने कहा था—'एक काम पूरा हुआ।'

एक काम तो पूरा हुआ।

कोई बोला था। विशाख चौंका। उसे कदाचित फिर तन्द्रा लग गयी थी। तन्द्रा टूट गयी। सामने सुश्रवा नाग खड़े थे।

'मैं विहार तक गया था। आपने जिन आचार्य का नाम लिया, वे तो इसी विहार में रहते हैं।'

'क्या आचार्य वसुमित्र...वे यहीं है?'

'हाँ!'

विशाख ने वसुमित्र के लिए हाथ जोड़ कर अंजलि बाँधी। सुश्रवा ने भी 'उसका अनुकरण करते हुए अंजलि बना कर नमन किया।

आचार्य वसुमित्र के प्रति उसका इतना अधिक आदर देखकर सुश्रवा कुछ चकित था। वह पूछने लगा—'आप जानते हैं आचार्य जी को?'

'प्रत्यक्ष नहीं जानता। पर उनके ग्रन्थ मैने पढ़े हैं। तक्षशिला में उनकी बड़ी कीर्ति है।'

सुश्रवा नाग के स्वर में अचानक उत्साह आ गया। 'आप जानते हैं , राजा कनिष्क उन पर बहुत भक्ति रखते हैं!'—उसने कहा—'राजा ने इस विहार को बनवाने के लिए एक करोड़ सोने की मुद्राएँ दीं थीं, आचार्य वसुमित्र को बुलाकर यहाँ रखा। वे महास्थविर हैं यहाँ।'

'मैं धन्य हुआ!'—विशाख ने प्रसन्न होकर कहा—'बस एक पोथी मुझे आचार्य जी के पास पहुँचानी है। कल ही जाकर पहुँचा दूँगा। मेरा काश्मीर आने का प्रयोजन पूरा हो जाएगा। फिर भदन्त अश्वघोष से भी मिलना हो सका, तो ठीक ही

है...'

'कल ही चलेंगे हम लोग.. आज तो विलम्ब हो गया...'—सुश्रवा ने उत्साह के साथ कहा।

'ठीक है, आज यहाँ कहीं पांथशाला हो तो रुक जाता हूँ...' —विशाख ने कहा।

'यह बहुत छोटा स्थान है भगवन! यहाँ पांथशाला नहीं है। मेरी कुटी है, हम लोग तीन प्राणी हैं, आपको असुविधा होगी, मेरा मित्र सुधन्वा नाग है उसका प्रशस्त भवन है, आप वहाँ चलें...'

'आपके मित्र को असुविधा होगी...'

'अरे नहीं...!'—सुश्रवा ने कहा।

'सुधन्वा के भवन में आप समुचित भोजन भी कर सकेंगे...हमारी कुटिया में तो...'—कहते-कहते सुश्रवा का स्वर एकदम असहज हो गया और उसने वाक्य अधूरा छोड़ दिया।

तभी बादलों की गड़गड़ाहट सुनायी दी। बहुत देर से पर क्षणांश में ही गड़गड़ाहट पास आती गयी। इसके पहले कि विशाख कुछ सोच समझ पाता, एक दम स्याह काले बादलों ने तेजी से आकाश छेंक लिया, बड़ी-बड़ी बूँदों में पानी बरस पड़ा। बूँदे देह पर जैसे चाँटे मार रही हों। हवा भी एकदम हिमार्द्र हो गयी।

सुश्रवा ने कहा—'यहाँ रुकना उचित नहीं है...आइये कुटी में चलें—पानी रुकेगा तो सुधन्वा के भवन जा सकेंगें।'

सुधन्वा के भवन जाना उस दिन न हो सका। पानी था कि थमने का नाम ही नहीं ले रहा था। सुश्रवा के साथ वह जैसे ही कुटीर में घुसा, देखा इरावती हसन्ती सुलगा रही थी।

हसन्ती के पास बैठकर बहुत तृप्ति मिली। अचानक विशाख को माँ की स्मृति हो आई। माँ की गोद में वह जब जब जाकर सिमट जाता ऐसा ही लगता था। यह केवल अँगीठी की उष्णता के कारण है या इरावती ने जिस भाव से अँगीठी उसके सामने लाकर रखी है उसके कारण?

सुश्रवा नाग विशाख के बगल में ही बैठ गया था।—'अच्छा लग रहा है न?'—वह पूछने लगा।

'बहुत अच्छा!' विशाख ने कहा।

'अब बताइये भगवन, आपने कौन कौन से देश देखें हैं, कहाँ से आ रहे हैं, कहाँ-कहाँ आप रहे हैं?'

विशाख धीरे-धीरे बताने लगा अपना वृत्तान्त। चन्द्रलेखा सामने बैठी सुन रही थी। सुनते-सुनते चकित उसके नेत्र विस्मय से फैल जाते। आँखें विशाख पर टिकी

थीं। इरावती दूध तपा रही थी।

विशाख कहते-कहते ठहरा। सुश्रवा नाग कहने लगा—'हम भी आपको अपना वृत्तान्त बताते हैं...हम नाग लोग शेष नाग से वंशज हैं। इस काश्मीर देश में रहते हुए हमें कई हजार वर्ष हो गये। एक था जलासुर। वह इस देश को लील लेने को बढ़ता जा रहा था। भगवान विष्णु ने उसको मारा। हम लोगों ने उसके वध में सहायता की थी भगवान की। उससे। प्रसन्न हुए शेषनाग। उन्होंने कहा—तुम सब मेरे वंशज यहीं निवास करो।

'यह नया किन्नरपुर है। पुराना इधर से दक्षिण में बीस कोस दूर है। बीस वर्ष बीत गये। वहाँ किन्नर राजा राज करता था। किन्नरों जैसी सुन्दर उसकी आकृति। बहुत सुकुमार था, संगीत और कला का परम मर्मज्ञ। उसकी रानी थी तूर्णा। गान्धार देश की थी वह। परम सुन्दरी थी। उसने धरती पर कभी पाँव नहीं रखे। अपने प्रासाद में भी जब वह पर्यंक से नीचे उतरती तो भूमि पर कमल की पखुड़ियाँ बिछी रहतीं, उन्हीं पर पाँव रख कर वह चलती थी। जब वह बोलती तो मोती बिखर जाते।

'सब कुछ अच्छा चल रहा था। राजा किन्नर बड़ा दयालु और प्रजापालक। वह स्वयं तो शैव था, पर गान्धार की रानी तूर्णा की तथागत के मत में श्रद्धा थी। वह भिक्षुओं के प्रवचन सुनती रहती।

'मेरी आयु उस समय बीस वर्ष ही होगी। मेरी पत्नी रम्भा और ये दोनों बेटियाँ चन्द्रा और इरा साथ में रहते थे हम सब। उस समय मेरे पास किन्नरपुर में इससे भी बड़ा बगीचा था। बगीचे में तरह-तरह के फल हम लोग उपजाते, उनको बेचकर जीविका चल जाती थी।

'किन्नरपुर के निकट एक बड़ा विहार था। यह विहार राजा कनिष्क ने बनवाया था। उस समय थोड़े से ही भिक्षु विहार में थे, किन्नरपुर में सब शैव मतानुयायी थे, विहार और विहार में रहने वाले भिक्षुओं के विषय में लोग अधिक जानते नहीं थे। कभी-कभी भिक्षु नगर में आते भिक्षाटन के लिए या उपदेश देने के लिए।

'एक बार एक बड़े भिक्षु इस विहार में आये। कहते हैं कि वे परम सिद्ध थे। वे तथागत के दर्शन कर सकते थे, और दूसरों को भी करा देते थे। लोग कहते थे कि वे किसी की मुखाकृति देखते ही उसका भूत, भविष्य सब बता देते हैं। उनके दर्शनों के लिए भीड़ लगी रहती। उन दिनों किन्नरपुर के विहार में आवाजाही बहुत बढ़ गयी। एक दिन हम भी उनके दर्शन के लिए चले गये। उनका नाम मोद्गल था। देखकर ऐसा कुछ लगा नहीं, जितना लोग कहते थे। स्वर बहुत अच्छा था उनका—गम्भीर—गूँजता हुआ—जैसे मेघ गरजते हों। धीरे-धीरे बोलते थे। जो कहते उसका एक-एक शब्द मन में उतरता जाता। उस दिन उनका उपदेश मैंने सुना। वे कह रहे थे

'जीवन एक वीणा है। हमारे विचार और संकल्प इस वीणा के तार हैं। इनको न अधिक खींचों न ढीला छोड़ो। अधिक खींचोगे तो ये टूट जाएँगे, ढीला छोड़ दोगे तो वीणा बजेगी नहीं।' वे बोल रहे थे, तो वीणा की झंकार जैसा लग रहा था। महिलाएँ बहुत ध्यान लगाये हुए थीं उन पर...धीरे-धीरे मोद्गल का दूसरा रूप प्रकट होने लगा वे महिलाओं पर अधिक ध्यान देते हैं—ऐसे कई लोग कहने लगे। हमने सोचा कि जो हो सो हो। हमें क्या? हम अपने उद्यान, पत्नी और दोनों बेटियों में मगन थे। कुछ लोग बताते कि मोद्गल तो बड़ा अनर्थ कर रहा है तो हम क्या करें? पर अनर्थ तो सचमुच कर दिया उस भिक्खु ने...'

सुश्रवा जल्दी-जल्दी बोल रहा था। यहाँ तक किस्सा कहकर वह जैमे साँस लेने के लिए रुका। चन्द्रलेखा थोड़ी दूर कथरी पर बैठी ऊँघने लगी थी, और इरावर्ता चुल्लिका में कोई कन्द भून रही थी। एक लम्बी साँस छोड़कर सुश्रवा फिर अपना किस्सा आरम्भ किया—'मोद्गल के उपदेशों के प्रभाव से अनेक युवतियों ने विहार में दीक्षा ले ली। किन्नरपुर के पुरुष कहने लगे—हम तो सचमुच किन्नर होकर रह गये। हमारी कुलवधुएँ और कुलकन्याएँ भिक्षुणियाँ होती जा रही हैं...इससे तो समाज में अधर्म और वर्णसंकर फैलेगा। लोग भिक्खु संघ का विरोध करने लगे।

'एक बार श्रेष्ठी विभुदत्त की अंबिका कन्या विहार गयी, तो लौटी नहीं। वह भिक्षुणी हो गयी यह बात किन्नरपुर में फैल गयी। श्रेष्ठी विभुदत्त का कहना था कि उनकी बेटी को बलात विहार में बन्दी बना लिया गया है। फिर तो नगर में बड़ा कोलाहल हुआ। श्रेष्ठी विभुदत्त नगर के बड़े बड़े सम्भ्रान्त जनों को साथ लेकर राजकुल पहुँचे। राजा के आगे पुकार लगाई।

'पर राजा ने सब कुछ सुन कर भी अनसुना कर दिया। उन्होंने कहा—श्रेष्ठी विभुदत्त! आपकी बेटी स्वेच्छा से विहार गयी थी, स्वेच्छा से वहाँ रह रही है। इसमें हम क्या कर सकतें हैं?

'पता चला कि रानी तूर्णा इस सारे खेल में शामिल थी। वह मोद्गल के बस में हो गयी थी। राजा रानी के बस में था। पर राजा समझ नहीं रहा था मोद्गल का खेल। सो एक बार रानी विहार गयी, तो वह भी नहीं लौटी। राजा को अब क्रोध चढ़ा। उसने विहार पर आक्रमण कर दिया। पर भिक्खु मोद्गल तो अंबिका और रानी तूर्णा को लेकर पता नहीं कहाँ चला गया। सब जगह खोज कराई कहीं, कहीं पता नहीं।

'राजा ने विहार में आग लगवा दी। रानी का कुछ पता न चला, तो राजा पागल हो गया। प्रतिदिन एक युवती उसके शयनागार में लाई जाती, वह उसके साथ बलात्कार करता और उसकी हत्या कर देता। दूसरे दिन उस युवती का शव बाहर लाया जाता।

'राजा को तान्त्रिकों और मांत्रिकों ने घर लिया था। वे कहते कि हम रानी का पता बता सकते हैं। इन में एक पुरोहित था। नाम था उसका मल्लट। मल्लट अभी भी है। बहुत धूर्त है वह।'

सुश्रवा नाग यह कथा सुनाते जा रहे थे, विशाख को बीच-बीच में किसी की दबी सुबकी सुनायी देती। उसने पार्श्व में देखा, चन्द्रलेखा सो चुकी थी। इरावती घुटनों में सिर रखे थी, पता नहीं सो गयी थी या वह ही सुबक रही थी। उसने सुश्रवा को रोककर कहना चाहा कि तुम्हारी बेटी कदाचित रो रही है...पर कह न सका। सुश्रवा के किस्से से भी उसका ध्यान भटक गया। वह मल्लट के विषय में कुछ कह रहा था।

आगे जो सुश्रवा ने बताया उसका सार यही था कि राजा किन्नर को पता चल गया कि मोद्गल और तूर्णा किसी गुफा में छिपे हैं। वे दोनों सोदर तीर्थ में थे। वह सेना लेकर गया। रानी मोद्गल के साथ तन्त्रसाधना कर रही थी। मोद्गल तो वहाँ से अन्तर्धान हो गया, तूर्णा पकड़ी गयी, और उसकी जीवन लीला समाप्त कर दी गयी...

'वह समय किन्नरपुर के लिए बड़े दुर्भाग्य का समय था। हमारा भी तो जीवन नष्ट हो गया...ऐसी घटना घटी...'

'दूध दे दूँ?'—इरावती पूछ रही थी। विशाख ने देखा—चुल्ली के मन्द प्रकाश में उसका उद्दीप्त मुख। चुल्ली की ज्वाला में उसकी आँखों में आँसू की बूँद चमचमा रही थी।

'अरे हाँ! ब्राह्मण देवता को दूध तो दे दो!'—सुश्रवा नाग बोले—'और तो इस समय कुछ दे नहीं सकते!'

इरावती ने दो शरावों दूध निकालकर पहले विशाख और फिर सुश्रवा नाग को दिया। फिर वह चन्द्रलेखा को जगाने लगा—'चन्द्रा, दूध ले ले...'

विशाख सोचने लगा—पतीली में दूध तो इतना सा ही है।

'फिर क्या हुआ? राजा किन्नरपुर लौट कर आया?'—दूध पीते हुए विशाख ने सुश्रवा से पूछा। 'सोदरतीर्थ से जब राजा लौट रहा था, तो भीषण ओले गिरे, कहते हैं शिलाओं के बराबर ओले, जिस पर गिरे वह वहीं दब कर मर जाए। किन्नर पुर तक ओले चट्टानों की तरह लुड़कते हुए आये। धरती पर ओलों के पहाड़ लग गये। हम जिस स्थान पर रहते थे,वह सुरक्षित नहीं था। ओलों में कुटीर की छत टूट गयी। ये दोनों बेटियाँ तो छोटी थीं...हम इनको उठाकर ढाँप कर सुरक्षित स्थान के लिए निकले, लौट कर आये तो देखा हमारी प्यारी पत्नी ओलों में दब गयी है।

'राजा किन्नर किसी तरह अपने भवन में पहुँचा पर किन्नरपुर तो सारा का सारा नष्ट हो गया था। राजा बूढ़ा और अशक्त हो गया था। सब कुछ मल्लट के हाथ

में था। अभी भी राज वही चला रहा है। बूढ़ा हो गया है पर उसकी तृष्णा नहीं जाती। उसने राजा को समझाया कि रानी तूर्णा और कच्चायन के पाप से किन्नरपुर पर इतनी बड़ी विपत आई थी, यह अब वासयोग्य नहीं रहा। दूसरा नगर बना लेते हैं। तो राजा अपना सब सामान लेकर चल पड़ा और यहाँ आ गया। राजा जब यहाँ आ गया, तो सारे प्रजाजन भी चल पड़े और यहाँ आ गये। तो यह नया किन्नरपुर है। यह बस गया। हम लोग भी यहाँ आ गये। यहाँ आये, तो वह महालम्पट मल्लट हमारे लिए बड़ा कंटक बन गया है।

'क्या कर रहा है वह?'

'वह बहुत निरंकुश हो गया। राजा वही करता है, जो वह कहता है। उसने राजा से कह दिया कि जो विपत्ति आई थी पुराने किन्नरपुर पर, वह अब यहाँ आकर मँडरा रही है, तो उसे टालने के लिए यज्ञ करना पड़ेगा। यज्ञ करने के लिए अनाज चाहिए। तो उसके कहने पर राजा ने आदेश दे दिया कि कोई अपनी फसल न काटे, जब तक यज्ञ पूरा न हो जाए, नया धान नहीं पकेगा, खेत में जो धान पक रहा है, वह राजपुरुषों की देखरेख में काटा जाएगा। अपने खेत का अनाज हम स्वयं नहीं खा सकते। किसी ने अपने ही खेत की कटाई कर ली, तो मल्लट ने उस किसान के हाथ कटवा दिये। हमारे घर में पिछले साल का अनाज बचा ही नहीं...इस साल खेत में अनाज अच्छा हुआ है, तो आशा थी कि प्रेम से खायेगें, पर हम अपने ही क्षेत्र का धान्य स्वयं नहीं खा सकते।'

भेड़ का दूध पीकर विशाख कुटीर के एक कोने में उसके लिए लगाई गयी शैया पर सो गया। दूसरे कोने में पलाल की शैया पर इरावती और चन्द्रलेखा सो रही थीं, सुश्रवा नाग विशाख के पास खर्राटे ले रहे थे। बीच-बीच में इरावती और चन्द्रलेखा की लम्बी साँसें देर तक विशाख को सुनायी देती रहीं...बाहर अभी भी ओले और पानी की बूँदों के स्वर बीच-बीच में सुन पड़ते। शीत लगने लगा, अवश उसने अपने देह को सिकोड़ लिया, तभी किसी ने ऊन का प्रावारक उसके ऊपर डाला...विशाख प्रावारक के भीतर सिकुड़ कर सो गया। उसे गहरी नींद आ गयी...

भोर हो गयी। कुटीर में कोई नहीं था। विशाख ने बाहर आकर हाथ मुँह धोया। भूख से पेट में खलबली मची हुई थी। वह उद्यान से एक सेवफल लेकर खाने लगा। तभी उसे कठोर स्वर सुन पड़ा—'अरे कौन है जो फल खा रहा है?'

सामने दो लाठीदारी खड़े थे, उनके पीछे साँप की तरह फुफकारता एक व्यक्ति था। प्रश्न उसी ने किया था। उसके भाल पर त्रिपुंड था।

'जिसके फल हैं उसकी आज्ञा मैंने ले ली है।'—विशाख ने कहा।

'अरे लड़के, तू है कौन?'

'जब तक विशाख कुछ उत्तर देता सुश्रवा नाग वहाँ आ गये। उन्होंने हाथ जोड़ कर उस पुरोहित को प्रणाम किया और बोले—'भगवन, ये हमारे अतिथि हैं। फिर धीरे से विशाख को बताया—'यही है वह दुष्ट मल्लट।'

'अतिथि? कहाँ से आया? किसलिए आया यह यहाँ? अतिथि आ गया तुम्हारे यहाँ, तो तुमने हमें सूचित क्यों नहीं किया...?' मल्लट ने गरजते हुए पूछ रहा था।

'अतिथि का आना किसी को सूचित किया जा सकता है क्या?'—विशाख ने उससे प्रश्न कर दिया। 'अरे लड़के, मरना चाहता है क्या?—तू बीच में क्यों बोला?'

'मरना तो सभी को है, मुझे भी और तुम्हें भी...'

मल्लट उससे उलझ पड़ा। विशाख ने देखा चन्द्रलेखा कुटीर के द्वार पर रो रही है। इरावती भी बाहर निकल आई। उसने विशाख से कहा—'महाभाग! रहने दीजिये, झगड़ा बढ़ाने से क्या? यह मल्लट यहाँ का राजा ही है!'

'पकड़ लो इसको। यह कोई शत्रु है हमारा...'—मल्लट ने अपने साथ आये दोनों लाठी धारियों से कहा। कहा।

क्षण भर में ही वह सब हो गया। दोनों लाठी धारी सैनिक विशाख की ओर बढ़े, विशाख ने एक उछाल लेकर उनमें से एक को पाँव के अँगूठे से उदर पर और दूसरे पर मुष्टि से प्रहार किया। दोनों चीख कर भूमि पर गिर पड़े। तभी इरावती और चन्द्रलेखा दौड़ कर आयीं, और दोनों सैनिकों की लाठियाँ उठा लीं। जब तक मल्लट कुछ समझ पाता, विशाख ने सन्देश बनाकर उसकी गर्दन पकड़ ली। बिल्ली के पंजे में आये चूहे की तरह वह चीं चीं करने लगा।

सन्दंश का दाव उसने तक्षशिला में सीखा था। इसमें सामने वाले की गरदन को दाहिने हाथ की तर्जनी और अँगूठे से सँडसी बनाकर इस तरह पकड़ा जाता है कि अँगूठे का दबाव ग्रीवा की एक विशेष नाड़ी पर पड़ता है, और प्रतिमल्ल अशक्त हो जाता है।

विशाख जानता था कि सन्दंश को अधिक देर कस कर रखने से मल्लट वहीं मर कर गिर जाएगा। उसने अँगूठे और तर्जनी की पकड़ा ढीली करके मल्लट से कहा—पाखंडी, तेरे पाखंड के समाप्ति का समय आ गया। तू दाम्भिक है। धार्मिक नहीं। यहाँ से चुपचाप चला जा, नहीं तो तेरा और तेरे इन दोनो सैनिकों का भला न होगा।

'छोड़ दीजिये भगवन, छोड़ दीजिये—जाते-जाते हैं, जाते हैं!'—किसी तरह मल्लट ने रुँधे गले से कहा। विशाख ने उसकी गरदन से सन्दंश हटा लिया। मल्लट ने अपने सैनिकों से कहा—'चलो निकम्मो, तुम लोगों से कुछ होने का नहीं है।'

दोनों सैनिक उसके साथ चल दिये। उद्यान के द्वार पर पहुँच कर उसने सुश्रवा से कहा—'सुश्रवा नाग! स्मरण रखना। तू ने जो इस विदेशी को बुलाकर राजद्रोह करवाया है...उसका फल मिलेगा तुझ को...'

विशाख सुश्रवा के साथ कुटीर के भीतर आ गया। 'अचानक ही हो गया...मैं इन लोगों से संघर्ष मोल लेना नहीं चाहता था...'—उसने कहा।

'हम तो पिता जी से कहते हैं कि इन लोगों का अन्याय झेलते रहेगें? चुप रहेंगे, तो ये लोग और भेड़ियों की तरह हम पर आक्रमण करेंगें...'—चन्द्रलेखा ने कहा।

'आपको चोट तो नहीं लगी?'—चिन्तित स्वर में सुश्रवा विशाख से पूछ रहा था।

'नहीं!'

आशंका की छाया कुटीर में पसर गयी थी। 'मल्लट चुप तो न बैठेगा'—सुश्रवा ने कहा—'हम लोग तो सोच ही रहे हैं कि इस दुष्ट से किसी तरह निपटना है। आज उसने देख लिया कि उसका आतंक अधिक चलने वाला नहीं है। मैं तथा सुधन्वा नाग और अन्य लोग हमारे साथ जाएँगे।...महाराज कनिष्क तक यह बात पहुँच जाए...तो वे अवश्य राजा नर को नियंत्रित करेंगे...'

सुश्रवा के पास पता नहीं कौन-सा तन्त्र था कि तीन नाग युवक और सुधन्वा तथा तक्षक आदि पाँच वृद्ध जन तभी वहाँ आ गये। भोर में जो घटना घटी थी, उन्हें उसका आभास हो चुका था। वे विशाख के साहस से उत्साहित थे।

तक्षक इस मंडली के मुखिया थे। वे कहने लगे—'सोच तो रहे थे हम लोग कि कभी-न-कभी मल्लट के साथ सीधे सीधे संघर्ष करना है। उसके पास राजा का बल है, राजा प्रमादी है। पर यह अचानक द्वन्द्व छिड़ जाना—इसमें अन्तराय हो सकता है...विप्रदेव को बहुत सावधान रहना होगा...ये वसुमित्र के विहार जा रहे हैं...इनके साथ कौन जाएगा...अकेले जाना उचित नहीं है इनका...मल्लट अब चुपचाप न बैठेगा...वह गूढ़ घात करेगा...'

युवकों के नाम थे खंडक, सुमन्त और ककुत। वे विशाख की पराक्रम कथा को सुनकर बहुत उत्साहित थे। खंडक ने कहा—'हम तो पहले ही कह रहे थे कि मल्लट के अत्याचारों के विरुद्ध हम सबको एकजुट होकर लड़ना चाहिए...अब तो लड़ाई आरम्भ हो ही गयी...'

'हम महाराज कनिष्क तक राजा नर की निष्क्रियता और मल्लट के अत्याचारों की बात पहुँचाएँगे!'—विशाख कहने लगाइ—'मैं आचार्य वसुमित्र से मिलूँगा...वे भी राजा से कहेगें, उनसे अश्वघोष का संकेत मिल गया तो अश्वघोष से भी मिलूँगा...वे भी सहायता करेगें...'

सुश्रवा विशाख को मार्ग बताने के लिए उद्यान के बाहर आया।

दिन चढ रहा था। विशाख चलने को हुआ। इरावती और चन्द्रलेखा के मुख पर गहरी उदासी थी। विशाख का मन भी द्रवित हो गया। इरावती ने कहा—'शीघ्र लौट कर आइयेगा...'

विशाख ने कहा—'हाँ! शीघ्र ही आऊँगा...'

एक ही दिन में इस परिवार से उसका इतना स्नेह बढ़ गया था।

चन्द्रलेखा ने कहा था—'सावधानी रखियेगा बहुत...अभी खतरा मँड़रा रहा है...'

'आप लोगों को भी बहुत सावधान रहना है...'—विशाख ने कहा।

कुटीर के द्वार पर खड़ी इरावती...उसके पीछे चन्द्रलेखा। वे उसे जाते हुए देखती रहीं। इरावती की आँखों में करुणा थी, और चन्द्रलेखा...उसके नेत्रों में ऐसा कुछ था, जो विशाख को भीतर तक झकझोर गया। उद्यान के मुख्य द्वार तक आकर विशाख ने पलट कर देखा—दोनों प्रतिमाओं की तरह खड़ीं थीं—चन्द्रलेखा और इरावती। सुश्रुवा उसके पीछे आ रहे थे। 'ये लोग हैं न! आप लौट जाइये!' साथ चलने वाले पाँच नाग युवकों की ओर संकेत कर विशाख कह रहा था।

कुछ दूरी तक साथ चलता हूँ—सुश्रवा बोले।

वे तक्षक से साथ उद्यान के मुख्य द्वार तक आए।

'ये दुष्ट लोग अब हमारे पीछे कुत्तों की तरह लग जाएँगे।' सुश्रवा कह रहे थे—'पर अब स्पष्ट है कि करना क्या है...अभी तक अनिश्चय था न, तो भय था। अब निश्चय कर लिया है, तो भय नहीं है।'

तक्षक बोले—'राजद्रोह नहीं करना है, पर मल्लट के कहने में आकर राजा हम को सताता रहेगा, तो हम भी प्रतीकार करेंगे।'

सुश्रुवा बहुत उत्साहित थे। वे कह रहे थे—'अब चिन्ता की बात नहीं। विप्रवर विशाख हमारे समाज में आये ही इसलिए हैं कि हमारा साथ देकर हमें इस संकट से उबारेगें। ये अश्वघोष से मिलेंगे। अश्वघोष महाराज कनिष्क से कहेंगे... '

दोनों से विदा लेकर विशाख तेजी से किन्नरपुर की ओर बढ़ा।

राजा किन्नर ने महाराज कनिष्क की अधीनता स्वीकार की थी, नव किन्नरपुर भी कनिष्क के साम्राज्य का अंग है। पर कनिष्क गान्धार देश में हैं। यहाँ का क्या हो रहा है यह वे नहीं जानते।

विशाख को तक्षशिला में महाराज कनिष्क के साथ अपनी भेंट का स्मरण हो आया। विद्यापीठ के पथ पर वे उसके साथ कुछ दूरी तक पैदल चले थे...बात की थी उन्होंने उससे...पर क्या अब इतने वर्षों बाद भी उन्हें स्मरण होगा... ?

एक प्रहर के बाद वह किन्नरपुर के विहार तक पहुँचा। देवदारु के वृक्षों की सघन पंक्तियों से सारा विहार घिरा हुआ था। कई फलों के वृक्ष भी थे। विशाख इन फलों के नाम भी नहीं जानता। देवदारु की शाखाओं से लिपट कर धरती पर आ गिरी सूरज की किरणें स्वर्णवलयों-सी लग रहीं थीं।

कुछ भिक्षु भिक्षापात्र हाथ में लिए फलों के वृक्षों के नीचे धीरे-धीरे चल रहे थे। सोने जैसे उज्ज्वल चमकीले फल, हवा के झोंकों में टपक कर उनके भिक्षापात्रों में आ गिरते। वृक्षादान मुनियों की तरह ये भिक्षु पेड़ों से स्वत: गिरे फल ही खाते हैं—विशाख ने अनुमान किया।

भिक्षु बड़ी संख्या में थे, पर कोई किसी से बोल नहीं रहा था। सब अपने भीतर अपने में निरत लगते थे। विशाख को लगा कि नव किन्नरपुर के संसार से वह एकदम दूसरे संसार में आ गया है। उसके साथ आये पाँचों नाग युवक विहार के मुख्य द्वार पर ही रुक गये थे।

विशाख ने विहार के भवन के सामने पहुँच कर एक भिक्षु से कहा—'भन्ते, मैं आचार्य वसुमित्र के दर्शन करना चाहता हूँ!'

भिक्षु ने कुछ कहा नहीं, एक क्षण विशाख को देखा, फिर मस्तक हिलाया। उसके साथ ही एक हल्की सी मुस्कान उसके ओठों के बीच खेल कर चली गयी। फिर उसने विशाख को अपने साथ आने का संकेत किया।

विहार के मुख्य भवन के सामने रुक कर उसने विशाख से आने का प्रयोजन पूछा। विशाख ने अपना नाम बताया और कहा कि तक्षशिला विद्यापीठ की ओर से एक पोथी महास्थविर वसुमित्र को अर्पित करने आया है। भिक्षु उसे प्रतीक्षा करने का संकेत देकर भीतर चला गया।

तभी विशाख ने पीछे मुड़ कर देखा—जो भिक्षु उद्यान में भिक्षाटन कर रहे थे, वे लौट रहे थे। उसके देखते-देखते वे विहार के भवन के सामने आ गये थे। उनके हाथ में फलों से भरे भिक्षापात्र थे। भोजन ग्रहण के पहले वे घुटनों के बल बैठकर बुद्ध की वन्दना कर रहे थे। खुली धरती पर सूरज ने उनके बैठने के लिए सोने की चादर बिछा दी थी। भिक्षुओं के कषाय वस्त्रों को धूप सुनहरा बना रही थी।

वे धम्म पद का पाठ कर रहे थे। फिर उनके मस्तक झुक गये। विशाख इस दृश्य को विस्मय से स्तब्ध देखता रह गया। सहसा सौम्यदेव के गुरुकुल में विपाक के मुख से सुनी यह गाथा उसे याद आयी।

कीरमुहसच्छ्देहि रेहइ वसुहा पलासकुसुमेहिं।
बुद्धस्स चलणवंदननिपतितैरिव भिक्खुसंघै: ।।

पलाश वन में यह गाथा विपाक ने उसे सुनायी थी। कितने वर्ष बीत गये! उसने विपाक से पूछा था—'विपाक, यह गाथा तूने कहाँ सुनी? यह तो भाषा में नहीं है!' विपाक ने कहा था कि गाथा उसने एक दास के मुख से सुनी है। दास का नाम भी उसने बताया था - कोहल। उस समय उसने विपाक से कहा था—'तूने प्राकृत की गाथा गा दी! यदि गुरु जी को पता चलेगा तो वे बहुत क्रुद्ध होंगे!' उस समय भी गाथा सुनने में तो अच्छी लगी थी, अर्थ नहीं समझ पाया था। विपाक से उसने गाथा का अर्थ पूछा था। विपाक ने कहा था—पता नहीं बुद्ध कौन हैं। पर दास कोहल जानता था—उसने विपाक से कहा था—अरे भगवान बुद्ध के विषय में आप नहीं जानते? वे महाज्ञानी महात्मा हैं।

सौम्यदेव के आश्रम के पास का पलाश वन उसे याद आया। उस समय उसे विदित न था भिक्षु संघ कैसा होता है, बुद्ध कौन हैं। पलाश वन की सारी धरती पर पलाश के आरक्त पुष्पों की बिछी हुई शैया याद है। यहाँ पलाशवन नहीं है...भिक्षुसंघ है और पर गाथा का चमत्कार सामने है...भिक्षु संघ।

तभी जो भिक्षु विशाख को यहाँ छोड़ गया था, उसने आकर कहा—'महास्थविर आप को बुला रहे हैं।'

विशाख उसके साथ भीतर आ गया। घुसते ही एक विशाल शाला थी, वर्षा या अधिक शीत में यहाँ भिक्षुओं की सभा होती होगी...यहीं महास्थविर उपदेश देते होंगे। एक कक्ष्या से दूसरी कक्ष्या पिर आगे एक सोपान श्रेणी। बाहर से विहार बहुत छोटा सा दिखता था, भीतर इतना प्रशस्त अवकाश होगा यह कल्पना नहीं की जा सकती थी।

सीढ़ियाँ चढ़कर वह चौथी मंजिल पर आ गया। एक कक्ष के सामने उस भिक्षु ने इसके सामने पताक हस्त बनाकर रुकने का संकेत किया। फिर कक्ष में भीतर झाँका, भीतर से कदाचित महास्थविर ने अनुमति दी हो, भिक्षु ने विशाख को भीतर जाने का संकेत दिया।

महास्थविर वसुमित्र एक काष्ठासन पर सामने बैठे थे।

कुन्दन की तरह चमकता मुख। आँखों से झरता करुणा का प्रवाह। विशाख ने उन्हें प्रणाम किया। अपने आने का प्रयोजन बताया, फिर इसिभासिआँइ और मिलिन्दपन्हो की पोथियाँ उनके समक्ष रख दी।

आचार्य बहुत गद्‌गद भाव से पुस्तक को प्रणाम करके हाथ में लिया। फिर बोले - 'भद्र विशाख, तुमने मेरा कितना बड़ा उपकार किया है...कह नहीं सकता!'

वे बहुत देर तक तक्षशिला विद्यापीठ के अपने परिचित आचार्यों और पूर्व छात्रों की चर्चा करते रहे। अश्वघोष की तो प्रशंसा करते वे थकते न थे।

महास्थविर के संकेत से कोई सामनेर फल और दूध विशाख के सामने रख

गया। महास्थविर ने कहा—'भद्र, कुछ आहार ग्रहण कर लो।'

विहार में भिक्षु केवल फल ही खाते थे।

आचार्य वसुमित्र से मिलकर लगा काश्मीर आना सार्थक हो गया। उन्हीं से अश्वघोष के ठिकाने का पता भी चल गया। प्रवरपुर में बौद्धविहार है, वे वहाँ रहते हैं। विशाख ने सोचा कि जब यहाँ तक आ ही गया है, तो आचार्य कच्चान का पत्र भी अश्वघोष को देकर ही नव किन्नरपुर लौटेगा। यदि अभी चल दे, तो साँझ होते होते प्रवरपुर पहुँच सकता है। आचार्य से उसने जब यह बात कही, तो वे एक क्षण सोचते रहे, फिर बोले—'यदि अन्य किसी कार्य की हानि न हो, तो ऐसा ही करें भद्र विशाख!'

विशाख ने उन्हें प्रणाम किया। प्रवरपुर चल पड़ने की त्वरा मे वह उठ खड़ा हुआ। आचार्य ने उसे रुकने का संकेत किया और पुकारा—'शिल्हण!' तत्क्षण जो सामनेर फल लेकर आया था, वह आ उपस्थित हुआ। आचार्य ने उससे कहा—पुत्र शिल्हण, तू प्रवरपुर के मार्ग, रथ्याएँ सब जानता है। तुझे भद्र विशाख के साथ यहाँ से प्रवरपुर जाना है।

सामनेर ने आचार्य को प्रणाम किया और विशाख को साथ चलने का संकेत किया। आचार्य की अनुज्ञा लेकर विशाख बाहर आ गया। जो नाग युवक उसके साथ आये थे, वे मुख्य द्वार पर प्रतीक्षा कर रहे थे। विशाख ने उन्हें बताया कि यहाँ का काम पूरा हो गया, पर वह तत्काल प्रवरपुर जा रहा है, अश्वघोष से मिलना है। यहाँ से प्रवरपुर पास ही है, साथ में सामनेर जा रहा है,अत: वे लोग लौट जाएँ।

वे युवक विशाख का अभिवादन कर चलने को हुए। सहसा विशाख के मन में एकदम से आशंका घुमड़ी। कहीं वह प्रवरपुर जाने की हड़बड़ी में कुछ अन्यथा तो नहीं हो रहा है? पर क्या? उसने उन युवकों को पुकारा और एक क्षण सोचता रहा, फिर उनसे बोला—'आप लोग आदरणीय सुश्रवा जी से कहें कि मैं अश्वघोष से मिलकर उन्हें मल्लट जो वहाँ अनाचार कर रहा है, उसके विषय में बताऊँगा, उन का राजा कनिष्क पर बहुत प्रभाव है, वे महाराज से कहेंगे। अत: चिन्ता न करें, सब ठीक हो जाएगा।'

विहार से बाहर निकल कर पहाड़ की ढलान है। एक ओर परुष्णी बह रही है, दूसरी ओर चन्द्रभागा । बीच से मार्ग वितस्ता की ओर जाता है, यही प्रवरपुर ले जाएगा। शिल्हण जो उसके साथ है, कम बोलता है, पर चतुर प्रतीत होता है। देखने से अवस्था का पता नहीं चलता। पास के एक गाँव में उसका घर है। पिता ने अध्ययन के लिए प्रवरपुर भेजा था, वहाँ एक पाठशाला में कुछ समय तक अध्ययन करके वह वहीं एक श्रेष्ठी के यहाँ कायस्थ का काम करने लगा। एक बार श्रेष्ठी के

यहाँ चोरी हुई, उसने शिल्हण पर झूठा आरोप लगाया, राजपुरुष शिल्हण को पकड़ कर ले गये। बाद में पता चला कि चोरी श्रेष्ठी के पुत्र ने ही की थी। श्रेष्ठी ने उसे कारागार से छुड़वाया, पर साथ में ले गया, फिर से काम करने का अनुरोध किया। पर शिल्हण ने उसके यहाँ कायस्थ का काम करने से मना कर दिया।

उसके पिता आचार्य वसुमित्र के उपदेशों से बहुत प्रभावित थे। वह आचार्य के साथ संघ में आ गया।

आकाश को छूते हिमालय के अमल धवल रजत शिखर। उन पर बिखरे धूप के सोने के कण। हिमालय की धरती पर शिल्हण को चलते देखकर विशाख को शान्तिशील का स्मरण हो आया। शिल्हण को पहाड़ पर चलने का अभ्यास था। शान्तिशील के साथ दो माह का समय जो बिताया, उसके कारण विशाख को भी हिमालय की ढलानों पर चढने और उतरने का कुछ अभ्यास हो गया था, पर शान्तिशील जिस तरह हवा में उड़ते हुए से चलते थे, उस तरह वह कभी नहीं चल सका। पैर इन ऊबड़ खाबड़ खाई-खड्ड से भरे कहीं संकीर्ण कहीं प्रशस्त मार्गों पर मुड़ गया, तो मोच आ सकती है।

चलते हुए विशाख का देह डोलता, मन डोलता। उसके भीतर फिर से सहसा प्रवरपुर चल देने के निर्णय को लेकर शंका का भाव जग उठता। फिर फिर चन्द्रलेखा की स्मृति छा जाती। चलते समय उसने इरावती और चन्द्रलेखा से कहा था—आप लोग सावधान रहिएगा...मल्लट आदि से...उस समय चन्द्रलेखा की आँखें भर आयी थीं...कुटी के द्वार पर खड़ी दोनों बहनें उसे ताकती रह गयीं थीं...इरावती और उसके पीछे चन्द्रलेखा। चन्द्रलेखा की दृष्टि पीछे से आते नाराच बाण की तरह भीतर गड़ गयी थी। विशाख का देह आगे सरक रहा था, वह दृष्टि उसका पीछा करती जैसे चली आ रही थी।

कई तरह की चिन्ताएँ उसने मन को मथ रहीं थीं। पता नहीं भदन्त अश्वघोष मिल पायेगें या नहीं, पता नहीं उसके अनुरोध को वे स्वीकार करेगें या नहीं...क्या उसके सारे प्रयास से महाराज कनिष्क नव किन्नरपुर और किन्नरपुर को बचा लेगें...अश्वघोष यदि कनिष्क से कह दें, तो इसमें कहीं कोई समस्या नहीं रहेगी...तक्षशिला में गुरुजन बताते थे कि पहले राजा कनिष्क भी क्रूर और दुर्दान्त थे। पर तथागत का मत स्वीकार कर लेने के बाद वे बदल गये। कनिष्क करुणामय हैं, यह तो उसने उसी समय जान लिया था, जब उनके संकेत पर तक्षशिला में उसका प्रवेश हो सका था...

बहुत बाद में उपालि ने यह रहस्य उसे बताया था...कुछ समय से तक्षशिला में नागन्तुक विद्यार्थियों का प्रवेश बन्द कर दिया गया था, क्योंकि स्थितियाँ विषम थीं...महाराज कनिष्क जब कुलपति कच्चान से मिले, तो उन्होने ही चर्चा की थी—

'एक बटु विद्याध्ययन के लिए मध्यदेश से आया है, नाम है—विशाख...उसे प्रवेश दे दीजिये...'

प्रवरपुर। चारों ओर हिमालय की शृंखलाएँ, जितना ऊँचा हिमालय उतने ऊँचे देवदार और चीड़ के पेड़। उनके नीचे-नीचे घूमते चहलकदमी करते बादल।

स्थल-स्थल पर सुन्दर मूर्तियाँ भी दिखतीं। ऐसी मूर्तियाँ उसने मथुरा में भी देखीं थीं। अब वह समझने लगा कि यह गान्धार की कला है। अश्वघोष की तो काश्मीर में और गान्धार में भी बोधिसत्व की भाँति पूजा होने लगी है। चीन से यात्री उनके दर्शन के लिए आते हैं।

वह वितस्ता के किनारे किनारे चल रहा था।

शिल्हण को मार्ग विदित था। मार्ग भी सुखकर। वितस्ता की लहरें शरीर को सहलातीं। सामने राजविहार दिखाई दिया। यह विहार किन्नरपुर के विहार की अपेक्षा अधिक विशाल था, और भव्य भी। सामनेर शिल्हण ने गांधारी प्राकृत में द्वार पर खड़े दो भिक्षुओं से कुछ कहा। भिक्षुओं ने विशाख को देखकर सविनय अभिवादन किया और मार्ग का संकेत किया।

दोनों एक बहुत बड़ी शाला में पहुँचे। शाला की भित्तियों पर तरह-तरह के रंगों से बोधिसत्व के चरित का चित्रांकन था। बीचों बीच कोई स्थविर काष्ठासन पर विराजमान थे।

'ये ही महास्थविर अश्वघोष हैं।—शिल्हण ने विशाख से बहुत मन्द सहमे से स्वर में कहा और महास्थविर को दूर से ही भूमि पर लेटकर प्रणाम किया।

विशाख महासथविर को फटी आँखों से देखता रह गया। यह तो बहुत परिचित आकृति लग रही है। ।

'अरे आर्य कौंडिन्य!' सहसा उसके मुख से निकल पड़ा।

'स्वागत हो बन्धु विशाख! आपने मेरा पूर्वाश्रम का नाम ले दिया तो मेरी मन में भी स्मृतियों की धारा बह गयी। हम लोग आचार्यचरण सौम्यदेव के आश्रम में सतीर्थ्य रहे।'

वही गम्भीर मृदगमांसल स्वर। वही परिचित सौम्य आकृति चित्त को आश्वस्त करने वाली, आशंकाएँ और भय मिटाने वाली। केवल कपोलों पर दो तीन झुर्रियाँ दिखने लगीं थीं। विशाख ने पास जाकर सादर प्रणाम किया। कौण्डिन्य...अथवा महास्थविर अश्वघोष ने उसे दोनों हाथों से पकड़ कर उठाया।

थोड़ी देर में ही विहार में विशाख के नाम की धूम मच गयी। भिक्षु परस्पर कहने लगे—महास्थविर अश्वघोष का पूर्वाश्रम का कोई मित्र आया है! विशाख जहाँ से निकलता, भिक्षु उसे आश्चर्य और कौतुक से देखते। विशाख के मन से विस्मय अभी भी निकल नहीं रहा। विश्वास नहीं होता कि जिन आर्य कौंडिन्य को वह

बरसों खोजता रहा वे ही यों इस तरह महास्थविर अश्वघोष के रूप में दिखेगें।

बहुत देर तक दोनों में बात होती रहीं थीं। महास्थविर ने अपना प्रवचन का कार्यक्रम निरस्त कर दिया। तक्षशिला की स्मृतियाँ, उसके पहले विमलकीर्ति के आश्रम की बातें और उसके भी पहले आचार्य सौम्यदेव के गुरुकुल के दिन—इस तरह स्मृतियों की नौकाओं में वे काल की महासरिता के कभी आगे और कभी पीछे यात्रा करते।

मन से संशय बह गये। अश्वघोष कह कह रहे थे—'तत्त्वतः ब्राह्मणमत में अर्हतों के मत में कोई भेद मैं नहीं देखता। ज्ञान जिसके सारे कर्मविपाकों को भस्म कर दे—वह ब्राह्मण है। इस महादेश में इतने सम्प्रदाय हैं, इतने भेद हैं, पर...सब का गन्तव्य तो एक सबका गंतव्य एक ही है...'

बातचीत में मन ऐसा रम गया था कि जिस कारण से आया था, उसे तो भूल ही गया। फिर विशाख ने चर्चा की—'आर्य कौंडिन्य, नहीं भगवन अश्वघोष...मैं नव किन्नरपुर तक आया था, आचार्य चरण कच्चान और आचार्य चरक को आभास था कि वहाँ भीषण संघर्ष आरम्भ होने वाला है, इसलिए उन्होंने मुझे भेजा...'

अश्वघोष ने कहा—'मुझे भी आभास है भद्र विशाख...नव किन्नरपुर के राजा का आचरण...'

विशाख ने विस्तार से उन्हें सुश्रवा व दूसरे लोगों पर पुरोहित मल्लट के अत्याचार के विषय में बताया।

अश्वघोष कह रहे थे—'भद्र विशाख, कश्मीर देश इस भारतवर्ष की वसुन्धरा का मस्तक है। सारे प्रहार इसी पर सबसे पहले होते हैं। अब राजा कनिष्क को ही देखो—ये बर्बर आक्रान्ता थे, जब से सौगत मार्ग इन्होंने अपनाया, ये बदल गये। इससे पहल और भी अनेक लोगों ने भारत देश पर आक्रमण किया। मिलिन्द रोम देश के राजा थे, वे बुद्ध की करुणा के पात्र बन गये।'

नव किन्नरपुर पर विशेष चर्चा होती रही। अश्वघोष ने कहा कि वे महाराज कनिष्क को सन्देश भेजेंगे। उसे प्रवरपुर के विहार में रहते हुए तीन दिन हो गये।

वापसी की यात्रा के लिए प्रवरपुराधीश से कहकर महास्थविर ने शिबिका दिलवा दी। विशाख ने कहा भी था—'शिबिका की आवश्यकता क्या है...जैसे आया था चला जाऊँगा।'

अश्वघोष ने कहा था—'शीघ्र पहुँचना है इसके लिए भी शिबिका ही इस देश में सबसे अच्छा साधन है। यहाँ के शिविकावाहक ऊबड़खाबड़ मार्ग पर चलने के अभ्यस्त हैं। तुम बहुत समय से यात्रा कर रहे हो, यात्रा ने तुम्हारे शरीर को थका दिया है। तुम्हें इस देश में बड़े कार्य करने हैं। तुम्हारे द्वारा यहाँ फिर से शास्त्र परम्परा प्रतिष्ठित हो।' लौटते समय विशाख के मन में चिन्ताओं के बादल फिर घुमड़ने लगे

थे। बड़ी तीव्र गति से वह आया। शिबिका को घेर कर प्रवरपुराधीश के भेजे हुए बीस सैनिक चल रहे थे।

देह शिबिका में था, महास्थविर अश्वघोष या आर्य कौंडिन्य का सौहार्द्र और आचार्य वसुमित्र की कारुण्यपरिपूरित दृष्टि की स्मृतियाँ मन में थीं।

शिबिका के घेर कर चलते सैनिकों को देख कर विशाख के मन में आशंकाएँ तैरती रहीं थीं। महास्थविर अश्वघोष को यहाँ की सारी स्थितियाँ विदित हैं, बिना सोचे समझे वे कोई कार्य न करेंगे...यदि उन्होंने आग्रह करके इतने सैनिक उसके साथ भेजे हैं, तो अवश्य कोई बात है...

शिबिका विशाल थी विशाख के बैठने के लिए तो प्रशस्त स्थान उसमें था ही—इतना कि चाहे तो लेट सके, आसपास वस्तुसम्भार रखने के लिए अलग-अलग खाँचे उसमें बने हुए थे, जिनमें ऊन के वस्त्र और तरह-तरह के फल महास्थविर अश्वघोष ने रखवा दिये थे। इस सारे भार के साथ अश्वघोष के उपकार के भार से झुका विशाख शिबिका में चल रहा था।

इस सारी सामग्री में अक्षोट और वादाम के फलों से भरी एक मंजूषा बहुत आकर्षक थी...यह मंजूषा भी अक्षोट के ही काष्ठ से बनी हुई थी, उस पर अंकित काष्ठशिल्प जितना ही बारीक उतना ही मनोहर था। मंजुषा के भीतर विविध फल रखने के अलग अलग खंड थे। मार्ग में भी शिबिकावाहक और सैनिक फलों से लदे वृक्ष देखकर फल तोड़ तोड़कर रखते गये थे। विशाख उन्हें मना करता रहा—बन्धुओं मुझे नव किन्नरपुर पहुँचने की त्वरा है, आप लोग मेरे लिए फलों का सम्भार जुटाने की चिन्ता न करें।

शिबिका वाहक हँसते और गीत गाते जाते। बीच-बीच में वे कथा कहते। विशाख को उन्होने बताया कि ये बड्ढकहा की कथाएँ हैं। सारे देश में बड्ढकहा की कथाएँ कही जाती हैं। संगीत और कथाएँ - दो यहाँ के निवासियों के प्राण हैं। जहाँ से भी निकलो शततन्त्री वीणा के मधुर स्वर स्थल स्थल पर गूँजते सुनायी पड़ते हैं।

काश्मीर देश के लोग। जितना ही गौर वर्ण वैसी उज्ज्वल भव्य आकृति। जैसी भव्य आकृति वैसी ही अस्खलित गति।

प्रात: प्रवरपुर से चला था। मन में मनोरथ खलबला रहे थे। नवकिन्नरपुर में सुश्रवा नाग और इरावती से चन्द्रलेखा से भी...भेंट होगी...वह उन्हें किस तरह किन्नरपुर के महाविहार में जो हुआ वह सब बतायेगा...किस तरह प्रवरपुर का वृत्तान्त सुनाएगा...वे किसतरह विस्फारित नेत्रों से उसके बातें सुनेंगी...और...

नव किन्नरपुर पहुँचते हुए मध्याह्न हो गया। अब वह रास्ते पहचान रहा था...नगर के दक्षिण भाग में नागों की बस्ती.. उसके आगे यह रहा सुश्रवा नाग का उद्यान...उद्यान के भीतर उसका कुटीर।

कुटीर शून्य था। नि:शब्द। विशाख ने पुकार लगाई—पहले मन्द ध्वनि में और कुछ देर प्रतीक्षा करके आशंकित होकर कुछ तीव्र ध्वनि में। कोई उत्तर नहीं आया। विशाख ने द्वार जोर से थपथपाया, फिर आशंकित मन से द्वार ठेला। द्वार खुल गया। कुटीर में अकेली केवल चन्द्रलेखा थी।

वह प्रतिपदा को चन्द्रलेखा जैसी क्षीण दिखाई दे रही थी। सूना कुटीर। कोई ध्वनि नहीं, पर अव्यक्त हाहाकार जैसे फैला हुआ था।

चन्द्रलेखा उसे शून्य नेत्रों से देख रही है। कुछ बोल नहीं रही। विशाख का हृदय जैसे धड़कना बन्द हो गया। सुश्रवा कहीं दिख नहीं रहे।

'भद्रे, सब कुशल तो है...तात सुश्रवा कहाँ हैं... ?'

सुनकर चन्द्रलेखा वैसे ही विस्फारित नेत्रों से उसे देखती रही।

'चन्द्रा, चन्द्रा क्या हुआ बताओ तो...!'

अब चन्द्रलेखा फूट-फूट कर रोने लगी।

अवश्य कुछ अनर्थ हो गया है। विशाख के प्राण कंठ तक आ गये। उसने विकल स्वर में कहा—'कुछ बताओ तो...!' पर चन्द्रलेखा रोती चली जा रही थी। दु:ख का द्वार जैसे खुल गया हो।

अब विशाख को भय लगने लगा। अवश्य ही कुछ अनर्थ हो गया है। - उसने बहुत आग्रह के साथ जोर से कहा—'रोती चली जा रही हो, बताओगी नहीं कि हुआ क्या है, तो मुझे करना क्या है यह कैसे समझ पाऊँगा...?'

धीरे-धीरे चन्द्रलेखा का रुदन थमा। उसने विशाख को केसर और बादाम से बना पेय लाकर दिया। विशाख ने कहा—यह मैं नहीं लूँगा, पहले बताओं कि क्या हुआ है। चन्द्रलेखा ने बड़ी-बड़ी आँखों से उसे एक बार देखा, फिर कहा—'ले लीजिये। आप अतिथि हैं, यात्रा से थके हैं।'

विशाख के भीतर उसका इस तरह कहना बर्छी की तरह चुभा। वह शराव हाथ में लिए विषण्ण बैठा रह गया। भूख और प्यास जाती रही थी। चन्द्रलेखा का विषाद से मैला मुख देख-देख कर प्राण कंठ तक आ रहे थे।

विशाख ने शराव काष्ठपीठ पर रख दिया और बाहर आ गया।

शिविका वाहक शिविका का सामान, विशाख के वस्त्र और फल आदि उतार रहे थे। वे सामग्री ला लाकर भीतर रखने लगे। भीतर चन्द्रलेखा को रोती देख कर वे भी आशंकित मुखमुद्रा के साथ विशाख को ताकने लगे। छन्न ने प्रणाम करके विशाख से पूछा—'आर्य! कुछ अनिष्ट तो नहीं हो गया? हम लोग यहाँ रुके हैं,

भगवान अश्वघोष ने कहा था कि आवश्यकता हो, तो वहीं रुके रहना। हमारे योग्य कोई कार्य हो तो हमें बताएँ।' भद्र छन्न!—विशाख ने कहा—मुझे नव किन्नरपुर से गये हुए तीन दिन हो गये। इस बीच यहाँ कुछ अनर्थ घटित हुआ है। पर पता नहीं क्या हुआ है। आप लोग कुछ देर प्रतीक्षा करें। घर में केवल चन्द्रलेखा है, वह गृहस्वामी सुश्रवा की छोटी बेटी है। वह कुछ बता नहीं रही है।'

चारों शिबिकावाहक और छन्न के साथ के सैनिक उद्यान में रुके रहे।

विशाख फिर कुटीर में आ गया। अबकी बार चन्द्रलेखा इसके कन्धे पर मस्तक रखकर रो पड़ी।

'लेखे, पिता कहाँ है?'

चन्द्रलेखा ने अंगुलि से बताया—कुटीर में अन्धकार होने से विशाख ने देखा हीं नहीं था—एक कोने में सिकुड़ी कोई आकृति धरती पर थी। विशाख पास गया अरे, ये तो सुश्रवा ही हैं। उसने उनसे पूछा—'तात सुश्रवा, क्या हुआ? आप कैसे हैं?'

चन्द्रलेखा ने आँसू पोंछते हुए उससे कहा—'वे मूर्छित हैं...ज्येष्ठा का कहीं पता नहीं!'

सुश्रवा बीच-बीच में आँखें खोलते, कुछ कहना चाहते, पर कह न पाते। विशाख संकेत से उन्हें आश्वस्त करता। सुश्रवा चन्द्रलेखा की ओर संकेत करके कुछ कहना चाह रहे थे।

'क्या उस दुष्ट मल्लट ने घात किया?'

चन्द्रलेखा ने अटकते हुए रुँधे कंठ के साथ कहा—'आपके जाने के बाद मल्लट के सैनिकों ने हमारा बगीचा घेर रखा था। पर नाग युवक भी तैयार थे। सैनिकों का उद्यान में घुस कर कुछ भी करने का साहस नहीं हो रहा था। परसों तात कहने लगे कि राजा के पास जाकर कहता हूँ कि यह सब अनर्थ न हो...वह मल्लट को रोक ले। हमने और पितृव्य सुधन्वा ने भी तात से कहा था कि राजा तो उसी की सुनता है, राजा के पास जाने से क्या? राजा मिला नहीं पर उसी दिन मल्लट के सैनिक भीतर घुस आये...नाग युवक भी शौर्य से लड़ रहे थे...अन्ततः हमारे लोगों ने उन्हें खदेड़ दिया। मल्लट भाग गया। पाँच नाग भी मारे गये, पिता को चोट बहुत लगी...

इसी बीच राजा नर को कुछ बूढ़े अमात्यों ने समझाया बुझाया, तो उसने स्वयं आकर कहा कि यह नरसंहार नहीं होना चाहिए, अब दोनों पक्ष लड़ना बन्द कर दें। तब से लड़ाई तो बन्द है। पर पिता को चोट बहुत लगी है, उनकी स्थिति अच्छी नहीं है...

'उनको तत्काल चिकित्सा की आवश्यकता है। यहाँ कोई वैद्य है?'

'वसुदेव वैद्य उस समय घर पर नहीं थे, वे हम लोगों पर स्नेह रखते हैं। एक और वैद्य है.. मल्लट के पक्ष का.. उसने मना कर दिया।'

विशाख ने सुश्रवा की नाडी की परीक्षा की। घाव देखे। घाव गहरे नहीं थे। समय पर उपचार नहीं मिल पाया। उसने चन्द्रलेखा से कहा—'लेखे, रत्ती भर भी चिन्ता की बात नहीं। ये कल तक उठ खड़े होंगे।...इतना उपचार तो मैं कर सकता हूँ...मेरे पास एक पोटली थी, जब मैं यहाँ आया था...वह कहाँ है?'

'वह मैंने इस मंजूषा में रख दी है...'

चन्द्रलेखा ने एक मंजूषा खोली। पोटली निकालकर विशाख को दी।

'मिल गया!'—विशाख ने मंजूषा में से पोटली निकाल कर खोली ओर उसमें से व्रणविरोपणी ओषध निकाल कर चन्द्रलेखा को देते हुए कहा—इस कुतप में औषध है...इसे पीसकर लेप बनाना है और घावों पर लगाना है...'

व्रणविरोपणी की बूटी की पहचान तो तक्षशिला में उसे हुई, आचार्य चरक से आयुर्वेद पढ़ते हुए। वैद्य निधिदत्त ने सूत जी के घावों पर लगाने के लिए भी इसी औषध का उपयोग किया था। वह शान्तिशील के साथ रहा उस समय मधुपुर के आसपास के वनों से जड़ी-बूटियाँ लाकर भी उसने कुछ आवश्यक औषधियाँ बना कर साथ में रख लीं थीं।

चन्द्रलेखा सिल को साफ करके उस पर औषध पीस रही थी। पिसी हुई औषध का लेप वह एक प्याले में रखकर ले आई। विशाख ने फिर से सुश्रवा की नाडी टटोली। नाडी ठीक चल रही थी, उनके शरीर पर तलवारों के अनेक व्रण थे। वह धीरे-धीरे लेप लगाने लगा। चन्द्रलेखा भी अपनी कटोरी से लेप ले लेकर पिता के घावों पर लगाने लगी।

सहसा विशाख के मन में गहरी आशंका रेंगी। ये सारे काम तो बड़ी बहिन इरावती करती थी...वह यहाँ क्यों नहीं है?

'और ज्येष्ठा कहाँ है?' विशाख ने उससे पूछा।

चन्द्रलेखा ने विशाख के प्रश्न को सुनकर भी अनसुना कर दिया। सुश्रवा के मुख से पीड़ा के कारण सीत्कार के स्वर निकल जाते।

विशाख ने कुछ चिन्तित होकर चन्द्रलेखा से पूछा—'चन्द्रा, ज्येष्ठा कहाँ हैं?'

चन्द्रलेखा ने एक क्षण विशाख पर दृष्टि डालकर सिर झुका लिया। उसकी आँखें डबडबा गयीं थीं। हाथ में उठाया हुआ लेप का प्याला उसने नीचे रख दिया और आँचल से आँसू पौंछने लगी।

विशाख के मन में फिर आशंकाएँ डोलने लगीं। पता नहीं क्या अनर्थ हुआ है!

उसे प्रवरपुर के महाविहार में इतने दिन नहीं रुकना चाहिए था। वह रहता तो कदाचित इतना उलटफेर यहाँ न होता, झगड़ा तो उसी के कारण आरम्भ हुआ था।

विशाख के बार-बार पूछने पर चन्द्रलेखा ने आँसू पौंछते हुए कहा—'लड़ाई में पिता को चोट बहुत आई उठ भी नही पा रहे थे...ज्येष्ठा ने मुझ से कहा—चन्द्रे, तू पिता का ध्यान रखना, उन्हें बडी चोट लगी है...मैं जाकर वसुदेव वैद्य अब आ गये होंगें, मैं उनके घर से औषध लेकर आती हूँ...मैंने ज्येष्ठा से कहा भी था—अज्जे, साँझ हो रही है...मल्लट के साथी अभी भी इधर घूम रहे होंगें. हमने पिता के घावों पर हरिद्रा का लेप तो कर ही दिया: है हरिद्रा मिला दूध भी उन्होंने पी लिया है। अभी वे सो रहे हैं...कल भोर हेने पर देखेगें क्या हो सकता है। उसने सुना नहीं, चली गयी...तब से नहीं आयी...'

'तब से नहीं आयी...?'

'दो दिन हो गये...कहाँ होगी अज्जा? क्या हुआ उसका...मैं यहाँ वहाँ ढूँढती रही...हमारे लोग भी उसे ढूँढ रहे हैं...अज्जा का कहीं पता नहीं...'

विशाख सुनकर सन्न रह गया। उसके आने के बाद इतनी बड़ी विपत इस परिवार पर आ जाएगी—यह उसने कल्पना न की थी। उसका मन भीतर ही भीतर उसे धिक्कारने लगा। फिर जी कड़ा करके वह चन्द्रलेखा को समझाने लगा—'चिन्ता मत करो चन्द्रा, आर्य कौंडिन्य हैं, वे मेरे ज्येष्ठ अन्तेवासी रहे हैं...उन्हें आज सारा संसार भगवान अश्वघोष के नाम से जानता है। राजा कनिष्क उनके पाँव पखारते हैं। मैं उनसे कहूँगा। महाराज कनिष्क हमारी सहायता करेंगे...वे हमारे लिए सेना भेज सकते हैं और ज्येष्ठा का तो पता चल जाएगा...कहाँ जाएगीं...मैं अभी पत्र भेजता हूँ, आज ही अश्वघोष को सब वृत्तान्त विदित हो जाएगा...'

विशाख ने तत्काल अपने प्रसेवक से भोजपत्र निकाला, सौभाग्य मसीपात्र में कुछ मसी शेष थी। त्वरा में उसने आर्य कौंडिन्य को पहली बार भगवान अश्वघोष के नाम से सम्बोधित करते हुए पत्र लिखा। पत्र लेकर वह उद्यान में आया और छन्न से कहा- 'भद्र! यह पत्र भगवान अश्वघोष के पास अभी तुरन्त पहुँचाना है। मैं जिस परिवार ने मुझे इस काश्मीर देश में आश्रय दिया, उस पर बड़ी विपत आ गयी।'

छन्न से सारा हाल जान कर अपने साथ आये सैनिकों को सावधान रहने का निर्देश दिया। इनमें से एक सैनिक तत्काल विशाख का पत्र लेकर चल पड़ा।

विशाख फिर कुटीर में आ गया। चन्द्रलेखा पिता के मस्तक पर विशाख का दिया हुआ तैल मल रही थी। सुश्रवा के मुख से बीच-बीच में कराहने का स्वर निकलता। उनकी साँस की गति से विशाख को लगा कि वे कुछ पहले से ठीक हैं।

दूसरे दिन अश्वघोष का प्रतिसन्देश लेकर सैनिक आ गया। विशाख को प्रणाम करके उसने पत्र दिया। लिखा था—'स्वस्ति बन्धु विशाख! मैंने महाराज

कनिष्क तक सारी बात पहुँचा दी है। पर मैं यह बताना भूल गया कि महाराज कनिष्क तो आपको जानते हैं और आपका स्मरण करते हैं। उन्होंने मुझे तक्षशिला में घटी एक घटना सुनाते हुए बताया था कि किस तरह विशाख नाम के एक बटु ने उन्हें चेतावनी देकर उनके प्राण बचा लिए थे, अन्यथा तोरण के नीचे दबकर उनका प्राणांत हो सकता था। वे बीच-बीच में भी आपके विषय में जानकारी प्राप्त करते रहे, आपके अध्ययन के विषय में तक्षशिला के आने वाले गुरुजनों से पूछते थे। उन्हें यह जानकर कितनी प्रसन्नता होगी कि इसिभासिआइँ की जिस पुस्तक के लिए वे इतने उत्सुक थे, उसे आपने आचार्य वसुमित्र तक पहुँचा दिया है, वे स्वयं उसकी एक प्रति तैयार कराकर महाराज कनिष्क को अर्पित करेगें। इति।'

विशाख ने उत्साह के साथ चन्द्रलेखा को अश्वघोष के पत्र का वृत्तान्त बताया। तभी उसने देखा कि सुश्रवा ने आँखें खोलीं हैं। विशाख और चन्द्रलेखा दोनों उनके पास पहुँचे।

इसी समय सुधन्वा वहाँ आ पहुँचे। चन्द्रलेखा की उदासी अब थोड़ी सी कटी थी। अब उत्साह में थी। उसने सुधन्वा को विशाख के सारे प्रयत्नों की बात बताई। फिर बहुत धीमे स्वर में पूछा—'ज्येष्ठा का कहीं पता चला?

सुधन्वा नाग ने एक बार सुश्रवा की ओर ताका, आँखों ही आँखों में चन्द्रलेखा ने उन्हें सूचित किया कि उसने पिता के बड़ी बहन के लुप्त हो जाने की बात नहीं बताई है। सुधन्वा ने बहुत धीमे स्वर में उससे कुछ कहा, जो विशाख सुन नहीं पाया।

चन्द्रलेखा प्रतिपदा की चन्द्रलेखा की तरह क्षीण दिखती थी। विशाख का मन उसे देख-देख कर अकुला जाता। बड़ी बहन की छत्रछाया में वह कितनी उन्मुक्त हँसती दिखाई देती थी। उसकी सारी मुखरता गम्भीरता में परिणत हो गयी थी।

तीन दिन बीत गये। खंडक, सुमन्त, पैल, ककुत् और भी कई नाग युवक और उनके साथ बालक भी इरावती को खोज में लगे थे। पर्वत की उपत्यकाओं में, रथ्याओं में वीथियों में, वितस्ता के किनारे-किनारे नदी में गोते लगा कर भी वे खोजते रहे कि कोई चिह्न मिल जाए इरावती का...पर कहीं कुछ न मिला।

सुश्रवा अब स्वस्थ थे। पर बहुत उदास हो गये थे। इरावती का कहीं नहीं पता नहीं है—यह बात अन्ततः चन्द्रलेखा को उन्हें बतानी पड़ी। वे विशाख के कन्धे पर सिर रखकर रोने लग गये। विशाख उन्हें सान्त्वना देता रहा—'इरावती मिल जाएगी...आप चिन्ता मत कीजिये...यह सत्य है कि मल्लट नरपिशाच है, पर उसके पुरुष जहाँ भी इरावती को ले गये होंगें, हम ढूँढ़ निकालेगें...'

दोपहर होने को थी, दूर सैनिकों की पंक्ति आती दिखी।

'क्या हम पर पुन: आक्रमण करने जा रहा है राजा नर?'—सुश्रवा ने चिन्तित होकर कहा।

गुल्म उद्यान के बाहर रुक गया। विशाख ने देखा गुल्माधिपति बाहर खड़े नाग युवकों से उसका नाम लेकर पूछ रहा है, एक युवक ने विशाख जिस द्रंक पर था, उसका संकेत किया।

गुल्माधिपति अपने दो सहायकों के साथ विशाख के पास आया, अपना धनुष एक सहायक को देकर उसने विशाख को प्रणाम किया, फिर बोला—'स्वामी, मुझे महाराज कनिष्क के आदेश से सेनापति ने भेजा है, हम लोग आपकी रक्षा के लिए यहाँ उपस्थित हैं। पास ही में हमारे लोग स्कन्धावार बना रहे हैं। जब जो भी आवश्यकता पड़े आप हमें आदेश दें। एक विशेष सन्देशहर को राजा नर के पास भेजा गया है कि वह आप से द्रोह करने वालों को दंडित करे...'

नाग सेना में नया उत्साह भर गया। सुश्रवा के उद्यान के पास का प्रदेश एक सैन्य शिविर और स्कन्धावार बन गये थे। विशाख को लगता कि वह कहाँ आ गया...क्या इस युद्ध में सम्मिलित होना उसकी नियति थी?'

विशाख के लिए नया कुटीर बना दिया गया था। नाग समाज में उसे आदरभाव से स्वीकार कर लिया था, केवल कुछ नाग युवक थे, जो उसे कुछ ईर्ष्या के भाव से देखते।

रात हो चली थी। विशाख अपने कुटीर में आ गया।

विशाख ने चन्द्रलेखा का यह रूप कभी न देखा था। उसने उसके लिए एक भोली निष्पाप हँसती बोलती पांचलिका (गुड़िया) थी। वह इस तरह चंडी बनकर उठ खडी होगी...यह कल्पना वह नहीं कर सकता था। चन्द्रलेखा को इस रूप में देखकर उसे बार बार कालिन्दी का स्मरण हो आता।

प्रात: विशाख सूर्योपस्थान करके निवृत्त हुआ, तो देखा संघात सामने खड़ा है।

विशाख की कुटी के बाहर अश्वघोष के भेजे हुए दो रक्षक पहरा देते थे। उनमें से एक संघात था।

'भद्र संघात! सब कुशल तो है न?'

'भगवन! कोई भिक्षुक है, जो किन्नरपुर के विहार से आया है। कहता है आपके लिए एक पत्र है...'

विशाख ने कहा—'उसे यहाँ ले आओ।'

'अरे यह तो शिल्हण है!'—संघात के साथ आये नवागंतुक को पहचान कर विशाख ने कहा। शिल्हण ने विशाख को प्रणाम किया। विशाख ने उसे आशीर्वाद

देकर संघात को जाने का संकेत किया।

संघात के जाने के बाद विशाख ने शिल्हण से पूछा—'कैसे हो शिल्हण? सब कुशल है विहार में? आचार्य वसुमित्र स्वस्थ प्रसन्न हैं?'

'जी हाँ, आर्य! वे स्वस्थ प्रसन्न हैं, उन्होंने आप के लिए एक पत्र दिया है।'

विशाख ने पत्र खोला और पढ़ा। पत्र इसतरह था—

'आयुष्मन विशाख, मैं दो दिन से विचार करता रहा कि आपको किस तरह सूचित करूँ...सूचित करूँ या नहीं। बात यह हुई कि पिछले सप्ताह कुछ भिक्षुओं आकर बताया—भगवन! वितस्ता के पास वन में एक स्त्री का शव पड़ा हुआ है। वे बहुत घबराये हुए थे, दुःखी थे।

मैं स्वयं उनके बताये हुए स्थान पर गया। भाग्य की बात जिसे वे स्त्री का शव समझ कर घबरा कर मुझे बताने आये थे, वह एक कन्या है, और उसकी काया में प्राण शेष थे। उसके साथ बड़ा अनाचार किया गया है, पर वह बहुत सत्वमयी है। एक शिबिका में कर हम उसे उठाकर लाये। विहार के पीछे एक भिक्षुणियों का विहार है। उसमें दस ही थेरियाँ रहती हैं। महाथेरी सुखदा ने आयुर्वेद का अभ्यास किया है। उन्होंने पास के वन से अनेक औषधियों का संग्रह भी कर रखा है। उन्होंने उस युवती के व्रणों का उपचार किया। उपचार से युवती की चेतना लौटी। कुछ बड़बड़ाती थी। बहुत प्रयास करके उसके अस्फुट शब्द थेरियाँ सुन सकीं। महाथेरी ने बताया कि वह विशाख- चन्द्रा—ये शब्द बार बार उच्चरित कर रही है। पूछने पर अपना नाम नहीं बताती। कल कुछ बालक हमारे विहार में इरावती नाम की एक कन्या के विषय में पूछने आये थे।

सम्भवतः आप इस कन्या को जानते हों...

विचार करके आप इस सम्बन्ध में हमारी सहायता कर सकें—इसलिए आप को सूचित करना उचित समझ रहा हूँ। इति । स्वस्ति। वसुमित्र।'

पत्र पढ़कर विशाख एक दो क्षण स्तब्ध सोचता रह गया...फिर उसने शिल्हण से कहा—शिल्हण, अभी रुको...मैं तुम्हारे साथ चलूँगा...'

विशाख के मन में अन्धड़ बह रहा था। क्या महाविहार में पहुँच गयी युवती इरावती है?—वह वहाँ कैसे पहुँच गयी?...पता नहीं इरावती के साथ क्या घटा है—उसे इस स्थिति में क्या करना चाहिए, सुश्रवा को बता दे- पर वे अभी स्वस्थ नहीं हैं...चन्द्रलेखा को बता देना उचित होगा।

विशाख ने अपने कुटीर के द्वार पर खड़े सैनिक से कहा—'भद्र, उद्यान में सुश्रवा नाग के कुटीर तक जा रहा हूँ...यहाँ ध्यान रखना है...'

सैनिक ने मस्तक झुकाकर कहा—'ऐसा ही होगा स्वामी!'

शिल्हण को साथ लेकर वह सुश्रवा के कुटीर पहुँचा। शिल्हण को बाहर एक

शिलापट्ट पर बिठाकर वह भीतर आया।

चन्द्रलेखा पिता के घावों पर लेप लगा रही थी। विशाख ने उसे बाहर आने का संकेत किया। विशाख की मुखाकृति देखकर वह समझ गयी कि कोई आवश्यक बात है। 'तात, अभी आती हूँ'—कहकर वह बाहर आयी। विशाख ने संक्षेप में उसे सब बात बताई। चन्द्रलेखा की आँखों में आँसू आ गये। 'पता नहीं अज्जा के साथ क्या क्या हुआ है...!'—उसने सुबकते हुए कहा।

'चन्द्रे, चिन्ता मत करो! भोजपत्र और मसी दो। मैं महास्थविर वसुमित्र को सन्देश भेज दूँ कि मैं अभी आ रहा हूँ!'

'सन्देश क्या भेजना है हम चलते हैं वे अज्जा ही हैं। हम चलकर अज्जा को ले आते हैं...'

'हम तत्काल यहाँ से नहीं निकल सकते। कुछ व्यवस्था करके जाना होगा। मल्हण के लोग घात लगाये हुए हैं। पता चला है कि वे आज आक्रमण कर सकते हैं। पिता का ध्यान रखना होगा। यह सामनेर शिल्हण जो बाहर बैठा है महाविहार से पत्र लेकर आया है, हवा की गति से चलता है। वह एक मुहूर्त में पत्र पहुँचा देगा। हमें पहुँचने में देर लगेगी। सुरक्षा की व्यवस्था करनी होगी।'

चन्द्रलेखा मुग्ध होकर विशाख को देखती रह गयी। विशाख को लगा वह उसकी दृष्टि में नहा रहा है, फिर वह दृष्टि उसके पोर-पोर को नहलाती, रोम रोम उकसाती, भीतर धँसती जा रही है।—'समय कम है'—किसी तरह उसने सँभल कर कहा। चन्द्रलेखा भी सँभल गयी और बोली—'मैं भोजपत्र और मसी लेकर आती हूँ...'

चन्द्रलेखा लेखन सामग्री लेकर आई, तो—'चन्द्रे! क्या हुआ? क्या बात है?'—कहते हुए सुश्रवा उसके साथ बाहर निकल आये।

'तात, आप विश्राम कीजिये, अज्जा का कुछ सुराग मिला है, मैं आर्य विशाख के साथ जाकर देख आती हूँ...'

'नहीं! तू नहीं जाएगी ऐसे...एक बार वह गयी, तो लौटी नहीं...मैं साथ चलूँगा...'

विशाख महास्थविर वसुमित्र के लिए पत्र लिखने लगा था। उसने पत्र समाप्त कर बन्द किया और शिल्हण को पत्र दिया। कहा—'शिल्हण तत्काल यहाँ से जाकर पत्र सीधे महास्थविर वसुमित्र के हाथ में देना।'

शिल्हण प्रणाम करके तेजी से चल पड़ा।

सुश्रवा और चन्द्रलेखा अभी भी विवाद कर रहे थे। विशाख ने सुश्रवा से कहा—'तात! हम दो घड़ी में लौट आयेगें,मैं वचन देता हूँ...चन्द्रा का मन है, तो उसे जाने दीजिये...'

सुश्रवा लम्बी साँस छोड़कर भीतर चले गये। विशाख ने छन्न को बुलाकर जितना आवश्यक समझा, उसे बताया। तभी सुधन्वा आ गये। सुश्रवा बहुत उत्तेजित थे। 'भैया, मेरी बेटी का पता चल गया!'—उन्होंने सुधन्वा से कहा—मैं कह रहा हूँ कि मुझे साथ ले चलो...'

सुधन्वा ने प्रश्नसूचक दृष्टि से विशाख को देखा। विशाख ने उन्हें संक्षेप में वसुमित्र के पत्र के विषय में बताया। चन्द्रलेखा ने कहा—'मैं अज्जा के पास जा रही हूँ। उनको साथ लेकर आऊँगी।'

छन्न ने शिबिका बाहकों को बुला लिया था। तभी चन्द्रा अपने हाथ में एक उपहस्तिका लेकर कुटीर से बाहर आयी।—'यह क्या रख लिया?'—विशाख ने पूछा।

'अज्जा के वस्त्र और कुछ उन्हीं का सामान...' चन्द्रलेखा ने कहा।

विशाख को अपने प्रश्न पर ग्लानि हुई।

'सुश्रवा! तुम चिन्ता मत करो, तुम्हारी छोटी बेटी बहुत समझदार हो गयी है...' सुधन्वा बोले।

'चलें!'—विशाख ने कहा।

शिबिका के सामने खड़ी चन्द्रा ने विशाख को प्रत्याशा के साथ देखा।

विशाख ने कहा—'मैं तो पदयात्रा कर लूँगा। चन्द्रा शिबिका में बैठ जाए।'

सुधन्वा बोले—'अरे नहीं पुत्र, तुम अनावश्यक इस पहाड़ के दुर्गम प्रदेशों में इस तरह पाँव घिसते रहोगे, तो तुम्हें जो बड़े कार्य यहाँ करने हैं, वे कैसे करोगे.. चन्द्रा भी बैठेगी, पहले तुम बैठो, शिबिका में तो दो के लिए स्थान है।'

सुधन्वा और सुश्रवा शिविका को रवाना होते देखते रहे। शिबिका उद्यान के मुख्य द्वार तक पहुँची, तो सुधन्वा ने सुश्रवा का हाथ पकड़ कर कहा—'तेरी बेटी इस युवक को चाहती है, चन्द्रलेखा का हाथ इसके हाथ मे दे दे...'

'क्या कह रहे हो? सुश्रवा ने चकित होकर कहा। हमारे लोग क्या कहेगें?'

'मैंने तेरी बेटी की आँखों में देखा...उसकी आँखों में इस युवक के लिए प्रेम है। यह युवक काश्मीर का भविष्य है। सारे जम्बूद्वीप का भविष्य है। वासुकि यही चाहते हैं।'

शिबिका उच्चावच मार्ग पर चलती तो कभी एक ओर झुकती कभी दूसरी ओर। विशाख अपने शरीर को सिकोड़ कर एक ओर बैठा था, चन्द्रा भी आरम्भ में तो सिकुडी सिमटी उससे दूर बैठी रही। पर कदाचित दाहिनी ओर के अगले कोने वाले शिबिकावाहक का पाँव किसी गड्ढे में पड़ गया, तो शिबिका अचानक सामने

उल्लार होने को हुई,—'चन्द्रा सँभल कर!'—विशाख जब तक कहता चन्द्रलेखा ने उसके कन्धे पर बायाँ हाथ रखकर उसे पकड़ लिया, विशाख फिसला तो दोनों आसन्दी से एक साथ गिरे। चन्द्रलेखा हँसने लगी। विशाख ने उसे उठा कर आसन्दी पर बिठा दिया। उसके दाहिने कन्धे और दक्षिण पार्श्व में फुरहरी सी दौड़ गयी।

विशाख फिर एक बार महाविहार पहुँचा। सबसे पहले आचार्य वसुमित्र के पास जाकर उनका अभिवादन किया। कुछ देर वसुमित्र शान्त स्थिर नेत्रों से विशाख को देखते रहे। विशाख को लगा कि वसुमित्र बहुत कुछ जानते हैं। वे बोलते कम हैं। उनसे सारी बात बता देना चाहिए। उसने उनसे प्रथम भेंट के बाद जो कुछ हुआ था, वह सब बताया। चन्द्रलेखा सिर झुकाये चुपचाप बैठी थी। बड़ी बहन इरावती की चर्चा आने पर वह दुकूल में मुँह छिपाकर रोने लगी।

सारी बात सुन कर वसुमित्र ने कहा—'भद्र विशाख आपके आने से किन्नरपुर में उथलपुथल हुई है, पर जैसा आचार्य कच्चान ने सोचा है, सब उसके अनुरूप ही हो रहा है। तथागत करा रहे हैं, आप चिन्ता न करें। वह युवती, जो थेरी विहार में है आपके साथ आई उपासिका की बहन ही होगी। मैं महाथेरी सुखदा के पास सूचना भेज देता हूँ, वे उस युवती से आपकी भेंट करा देंगी। उसने अपना नाम नहीं बताया, पर सम्भव है वह इस उपासिका की बहन ही हो...'

सरल वन में जहाँ महाविहार का विशाल भवन है, उसक पीछे एक सँकरी पगडंडी है। अनेक लोगों को पता भी नहीं है कि यहाँ भिक्षुणियों के लिए एक विहार है।

महास्थविर वसुमित्र के आदेश से सामनेर शिल्हण विशाख और चन्द्रलेखा को इस विहार तक ले गया। मुख्य द्वार पर एक थेरी बैठी हुई थी, शिल्हण ने उसके पास जाकर विशाख और चन्द्रलेखा की ओर संकेत करके मन्द स्वर में कुछ कहा. वह थेरी उसे रुकने का संकेत करके भीतर चली गयी। तीन चार निमेष के बाद वह लौटी और विशाख से कहा—'भद्र, आपको महाथेरी भीतर बुला रही हैं।'

भीतर एक बड़े कक्ष में कुछ थेरियाँ चटाइयों पर बैठी ध्यान कर रही थीं, कोई भेड़ के बालों से ऊन बना रही थी, कोई कुथा बुन कर रही थी।

विशाख के साथ आई थेरी उसे और चन्द्रलेखा को इस कक्ष के आगे एक छोटी सी शाला में ले गयी। 'आप जिसे खोज रहे हैं—वह थेरी महाथेरी सुखदा के साथ इस कक्ष में है—आप भीतर जाएँ'—यह कहकर वह चली गयी।

विशाख चन्द्रलेखा के साथ इसके बताये कक्ष में आया।

यह कक्ष छोटा था, पर दीवारों पर सुन्दर चित्र थे—बोधिसत्व के विभिन्न प्रसंगों के।

पर्यंक के पार्श्व में पीठ पर महाथेरी सुखदा बैठी थीं। चन्द्रलेखा ने उन्हें प्रणाम

किया।

विशाख प्रणाम करने लगा, तो वे बोलीं—यह अनर्थ मत कीजिये! आप मेरे गुरु हैं।

विशाख चकित महाथेरी को ताकता रह गया। उसके मुँह से निकला—'कल्माषी!'

'मेरे कल्मष दूर हुए! मैं अब सुखदा हूँ। आपके शाकलपुर से जाने के बाद मेरा भी संसार बदल गया!'

कल्माषी...महाथेरी सुखदा की कथा सुनने का समय न था।

कक्ष में एक कोने में शैया पर एक आकृति थी—निर्निमेष सामने ताकती हुई। उसके केश अभी अभी मुड़वाये गये थे। बीच-बीच में वह वेदना से कराहती।

'अज्जा कहाँ हैं?'—चन्द्रलेखा ने व्याकुल होकर महाथेरी से पूछा।

'भद्रे, मुझे विदित नहीं कि तुम किसे खोज रही हो। हाँ, चार दिन पूर्व यह बच्ची हमें वितस्ता के तट पर अर्धमृत स्थिति में मिली।'

'चन्द्रा...!' तभी उस आकृति के मुख से निकला।

चन्द्रलेखा चिल्लायी - 'अज्जे!'.. और धाड़ मारकर रोने लगी।

इरावती ने अपने हाथ बढ़ाये। फिर बोली—'चन्द्रा रो मत। मैं यहाँ ठीक हूँ। महाथेरी मेरा बहुत ध्यान रखतीं हैं, और ये मेरी चिकित्सा भी अच्छी तरह कर रही हैं। मेरे प्रति उनका इतना स्नेह है...'

इरावती अत्यन्त क्षीण स्वर में धीरे-धीरे बोल रही थी।

'मैं अभी आई...' कहकर महाथेरी वहाँ से चली गयीं।

उकक्ष में कुछ क्षण सन्नाटा रहा। इरावती चन्द्रलेखा का हाथ में पकड़े अपने आँखें बन्द करके तन्द्रा में चली गयी थी। चन्द्रा ने कहा—'इन्हें यहाँ से कैसे ले जाएँगे...?'

विशाख बोला—मैं महास्थविर से बात करता हूँ...वे एक और शिविका और शिविकावाहकों की व्यवस्था करा देगें...

इरावती ने टूटते हुए स्वर में कहा—'अभी मुझे यहीं रहने दो...!'

सबस पहले तो आप वस्त्र बदल लीजिये...—चन्द्रलेखा कहने लगी।

विशाख कक्ष से बाहर आ गया। महाथेरी सुखदा...कल्माषी अलिन्द में मिल गयीं। 'मुझे तो लगा भद्र विशाख कि आप मुझे भूल ही गये...!' उन्होंने कहा।

कल्माषि, महास्थिविरे, आपने मेरा इतना उपकार किया है कि आपको कैसे भूलूँगा...पर आपका यहाँ होना...इस रूप में...यह अप्रत्याशित है मेरे लिए...'

महाथेरी ने कहा—तुमने ने मुझे बदल दिया भद्र विशाख, तुम्हारा यह कहना—कि क्या मैं सचमुच सुखी हूँ...मैंने बहुत सोचा, फिर मैं विहार चली गयी...बड़ी कठिनाई से महास्थविर मुझे संघ में लेने के लिए तैयार हुए, फिर बोले—आज ही भिक्षुणियों का संघ किन्नरपुर जा रहा है, वहाँ थेरियों के लिए बड़ा विहार बन रहा है, तुम उसमें चली जाओ...मैं यहाँ आ गयी...

विशाख और कुछ पूछता, तभी चन्द्रलेखा बाहर आ गयी। विशाख से बोली—मैं समझा समझा कर हार गयी अज्जा को...वे न चीवर उतारने को तैयार हैं, न घर चलने को...आप ही समझाइये न...

विशाख फिर उसी कक्ष में आ गया।

कक्ष में मौन पसर गया था। किसी तरह विशाख ने बात छेड़ी उसने इरावती से पूछा—'देवि, आपने बहुत कष्ट उठाया है, और इस समय पूछना भी उचित नहीं लगता कि क्या कैसे क्या हुआ है, पर कौन लोग थे, जिन्होंने आपके साथ अनाचार किया...'

इरावती कुछ देर शून्य में ताकती रही। फिर उसने बहुत अटकते हुए दुर्बल स्वर में जो बताना आरम्भ किया, उस सुनते-सुनते चन्द्रलेखा फफक-फफक कर रोने लगी, इरावती अपनी दुर्बलता के कारण बीच-बीच में बोलने में अशक्त हो जाती, कभी वह स्वयं भावातिरेक, लज्जा व जो कुछ उसके साथ घटा था उसकी भयावहता के कारण बोलने-बोलते रुक जाती।

'उस दिन मैं वसुदेव वैद्य को बुलाने के लिए निकली...अँधरा हो गया था...मुझे लग रहा था कि मल्लट और उसके साथी भाग गये हैं.. मैं वसुदेव वैद्य के घर की गली की ओर मुड़ी,तभी चार युवकों ने मुझे घेर लिया। मैं नहीं पहचानती कौन लोग थे, पर मल्लट के लोग थे, वे बार-बार मल्लट का नाम ले रहे थे। मैं उनसे हाथ जोड़ कर विनती करती रही कि मैं घायल पिता के लिए औषधि लेने वैद्य के घर जा रही हूँ, मेरी बात सुनकर वे ठहाका मार कर हँसते रहे। मैं चीखी, तो उन्होने मेरे मुँह पर कपड़ा बाँध दिया। ' देखो, इसे कहीं से चोट न लगे!'—उनका अधिप बार-बार कह रहा था।...फिर वे मुझे पकड़ कर एक ऐसे भवन में ले गये, जो चारों और से बन्द था। उन्होंने इस भवन में एक काल कोठरी में मुझे डालकर द्वार बाहर से बन्द कर दिया।

बाहर बातचीत के स्वर सुनायी देते। 'मैंने तो कहा ही था कि वह अक्षतांगी

है—बलि के लिए वह उचित है। पूर्णिमा के दिन अनुष्ठान होगा।'

किस अनुष्ठान की बात ये लोग कर रहे हैं? पूर्णिमा कब है? मुझे समय और तिथि का कुछ स्मरण नहीं आ रहा था...सम्भवतः द्वादशी थी उस दिन...

अँधेरे में मैं सोचती रही कि कैसे बच कर निकलूँ। कोठरी में सामने के द्वार को बाहर से बन्द करके वे लोग चले गये थे, एक द्वार और था, जो पार्श्व के कक्ष में खुलता था। उस कक्ष से कुछ स्वर आते रहते।...मैं कितने प्रहर, कितने दिन उस कक्ष में रही कुछ स्मरण नहीं, सम्भवतः रात बीती होगी...अगले दिन कोई स्त्री मेरी कोठरी के पीछे वाले कक्ष को खोल कर मेरे पास आई। वह कुछ आहार लेकर आई थी।—'ले यह खाले, भूखे पेट को बलि पशु उचित न होगा न!' ऐसा कहा उसने। यह क्या कह रही है—मैं समझ न पायी। 'कल बलि चढ़ा देगें तुझे'—उसने फिर कहा था—'मुझे भी बलि देने के लिए लाए थे, पर वह रोहितांग है न उसने मुझे बचा लिया...उसने मेरी एक अंगुलि काट दी और फिर इन लोगों से कहा—यह अक्षतांगी नहीं हैं...'

मैं कुछ समझ न पाई कि वह क्या कह रही है...इतना अवश्य लगा कि मेरा अन्त आ चुका...वह स्त्री मदिरा पिये हुए थी...'प्राण बचाना है, तो भाग जा!'—उसने कहा था—'मैं अपराह्ण की पूजा की व्यवस्था करने भैरव मन्दिर जाऊँगी, उस समय यहाँ पहरा भी शिथिल होगा...'

वह भोजन रखकर गयी थी...मुझसे कुछ खाया न गया। कितना समय बीत गया, मुझे कुछ स्मरण नहीं...कोठरी में एक झरोखा था, उससे धूप आ रही थी...पार्श्व के कक्ष से आने वाले सारे स्वर शान्त हो चुके थे, मुझे लगा कि दिन ढलने को है...यदि अभी मैंने यहाँ से बचकर निकलने का प्रयास नहीं किया, तो यह मेरा अन्तिम दिन होगा.. मैंने देखा कि कोठरी के पार्श्व के कक्ष में खुलने वाला द्वार उड़का हुआ है...बाहर से बन्द नहीं है, मैं द्वार खोलकर पार्श्व के कक्ष में आ गयी। इस कक्ष में एक वातायन था, उससे बाहर का दृश्य देखा जा सकता था। मैं दूसरी भूमि पर थी, मन निराशा के गर्त में डूब गया.. यह कक्ष भी बाहर से बन्द था...तभी मेरी दृष्टि कोने में पड़े वस्त्रों पर गयी, वह स्त्री...जो मुझे भोजन देने आई थी.. त्वरा में अपने वस्त्र बदल कर पहले के पहने यहाँ छोड़ गयी थी...उनमें अंशुक काफी लम्बा था...क्या वह जान बूझकर यह अंशुक छोड़ कर गयी होगी? मैंने अंशुक वातायन के सींखचों से नीचे लचकाया और उसके सहारे नीचे कूद गयी। फिर मुझे स्मरण नहीं मैं किस ओर से किधर गयी...

मैं किन्नरपुर से आगे एक वन में भटक गयी थी, वहाँ मुझे दो तुरुष्कों ने पकड़ लिया.. वे दो दिन मेरे साथ दुराचार करते रहे.. फिर वे मुझे लेकर गान्धार देश की ओर जा रहे थे...तभी उन पर किसी वन्य पशु ने आक्रमण कर दिया...वह विचित्र

पशु था...उसके कई पाँव थे.. वैसा पशु मैंने आज तक नहीं देखा...मैं इतनी भयभीत हो चुकी थी कि भय की सारी सीमाएँ मेरे लिए चुक गयी थीं...मेरे देखते-देखते वह पशु दोनों तुरुष्कों को चबा गया फिर वह मेरी ओर बढ़ा, मैं मूर्छित हो गयी...

'...जब मुझे होश आया, तो देखा कि मैं इस विहार में हूँ। महाथेरी स्वयं मेरा उपचार कर रहीं थीं।—इसे शरीर से अधिक मानसिक पीड़ा पहुँची है, पर तथागत चाहते हैं कि यह रहे...तो इसे कुछ नहीं होगा...'—वे कह रहीं थीं...

विशाख इरावती का यह वृत्तान्त सुनकर सन्न सा बैठा रह गया। चन्द्रलेखा आँसू पोंछ रही थी।

'मैंने दो दिन इस विहार में रहकर बहुत सोचा...' इरावती फिर कहने लगी—'भीतर ही भीतर मन्थन किया। वासुकि, शिव और बुद्ध किसकी शरण में जाऊँ—कौन अभय देगा—फिर मुझे लगा कि बुद्ध ने तो स्वयं अपनी करुणा से मुझे अपना लिया है—तो मैंने निश्चय कर लिया कि विहार में ही रहूँगी...'

इरावती की बात सुन कर चन्द्रलेखा जोर से रो पड़ी । महाथेरी उसे समझाने लगीं—'हम ने तो उपासिका से कहा था कि घर लौट जा। इसके हठ के कारण ही हम दो दिन आप लोगों से सम्पर्क न कर पाये। जब अन्ततः महास्थविर को सूचित किया, और उन्होंने निर्णय भी दे दिया कि वे इस उपासिका को उपसम्पद् दे देंगे, परन्तु इसके बन्धुजनों को सूचित करने के बाद...तब फिर आपके पास पत्र भेजा गया...'

'यह क्या किया अज्जा?'—चन्द्रलेखा ने रोते हुए कहा—'मेरा इस संसार में आपके अतिरिक्त और कौन है—मैं क्या आपके बिना रह सकती हूँ...?'

'तुम्हारा ध्यान अब ये रखेगें।'—इरावती ने विशाख की ओर संकेत करके कहा।

'आप घर चलिए, पहले उपचार करा लीजिये...आपको चोट बहुत लगी है...'—विशाख ने कहा।

महाथेरी ने कहा—'ये शीघ्र ही स्वस्थ हो जाएँगी, इनके शरीर के घाव शीघ्र भर जाएँगे।'

इरावती के लम्बे केश चले गये थे, चिकना मस्तक ऊपर बँधी पट्टियों से देखा जा सकता था।

'एक घड़ी में ऐसा क्या हो गया...?'—चन्द्रलेखा ने फिर रोते हुए कहा।

'पिता कैसे हैं?'—इरावती पूछने लगी।

चन्द्रलेखा ने रोते हुए कहा—'वे तो रात दिन तुम्हारा ही स्मरण करते रहते हैं। दो दिन तो हमने उन्हें बताया नहीं। वे पूछते कि कहाँ है इरा, तो मैं कह देती - यहीं उद्यान में हैं। पर कब तक मैं उनसे छिपा कर रखती?...कब तक झूठ बोलती उनसे

मैं?...और अब मैं उनसे क्या कहूँगीं? बहुत हुआ अज्जा! अब घर चलो!'

इरावती ने एख लम्बी साँस ली और उसा मस्तक पीछे लटक गया। 'अज्जा! अज्जा! क्या हुआ?' चन्द्रलेखा ने चिल्लाकर कहा। – 'देख रहे हैं आप इन्हें ?'...फिर उसने विशाख से कहा ।

विशाख ने कहा—'चिन्ता की बात नहीं.. साँस चल रही है, मैं जल लेकर आता हूँ...'

'मैं लाती हूँ।'—कहकर चन्द्रलेखा उठकर बाहर चली गयी।

उसके जाने के बाद इरावती ने आँखें खोलीं। 'एक बात कहनी थी आपसे भद्र विशाख...'—वह कहने लगी।

'आप ठीक तो हैं?...अब आप विश्राम करें और चिन्ता न करें...'

'नहीं मैं ठीक हूँ...आप मेरी बात सुन लें...चन्द्रा लौटकर आये उसके पहले...'

'हाँ, कहिए!'

'आप चन्द्रा से विवाह कर लीजिये—आप चन्द्रा को अपना लीजिये...

'यह आप क्या कह रहीं हैं?'

'चन्द्रा का चित्त आप में लगा है—ऐसे ही जैसे चन्द्रमा को चकोरी चाहती है वह और तो किससे कहती...वह अभागी है। मेरे यहाँ रहने से वह और अनाथ हो जाएगी...'

विशाख चकित सा, स्तब्ध सा, किंकर्तव्यविमूढ़ सा, इरावती को ताकता रह गया।

'ऐसा कैसे हो सकता है!' कुछ उदास हताश स्वर में उसने धीरे से कहा।

'ऐसा हो सकता है...आप चाहें तो...मेरा अनुरोध आप मानें तो...'

कठिनाई से इतना कहकर इरावती ने नयन मूँद लिए थे, उसके मुख पर ऐसी क्लांति थी, जो अनन्त पीड़ा, अनन्त श्रम करके निढाल पड़ गयी हो। दोनों के बीच अकथनीयता की स्थिति झूल रही थी। विशाख सोचता रह गया—यह इरावती ने क्या कह दिया, ऐसा तो कभी सोचा न था...सोचा भी था, पर सोच को बार-बार रोका...चन्द्रलेखा उसे अच्छी लगती है, मन उसकी ओर खिंचा चला जाता है, फिर भी...क्या इरावती के कहने से ऐसा हो जाएगा कि वह और चन्द्रलेखा विवाह के बन्धन में बँध जाएँ, क्या सुश्रवा मान लेगें...और वह? वह क्या करे, क्या उसे निर्णय लेने का अधिकार है? सूत जी होते तो वह उनसे पूछता, आर्य कौंडिन्य हैं...भदन्त अश्वघोष...क्या उनसे पूछे...और किससे पूछ सकता है वह? माँ नहीं रहीं, पिता यहाँ नहीं हैं...

विशाख कुछ कहता उसके पहले चन्द्रलेखा हाथ में भृंगार लिए आ गयी। उसके साथ एक थेरी भी थी। –

'अज्जा, आप वस्त्र बदल लें, फिर उठिये अब हो गया, बहुत हो गया...अब चलिए!'—चन्द्रलेखा बहुत आग्रह के साथ तेजी से कहने लगी।

इरावती ने उसके हाथ अपने दोनों हाथों में ले लिए। चन्द्रलेखा फफक-फफक कर रो पड़ी।

उस दिन विहार से जाना न हो सका। चन्द्रलेखा ने कहा, आज यहीं रुक कर देखते हैं, कल तक अज्जा का मन बदल जाएगा।

अगला दिन।

विशाख के समझ में नहीं आया, वह क्या कहे। फिर किसी तरह वह बोला – 'देवि आप घर लौट चलें। जिन लोगों ने आपके साथ ऐसा अनर्थ करने की कुचेष्टा की उन्हें दंड मिलेगा...'

'नहीं!'—इरावती ने कहा- 'मेरे कारण किसी को दंडित करने की आवश्यकता नहीं। आप भी मन से वैर-भाव निकाल दीजिये। मैंने दो दिन विहार में रहकर बुद्ध का यह वचन मन में धार लिया है—

'नहि वेरेन वेराणि सम्मन्तीह कुदाचनं।
अवेरेन च सम्मंति एस धम्मो सनन्तनो।।

'सब के मन से वैर भाव निकल जाए, तो संसार में शान्ति आ सकती है। मैं वैर-भाव छोड़ रही हूँ, पिता भी मेरे लिए वैर-भाव छोड़ दें...'

विशाख पालि की गाथा वह भी इतने शुद्ध उच्चारण के साथ इरावती के मुख से सुनकर चकित रह गया। कितने महीने हो गये! धम्मपद की यह गाथा उसने पहले उपालि और फिर शान्तिशील के मुख से सुनी थी। यही गाथा उसने महाराज कनिष्क को सुनायी थी। इसी गाथा के कारण कनिष्क उससे प्रसन्न हुए थे, उसे तक्षशिला के विद्यापीठ में प्रवेश मिल सका था...क्या यह गाथा इरावती को...हम सबको इस दुरन्त संकट से उबार लेगी?

चन्द्रलेखा रो-रो कर निहोरा करती रही। इरावती घर चलने के लिए तैयार न हुई। उसका कहना था कि अपनी स्वयं की प्रसन्नता के लिए वह विहार में रहना ताहती है। घर परिवार के लिए भी ही अच्छा होगा। उसने रोती चन्द्रलेखा को समझाया—'चन्द्रे!, रो मत। भद्र विशाख बहुत सज्जन हैं। ये तेरा ध्यान रखेंगे। सब ठीक हो जाएगा।'

जो कुछ घट रहा था, वह विशाख के लिए अप्रत्याशित था। नियति ने उसे कठपुतली बनाकर जिन डोरियों से बाँध दिया था, उनके सूत्र पता नहीं किसके हाथ में थे—क्या इरावती एक सूत्रधारी बन गयी है...वह जैसा चाहेगी हम करेंगे? इरावती

ने वैरभाव छोड़ देने का बात की। उसने यह क्यों कहा कि मैं वैर भाव छोड़ रही हूँ, पिता भी मेरे लिए वैर-भाव छोड़ दें... ?

इरावती के ये शब्द विशाख के भीतर गँसते जा रहे थे। पिता भी मेरे लिए वैर भाव छोड़ दें...

कितने युगों से कितनी सन्तानें यह प्रार्थना करती आईं हैं...नचिकेता ने तो यम से वर में यह एक वर ही माँग लिया कि पिता भी मेरे लिए वैर भाव छोड़ दें...उसने भी तो यह कामना पता नहीं कितनी बार मन के किसी अन्धकूप में जाकर की होगी कि मेरे पिता भी मेरे लिए अपने मन का वैर छोड़ दें...

बैठे बैठे विशाख का मस्तक घूमने लगा। उसे लगने लगा इरावती ने उसके भीतर बन्द पता नहीं कितने कपाट खोल दिये हैं...

वह विगलित स्वर में इरावती से कहने लगा—'देवि, आपने क्या-क्या नहीं सहा ! आप प्रणम्य हैं...'

इरावती ने कहा—'भद्र विशाख! मुझे देवी मत बनाइये। मैं इस विहार में एक अति सामान्य भिक्षुणी बन कर रहती रहूँ इतना ही पर्याप्त है। बस यही चाहती हूँ कि पुरुष मेरे जैसा सामान्य स्त्रियों को और पद दलित न करें...पुरुषों की यह प्रकृति होती है...वे स्त्री को रौंद भी देगें और देवता के बहुत ऊँचे सिंहासन पर भी बिठा देगें...वे उसकी बलि चढ़ायेगें और फिर उसी को पूजेगें भी.. '

इरावती के अन्त में कहे हुए तीन वाक्य विशाख के मर्म पर चुभते रहे। पहले भी इस तरह की बात उससे कही थी—किसने? हाँ, भद्रपुर में कालिन्दी ने... !

कालिन्दी ने भी आसाधारण अपौरुषेय साहस किया था। अकेली उसी ने उस तान्त्रिक को धूल चटा दी थी। उस समय विशाख को उसमें देवी, भवानी, चंडिका, अंबिका—सबका रूप दिखाई दिया...और जब बाद में विशाख उसके मुँह पर उसकी स्तुति करने चला, तो उसने भी यही कहा था—'आप पुरुषों की यही रीत है...कभी तो आप हम स्त्रियों को इतना नीचे गिरायेंगे कि दासियों से भी हीनतर स्थिति हो हमारी...कभी आप हम लोगों को इतना ऊपर उठायेगें कि हम अपने आप को भूल जाएँ...'

विहार के बाहर निकला, तो जैसे संसार ही बदल गया था। इरावती का दुःख और एक-एक शब्द मन में शततन्त्री वीणा पर छिड़े करुण राग की तरह सौ गुना होकर गूँजता। चन्द्रलेखा लगातार रो रही थी, विशाख उसे समझा रहा था।

महाथेरी द्वार तक आईं, चलते समय विशाख ने कहा—आपने इरावती को बचा लिया...किन शब्दों में कृतज्ञता ज्ञापित करूँ...

बड़ी-बड़ी आँखों से एक क्षण विशाख को तकती रहीं, फिर बोलीं – ' भद्र विशाख! ऐसा क्या हो गया कुछ ही महीनों में कि मेरे और तुम्हारे बीच जैसे कई

भित्तियाँ उठ खड़ी हो गयीं हों...क्या मैं वही कल्माषी नहीं...जिससे तुम शाकलुर में मिले थे...?'

विशाख ने कहा—'उस कल्माषी को आपने उसके सारे कलुष के साथ विसर्जित कर दिया...वह अब कहाँ है...'

—'कल्याण हो तुम दोनों का...'—महाथेरी ने बहुत मन्द स्वर में कहा।

तब तक चन्द्रलेखा शिविका में चढ़ चुकी थी...महाथेरी और विशाख के बीच जो हुआ, उसने लक्षित नहीं किया।

मार्ग में चन्द्रलेखा रोते-रोते कह रही थी—'एक बार पिता ने क्रुद्ध होकर कह दिया था अज्जा से तू मेरी पत्नी की हत्यारी है—तेरे कारण वह संसार छोड़कर चली गयी...तब से अज्जा के मन में यह बात बैठ गयी...उतनी पुरानी बात मन में गाँठ बाँध कर पिता ने रख रखी थी...अज्जा तो अबोध थीं उस समय...उन्हें हिमपात से बचाने के लिए माँ ने सब ओर से उन्हें ढक लिया था...'

...अचानक ही सब घटित हो गया था। सुश्रवा और सुधन्वा ने ही आग्रह किया था—अब विशाख का चन्द्रलेखा से विवाह हो जाना चाहिए। विशाख ने कहा था कि यहाँ उसका कोई नहीं है, किसकी आज्ञा ले...गुरु नहीं, माँ नहीं, पिता नहीं। तभी फिर ध्यान आया—आर्य कौंडिन्य जो अब महास्थविर अश्वघोष हैं।

उसने फिर एक पत्र महास्थविर अश्वघोष को लिख कर भेजा। छन्न उसी दिन उत्तर लेकर आ गया। उत्तर से विशाख आश्वस्त हुआ। अश्वघोष ने लिखा था—'भद्र विशाख, सारे जम्बूद्वीप का नया इतिहास रचा जा रहा है, उसकी भूमि यहाँ निर्मित होगी। इसके लिए आवश्यक है कि तुम यहाँ रहो...कश्मीर में...और नाग जाति के एक प्रधान की कन्या से विवाह होना तो बहुत अच्छा होगा। मैं विवाह में आऊँगा यदि यह विवाह शीघ्र हो जाए, क्योंकि महाराज कनिष्क एक विराट् संगीति कर रहे हैं...अगले माह से मैं उसके लिए प्रस्थान कर रहा हूँ...'

सारे विकल्प समाप्त हो गये।

विवाह में इरावती भी आई, महास्थविर वसुमित्र आये और भदन्त अश्वघोष भी। सुश्रवा ने इरावती को देखा, कहा—'बेटी, यह तूने क्या किया? अब मैं तो एकदम अकेला हो गया!'

इरावती मस्तक झुकाये खड़ी रही।

राजा किन्नर ने कनिष्क से क्षमा माँग ली थी। वह नागों से डर गया था। वह अब बूढ़ा भी हो चुका था। इस बीच नाग फिर से संघटित हो चुके थे। पूरे नव किन्नरपुर में नागवाहिनी का शासन था। राजा किन्नर अवसर की प्रतीक्षा में था। लोग

यह भी कहते कि वह मृत्युशैया पर है। उसका बेटा नर ही राजकाज देख रहा है। पर होता वही है जो मल्लट चाहता है।

चन्द्रलेखा अब प्रसन्न थी। सुधन्वा के आदेश पर नागों ने विशाख को स्वीकार कर लिया था। विवाह में वसुमित्र और अश्वघोष दोनों की उपस्थिति से नागजाति के लोगों में विश्वास का दबदबा एक आतंक की तरह बैठ गया था। उन्होंने विशाख के लिए एक स्वतन्त्र घर बना दिया। दो महीने में भवन बनकर तैयार हो गया।

विशाख प्रतिदिन ही वसुमित्र के महाविहार जाता। नाग सैनिक उसे घेर कर चलते। साथ में चन्द्रलेखा भी शिविका पर बैठ कर चलती। वह इरावती के साथ बैठ कर बातें करती। विशाख आचार्य वसुमित्र से चर्चा करता।

विवाह के बाद जैसे संसार बदल गया। सब कुछ बदला हुआ। ऐसा कैसे हुआ कि चन्द्रलेखा भी बदल गयी। अब वह उदास दिखती। जैसे संसार उजड़ गया हो। विशाख बार बार पूछता भी—'चन्द्रा, क्या हुआ इतनी दुःखी क्यों हो, क्या जो हुआ सब ठीक नहीं हुआ?'

चन्द्रलेखा उदास आँखों से शून्य में ताकती कह जाती। विशाख बार बार पूछता रहा, तो उसने कहा—'अज्जा...उन्होंने मेरे कारण प्रव्रज्या ली, घर छोड़ दिया...'

'ऐसी बात नहीं है...वे तो पहले ही थेरी बनना चाहती थीं, कहा भी था उन्होने...'

'वे सोचतीं थीं कि वे रहेगीं, तो उनके कारण मेरा विवाह नहीं हो सकेगा...पिता अनुमति न देगें...उनके प्रव्रज्या ले लेने के कारण ही तो पिता को लगा कि मेरा विवाह कर देना चाहिए...'

फिर धीरे-धीरे जीवन सम पर आने लगा। दिन सुखमय हुए, रात्रियाँ मादक।

इस बीच महाराज कनिष्क के संधिविग्राहक धीमान स्वयं आये। महाराज ने वास्तव में राजा नर के लिए उपालंभ भेजा था, वे उसके आचरण से अप्रसन्न हुए थे। राजा नर ने महाराज कनिष्क के आदेश से एक संधिपत्र पर हस्ताक्षर किये। संधिपत्र में विशाख को किन्नरपुर का शासन सौंप दिया गया।

धीमान विशाख से अलग से मिले और विस्तार से चर्चा की। महाराज कनिष्क की ओर से विशेष सन्देश था विशाख के लिए। वे चाहते थे कि किन्नरपुर की पुनः प्रतिष्ठा हो। महास्थविर अश्वघोष ने भी यही परामर्श दिया था। विशाख को किन्नरपुर में महासामन्त बना कर प्रतिष्ठित करने का प्रस्ताव उन्होने भेजा था। उसके साथ विशाख के लिए महास्थविर अश्वघोष का पत्र भी था। लिखा था—

'भद्र विशाख, स्वस्ति।

'मैं महाराज कनिष्क के साथ संगीति में लगा हूँ। हम लोग सम्पूर्ण विभाषाशास्त्र का पुनरुद्धार करना चाह रहे हैं। यह बहुत बड़ा प्रयास है। तुम्हें स्मरण होगा आचार्य पार्श्व का—वे ही मुझे तक्षशिला लेकर आये थे। वे भी साथ हैं। पाँच सौ विद्वान भिक्षु निरन्तर ग्रन्थ के स्वाध्याय व पाठशोधन में लगे हैं।

किन्नरपुर में तक्षशिला जैसा एक विद्यापीठ बने...वहाँ समस्त शास्त्रपरम्पराओं का अध्ययन हो...यह काम तुम्हें ही करना है, इसके लिए महाराज कनिष्क का विशेष अनुरोध है...शेष चर्चा धीमान करेंगे। इति।'

किन्नरपुर फिर से बस गया। वहाँ एक विद्यापीठ आरम्भ हुआ। चन्द्रलेखा भी अब प्रसन्न थी। यहाँ से महाविहार पास था। वह जब भी मन होता, अपनी बड़ी बहन से मिलने चली जाती।

अब विशाख के पास विशाल भवन था, भूमि भी। किन्नरपुर विद्यापीठ आरम्भ हो चुका था। खेतों में धान लहलहाने लगा। खेतिहर निरन्तर फसल काट रहे थे।

पर नव किन्नरपुर से जो समाचार मिलते थे, वे चिन्ताजनक थे। राजा नर से प्रजा प्रसन्न न थी। वह बहुत विलासी था। उसे भड़काने वाले बहुत थे, मल्लट और उसके सहायक किन्नरपुर की श्रीवृद्धि से ईर्ष्या में जला रहे थे। वे खीझे हुए थे। राजा नर किन्नरपुर में यों ही कभी घोड़े पर सवार होकर कुछ सहायकों के साथ निकल पड़ता।

किन्नरपुर में सुशासन था। लोग नव किन्नरपुर छोड़कर फिर यहाँ आकर बसने को लालायित थे। विद्यापीठ में काशी, प्रयाग और कांची तक से अलग-अलग शास्त्रों के पंडित बुलवाये गये, तक्षशिला के अनेक स्नातक बौद्ध शास्त्रों में पारंगत थे—समग्र त्रिपिटक का अविकल पाठ करने वाले सुकीर्ति, जैन शास्त्रों में विशेष दक्ष मेधावी...ये विशाख के अनुरोध पर किन्नरपुर आ गये। गान्धार से छात्र आते। शैवों, शाक्तों और बौद्धों में परस्पर संवाद और विमर्श होता रहे, पर अप्रिय विवाद न हों—यह ध्यान रखा जाता।

किन्नरपुर का यह अभ्युदय नर और उसके साथियों को रास नहीं आ रहा था।

नया धान्य घर में आ गया था। कलमकण्डनियाँ (धान कूटने वाली स्त्रियाँ) धान कूटती हुई गीत गा रही थीं। कूटने की ध्वनियों के साथ मूसल के स्वर मृदंग के शब्दों की तरह उठते।

दिन भर धान का राशि कुशूल में रखवाने की व्यवस्था कराते हुए साँझ हो चली थी। चन्द्रलेखा भवन की छत से देख रही थी। नीचे चतुष्क पर अभी भी धान की अन्तिम ढेरी पड़ी थी। कोई अश्व उसमें मुँह मार रहा था। सेवक सब जा चुके थे।

कलमकंडनियों ने अपने मूसल रख दिये थे। चन्द्रलेखा अश्व को हटाने के लिए तेजी से नीचे उतरी।

अरे यह किसका अश्व है? दूर हटाओ इसे!'—उसने कहा।

तभी अश्वारोही पर उसकी दृष्टि गयी। वह खा जाने वाली आँखों से उसे घूर रहा था। चन्द्रलेखा स्तब्ध खड़ी रह गयी। उसने पहचान लिया—यह तो राजा नर था। महाराज कनिष्क के आदेश पर उसने विशाख के साथ संधिपत्र पर हस्ताक्षर किये थे, उस समय उसे देखा था।

'तो तू है उस ब्राह्मण की पत्नी? नागकन्या होकर तू ने उसे वरा! देखा था एक बार तुझे पहले भी देखा था, तभी से तेरे इस सौन्दर्य पर लुट गया मैं। मन तेरे लिए लट्टू है। तू नागकन्या होकर उस ब्राह्मण की रखेल बन गयी! मैं किसी भी दिन तुझे उठवा लूँगा यहाँ से...!'

'नीच, यहाँ से चला जा। नहीं तो बहुत अनिष्ट होगा तेरा...'

'अब मेरा क्या अनिष्ट कर लोगे तुम लोग...वह तुम लोग का अभयदाता कनिष्क ! उसका कहीं अता पता नहीं...वह तो जालंधर में किसी जाल में जा फँसा...'

वह अश्व से उतर कर पास आ गया और चन्द्रलेखा को कुत्सित दृष्टि से घूरता हुआ कहने लगा – 'मैंने तुझे अभी देखा—तू छत पर थी...तेरे वक्ष से दुकूल खिसक गया था, तूने नीचे झाँका, तो तेरे उरोज छलक गये,.. मेरा मन छलक गया.. मेरा मन तेरे साथ रमण करने के लिय ललचा रहा है...'

कहते हुए वह चन्द्रलेखा के एकदम पास आ गया। मदिरा की खट्टी गन्ध उसके मुँह से निकल रही थी। चन्द्रलेखा ने जुगुप्सा में भरकर अपनी पूरी शक्ति से उसे धकेला और भवन के भीतर जाने को मुड़ी। नर ने उसे पीछे से पकड़ लिया। चन्द्रलेखा छूटने को छटपटाती हुई चिल्लाई—कद्रु, कद्रु...!

चेटी कद्रु बाहर निकली और स्वामिनी के साथ होता यह दर्व्यवहार देख कातर स्वर में स्वर में चीखती हुई प्रतीहारों और सेनिकों को पुकारने लगी—खंड, परशु, कृपाण, दौड़ कर आओ, देखो कोई नीच स्वामिनी के साथ अनर्थ कर रहा है...!

आसन्न संकट को भाँप कर नर ने चन्द्रभागा को धकेलते हुए छोड़ दिया, और झपट कर अपने अश्व पर चढ़ कर गया, सरपट अश्व हाँकता हुआ वह कहता गया—'फिर आऊँगा सुन्दरी!...अब तो वह बाँभन रहेगा या मैं...!'

विशाख धर्मासन से लौटा, तो चन्द्रलेखा ने रोते रोते उसे यह सारा वृत्तान्त बताया।

विशाख ने सब सुनकर कहा—'आज ही नवकिन्नपुर से बीस नागरिक

अभ्यर्थना करने आये थे—इस राजा के अत्याचारों से वहाँ प्रजा त्रस्त है। मल्लट ने फिर से अपना कुचक्र आरम्भ कर दिया है। दो युवतियों को भैरवी बनाने के लिए पकड़कर ले गये उसके लोग...राजा से परिदेवन करते रहे नागरिक...राजा ने उनकी पुकार सुनकर अनसुनी कर दी...लगता है अब इस नराधम नर से संग्राम करना होगा...'

'पर सुना है कि नव किन्नरपुर में सेना बहुत बड़ी है...प्रजा को सता कर लूट कर केवल सेना की वृद्धि करता रहा है वह नीच राजा...'

'मैं महाराज कनिष्क को सारी सूचना भेज चुका...वे हमारी सहायता करेगें...'

चन्द्रलेखा के मुख पर चिन्ता की गहरी रेखाएँ थीं।—'एक बार फिर वही सब...'—उसने कहा।

'चन्द्रे, तुम्हारे निष्कलंक पूर्णचन्द्र से मुख पर चिन्ता के मेघ छाएँ यह मैं नहीं देख सकता। इस बार निर्णायक संग्राम होगा।'

विशाख सभा में था। तभी राजा नर का दूत आ पहुँचा। नर ने कहलवाया था—'आज सायंकाल तक नागकन्या चन्द्रलेखा को मेरे प्रासाद में भेज दो अन्यथा तुम्हारा सर्वनाश कर दूँगा।'

युद्ध की तैयारी होने लगी।

विशाख विष्टि नहीं कराता। उद्यानों और खेतों में काम करने वाले दास दासियों को प्रचुर धान मिलता। वे सब प्रसन्न थे। उसने तत्काल पूरे प्रजाजनों को बुलवाया। उसके भवन के सामने प्रांगण में सब एकत्र हुए। विशाख देर तक उन्हें समझाता रहा कि संकट आने वाला है, उन्हें क्या क्या करना है...

चन्द्रलेखा प्रातः विशाख के लिए भोजन तैयार करवा कर बाहर निकली, तो देखा दस भारवाहक बड़े बड़े पत्थर पीठ पर रस्सी के छींकों में लादे बाहर खड़े हैं।

ये भारवाहक विशाख के सैना में भोजन व अन्य सामग्री पीठ पर लाद कर दुर्गम स्थानों तक पहुँचाने का काम करते। विशाख ने पूरे किन्नरपुर के आसपास कई द्रंक बनवाये थे। कई द्रंक ऐसे स्थलों पर थे, जहाँ कोई वाहन नहीं जा सकता था। सामग्री ले जाने के लिए मनुष्य की पीठ ही सबसे अच्छा वाहन थी।

'इतने पत्थर...ये किसलिए...?'

'स्वामी का आदेश है, ये पत्थर भवन की छत पर रखने हैं...'

जब तक चन्द्रलेखा कुछ समझ पाती, भारवाहकों के साथ आये गुल्माधिपति ने भवन के पृष्ठभाग की ओर जाने के लिए भारवाहकों को संकेत किया। पत्थरों का पहाड़ भवन के दाहिनी ओर खड़ा हो गया था। इस भवन दाहिनी ओर छत पर पीछे

के कोने में एक कपिशीर्षक बना हुआ था। उस पर पहुँचने के लिए भवन के दाहिने पार्श्व में पीछे पीछे एक सँकरी सोपान पंक्ति भी बनाई गयी थी।

इस भवन में रहते हुए तीन वर्ष हो गये थे, कपिशीर्षक और उस सोपान पंक्ति का उपयोग करने की आवश्यकता कभी नहीं हुई। सोपान पंक्ति काष्ठ की थी, वर्षा और धूप झेल कर काष्ठ कमजोर हो चुका था। चन्द्रलेखा को लगा कि भारी पत्थर पीठ पर लाद कर सैनिक ऊपर चढ़ रहे हैं कहीं दुर्बल सोपानावलि टूट न जाए। और छत पर इतने पत्थरों का ढेर, क्या छत इतना भार सँभाल पायेगी। विशाख को हो गया गया है?

सैनिक पत्थर उठाकर ऊपर चढ़ते, तो सोपानावलि चरर-मरर की ध्वनि के साथ हवा में झूलती हुई हिलती।

'रुको! रुको...!' बहुत जोर हिलती सोपानावलि और तेज चरर-मरर से घबरा कर चन्द्रलेखा चिल्लाई। सैनिक ने सुना नहीं। तभी विशाख वस्त्र पहनकर बाहर आ गया। आज उसकी वेषभूषा अलग थी। वक्षःस्थल पर कवच...हाथ में एक असि...

'अब कौन-सी रणभूमि में विजय करने निकल रहे हैं श्रीमान?—और ये पत्थर?...यब सब क्या हो रहा है?'—चन्द्रलेखा ने पूछा।

'देखो भल्ल, पत्थर हथेली से बड़े न हों—अधिक बड़े पत्थरों की आवश्यकता नहीं है...' – विशाख ने व्यग्रता के साथ भारवाहकों की पीठ पर छीकों में लदे पत्थरों को देखते हुए गुल्माधिपति से कहा।

'भर्ता, मैंने स्वयं एक-एक पत्थर उठा कर छाँटा है!'—भल्ल ने कहा।

'हाँ, क्या कह रहीं थी तुम?'—अब विशाख ने चन्द्रलेखा ने कहा।

'रहने दीजिये...आपको तो मेरी बात सुनने का आवकाश ही नहीं...'

'लेखा, लेखा, संकट का समय है यह...हमें सन्नद्ध रहना है...'

'वही तो पूछ रही थी...किस बात का संकट है क्यों यह सारा सन्नाह...आप मुझे तो कुछ बताते ही नहीं!'

'युद्ध कभी भी हो सकता है...'—विशाख ने गम्भीर स्वर में कहा।

'तो क्या...वह नर...'

'हाँ, नर अपनी नीचता पर उतर आया...उसे पता है कि महाराज कनिष्क जालंधर में हैं...महास्थविर अश्वघोष और वसुमित्र ये दोनों भी संघ के साथ वहीं चले गये हैं। संगीति में पाँच सौ से अधिक भिक्षु इकट्ठे हो रहे हैं। प्रज्ञापारमिता की एक बड़ी पोथी तैयार की गयी है, उसका पाठ सबके सामने होगा, उस पर चर्चा भी होगी...मुझसे चलने के लिए बहुत आग्रह किया था भ्राता कौंडिन्य...अश्वघोष ने...पर पिता की रुग्णता देखकर और यहाँ स्थिति समझ कर अन्तिम क्षणों में मैंने

उनसे क्षमा माँग ली... पर मैंने परसों ही तीनों को पत्र भेज दिये हैं...हाँ, ये सारे पत्थर छत पर अलग अलग कोनों में लगवा दो...'

तभी कुछ सैनिक आ गये। उनके हाथों में धनुष बाण थे माथे पर शिरस्त्राण और वक्ष:स्थल पर कवच। विशाख ने गुल्माधिपति भल्ल से कहा—'भल्ल, पश्चिम की ओर छोटी सी परिखा है—ये सैनिक उसमें बने रहें...इनका भोजन भी वहीं पहुँचा देना है...नर की सेना चल पड़ी है, उसकी योजना हमें चारों ओर से घेरने की लगती है...मुख्य गुल्म दक्षिण से आयेगा...मैं वहीं रहूँगा...'

सारी तैयारियाँ देखकर विशाख चला गया। दोपहर हो गयी। चन्द्रलेखा कभी बाहर जाती, कभी भीतर आती। भवन के बाहर गुल्माधिप सैनिकों के समूहों को अलग-अलग स्थानों पर नियोजित कर रहा था। छत के ऊपर भी कई सैनिक पीछे की सोपान पंक्ति से चढ़ गये थे। आकाश में मेघ डरावने स्वर में गर्जन करते मँडरा रहे थे, चन्द्रलेखा का मन आशंकाओं के मेघों से घिरा था। उसे बार-बार बड़ी बहन की याद आती। अज्जा होतीं, तो वे सब सँभाल लेतीं, क्या ऐसा नहीं हो सकता था कि हम दोनों का ही विवाह एक साथ हो जाता भर्ता से...वे क्या इसीलिए थेरी हो गयीं कि मुझे अविभाजित दाम्पत्य का सौभाग्य मिले? पिता अभी भी स्वस्थ नहीं हैं, यद्यपि भर्ता ने उनकी बहुत चिकित्सा और सेवा की...

बाहर सनसन पवन बह रहा था। भय की सनसनाहट भीतर रेंगती। दूर से रणभेरी का नाद शंख फूँकने के स्वर सुन पड़े, चन्द्रलेखा सहम गयी। तो क्या सचमुच नव किन्नरपुर की सेना चल पड़ी...?

सब ठीक हो जाएगा...चन्द्रलेखा अपने आप को समझाती...

तभी विशाख आ गया। - क्या हो रहा है यह सब?—चन्द्रलेखा ने उसकी गम्भीर मुद्रा देखकर चिन्तातुर स्वर में पूछा।

'घबराने की कोई बात नहीं...' विशाख ने सँभल कर कहा—'हमारे पास दुर्ग और प्राकार नहीं है, तो नव किन्नरपुर की सेना पहाडियों के नीचे-नीचे होती हुई सीधे यहाँ तक आ जाएगी...मैं नागरिकों और कृषकों की सुरक्षा के लिए चिन्तित था, सबको सूचना दे दी है कि सावधान रहें, जो अस्त्र शस्त्र उनके पास हों उन्हें निकाल लें, पता नहीं कब अवसर आ जाए उनके उपयोग का...हम भवन की छत से ही देखेंगे...'

घोड़ों के खुरों से काँपती धरती।

नर और उसके सेनापति कल्माष का अनुमान था कि विशाख के पास सेना अधिक नहीं है। - 'क्या कर लेगा वह ब्राह्मण?—उसे युद्ध करना आता ही कहाँ है! वह तो

पोथी पत्रे बाँचना जानता है!'—सेनापति ने कहा था।

सेनापति की दृष्टि किन्नरपुर की भूमि पर थी, जो अब सोना उगल रही थी।

विशाख के भवन को नर के सैनिक चारों ओर से घेर रहे थे। भवन के आसपास विशाख के सैनिक सन्नद्ध थे, पर कहीं दिखाई नहीं दे रहे थे। सेनापति ने हँसते हुए नर को समझाया—'देखा महाराज! हमारे लिए खुला निमन्त्रण है कि हम पहुँचें और इस भवन पर अधिकार कर लें, ब्राह्मण राजा के पास न सैन्य बल है न हमसे लड़ने की शक्ति! लगता है थोड़ी बहुत जितनी सेना उसके पास थी, वह डर कर भाग गयी...'

यह कहकर वह खिलखिला रहा था, तभी तेजी से सनसनाता एक बाण उसके कपाल पर लगा। सेनापति चीख कर गिर पड़ा। नर चिल्लाया—'अरे देखो, किसने कहाँ से बाण चला दिया इस पर...?'

नर कायर था, युद्ध उसने कभी किया नहीं था। सेनापति और मल्लट के बहकावे में वह युद्ध के लिए तैयार हो गया था। पर अब समर भूमि से भागना तो सम्भव न था।

दो सैनिक उसके सेनापति को उठाकर ले गये थे। पार्श्व में चल रहे एक गुल्माधिपति ने कहा—'राजन, जितना दुर्बल हमने शत्रु को समझा था, उतना दुर्बल वह नहीं है। मुझे तो लग रहा है कि शत्रु को हमारी सारी तैयारियों को जानकारी थी, उसने व्यूहरचना कर रखी है।'

तभी एक दूसरा बाण सर्राता हुआ आया और उसका वक्ष चीरता निकल गया।

दोनों बाण छत के ऊपर खड़े विशाख ने चलाये थे। मल्लशाला और आयुधशाला में इन दिनों किया अभ्यास काम आया था।

नर के सैनिकों का अभियान रुक गया था। नर क्रोध के आवेग से थरथराता हुआ चिल्लाकर बोला—'अरे तुम लोग रुक क्यों गये?...देख नहीं रहे हो शत्रु के पास कुछ नहीं है कोई सेना नहीं...छिपकर दो चार बाण चला लेने से क्या होगा...सामने उस ब्राह्मण राजा का प्रासाद है, उसमें अपार सम्पदा संचित कर रखी है उसने...और सुन्दर दासियाँ...अरे कई खारी धान है...सारी धान तुम लोगों को मिलेगा...दासियाँ भी...बढ़ो आगे बढ़ो...!'

नर के आह्वान का प्रभाव हुआ, सैनिक आगे बढ़े। युद्ध आरम्भ हो गया। पर नर और उसके गुल्माधिपतियों को न तो यह पूर्वाभास था कि भवन के ऊपर की छत का कहाँ कैसे विशाख के सैनिक उपयोग कर रहे हैं, न वे यह समझ पाये कि आस-पास की खाइयों में विशाख ने अपने श्रेष्ठ तीरंदाजों को बिछा रखा है। नर के सैनिकों के बाण की परिधि में आते ही वे लक्ष्य साध कर एक-एक को गिराते जा रहे थे।

नर की सेना में भय फैल गया था। सैनिक मूर्छित हो होकर गिर रहे थे।

विद्यापीठ के वरिष्ठ अन्तेवासियों के नेतृत्व में कषाय धारी ब्रह्मचारी दोड़ कर आते और मूर्छित सैनिक को उठाकर घायलों की चिकित्सा के लिए पास में ही बने शिविर में ले जाते...

तक्षशिला का यह उपकार था कि विशाख ने व्यूहरचना के जो सिद्धान्त धनुर्वेद के गुरुजनों से वहाँ सीखे थे, वे आज काम आए। विशेष रूप से धनुर्वेदाचार्य विशालदेव की शिक्षाएँ...

किन्नरपुर के नागरिक इस युद्ध में सम्मिलित थे। वे विशाख के पास सूचनाएँ पहुँचाते, आसपास छोटे-छोटे घर थे, उनमें लोग असि, धनुष-बाण, तरकश लिए तैयार बैठे थे। नगर के राजमार्गों तथा रथ्याओं और वीथियों में नागबालक गुप्त वेष में घूम रहे थे। कुछ खटका होता, शत्रु की गतिविधि की कोई भनक मिलती, तो वे चराध्यक्ष शौरिक को सूचित करते।

विशाख के भवन के बाहर आठ कोनों में सोलह नाग वृक्षों के पीछे और खाइयों में छिपे थे, पर जैसे ही नर की सेना के मार्ग का पता चला, मुख्य द्वार से उसने पहरेदार भी हटा लिए थे, नर की योजना का पता चल गया था कि वह सीधे मुख्य द्वार पर आक्रमण करने जा रहा है।

नर के दशसहस्र सैनिकों ने नगर में लूटपाट करना आरम्भ कर दिया था। वे घरों में घुसकर युवतियों को पकड़ते, बन्द आपणों के ताले तोड़कर सामग्री उठा लेते।

सहसा आठों कोनों से नर के सैनिकों पर बहुत तेजी से धारासार बाण बरस पड़े। नर की सेना घिरती जा रही थी, नगर की रथ्याओं में उसके सैनिकों को विशाख के सैनिक पकड़ कर पीट रहे थे, पिटते सैनिक प्राणों की भीख माँगते, उन्हें बन्दी बनाकर कारागार ले जाया जा रहा था।

'अरे ये कायर लोग घर के भीतर से छिपकर प्रहार कर रहे हैं, सारा घर घेर लो!'—नर चिल्लाया। सहस्रों शत्रु सैनिकों ने विशाख के भवन को संकुल बनाते हुए लिया। वे मुख्य द्वार तोड़ने का प्रयास करने लगे। तभी उन पर भवन की छत से पत्थर बरसने लगे। पत्थर बहुत साध कर फैंके जा रहे थे, वे एक-एक शत्रुसैनिक के मस्तक पर वज्र की तरह गिरते, उसका वहीं प्राणांत हो जाता।

नर यह न समझ पाया कि केवल संख्या से विजय नहीं पाई जा सकती। उसके सैनिकों में भगदड़ मच गयी थी। मुख्य द्वार तोड़ने का प्रयास करने वाले सैनिकों पर पत्थर का अचूक प्रहार होता, और वे ढेर होते जाते। भागते सैनिक सामने से आते अपने ही पक्ष के सैनिकों को प्रतिपक्षी समझ कर मार डालते।

एक प्रहर में ही सब समाप्त हो गया। नर कहाँ भाग गया पता नहीं चला। चन्द्रलेखा छत पर चढ़ी। पर विशाख पीछे की सीढियों से उतर कर पता नहीं कहाँ जा

चुका था।

चन्द्रलेखा ने पुकारा—'भर्ता, कहाँ हैं आप?'

कोई उत्तर नहीं। सैनिक भी सब जा चुके थे। चन्द्रलेखा की रुलाई फूटने लगी। वही भवन के भीतर क्यों बनी रही? उसने विह्वल स्वर में सहायकों को पुकारा—'सुमन्त! पैल! ककुत!—भर्ता कहाँ हैं... ?'

सुमन्त तो था। उसने कहा—'अभी अभी तो यहीं थे...नर की सेना भाग रही थी, वे कदाचित नर को भागते देखकर उसे रोकते हुए नीचे उतर गये फिर नहीं दिखे!'

पैल ने पीछे की ओर का मार्ग बताते हुए कहा—'मैंने उनको नीचे उतरकर उस ओर जाते देखा था...पृष्ठ द्वार के पास...'

चन्द्रलेखा पृष्ठद्वार से बाहर निकल कर यहाँ वहाँ भागती रही। सहसा बायीं और के द्रंक पर उसकी दृष्टि गयी। खंडक भूमि पर पड़ा हुआ था।

'खंडक, क्या हुआ? क्या तुम्हें चोट लगी है?...तुमने भर्ता को तो नहीं देखा?'

खंडक होश में था। अत्यन्त कष्ट से अटक-अटक कर उसने कहा—'नीच नर ने पृष्ठद्वार तोड़ने की चेष्टा की। पृष्ठद्वार तोड़ने की ध्वनि सुनकर भर्ता इधर आ गये, हम लोग उनके साथ थे, तभी...'—इसके आगे खंड बोल नहीं पाया।

चन्द्रलेखा ने आर्त होकर पूछा—'खंडक! क्या हुआ, तुम ऐसे क्यों दिख रहे हो?'

खंडक बोल नहीं पा रहा था। उसने तर्जनी से दक्षिण दिशा की ओर संकेत किया

पेल ने खंडक को उठाया—खून से उसकी पीठ लथपथ थी। अरे! इस बिचारे को पीठ पर छुरी लगी है!'

'घाव गहरा नहीं है'—चन्द्रलेखा ने कहा—'मैं औषध और पट्टियाँ लाती हूँ, इस छुरिका के बाहर खींचो!'

चन्द्रलेखा व्रणविरोपणी औषधियाँ व पट्टियाँ लेकर आई।

खंडक अब कुछ स्वस्थ हुआ। उसने कराहते हुए कहा —'स्वामिनी! आप मुझे छोड़िये! भर्ता युद्ध करते हुए उस ओर चले गये हैं...उधर अन्तराय है... नर ने सैना का एक बड़ा गुल्म उधर खाई के पास छिपा रखा था...वह भर्ता को उधर ही ले गया है...'

'स्वामिनी, अकेली मत जाइये.. !!'—पैल चिल्लाया।

चन्द्रलेखा उस ओर भागी जा रही थी।

सामने एक समूह देख कर वह रुक गयी। विशाख अकेला नर के सैनिकों से

घिरा हुआ, था पर नर की ग्रीवा उसकी मुट्ठी में थी।

नर को उसके कुछ सैनिक घेरे हुए थे, उन्होंने तलवारें उठा रखीं थीं, उनमें से एक विशाख पर प्रहार करने ही वाला था। तभी विशाख ने झपट कर नर की ग्रीवा अपनी मुट्ठी में ले ली थी, जब तक वे सैनिक कुछ समझते, विशाख ने नर से कहा— 'नीच! इन सैनिकों से बोल अपने-अपने शस्त्र नीचे रख कर समर्पण कर दें, महाराज कनिष्क की सैना पहुँचने ही वाली है, उनका आदेश है कि तुझे जीवित पकड़कर उन्हें सौंप दिया जाए, इसलिए मैं तेरा पीछा करता हुआ आया था!'

नर की आँखें बाहर निकल आइ थीं, वह सैनिकों को तलवारें नीचे पटक देने का संकेत कर रहा था। उसके सैनिक स्तब्ध खड़े थे!

फिर नर ने किसी तरह घुटते हुए स्वर में अपने सैनिकों से कहा—'अपनी अपनी असियाँ नीचे रख दो!'

विशाख ने कहा—'अब इन सैनिकों से कह कि ये सब तीन बार दोहरायें—हम लोग शरणागत हैं और महाराज कनिष्क की अधीनता स्वीकार करते हैं!'

नर ने कहा—'अरे मेरा दम घुटा जा रहा है यह मुझे मार डालेगा...जैसा यह कह रहा है वह बोल दो भाई तुम लोग...!'

चन्द्रलेखा साँस रोके खड़ी यह दृश्य देखती रह गयी, तभी विशाख की सेना के लोग वहाँ आ पहुँचे, विशाख ने उसी तरह नर की ग्रीवा मुट्ठी में लिए हुए सेनापति की ओर धकेलते हुए कहा—'इसे कारागार में रखना है...इस पर धर्मासन में अभियोग चलेगा...'

विशाख के सैनिकों ने शत्रु सैनिकों के द्वारा नीचे रखे गये हथियार स्वायत्त कर लिए, फिर उन्हें घेर कर ले जाने लगे।

चन्द्रलेखा दौड़कर विशाख के पास पहुँची—'यह आपने क्या किया...? आप अकेले ऐसे कैसे चले गये भवन से...कुछ हो जाता तो?'

'चन्द्रा, अब सब ठीक हो चुका है...महाराज कनिष्क का सन्देश मिला था कि यथाशक्ति नरसंहार रोक दिया जाए, और नर को जीवित पकड़ लिया जाए, उनकी सेना प्रवरपुर से यहाँ आ ही गयी है, नव किन्नरपुर पर उसने अधिकार कर लिया है...आह...!'

कहते-कहते विशाख चन्द्रलेखा के हाथों पर झूल गया। 'क्या हुआ?'—चन्द्रलेखा ने पूछा। तभी उसके हाथ खून की धार से सन गये।

किसी ने दूर से विशाख की पीठ पर छुरी का वार किया था। चन्द्रलेखा चिल्लाई—'अरे पकड़ो उसे! वह मल्लट है!'

मल्लट प्रहार करके भाग रहा था। सुमन्त, पैल, ककुत—ये तीनों उसके पीछे दौड़े।

चन्द्रलेखा ने विशाख को अंक में उठा लिया। विशाख ने कराहते हुए कहा—पीठ से छुरी निकालो...

चन्द्रलेखा ने काँपते हाथों से छुरी बाहर निकाली और अपना दुकूल विशाख के घाव पर लपेट दिया।

विशाख ने कहा—घाव गहरा नहीं है.. मैं चल सकता हूँ...विशाख ने दुर्बल स्वर में कहा।

'चन्द्रे! रक्त बह रहा है...आयुष्मान को इस तरह ले जाना उचित नहीं है.. इन्हें यहाँ लिटा दे!'

चन्द्रलेखा ने ग्रीवाभंग के साथ देखा—'अज्जा आप!'—उसके मुख से निकला।

इरावती के साथ महाथेरी सुखदा तथा पाँच थेरियाँ और थीं।

इरावती विशाख के घाव पर औषध लगा रही थी। विशाख ने आँखें खोलीं। इरावती स्निग्ध मुस्कान और करुणापूर्ण नयनों से उसे देखती रही। 'तथागत कल्याण करें। इस युद्ध, और क्लेश का अन्त हो, शान्ति हो।' शान्त स्वर में उसी करुणामय दृष्टि से विशाख को देखते हुए उसने कहा।

विशाख को लगा उन नेत्रों के भीतर से माँ झाँक कर मुस्कुरा रही हैं। उसके ओठों से अस्फुट स्वर में मातृसूक्त का जप निकलने लगा।

सूनृतानां गिरां कर्त्रीं मङ्गलानां च मातरम्।
जगद्वन्द्यां जगत्स्रष्ट्रीं मातरं तां नु धीमहि।
स्वर्णवर्णां सुवर्णाक्षीं वर्णाम्नायसमन्विताम्।
श्रीरूपिण्यै नमो मात्रे धियं माता पुनातु मे।।
सदा सत्यमयं यस्या हृदयं सुविराजते।
सा मे माता स्वपुत्रस्य हृदये स्यात्प्रतिष्ठिता।।
ऋषिस्त्वं च कविस्त्वं च सत्यरूपा ऋतम्भरा।
सुव्रता मृत्युहन्त्री त्वं सावित्री परिनिष्ठिता।।
स्मयमाना द्योतमाना स्वर्या वर्या मनस्विनी।
वसुदा वसुधानी या विमृग्वरी विभावरी।
आविरस्तु स्वयं माता पुत्रस्यास्य पुरस्तु सा।।
सा ददातु स्वयं स्वीयं माता पुत्राय मे पयः।

।।इति।।

परिशिष्ट

टिप्पणियाँ

अक्षोट : अखरोट

अगदतन्त्र : विषचिकित्सा

अंकोल : पिश्ता

अलसाला : धरती पर फैली लता

आन्वीक्षिकी : न्यायशास्त्र, तर्कविद्या।

इरावती : रावी नदी

उपहस्तिका : बटुवा

ऋषिरसा : प्रयाग के निकट एक गाँव, आधुनिक सिरसा

कपिशीर्षक : बुर्ज

कुंड : गौतमधर्मसूत्र में उल्लिखित

कौमारभृत्य : शिशुरोगचिकित्सा

ठक्कुर : ग्रामप्रधान। ठक्कुर शब्द का इस अर्थ में प्रयोग दामोदर भट्ट के आठवीं शताब्दी में लिखे कुट्टनीमत महाकाव्य में किया गया है।

तक्षशिला : गान्धारदेश की राजधानी। इस समय पाकिस्तान में रावलपिंडी के निकट स्थित।

तिनिश : एक वृक्ष

तिंदुक: तेंदू का पेड़

तुम्बिक : लौकी से बना जलपात्र

द्रंग : चौकी

पतद्गह : उगालदान

परिवेण : बौद्ध विद्यालय

परुष्णी : चिनाब नदी

पर्णशाला : प्रयाग के निकट एक गाँव आधुनिक पनासा।

पुष्कलपुर : आधुनिक पेशावर

प्रतिस्तम्बिनी : विशेष प्रकार की लता

फलिनी : प्रियंगुलता,

वीरुत् : चारों ओर फैलने वाली लता या झाड़ी।

वृत्तास्तरण समस्तक : मसनद, गावतकिया।

व्रतति : अनेक शाखाओं वाली लता

शम्या : दाहिने हाथ को बाये पर पटक कर ताल देना (नाट्यशास्त्र)।

शश : लोध्र का पेड़

शाकलपुर : आधुनिक स्यालकोट।

शालाक्य : आँख, नाक, कान आदि के रोगों की चिकित्सा।

शृंगाटक : चौराहा।

सतीर्थ्य : एक ही गुरुकुल में पढे छात्र।

सन्निपात : दोनों हाथों को मिला कर दी गयी ताली ।

समाज तथा सरस्वतीभवन : समाज किसी कलात्मक आयोजन के लिए होने वाला सम्मेलन है। समाजों के आयोजन के लिये सरस्वीभवन बनाये जाने का वर्णन प्राचीन साहित्य में मिलता है। पक्षस्य मासस्य वा प्रख्यातेऽहनि सरस्वत्या भवने नियुक्तानां नित्यं समाजः। -(कामसूत्र, 1.4.15)

हसन्ती : अँगीठी

उद्धरणों पर टिप्पणियाँ

(1) **अग्नेनय....**

ये मंत्र ईशावास्योपनिषद् के हैं। और्ध्वदेहिक या मरणोत्तर संस्कार में इनका पाठ किया जाता रहा है।

(2) **सहि ईरिसिव्व गई मा रुव्वसु तंसवलिअमुहचंद।**
एआणँ बालवालुंकिततन्तुकुडिलाणं पेम्माणं।।

गाहासतसई (1.10) इस प्राकृत गाथा की संस्कृत छाया इस प्रकार है —

सखि ईदृश्येव गतिर्मा रोदीस्तिर्यग्वलितमुखचन्द्रम्।

एतेषां बालकर्कटीतन्तुकुटिलाणां प्रेम्णाम्।

अर्थ — ए सखि, मुखचंद्र तो तिरझा कर के रो मत। नन्ही ककड़ी के भीतर के रेशों जैसे उलझे प्रेम के धागों की गति ऐसी ही होती है।

(3) **एहइ सो वि पउत्थो अहं अ कुप्पेज्ज सो वि अणुणेज्ज।**

इअ कस्स वि फलइ मणोरहाणं माला पिअअमम्मि।।

गाहासतसई, 1.17 इस गाथा की संस्कृत छाया इस प्रकार है—

एष्यति सोऽपि प्रोषितोऽहं च कुपिष्यामि सोऽप्यनुनेष्यति।

इति कस्या अपि फलति मनोरथानां माला प्रियतमे।।

अर्थ —प्रिय जो परदेस गये हैं, वे आयेगें, मैं उन पर रिसाऊँगी, वे मुझे मनायेगें। किस विरहिणी की मनोरथों की ऐसी मनोरथमाला फलती है?)

(4) **कीरमुहसच्छ्द्देहि रेहइ वसुहा पलासकुसुमेहिं।**

बुद्धस्स चलणवंदननिपतितैरिव भिक्खुसंघै: ।। गाहासत्तसई 4.8

इस गाथा की संस्कृत छाया इस प्रकार है—

कीरमुखसदृक्षै राजते वसुधा पलाशकुसुमै:।

बुद्धस्य चरणवन्दननिपतितैरिव भिक्षुसंघै: ।। इति संस्कृतच्छाया।

सुग्गे की चोंच जैसे लाल लाल पलाश के फूलों से धरती पट गई है, जैसे बुदध के चरणों की वंदना में धरती पर प्रणिपात करता भिक्षुसंघ हो।)

(5) **णिक्किव जाआभीरुअ दुद्दंसण णिम्बईडसारिच्छ।**

गामो गामणिनंदण तुज्झ कए तह वि तणुआइ।

गाहासतसई, 1.30

इस गाथा की संस्कृत छाया इस प्रकार है—

निष्कृप जायाभीरुक दुर्दर्शन निम्बकीटसदृक्ष।

ग्रामो ग्रामणीनन्दन तव कृते तथापि तनुकायते।। इति छाया।

(ए निष्ठुर, पत्नी से डरने वाले कुरूप नीम के कीट जैसे गाँव के पटेल के लड़के? (तू जैसा भी है, फिर भी) सारा गाँव तेरे लिये दुबला रहा है।)

(6) **पहरणमग्गविसमे जाआ किच्छेण लहइ से णिद्दं।**

गामणिउत्तस्स उरे पल्ली उण सा सुहं सुवइ।। गाहासतसई, 2.14

इस गाथा की संस्कृत छाया इस प्रकार है—

प्रहरव्रणमार्गविषमे जाया कृच्छ्रेण लभते तस्य निद्राम्।
ग्रामणीपुत्रस्योरसि पल्ली पुनः सा सुखं स्वपिति।।

(लड़ाई में खाये घावों से पटे उसके जिस वक्ष पर उसकी पत्नी कठिनाई से सो पाती है, गाँव के पटेल के बेटे के उसी वक्ष के बूते पर सारी बस्ती सुख से सोती है।)

।इति।।

णाणं पयासयं

वीर नि. सं. 2470

भारतीय ज्ञानपीठ

ई. सन् 1944